最智慧的商战博弈小说

完美对手

刘山峰 著

时代文艺出版社

帕瑞比阵营

韦德
全球副总裁兼人力资源总裁
迈克
全球营销高级副总裁
Lisa
高级秘书
陈汉生
原亚太区总裁
龙坤
全球副总裁
彼森
帕瑞比全球 CEO
朱海洋
经销商
常森
经销商
朱娟
经销商
詹姆森
大中华区人力资源总监
玛丽
大中华区法务部经理
朴京爱
大中华区媒体官
龚仁贵
原中国区经理
张亦菲
酒会嘉宾，明星
杨建国
浙海教育厅厅长
同学
关剑
某银行行长
同学
谭村
华东区销售经理
Jack
中国区人事总监
Bill
中国区副总经理
Jessie
秘书
谷枫
华北区销售经理
吴彪
销售人员
埃米斯
中国区市场总监
迪温斯 · 高
中国区财务总监
萧万
中国区法务经理
刘瑞华、张寿亭
销售人员
Rines
中国区首席媒体官
Cindy
工作人员

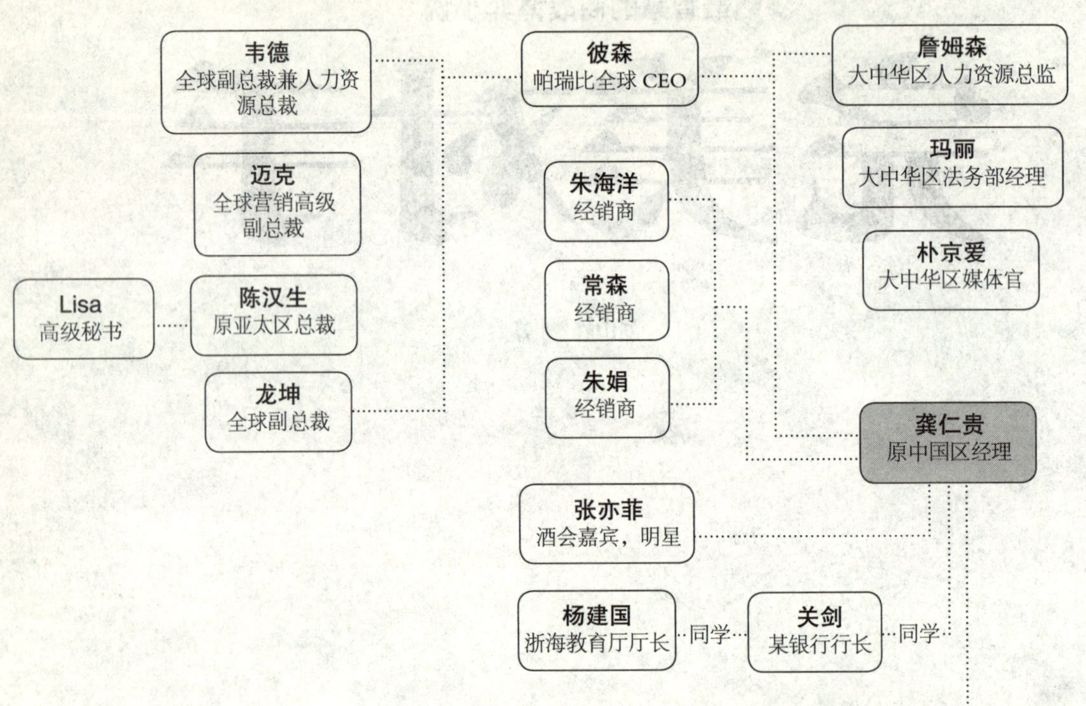

《完美对手》人物表 II

锦盛天成阵营

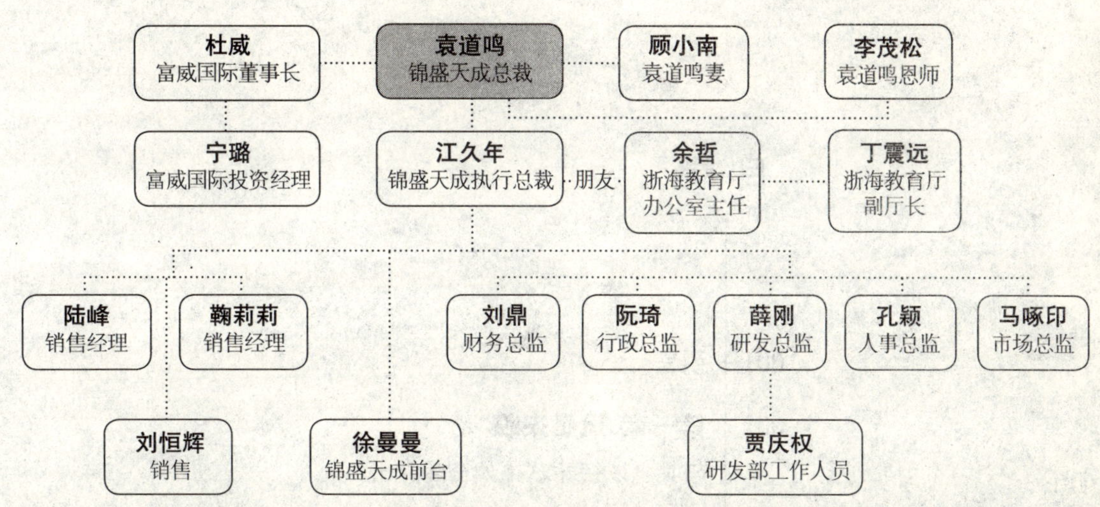

鑫星阵营

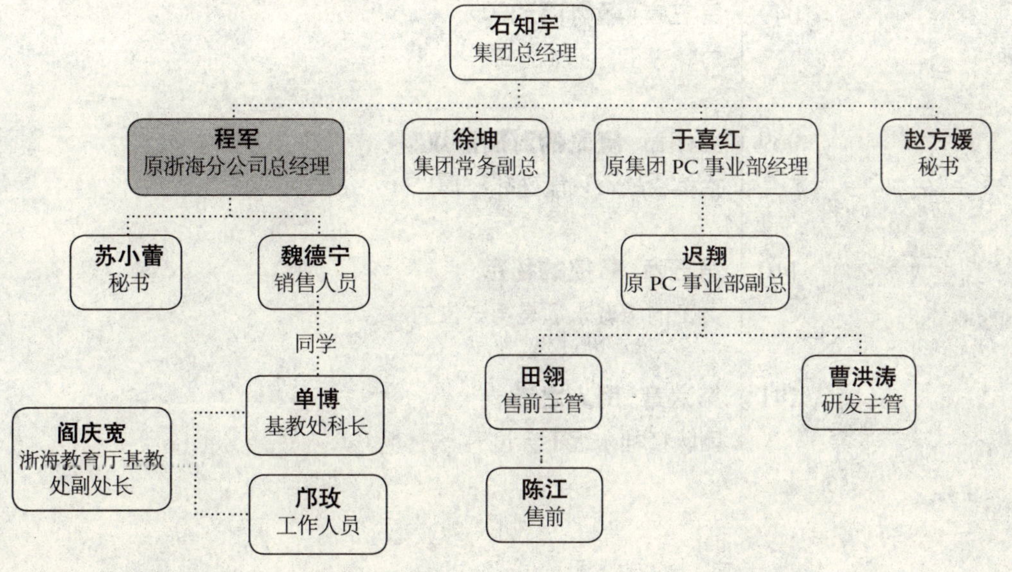

目 录

本故事纯属虚构

引言

2001年7月，北京战胜多伦多、大阪、巴黎、伊斯坦布尔，获得第29届奥运会主办权。全国人民为之欢呼雀跃，而主持人水均益却说了一句令人难以忘怀的话："我们要感谢对手。"

对手，是一个促进你超越自我、勇往直前的朋友。有了对手就有无尽的动力。

也许你曾听说这样一个故事：在美国北部的一个地方，人们因为喜欢鹿，捕杀了大批鹿群的天敌——狼，结果鹿群的体质却越来越弱，生命力也逐渐降低。最后他们不得不停止捕杀狼的行为，任其繁衍。鹿群才慢慢又恢复了生机。这是怎么回事呢？原来，虽然狼是鹿的对手，但鹿在被狼追捕的过程中，也锻炼了越来越强悍的奔跑能力。美丽而温驯的鹿群在世世代代这样的生存危机中，不断超越自我，勇敢地繁衍，体质和生命力也越来越强。狼也是一样，为了追捕到对手，也变得越来越凶残和强悍。它们以一种伟大的对手关系点缀了生机无限的大自然。

在百事可乐最初的70年里，它一直是一个地方性的饮料品牌。直到后来它找准了一个对手——老牌的可口可乐，并相应制定出"年轻一代"的品牌策略，取得了巨大的成功。后来有经济学家评论："百事可乐最大的成功是找到了一个成功的对手。"

有人说，你是否强大，要看你的对手是否强大。因为，对手就是你的另外一只手！

本书献给经济危机中卧薪尝胆、鹰之重生的人们——

第一章 风暴来临

山雨欲来风满楼。

在暴风雨来临前夕，每个人都知道自己不能坐以待毙，该出招了。

5月，华尔街表面上还维持着往日的繁荣，不过大街上已开始多了一些行色匆匆的人群。袁道鸣就是其中心急如焚的一位。这位来自中国的锦盛天成企业创始人拿着商业融资计划书，不停地穿梭在各大金融机构之间。而那些两年前还争着想为锦盛天成投资的人，如今却纷纷用委婉或直接的话打发着这个黄皮肤却说着一口地道美式英语的中国人。他们最终表达的意思是一样的："由美国次贷危机引发的国际金融危机愈演愈烈，全球经济与金融市场正在面临最严峻的挑战。美国五大投行已经垮掉了三家，我们也暂停了所有的投资业务。所以，以后有机会再合作吧……"

整整十天，袁道鸣跑遍了华尔街所有的投行和金融机构，得到的回答却是惊人的一致：以后再合作。以后再合作就是不合作，走在华尔街金融大街上的袁道鸣已清晰地感觉到这场金融风暴的切肤之痛。

锦盛天成是中关村这几年上升态势最强劲的IT企业，在互联网、网游、教育

PC、无线RP、手机阅读等领域全面出击，短短几年内收购了大大小小十几家公司。按照公司的战略规划，不出意外的话，到2010年，袁道鸣将会敲响纳斯达克开市的钟声。

然而，早在3、4月份的时候，锦盛天成总裁袁道鸣已经明显感觉到了来自投资方的压力，风投宁愿毁约，舍弃之前投进来的3000万美金，也不敢再砸钱进来。这对完全依靠风投攻城略地的私营高科技企业锦盛天成来说，无疑是一个致命的打击。5月份的时候，风投的资金全面撤离，锦盛天成的账面上仅剩下可怜的几百万。当初为了上市极力扩张战线，只重视现金流和营业额，摊子铺得太大；如今随着资金链的断裂，锦盛天成在一夜之间，巨人一样轰然倒地……

35岁的袁道鸣已经不再年轻。他在刚大学毕业的时候，失败过一次。那时他初次创业，也是做互联网，短短时间内就做得风生水起，一时身价过亿，成为当时年龄最小的IT新宠。当时他才24岁。然而，当时他也是即将把公司上市的时候遭遇到了1997年的金融风暴。历史总是惊人地相似，袁道鸣也不明白，为什么自己总在离成功之巅只有一步之遥的时候倒下？并且摔得是如此惨烈如此悲壮！

日夜流转，时光匆匆，袁道鸣在华尔街一无所获。回到北京后，他不得不连夜召开公司董事会会议。可是直到第二天天亮的时候，大家也没有想出一个好办法。很多问题一下子就摆在了面前：无线RP团队在事业部总经理带动下一起辞职另起炉灶了，留下一个无人接手的烂摊子；各项业务停滞不前，烧钱的互联网早已没钱可烧，流量跌到谷底，濒临破产；老网游用户数量急剧下降，新网游已经没有资金投入研发；手机阅读是新业务，主要是盯着中国移动的3G牌照，不仅竞争异常激烈，而且即使扔钱进去短期内也难看见回报。唯一有盈利的就是教育PC这一块，也是锦盛天成发迹的老本行，但是，这一块在进入2008年后，业务开展得异常艰难，一直没有新单可打，能回的一些款子大都是2006、2007年打下的单子的尾款。十几家分公司大都是花钱的公司，当初收购的时候，看中的也只是他们的业务量和现金流，这些东西做报表时有用，却没有实利可图。

袁道鸣看了看大家，很多人的眼睛都充满了血丝，和他一样，人人都为此心焦不已却又无可奈何。作为公司第一把手，袁道鸣知道，这个时候他必须把责任承担起来。他站起身说："华尔街的金融危机很快就会波及到其他领域，并且会蔓延到世界各地，当然也包括中国。我们能做的就是做好过冬的贮备，尽快找到钱。我会和大家一起想办法，国外的钱不好找，咱们可以从国内找。另外，公司内部要做出一些调整，不仅要裁掉那些烧钱的项目和一些分公司，还要积极开源节流，做好成本控制……"

很快，锦盛天成的办公地从中关村标志性建筑中搬到了北五环外一个破旧的办公楼里，然而节省出来的费用还不够锦盛天成维持一两月的开支。国内的钱也不好找，一些先知先觉的企业纷纷捂紧了钱包。袁道鸣找了一圈，也只是从朋友那里借到了一些钱。锦盛天成的账面上已经空空如也，7月份员工的工资眼看着都发不下来了，不得已，袁道鸣抵押了自己的房子和车子。

北京奥运会在举国欢庆声中开始了。除了那些运动员，袁道鸣恐怕是全北京最忙碌的人了，他不分昼夜地奔波、拜访、谈判，却一无所获。找不到钱的结果，让锦盛天成在遭受财务危机的同时，也流失了大批人才。短短两个月，锦盛天成的员工走了一大半，而主要竞争对手帕瑞比则趁机大张旗鼓地招人挖人。想到此，袁道鸣走进国贸大厦的时候，眼前不由自主地浮现起帕瑞比中国区总经理龚仁贵那张似笑非笑的脸。

帕瑞比是一家美资企业，中国区总部正位于国贸。这天上午袁道鸣刚好来国贸一个朋友开的公司里借钱。他等了足足两个小时，朋友一直在开会，出来后却抱歉地对袁道鸣说他的公司也面临财务危机，因此爱莫能助。袁道鸣的心情沮丧到了极点。下楼的时候，电梯在28层停了一下，门打开的瞬间，袁道鸣看到了帕瑞比公司大大的标志牌。一群挂有帕瑞比工牌的职员走了进来，有几位看了看袁道鸣随即低下了头。袁道鸣知道他们中有的几天前还是自己的优秀员工。帕瑞比下手真的很快。袁道鸣也知道，不仅是眼前的这些，还有很多锦盛天成的人才已经或者正在奔向这里。想到这，他痛苦地揉了揉自己的眼睛。

走出国贸的时候，天阴得似乎要拧出水来，浓密的乌云压过低垂的天空。袁道鸣不知道下一个可以找钱的地方是哪里，避风湾又是哪里？他茫然失措地放慢了脚步，等待着一场大暴雨的来临……

大雨过后，北京的8月终于不再闷热，46岁的龚仁贵揉了揉发酸的眼睛，推开玻璃窗，一股清新的风钻进了这间位于国贸大厦28层的帕瑞比中国区总经理办公室里。办公室有篮球场那么大，深绿的阿克斯敏斯特地毯上错落有致地摆放着几组意大利真皮沙发。龚仁贵回到自己那张宽大的办公桌前，拿起电话，声音简短有力地说："Jessie，请通知一下Jack，让他10分钟后到我办公室。"

放下电话，龚仁贵斜靠在老板椅上，张开双臂，伸了一个懒腰。偌大的办公室在他眯起的眼缝中变得空旷起来。在北京这个拥挤的城市，在这个寸土寸金的地方，在这个全球500强企业林立的顶级写字楼里，能拥有一个这么大的办公室简直是一种奢侈的享受。三年前，当龚仁贵第一次走进这里的时候，就喜欢上了它，他做的唯一改变就是将红色的威尔顿地毯换成了深绿的阿克斯敏斯特——这可能跟他是蒙古族人有关。每当他疲倦地眯起眼睛，恍惚中会觉得自己骑着骏马飞奔在绿色的草原上，颇有指点江山的雄壮感觉。作为全球领先的电子高科技公司中国区的老大，他需要这种自信。事实证明，正是这种自信让他在竞争日益剧烈的2006年、2007年仍使帕瑞比中国保持了惊人的扩张速度！那时，每当看着那些财务报表上拔地而起的柱子，龚仁贵都不敢相信它们跳跃的幅度，简直像火箭一样向上窜；然而，此刻同样让他不能相信的是这些柱子的下跌幅度，在进入2008年的前两个财季里，简直像跳楼一样往下落。

龚仁贵不知道自己在这间办公室里能待多久了。

一切都是要靠数据说话的。在2008年之前，帕瑞比中国业务的迅猛发展，让总部的那些老美们看到了中国市场的巨大潜力。大中华区的成立已是箭在弦上。2007年底龚仁贵去美国总部开会的时候，帕瑞比全球副总裁暨技术服务部高级副总裁龙坤曾私下向他透露：不久的将来，中国区必将从亚太区脱离出去，台湾、香港、澳门的业务也会归结到中国区旗下。

龙坤是美籍华人，56岁，他是龚仁贵在总部唯一的“朝中”朋友。他的话，龚仁贵当然相信。

果然，八个月后，总部忽然将这个话题提了出来，按照美国人的办事效率，估计大中华区的成立近在眼前了。然而，一直都在期待这件事情的龚仁贵却开始坐立不安。虽然2008年的中国遇到了前所未有的天灾人祸的考验，是许多不可抗力导致了整个行业的萎缩，但是老美们不会听这些解释，亚太区更不会听这些解释，在这个关键时刻，2008年八个月苍白的销售数据，足以把他推下悬崖，并且会死得很难看。他一直觊觎的大中华区总裁位置恐怕也会不可避免地旁落。

让龚仁贵背后发凉的是，帕瑞比亚太区已经开始行动了。亚太区总裁陈汉生不止一次地在全球电话会议中主动为中国区辩称： 2008年前两个财季，中国区销售数据的一落千丈是有原因的……名为“辩称”，实为突出了“一落千丈”。这个40岁属猴的新加坡男人，精明得很。他也明白，既然成立大中华区大势已定，失去了中国市场的亚太区总裁之位坐起来还有什么意思？顺势者成大事也，成立大中华区，可以。但是，帕瑞比大中华区不能姓龚，要姓陈。陈汉生在总部的人脉广，他英语又好，和老美沟通起来得心应手，比起龚仁贵，他的优势要明显得多。

不仅如此，陈汉生已举起刀砍向了龚仁贵的左膀右臂。上周，迫于亚太区的压力，龚仁贵已将跟随自己多年的帕瑞比中国区销售总监江久年交了出来，让他做了牺牲品。

此刻，帕瑞比总部法务部和内部审计官又发来邮件，说有举报称帕瑞比中国在拿单过程中涉嫌商业行贿。这可是致命的招数！从凌晨4点半看到邮件后，龚仁贵就让秘书Jessie帮他推掉了今天所有的活动，一个人躲在办公室里沉思默想。在经历了漫长的权衡后，龚仁贵知道自己不能坐以待毙，该出招了。

剃着光头的帕瑞比中国区人事总监Jack（宋杰）敲了敲门，抱着一个超薄的笔记本，走了进来。

“Jack。”龚仁贵摆了摆手，示意他坐到离自己不远的那组沙发上。

Jack笑了笑，露出一排洁白的牙齿，快步走到那组沙发旁边，面朝龚仁贵，轻轻地将电脑放在茶几上。看到龚仁贵朝这边走来，他停顿了一下，等龚仁贵坐下后，他才坐下。

“有什么进展吗？”龚仁贵问。

“暂时还没有多大的进展。”Jack如实说道，“上周，江久年刚走，这边就给猎头公司打过招呼了，但是还没有合适的人选。您也知道，这家猎头和咱们合作了那么久，他们选人也是很谨慎的，不会随便推荐一个过来耽误咱们的时间的。”Jack顿了顿，看了一眼龚仁贵。龚仁贵面无表情。Jack接着说：“主要是事情太突然，时间也太紧，怕是猎头一时半会儿也拿不出合适的人来。”

“那从内部里找一个，如何？”龚仁贵猛然扔出了这个话题。

Jack迅速地抬起右手，用食指顺着自己的鼻尖往后推。Jack的鼻梁很高，他手指游走的速度逐渐放慢，终于在鼻根部停下来。他用手指托起了600度的近视镜，心中寻思着：早晨刚上班，就接到华东区销售经理谭村的电话。当时谭村在机场，得到龚总紧急召见的他正准备飞往北京。同是32岁的谭村和Jack私交不错，经常相互交流一些内部信息，但这次Jack确实无可奉告。见没有问到什么有用的信息，谭村一语双关地说：“那边的天怎么样？是晴天还是阴天？”Jack无奈地说：“我来的时候，老板已经把自己关在屋内，看不出天气变化！”现在，经龚仁贵这么一问，他不禁想：难道龚仁贵是想让谭村担任帕瑞比中国区的销售总监？

Jack松下手指，镜框又回到了眼睛下方椭圆形的“轨道”里，多年来近视镜在面部已经压出了两道痕迹，繁重的工作让Jack看上去要比实际年龄大了很多。鱼尾纹在他的眼角迅速汇聚，洁白的牙齿再次闪亮，Jack笑着说：“帕瑞比的人才储备那么丰富，要是平时，内部找一个，肯定没问题。但是，自从销售总监江久年辞职后，他一手带起来的兵也受到了影响，现在还处在人事变动的余波中。和您预料的一样，华中区销售经理陆峰、华南区销售经理鞠莉莉已经递交了辞职报告……”

龚仁贵插了一句："他的兵，他终究是要带走的。不过，他们这么着急走，不会是跟着江久年已经找到下家了吧？"

Jack 知道龚仁贵对江久年还是有很深的感情的，帕瑞比中国 2006、2007 年的所向披靡，业绩以 200—300%的速度增长，江久年功不可没。七年前，龚仁贵还在思软中国做技术总监的时候就把当时才 28 岁的江久年带在身边；三年前，龚仁贵以思软中国区副总裁的身份加盟帕瑞比的时候，也把江久年带了过来。那时的江久年已经名满天下，将思软的销售做得风生水起。如今，龚仁贵以这样的方式让江久年出局，他的内心深处很是愧疚。这一点，帕瑞比中国的很多人都知道。

Jack 耸耸肩："还没有得到一点风声。不过，他若是想找下家很容易的，估计目前应该有多家猎头在约他喝茶呢。"

"嗯。"龚仁贵淡淡地哼了一声，随即说，"陆峰和鞠莉莉要走就走吧，这二位是留不住的。其他的，还有没有？"

"华北区销售经理谷枫目前不会走，就是走，也不会跟着江久年走。他是一个老销售，和华东区销售经理谭村一样，跟江久年的交情一般。尤其是谷枫，之前因为折扣的问题和江久年发生过争执。江久年一走，空起来的位置，他能不动心？谭村应该也不会走，他是帕瑞比一手带起来的孩子，年轻，有理想有追求，在这里有大把的前程。其他的人，多多少少一些下面的销售可能会走一些，目前还没有收到具体的辞职信。我已经将有可能走的一些销售列了一个表，您看看，哪些人要留？我去做他们的工作。"Jack 将电脑推到龚仁贵面前。

"天要下雨，娘要嫁人。谁走谁留，你来定。但是，我希望余震越小越好，走的人数，控制在五人以内。"龚仁贵抬头看了一眼电脑，又看了看 Jack，将话题拉了回来："内部的人，你看看有没有合适的人选？"

Jack 立刻想起了正火速赶来的谭村。但关于帕瑞比中国区销售总监的位置，42 岁的华北区销售经理谷枫的胜算应该大些。谷枫做了那么多年的销售，之前也做过 ICM 的企业技术服务部部门经理，在行业里面积累了广阔的人脉，也算是大风大浪里过来的人。相比较起来，谭村的职场阅历就少了很多。不过，这位清华大学毕业的高材生在进入公司不到一年的时间内，就被破例送往美国读 MBA，培养的目的显而易见；回国后做销售，他也显现出了超乎年龄的成熟和技巧，短短两年内就坐上了华东区销售经理的位置。帕瑞比全球员工有 20 万左右，都是各领域的精英人士，职位竞争很激烈。尤其在人口众多的中国，一般来说，从一名销售做到大区经理大概需要八年的时间，而从大区经理到销售总监大概需要六年的时间。谭村成了最年轻的大区经理，当时他才 28 岁。如今，要再提拔他做中国区销售总监？多少不合常理！

然而，龚仁贵是一个不按常理出牌的人。

由此，将宝押在谭村身上，或许是个正确的选择。Jack坐直了身子："华东区销售经理谭村，怎么样？"

"这正是我要和你商议的下一个问题。"龚仁贵对Jack的回答有点失望，抬了一下眼皮，冷冰冰地扔出一句话："内部的人很多，不要局限于大区经理的层面上嘛。"

Jack很是诧异，不局限于大区经理，难道从更下层寻找？不过很快，也就是短短的一秒钟，Jack就想通了。目前的状况，在龚仁贵的眼中，帕瑞比中国区销售总监这个位置上坐的是谁并不重要，重要的是，这个位置不能空着。若实在找不到适合的，就找一个更下层的人上来先占住位置，代理一段后，再拿下去——也比较好拿下去。这就是龚仁贵的智慧。Jack拍了一下自己的光头，释然地笑了："下面的人，冒尖的也真不少，像华南区的刘瑞华、华中区的张寿亭等，这些人虽然阅历上有些欠缺，但有实战经验，业绩也是有目共睹的。业绩就是硬指标嘛。"

龚仁贵的面部表情终于有所缓和，他喝了一口咖啡说："具体人选你好好考虑考虑，销售部门的头儿不同于其他部门的头儿，光有管理经验还是不够的，要打过大的单子，有过辉煌的业绩，这样的人才能服众！这事尽快落实。好了，现在我想和你商议一下另外一个话题：拿下谭村，就在今天。"

Jack一愣，不太相信自己的耳朵，拿下谭村？！这也太突然了。Jack将目光从电脑屏幕上抬起，看了龚仁贵一眼，依旧是那张白净的国字脸，双目炯炯有神，一头乌黑浓密的头发。在他的身上看不到岁月的痕迹，身材依旧保持得很好，看上去很年轻，嘴角挂着招牌式的笑，不露牙、不启唇，收缩了一下面部表情，笑就出来了。

通常情况下，在人事问题上，一般是龚仁贵提供原则和人选，Jack提供办法和结果。龚仁贵是个比较强势的人，对人事问题向来说一不二。但是，在一些特殊时刻，尤其是在有其他人参加的会议上，Jack还是要提一下不同意见。总经理龚仁贵提了一个方案，人事总监Jack站出来反对一下；只需过一段后他再公开表态，事实证明，上次的方案，还是龚总英明、有远见。这样流程就会显得更民主一些。

但是，现在房间里就他们两个人。Jack尽量用坦诚的语气说："拿下谭村，不妥吧？江久年一走，陆峰和鞠莉莉一走，谭村再一走，会不会……"

龚仁贵知道Jack想说什么，其实这也是自己的担忧。在拿不拿下谭村的问题上，他已经考虑了很久。谭村爬升得那么快，销售数据固然为他增添了不少砝码，但是谁能说没有上边的支持？龚仁贵来帕瑞比中国的时候，谭村已经是华东区销售经理。华东区历来就是各大区销售之首，地肥，高产，也是向上晋升的跳板。龚仁贵私下曾给当时还是帕瑞比中国区销售总监的江久年表示，要让几乎是帕瑞比中国晋升传奇的谭村动动窝，但被江久年劝阻了。一来华东区是谭村发迹的地方，很多资源都在他的手中，怕牵一发而动全身；另外，也是比较重要的一点，不知道谭村是哪一派，不知道是老美的人还是亚太的人。直到今天，看到美国总部发来的邮件，可以排除了谭村是老美的人，既然他身后依靠的不是老美这棵大树，那就好办多了。若是亚太派，也刚好借此机会拿掉他。龚仁贵已经习惯将潜在对手消灭在萌芽阶段，现在正好有了一个绝好的机会。当然，这些 Jack 并不知道。

“这是个意外。”龚仁贵淡淡地说，“今天早上接到总部法务部和内部审计官发来的邮件，谭村被告了。邮件中称有确切证据证明，2007 年在拿下中国移信上海分公司那个单时，帕瑞比中国有人向相关人士进行了数额巨大的返款。”

返款是正常的事情，一个项目，尤其是大的项目，只要不超过项目数额的 10%，帕瑞比中国都有权将之作为市场活动经费或者促销活动经费返还给经销代理商，由代理商或者其他第三方再私下返给相关项目负责人。这些潜规则是连老美都积极推进的行为，何来行贿之说。

龚仁贵接着说：“那笔款项是江久年经过我的同意批的，按照规定，来往邮件都抄送到了亚太区。这些都没有问题。关键是现在不知道是谁，举报说谭村在这笔款上做了手脚，从代理商那里自己划拉了一笔。也是一笔不小的数目。这个事放在以前，捅到了咱们这个层面，私下解决就可以了。然而，这次有人绕过我们和亚太区，直接举报到了老美那里。你知道，大老板再过两天就会飞到北京看奥运会，我希望在他来之前，能够将这件事了结。你说呢？”

Jack 倒吸口冷气，暗想这事发生得也太突然了，在这个节骨眼上直接被捅到美国总部，显然是有人蓄谋已久。这些桌子下面的交易一旦被摆在了桌面上，无论在中国区还是亚太区，对待此事的态度都是，杀无赦！此次谭村的结果可想而知，Jack 内心不禁为他感到惋惜，嘴上却不得不公事公办道：“只要证据确凿，拿下应该没问题，毕竟这事情违反了反贪污腐败法。抛开这不说，单就私下向代理商索要回扣的事，就够判几年的。”

“得饶人处且饶人。”龚仁贵叹了口气，“还是太年轻啊，唉，可惜了。这事情，还是尽量内部解决，毕竟他以后还要在这个圈混，另外传出去对咱们也不好，以后谁还敢跟帕瑞比中国做生意啊，对不对？”

“那是。”Jack 附和了一下，又提出了自己的担心，“若是谭村坚持不承认怎么办？尤其是《新劳动法》颁布以后，劳动纠纷案中，结果更倾向于员工。”

“那倒不必担心。等一会儿，我先跟他谈，这个事解决一定要快，若总部法务官、内部审计官和大老板一起来北京的话，那就糟了。所以这件事情，一定要向奥运会的口号看齐：更快、更高、更强！”

Jack 释然一笑，龚仁贵亲自出面，那自己后面的工作就好做多了。

就在 Jack 暗自松了一口气的时候，龚仁贵又扔出了一句话：“那会是谁写的这封举报信？”

Jack 感觉今天的状态不好，老是跟不上老板的思路。龚仁贵每抛出一个话题，Jack 都会身不由已地一愣。这是一个危险的信号。Jack 努力调整一下思路，心想：举报信若能轻易让人猜到作者，那就不叫举报信了。他刚想好如何回答老板的问题，电话响了，龚仁贵站起身走到办公桌前：“喂。”

Jessie 在电话那端说：“龚总，谭经理到了。”

“那行，让他到我办公室。”

今天的主角到了。Jack 心想。

果然，龚仁贵放下电话说：“那个信，你帮我想想。谭村到了。”

“那我先撤？”

龚仁贵点了点头，说：“我先跟他谈，然后我让他找你。”

“行。”Jack 已抱起了电脑，朝门口走去。

“对了，告诉陆峰和鞠莉莉，让他们明天来北京，我找他们谈谈。”

“好。”Jack 答应了一声，推开门，走了出去。

帕瑞比中国租用了国贸大厦的两层，27 层是员工办公区，28 层是领导的办公室及会议室。Jack 想，谭村从 27 层上来，无论走楼梯还是电梯，都需要一定时间。想到此他不禁快走几步，想尽快回到自己办公室，避开现在和谭村的碰面。虽然他做了多年的人事，早就做到了前一分钟热情洋溢地和员工打招呼下一分钟面不改色地解雇他，但对于谭村，他还是希望能避免那“前一分钟”。然而，就在他即将成功溜进自己办公室的时候，谭村出现了。

“老宋！”谭村一直都这么称呼 Jack，“跑这么快，想躲我啊？”

“啊，这就被你发现啦！”Jack 摆出一副乐呵呵的样子，开玩笑道，“早知道你来这么快，我就该躲出去。”

“是啊，连我都吃惊，从机场到这里才 18 分钟，一路畅通啊，若一直这么单双号行驶就好了。”

Jack 强装镇定，像往常一样和谭村闲扯着，说话间谭村已经敲开了龚仁贵办公室的门。

“坐这边。”龚仁贵指指靠窗户边的那组沙发，然后电话 Jessie：“请煮两杯咖啡。”

谭村松了松领带，松开白色衬衫上端的第一个纽扣。

龚仁贵见状说：“知道你来，我刚才特意关了我办公室的空调，怎么样？眼睛好些了吧？”

“好多了，就是有时候见客户不方便，不能喝酒抽烟，连空调都不让吹，并且每周要去两次医院，从医院出来后眼睛这里都缠了胶带，不知道的客户还以为我挂彩了呢，嘿嘿。”半年前，谭村的眼睛忽然几乎失明，去了很多医院，但一直没有找到更好的治疗办法。好在谭村很乐观，心态还不错。

这时候，身材高挑的 Jessie 托着一个盘子进来，盘子上放着两杯咖啡。浓郁的香味飘来，谭村深吸了一口气，冲 Jessie 说：“谢谢 Jessie。”

Jessie 笑笑，将咖啡分别放在他们面前的茶几上，退了出去。

“这种病，一定不能太劳累。慢慢就好了。”龚仁贵看到眼前的谭村，想到马上就要辞掉他，有些于心不忍。但是，这个想法很快就被另外一个念头否决了。这个谭村，三年了，一直都没有在自己面前表明立场，若真是亚太的人，目前是除掉他最好的机会了。龚仁贵清了清嗓子，打算摊牌。

不巧的是，这时谭村的手机响了。

“不好意思。”谭村笑了笑，拿出手机，看了一眼号码，毫不犹豫地按了接听键：“小吴，快讲，我正给龚总汇报工作呢……啊，真的？好，我知道了，从现在开始，你什么活都别干了，专门盯住这事。有什么情况，随时打我手机！”

挂断电话后，谭村没有立即将消息汇报给龚仁贵。他要使自己尽量平静下来。从江久年离开的那一刻，他就感觉自己的机会来了，帕瑞比中国区销售总监的位置、将来极有可能是帕瑞比大中华区销售副总裁的位置，对刚刚 32 岁的他来说，太有诱惑力了。一接到紧急召见的电话，谭村就感觉到机会真的降临了。谭村端起咖啡，轻轻地吹口气，抿了一口，跳到嗓子眼的心顺着咖啡又退回了原处。

龚仁贵看到谭村尽力克制的表情时，料定有情况要发生，肯定有一条大鱼在谭村的内心游动，他决定先暂停，看看是条什么样的鱼再说。想到这，龚仁贵慢悠悠地问：“啊，最近怎么样啊？”

谭村忙放下咖啡，满脸堆笑：“2008 年的形势不容乐观，上半年华东区的销售业绩非常一般，您也知道的，不过这种情况，马上就会好转了。龚总，我正想给您汇报呢。我们最近盯的一个大单，有眉目了。”

“哦，是电信方面的？”龚仁贵知道，谭村在华东区电信行业有极深的人脉，随便到华东区任何一个省份走走，电信部门的办公室里摆放的大都是帕瑞比产品。

“这个单比电信行业更有做头。”谭村自信地卖了一个关子。

“哦。”龚仁贵问，“那是多大的盘子？”

“刚刚从浙海省教育厅获得消息，浙海省为了落实教育部颁发的《中小学现代远程教育工程》，面向全省15,000所中小学建设和推广应用现代化远程教育工程，要进行了大量的设备采购，囊括了电视机、投影机、打印机、PC计算机、服务器、交换机、教育软件等多项教育设备。其中分量最重的当数PC计算机以及相对应的远程教育软件，远程教育软件必须和PC计算机相兼容，这刚好是帕瑞比的产品优势。15,000所中小学，保守估计，这份定单价值应该在5个亿以上！”

龚仁贵暗自惊叹，5个亿，对于2008年苦苦挣扎的帕瑞比中国来说，不是救命的稻草，而是可以上岸的船！先不考虑他谭村是不是亚太的人，若真能拿下这个单，5个亿的真金白银，归根结底是算在帕瑞比中国区的账上。有了这些，也就有了争夺权柄的砝码，帕瑞比大中华区的走势将会向有利于自己的方向发展。想到此，龚仁贵立刻放弃了拿下谭村的念头。

“谭村，”龚仁贵觉得无论如何都应该鼓励一下，或者说收买一下眼前的这个年轻人，但是又不能太过。想到这儿，龚仁贵的面部不再是那个招牌式的笑，嘴角张开的幅度大了一些，亮出牙齿，终于发出爽朗的笑声，“哈哈，不错，帕瑞比中国2008年的销售任务就看你了。我没有看错人。注意好身体，帕瑞比中国需要你承担更大的责任。”

听龚仁贵这么说，谭村更坚定了自己的猜想。现在，他觉得也该是他表明立场和态度的时候了，于是坐直身子，双手放在膝盖上，姿势微微前倾，坚定地说：“请龚总放心……”

龚仁贵满意地点点头：“依你看，目前我们要拿下这个单，潜在的最强对手是谁？”

“锦盛天成。”谭村毫不犹豫地说了出来。

“呵呵，它啊，”龚仁贵的眼中立刻闪现出一种蔑视的目光，冷冰冰地说，“袁道鸣的锦盛天成根本不配做帕瑞比的对手了。”

谭村一愣，随即想起了锦盛天成最近的种种迹象，心中也明白了几分。锦盛天成以前是帕瑞比的老对手，现在看样子已被龚仁贵从心中除名了，那么谁会取代它成为目前帕瑞比最强的对手呢？

念头转处，谭村立刻毫不犹豫地说出一个国企的名字：鑫星集团。

“保守估计，这个数。”距离国贸不远的航天某院里，鑫星集团浙海分公司经理程军向他的领导石知宇伸出了一个巴掌。

“5亿？”鑫星集团总经理石知宇知道，若是5千万的话，程军不会特意来北京汇报。

领导的追问，让程军感到自己这趟行程是值得的。虽然对面56岁的国企总经理每年过手的资金在百亿之上，但可以看出，对自己带来的这个消息，石知宇还是表现出了很大的兴趣。程军将手重新握成拳头，肯定地说：“5亿，只多不少。”他的判断和帕瑞比中国华东区销售经理谭村惊人地一致。

“项目启动了吗？”

“目前还没有，不过应该很快了。学校马上就要开学，据浙海省教育厅的朋友说，浙海省远程教育设备采购项目应该在开学之前启动。”

“PC计算机是我们的强项，但相对应的教育软件尤其是内容资源方面，我们还缺少优势。这两年的趋势是，针对学生使用的教育PC机里都自行安装了自主研发的远程教育软件，咱们的教育PC事业部也是针对这才上马的，但一直苦于内容资源建设，比如电子图书、考试试题等。”石知宇说出了自己的担心。

鑫星集团成立于1992年，是隶属于国家某部委的国有高科技中央企业，生产销售自主研发的PC计算机，是目前国产计算机领域的领导者之一。教育PC事业部是它2006年刚成立的一个部门，30人的研发、80人的销售队伍在鑫星集团5000多名的员工中显得微不足道，但随着现代教育信息化网络化的进程，教育PC事业部却成为了鑫星成长最快的部门。300—500%的业绩增长速度，让教育PC部一下子成为鑫星集团最炙手可热的部门，不仅员工的销售提成要比其他部门高很多，而且前任教育PC事业部总经理干了仅仅一年就被提拔为集团副总。

现任教育PC事业部总经理于喜红是从部里空降过来的。她是一个30多岁的单身女人，做事干练，做人乖巧。但自从部委某领导下派到南方某经济大省任国资委一把手后，有传言说于喜红经理也要走。而且她确实有一段时间没来上班了。因此，如今教育PC事业部就像一个风韵十足待要改嫁的小媳妇一样，让鑫星集团的一些人蠢蠢欲动。程军就是其中一位。程军高大、白净、有那么一点点胖，但胖得恰到好处，显得很威严。42岁的他目前是个副处，若能调到总部干上一年半载，解决个正处应该不是问题。

“正因为不是我们的强项，所以我才建议要抓住目前的这个机会。”程军拍了拍微微隆起的腹部，一副胸有成竹的样子。

石知宇点点头，说："你有这个想法是好的。我这边肯定支持你的工作，要资源给资源，要政策给政策，要人，我这个总经理你也可以拿去，听你调遣！"

程军没有想到石知宇这么爽快地表了态："谢谢，谢谢石总支持！呵呵，您是元帅，我是兵，您指哪，我打哪！"

"说吧，有什么想法尽管提！"军人出身的石知宇说话直来直去。

程军显然是有备而来，听石知宇这么一说，便把打好的腹稿洋洋洒洒地发挥了出来："第一，这个单按照常理来说，应该属于教育 PC 事业部来管。但是作为鑫星集团浙海省分公司经理，我也有权来做这个单。坦白说，之前我们也配合教育 PC 事业部打过一些单，但都是一些小单，我也看不上眼，但是这次，我希望石总能给我次机会，让我来打。当然了，不仅仅是笔大单的原因，更是因为我对这单的把握以及对浙海当地的了解。您将我放在浙海两年，多少积累了一些人脉，总得给您做出点成绩吧。这是其一。

"另外一层是我对教育 PC 事业部有个比较大胆的建议，这几天我一直在考虑这个问题。这两年凭借着鑫星集团雄厚的资金以及先进的技术，我们的教育 PC 机无论是硬件上还是技术上，都已经达到了行业领先水平。但是正如您刚才所说的那样，教育 PC 还不是我们的强项，究其原因，我们的教育软件内容资源单薄，授权的电子书只有 5 万部，比起这个行业的龙头帕瑞比中国的 13 万部电子书，我们还有不少的差距。而教育部门不仅仅是希望能买到性能好的 PC 计算机，他们更看重的是这些计算机的附加内容能否给学生、老师带来更多的知识和便利。

"帕瑞比中国和我们一样，主营业务都是 PC 机，但是可以看出他们在教育软件内容研发这块的投入越来越大，当然收入也越来越多，仅此一项收入就占他们 2007 年收入的 20%，并且利润更大。这一点，鑫星已经慢了一步。然而，短时间内完善教育软件内容建设和资源授权也不太现实，我是这么考虑的，我们能不能收购一家目前国内顶尖的教育 PC 机本土企业，这样困扰教育 PC 事业部的内容资源问题也就迎刃而解了。这不仅是为了拿这个单，更是为了长远利益打算！"

程军边说边用眼睛的余光看着石知宇，但石知宇只是微笑着，并没有更多的表情。一番长篇大论后，程军停下来，端起茶杯，一边喝茶一边又将自己刚才说的话揣摩了一遍。

石知宇嘴角依然挂着笑，但黑黑的脸庞上眉头已皱起："你是说，收购锦盛天成？"

"对。锦盛天成目前算是本土最大的教育 PC 机企业，内容资源丰富，仅授权的电子书就有10万部，收购了它，我们在内容上就能一举超越帕瑞比中国，成为这个行业的龙头。这是新兴的高科技行业，做好了，我们可以把这一块单独拿出来在纳斯达克上市的。”程军终于说出了自己的目的。

鑫星集团董事长是部委一位副部长兼任，平时很少过问鑫星集团的日常事务，所以鑫星集团的实际管理权是掌控在石知宇手中。作为大国企老总，石知宇深知国企的体制弊端，难得程军有这么长远的想法，他想。不管程军是出于什么目的，这对于鑫星集团来说也是件好事。但是这个事情还是谨慎一点好，别一不小心赔了夫人又折兵。毕竟自己熬到这一步，也不容易。石知宇的眉头松了一下又皱起：“袁道鸣是个人物，他的锦盛天成不是做得风生水起吗？他肯卖吗？就是卖，恐怕也是个大价钱吧？”

“您可能不知道，最近袁道鸣的日子不好过着呢，2008年整个行业的低迷以及华尔街金融风暴，再加上一个收购互联网的败笔，国外风投已经停止了投钱给他。他那烧钱的互联网已经把那些家底给烧净了，风投一停，那还不是要了他的命？锦盛天成总部已经从中关村搬到了京郊一家破旧的办公楼，300多人的公司在短短两个月内员工已经锐减到了100多，甚至连工资都发不下来了。现在给他钱，不就是救他命吗？”

“您不仅是在借钱给我，还是在救我的命，救锦盛天成的命……坦白说，我只需要200万，200万对您郭总来说，那还不是九牛一毛……喂，喂，我这边听得到，郭总，听我说，喂，喂——”锦盛天成公司总裁袁道鸣疲惫地放下电话，一屁股坐在了北五环外某破楼楼顶的围台边缘上。大雨过后的楼顶围台上有些许积水，他浑然没有感觉到臀部的裤子已经湿透。

今天是和员工合同上注明每月发工资的日子，也是这月租金的最后期限，之前一个朋友承诺借100万到今天依然没有到账，打电话也失去了联系。搜虎科技的郭总是他最后的底牌，是他认为最有可能借出钱来的人，但是这位昔日留学美国的校友、如今IT界呼风唤雨的大佬的手机却在关键时刻出现了信号问题。

袁道鸣没有理由不悲伤，联系了所有自认为能够借出钱的朋友，打了多少电话，跑了多少腿，看了多少脸色，能借的都借了一遍了，自己的车子、房子也已经抵押给银行了，最后还是束手无策。这真是一分钱难倒英雄汉。1米88的个头让袁道鸣在太阳下看上去更显孤单。楼下有100多位等着领工资的员工，他专门躲到16层高的楼顶打电话借钱，但钱没有借到，他简直不知道该如何走下楼梯。

天空能见度很好，从楼顶向远处望去，中关村标志性建筑依稀可见。三个月前，他和他的300多名员工还在那栋建筑的第22层并肩作战。“唉，”袁道鸣轻叹了一声，低下头俯视着地面，地面上的人三三两两地行走，这中间或许有他的员工，他们或许正议论着如何找到下家、如何领到钱后走人。已到吃饭时间，袁道鸣决定整理一下情绪，下楼给大家作个解释，看来锦盛天成第一次要拖欠工资了。

即使这么落魄的时候，袁道鸣依然没有忘记整理一下自己的着装。拍打灰尘的时候，才发现屁股已经湿透了，等一会儿干了再下去吧，他想。太阳开始毒辣了起来，袁道鸣走到楼顶的水塔旁，想找一个有阴影的墙角，却发现自己太高，无处躲藏，只好任由太阳烘烤。

回想起自己35年的人生岁月，袁道鸣唏嘘不已：16岁以浙海省理科状元的身份踏进了清华，被誉为神童；20岁的时候进入哈佛大学深造；24岁，回国创办了大新网，短短三个月就创造了互联网的奇迹，随后陆续有风投进来，一时身价过亿。然而，随着互联网经济泡沫的到来，一夜之间，袁道鸣身无分文。想想当时，和现在是何等相似，甚至比现在更糟糕，不是也挺过来了吗？六年前，袁道鸣卷土重来，不过涉足的是教育PC机这个在中国尚未开发的IT新领域。2008年之前做得依然是风生水起，不出意外的话，锦盛天成将在2010年登陆纳斯达克，谁成想会出现这样的意外？同样的错误出现了两次，对袁道鸣来说，这是不可饶恕的。但现在不是自我检讨的时候，摆在眼前的是如何交房租发工资的事情。袁道鸣拍了拍屁股，裤子干了。

袁道鸣走下楼梯，远远地看见了一群员工抱着自己的笔记本电脑围在公司门口窃窃私语，看到袁道鸣过来，都停止了交谈，望着袁道鸣。

“袁总，”前台徐曼曼快走几步来到跟前，吞吞吐吐地说，“中午吃饭的时候，物业过来几个人，不由分说把我们赶了出来，并且把门上了锁。”

袁道鸣看了看，果然一把新锁锁住了办公室的玻璃门，上方还贴了一个封条：由于贵公司拖欠租金，特此封门。并署了日期，盖了章。

很多双眼睛盯着自己，袁道鸣感到脸上火辣辣的，看到一些员工抱着电脑站在楼道里，袁道鸣不由得一阵心酸。

“很多同事去吃饭了，还没有回来，他们的一些东西还在办公室里呢。”徐曼曼说。

“阮琦呢？”阮琦是锦盛天成的行政总监，30岁，瘦，眼睛不大，却爱笑，笑起来的时候，眼皮合成了一条缝。他和研发总监薛刚一样都是袁道鸣的清华师弟，是锦盛天成遭遇财务危机后，坚持留下来的几个中层管理人员之一。短短三个月，锦盛天成三位高管仅剩下袁道鸣自己，十六位中层管理人员仅剩下五人。下面的人，消息得到得并不缓慢，三百多人的队伍，目前还剩下一百多人。军心不稳，留下来的那一百多人，大部分是刚毕业不久的学生，找份工作不容易，还没有找到下家，只好在这先耗着。

“我给他打电话，没人接，可能是忘记带手机了吧，或者是没有听见！”徐曼曼为自己的上司辩护着。

阮琦早上来的时候就找袁道鸣汇报了物业即将封门的事情，没想到还真封了。这些物业，就不能宽限几天？袁道鸣拨通了阮琦的手机，响了好久才通。

“袁总！”阮琦在电话中急切地说，有嘈杂的声音传来，听得出来，他在大街上。

袁道鸣平静地说：“物业将门封了。”

“啊？”阮琦显然也很意外。平时文质彬彬的他也不由得骂道，“这帮混蛋，连一会儿都不能等！我刚银行出来，一会儿就把钱给他们交上！”

“钱？”袁道鸣现在对这个字是尤为敏感，“在哪弄的钱？”

“我自己的钱，先借给公司用吧。”阮琦满含愧疚地说，“对不起袁总，我的工作没有做好。这帮混蛋，我这就打电话找他们算账！”

挂断阮琦的电话，袁道鸣心中五味杂陈，阮琦跟随自己六年，做过招聘专员、招聘经理，后转行做自己的行政助理，后来做到行政总监，在公司里都是比较没有油水的职位。虽然说锦盛天成的员工待遇在业内算是比较靠前的，但是刚结婚不久的阮琦能有多少积蓄？况且一交一个季度的房租也不是个小数目。

陆续有员工走到楼梯处窃窃私语，或者发短信告诉其他同事这边的情况，让他们尽量别上来免得老板尴尬。一批抱着电脑站在门口的职员，走也不是，站也不是。袁道鸣看了他们一眼，说：“等等吧，一会儿就会打开了。委屈大家了。”

正说着，从电梯处出来两名身穿物业服的小伙子，面无表情来到门前，拿出钥匙。徐曼曼质问道：“你们这么做也太不合情理了吧？”

其中一个小伙子看了一眼徐曼曼，没有说话，继续撕下刚贴不久的封条。

“你们！”徐曼曼气得跺了跺脚。

“不能怪我们。我们只是执行领导的任务。”小伙子小声嘀咕道，偷眼看了看站在一旁的袁道鸣。

“嘎嘣”一声，锁开了。

“好了，大家进去办公吧。”袁道鸣平静地说，率先走了进去，头也不回地走进自己那间十平方米大的办公室里。

他斜靠在沙发上，掏出手机，犹豫着拨通了妻子顾小南的手机。前几天，袁道鸣试图跟顾小南提出让她帮自己想想办法，看从妻子的朋友那里能不能借点钱，但是每次刚张口，就被妻子一口回绝了。不知道从什么时候开始，他和妻子之间开始有了隔阂，两个人之间的交流似乎少了很多，可能是因为有了孩子的缘故吧，妻子对袁道鸣的事情不管不问了，甚至会为了一点小事和他大吵大闹。

手机通了，一直没人接听，顾小南或许还在为袁道鸣硬是把房子抵押出去而生气。有了孩子后，妻子就辞职安心在家当全职太太呢。想到这，袁道鸣有点愧疚，没有给妻子和孩子一个衣食无忧的生活，他感到自己有点窝囊。虽然之前也有过惨败的例子，但那时是年轻气盛，初生牛犊不怕虎，碰壁了就碰壁了，而这次完全是一次输不起的创业。以前输了，大不了光棍一条，现在输了，不仅那么多员工会失业，老婆孩子也要跟着吃苦。所以，顾小南生气不接他电话，他也能理解。

但目前的情况，也只能让妻子想想办法。她出生于上海，家里就顾小南这么一个宝贝女儿，父母都是知识分子，多少会有点积蓄；并且妻子在外企待了那么多年，朋友也不少，应该能先借点出来，把阮琦的钱给还上。想到这，袁道鸣便接着拨打家中的电话，电话响了很久，也是无人接听。袁道鸣叹口气放下电话，眼睛望着天花板，一动不动。

不知道过了多久，传来了敲门声，袁道鸣站起身，坐到自己办公桌前的椅子上，揉了揉发酸的眼睛说："请进。"

行政总监阮琦、财务总监刘鼎、研发总监薛刚、人事总监孔颖、市场总监马琢印鱼贯而入，办公室里立刻显得拥挤了很多。

袁道鸣示意大家坐下来，办公室只有一组沙发，坐不下，谁都没有坐下来的意思。袁道鸣冲站在门口的市场总监马琢印说："搬两把椅子进来，大家都坐下来，正好咱们也开个短会。"

马琢印拉开门，孔颖也跟着走了出去。

袁道鸣问阮琦："房租交上了吗？"

"交上了。"

"多少？"

阮琦犹豫了一下说："按照合同上是三个月一交，但是手上不够那个数，只给他们先交了两个月的，不过在原来的基础上多付了两万。"

"那就是这个数？"袁道鸣报出了一个数。

阮琦点点头。袁道鸣提笔在纸上写着什么。

马琢印、孔颖已经搬了椅子走了进来，把门关上，大家都落了座。袁道鸣停下笔、抬起头："开会之前，我先给大家道歉。公司出现这种状况，主要是我的失误，由于决策失误，前两年收购了互联网，这个东西一直在烧钱；再加上公司盲目扩张、多元化，进入了一些咱们不太熟悉的领域。这在风调雨顺的时候，并没有显现出太大的问题，但任何问题都是一个长期的积累过程，不管是好的还是坏的。正因为咱们平时步子迈得太大，以至于在华尔街金融危机来临的时候，投资人对我们失去了信心和耐心。他们一撤资，我们就完蛋了。锦盛天成是经不起一点折腾的公司，一点风雨就让大家跟着我袁道鸣受苦受累。多年前，我就败在了互联网上，如今再次倒在了这个上面，我给大家道歉。另外，也感谢大家在这关键的时刻，不抛弃不放弃，尤其是在座的各位兄弟……”

会议只开了半个小时就草草结束了。都到了这个地步，袁道鸣知道开会也解决不了眼前的危机，他唯一应该做的就是出去筹钱，但是钱在哪里，他心中也是一片茫然。“那就先到这吧，砍掉互联网事业部，踏踏实实做好咱们的老本行，在教育PC的基础上，发展手机在线阅读。我相信只要大家一起努力，就没有过不去的坎。大家去忙吧，我出去想办法，争取下班之前，把工资打到员工卡上。今天的事，大家也不要刻意封员工的嘴，虽然传出去对公司影响不好，但这种事责任在我，让他们说去吧。下班之前，我回来给员工说明情况。”

五位总监相互看了看，站起身，打算离去。

“阮琦和刘鼎请等我一下。”袁道鸣说完，提起笔在纸上接着写。写好后，看了看，盖了一个私章。他站起身，走到阮琦身边，拍拍阮琦的肩膀说：“兄弟，我不说谢了，这个你拿着。”

阮琦接过来看了看，是个借条，落款处是袁道鸣的签名和私章。

“刘鼎也在这，你记录一下，这笔钱，也就是阮琦帮咱们交的房租，算我私人借的。”袁道鸣放低了声调，“坦白说，这个时候，算是公司借的，不公平。不管公司能不能度过这次难关，三个月后，我一定想办法还你。”

阮琦随手将欠条扔在桌子上，哈哈一笑：“袁总，我既然跟着您干，还信不过您这点！”

刘鼎忙从桌子上将欠条拿过来，递给阮琦，说：“谁不知道你这是给未来的孩子攒的奶粉钱，兄弟归兄弟，钱归钱。到时袁总忘记了，就让小家伙拿着这个来，呵呵。”

办公桌上的电话响了，袁道鸣笑着跟他们摆摆手，阮琦和刘鼎走了出去。

袁道鸣拿起电话，徐曼曼的声音传了过来：“袁总，刚才鑫星集团总经理秘书打来电话说，他们总经理石知宇先生想来拜访您。看您什么时间有空？”

袁道鸣本来想把时间定为下周，这样不至显得那么心急，但一想到下班前一定要把员工的工资打到卡上，也顾不得那么多了，他对徐曼曼说："说我明天要出差，今天下午刚好有空。他若方便的话，我去拜访他，或者地点定到他们公司附近。鑫星是大企业，帮我要到石总的电话，我亲自跟他说一下。"

放下电话，袁道鸣心想：这么多天了，该来的，终究是来了。

第二章　博弈的关键

> 一副棋局摆在你的面前，你首先要做的，不是考虑如何下，而是明确一下自己到底是下棋的人、还是被人下的棋子。这很关键。

“情况有变，先不要动谭！”帕瑞比中国区总经理龚仁贵将短信发送到人事总监 Jack 的手机上，然后抬头说，“谭村啊，我朋友去看过一个老大夫，世代中医，以前在北医三院做，后来出来单干了，专门看眼科。我发短信问问他的门诊的具体位置。”

谭村下意识地揉揉眼睛，心想：大家都说龚仁贵是个无情且有手段的人。江久年跟他走得那么近，关键时刻，不也是做了牺牲品？俗话说得好，若想不被他伤害，唯一的办法就是远离他。自己以往也是这么做的，现在，如此近距离地和他一接触，发现龚仁贵也满通情达理的嘛。“谢谢龚总费心，我也想早点看好眼睛，好上前线打下这个单子。您说，不让抽烟可以，不让喝酒，那还不是要了我的命？对于一个 sales 而言，不让喝酒，那岂不是和做爱不让射一样憋得难受！”

龚仁贵一乐，短信来了，打开一看，是 Jack 的回复：好。龚仁贵放了心，说：“朋友回复说，门诊换地方了，他问清楚后再告诉我。得了，时间也不早了，中午哪也别去了，咱们一起吃饭。”不等谭村说话，龚仁贵拨通了秘书的电话：“Jessie，中午帮我在楼下的俏江南订个包间，点菜时让他们少放点辣椒，告诉服务员，将包间的空调关了。另外通知一下 Jack、埃米斯、菲克、迪温斯 · 高，还有你，中午咱们一起吃饭。”

谭村听龚仁贵叮嘱少放辣椒、关空调的事，心头一热，再听他报出的名字后，就彻底对眼前的龚仁贵感恩戴德起来：Jack 是人事总监、埃米斯是市场总监、菲克是技术总监、迪温斯 · 高是财务总监，自己以前哪次来总部也没有受到过这种待遇啊；或者这也是种暗示，虽然龚仁贵没有明确地表示将自己转为销售总监，但已经传递了一个明显的信号，自己已经可以坐在总监级别的饭桌上用餐了。

龚仁贵放下电话说：“谭村，我还有一个文件要处理，你们先去，Jack 知道地方。”

“好的。”谭村站起身。

“哦，对了，浙海教育厅的这个大单，你回去后再摸摸底，拟定个具体的方案发我邮箱。另外，不用我安排你也知道，但我还是要啰嗦一下，这个单，先处于保密状态。呵呵，你也知道目前帕瑞比中国的情况，有些人说不定马上就走了，咱们可不希望多个对手。现在你就是上战场的将军，我做好后方的支援、提供最好的粮食弹药。你需要什么支持尽管开口。”

“行。我明白。”谭村轻轻地关上门，朝 Jack 的办公室走去，步伐轻盈。

龚仁贵翻看电话本，找出一个电话号码，用手机拨了过去，电话响了一下，龚仁贵便挂断了。很快，对方回拨了过来，一个低沉的女音说：“龚总，您找我。”

“对。最近怎么样？”龚仁贵平静地问。

“谭村最近一直往浙海跑，上周还住那里四天，看样子那边估计要出什么大单，但具体什么单子，我还没了解到。”

看来，谭村所言非虚，龚仁贵松了一口气，问：“谭村手下有个叫小吴的吧？”

“对，吴彪。”

“哦，吴彪我有印象。你多留意一下他。有什么进展，随时给我联系。”

“明白。”

挂断电话，龚仁贵算是放了心，但一想到总部法务部的那个邮件以及大老板彼森两天之后的北京之行，龚仁贵刚放下的心又被提了起来。他提笔在办公桌的台历上写下只有他自己才能看明白的字：拿脱、定销、安行。拿脱，拿出一个比较周全、合理的方法来帮谭村开脱；定销，迅速定下帕瑞比中国区销售总监的人选；安行，再次详细安排彼森中国之行的行程，考虑到每一个细节。龚仁贵一直都比较满意自己这种提示方法，一些秘书不方便提醒的东西，他都是用这种方式记录的。龚仁贵又在那六个字下面划了两个横杠，在他的记录习惯里，两个横杠代表特别紧急、特别重要的事情。

龚仁贵拿起电话，想给自己的“朝中好友”龙坤通个电话，刚要拨号，想起美国和中国的时差，只好作罢。他换而拨打了另外一个号码，很快，妻子的声音传来：“你现在怎么有空打电话？”

“问你个事，记得你给我说过，你们医院里有个眼科老教授出去单干了？”

“是啊，怎么了？”妻子是北医三院的一名领导，收入稳定，这也是龚仁贵当初敢辞掉国家某部委公职下海的原因。龚仁贵折腾了几年后被一著名 IT 外企招安，做了职业经理人，三年前来到帕瑞比中国做总经理。每一次工作的转换，都少不了妻子的支持，毕竟她是做管理出身的。

“我这有个手下，眼睛出了些问题，想去看看。”

“我一会儿将电话和地址发给你。老教授每周一三五出诊，每天只看 10 个人。你那下属叫什么名字？去的时候告诉我一下，我先打个招呼。”

“算了，你就先把地址和电话发来。这种事情，还是让他自己去排队吧。”龚仁贵感觉自己脱口而出的话少了些人情味，忙补充道：“老教授的医疗费肯定很贵，免得一不小心被人家称为‘医托’。”

“俏江南，包二，我已为你点了你最爱吃的晾衣白肉”，龚仁贵等电梯的时候，看到 Jessie 发给自己的短信。他心中笑笑，这些文字，多少有点试探的味道。这个 Jessie，还是个孩子！俏江南位于国贸二层，进门是小桥流水，翠竹欲滴，大堂里雨花石满铺，点缀着两边的情侣沙发雅座，休闲石凳置于幽幽的意式吊灯下，柔和的灯光衬得室内空间十分舒适。领班看到龚仁贵进来，忙走了过来，招呼道：“龚总，您好，您的客人在包二。这边请——”龚仁贵是这里的 VIP 常客，他谢绝了领班的引领，直接推门而入。谭村正和大家打得火热，看见龚仁贵进来，忙从座椅上站起来，说：“龚总里面坐。”

龚仁贵也不客气，绕进去，坐了下来，问：“聊什么呢？都这么开心。”

“嗨，现在能聊什么？昨天看到有网络调查显示，北京市民每说 10 句话就有一句是和奥运有关。”谭村说。

“呵呵，那倒也是。”Jessie 回答道。龚仁贵看了她一眼。Jessie 如水的大眼睛弯成了月牙儿，正和谭村一唱一和，连眼睛的余光都不看龚仁贵一眼。这个 Jessie，看来是真动了心思了。龚仁贵知道有必要给她传递一个信号了，免得影响以后的工作。Jack 的眼光瞟来，龚仁贵忙将目光转向了电视机，他知道 Jack 的心中一定有很多疑问，等有空的时候再给他解释。这时中央电视台的电视屏幕上同时出现了三个画面，一个是直播间主持人的画面，一个是空中直升机的画面，一个是现场记者的画面。这个前所未有的场面，让包间里的每一个人都兴奋不已，谁都知道，这一切的铺垫，都是为了一个人，那就是中国“飞人”刘翔，而刘翔正是帕瑞比的形象代言人。帕瑞比全球总裁、首席执行官彼森两天后的北京之行的主要行程之一，就是请和帕瑞比业务相关的合作伙伴一起观看刘翔参加的飞人大战。作为水立方建设中提供技术和资金支持的全球顶尖企业之一，帕瑞比在鸟巢拥有一个位置极佳可以同时容纳 42 人的豪华大包厢。想到自己将拥有 42 个座位中的一个，龚仁贵的心中油然而生一种自豪感。在彼森邀请的客人名单中，大都是商业巨子和社会名流。什么叫身份？除了“出入有鸿儒，往来无白丁”，更重要是能够在特殊时期拥有随意支配稀有资源的能力，这就是身份。

菜已经陆续开始上了，龚仁贵夹了一口菜，说：“吃吧，别老是看电视，今天是预赛，刘翔肯定能过。对了，埃米斯，媒体宣传和市场投放这一块准备得怎么样了？”

埃米斯是来自香港的女人，普通话说得慢条斯理：“彼森先生为四川灾区的捐赠仪式已经请到了国内外 82 家媒体记者，方案、流程已经敲定，前天您也审核了，目前没有什么出入，相关细节也已经安排妥当。广告投放这一块，这几天，尤其是刘翔比赛的那天，将是广告密集轰炸的时间。除去正常的电视黄金时段、各大网站的视频弹窗，还预定了全国 36 个城市的主流报刊的头版 1 / 3 版面。广告也已经设计、制作好了，两个版本，一个是刘翔夺冠的，一个是遗憾没有夺冠的。”

龚仁贵点点头，眼睛却盯着电视屏幕，刘翔出场了。

“还是市场部考虑得周全，广告就搞了两个版本的。”谭村觉得自己若真是坐了销售总监，免不了和市场部打交道，还是应该提前和眼前这个气质高雅的香港女人搞好关系，但马上又觉得刚才脱口而出的话，太露骨，本该是龚仁贵该说的话，自己却说了，角度不对，位置不正，忙站在自己的立场上补充道：“别人都说，只要是有电流通的地方，就会有帕瑞比产品的身影，我看啊，在没有电流通的地方，也能看到帕瑞比的身影，那就是帕瑞比的广告。”

谭村说完后，以为会得到大家的相应，没想到，听到的却是大家异口同声的惊呼：“啊，刘翔退赛了！”

饭前，谭村很自觉地坐在了临门的位置上，也就是下手位，正好背对着电视。

听到大家的惊叫声后，他不由转过身，刚好看到了电视画面上刘翔落寞的身影。真的退赛了！所有人都考虑到了刘翔可能会夺冠，也可能卫冕不了，但是谁也没有想到刘翔会退赛！连市场部都制作了两个版本的宣传广告，却没有考虑到他退赛了怎么办？刚才还拍马屁夸市场部考虑周全，没想到事实立刻给了自己一个耳光。做sales这么久，谭村第一次在自家人面前，感觉到了脸皮的厚度还不够用，表皮的颜色微微变了红。

然而，大家并没有注意到谭村面部的变化，刘翔的退赛，打乱了所有的计划：帕瑞比全球CEO、首席执行官彼森以及他的那些朋友们还会如期出现在鸟巢那个豪华包厢里吗？帕瑞比中国区的宣传推广方案将会受到怎样的影响？彼森若不来，龚仁贵就失去了一次极好的直接向大老板汇报公关的机会，亚太区总裁陈汉生会不会趁机做些文章？一切都变得扑朔迷离起来，服务员将精美的饭菜摆满了桌子，在座的人的心情却变得索然无味。他们急需吃的，不是什么山珍海味，也不是什么美餐佳肴，而是一颗定心丸。

程军从鑫星集团总经理办公室出来的时候，石知宇没有送。程军也没有像往常一样到其他办公室里转转、喝喝茶聊聊天，而是加快了脚步一副匆忙的样子。鑫星集团和一些大国企一样，在北京没有豪华的办公楼，它的地盘深宅大院一样，不见高度，却见宽度，程军花了十几分钟时间才走出集团大门，摆了摆手拦了一辆出租车，钻了进去，直奔机场。

在车上，程军想起刚才的过程，感觉到自己给石知宇汇报工作的时候出现了一个明显的漏洞：那就是收购锦盛天成后单独拿出来上市的想法，犯了形而上的错误。一开始，他把自己当成了一个下棋的人，而事实上，谁又能保证自己不是一个被下的棋子？虽然石知宇态度上赞同、语气上肯定、行动上支持，但是谁知道他背后会怎么想？鑫星集团毕竟是个大国企，就是他石知宇完全支持自己，但是他上面的那些人呢？上面随便有个人站出来，时局恐怕就不是他乃至石知宇所能掌控的。坦白说，若能调到集团负责教育PC这块业务、解决个正处级别，也未尝不是个好的结果。但是经自己这么一说，搞不好会有人认为自己眼中盯着的不是位置，而是国有资产。那就是政治层面的问题了，搞不好要蹲牢的。好在石知宇还是给了自己足够的信心，两人约定，兵分两路，石知宇负责协调教育PC部门和收购的事情，先去试探一下锦盛天成，不成，再想其他办法，程军的任务就是全力以赴打下那个5亿的单，只许成功，不许失败。想到这，程军忙掏出手机拨打了魏德宁的电话。魏德宁是自己的手下、鑫星集团浙海分公司的销售经理，这个单子就是魏德宁提供的消息。他正巧有一个在教育厅基础教育处任科长的同学，叫单博。

程军在电话中对魏德宁说："德宁啊，给你通报一下，集团对你这个单很是重视，石总特意让我转告你，要好好表现啊。上上下下都看着呢。这个单拿下来，不仅够你吃一段时间的，估计还可以让你动动。"

听程军这么一说，电话那端的魏德宁忙不迭地回应："谢谢程总，若能拿下单子，也都是程总的栽培。"

"等拿下这个单后再谢我，呵呵。集团要资源给资源，要政策给政策，下面就看咱们如何来打了。你看，咱们能不能先把你那个同学约出来吃个饭聊聊？"

"这是应该的，您看什么时间方便？"

"当然是越快越好了。基础教育处正好是这个单的使用部门。刚好你同学在那里，能帮上忙、使上劲，有你这个关系，咱们自然是要抢占先机。"

"那是，那是。这个单，他们肯定是要走政府采购，但是最终决策权还是在教育厅手中。我一会儿给他打个电话，您几点能回到浙海？"

程军看了一下时间，想了一下说："飞机不晚点的话，大概是下午 5 点多就到了。你先约单博，我就是去不了，你也可以先当是朋友聚会嘛。咱们需要尽快了解到，第一、项目启动的具体时间；第二、项目总决策人是谁；第三、探询一下项目流程、哪个是使用部门、技术上谁说了算；第四、预算的详细数字。你私下问一下你这个老同学到底有没有直接参与到这个项目中来？方便的话，收集一下客户资料和需求。"

"行。放心吧，我都记着呢！"

"那好，你约他吧，有消息告诉我。我在领导面前夸了海口，也立了军令状，只许胜，不许败！胜了，咱们要风得风、要雨得雨；败了，呵呵，你我都得玩完。哈哈，我也给你施施压，没压力就没有动力嘛。一会儿，你填个单，去财务请个款，先请 2 万吧，我回去了再签字。一会儿我打电话安排一下财务。对了，晚上让苏小蕾也过去给你同学敬几杯酒。"苏小蕾刚毕业不久，人长得高挑、漂亮，是程军一个比较重要的客户的侄女，大专毕业后就被她叔叔安排进了鑫星这个大国企里，当了一个经理助理的闲差，整天在办公室里晃悠着紧绷的身材和高挑的双腿，晃得一些人眼花缭乱，这其中就包括 29 岁的单身男青年魏德宁。员工心中的小九九，做领导的是心知肚明的。魏德宁这个人精，调动他的积极性，不是上下嘴唇"吧唧"一下就能解决的事，要有现实的动力，并且这个动力是看得见、摸得着的。

"行。我给她说一下。"魏德宁忙说。

"还是我打电话给她说吧。你先去约单博，有消息了告诉我。"

车很快到了机场，程军买了一个最快返回浙海的头等舱。他看了看表，离登机还有一段时间，便找到一个比较静的位置坐下，掏出手机，发现有两个未接电话，一个是魏德宁，一个是石知宇。程军忙回拨了过去，石知宇的手机是占线。刚想给魏德宁回拨过去，却收到了魏德宁的短信：已安排妥当，今天晚上7点，天府酒楼，您能赶回来吗？程军回复道：没问题。然后，给苏小蕾打了个电话，通知她晚上要见一个客户，让她和魏德宁先去。苏小蕾一听要见客户，满是欢喜地答应了下来。

过了一会儿，程军再次拨打了石知宇的手机，依然是占线，程军刚要挂断电话，那边却传来了声音："您好，我是139xxxxxxxx的移动秘书，请问有什么需要我帮您的吗？"

程军一愣，问："请问您是中国移动的客服，还是石总的秘书？"

"我是石总的秘书，请问您是？"

石知宇有两个秘书，电话中程军辨别不出是哪位，只好说："我是咱们浙海分公司的程军。"

"哦，程经理好，我是赵方媛，请问有什么需要我帮您的吗？"

"嗯……也没什么事。刚才在路上，没有听到手机响，刚看到有石总的未接电话，便拨了过来，问问有什么指示？"

"等一会儿我转告他一下。"

"好嘞，谢谢美女。"

挂断电话后，程军的心就开始忐忑起来，石总找自己肯定是为了那个单的事情，说好了兵分两路，他负责协调和教育PC事业部的关系，说白了就是和于喜红沟通一下，把这个单名正言顺地争取到程军的名下。现在若出现变故，无非是两种情况，第一是于喜红有自己的打算，不愿意让出这块肥肉。第二是石知宇本人对这个方案、尤其是对收购锦盛天成产生了动摇。程军并不是一个悲观主义者，但是做销售出身的人，往往会将事情往最坏的方向考虑。程军觉得自己要尽快得到石知宇方面的信息，但是一直也没有得到他的回电，再打电话，不妥，发个短信吧，也不妥。程军实在是憋得难受，坐也坐不住了，只好站起来握着手机来回踱步。时间一分一秒地过去，直到登机也没有等到石知宇的消息，他那颗砰砰跳着的心随着逐渐上升的飞机，悬了起来……

"恕我直言，"在鑫星集团不远处的星巴克里，一身休闲装的石知宇开始了他习惯性的单刀直入，“听说最近锦盛天成的日子不太好过？”

一张嘴就抛出这样的话题，西装革履的袁道鸣抬头看了看斜倚在沙发上的石知宇。石知宇个头不高，身体不胖，黑圆脸庞，眼睛不大、却长、聚光，不怒而威，是个攻击型选手。这和他想象中的石知宇差不多。早就听说过鑫星的石知宇是个敢想敢干的铁腕人物，容易接受新思想、开拓新思路，在很多瞻前顾后的大国企领导中算是声名比较响亮的人物。袁道鸣知道，锦盛天成最近这么大的风波，早有人传了出去，他石知宇既然约你来，肯定是做了全面的了解的，没必要在他面前遮遮掩掩。袁道鸣叹了一口气，露出无奈的表情：“坦白说，我们的资金暂时遇到了困难。”

见袁道鸣这么轻易地“招”了，石知宇知道在接下来的交流中有了主动权，便不再不依不饶，同情道：“唉，今年的生意都不好做。受大环境的影响，很多企业都遇到了危机。”

“外来的因素固然有，但是主要是我们自己没有做好。石总是老前辈，您也知道民营企业不比国有企业，民营企业发展道路上遇到的最大问题是，不在于你抓住机会的能力，而在于你拒绝诱惑的能力。在石总面前，不说虚的，锦盛天成走错了一步棋，那就是收购，前段时间我们融到了一笔钱，但为了尽快上市，我们急功近利，拿着这些钱盲目地进行了扩张之路，在诱惑面前，我们没有量力而行，而是照单全收，盲目地进入了一些不太熟悉的行业……”袁道鸣话语一转，心想你石总不是想来收购锦盛天成嘛，我就用锦盛天成失败的例子给你提个醒，把你收购的意向消灭在萌芽状态，“国有企业不一样啊，基于体制上的一些因素也不会像我们这么盲目地去收购，抗诱惑能力强，自然少犯很多错误！”

石知宇笑笑，外界的传言非虚，对面而坐比自己小 17 岁的年轻人是个高手，不容小视。“袁总言之有理。不过，这也是国企的难处，在抵抗诱惑中失去了很多机会。呵呵，不管是国企，还是民企，在社会的大潮中所能成就的高度取决于制度空间的大小，只有和制度空间很好地相容才能很好地成长。我们目前赶上了个好时候，尤其是国企体制改革后，制度空间放得很大，海阔任鱼跃，天高任鸟飞，企业有很高的自主权。最关键的是，在一些比较看好的项目上，我们是舍得砸钱的。”

石知宇的最后一句话，在身无分文的袁道鸣面前，多少有点财大气粗的意思，更是在向袁道鸣传递一种信号。袁道鸣也明白，心想不能再兜圈子下去了，一百多号人还等着自己提钱回去呢，便盯着石知宇说：“那教育 PC 机应该是石总比较看好的项目了？”

“呵呵，袁总是这方面的专家，它的前景您比我更了解。我看袁总也是个爽快人，咱们也不用绕来绕去的。我想说的是，虽然教育PC这一块还不是鑫星的主营业务，但发展迅猛，今天把袁总请来，就是想跟您请教。坦白说，我是想把这一块业务做大！”石知宇停顿了一下，看到袁道鸣正朝自己微笑，没有插话的意思，便接着说，“其实把这块业务做大，对于鑫星来说，物力财力都不是问题，关键是缺人才，不知道袁总有没有兴趣帮帮我？”

在袁道鸣的内心深处，对鑫星这个企业是怀有敬仰之情的，鑫星PC机算是业内最好的国产电脑。但纵然鑫星PC性能再好，内容资源匮乏的教育PC机，也不过是一个华而不实的壳子。袁道鸣知道石知宇更看中的是锦盛天成的教育PC机的研发软件以及得到10万部电子书的版权。袁道鸣心知肚明地说：“谢谢石总赏识。我当初回国创业，就是想找一个可以做一辈子的事业，经过几年摸索，锦盛天成就像是自己的孩子一样难以舍弃……”

石知宇插了一句，也抛出了来这喝咖啡的目的：“那可以把锦盛天成一起带过来嘛！您开个条件，我们把锦盛天成收购了，然后再交给您，您还带您的那些人，或许带更多的人。这一块的业务由您定，我只负责提供更精良的武器，一举把那个老美的公司干倒，至少在教育这块让他趴下。您说，在咱们的传统文化教育上，总不能让一个外来户把持着吧？”

袁道鸣笑笑，石知宇所说的外来户是帕瑞比，在教育系统和锦盛天成打仗最多的公司。但袁道鸣一直不喜欢在商业活动中掺杂其他感情，独立的商业活动应该遵循最公平、公正的规则。想到石知宇曾经当过兵，并且算是上一代的人，爱国心理和民族气节比较浓厚，纵观鑫星集团的产品也大都走的是民族品牌的路线，这一点也让袁道鸣比较敬佩：“鑫星集团不愧为民族品牌的骄傲。不过，锦盛天成我是不会卖的！”

石知宇听到这的第一反应是，市场上凡是标注的“非卖品”往往并非“非卖”，而是想卖得更高的价钱。但是听到袁道鸣后面补充的一句话，他又不得不迅速否定了刚才的判断。袁道鸣说：“给多少钱都不会卖！”

看袁道鸣把话堵得那么死，石知宇知道，自己的如意算盘打空了。

“不过，石总真要买，我倒有个两全其美的方法。”袁道鸣说到这，故意卖了关子，盯着石知宇的眼睛。

石知宇眼中的失落一掠而过，刚刚有些发散的眼神立刻聚拢起来，但想到对方在卖关子，便不想跟着这个年轻人的思路走：“其实，鑫星并非一定要收购锦盛天成，只是江湖上传言太多，并且是不利于锦盛天成的，有的甚至说是锦盛天成目前连工资都支付不了，作为一个民族企业，鑫星不忍心看着锦盛天成就这么败落下去，可惜啊——”

“所以啊，我才想到一个两全其美的办法。”袁道鸣笑着将话题又牵了回来，“我知道鑫星看中的是我们的内容资源。这些内容资源正好是鑫星缺少的，您看这样好不好，这些内容资源我们授权给鑫星使用，但是你们要支付一定的报酬。相比收购的费用，您就可以以极低的价格解决困扰和阻碍鑫星教育PC业务发展的内容问题，我这边也可以得到一些资金解燃眉追击，您说呢？”

在石知宇的思维习惯里，事先没有预料到的东西都需要细细揣摩一下。他眯起眼睛，脑子里迅速地整理了一下逻辑关系，权衡了一下利弊，说：“我看啊，这也是个办法。”

“其实啊，这个办法也不是我想出来的。”袁道鸣决定要抬出竞争对手了，虽然这个办法完完全全是袁道鸣原创。

“哦？”石知宇一愣，嘴角挂着笑。

“坦白说，前段有人牵线，说帕瑞比想把我们给收购了，被我们拒绝后，他们提出了这个办法，要求买我们的内容资源。虽然锦盛天成和帕瑞比内容资源方面的重合率比较多，但他们也非常期待能买过去，进一步壮大自己。”袁道鸣调动了一下自己的情绪，表现出一点激动的样子说，“石总，您说，我会答应他吗？换作是您，您肯定不会考虑的！抛开两家的竞争关系不说，关键一点，就是您刚才提到的，我们不能把咱们传统文化精品卖给一个外来户吧。我宁愿贱价卖给鑫星，也不高价卖给帕瑞比！”

石知宇的嘴角依旧挂着笑，看不出他内心的表情，袁道鸣说完后足够有一两秒钟的时间，石知宇都在判断着袁道鸣的建议。说实在的，袁道鸣说的是有道理的，鑫星集团看中的就是锦盛天成的内容资源，收购也是奔着这点来的，袁道鸣愿意将内容资源卖给鑫星，对鑫星来说，是个不错的结果。想到这，石知宇点点头：“袁总说的有道理，只要价格合适，鑫星愿意掏钱来保护咱们的传统文化资源。”

“呵呵，只要需求平衡，法律上讲得通，那剩下的就是数字层面的东西了。”袁道鸣知道一切都已在自己的掌控中，“我方提供内容资源支持2年，版权仍归我方所有，鑫星只享有使用权，但不是独家使用权。我相信两年的时间，足够鑫星通过其他渠道完善自己的内容建设。10万本电子书以及相关软件，2年使用费用300万。”

这次袁道鸣并没有使用商议的口气，石知宇听起来不太舒服，又盘算了一下数字，觉得上了当：“一本算下来，30块钱，比出版社还暴利啊！”

“石总不能这么算，30块钱是可以买一本实体书，但是30块钱您能买到这本书的授权以及相对应的教育软件吗？300、3000元恐怕也不够吧。呵呵，关键是

300 万就解决了鑫星今后 2 年的大问题，您说值不值？况且，有谁愿意将最重要的内容资源以及软件提供给对手使用？您见过在两军打仗的时候，一方将自己的精锐武器卖给对方的吗？我现在是拿到了 300 万，但是在今后二年的打单过程中，我败给您的可不仅仅是 300 万了。要不是为了活命，谁愿意割自己身上的肉？”

“没那么严重，我也做过销售，在打单过程中，只要产品相差不是太过悬殊，成败的关键是要看销售本领和技巧。”石知宇心中盘算了一下，300 万和一个 5 亿的单以及两年之内的 N 个单来比，还是划算的。“这样吧，袁总，我回头商议一下。”

“行。没问题。石总，说出来不怕您笑话，今天是我们承诺给员工发工资的日子，我可是带着使命来的。”袁道鸣边说边打开身边的皮包，拿出两份合同递了过去，“这是合同，您看看。我是这么想的，没问题的话，咱们就签字，我今天就要用这笔款发工资。若真等到明天，这笔钱对我来说也没多大的意义了。”

没想到袁道鸣连合同都带来了，打开一看，竟然连具体的数字都一样，石知宇乐了：“袁总真是高效率啊，2 年，300 万，数字都提前打印出来了，就不担心我给您砍砍价？该不会皮包里准备了几套数字的合同吧？”

“我哪敢给石总来这个？说实话，这数字若是搁在帕瑞比，卖给他们，后面的单位就不是人民币，而是美元了。呵呵，300 万是我的心理底线，也考虑到鑫星的接受范围，300 万，对您来说，九牛一毛。”袁道鸣不知道自己已多少次用“九牛一毛”来形容对方了，但还没有从对方手上拿到那“一毛”的钱。

石总眉毛一扬：“哈哈，这点钱是不多，但——”

袁道鸣不能让石知宇“但”出来，忙插嘴道：“石总，我知道现在让您在合同上签字也是强人所难，这样吧，您先支付 100 万作为定金，我在合同上签字盖章，您带走合同，一个月内，您随时都可以签，若认为不能签，就不签，100 万我还退给您。这样的话，也不会让石总为难，主动权还在您手中，还解决了我的燃眉之急，您看呢？”

石知宇的脑子快速地旋转着，这个袁道鸣出招太快，每一招出来都变幻无穷，你永远不知道他下一句要说什么，但每一句说出来，还能品出一定的道理。“既然袁总这么说，我也不好再说什么了。我做生意，不看企业，只看人。”石知宇将手中的咖啡放在桌子上，身子往后一躺：“这样吧，袁总，您现在需要钱，也别 100 万了，300 万我一会儿就安排人打给您，合同我带走，毕竟还要和其他同志议议，有问题的话，300 万您再退给我。当然还请您立个字据，我也好安排财务走账。”

“那是自然。”袁道鸣说着，从包内拿出笔，又拿出一张纸，飞快地写好一个字据，推给石知宇。

石知宇拿起字据看了看，点头说："袁总不愧是哈佛毕业的高材生，这么写，在企业走账时方便多了，也不违反规定。另外，袁总这字，小时候专门练过吧？"

"让石总见笑了，练是练过，就是没练成。我父亲是小学教师。小时候，我每天放学回家，家庭作业可以不做，但字不能不练，否则会被我父亲打屁股的。"袁道鸣笑笑，飞快地在合同上签字。

"袁总是浙海人？"石知宇来之前，专门看了秘书整理的关于袁道鸣的资料。

"是。"

"那父母是在浙海还是跟着您在北京？"石知宇无意地问。

"我父母去世得都比较早。"

石知宇微微一愣，忙说："哦，真遗憾。"

袁道鸣已经从包中掏出公章，听到石知宇这么说，抬起头，微微一笑："没什么啊，生死天注定。在我10岁的时候，父母都因病去世了。我是吃百家饭长大的。"袁道鸣说完，在合同上、字据上分别盖了章，吹了吹未干的印痕，将两份合同和字据都递给石知宇，"谢谢石总。您应了我的急，感谢的话我就不说了，来日方长，咱们慢慢处！"

袁道鸣的身世以及一系列的盖章动作，在石知宇的内心掀起一种波澜。石知宇阅人无数，见过的企业老总也不少，但如此高效——第一次见面就准备好了合同和公章现场办公的，还是第一次遇到。他接过合同和字据，看也不看，放进了自己的手包里，然后站起身，主动伸出手："袁总是成大器的人，您这个朋友，我交了。呵呵，您说得对，日子长着呢，咱们慢慢处！不过，以后战场上遇见了，还请高抬贵手。"

袁道鸣忙站起身，紧紧握住石知宇的手："哪里哪里，石总是大企业，怎么会和我们一起小打小闹？"

"哈哈，"石知宇目光稍稍上扬，盯着比自己高出一头的袁道鸣，无比真诚地说："今天就到这里，我尽快赶回公司给您安排这个款。下班前一定到账。"

"谢谢。"袁道鸣又用力地握了一下石知宇的手。

原本是为了给谭村"接风洗尘"的午餐最后变成了应对刘翔退赛的业务会。对于刘翔是因为伤病还是因为怕输而退赛的讨论仅仅进行了一句就停止了，尽管很多人都沉浸在不可理解的情绪里，但不得不面对现实。龚仁贵率先夹了一筷菜，放在了自己的小碟里，说："大家边吃边聊。"Jack知道龚仁贵是要开会了，便招呼了一下包间里的服务员："请把电视机关掉吧。"服务员正偷偷地看着电视，为刘翔惋惜，听 Jack 一说，以为是客人发现了自己没好好地服务而提了意见，忙走过去将电视关掉。包房里一下子静了下来。

Jack 问："我们还差什么菜没上？"

服务员忙打开菜单看了一眼："先生，你们还差一个菜，晾衣白肉。"

"行，你先去其他包房忙吧！需要的话，我们喊你。"

服务员忙退了出去，轻轻地关上了门。

谭村想说点什么，但一时也找不到合适的话题，思忖间，听到市场总监埃米斯半是感叹半是为自己辩解道："这也太意外了，谁能想到刘翔会退赛！我们市场部做的一切计划都泡汤了，新的方案要不要探探总部的意思？"

帕瑞比的形象代言人一直是有总部来定的，这次的意外，肯定是要听总部的意思，总部定方向，下面定方案，然后报送亚太批准。"这样吧，事出意外，我们一定要在第一时间将问题反映上去。埃米斯，等一会儿，你发我一个邮件，将情况说明一下，我再转发亚太区，抄送总部。让他们第一时间作出决定，毕竟，刘翔是帕瑞比的形象代言人，我们争取在第一时间向全国消费者表明我们的立场。咱们再根据他们的决定，尽快拿出一个可行的方案。别影响我们下一步的市场推广和广告投放。"其实，在龚仁贵的内心深处，更关心的是，彼森的北京之行，是否随之变动。他犹豫了一下，还是说了出来，"另外在邮件中别忘了问一下彼森先生的北京行程是否作出调整？"

"明白。"埃米斯站了起来，"那我先上去，这事紧急。"

"还是吃过后再上去吧，现在是美国的深夜，不差这一会儿。"龚仁贵嘴上这么说，但还是希望埃米斯尽快处理好这事，毕竟是发生在中国的事情，若是等亚太区总裁陈汉生抢了先，那他龚仁贵和陈汉生拉开的不是一时半会的时间问题，而是中国和美国之间相差的半个地球的距离。

"不了，我也吃得差不多了。"然后埃米斯又冲谭村笑笑，"你们慢慢吃，我先上去了。"

谭村忙报以微笑，挥挥手。

埃米斯走后，龚仁贵掏出手机，想给陈汉生打个电话，但在是拨打他的手机还是办公室电话的时候犹豫了一下。龚仁贵不习惯在下属面前给自己的上司打电话，因此还是决定吃过饭后回到办公室里再打。龚仁贵将手机放在饭桌上，但又担心陈汉生主动打来电话，正想拿回手机重新给陈汉生打电话的时候，手机响了。龚仁贵忙看了一下来电显示，还好，是北京的一个固定电话，不熟悉。龚仁贵将手机递给 Jessie，Jessie 忙用纸巾擦了擦手，接过手机："喂，您好……龚总在开会，我是他的秘书，请问您是？……哦，《京北晚报》的梁记者啊，您好您好……这个问题啊，我也是刚刚知道的，这样吧，我也不方便发表意见，要不等我问问领导，再联系您？……我也不太清楚会议什么时间结束。这样吧，等有结果了，我第一时间通知您。”

Jessie挂断电话，将手机递还给龚仁贵，笑着说：“是记者要采访关于刘翔退赛后帕瑞比的立场和看法。”

“这些媒体真是无孔不入，这个时候咱们说话一定要谨慎。搞不好，就会带来舆论的压力。外企在中国做生意，就怕引起民族情感的东西，在国外比较规范的商业行为，在中国却行不通。前两天和汇源的朱新礼聊天，他说正为这事烦着呢，说想把汇源卖给可口可乐，又怕被骂成卖国贼，为什么？就是因为咱们国家是民族情感非常浓厚的国家。咱们的老对手，鑫星集团，正是抓住了这点，才在中国卖得这么火，而在国外，人家连鑫星集团是做什么的都不知道！”龚仁贵边说边接过手机，决定要立刻给陈汉生打个电话。

龚仁贵没有选择打陈汉生办公室的电话，怕是陈汉生的秘书接到，那是个20多岁的新加坡女孩，不知道是故意不说汉语还是根本就不会说汉语，反正龚仁贵每次都要费劲地用自己那半生不熟的英语和她先“纠缠”一番。手机响了两下就接通了。“仁贵，”小个子陈汉生是个中国通，他会根据不同地区不同国家的乡土人情来称呼他的下属们，“我正想给你打电话呢。”

正想打电话？龚仁贵心想，难道是已经知道了刘翔退赛的事，还是想直接过问关于中国移信上海分公司行贿拿回扣的事情？总部的邮件可是抄送至亚太区了。但是，陈汉生停下了话，等着让龚仁贵说。龚仁贵说：“我是刚刚看电视才知道刘翔退赛的事情，便第一时间给您汇报一下，想听听您的指示。”

“唉，这个事情太意外了，我也是刚刚在网上看到的消息，真是太意外了。”陈汉生连说两个“意外”，“我正想和你商议一下，你有什么建议？”

龚仁贵看了一眼大家，所有人都低头吃着东西、眼睛盯着饭菜，龚仁贵知道他们用耳朵在盯着自己，于是尽量保持平时说话的语气，但又不能让陈汉生感觉到了冷淡，便露出他那招牌式的笑：“这个意外打乱了帕瑞比中国所有的计划，尤其是宣传推广方案，这个事情在国内的反响很大，刚刚还有记者要采访帕瑞比对此事的看法。我是想尽快了解到上边对这个事情的看法，主要是形象代言这一块，我想尽快得到指示后做出相关调整，尤其是媒体战上不能输给对手。这样才能体现咱们帕瑞比的反映速度。陈总，我写了一个邮件，会将详细的情况发您，请上面尽快给个方向。”

“OK，我这边会尽快处理的。”陈汉生仿佛想起什么似的，说：“对了，仁贵，今天早晨收到了总部法务部发来的信，你看了吧？到底怎么回事？”

“哦，那是去年中国移信上海分公司的单子，具体情况我们会好好调查，会给法务部一个交代。”龚仁贵说这些话的时候，故意强调了“中国移信上海分公司”“法务部”，并且说“会好好调查”而不是“正在调查”“已经调查”。他暗自佩服中国汉字的奥妙，他正苦于不知如何和谭村开口呢，陈汉生的电话，让他突然找到了解决的办法。他用眼睛的余光扫向了谭村。谭村正在埋头吃饭，耳朵却竖了起来，听到龚仁贵提起那几个关键字眼，忙抬起头，睁开那大而无神的眼睛，目光似乎和龚仁贵短暂地碰了一下。谭村忙将眼光收回，却又后悔了起来，没有看清龚仁贵的眼光指向，都怪自己的眼睛得了病后看东西已经失去了昔日的“准星”。龚仁贵刚才有没有看自己，这很重要，因为他口中提到的那些词语，足够让他从天堂掉下地狱。

龚仁贵放下电话，大家都放下了筷子。龚仁贵问：“怎么不吃了？”

Jessie 看看龚仁贵没有再动筷子的意思，便说：“饱了。”其实，在这个场合下，若真吃饱肚子，那将成为笑谈。

龚仁贵站起身，面无表情地说：“那就上去吧。下午还有一大堆事情呢。”

大家都站了起来。

这时，传来了敲门声，服务员托着一盘菜走了进来，冲已经走到门口的 Jack 说：“先生，您们要的‘晾衣白肉’。”

Jack 刚要说话，却被龚仁贵抢了先：“哦，那个打包吧。Jessie，麻烦你给埃米斯带上去。”

留下 Jessie 负责打包和买单，一行人匆匆走上电梯。电梯很快在 18 楼停下，龚仁贵率先走下电梯，安排 Jack 道：“2 点钟开个中层会，你通知一下。”

Jack 点点头，闪进了自己的办公室，菲克、迪温斯 · 高也都走进了自己的办公室。谭村只好跟在龚仁贵的身后，走进了他的办公室。龚仁贵关上门，指了指离门最近的一组沙发，盯着谭村说：“坐那吧，咱们聊聊。刚才你也听到了，有人举报说去年中国移信上海分公司的那个单子，涉嫌行贿和私要回扣的问题……”

虽然内心已经做了足够的铺垫，但龚仁贵说出来的时候，谭村的脑子还是“嗡”的一声，自己最担心的事情还是发生了。

在谭村的内心深处，已经将最坏的状况以及应对措施反复演练了 N 次，或大声地质问称被诬陷，或低声低气地道出缘由，以便那层薄纸被捅破的时候，面对时更从容一些。谭村抬起头，努力将发散的眼光聚集到一起，迎着龚仁贵的目光，要在龚仁贵的目光中看出他对这个事情的态度，他的态度决定着谭村给出一个相应的答案。

然而，龚仁贵面无表情，目光中读不出任何内容。

没有表情就是严肃。严肃了，就公事公办了。这显然不是谭村要的结果。短暂的一秒钟对视后，谭村迅速地让自己败下阵来，目光向下移动，停留在龚仁贵的脖领处，头没有低下，分寸把握得恰到好处，不卑不亢，却明显地有点臣服的味道，语气中更多的是敬畏："龚总，这么多年您也知道，移信那边的胃口大，经销商也黑，这些年上海那边虽然打下的单子不少，但油水并不多——"

听到谭村在诉苦，龚仁贵忙摆摆手，盯着谭村，一字一句地说："谭村，屋内没有别人，给我说说那个单子。"

"龚总，坦白说，去年那个单子，行贿一说，是完全站不住脚的，所有的费用都是经过上面批下来的，并且走账也没有问题。给移信方面的返款前期是由经销商垫付的，后来就由我们将这笔钱以折扣的形式返给了经销商，至于经销商如何处理这笔钱，和帕瑞比中国没有一点关系。这分明是诬陷！"谭村快速地看了一眼龚仁贵，龚仁贵依旧面无表情，谭村转而愤慨地说："也不知道亚太区那帮人怎么想的！听风就是雨！他们以为中国人多，项目就多，拿个单就像弯腰捡垃圾一样容易。不了解中国特色人情，说这也不腰疼！"

听到谭村在抱怨亚太区，龚仁贵知道谭村在向自己表明立场。但龚仁贵并没有立刻将其招安，鼻子里"哼"了一声："他们自然有他们的想法和理由。关键是他们说，在那个单中有私要回扣的事情——"

"这个，"谭村的头微微抬起，再次迎着龚仁贵的目光，诚恳道："不瞒龚总，经销商是私下给我们返了一点钱，但是那钱我绝对没有装进自己的腰包，当时急用，就差那么一小口，就算是从经销商那里借用了一些。谁曾想那个客户拿到钱后不久就调到了其他省份，又不能要回来，那笔钱也就成了没有钓到鱼的诱饵。我这不也是为了拿单吗？这在我们行业里很正常。"

"不要拿行业潜规则说事。"龚仁贵加重了说话的语气，摆出一副恨铁不成钢的架势，"巧妙腾挪的结果往往是弄巧成拙，现在别人掌握了把柄，让我怎么给你开脱！这个事情搞不好是要坐牢的！事实上，亚太区已经捅到了总部，总部法务部和内部审计官随时都可能来调查此事！你现在也是我们重点培养的对象，这个时候千万不能掉链子！现在，你要给我交个底，具体的时间、地点、人物、数额！"

谭村感觉到自己头上已经冒出了冷汗。摆在他面前的，只能有两种选择，交了底，也就有了证据，就可能上升到法律层面；不交底，只要他谭村不承认，经销商不说，也查不出一二三来，毕竟这种私下的交易，程序上不留一点痕迹的。但是，这个问题既然有人举报，就肯定是出了问题。谭村一时也想不出哪个环节出了问题，如今被人举报了，给他最直接的感受是，内部的人，不可靠，他被人盯上了。是谁，已不是眼下要考虑的问题。他眼下首要考虑的是要不要交底！交底，谭村仔细品味了一下龚仁贵口中吐出的这个词的背后含义，他决定铤而走险，交了底，才能站好队；站好队，才有机会生存。

“呵呵，具体时间我忘记了，大致是拿到上海移信的那个单后，争夺浙海联信的时候，急需用钱，我就给上海达科的朱总打了个电话。您也知道，他是咱们的金牌经销商，上海移信的单，就是从他那走的货。我给他打电话的时候是早上，中午的时候便接到他的电话，在翠竹阁茶楼，他把现金交给了我，数额是 20 万美元。我下午就把这些钱存进了浙海联信的一个领导的香港账户上，谁想不久他就调走了，那个单子也没拿到。那个领导之前也有过合作，一直是个很规矩的人，之前都是事后才给他打款的，大家合作得比较愉快，他若不办事，肯定会将那笔款退回来。所以，这个款也一直没有上报，没想到现在有人拿出来做文章。”

话说到这，已经不自觉地有了遮掩的意思。在人的潜意识里，都有自我保护的因子。龚仁贵知道再追问下去，就有点穷追烂打了，也未必能真正得到真相。事，肯定是有这事；钱，肯定是谭村索要的，出钱方是上海达科的朱总，并且在数额上是交了底，20 万美金，和邮件里提到的丝毫不差！至于用途，说是用于公关，未免就有点牵强了。在帕瑞比中国有个不成文的规定，只要是为了拿单，申请活动经费的程序是一路绿灯，任何部门、任何人都不敢怠慢的；额度上，不做则已，要做，就一定要超过客户期望值。谭村从朱总那提款用于其他项目上，原则上行不通，缘由上也没有必要。至于钱的真实用途，谭村不会愚蠢到连这也交了底。龚仁贵叹了口气，责怪道：“你真是聪明人办糊涂事。原本是一片好心为公司着想，却一不小心授人以柄。那个款子你尽快要回来，这两天处理好，回头写个详细的报告发我。一定要合理又合法。我这边也尽量给你做些工作，必要时，你也让朱总站出来说说话。对了，整个过程，都是有谁在场？”

谭村思考了一下，说：“就我和朱总。”

“还有谁知道这事？”

这也是谭村急于想知道的问题。谭村是少年得志的人，一毕业就来到了帕瑞比，并且得到了帕瑞比中国区前总经理徐明的青睐，职位上升的速度连他自己都想不到。然而，自从龚仁贵主政帕瑞比中国以后，情况发生了改变，徐明的旧部大都被换掉，谭村要不是自己背后的销售数据撑腰，恐怕帕瑞比中国区华东区销售经理的位置早坐不稳了。谭村也明白“一朝天子一朝臣”的道理，对龚仁贵一直保持着一定的距离，虽然遭遇了职业的天花板，但却开始私下充实自己的小金库。谁敢说哪个做销售的没有跟吃过经销商的好处？这些潜规则，一个愿打一个愿挨。捞一笔是一笔。想到那次跟朱总交易的具体细节，竟然想不出哪个环节出了问题。整个过程，只有谭村和朱总两人知道，难道是朱总告的密？也不像。谭村知道刚才自己做出的解释，对面的龚仁贵未必能信。但从龚仁贵的态度上、语气上来看，是信了。这样就好。这样的话，谭村就得到了一个比较积极的信号。为了响应这个信号，更是为了将上面的解释圆得更有力度，谭村决定在“谁还知道”的问题上挖一陷阱，弄个替死鬼出来。谭村迅速掂量了一下身边的人，最后将目标锁定在一个人身上，只有他来背黑锅，才能让自己跳出火海。谭村的目光游离了一下，很快就聚拢成一道光，一狠心说：“江久年。”

袁道鸣和石知宇分别后，并没有立刻回公司。这几天在他脑海中一直紧绷着的弦，稍微松弛了一下，忽然就感到无比地累。还有饿。已经连续几天寝食难安的他，忽然有了强烈的食欲。他环顾了一下四周，没有发现饭店餐馆什么的，袁道鸣想返回那个咖啡馆吃点什么，但感到不妥，只好沿着马路往前走，终于在路边的报亭处买到了两包方便面，又要了一瓶水。他坐在路边的一个石椅上，“吧唧吧唧”吃了起来，有行人侧目，袁道鸣才感到一身西装革履的自己饿狼似的啃方便面，多少有点滑稽。天气也热，刚刚喝下去的矿泉水，很快就蒸发了。袁道鸣索性脱下上衣，松开领带和衬衫上端的两个扣子，但他并没有感到凉爽多少，反而感觉太阳更毒辣了。本来就松散的树影已经被西斜的太阳推远了。石椅开始有些发烫，袁道鸣眯起眼，看到不远处的一个石椅上还有树影的照顾，便想挪过去，但眯起的眼缝却合在了一起，头一歪，口含着还未嚼碎的方便面，睡着了……

不知过了多久，袁道鸣感觉自己的胳膊被人拍了拍，睁开眼睛，一个二十多岁的小伙子坐在石椅的另一端笑着说：“你的手机。”袁道鸣这才听到手机在包内震动，他下意识地摸了摸包，并不在自己身边，低头一看，才看到包不知道什么时候掉在了地上，一同掉在地上的还有那半袋方便面。手机依然在震动，他忙捡起包，掏出手机一看，竟然有三个未接电话，有两个是公司的总机，另外一个是财务总监刘鼎的手机。袁道鸣刚要回拨过去，短信来了，打开一看，是刘鼎发来的：袁总，账上到了三百万，发还是不发？袁道鸣这才完全摆脱了困意，知道是鑫星集团的钱到账了，忙拨打刘鼎的手机，只响了一下，电话那端就传来了刘鼎的声音：“袁总。”

“发。”一开口，袁道鸣感觉有什么东西在口腔中造成了发音阻塞，紧急调动了一下味觉神经，才知道是没有嚼完的方便面，忙用头和肩膀夹起手机，腾出手，拧开矿泉水，喝了一口，清了清嗓子："现在几点了？"

"快5点了。"刘鼎补充道，"快下班了。"

"那你快点安排给大家打款吧。该发的奖金也全发下去。钱够吧？"

"够。"刘鼎报出了一组数字。

"那好。我现在在外边，不用等我签字，先发下去吧，我明天补签。对了，将今天阮琦拿出来的那笔钱，还给他。"

挂断刘鼎的电话，袁道鸣又给石知宇发了条短信：款已到，谢石总。

放下电话，袁道鸣仰起脖子，又喝了口水，眼睛的余光看见那个小伙子已经走到不远的路边，拦住路人，一手拿着一摞纸，一手拿着一支笔，在空中比划着，像是在推销什么，遭到路人纷纷的拒绝。小伙子很瘦，高，影子被拉得很长。袁道鸣站起身，活动了一下发酸的脖子和腿脚，收拾起东西，朝小伙子走去。

小伙子好像说动了一个女孩，女孩停了下来，接过小伙子的笔，在小伙子的纸上写着什么。袁道鸣走进一看，是一份调查表，再看看小伙子的身上还穿着一个和调查表上公司名字相同的文化衫。袁道鸣心中明白了几分，冲小伙子说："刚才谢谢你。"

"没事。"小伙子笑笑说，"看你睡着了，包也掉在了地上，有人想拣走，"小伙子迅速地望了一眼街道远处，"我只好坐在了您的身边。别人还以为我们俩认识呢。好在不久您的手机就响了。

这个时候，女孩已经填完了表格。小伙子收好表格和笔，对女孩说："谢谢您，还请您多多宣传一下，或者登陆我们的网站'白领之家'，记住喔，您选择的礼品，我们会按照您上面写的地址给您快递过去的。再见。"

女孩走了。小伙子抽出一张问卷，递给袁道鸣说："您要是谢我，就填一张问卷给我吧。我们是一家刚创办的网站，叫'白领之家'，不仅是一个都市白领生活社区，还是一个提供相关商品的网站，您只要登陆我们的网站，点击一下您想要的东西的广告，就会得到这个东西。不花您一分钱。"

白领之家网站袁道鸣是知道的，一个刚刚创办却举步维艰的网站。袁道鸣接过问卷和笔，问："阿里巴巴的马云前几天说，虽然身处炎热的夏天，但是互联网的冬天就要到了。这是真的吗？"

小伙子略微憨厚地一笑："我没听过，所以不知道是不是马云说的。"

袁道鸣一乐，不知道这位是故意回避还是大智若愚，只好直接一点地问："都说互联网的生意不好做了，是这样的吗？"

“不知道。管他好做不好做，那是领导考虑的事情。咱也管不了，对不对？我就是要做好我的本职工作，再考虑其他的事情。它就是明天倒闭了，我也要把今天的任务给完成了。”

“哦。”小伙子的一番话给袁道鸣的触动很大，“你在他们那里做什么？”

小伙子犹豫了一下，右手捋了一下头发，不好意思地说：“我不是他们公司的。我是打短工的，发发传单等类似的工作。”

在小伙子的身上，袁道鸣仿佛看到了自己以前的影子。袁道鸣上大学的时候，因为是高考状元的身份，得到了浙海省一笔丰厚的奖金。但那笔钱他捐给了母校，从小就很独立的他决心用自己的双手来打造一片天地。大一的时候他也曾出来打工，他的同学大多做了家教，但由于他上大学比较早，当时也不过是一个十六七岁的孩子，年龄小，没人愿意接受他做家教，他也只好在大街上发送传单。多年以后，袁道鸣清楚地记得，1000 份传单，一天时间发完，报酬是 20 元。

“你这一天，任务是多少？”

“我啊？做一份有效的问卷，上头给一块钱，多劳多得，不过每天最低完成 30 份，必须是有效的，真实的。”

袁道鸣知道虽然听起来不是太难，但是在实际操作过程中难度不小，毕竟这比发传单要更有难度和技巧性，传单发发就可以了，问卷则需要得到路人的信任，以及占用他们的时间。而在现在信息化的社会，路人缺少的往往是信任和时间，小伙子的工作难度可想而知。“那你每天能做完 30 份吗？”

小伙子笑笑：“很多时候都完不成。不过，这个也要讲究方法的。呵呵，尽力就行了。”

乐观、自信、知足，小伙子给袁道鸣留下了不错的印象。袁道鸣问：“你叫什么名字？”

“刘恒辉。”小伙子脱口而出道，随即又补充说，“文刀刘，恒久的恒，光辉的辉。”

日薄西山，路上的行人渐渐地多了，袁道鸣看了看时间，已是下班时间了，便又跟刘鼎通了个电话，在确定工资和奖金都全额发放给员工后，袁道鸣长出了一口气，虽然解决了燃眉之急，但公司面临的资金危机、人才流失等等问题仍是亟待解决，他毫无头绪，只好随着人流，漫无目的地行走，不知不觉间，到了地铁口。多年没有坐过地铁了，繁忙的工作让他适应了所有快节奏的生活方式。而此刻，袁道鸣决定让自己慢下来。地铁上很拥挤，过了一站路，下车的人“哗”的涌出去，站在车门不远的他差点被推了出去，刚稳好身子，又被一股逆向的力量由外向里推，缺少挤地铁经验的他像大海里的一叶孤舟，不由自主地往里走，脚步踉跄。袁道鸣本能地挣扎一下，在潮流面前却显得是那么地无力。袁道鸣索性躲在角落里，任由地铁起停，人潮拥挤。

半个小时后，袁道鸣在五道口下了车，掏出手机打了一个电话，电话里很快就传来一个爽朗而又熟悉的声音："喂——"

"李老师。"袁道鸣口中的李老师，叫李茂松，清华大学教授，袁道鸣的老师，60 多岁，某学科带头人，享受国务院特殊津贴。

袁道鸣刚开口，话筒那边就听出了他的声音："道鸣啊，这几个月都去哪啦？也接不到你的电话。在哪呢？"

"我就在去您那里的路上，给我留碗饭。我 10 分钟左右就到了。"

"好，好。正好快做好饭了，我的另外一个学生也在，等你一起吃。"李教授是学术气很浓的人，有些固执和清高，坦诚，很受学生喜爱，袁道鸣去他家的时候，总能遇到一两个他的学生。袁道鸣回国后的两次创业地点都选择了中关村，很大程度上不仅仅是为了享受清华大学海外归国人员创业优惠待遇，主要的一个原因就是离母校近些，有空的时候可以看看自己的老师。从小就失去父母的袁道鸣，老师在他的心目中份量颇重，也对他影响很大，包括事业和情感。事业方面，有的老师是科研领域的专家，有的老师是经济领域的资深权威，他们都或多或少地给袁道鸣的企业提供了力所能及的支持。而情感方面，相交比较深的，就是李茂松了。公司在中关村的时候，袁道鸣抽空就往李茂松那里赶，就像往家里赶一样，到了地方后也不谈工作。对于李老师，袁道鸣有一个原则，从来不打着老师的旗号，去进行商业活动，或者做关系。

双清路铁轨处是北京著名的塞车地点之一。受其影响，清华大学东门往往也会被堵得水泄不通。虽然是奥运期间，有单双号限行措施，但袁道鸣乘坐的出租车还是被堵在了离清华东门不远处的双清路口。袁道鸣看了看这阵势，估计一时半会儿出租车也动弹不了，便索性下了车，快走几步，进了清华大学，还好，顺利地又拦下一辆出租。等赶到李老师的家时，还是比预想的时间晚了 5 分钟。袁道鸣摁响了门铃，"吱呀"一声里面的门开了，一个胖子出现在袁道鸣的视线里，隔着厚厚的防盗门，袁道鸣不由得一惊："啊，江久年？"

300 万的款是打出去了。在打之前，石知宇开了个会，会议仅限于鑫星集团的高层，并让助理通知于喜红参加。于喜红说在上海，合适的话让她部门的迟副总经理代为参加。迟副总经理，名迟翔，于喜红的心腹，最近几个月，鑫星集团教育PC事业部的日常工作，于喜红充分下放给了这个33岁的北京男人。不出意外的话，于喜红离开时会将推荐接班人的名单上写下迟翔的名字。谁都知道于喜红在高层的底，也都明白她说话的分量。对于迟翔，石知宇的印象是，业务能力一般，人情世故圆滑，这种人是比较适合鑫星集团这样的大国企，但未必适合石知宇的胃口。石知宇一直比较倾向于敢闯敢干敢承担责任的创新性人才，作为老总，他比任何人都了解鑫星集团的优势和缺点。

在愈来愈成熟的商业竞争中，鑫星集团作为非垄断行业的大国企，就像一个年久失修的大坦克，看上去很有战斗力，但内部的组织结构已经老化，又不能一次性来个大换血，毕竟牵涉到很多根神经。在很多战斗中，外企因其比较成熟的商业经验以及职业规范，往往会打品牌和技术牌；民企因其缺少成熟的市场运作规范，又没有充足的资源，多是从零开始，在夹缝中打天下，更偏重于人的因素，往往会打人才牌；石知宇想了想自己手中的牌，是有不错的资源，也有一张不错的民族牌，但消费者已经越来越认可实际的消费体验，民族牌的威力已经不如当年。而更让石知宇担心的是，鑫星集团的销售在近两年拿单过程中，越来越喜欢打政治牌了。

比如这个迟翔，到了地方，往往暗示自己是高干子弟，再加上他的姓特殊，很容易让人产生联想，估计于喜红也默认了这点，甚至曾有关系不错的老客户在石知宇处打探事情的真假。石知宇明知迟翔在忽悠人家，但也不便明说，私下倒给于喜红提过醒，让她转告迟翔注意影响。但于喜红反馈的是，迟翔自己没有说过，都是大家猜疑的，主要是他举手投足间有一股高干子弟气息，长得也不错，看上去像个人物。事情也只能到这了。不管怎么说，他们部门的业绩太过突出，作为副总经理的迟翔，是有权利享受业绩带来的荣誉。

于喜红参加不了，让迟翔参加，其他人会感到意外，毕竟级别上还是有点差距，因此石知宇让助理又通知了法务部的两个律师也参加。这样坐在一个桌子前开会，也就顺理成章了。

会议一开始，石知宇就把加强教育PC机研发投入以及完善内容建设的议题提了出来，所有人都没有感到奇怪，毕竟这个IT新领域拥有广阔的市场前景。直到会议快结束的时候，石知宇抛出了那个合同，大家才感到意外。一点征兆都没有，困扰鑫星集团教育PC机的内容资源方面的难题，就被桌面上的那几张纸给解决了，但大多数都表示这是个不错的方法。

出乎大家意料的是，迟翔提出了不同的声音："这么做治标不治本。"

石知宇明白，迟翔这么说，是怕这300万从教育PC部门经费中出。在石知宇的眼中，一个人是否富有，不在于你挣了多少钱，而在于你花了多少钱，会花钱的人才会挣钱，老是盯着自己口袋的人，心思都花在了内部的小九九上了，哪有精力和机会去外面挣钱？石知宇打消了迟翔的顾虑："300万用两年，我看，值。两年时间，我们要加强内容资源方面的建设，做好教育软件的研发，力争用二年的时间做到拥有国际一流的拥有自主产权的教育PC机！另外，为了更好地配合教育PC部的工作，我建议公司要组织最优秀的团队，尤其是研发、售前、售后，一定要向客户提供最高端的科技成果和最专业的技术支持。这些人才可以从外边招聘，也可以从内部调整，人力资源部门要做好相关工作。对了，请法务部的律师看看，那个合同和字据有没有问题？没问题的话，一会儿就把款给人家安排了吧。这个款，集团出。集团给大家提供最好的条件，你们要好好用。"

说到这，石知宇决定敲打敲打迟翔，"平时里，要集团干嘛？集团就是为各部门、各个事业部购买粮草弹药，给大家做好后盾，关键时候，需要打仗的时候，需要大家顶上去、冲上去的时候，在坐的诸位，一定要全力配合，来之能战、战之能胜！当初我们伟大的毛主席为什么能打下天下？除了出神入化的战略战术外，就是一个不怕牺牲的精神。当然了，我们现在处于一个和平年代，上前线冒着枪林弹雨的事情是没有了。但是，商场如战场，我们任何一项技术的落后，任何一个细节的疏忽，任何一位同志有私心杂念的话，我们势必就会被淘汰出局。现在，教育PC是一个新行业，技术的落后以及资源的缺乏，已经让我们的竞争对手帕瑞比、锦盛天成走在咱们前面！所以，我们的某些同志，不能只看眼前的利益，不能只顾自己部门的利益！一定要静下心来，专心做事！什么是部门？什么是事业部？没有了集团，还会有部门吗？还会有事业部吗？"

会议室内一片宁静，迟翔知道自己的话冲撞了大老板，忙低下了头，一言不发。

临时抱佛脚的缘由，实际是为了拿下浙海省教育厅的那个大单的信息，石知宇在会议上只字未提。作为具体负责教育PC的部门，这么大的一个单子，于喜红、迟翔竟然没有得到一点的信息，石知宇多少有点失望，也决定不把这个大单安在他们的头上。这样的做法，更深层的含义是，他已经把宝押在了程军身上。

直到飞机落了地，程军打开手机，接收到石知宇的短信：一切顺利。程军摸了摸胸口，狂跳一路的心终于安全着陆了。

程军忙拨打了回去，响了两下，手机里传来了石知宇的声音："回到浙海了吧？"

“是。”程军说，“刚下飞机。”

石知宇明白程军急于想知道这边的进展，但是当领导的，喜欢下属先汇报工作，便问：“那边怎么样了？”

程军忙将下一步的计划，约见浙海省教育厅的单博吃饭的事情汇报了一下。

石知宇听后，心中有了底：“你们先接触吧，有问题咱们随时沟通。锦盛天成人家不同意收购，但已答应了可以提供内容资源给我们，我们研发部会在现有的资源、技术等基础上，研发出高端、专业的教育PC机。另外，我给你透露一下，这个单，我们志在必得，我们看中的不仅仅是5亿，我还了解到，教育部将浙海省划为了远程教育定点试验省份，以后全国各省、直辖市、自治区都会陆续推出远程教育工程，全面推广数字化、网络化的教学方式，所以，浙海的这个单子，是具有战略意义的。”

果然是领导，石知宇的眼光带有大局观，是发展的眼光。程军也没想到这事会有这么大的意义，受这么大的重视，忙给自己打气，也是给领导信心道：“我明白。我一定尽全力拿下此单。势在必得！”然后话锋一转，说：“我也有担心。我不怕对手有多强，是担心……”

石知宇知道程军担心的是什么，平静地说：“不要瞻前顾后嘛，现在，你可以给人力资源和于喜红经理谈谈你的想法啦。”

当谭村口中说出“江久年”的名字时，龚仁贵的心中微微一颤，明知道谭村要找一个替罪羊，但原认为他会从他的手下人中找，没想到说出的却是江久年的名字。可能因为江久年已经离开了帕瑞比，一般出现这种事情，外企是不愿意去光明正大地去找当事人，更不会找经销商、大客户去核实，这样的话，关于这笔钱的问题就会被遮掩过去。

事到如今，龚仁贵已经不想再追究下去。他希望的是有一个合理又合法更符合公司内部管理规章的解释。他提醒道：“关于这笔钱，你和江久年之间有往来邮件吗？”

“没有。事出紧急，我当时给他打电话，他说要等到公司层层批下来的话，需要时间，便授意我可以找朱总帮帮忙。江久年也是好意，谁曾想，那位客户会调离工作，我一直碍于情面没有跟他要，他要是不给，我自己把钱垫出来也要把这事给解决了！保证这两天归还朱总，不给公司添麻烦……”

龚仁贵不听这些保证，冷冷地说：“不管怎么样，一会儿你就将事情的经过以及证据写邮件给我，要确保合情合理合法！”

“您放心，”谭村原想说“身正不怕影子斜”，但还是收敛住了，他相信他刚才的解释一定有很多漏洞，龚仁贵不说，只是在默许，所以他也不能太过，话到了嘴边忙改了口：“我一定会处理好的。”

“我相信你的能力。”龚仁贵双手一摊，往后一躺，斜靠在沙发上，像是很轻松地问：“假如你做帕瑞比中国区销售总监，你打算怎么做？”

谭村没有想到龚仁贵会在这个时候提出这个话题，愣了一下，帕瑞比中国区销售总监的位置固然重要，但在谭村的心里，只要能度过眼前的难关，就是万幸了。在商业活动比较规范的外企里，被举报的人，不管是否清白，都要接受一段时间的调查。这个时候，出了这样的事情，谭村但求平安，对升迁的事情已经不报什么希望了。现在，龚仁贵再次将销售总监的位置摆在了他的面前，不明白龚仁贵到底是什么目的，但不管是不是试探，谭村都必须表现出臣服顺从的样子。他迅速调整了一下心态，态度坚定地说：“我唯一能做的就是用一个个上升的数据来回报您对我的信任。”

谭村说到这，看了一眼龚仁贵。龚仁贵面无表情，似乎想接着听下去。谭村感到自己说得太笼统，刚要接着说具体一些，龚仁贵却站了起来，伸出手拍了拍谭村的肩膀：“你先去忙吧，立刻写个邮件给我，把那笔款的事情处理好。等会儿一起参加会议。”

谭村站了起来，说：“好。”

“对了，”龚仁贵掏出手机，调出短信息，“上午给你说的那个老大夫的门诊地点，我转发给你，离咱们这也不远，你抽空去看看。”

“谢谢，让您费心了。”谭村推门而出，下意识地摸了摸肩膀上被龚仁贵拍过的地方，感觉到了一种力量。

龚仁贵走到办公桌前，晃动了一个鼠标，黑屏的电脑桌面如渐渐拉起的舞台帷幕，逐渐亮了起来，电脑桌面右下角的位置，跳出新邮件提示，有7封未读邮件。龚仁贵点开，简单地浏览了标题，迅速点开了埃米斯发来的邮件。邮件是英汉两种版本，较为详细地介绍了刘翔退赛的经过，并附上了新闻链接地址，然后分析了刘翔退赛可能带给帕瑞比产品的影响，请示总部关于此事的态度，然后问首席执行官彼森的北京之行是否要作出相应的调整。龚仁贵看的是汉语版本的，感觉没什么漏洞，又看了一眼英文，不是太懂，一般情况下，他会让助理帮助翻译一下，但今天时间紧急，便直接转发给了亚太区，抄送至总部。看到“邮件发送成功”，龚仁贵长出了一口气，又处理了一下其他邮件，10分钟过去了，亚太区那边没有回复。龚仁贵怕陈汉生故意耽误时间，出自己的难看，转念一想，陈汉生应该不至于在这个事情上做手脚，毕竟他是亚太的头，大老板的北京之行，他全程陪护，所有行程和方案也都报送给他批准了，若出了问题，陈汉生也脱不了干系。想到这，龚仁贵想跟陈汉生再通个电话，但又怕显得催得太急，只好盯着电脑屏幕，期待着新邮件提示的信息。

这时，电话响起，是 Jack："龚总，有空吗？"

龚仁贵本来想等谭村的邮件到了之后，再叫 Jack 过来，现在他主动打来了电话，龚仁贵说："你现在过来吧。"

心中满是疑问的 Jack 坐在了龚仁贵的面前，明知道龚仁贵没有必要给自己解释，还是禁不住问："龚总，谭村的事情？"

"哦，"龚仁贵看着 Jack，刚想给他说明情况，电脑发出了新邮件的提示声，龚仁贵忙将目光转向电脑，"你等我一下。"

并不是龚仁贵期待的陈汉生的邮件，而是谭村的。谭村做事还真快，龚仁贵忙点开邮件一看，也是汉英两个版本，关于事情的原委说了一遍，和他刚才说的差不多，只不过在一些细节上更充实了一些，说过程都经过时任帕瑞比中国区销售总监江久年的同意，和刚才说的有所差异的是，那笔钱早就还给了上海达科的朱总，并且留了上海达科朱总的手机号，以供查证。龚仁贵望着这字面上滴水不漏的邮件，想着谭村竟然在这么短的时间内，能将事情处理到这个地步，也不容易。至于邮件中说的那笔款早已经还给朱总，这和刚才说的明显是不一致。但龚仁贵没有深究下去，谭村既然这么写，显然是知道龚仁贵是偏向他的，是把龚仁贵当成了保护伞。这正是龚仁贵要的效果，既抓住了把柄，也收买了人心。龚仁贵抬起头，露出招牌式的笑，说："Jack，是谭村刚刚发来的邮件，关于那笔款的解释，等一会儿，我将它连同总部法务部发来的邮件也一起转发给你，你尽快核实一下。啊，你先看看吧。"

龚仁贵的办公桌上有投影仪，和电脑相连。Jack 站起身，打算拉下落地窗，以便投影仪的效果更清晰些。龚仁贵却摆摆手，说："你过来吧，直接在电脑上看。"

Jack 来到龚仁贵身旁，侧着身子，扶了扶眼睛，对着电脑看。龚仁贵挪动了一下屏幕，拖动鼠标，将谭村的邮件以及总部法务部发来的邮件让 Jack 看了一遍。"原来如此。"Jack 理顺了一下前后关系，说："明白了。"

龚仁贵看着 Jack，想听他接着说下去。然而，Jack 的话却停了下来，又转身坐到了原来的位置。龚仁贵只好追问道："说说看，谭村的解释站得住脚吗？"

Jack 摸了一下光头，比较谨慎地说："单从邮件里来看，没有问题。"

龚仁贵看到 Jack 欲言又止的样子，便鼓励他说："抛开邮件呢？"

“这个，不好说，需要调查求证。道理上是说得通，但是程序上可能有些值得商榷的地方。在帕瑞比中国，尤其是您来了以后，帕瑞比的战略重点，从以提供优质高端产品和管理效率为中心，转变成以建立亲密客户关系为中心，相应地维护客户关系的费用都是一路绿灯。谭村若当时急用这笔钱，完全可以走公司流程申请，虽然他在邮件中说，事出紧急，给江久年直接打了一个电话，但按照公司规定，超过 15 万美元、100 万人民币的款，江久年是没有权利批复的。而 20 万美元的款显然是超过了他的权限，以他的做事方法，他会同意这个没有原则的事情吗？不过，什么事情都有例外，只能让他站出来说明情况了。”

龚仁贵点点头：“你说的有道理。不过，就像你说的那样，凡事都有例外。位置不同，想法自然不太一样。江久年当时或许也有他自己的考虑。总之，都是为公司做事，不管怎么样，都是可以理解的。你就给上海达科的朱总核实一下吧。然后尽快给个结论，给上边一个交代。”

在龚仁贵的处世法则和领导艺术里，含糊不清、模棱两可一直是他惯用的手法，很多事情不下达具体的命令，尤其是牵涉到原则性的问题，往往是让下属去揣摩。这就培养了 Jack 出色的理解能力和语言分析能力。Jack 明白了龚仁贵的意思，刚要说些什么，这时候，龚仁贵的手机响了。龚仁贵看了一眼来电号码，忙接听了起来：“陈总，您好。什么时间？哦，好的，我去接您。OK。”

Jack 看到龚仁贵的眉头皱了起来，听语气，好像是亚太区的陈汉生要来了。果然，龚仁贵放下电话，说：“陈总刚刚跟总部沟通过，大老板的行程不变，陈总明天先飞过来，不放心，要事先检查一下咱们的接待工作。呵呵，Jack，有咱们忙的了。你去忙吧，我等一下他的邮件。”

Jack 站起身，龚仁贵却又喊住了他：“对了，你去找谭村谈谈吧，让他先来承担起销售总监的职务。陆峰和鞠莉莉你通知他们明天过来了吗？”

龚仁贵轻描淡写的几句话，就将谭村推向了帕瑞比中国区销售总监的表演舞台。

Jack 一直在琢磨着龚仁贵在之前的几个小时里经历了怎样的心理变换，是什么促使他下决心在这个敏感时刻提拔谭村？是亚太区总裁陈汉生的提前来京？有可能。

做了这么多年的人事工作，Jack 知道现在提拔谭村，多少有点逆风行船、顶风作案的味道。

Jack 看不懂龚仁贵心中的棋。也不能再问，因为龚仁贵已经将话题绕开了。Jack 只好回答道：“通知他们了。他们也想当面过来跟您聊聊。”

“我一会儿给他们打个电话吧。明天就别过来了。明天肯定忙。就说我不同意他们离开，你给我做好工作，啊，他们辞职的事情先压一压，低调处理，你也知道，就是走，也要等过了这几天再走。"

"我知道的。"Jack 说，"我在时间上拖拖。"

龚仁贵叹了口气，说："也别闹得太尴尬，他们毕竟也为公司辛劳了这么多年，同事一场，好聚好散，除了该领的奖金外，主动给他们些补偿金吧。你看呢？"

按照规定，员工主动离职是得不到公司的补偿金的。但是，帕瑞比是一家国际品牌上市公司，很注重公众形象，以企业声誉为生命，非常忌讳发生劳资纠纷引起社会舆论导致公司形象受影响的事。老美们对惹上劳资官司的各国老板也是心怀成见的，若发生那种事，难免会影响日后的仕途。Jack 知道，所谓的补偿金，安抚的不仅是离开的员工，更是迫使员工离开的老板，毕竟陆峰和鞠莉莉也是龚仁贵手下的兵。"杯酒释兵权"中的酒，也得是上好的酒。

Jack 心中盘算了一下，便拿出离职人员最高的补偿金待遇："他们的合同再有两个月就到期了，现在又是主动辞职的，原则上是可以不发补偿金的。您这么一说，对他们来说自然是好事，我做工作时也方便了很多，按照'N+2'的标准给他们补偿吧。他们来公司两年，一年算一个月，可以多领 4 个月的工资，也是一个不小的数。"

"行，就这么定吧。"龚仁贵忽然想起一个人，问："江久年的补偿金领了吗？"

"他离开得匆忙，没提这事。"Jack 说。

"那打他手机沟通一下，可以打他卡里嘛。"龚仁贵责怪道。

"自从离职后，他的手机号就没有开过机。家里电话也没人接，人消失了一般。"

第三章 顺势而动

《孙子兵法·势篇》曰：“凡战者，以正合，以奇胜。故善出奇者，无穷如天地，不竭如江河”，“守正”是立业之本，“出奇”是致胜之术。“有正无奇，虽整不烈，无以致胜也，有奇无正，虽锐无恃，难以控御也”。战略上的“守正”和战术上的“出奇”相结合，才使企业立于不败之地。做人亦然，守正为根，根生势，顺势做事，以免犯错；出奇为术，术生局，步步为局，方可为赢。

“都以为你江久年失踪了呢？原来是躲到这里了。”在袁道鸣的印象中，江久年似乎永远有一张弥勒佛一样微笑着的脸，胖，白，腮帮子上的肉嘟噜着，大而黑亮的眼睛躲在金边眼镜后面像一对在水缸里游动的鱼，眯起来的话似乎能洞察一切。袁道鸣握住江久年胖乎乎的手，使劲晃了晃，开玩笑道，“看来，我的功课没有做好啊，只知道你是 CEIBS（中欧国际工商学院）的 MBA，却没了解到你也是李老师的学生。”

“是啊，我也没想到，真是大水冲了龙王庙。”江久年也没想到在这个地方以这种方式见到了老对手袁道鸣，转身对坐在沙发上的李茂松说，“李老师，您可能不知道，以前在工作中经常和他相遇，今天在您这，我可要好好诉诉苦，他可没少欺负我……”

“这叫不打不相识。哈哈，先坐下来吃饭，边吃边说。”年近60岁的李茂松已经拿起了筷子，夹了一个黄瓜段，说，“冰箱里有啤酒，自己去拿。”

正在厨房做菜的保姆听到后，忙探出头来说：“喝什么，我来拿。”

“不用了，谢谢。”江久年已经走到了冰箱边，打开，问：“你们喝什么？”

“啤酒。”袁道鸣也不客气，“多来两听。”

李茂松给自己倒了杯干红。三人碰了一下杯，李茂松说：“你们虽然年龄差不多，但道鸣上学比较早，我教他的时候，他才16岁，九三届毕业的。久年是九七届毕业的。你们都是我的好学生，每个老师都会有自己的好学生，但我不会在他人面前说某某某是我的学生。你们在外边做出多大的成绩，在我面前也都是学生。是不是？”李茂松搞了一辈子学术，脾气倔，清高，很少和外人打交道，老伴和孩子移民去了英国，他却一直坚持留在国内。

袁道鸣和江久年同时点了点头，在这里，可以抛弃所有的不顺心不如意，仿佛又回到了学生时代。

“你们是同行，今天，只吃饭，不谈工作。”李茂松说话直来直去，先行给这个晚饭定了调。

袁道鸣和江久年相视一笑，以前两人在不同的场合见过面，却从未在同一桌子上吃过饭。袁道鸣举起酒杯说：“我和江久年打了这么多年的交道，却不知道是师兄弟，平时大家各有位置，也忙，难得今天有这么个机会，李老师说得对，咱们先吃饭，回头再慢慢叙。来，干一杯。我是饿坏了，中午没吃饭，先干了。江久年你慢慢喝。”袁道鸣仰起头，一口气干了，抬眼看了一下江久年。江久年打了一个酒嗝，晃动了一下啤酒罐，哈哈一笑：“你喝酒可比不过我的。看看肚子就知道了。”

“呵，你们俩可不能这么喝，我的啤酒可不够噢。”李茂松用筷子指了指江久年的啤酒肚。

“没办法，”江久年无奈地说，“前段医生还说是脂肪肝，但是没办法，抛开工作需要不说，就好这一口。今天我们就把您老人家的啤酒给‘报销’完。呵呵。”

“你啊，上学的时候，是把风就能把你吹倒，现在说胖就胖起来了。就像目前中国的经济一样，虚胖。”李茂松三句话不离本行。他是搞经济的。

“虚胖也是胖啊。”袁道鸣拉开一罐啤酒，递给江久年，自己又打开一罐，呷了一口。

“马上就胖不起来了，就像全球的金融市场一样，”李茂松抿了一口干红，接着说，“尤其是华尔街，新一轮的金融危机即将来临了。美国最有名的几家投行濒临倒闭的边缘，到时，就是打肿脸也充不了胖子！”

袁道鸣感同身受，一仰脖，又喝了一大口啤酒。

李茂松似乎并不在意眼前两个学生的感受，接着说：“而处于这个背景下的中国经济，在未来的一段时间内，将度过一个难熬的冬天。无论是全球金融市场，还是在中国本土的金融市场，泡沫经济再度成为人们的切肤之痛，看看房价，看看股市，看看有多少企业开始倒闭，再看看有多少人会失业？虽然有人说啤酒若失去了泡沫也就失去了味道。中国改革开放了30年，经历了几个轮回？从起伏不定的市场角度来分析，假如说市场经济中严格意义上的泡沫不可避免，那我们要做的，就是在泡沫之中如何生存，以及思考泡沫过后留给我们的是什么？是把酒言欢后的杯盘狼藉，还是梦醒之后的冷静？”

“2008年的生意的确不好做了。不仅仅是在中国，全球经济都不乐观。”江久年叹息道，“受此影响，好些外企大批裁员或者干脆撤离了中国市场，尤其是一些欧美企业，不是说中国的钱不好赚了，是他们丧失了信心。外企在中国做生意，还处于对中国社会和商业潜规则的摸索和适应阶段，所以他们提出了人才本土化的策略，然而，在外企真正掌权的中国人却是凤毛麟角的。占据高位的中国人，不是来自港台地区和海外的华人，就是海归派。纵然，你工作再棒，英语再好，和那些总部的老外们沟通起来，还是有一种天然的隔阂！所以在外企做事，只是在做事，不是在做事业，没有归属感，缺少创新，不管你位置有多高，也不过是个工具，他们普遍以市场导向为重点，借助成熟的品牌优势和公司管理经验，制定完善的市场策略，你要做的无非就是执行罢了。现在想想，还是道鸣有远见，早早地成立了自己的公司，拥有了属于自己的事业。我是在外企白混了这么多年，算是虚度了光阴。”

“呵呵，”在江久年的长篇大论中，袁道鸣嗅出了一丝味道，“你真的要成立自己的公司？”

江久年一愣，知道自己刚才失了态，转念一想，也无所谓，毕竟已跳出了这个圈子，反问道：“你怎么知道我想创业？”

袁道鸣笑笑：“帕瑞比自从来到中国，总经理换过6个，销售总监换过10个，唯独你离开公司的时候，帕瑞比专门在网站上发表了你的长篇辞职声明，声明中说你的离开是想拥有更有挑战性的创业机会——”

离开帕瑞比的那一刻，江久年关闭了所有的通讯工具，究其原因，是和那份辞职声明分不开的。帕瑞比2008年上半年的业绩不佳，身为销售总监的江久年来承担责任也不无道理，职场如战场，随时都需要有人站出来堵枪眼。这些江久年都能理解。唯一不能理解的是，龚仁贵在他堵枪眼的时候也朝他的后背放了一枪，面无表情地和他澄清了关系，并且让他离职的时候发表一个声明，大意是江久年的离开不是因为公司亏待了他，是因为自己在工作中的失误，造成业绩下滑，个人压力过大，再加上本身也想出去创业，便主动离职，同时感谢公司云云。当Jack将拟好的洋洋洒洒五千字的离职声明放在江久年面前的时候，江久年心想牺牲我一个，成全其他人，既然已决定堵枪眼，就好好地成全后面的同志们，于是简单看了一眼便签了字。没想到就在他签字后一个小时，这个所谓的由江久年亲手写出的辞职声明就光明正大地出现在了帕瑞比中国的官方网站上，一时间，数以百计的网站纷纷转载，所有的舆论压力铺天盖地地朝江久年涌来。江久年黯然退场，也褪下了对帕瑞比以及龚仁贵的最后一丝眷恋。江久年百口难辩，有理也说不清楚，索性就关闭了所有与外界联系的方式，眼不见心不烦，自我调节。好在他的承受力还不错，当袁道鸣说出这件轰动业界的事件后，只朝袁道鸣无奈地笑笑。

“看得出来，那不是你一个人的声明，也不是你个人的观点，是帕瑞比中国区的声明，是他们的观点。主要是推卸责任，还有一个意图就是稳定军心。怕你的离开，引起帕瑞比中国区的人事震动。”袁道鸣直言不讳道。

“呵呵，你们啊，都是工作狂，快吃饭，不是说好的不谈工作嘛。”李茂松举起酒杯说。

“没事，我现在已经离开了公司，属于‘无党派人士’，可以畅所欲言。”生性豪放的江久年此刻在李茂松面前毫不掩饰，想到哪，说到哪。

“呵呵，那就畅所欲言吧，生意场上的对手，私下里一旦成了朋友，那就是朋友了。事业上的合伙人，说是朋友，未必是朋友。”袁道鸣试探道，“以后江久年若是做企业，可要告诉我一下呀。”

“别听那帮鸟人胡说。”做销售这么多年，江久年多少染上了一些江湖气，习惯用一些直接而又情感色彩较为浓厚的词。“我这人小打小闹还凑合，真让我去创业，还真操不了那个心。”

“呵呵，往往是越操心，说明这个老板越失败。一个成功的领导，只需要思考你的决策、确立制度、分配任务，其他的什么都不需要。一个朋友曾陪我参观他的大卖场，从一层到六层，没有一个员工认出他，大卖场里除了总经理，几乎没有员工知道对面而站的就是他们的董事长。而事实证明，他的那个大卖场做得非常优秀。”袁道鸣感慨道。

明知道锦盛天成最近的日子不好过，在袁道鸣的脸上却看不出任何落寞的表情，吃起饭来还挺香。帕瑞比以前和锦盛天成的较量中，有输有赢。锦盛天成主攻教育行业，教育软件和教育PC是他们的强项，产品一流；帕瑞比涉足的领域比较广，囊括通信、政府、电力、教育等部门，PC计算机是他们的主营业务，与锦盛天成的交手，大都是在教育领域，帕瑞比有良好的品牌优势，技术上两家不差上下。在江久年的印象中，总的来说袁道鸣似乎略胜一筹。但现在自己已经离开了帕瑞比，计较那些得失已经没有必要，况且像为帕瑞比这样运营机制比较成熟完善的外企打工，你一旦离了职，就等于失去了一切。在江久年35岁的内心里，也蠢蠢欲动着对创业的渴望。哪个男人不想打一片属于自己的天下？

“有些日子没过来了吧？最近怎么样啊？”李茂松见两个学生的交流并不避讳，对袁道鸣说，“你没来的时候，久年已经给我汇报了他的情况。呵，说说你的吧？”

袁道鸣笑了笑，平静地说：“这一段没来是因为离得远了，公司搬家了，在京郊，日子不好过。”

“哦，原来这样。”李茂松沉思了一下，“看来这次的金融风暴对你们的冲击也不小。唉，你们做事也不容易，和很多在夹缝中生存的中国民营企业一样，看上去拥有得天独厚的优势，实际上却正如余秋雨说过的‘我们的历史太长、权谋太深、兵法太多、黑箱太大、内幕太厚、口舌太贪、眼光太杂、预计太险……’，建立在这些关系之上的中国民营企业，抗风险性就很脆弱。”

江久年在一旁认真地听着，不时地点头。

“毋庸置疑，你前几年做的教育PC以及教育软件都很成功，无论是策略上还是战术上，那是你的立业之根，也是你的创业之剑。正如‘激水之疾，至于漂石者，势也；鸷鸟之疾，至于毁折者，节也’，一定要做最擅长的领域。”李茂松教授说这些的时候，抖动着修长的手指，意气风发，好像年轻了30岁，极富感染力。“我送你们四个字，做企业一定要‘守正出奇’，策略上‘守正’，战术上‘出奇’。‘出奇’就是要在具体的经营中要有奇招，有智慧，‘出奇’才能制胜；‘守正’是企业之魂，明白哪些能做，那些不能做，不投机，不取巧，扎扎实实地培育企业的核心竞争力。

“罗伯特·戈伊祖塔是位商业奇才。在戈伊祖塔主政可口可乐后，曾向董事会承诺‘要积极扩展到那些我们现在还没有进入的产业领域去’。随后，戈伊祖塔斥巨资收购了著名的哥伦比亚影业公司。哥伦比亚影业公司的经营一直都不错，每年都向可口可乐提供不错的利润。然而，五年之后，他还是把哥伦比亚影业公司卖了出去，开始‘守正’，并在营销战略上纷纷‘出奇’，最终将可口可乐公司的市值由40亿美元提升至1500亿美元，股票价格翻升了近3500%。当1997年他死于癌症时，可口可乐公司不仅战胜了主要竞争对手百事可乐，而且控制了全球近一半的软饮料市场。毋庸置疑，可口可乐的成功离不开罗伯特·戈伊祖塔，而他的法宝就是‘守正出奇’。”

袁道鸣点点头，不说话，喝了口啤酒，苦涩无比。

李茂松接着说：“国内真正能坚持‘出奇守正’的公司不多，任正非的华为算是一个。在中国股市，很多人这么多年都搞不明白两件事情：一是联想为什么不回归A股？2008年的熊市，A股市场的非理性和不成熟给出了答案。二是华为为什么不上市？抛开他们的股份结构和商业模式不说，我问你们，上市的目的是什么？显然是为了融资。融资并非是华山一条路。人家华为坚持‘出奇守正’，立个目标，为之奋斗，恒久不变，利用自身的尖端研发水平做出一个新产品，然后将这产品卖出去，卖出去的钱就比很多企业在股市上融得的钱要多，那么它干嘛要去上市？凭什么还用西方资本的游戏规则来玩？所以啊，做公司一定要有一个长久的目标，并为之奋斗一生。不管你们以后如何发展，一定要追求功名利：求功，就求百世功；逐利，就逐千秋利；扬名，就扬万代名！”

帕瑞比中国区在国贸大厦第28层有三个会议室，一大两小，大的可以同时容纳86个人同时开会，两个小的分别可以容纳40人和20人。下午两点整，帕瑞比中国区所有在北京的26名中高层管理人员聚集到了那个能容纳86人的大会议室里。大会议室里的硬件设施很好，每个座位上都配置了全球电视电话会议设施，与会者说的每一句话每一个动作都能传到亚太区和美国总部。每有重大的会议，都会启用这个大会议室，会议上所有的决策都可以留下影音文件成为日后评判功过、总结经验教训、培训新员工的宝贵资料。这是帕瑞比独特的企业文化，也是老美搞“中央集权”的手段之一。龚仁贵扫视了一下每一个人，说：“开会之前，我先介绍一下，坐在我身边的这位，谭村，想必大家也都熟悉，他带领的华东区取得了令人赞叹的业绩。作为我们公司培养出来的优秀人才，公司很乐意为每一个员工提供更有挑战性的职业上升空间，即日起，公司任命谭村为帕瑞比中国区销售总监。”

有了中午一起吃的“总监饭”做铺垫，大家对销售总监位置的归属问题有了比较统一的认识，再加上会前人事总监Jack和谭村肩并肩走进会议室，分别坐在了椭圆形会议桌一端的两边，也就是最靠近龚仁贵的位置，大家的心中也就明白了帕瑞比中国一个新的晋升记录即将诞生。就像一个事先预知结果的颁奖会，所有的猜测、嫉妒、质疑、不满等等都在结果宣读之前释放殆尽，等到尘埃落定的那一刻，在场的每一个人能做的，就是抖动手腕，开始鼓掌。

在掌声中，感觉如同梦幻的谭村尽量克制住狂跳的心。尽管会前Jack已向他表示了祝贺，并简单地谈了工作交接的程序，薪酬经理也跟他谈了工资的涨幅为

35%，他也看到Jack在公司邮件系统里起草关于谭村晋升为帕瑞比中国区销售总监的公告邮件，但此刻经龚仁贵宣布出来的时候，谭村还是感觉到了一种眩晕。

早些年帕瑞比和很多外企一样，在中国以“帕瑞比中国办事处”的名义出现，组织结构简单，说白了就是一个sales office（销售办公室），后来摊子铺大了，简单的办事处由于法律的限制不能经营人民币业务从而不能和客户直接签订合同，阻碍了业务的发展，不得不成立了独资公司——帕瑞比（中国）有限公司。这么一来，就是像模像样的公司了，组织结构也随之复杂，帕瑞比中国最高管理长官是总经理，下设“五部一所”，“五部”分别是市场部、销售部、行政部、技术部、财务部，“一所”是帕瑞比中国研究所。“五部”的领导职位是总监，直接向总经理汇报。帕瑞比中国研究所是老美们基于中国廉价的劳动力和聪明的头脑而成立的，名义上挂靠在帕瑞比中国的旗下，实则是相对独立的机构，直接向亚太区汇报。所以他们领导Bill（Bill）的名片上除了“帕瑞比中国副总经理”外，还有一个耐人寻味的名头“帕瑞比中国研究所所长”。

谭村心中掂量了一下，除了总经理龚仁贵，副总经理Bill，自己的级别一下子就上升到了第三的位置。毕竟总监也是分甲乙丙的。之前在帕瑞比，技术人员的待遇普遍高过市场和销售人员的待遇，因为当时帕瑞比的产品好卖，老美们认为不是市场部的宣传推广能力多强，而是每年巨额的广告费推动的结果，同样也不是销售部的销售技巧有多高，而是帕瑞比的品牌优势在引导消费者。然而近些年激烈的市场竞争下，销售部门的重要性凸显出来，市场、行政、技术、财务变成了支持部门，销售部门成了“五部”之首，待遇也与其他部门不可同日而语。销售总监在公司的位置自然水涨船高，想到这，谭村的心中有了底气。他站了起来，微笑着冲大家点头：“我是帕瑞比的老兵，职业生涯的第一步就是帕瑞比，希望最后一步也是在这里。感谢公司对我的培养，感谢龚总对我的信任，感谢大家的支持，将这么大的一个担子交给了我。虽然做了多年的销售，但第一次面对全国的市场，我还是新手，希望诸位多多支持。谢谢。”

“是啊，在以市场为导向的今天，单枪匹马的英雄时代已经过去，销售部门是冲在第一线的战士，其他部门提供最好的粮草和武器，希望各部门配合谭村为公司取得更大的成绩。”龚仁贵说到这停了下来，眼睛平视，似乎没看什么人，似乎又在看着每个人。大家再次抖动了手腕。

“今天的会议，主要有两点，想必大家也都知道了，关于刘翔退赛的事情，另外就是彼森先生的北京之行。首先给大家通报两个事情：关于刘翔退赛的事情，公司总部和亚太区的反应是迅速的、有效的，刚才吃饭的时候，有人也在场，我和陈汉生总裁通了个电话，陈总紧急联系了美国总部，要知道那个时候总部正在深夜，但总部还是作出了快速的反应：作为与奥运会有着良好合作的拥有全球影响力的企业，帕瑞比在与刘翔合作期间取得了双赢的结果，公司对刘翔的退赛表示理解，并不会因此取消和刘翔的合作，帕瑞比将一贯地支持刘翔、支持北京奥运！另外一个需要给大家通报的事情是，彼森先生的北京之行不会发生改变，发生改变的是亚太区陈总会提前一天来到北京，也就是明天就会出现在大家面前。好了，请市场部介绍一下情况，然后大家讨论讨论。”

市场总监埃米斯甩了一下短发，目光从自己桌面上的电脑移向了龚仁贵，微微一笑：“刘翔退赛的事情，打乱了我们之前的计划。近几天来，加班加点整出来的媒体策划方案泡了汤，不过这也未必不是件好事，正好可以锻炼一下我们团队的应变能力和反应速度。关于刘翔退赛，刚才我特意查看了一下网民对这一事件的看法，质疑、悲伤、理解、支持等等，各种各样的说法都有，从目前来看，很多网民还是无法接受这个事实，毕竟对刘翔的期望太高了，所以持怀疑态度的比较多。但随着时间的推移，人们会慢慢地冷静下来，开始理性地看待这件事情，从他们留言的时间来看，越来越多的人表示了理解。与刘翔签约的商家目前还没有一家站出来表态。我的想法是这样，既然咱们是表示支持刘翔，就第一时间发布出去，让他们看出帕瑞比的速度和胸怀，市场经验告诉我们，只要是有争议的话题，只要是举世瞩目的热点，只要是第一时间抢占商机发布出去，媒体投放这一块就会取得事半功倍的效果。我的想法是这样，首先选择与我们合作比较密切的各大新闻网站，以新闻的形式让我们的观点发布出去；另外，原定为刘翔奥运会夺冠的第二天投放的广告，全部撤换，连夜制作出新的版本，包括网站视频弹窗、电视广告、报刊杂志等，哪怕是多付给广告代理一部分费用也要将版面等前移至明天，这个时候一定要表明我们的态度和立场，大家说呢？”

“埃米斯说得有道理，”Bill 说话语速很快，“但是，我有些担心，刘翔退赛已经过了两个小时了，为什么和他签约的商家没有一个站出来发表声明？难道是他们的反应慢吗？他们和帕瑞比一样，都是各个领域的顶尖企业，为什么还要处于观望状态？他们要分析的，或者他们要等待的，不仅仅是网友的评价，可能是中国体育总局、奥委会官方表态，他们的态度将直接决定刘翔退赛的性质。这一性质又左右了那些不明真相的网友的判断，从而影响产品在消费者心中的位置。试想，我们现在若发表声明表态说一如既往支持刘翔，万一如很多网友评价的那样，刘翔输在了心理压力上，那这种临战逃脱的退赛行为与奥林匹克精神背道而驰，那样的话，我们就陷入了巨大的被动中。巨大的舆论压力若是影响到股票波动的话，恐怕谁也承担不了责任。这是在中国。中国的媒体，呵呵，他们有能力在一天内塑造一个英雄，更有能力在一秒钟将这个英雄打败。这个时候，我认为帕瑞比搞不好就处于风口浪尖，所以，我建议还是等等再看，免得成了出头的鸟。”

“我支持埃米斯的观点，大企业自然要有大企业的风范，既然总部已经定了这个观点，肯定是做过权衡的，无论是从公司角度，还是从个人角度，我们都应该理解并且支持刘翔。退一步说，就是因为压力大而退赛的，也无可厚非，毕竟方方面面给的压力太大了。”帕瑞比首席媒体官Rines Zhang说出的话多少有点感性，却很直接，“我们不妨从另外一个角度来看，比如今天中午那个记者打来电话要求采访，若得不到回复的话，他在报道中完全有可能写成帕瑞比就刘翔退赛的态度是无可奉告。这‘无可奉告’的意思复杂着呢，到底是支持还是不支持？至少是有点躲避、回避的意思。过两天，大老板就要来北京了。若有记者问他‘无可奉告’的意义的话，对咱们来说岂不是更糟糕？”大老板马上就来，首席媒体官Rines自然是希望能和媒体搞好关系，目前和媒体搞好关系的最好办法就是投放广告。

这么一说，大家开始议论了起来。一会儿，龚仁贵咳嗽了一声，会议室里立刻鸦雀无声。龚仁贵抬眼看了看谭村，说：“谭村，说说你的看法。”

在谭村的内心，自然是希望媒体宣传能够跟得上，广告做得越多、铺得越大，产品自然会好销些。然而目前的阵势，一个是市场总监，一个是副总经理，况且自己刚上来，以后主要靠他们来支持，谁也得罪不起。他呵呵一笑：“你们都是专家，我就从消费者的角度来说说看。正如Rines所说的，‘无可奉告’是一种消极的、逃避的态度，这和我们产品的风格截然相反。另外，我认为奥运会官方和田联肯定也是尊重运动员的选择的，在运动场上，退赛原本也是一个正常的行为，赛果固然重要，但和运动员的身体、生命比起来，孰轻孰重？Bill考虑更多的是中国网民的情感，担心因此引起一些消费者的反感。我想任何一件事都有它的两面性，只要赞同的大于反对的，我们何不去试试？并且总部已经表达了理解、支持刘翔的观点，中国是一个人情味比较浓厚的国度，若是在这个时候与刘翔划清界限，是不是有点落井下石？比起推你落井的人，往井中扔石头的哥们儿更招人怨恨！无论是从市场角度，还是为了大老板的北京之行营造良好的舆论氛围，我认为可以考虑较早地发表我们的观点。”

“大家还有其他的意见没？”龚仁贵扫视了一圈，大家都没再说话，都等待着龚仁贵表态，“没意见了，啊，好，刚才各位说的都有道理，我只强调一点，品牌力的增强是靠广告拉动的，总部、亚太区给了我们政策，给了我们资源，就是让我们在消费者面前做好品牌营销。这个时候，越是这个时候，没人站出来的时候我们要站出来，也站得出来！Rines，”龚仁贵冲Rines说，“事不宜迟，请尽快安排媒体吧，先在几大门户网站上发布新闻，咱们自己的网站上也要发布。我强调一点，广告这一块，市场部立刻制作针对刘翔退赛的广告内容，内容一定要打‘情感牌’，明天都换用新的广告。对了，从机场到鸟巢路上的6个巨型广告牌、18个中型广告牌，争取也要换。时间可以和广告公司协调。时间短，才能考验咱们的效率嘛。新的广告版本制作好后，无论多晚，一定要发我看看。关于纸媒这一块，版面要加大，北京、上海主流媒体的版面争取整版的，对了浙海省投放的媒体是？”

Rines一愣，完全没有想到龚仁贵会想到问浙海这一块，顾不得多想，便说：“浙海省和我们经常合作的媒体有6家，这次选择了当地最有影响力的浙海电视台都市频道以及日发行量过百万的浙海都市报。”

龚仁贵沉思了一下说：“北京、上海、深圳的城市媒体投放都比较成熟，市场饱和。我们可以考虑一下较为发达的省份的媒体投放，比如浙海、江苏等。这次啊，看能否考虑偏重一下在浙海的广告投放？仅这两家媒体是不够的，当地的平面媒体、高速路口、楼宇广告等等，要做到全方位、多角度、大规模的广告投放！”

明显不均衡的媒体投放，显然超出日常的广告投放布局，很多人都感到不可理解。只有龚仁贵和谭村心里明白：他们正向浙海发射一枚“远程导弹”，一场大的营销战已经悄悄打响……

就在帕瑞比的“远程导弹”还没来得及在浙海媒体上狂轰滥炸的时候，鑫星集团浙海分公司经理程军已经带领他的手下奔赴“前线”了。

程军到达天府大酒店二楼的豪华包间里的时候，魏德宁正坐在沙发上跟苏小蕾说笑。程军环顾了一下四周，包房内东面靠墙的位置是一座2米多高的假山，山上有泉水涌出，山脚的水池里金鱼游动，四周翠竹环绕，不开空调，房间里也能感受到阵阵凉意；西面的墙上错落有致地挂了几幅山水画；北面是几组吊起的竹椅；房间的中间依次是石桌石椅、自动麻将桌、KTV点歌机、小舞池；墙的南面被一个巨大的液晶电子屏“霸占”着，电子屏可以看电视，也可以切换到六楼大厅里的歌舞表演，足不出户，就可以点自己喜欢的节目，当然也可以要求其来包房内现场表演。由于还没到“点”，目前大厅里的节目只是一名女子在弹着古筝。看得出来，魏德宁和苏小蕾的心思都没放在看表演上，几乎将声音调到了最低。不知魏德宁说了什么，让苏小蕾笑得花枝乱颤。魏德宁一身豪华行头：TOMMY的衬衫、BOSS的西裤。苏小蕾倒穿得有点火辣了：低胸紧身衣、超短裙，看不出什么牌子，也顾不得看牌子：一米七六的个头，瘦，却拥有着高个子女孩中难得的丰乳翘臀，再加上一双修长粉腿，她的身体远比名牌的衣服更加诱人。

看到程军进来，魏德宁忙站起身，说："程总，回来啦？"

"嗯。"程军径自走到沙发前，将公文包放下，坐了下来。苏小蕾给程军倒了杯水，放在了茶几上。程军看了一眼苏小蕾，说笑道："我们这一上来就用'美人计'了，小苏，你一来，组织就放心了。"

"嗨——"苏小蕾一副大义凛然的样子，仿佛是即将奔赴前线的敢死队，"得了，有领导这句话，我就是为组织牺牲一百次，也值了。"

"哈哈。"程军笑着问魏德宁，"都安排好了吧。"

"安排好了。单博刚刚发短信来，说在开会，可能会晚些到。不过，他说帮咱们约到了他们基教处的一个副处长，叫阎庆宽，是单博的领导，和单博的私交不错。他们会后一起过来。"

"哦，你这个同学真够给面子。"这年头，请客吃饭可不是件容易的事情。要请的人多，被请的人少，而时间也就是这么几个点，被请的人分身无术，供求关系不均衡，被请的人成了稀缺资源。再说了，能被纳入"被请"行列的人，还在乎这一顿饭？能出来一起吃饭是面子，是关系，是事情朝良好方向推进的征兆。程军忙问："你们约好车去接了吗？"

"单博自己有车，我们之前也来过这地方，离他们单位不远。况且，他们在单位，咱们去接也不方便。"

"嗯，好。"程军没有将去总部沟通的情况跟他们说，刚才和于喜红通电话的结果出乎他意料地好，上调京城的事情看来指日可待了。这边的进程开始就这么顺，程军的心情更好了，问："刚才你们说什么呢？那么搞笑。"

"我缠着他教我如何做销售呢，"苏小蕾抬手拍了一下魏德宁的手臂，一脸孩子气地说，"他老是给我讲一些笑话，怕我学会了抢他饭碗呢。哼，我让程总教我。"

"这可冤枉我啦。"魏德宁无辜地说，"给你讲，你也不懂。"

"什么话啊，不要低估我的智商！"

"那你请教程总吧。我就是跟程总学的。他是我师傅。"

苏小蕾转过头，看着程军。

程军忙摆摆手，说："还是让他教你。"

苏小蕾再次抬手拍了一下魏德宁的手臂，几乎是哀求地说："你就教我一招吧。"

"真想学？"

苏小蕾点点头。

“那好吧，我就讲一个听来的故事，听说是哈佛营销案例，听好了啊。”魏德宁一脸坏笑，“一男赶集卖猪，天黑遇雨，20头猪未卖成，到一农家借宿。少妇说：家里只一人，不便。男：求你了大妹子，给猪一头。女：好吧，但家只有一张床。男：我也到床上睡，再给猪一头。女：同意。半夜男问女，可否到你上面睡，女不肯。男：给猪两头。女允，要求上去不能动。少顷，男央求动一下，女不肯。男：动一下给猪两头。女同意。男动了八次停下，女问为何不动？男说猪没了。女小声说：要不我给你猪……天亮后，男吹着口哨赶22头猪赶集去了。原来，少妇家也养了两头猪……呵呵，事实说明抓住客户潜在需求，加以引导、培养，市场的回报远远大于投入的……”

没等魏德宁讲完，苏小蕾笑骂了起来：“魏德宁，你个猪头！”

程军刚听，就知道了结果，怕是魏德宁的笑话太“色”了，苏小蕾接受不了，没想到苏小蕾气鼓鼓地笑骂后没事了一般，知道自己没来之前，魏德宁肯定讲过类似的笑话做了铺垫。

魏德宁的手机响了，苏小蕾忙安静了下来。魏德宁摁了接听键说：“好，行，那我下去接你们。待会儿见。”

“来了。”魏德宁放下电话，站了起来说：“我下去迎迎他们。”

程军也站了起来，抬手看了一下时间：7∶35。程军喊来服务员，安排她将电子屏切换到电视模式，定在了奥运频道，然后将包间里的灯光调淡了一些，房间氛围立刻柔和了下来，仿佛置身于夕阳下的农家小园，竹影婆娑，淡雅清香，心旷神怡，墙壁上的山水画更是给四周平添了一种墨香浮动的神韵。

“走，”程军比较满意地再看了一眼包间，说，“我和你们一起下去。”然后，叮嘱苏小蕾又像是说给魏德宁听，“有他们的领导在，咱们今天的主要任务就是把客人陪好、吃好。第一次见面，单子的事情，他们不主动说，咱们一个字也不提。坚持‘四个一’工程，贯彻德宁刚才讲的‘卖猪’理论，探好石，才能问好路；放了长线，才能钓到大鱼！”

魏德宁笑笑，知道程军所说的“四个一”工程就是女贪官韩桂芝屡试不爽的行贿技巧：用一些“小恩小惠”去感化，用一场场“鹅毛细雨”去滋润，用一点点“鸡毛蒜皮”去靠近，用一些“小礼小物”去俘虏。就像做爱时的前戏，准备要充分，手法要轻柔，情调要铺垫，分寸要把握，火候差不多了，才能长驱直入，一下满足对方期望值。苏小蕾不明就里，怕是和“卖猪”一样的“哈佛营销案例”，不便问，只好跟在他们后面，不时地偷看着健步如飞的程军。

他们到了一楼大厅，魏德宁伸长脖子，眼睛眯成一条缝，快速地搜索着目标。

很快，他的目光落在了天府酒楼外不远处的停车场上。魏德宁手指着朝这边走来的3个人说："那个胖子就是单博，单博旁边的个子高高的男的，估计就是阎庆宽。旁边那个女的，没有见过。"

虽然已近晚上8点，但浙海市的阳光依旧抛洒着最后的热情，停车场内车辆的后尾灯在夕阳的照射下发出红光。程军感觉他们的后面像燃起了无数盏灯，红红的一片，忙换了一个角度辨认，终于看到两男一女边说边笑地朝这边走来。走在中间的那位，40多岁的样子，人高马大，国字脸，黑裤，白衬衫，边说边往这边看。走在他左边的是一个30岁左右的胖男子，走路的时候脚未动肚先行，个子不高，愈发突出了胖，不时地做擦汗的动作，肯定是单博了。与他们俩相比，那个女子倒显得不胖不瘦、不高不低，一身职业装，短发，很干练。

魏德宁先行一步出了门，伸出手，满含笑意地说："阎处长，您好！我是魏德宁，单博的同学。"

"你好，魏经理，来的路上，单博就介绍了，年轻有为！"阎庆宽忙伸出手，握住魏德宁的手晃了晃。

这个时候程军走到跟前，伸出了手："阎处，幸会。"

魏德宁忙作了介绍："这是我的领导，程军。"

"哎呀，程总好，在上边歇着就行了。都是朋友，不用这么客气。"

"呵呵，知道是你们要来，我是迫不及待啊。"程军说着已将目光投向了单博，点点头，同时伸出手，握住单博的手，加把了劲："谢谢。"

单博一乐，介绍身边的那个女子说："邝玫，我同事。"

邝玫大大方方地伸出了手，身子微微前倾说："程总好，叫我小邝好了。"

"哦，好，小邝。"程军招呼大家说，"走吧，上去慢慢聊。"

一行人进了包间，坐在了石椅上，相互交换了名片后，服务员将菜单放在石桌上。石桌很大，圆形，像放大了五倍的磨盘。魏德宁摁了一下石桌下面的一个按钮，石桌中间的圆形部分转动起来，边缘部分却固定不动，服务员已经开始在固定不动的部分摆放碗筷。菜单在阎处长处停了下来，魏德宁伸出一只手，在石桌的上空划出一个手势："请阎处批阅。"

"呵呵，每天批阅文件，手都疼了，今天就不批阅了。"阎庆宽将菜单直接递到了程军面前，"请程总来批。"

见阎庆宽无意点菜，程军笑笑说："阎处、单博、小邝，都不是外人，德宁，还是你来点吧。"

"那各位有没有什么忌口的？阎处。"魏德宁接过菜单问。

“清淡一些吧。”阎庆宽定了一个原则。

因为第一次和阎庆宽吃饭，魏德宁摸不准他到底是喜欢清淡一些的口味，还是不想宰自己。魏德宁忙问：“邝小姐，单博呢？”

邝玫摇摇头，单博笑笑说：“没啥忌口的。”

听单博的语气，魏德宁的心中有了底，象征性地点了两个清淡一些的菜后，便点了一堆龙虾、鲍鱼、山珍野味。

“可以的啦。”阎庆宽说，“就咱们六个，那么多的菜，浪费。可以啦，魏经理。”

魏德宁笑笑，又要了一个汤，合上菜单，说：“今天喝的酒，我就擅自做主了。什么茅台、五粮液，估计大家也喝够了，今天换个别的。服务员，请将我带来的酒拿来。”

很快，走来两个服务小姐，每人手中托着一个托盘，托盘上面放着两瓶酒。说是瓶，实际称为坛更合适，仿古青花瓷做的，精致、古色古香。“具体叫什么酒，我也不知道。”魏德宁有点故弄玄虚地说，“不过，品质绝对没问题。我一朋友的爷爷曾是北京军区的将领，文化大革命的时候在一地窖里发现了10大坛这样的酒，没有标签，每个酒坛底部有一个相对应的编号。当时也不敢喝，多年以后让相关部门专门检测了一下，发现是顶极的美酒。前段时间，我去北京，他拿了出来，喝了一口，真香，临走的时候，他送我两瓶，也就是大家面前的这两瓶。这两瓶是从他爷爷发现的10大坛里倒出来的。酒瓶也是模仿那大坛做出来的，只不过小了很多。但是酒还是那酒。绝对正宗。阎处见多识广，今天请您鉴定一下。”说完魏德宁亲自打开一瓶，包房里立刻香飘四溢——

“真香啊——”房间里的每个人都不禁赞叹着。

一开始，程军也觉得魏德宁是在故弄玄虚，觉得他这么说，可能是在玩销售技巧，但直到酒瓶打开，“酒”经沙场的程军也不由得点点头。

魏德宁看到阎庆宽将酒小心翼翼地捧在手上深深地嗅了一下，知道今晚已经成功了一半。看样子浙海省教育厅基础教育处阎副处长，酒还未喝，便已陶醉了。

“酒是好酒。”阎庆宽一脸惋惜状，“可惜啊，我是沾酒就醉，想喝，却不能喝。”

“您就随意吧，但是酒杯不能空着啊，先满上。”说完，魏德宁亲自站起来，绕桌子半圈，走到阎庆宽跟前，亲自将酒满上，然后依次给程军、单博、邝玫、苏小蕾满上，最后回到自己的座位上，将酒倒满。此时菜已开始陆续上了，服务小姐按动了遥控，石桌缓慢地移动起来。

程军举起酒杯，说：“很高兴能够和阎处、单博、小邝坐在一起，正值北京奥运召开之际，让我们共同举杯，为祖国的强大、为我们的相识干杯！”一仰脖，酒已入肚，果然醇香，感觉胜比茅台。

阎庆宽皱起眉头，将酒杯放在唇边，迟疑着。服务小姐已经给程军又斟满了酒。程军端起来说：“来，阎处，我敬你。”说完，又一仰脖，将酒倒进了肚中。

“谢谢，那我只好舍命陪君子了。”阎庆宽不再勉强，同样将酒倒进了肚中，动作潇洒。

场面酒喝完，大家已经开始熟络起来，两位女士也喝了几杯。和邝玫一比，苏小蕾显得稚嫩得多了，言谈举止不说，就说喝酒，两杯酒下去，苏小蕾满脸通红，而邝玫却像没事一般。

双方闭口不谈单子的事情，心照不宣，天南海北地聊一些有关国计民生的话题。酒桌上的话题，若不谈业务，就谈女人；若有女人在，只能退而求其次，说段子。魏德宁先开了口，在说之前，大家表达了共同的心愿：段子要新，并且要和奥运有关，谁说不了，就罚酒。但轮到了苏小蕾时却出了问题，别看她平时咋咋呼呼的，关键时刻，却掉了链子。苏小蕾想了半天也没想到段子，只好端起酒杯，望着程军，像是求救。

“这样吧，”阎庆宽说，“女孩子家毕竟酒量有限，要不你找个人替你喝？”

苏小蕾还没醉，再笨也明白，不能让领导替，只好将目光转向魏德宁。魏德宁是想替苏小蕾喝，但一想到今天要一致对外，便给苏小蕾使个眼色。苏小蕾终于开窍了一般，对身边的单博说：“单哥，我就喊你单哥吧，算我敬哥的，好不好？”

单博二话不说，接过酒杯，干了。

苏小蕾满是欢喜地说谢谢。轮到邝玫了，邝玫一甩头发，举起酒杯说：“抱歉，抱歉，我也不会说。我也找个英雄来救我吧。”说完将酒杯举到魏德宁面前。

“英雄救美人，理所当然嘛。”魏德宁也接过酒杯，干了。

酒过三巡，魏德宁借口去洗手间不久，单博也跟了出去。从魏德宁回来后的表情来看，两人的交流还是比较满意的。

整个饭局，大概持续了两个小时，程军注意到阎庆宽一共接了六个电话。阎庆宽接完最后一个电话，脸色发生了细微的转变，说：“兄弟们，今天就到这？时间也不早了。”

“已经安排好了，一会儿楼上唱歌去。”魏德宁说。

“对，”程军在身边附和着说，“吼两嗓子去？”

阎庆宽抬眼看了看程军，又看了看魏德宁，满含笑意地说：“改天吧。改天我请各位。”

程军知道今天的关系也只能做到这，刚要顺着阎庆宽，没想到魏德宁做出进一步的试探："那就去洗洗脚吧？"

阎庆宽正在穿外套，没有说话。单博接过话说："兄弟是想拉我们领导下水啊？哈哈。"

"下水也不没过膝盖。"魏德宁明知第一次见面，人家不可能一起去活动，但还是要说出来，说出来就说明你懂规矩、会来事，"膝盖以下的活动总可以搞一搞嘛！"

阎庆宽已经穿好衣服，顺势摆了摆手，说："谢谢。谢谢。今天不行了。改天吧，这都认识了，以后的日子长着呢。"

见阎庆宽这么坚定地表态，程军也理解地说："行啊，日子长着呢，咱们改天再叙。"

一行人下楼，走到大厅，魏德宁喊来领班，找了一名代驾。

握手分别的一刹那，阎庆宽低声对程军说："那个单子的事，方方面面盯得紧，我可能帮不了你什么。"

袁道鸣和江久年终究是喝完了李茂松的啤酒，10罐，两人五五开。走的时候，李茂松没有送，只是安排他们带好门。出了门，两人相视一笑。楼梯有点窄，江久年的胖立刻就显现出来了，占据了半个楼梯的宽度。袁道鸣退了一步，让江久年走在前面。外面的空气燥热，胖人怕热，江久年快走几步，下了楼，掏出车钥匙，转身问："你怎么走？"

"你住哪？"袁道鸣反问道。

"望京。"

"那我刚好就你的车。"袁道鸣也不客气，"我在亚运村。"

"我说你刚才怎么会那么从容地喝酒，"江久年感觉上有点亏，说出来的话却显得亲近了很多，"原来你这老大没开车啊！不过，我也是有秘密武器的。"江久年打开车门，拿出一个大拇指一样的小瓶子，仰脖，对准口腔喷了一下，又喷了一下，然后回头，晃了晃手中的小瓶子，笑眯眯地问袁道鸣："我车内还有一瓶新的。要不要喷喷？很香的。"

看到江久年的动作，袁道鸣明白了几分，之前他也听说过，喷一种奇特的气体，借此躲避酒后交警的检测。袁道鸣摆了摆手，"不用，不用，我又不开车，再说，这东西管用吗？"

"哈哈。不用不知道，一用忘不掉。"江久年自信地笑笑，打开车门钻了进去。

袁道鸣拍拍江久年的那辆路虎，想起自己抵押出去的那辆桑塔纳，心中不禁感慨。袁道鸣拉开车门，坐在副驾驶的位置，边系安全带边说："车不错啊。"

"代步工具而已。呵呵，我胖，给我个奇瑞QQ，我也开不了，空间太小，压抑。"江久年启动车，一只手迅速打好方向盘，转向了车道，箭一样窜了出来。

袁道鸣连忙扶住了车扶手，看了江久年一眼。

"怎么啦？怕我喝多了？"江久年哈哈一笑。

袁道鸣没有回答，冲江久年笑了笑，知道做销售的，哪个不是"酒"经沙场？

夏夜中的校园，行人和车辆依旧不少，江久年只好放慢速度，说："放心。以前和哥们儿一起出去，我是被大家推选出来公认的最可信赖的酒后司机。况且，刚才的那点'毛毛雨'！"

"不过瘾？"袁道鸣用挑战的语气说。

"哈哈。"江久年眼睛盯着前方，知道袁道鸣这么说，明显地有了进一步沟通的想法，便含糊道："人说'酒逢知己千杯少'，今晚我就是再喝上千杯也不过瘾啊！"

"那就再去喝上几杯？"袁道鸣说。

"真去喝啊？"江久年话锋一转，"酒是不能再喝了，若喝，咱们去喝点茶？"

这正合袁道鸣的意，酒吧太乱，不适合谈事，便毫不犹豫地说："清华南门出来，往西走不远，有家上岛咖啡。咱们去喝杯茶，然后谈谈正事。"

"正事？"江久年微微一笑，明知故问道："什么正事？"

"我现在不说。怕说出来，这茶你就不喝了。"

袁道鸣这么一说，再次印证了江久年的猜想。江久年在心中琢磨了一下，去去也无妨，苦闷了这么多天，找人聊聊天也不错，最多是谈谈过去，不谈现在和未来。江久年给自己定了原则，便也无畏地说："怎么会？所谓的正事无非是抛开女人之外的事，哈哈。"

"对。"袁道鸣觉得江久年总结得也算是比较客观，便附和了一下，"你说的有道理，是男人的事情。"

说话间，已经看到"上岛咖啡"几个字闪烁在夏日的夜空中。两人将车停好，推门进去，在服务生的带领下来到二楼一个小包房内。要了一壶普洱，袁道鸣便单刀直入："我想请你和我一起创业。"

江久年一愣，没想到袁道鸣用了"创业"这个词，然而转念一想，对于自己一个职业经理人来说，"创业"只不过一盘"换汤不换肉"的菜，看上去不错，实则也是个打工的差事。江久年伸开手，将双臂架在沙发上，将深陷在沙发中的身躯左右摆动了一下，像是拔萝卜一般，努力把自己拔出那个坑，然后眯起眼睛，咧嘴笑笑。

袁道鸣紧盯着江久年的面部肌肉，一般人咧嘴笑，要么是做了亏心事被发现后想要赖，要么就是已找到理由拒绝你。不等江久年将理由说出来，袁道鸣接着说："当然了，创业也就意味着承担风险。你也知道，私企不比外企，外企赔了就赔了，反正是人家的钱，当然赚了也是装入人家的腰包。私企，赔了赚了都是自己的。坦白说，我原本是想请你过来做唐骏一样的打工皇帝，但我的条件还达不到。我不拿你当外人，实话说，我们现在连工资都发不下来了。这个时候请你过来，我是鼓足了勇气的。不过，话说回来，也只有在这个一穷二白的基础上做事，才叫创业！"江久年陷入了深思，袁道鸣接着分析道："你在外企做了这么多年，已经积累了很多成熟的经验，但成熟的机制永远历练不出创新性的事业。机制管人肯定没有人定机制的活动范围大，只有活动范围大，才能施展好拳脚。现在，一穷二白的锦盛天成什么都给不了你，唯一能给你的就是和我一样多的以及施展拳脚的舞台。就是你不选择和我一起创业，我也支持你自己创业。不过，我还是希望咱们能够一起，毕竟能够有人一起分享的创业才是快乐的。当然了，一切都需要你自己决定。就像一场婚姻，适合自己的才是最好的。其他话我也不多说了，你考虑一下，有可能的话，咱们接着聊这个话题。没可能的话，余下的时间，咱们好好喝一场茶。不管怎么样，你有两个选择，你可以来锦盛天成，咱们做伙伴；也可以不来，咱们做朋友。"

江久年端起茶杯，眯起的眼缝睁开了，看着杯中的茶，摆出了一副专心喝茶的样子。袁道鸣的话也只能到这了，于是同样端起茶杯，放在嘴边吹了吹。江久年品了一口茶，赞叹道："茶不错。"然后放下茶杯。说实在的，锦盛天成的危机是众所周知的，但是它的前景也是被普遍看好的，袁道鸣能拿出和他一样多的期权，显然是表达了他的诚意。锦盛天成固然现在是一个烂摊子，但江久年转念一想，若不是烂摊子，一帆风顺的话，他去了还有什么意义，袁道鸣还有必要拿出那么多的期权给他吗？江久年说话的语气明显比他开车的速度慢了很多："我也有这个想法，想跟着你玩两把，怕是跟不上你的步伐啊。"

"哪里的话，既然我有这个心，你也有这个意，咱们就大干一番！不过，这可不像打麻将，赢两把就走，是要做一辈子的事情。是终身大事，像结婚一样。哈哈。这样吧，我先给你介绍一下公司的情况。我现在也拿不出条件来，公司面临暂时的困难，但我一直坚信只要我们坚持原有的公司理念，找件棉衣度过冬天，这个行业，谁抗压性强，谁坚持到最后，谁就是胜利者。虽然你之前服务的帕瑞比是个大企业，负责的摊子也大，但这里你会有不同的感受。公司打算主攻教育PC机、软件开发以及数字出版，这些都是你熟悉的领域，市场有多大你我心中都有底，我们要做就做市场的NO.1，你也知道资本市场只认第一不认第二，我们2010年登陆纳斯达克的战略不会发生改变。虽然现在面临着种种困难，但只要扛过这个坎，春天就会来临。你可以抽空到公司转转，考察一番，看看公司的现状，感受一下公司的理念，就像是试婚，然后咱们再聊。我呢，尽快想办法把屋子打扫干净，把资金搞到。”袁道鸣停顿了一下，无奈地叹了口气，“公司要发展，人要吃饭，没有钱什么都做不到。”但随即袁道鸣的失落一扫而过，语气坚定地接着说：“解决好资金危机，我再请你。解决不了，你想来，我也不会让你来。呵呵，结婚也要规整好房子呢。”

江久年以前和袁道鸣明里暗里交手了不少次，每次都摸不准袁道鸣的脉搏。平时袁道鸣的话也极少，让人深不可测，但是今天的交流方式完全脱离了之前惯用的套话、虚话，坦诚的言语让江久年感觉到了袁道鸣的诚意。江久年笑了，在他的潜意识里，创业不是一天两天能够决定的事情。若不出那档子事，他或许会在帕端比干到退休，毕竟干起来得心应手，生活也有保证，比创业要冒的风险小，投入少，回报大，稳定。在他毕业后的职业生涯中，创业的想法只是若隐若现地偶尔冒出来，直到这几天这个意识才开始变得强烈。现在，袁道鸣邀请他一起创业，并且项目前景也不错，他心中自然有些冲动。见袁道鸣盯着自己的目光满含期待，江久年便直言不讳地道：“呵呵，都知道你这几年将锦盛天成做得很棒，天下已经打下了大半。这个时候，半路杀出个程咬金，怕是不好吧？”

“你也知道，当公司很小的时候，公司可能是自己的；等做到一定规模的时候，公司是几个人的；若做成大企业，必须是大家的。好比是一个人挣钱，挣的少是自己的，挣多了的时候就是大家的啦。再说，”袁道鸣停顿了一下，双眼盯住江久年，嘴角微微上扬，诚恳地说，“你江久年这个时候站出来，是帮我，你不是程咬金，是诸葛孔明，是我的创业伙伴！”

江久年咧开大嘴，哈哈一笑：“得了，得了，你不用夸我。我知道自己几斤几两。”

袁道鸣的面部表情松弛了下来：“那你多少斤？”

江久年头部往后一仰，双手拍拍肚皮，自嘲道：“我这一身膘，230多斤吧。算得上重量级别的啦，呵呵。”

“体胖心宽。”袁道鸣端起茶杯，喝了一口。

江久年双脚使劲，身子向前倾斜，十指相扣，双手成拳放在桌前：“不知道锦盛天成其他的融资渠道尝试过没有？”

袁道鸣一愣，随即笑笑说：“不瞒你说，除了抢银行外，其他的办法我们都想过、尝试过，但结果都不理想。怎么，你有什么好的建议？”

“民间金融怎么样？”江久年直言道。

所谓的民间金融说白了就是民间高利贷，通常以投资管理公司的名义出现，采取企业融资、综合收费的方式进行的“高利贷”交易。袁道鸣摊开双手，无奈道：“接触过一些，但人家现在不愿意放贷给我们，不仅是我们，整个我们这个行业都很难拿到钱。月息八分都不成！”

“现在的金融形式不容乐观，银行自身难保，风投纷纷收手，而民间金融市场上的那些人，精得很，把钱包捂得像上世纪七八十年代少女的裤腰带。”江久年身子往后一躺，故意拉开了和袁道鸣的距离，语气上也有点“在商言商”的味道：“袁总若是乐意，我这边倒是认识这方面的朋友，需要的话我约他一起聊聊？”

“那好，求之不得。我知道久年是在帮我，我不客气，就不说谢了，以后日子长着呢，咱们慢慢处。”袁道鸣话锋一转，说：“别喊袁总，叫我道鸣，我也喊你久年吧。是朋友就不要这么生分。”

“呵呵，好。帮忙谈不上。不管以后能不能在一起做事，正如你刚才说的那样，日子长着呢，咱们慢慢处。说好了，我只是引荐一下。至于能不能让他松松裤腰带，还要看你们的缘分了。”

第四章 魔鬼的对赌协议

> 对赌一词听起来比较邪乎，实则是资本市场的一种融资协议，是指投资方与融资方在达成意向时，双方对于未来不确定情况的一种约定。如果约定的条件出现，投资方可以行使一种权利；如果约定的条件不出现，融资方则行使一种权利。说白了，对赌就是期权的另外一种表现形式。国内签对赌协议的企业不多，因对赌协议对融资方很苛刻，签了，有点抬棺决战的味道，成者为王，败者连寇都不如。对赌，赌的不是多少，赌的是生死，是企业的命。

有关谭村被任命为帕瑞比中国区销售总监的邮件是会议当天晚上 7 点 12 分发出的，按照 Jack 多年的经验，离职、辞退的邮件公告一般会选择周五下午发布出去，这样，一些人的惊讶、不满、打抱不平等等情绪也会在随后的周六、日里发泄出去，然后调整好状态，不影响下周一的正常工作；而升职、调岗的邮件公告通常会选择在周一的早上发布出去，这样便于相关人员尽快进入角色和状态。这是 Jack 的职业技巧和规律，在他担任帕瑞比中国区人事总监的时间里，只有两次不是按理出牌的，一是江久年的离职通告，另外一次就是谭村的升职通告，两次都不是选择周一或者周五发出的。江久年的离职通告是上周二发出的，于是在随后的几天里，午餐时间，经常在食堂用餐的人开始多走两步，国贸周围的餐厅里多了一些三五成群窃窃私语的帕瑞比员工身影，抽烟区的人明显多了一些，下班回家顺路乘车的人也多了一些，种种迹象表明了不尊重规律办事的严重性。

而这次，对谭村的升职任命邮件会第一时间传送到帕瑞比中国区所有员工的电脑里和手机上。下班时间早过了，然而也许会有一些人会对此耿耿于怀甚至难以入睡，Jack 要做的工作就是在天亮之前安抚好这些人，赶在亚太区总裁陈汉生来之前缓解帕瑞比中国的人事震荡，至少表面上要让局势看上去风平浪静。等邮件发出去 10 分钟后，Jack 首先拨打了华北区销售经理谷枫的手机，手机不出所料地占线。接着拨通华中区销售经理陆峰和华南区销售经理鞠莉莉的手机。由于两人已决心要走，再加上龚仁贵下午的时候已分别跟他们通过电话，Jack 的工作做起来相对容易多了。陆峰和鞠莉莉也是多年的老销售，宠辱不惊，一副老朋友似的态度和 Jack 开着玩笑，玩笑过后，Jack 得到了他想要的结果：他们暂时先不对外说离职的事情，等这一段过后再走。至于去哪？ Jack 没问，问了他们也未必会说。挂了电话后，再次拨打谷枫的手机，却是无法接通，Jack 用自己的手机再拨了一次，依旧是无法接通。徒劳地放下手机，他现在最担心的就是怕在谷枫的环节上出现问题。论资历、经验，谷枫在谭村之上。帕瑞比中国区新的销售总监若是从外边空降过来的话，他谷枫也不好说什么，然而现在选择了谭村，那味道就不一样了。在不平之下，他说不定会搞出什么惊人的举动来，比如带领部下集体辞职等——这不是不可能，若真是这样的话，对风口浪尖上的帕瑞比来说无疑是雪上加霜。就在 Jack 忐忑不安的时候，谷枫的电话打了过来。

Jack 心中劝谷枫的话一句都没有派上用场。电话通后，Jack 直奔主题：“邮件看到了吧？”谷枫哈哈一笑，先入为主道：“看到了，Jack，我也是风风雨雨走过来的人，这一点承受力都没有，那我还怎么做销售？谭村年轻，有活力、有激情，有优势，又有能力，大局观好，他做总监，我心服口服。刚才我和谭村还通了个电话。让他小子请吃大餐的，他满口答应了。哈哈，等聚一起了，咱们好好榨他一顿。”

“那行，让他放放血。”原以为将是一场血雨腥风的较量，就这样被谷枫的一番话轻轻一笔带过了。Jack 判断不出这看似云淡风轻的话语到底是木已成舟后的顺水人情还是绝地反击前的糖衣炮弹，但有一点可以肯定的是，这些话绝不是谷枫本意。不管怎么样，Jack 想要的结果是暂时达到了，帕瑞比中国区的湖面算是风平浪静了。Jack 站起身，出去溜达了一圈，其他办公室内的灯光依旧亮着，看来很多人要连夜奋战了。龚仁贵的办公室却已熄了灯。龚仁贵之前也是喜欢加班的人，最近一个多月却一反常态，一下班就走了，不带秘书，一个人开车，神出鬼没。Jack私下打探过龚仁贵的行踪，可连他的秘书 Jessie 都不知道。回家？不太可能，龚仁贵的家在西四环，现在是塞车高峰，他不会开车走太远。

龚仁贵的确没有走太远，此刻他正坐在离国贸不远的一个商务英语补习班里专心地做着笔记。龚仁贵上学的时候学习的是俄语，英语世界对他来说是一片空白，之前进入帕瑞比后不久，龚仁贵专门报班学习过英语，但是效果不好。龚仁贵对那二十六个字母变来变去的组合根本提不起兴趣，以至于作为一名外企高管，他连一个英文名字都懒得给自己起。而这次，龚仁贵觉得每月 3000 美金的学费没有白交，物有所值，效果不错，不仅明白了那些较为复杂的排列组合代表的意义，还可以用较为流畅的英语和老师对话了。龚仁贵报的是高级商务补习班，班内有十来位同学，每个同学都是行色匆匆的和龚仁贵年龄相仿的商务人士。说是同学，只不过是坐在同一个教室里学习而已，下课就都匆忙地走了，几乎没有交流的时间；就是有，大家也从来不询问对方的姓名、职业。补习时间是每晚 7:30—9:30，分上下半场，中间休息的时候，龚仁贵走到老师身边，随意地问："在美国叫什么名字最好记？"

老师是一个年轻的女性，说不上漂亮，有点胖，却很白，爱笑。她看了看眼前这位一脸威严的男人，他们这样的补习班是保护学员的个人隐私的，报名登记的时候只要学员交钱后留个联系电话一切就 OK 了，经验告诉她班内的每个学员都不是等闲之辈。虽然对龚仁贵这个太过简单的问题感到好笑，但她还是习惯性地露出两个酒窝，认真地说："oh，just like Jason，Jim，David."

"David."龚仁贵口中重复了一下，心想就它了。龚仁贵给自己定下了这个感觉好记而又响亮的英文名字，决定在大老板现身北京时隆重推出。陈汉生一定不会过分警惕身为英文文盲的龚仁贵和大老板单独相处的机会，甚至为了出龚仁贵的洋相，搞不好还会故意给他们单独沟通的机会，从而暴露龚仁贵的英文沟通缺陷。哪个大老板会将大中华区撒手交给一个没有一点英文沟通能力的中国人？笑话。想到这，龚仁贵像一个身怀绝技藏而不露的武林高手，露出高深莫测的笑："David is better. Thanks."

"Anything else（还有其他问题吗）?"

龚仁贵笑笑，想到以后的几天里可能没时间来参加英语补习了，便将心中深藏已久的那句话拿了出来："请问'我对大中华区有一些想法并且有足够的信心'用英语该怎么说?”

望着阎庆宽他们坐在单博的车里渐渐远去，魏德宁叹了一口气，打开钱包，将一张6968元的发票放了进去，自我检讨道：“这顿饭才花了六千多，远没有完成程总交给我的任务，这顿饭局很失败啊。”

“这顿饭已经不错了。”程军却不那么认为。两个不熟悉的人，第一次见面就口口声声承诺说能帮你，那这种人实际上并不能帮你做什么事。阎庆宽那么说固然有他的想法，可能与他接的最后一个电话有关。接之前有说有笑歌舞升平，接后不久就借口告辞了。打电话的人可能就是阎庆宽口中所说的“方方面面”的人了。但既然他阎庆宽能来，固然有单博的情面在里面，但谁又能敢说没有其他的因素？基础教育处副处长肯定不是他一位，副处长也要分出三六九等，再说了，副处长上面还有处长，处长上面还有副厅，副厅上面才是厅长，厅长才是决定这个项目走向的人。这么算下来，阎庆宽只不过是其中的一个小螺丝而已，但这枚小螺丝可是关键部位的小螺丝，人家基教处可是这个项目的使用部门，马虎不得。这么大的一个项目，谁不想在上面打打算盘？可不仅是外部的厂家，内部的人也在博弈。他阎庆宽越是说事情不好办，越能体现小螺丝的关键作用。

程军再次回味了阎庆宽临走时说的话，“方方面面盯得紧”，至少说明了四点：一、项目确实存在；二、项目肯定不是小项目，小项目也不会“方方面面”都盯着；三、“东西”在他那里，只有“东西”在他那里，才会吸引“方方面面”的眼光，才会被“盯得紧”；四、正因为“盯得紧”，才“我可能帮不了你什么”。就像热恋的一对男女，女的对男的说“我父母盯得紧，我可能见不到你了”，看似无情的话，转念一想，另外层面上的意思就浮现出来了：只要“我父母盯得不紧，就可能再见面了”。同样道理，只要“盯得不紧”，他还是有可能帮忙的。至于方方面面盯得紧不紧，那就是程军接下来要做的工作了。想到这，程军拍拍魏德宁的胳膊，说道：“这个阎副处长是个不错的线，你一下子就把使用部门的领导给请了过来，成功地打好了开局。我看，这顿饭很好。盯紧阎处长，感情做到位，不怕你手中的那点钱花不出去。哈哈，”想到饭局中途魏德宁和单博曾一起出去过，程军再次拍拍魏德宁的胳膊：“说真的，你那个同学还真够意思。这人啊，是什么样的人，一拉到酒桌上就知道了。”

魏德宁知道程军是在夸自己，嘿嘿一笑：“单博刚才交了底，说他们内部刚开完与这个项目相关的会议，项目近几天就要启动了。目前内部正在成立项目领导小组，以及确定项目相关负责人。”

“哦，”程军心中不由得一动，“那你盯紧了，争取第一时间了解最新情况。”

“放心吧。”魏德宁冲苏小蕾一乐，坏笑道，“我的终身大事还指望着它呢，拿下这个单，娶老婆生孩子就不发愁了。”

“看着我干嘛！”苏小蕾连忙捂住了自己的脸，使劲揉了揉，问：“我的脸是不是特别红？我第一次喝这么多酒！”

“噢，对了，刚才喝的到底是什么酒？”程军问。

魏德宁反问道：“好喝吧？”

“还不错。”程军接着问，“到底是什么酒？连我都被你小子忽悠晕了。给我好好交代。不然，这酒我可不知道什么价格给你报销啊。”

魏德宁低声跟程军说：“你就按照6瓶茅台的价格给我报销就行了。”

“真是茅台？”

魏德宁点点头：“是那种两斤装的茅台，一坛两斤，两坛四斤，我那个坛子也得值两斤茅台的价格。”

程军一听，不由得赞叹魏德宁的用心，嘴上却笑骂道：“你小子啊，那俩小破坛还值那个钱？真值那个钱，你会舍得扔掉不要了？”

“程总提醒得对，我还真得上去把俩小坛拿回来。您老人家不给我报销，我这回可是亏大啦。”魏德宁作势欲返回酒店，“时间还早，要不一起上去吼两嗓子？”

“你们去吧，我要早点回去休息了。”程军朝路边的一辆空的士摆摆手。

“我开车来的，程总，我去送您。”魏德宁忙说。

“正好我们都在城东，一起回去吧。”苏小蕾说，夜幕下微醉的她在朦胧的灯光中显得更加风情万种。

的士已经停在了他们面前，程军拉开了车门，回头对魏德宁说：“你们去玩吧。回去的时候也别开车了，喝了那么多酒，把车撂这儿，明天来取。我先走了。”

苏小蕾似乎想说些什么，但程军已钻进车内，关好车门，消失在夜幕中。

夜幕下的亚运村依旧灯火辉煌，江久年将袁道鸣送到了小区门口便挥手告别了。

小区算得上高档小区，房子是袁道鸣早些年买的，一起买的还有那辆桑塔纳2000。当时这车还说得过去，小区里曾有很多辆桑塔纳，近两年却都换成了宝马奔驰一类的高档轿车，只有袁道鸣还依然开着那辆破桑塔纳上下班。时间长了，连门卫都觉得这辆与高档小区整体风格格格不入的桑塔纳不仅影响了“区容区貌”，似乎还破坏了他工作时的美好心情，于是有那么几次启动栏杆的速度都慢了很多。袁道鸣感受到了门卫的“怠慢”，却也不生气。这一段时间，袁道鸣将破车抵押了出去，没有开，门卫的态度似乎也平和了起来，甚至主动跟袁道鸣笑笑。

平时，袁道鸣回家的时候大都是凌晨一两点，见到的多是门卫睡眼朦胧的脸。现在门卫的笑，让袁道鸣感到有点莫名其妙。小区绿化很好，大花园一般，空气中已经散去了白天的灼热，阵阵凉风中夹杂着判断不出名字的花香味。袁道鸣放松自己的脚步和思维，像上学时期每天都要对当天学习的知识“过电”一样，他回想起一天的工作经历，发现了一个漏洞，那就是经过中午的“封门”事件，一些员工更加坚定了离开的决心。军心不稳向来是一个商家大忌，袁道鸣责怪自己，应该在拿到钱的第一时间给大家开个动员会。袁道鸣拿出手机，打给人事总监孔颖。电话响了一下，孔颖就接通了。

“孔颖，不好意思，我打扰你一下。”袁道鸣怕孔颖已经休息。

“没事，您说。我在公司呢。”

“还没回去？”

“嗯，刚发了一个邮件给您。您看到了吗？”

“没有。我在外边，还没来得及看。”一种不好的预感涌向袁道鸣的心头。

果然，孔颖带来了不好的消息：“从下班到现在，我这边已经收到了36封辞职信，32封是来自销售部门的，3封来自市场部门的，1封来自行政部门的。唉，销售总监崔震辞职后，就有一批人走了，剩下的这些人只等着把奖金和工资领到后走人。现在，奖金和工资都给他们结算了，这些人好像是商量好了似的，说辞职，都来辞职了。由于时间紧，很多人交了辞职信就下班了，我和招聘经理张染只是找到了一些人做工作，但效果不是很理想。我把辞职的人员名单发您邮箱了。”

“我知道了。他们要走，就让他们走吧。”袁道鸣平静地一字一句地说，四周静得能听到丝丝的风声。袁道鸣转移了话题，问：“公司里还有其他人吗？”

“我看看……薛刚和他们研发部的同志还在加班。他们在讨论新产品的上线。”

“哦，告诉他们不要太晚了，早点回家吧。你也是，早点回去吧。”袁道鸣挂断电话，慢慢地蹲坐在路边的木椅上，双手抱头。良久，才抬起头，长出了一口气，揉揉发酸的眼睛，拿出手机给研发总监薛刚发了一个短信：感谢研发团队的坚守！

薛刚很快回复了一个笑脸符号。

袁道鸣站了起来，想起了不知是谁说过的一句话：企业不盈利不能创造价值，留下人才，等于在犯罪！袁道鸣此刻就有一种犯罪的感觉。他陷入了深深的自责中。

袁道鸣摁响了家中的门铃，却迟迟没有反应。妻子或许已经睡了，或许故意不给他开门，她还在为袁道鸣将房子抵押出去而生气呢。袁道鸣苦笑了一下，拿出钥匙，打开门，屋内静悄悄的，卧室里的台灯亮着，袁道鸣换上拖鞋，将背包轻轻地放在沙发上，推开卧室虚掩的门，一股尿骚味扑鼻而来。借助微弱的灯光，袁道鸣看到 10 个月大的儿子蹬开身上的毛毯，光着身子神态安详地睡着，打开尿不湿，发现已经湿透了。找尿不湿的时候，袁道鸣才发现床上只有孩子一个人，妻子呢，难道在其他房间？房子是四室两厅的大房子。袁道鸣想喊一下妻子的名字，又怕吵醒了孩子。他扫视了一下床上、床头柜，没有找到尿不湿。袁道鸣愧疚起来，连孩子的尿不湿都找不到，算是一个合格的爸爸吗？也难怪妻子经常发脾气。最后终于在推柜里找到了尿不湿，袁道鸣连忙给孩子换上。奇怪的是，孩子竟然睡得那么死，脸蛋红红的。房间里的空调一直开着，他下意识地摸摸孩子的额头，烫得厉害，肯定是发烧了。袁道鸣忙用毯子裹住孩子，抱了起来，孩子依然在熟睡中，眼皮都不动一下。袁道鸣心里发了慌，喊起妻子的名字："小南，小南，顾小南！"

没有响应。

袁道鸣找到了体温表，塞进孩子的腋下，搂紧孩子，推开其他间的房门，没有找到妻子的身影，拨打她的手机，不在服务区！

妻子会去哪儿呢？偌大的北京城她能去的地方不多。妻子是上海人，比袁道鸣小三岁，是五年前经过朋友介绍认识的。顾小南婚前在一外企做运营总监，婚后就到锦盛天成做运营，什么事情都喜欢揽，动不动就发脾气。顾小南长得娇小可爱，做事却少了南方人的婉约，比较干练，甚至有点泼辣的感觉。公司里的其他人心里多少有点意见，袁道鸣私下说过她几次，她不听，两人的关系因此急剧下滑，甚至分居了一段时间。后来不知道为什么，顾小南主动提出离开，去了以前服务过的那家外企。顾小南怀孕后，辞职专心在家里做起全职太太，后来随着孩子的出生，两人的关系又有所缓和。然而，最近顾小南自己的积蓄被股市套牢，再加上袁道鸣的企业不景气，生活的压力一下子摆在了他们的面前。顾小南打算重新出去做事，但孩子太小，又正好赶上袁道鸣将房子抵押了出去，她窝在心中的火终于找到了突破口，逮住袁道鸣一阵狂吵。袁道鸣没有理她，心想过几天就该好了。袁道鸣再次拨打了顾小南的电话，依旧是无法接通！看样子，顾小南的气还没消。袁道鸣抬头看了看挂在墙上的钟表，时针已经指向了晚上 10 点 15 分。这么晚了，她会去哪了？

袁道鸣拿出体温表看了一眼，39.2℃！他忙俯下头，耳朵贴近孩子的鼻孔，还好，有呼吸声，只不过呼吸声很重！

袁道鸣抱起孩子出了门，一路小跑，在门卫惊奇的目光中拦了辆出租车，朝北京儿童医院奔去。

一路上，无论袁道鸣怎么拍打孩子，孩子都不曾醒来，袁道鸣不由得紧张起来。

到了儿童医院，袁道鸣才后悔应该去离家比较近的北医三院。这么晚了，儿童医院里还有很多排队的病人家属。挂号后，袁道鸣将挂号单和病例手册交给急诊室门口两名护士，得知大概需要等一个多小时后，袁道鸣急忙将自己的特殊情况说了说。一个护士打量了一下衣冠不整穿着拖鞋的袁道鸣，又看了看孩子，犹豫了一下，还是摆摆手，让袁道鸣进去了。

大夫摸了一下孩子的额头，问："烧多少度？"

"39.2℃。"袁道鸣说。

"烧多长时间了？"

袁道鸣想了想，摇摇头说："不清楚。"

大夫没有追究眼前这个不称职的爸爸，示意袁道鸣打开毛毯，用仪器在孩子的肺部、心脏、背部听了听，然后迅速地写了几张单子，安慰道："不用担心，可能是着凉了。先拿这个单，去地下一层交钱拿药，是泰诺林，一次1毫升，先给孩子退烧，然后去做一个尿常规和血常规的检查。拿结果过来。"

听大夫这么一说，袁道鸣稍微放了心，但一想到孩子一直昏睡不醒，便问："孩子为什么老是叫不醒？"

"等化验结果出来后，我再跟你说。"大夫挥挥手，示意袁道鸣尽快去给孩子拿药。

没有得到大夫的明确答复，袁道鸣的心又悬了起来。在去拿药的路上，使劲拍打了孩子的屁股，"哇——"的一声，孩子终于哭了出来。

拿到了泰诺林，袁道鸣又在地下一层的商铺前买了一瓶矿泉水。到了二楼，在开水间将矿泉水倒掉一大半，一手抱着孩子，一手用矿泉水瓶口对准开水龙头，半蹲下身，想用抱着孩子的右手手指拧开水龙头，又担心孩子离开水锅太近烫伤了，只好翘出左手食指去捅水龙头，其他四指捏住矿泉水瓶上端。由于捅的力度不是太大，热水顺着瓶子内壁慢慢地流了出来，隔着薄薄的塑料瓶，袁道鸣的左手立刻感到了一种灼热，下意识地一收手，开水直接洒到了手背上。袁道鸣强忍着疼痛，将矿泉水瓶放在窗台上，拧开凉水龙头，对准被烫着的地方一直冲，两三分钟后，抽出来一看，手背上已烫掉了一层皮，似掉非掉地连在手背上。袁道鸣用右手的拇指和食指夹住那层皮，生生地把它剥落了下来。与此同时，左手手背上又起了几个大水泡。袁道鸣顾不得那么多，尝尝矿泉水瓶的水，感觉水温还可以，便蹲下身子，拧开药瓶，用滴管取了1毫升的泰诺林，滴进孩子的口中。孩子依旧闭着眼睛，干干的嘴唇“吧唧”了几下。袁道鸣忙用矿泉水瓶口对准孩子的小嘴，把瓶子慢慢地倾斜，孩子贪婪地喝着……

等袁道鸣将化验结果交给大夫的时候，大夫松了一口气，说：“孩子没事的，是着凉了。”说着摸摸孩子的头，“烧退了，不过，孩子太小，高烧怕留下炎症，还是要打瓶点滴。”

袁道鸣长出了一口气。

医生飞快地在处方上写着，头也不抬说：“化验结果里有安眠药的成分。以后要注意，不能给孩子服安眠药！”

安眠药？袁道鸣在心中打了一个大大的问号。

医生补充道：“孩子太小，睡不着或者夜里哭闹都很正常，但是不能借助安眠药让他入睡！”

想到最近一段时间，袁道鸣每次凌晨回去，孩子都已入睡，并且睡得很香，不像之前那样老是半夜哭闹，袁道鸣还很欣慰，没想到竟是安眠药的作用！这个顾小南，还真会想办法！望着怀中依旧酣睡的孩子，袁道鸣哭笑不得。

针头扎入脑袋上小血管的时候，孩子终于醒了，睁开眼睛大声哭喊着。袁道鸣忙伸手按住了孩子挣扎着的双手，另外一个按孩子脑袋的护士看到了袁道鸣那只烫伤的手，上面的水泡更大了，揭掉层皮的地方已经聚集了一层血水。

袁道鸣抱起孩子，那名护士举着输液袋走在前面，找了一个位置挂上去。袁道鸣坐下来，用手擦了擦孩子眼角的泪水。

“你的手？”护士关切地问。

“哦，”袁道鸣抬起头笑笑，“刚才被开水烫了一下。”

“那你最好去烫伤科包扎一下。”护士嘱咐道。

袁道鸣点点头，说了声谢谢。

护士走了。孩子挣扎着睁开眼睛，没有看见妈妈，又咧嘴哭了起来。只哭了几下，又睡着了。

袁道鸣腾出手，掏出手机再次拨打顾小南的电话，依然是不在服务区。在北京，顾小南可去的地方不多，走的时候空调还开着，按理说顾小南也不会走太远，或许就是去附近的超市买东西，但是为什么手机一直处于无法接通的状态？难道是出了什么意外？袁道鸣不由得担心起来，同时也责怪自己，平时连电话都很少打，对妻子的关心太少了。

那名护士送另外一名病人过来，看到袁道鸣，便问：“就你一人过来给孩子看病？”

袁道鸣一愣，随即苦笑地点点头。

“那多不方便。”护士自言自语地走了，很快就见她托着一个盘子走了过来，对袁道鸣说：“我先给你消消毒，简单地包扎一下，你一会儿去烧伤科再去看看，那里有值班医生。”

“哦，”袁道鸣明白过来，伸出手，对护士说：“谢谢。”

“忍住疼。”护士边说边拿出一把镊子，另外一只手拿出剪刀，在酒精里浸泡了一下，捏住水泡，用剪刀把较大的那个水泡剪破，黄水流了出来。护士接着剪破其他水泡，然后用夹子夹住一个棉球，蘸了酒精，擦拭他手背上的血水，一股钻心的疼痛涌向袁道鸣的心头，好在很快就包扎好了。

“夏天天热，这样就避免感染了。不过，我可不是专业的大夫，一会儿你还是去烫伤科看看。”护士戴着口罩，只露出两只闪亮的大眼睛，眉宇间透出一种清秀和善良。

“谢谢。”然而，袁道鸣并没有去烧伤科，给孩子输完液后，就直接打的回家了。

路上，袁道鸣再次拨打顾小南的手机，依旧是无法接通。袁道鸣真希望打开房门的一刹那，能看到顾小南的身影，然而家里面空荡荡的，依然没有一个人影。袁道鸣轻轻地将孩子放在床上，孩子出了很多汗，把袁道鸣胸前的衬衣都浸透了。袁道鸣换了一个新的毛毯，盖在孩子的肚子上。看到孩子扁平的肚子，袁道鸣决定给孩子沏奶粉。拿奶瓶的时候，袁道鸣看见了奶瓶的底部竟然有一小粒一小粒的渣子。袁道鸣拉开抽屉，在妻子常用药中，找到了小半瓶安眠药，并在一个纸包中看见了一小点被压成粉末状的安眠药。袁道鸣凝视了片刻，想起妻子曾抱怨说孩子经常吵醒她，让她开始失眠，提前进入了更年期。但，总不能因为这，也让孩子一起服用安眠药吧。妻子虽然是第一次带孩子，但这点常识也该懂吧。

墙上的钟响了十二下，袁道鸣回过神来。看到孩子安然入睡，他将奶瓶放在桌子上，带上门，决定去附近找找妻子。

路过小区门口的时候，想起门卫那个意味深长的笑，袁道鸣觉得门卫肯定知道些什么，想过去问问，却见门亭里的灯已经熄灭了。袁道鸣只好作罢，出了大门，沿着去往超市的路往前走。超市已经关门了。袁道鸣只好又往回走，但就在离大门口不远的地方，他看见顾小南正从一辆黑色奥迪上缓缓下来，朝小区门口走去。刚走几步，黑色奥迪鸣了一下笛，顾小南站住，转回头，快步走了回去，一个穿着男士衬衣的手臂伸出车窗，手上捏着顾小南的手机。顾小南去接。男人的手臂一躲。顾小南俯下身子，冲车内的人笑说着什么。男人把手机递给顾小南，顺便在顾小南那保养很好的脸蛋上拧了一下。顾小南嘴角微微翘起，莞尔一笑，迅速低下头朝门口走去，边走边摁手机键盘。

袁道鸣呆呆地站在原地，冷冷地注视着眼前的一切。挂外企牌照的黑色奥迪车从袁道鸣身边飞驰而过，卷起一阵零点的风，刮在袁道鸣的身上，哇凉哇凉的。

袁道鸣终于明白了门卫为什么会意味深长地笑，也明白了顾小南为什么要给孩子喝安眠药了。想到这，他更觉得心寒。看着顾小南低下头，摆弄着手机，一步步朝大门口走去，袁道鸣再次拨打起顾小南的手机，通了。袁道鸣看到顾小南手握手机，故意等了一会儿才接通。

“什么事？”顾小南睡意懒散地问。

袁道鸣强压心中的怒火，问：“在哪呢？”

“我还能在哪？”顾小南理直气壮地反问道，“你在哪？整天深更半夜才回家。家还是家吗？”

“呵呵，”袁道鸣一阵冷笑，“我在你后面。”

顾小南愣了，转过身，在不足 20 米远的地方，昏暗的路灯下，袁道鸣正朝她发出冷漠的笑。

“以前的一个朋友，回国来看奥运……”顾小南走到袁道鸣身边解释道。

“回家再说吧。”袁道鸣看都不看顾小南一眼，走了。

顾小南紧随袁道鸣，到了楼底下，反而放慢了脚步。袁道鸣在电梯间等了一会儿，没见顾小南跟上来，只好自己先上去了。他看了看孩子，见他还在沉睡，便轻轻带上卧室的门，打开客厅的大灯，独自坐在沙发上，双手抱头。

顾小南打了一个电话，大约十分钟后才上楼。门没锁，一推就开了。袁道鸣抬起头，看到顾小南坐在自己对面，只听她平静地说：“咱们离婚吧。”

“行。”

“我什么都不要，就要两样，房子和孩子。”

袁道鸣“哼”了一声，房子是目前这个家全部的财产了，孩子自然不会交给这样的母亲：“房子好说，孩子交给你，坦白说，我不放心。”

“你不放心？你凭什么不放心！孩子从小到现在，你带过一天没有？哪一天不是我带的！”

“我是没有带过孩子，”袁道鸣拍了一下桌子，“嚯”的站了起来，大怒道，“但是我也没有在孩子奶粉里加安眠药！”

顾小南从来没有见过袁道鸣发这么大的火，当听到安眠药的时候，她更是惊呆了。过了一会儿，顾小南缓过神来，忙站起身，冲向卧室，抱起孩子，一句话也不说，“啪”的关了卧室门，随后传来了门反锁的声音。

谭村没有回上海，而是连夜去了浙海。下飞机的那一刻，谭村深深吸了口气，有些凉意的空气中浮动着一顿大餐的美味，想着这个城市的5亿大单，谭村嘴角挂起笑，他像一条狼，深夜里射出锐利的目光，流着口水，蹑手蹑脚地逼近了猎物。

手机响了，是越众公司的老总常森，越众是帕瑞比在浙海省最大的经销商，也是帕瑞比中国为数不多的金牌经销商之一。谭村进入帕瑞比的时候，越众还是一个不足十人的小公司，近两年业务扶摇直上，如今公司养着一百多号人，越众每年的利润中自然少不了帕瑞比的贡献。当然，越众每年也没少给帕瑞比贡献销售数据。在合作共赢中，谭村和常森自然是越来越熟悉。谭村摁了接听键，话筒里立刻传来了常森的笑声："谭总，下飞机了吧？"

"啊哈，常总神通广大、消息灵通啊。我刚下飞机。"谭村心想，肯定是小吴把自己来浙海的消息透露给常森的。这个小吴，怎么聪明一世糊涂一时啊，他谭村来浙海，自然是希望知道的人越少越好，何况是经销商？经销商是什么货色？有奶便是娘。早有消息传出，常森经销的不仅仅是帕瑞比的产品，还以其妹夫的名义注册了另外一个公司走帕瑞比几家对手的货。江久年在的时候就曾想撤销其金牌经销商的待遇，无奈越众的销售额比较大，没有轻易下手。谭村整天和经销商打交道，也理解他们的做法，谁不想多铺条路，谁愿意在一颗树上吊死？但是这个单，谭村自然是希望常森知道得越少越好、越晚越好。经销商知道得越多、越早，肯定会去抱其他几家的大腿（为了不管是谁拿到这个单他都能分到一杯羹），对手就有可能知道得越多、越早。

果然，常森哈哈一笑："我和吴弟专门来机场恭候谭总谭大总监呢，你高升了，也是兄弟们的福气，今晚好好庆祝庆祝。我们在机场出口处呢。"

谭村挂断电话，看了看时间，已经是深夜11点了，紧走几步，果然在出口处看到了站在夜幕中的常森和小吴。两人个头都差不多，一米七五左右的样子，都是胖子，胖人七分像，再加上两人穿的衣服也相似，不知道的还以为是兄弟俩。只不过常森的胖是一种与生俱来的胖，胳膊腿都胖；小吴的胖主要是胖肚子，属于后天的胖。学生时代文静瘦弱的小吴却有一个响亮的名字：吴彪，确实没有"膘"，干巴巴的没有一点肉，被同学戏称为"无膘"，然而经过两年多销售的"酒精"磨炼，吴彪着实"彪"了起来，脸变圆了，小肚子凸成了一个倒扣的锅，皮带就换了N多条，一条比一条长。今年26岁的小吴头脑灵活、办事机灵，口才也好，三年前还是学生时就代表复旦大学参加全国大学生辩论赛拿过"最佳辩手"的荣誉，毕业后出人意料地进入了帕瑞比做了一名销售，两年多的时间已经成为谭村手下的一员干将。

谭村远远地伸出了手，用力握住常森，“怪罪”小吴道：“这么晚了，怎么能惊动常总大驾？来的时候我就说了，直接打车过去就行了。”

没等小吴说话，常森佯装生气道：“怎么的啊？这刚升官就不拿兄弟当朋友啦？得知你来，我是迫不及待啊！眼睛好些了没？我和吴弟晚饭都留着肚子，等你一起喝两杯。”

谭村一乐，知道推脱不掉，反倒豪爽地说：“好啊，酒我不能喝，茶还不能喝？今天我请客。”

说话间，常森已扭动肥胖的身躯，走向路边的宝马车。常森的腿短，两手像拎着两个装满水的水桶在走路，步子小，却迈得急。谭村走在后面，趁机看了一眼吴彪。吴彪迎着谭村的眼光，笑了笑，似乎也有话要说，却见常森已经拉开了车门。为了表示和常森的亲近，谭村主动坐在了副驾驶座位上。吴彪只好坐在了后排。公路上车辆不多，宝马像一支离弦的箭一样穿行在昏黄的路灯下，谭村看了看窗外，夜色正浓，前方不可捉摸。同样让谭村感到不可捉摸的还有两件事：上海移信那个被举报的事情最终留下了一个把柄在龚仁贵手中，这把柄是致命的，而手握把柄的龚仁贵真心愿意做他背后的大树吗？未必。就是愿意，龚仁贵这棵大树本身到底能撑多久？这两个问题都决定着谭村的命运。而销售总监的位置来得一波三折，一会儿感觉如同做梦般虚幻，一会儿又觉得如夜色般模糊。谭村收回目光，整理一下思绪，眼前急需解决的问题是常森到底知不知道浙海教育厅那个单子的事情。

正琢磨间，常森手握方向盘，侧脸看了谭村一眼，笑笑说：“谭总这新官上任后的第一把火就烧到了浙海，我知道谭总是看得起我，是不是要透露一些新政、或者是发财的机会？”

常森的这句话多少有点试探的味道了。刚好这时手机响起了短信提示音，谭村打开一看，是坐在后排的吴彪发的：常总得知您高升后联系不上你，就找到了我，我们没谈那单子的事情。谭村心中有了底，忙将话又推了回去：“嗨，我这不是来寻求支持的嘛！上半年业绩不好，压力挺大，这不，第一个就过来找你。常总财大路广，一定多支持啊。”

“呵呵，是谭总照顾我，你这中央给的政策好，我这地方才会将产品卖得好。卖得好，我就有饭吃。产品若卖不好，我也只好去大街上要饭了。我这人，没多大能耐，就是有一点，看人看得比较准。几年前我就认定谭总是个做大事的料……”常森已经开始了赤裸裸地拍马屁。

谭村忙打断了他，一脸正经地说：“说真的，我这次来，主要是寻求支持的，政策自然不用说，常总是金牌经销商嘛。”

“我这金牌是谭总给的，自然是听谭村指挥。今年，整个行业都不景气，但是，你放心，我就是自己掏钱买产品，也要把数据堆上去。总不能给谭总丢脸吧。”常森在口头上已经许诺了表达诚意的第一步。经销商自然有他们自己的一套方法，短时间内会让厂商多发货，造成销售额短时间上升的假象；一般年底的时候他们经常用这个方法来完成销售额，多要货，结算回款也算积极，来年再慢慢地把产品卖出去；这样做的目的主要是为了保住自己金牌经销商的资格，要知道，其他经销商的折扣和金牌经销商的折扣差得不是一点两点。谭村笑笑，大声说：“多谢常总支持，这关键时刻，顶上来的才是亲人啊。”

车子很快停在了一家大酒店楼下，他们三人鱼贯而入，很随意地找了一个包间。常森是这里的常客，他迫不及待地点了一打喜力、一瓶五粮液：“今晚我主要是想喝酒，庆祝谭总高升了。我给自己定的标准是，一醉不归，吃喝玩住都安排好了，喝了酒我也不走了。你们也别回宾馆了。这里安全。”说完便掏出手机要喊人，谭村明白常森的安排，连忙伸手往下压了压，说：“今晚，就咱们兄弟在一起喝，不带外人。”

吴彪知道虽然谭村说过了请客，但最后抢着买单的肯定是常森，谭村这么做，是不想让常森花费太多。想到这，吴彪也附和着说：“是啊，常总，时间也不早了，咱们喝点酒，好好回去睡一觉。”

“啊，对，”谭村说，“咱们又不是一天两天的兄弟了。服务员，把酒给我们打开。”

常森也不再勉强，他和吴彪主喝白酒，啤酒当茶喝；谭村让服务员给自己倒了小半杯啤酒，干了几杯后，便以茶代酒了。酒过三巡，趁吴彪去洗手间的时候，满脸酒气的常森拉动自己的椅子，往谭村身边靠了靠，压低声音问：“谭总、谭哥，有发财的机会可别忘了兄弟啊。给兄弟透露一下，浙海是不是要产大单子了？”

迎宾大道是浙海市新修的一条道路，东西走向横穿整个浙海市，也是程军从天府大酒店回家的最便捷之路。程军坐在出租车内，用手机分别扫描了阎庆宽、单博、邝玫的名片，手机自动保存了他们的姓名、电话、职位。多年以前，程军曾经听过一次与成功学有关的培训，讲师的一句话给程军留下了深刻的印象：一个人拥有的财富和他在这个世界上认识人的多少成正比。从那以后，无论多忙多晚，程军都要把当天见到的人的联系方式存入手机内，为此他还专门买了一个带扫描、主动识别功能的手机用。

手机震动了一下，屏幕上显示的是苏小蕾的手机号，程军摁了接听键，放在耳边却听不到声音，“喂”了一下，也没听到对方的回复。再看手机，屏幕上显示的是未接来电，也就是说只响了一下对方就挂断了。

程军刚要回拨过去，想起微醉的苏小蕾看自己的眼神，不由得松开按键的手指。

阅人无数的程军自然知道那个眼神的含义，多年的领导经验告诉他，女下属的“一声响”电话包含着丰富的含义，对方或是下定决心拨号后的突然掐断，或是精心设计的试探。这个信号技术性很强，需要盘算一下时间，程军刚刚离开几分钟，肯定是单独在出租车上，“一声响”不会被他人发觉，另外也为自己找好了借口，寻好了退路。想起苏小蕾粉嫩的双腿和火辣的身材，程军的手指不知不觉间又触摸到了呼出键。也是一刹那，程军眼前又晃动着魏德宁给苏小蕾献媚的情景，转而想起眼前的 5 亿大单，他飘忽的心镇定了下来。此刻，魏德宁肯定会抓住机会和苏小蕾待在一起，目前还指望着魏德宁出力呢，怎么能因为一个花瓶而误了大事？

程军自嘲了一番，按了返回键，抬头看着车外，浙海市的标志性建筑沿街而立，一片灯火辉煌。程军忽然想起什么似的问：“师傅，前面的出口是不是文化路？”

“是。”

“那就走文化路吧。”

师傅笑笑：“走文化路就绕远了。”

“没事。只要不堵车就行。”

出租车拐上了文化路不久，程军的目光便掠过了白底黑字的“浙海省教育厅”的招牌。想起这里即将变成一个没有硝烟的战场，程军的嘴角露出笑容。

手机再次震动，苏小蕾不出意料地再次拨打了过来，而这次，不再是“一声响”，而是连续持久地响起——

程军皱起眉头，任由手机在手中震动。出租车仍在飞奔，程军犹豫了一下，拨打了魏德宁的手机。魏德宁的手机很吵，有乱糟糟的唱歌声传来，魏德宁说：“程总。”

“你们在唱歌？”

“啊——”魏德宁停顿了一下，笑笑说，“苏小蕾说我酒后驾车，死活不让我送，一个人打车走了。我上来喝杯茶，醒醒酒再走。”

“不行你也打车走吧，”程军找了一个借口，“我忽然想起个事，怕我记性不好，先给你说一下。这个单，是有战略意义的。除了做好教育厅的工作外，咱们也要密切关注对手的情况，尤其是帕瑞比，这么大的单，他们迟早会进来，这两天探探他们的动向。锦盛天成倒不必下多大功夫，我给你透露一点，现在锦盛天成已经不是昔日的锦盛天成了，现在锦盛天成整个销售队伍都垮掉了。我们通过其他渠道已经拿到了锦盛天成的内容资源，加上咱们的政府资源优势等等……你好好策划一下，少了锦盛天成，咱们的胜率是很高的。德宁啊，做好准备，这次和帕瑞比好好打一仗。”

魏德宁原本正在寻找身体的慰藉来弥补刚才苏小蕾甩袖而走的失落，听程军这么一说，情感的低迷刚好找到了事业上的出口，忙表态道：“程总放心，帕瑞比目前还动荡着呢，销售总监江久年前段刚被 PK 掉，覆巢之下，安有完卵？销售队伍人心惶惶，窝里斗得凶，新的销售总监还不知道是谁呢，哪顾得上打单？”

挂断魏德宁的电话，程军心中有了底，开始拨打苏小蕾的手机。手机响了两下便通了，程军说：“小蕾，刚才没有听到电话，怎么啦？”

苏小蕾强装欢笑道：“算了，都过去了。”

“怎么啦？”

这次，话筒里的苏小蕾似乎犹豫了一下：“唉，我说出来，你就别问他了。魏德宁生我气啦！”

“为什么生气？”程军还真低估了苏小蕾，一直就认为她还是一个涉世未深的孩子，没想到变化真快，吃饭前还有说有笑，甚至还开了带点色彩的玩笑，一转眼的功夫就变了。“他喝多了，非要送我，还……我怕他酒后驾车，就坚持打车回去……可能惹他生气了……我也喝多了，就多说了几句……”苏小蕾断断续续地叙述着，程军已经明白了事情大概，便安慰道：“好了，别生气了。他喝多了，回头我说说他，怎么能酒后驾车？他呢？”

“不知道。我打个车先走了，喝得太多，头晕得厉害，到浙海大酒店的时候，就下来透透气。”

“哦，”听苏小蕾说出了地址，程军盘算着去还是不去，“好些了吗？”

“好些了，但还是晕得厉害。”

程军终于下定了决心，对师傅说：“去浙海大酒店。”

看一个地方的富有程度，不用看 GDP 等数字层面的东西，只要看看这个地方夜晚灯光的明亮程度就行了。龚仁贵从补习班出来，给妻子打了个电话，路上的车流还算流畅，龚仁贵却将车开得很慢，他留了一段时间给自己。放眼望去，国贸大厦就在前方，附近有万盏灯火拔地而起，多少人为了生计为了前途还在加班工作，这其中就有帕瑞比的些许员工。龚仁贵是不主张加班的人，倒不是计较要多付出3倍于日常工资的加班费，而是认为之所以加班，乃是因为工作时间没有按时完成任务。想到这，龚仁贵又想起2008年的业绩，自己的工作没有做好，所以也在去往加班的路上。龚仁贵叹了一口气，加快了行驶的速度。

电梯在飞快地上升，龚仁贵一个人在封闭的电梯间内，脑子也开始了迅速旋转，是的，他必须使自己考虑周全大老板的北京之行的种种可能和不可能情况。电梯在27层停下来，电梯门打开了，没人上来，龚仁贵这才想起是自己摁的27层，原本是想在27层转转看看都是谁在加班，但是一想起那么多棘手的事情，龚仁贵忙关闭了电梯门，同时摁了28层。

前台看见龚仁贵，忙从座位上站了起来。帕瑞比中国区北京部的前台有4位，每层各2位，两班倒，朝九晚九，12小时服务，除了接听电话外，最重要的一个工作就是为填过加班单的员工订送免费的晚餐。此刻已经过了晚9点，前台还没走，看来是被行政部留下来的，这两天，几乎所有的支持部门都在加班加点，确保大老板的北京之行万无一失。龚仁贵冲前台点点头，走了过去。两个小会议室内灯火通明，龚仁贵甚至听到了会议讨论的声音。走进办公室，关上门，周围立刻静了下来。龚仁贵自己动身倒了一杯凉水，喝了一口，感觉不是太凉，又加了块冰。龚仁贵刚走到办公桌前，就传来轻轻的敲门声。

龚仁贵心想肯定是前台把自己回来的消息告诉了前来敲门的人。龚仁贵喊了声“请进”，市场总监埃米斯高挑的身影飘了进来。

“龚总，您是否方便？我想请您过去看看我们的宣传方案。这次时间紧，情况特殊，我是想听听你的建议后，再将完整的方案发你邮箱，免得走弯路。”埃米斯说话虽然有点慢，但是言简意赅，在慢中流露出一种优雅。

“好，我正想去看看。”龚仁贵站了起来，跟在埃米斯后面，朝会议室走去。

会议室内坐满了人，看到了龚仁贵进来，大家都停止了讨论。龚仁贵坐了下来，首席媒体官Rines开始汇报关于刘翔退赛的最新消息，然后说：“按照总部关于此事的方针，结合目前的形势，我们及时调整了广告投放时间和力度。电视传媒这一块，由于和电视台、广告代理商的合同是长期合同，时间段相对固定，我们只是调整了广告内容，最新广告版本已经做好了，就是这个——”说着，Rines敲了一下电脑，投影仪亮起，一个为时15秒的广告开始播放，画面从刘翔落寞的背影开始，以刘翔奋起直追夺冠的那一刻为结束，中间穿插了几组与鹰有关的画面：沉重的翅膀让鹰越飞越慢、越飞越低，落在了一个悬崖上，鹰首先用它的喙击打岩石，直到其完全脱落，然后静静地等待新的喙长出来。鹰会用新长出的喙把爪子上老化的趾甲一根一根拔掉，鲜血一滴滴洒落。当新的趾甲长出来后，鹰便用新的趾甲把身上的羽毛一根一根拔掉。五个月后，鹰展开新羽，一飞冲天！旁白的最后一句话是：“刘翔，鹰之重生，鹰之飞翔！”看完后，龚仁贵触动很大，示意 Rines 再播放一遍，15 秒后，龚仁贵满意地点点头：“鹰之重生，不错，这个广告创意非常棒！”

此时埃米斯非常适宜地站出来在上司面前推崇自己的下属：“这个创意要归功于魏风。”

龚仁贵朝大胡子策划经理魏风点点头，少有地抬起双手，鼓起掌来。

Rines 见龚仁贵比较满意，便接着说：“这个版本的广告，不仅在电视上投放，明天也将在新浪、搜狐、腾讯、MSN、和讯五家网站上被植入视频弹窗或者首页推荐，投放时间会持续三天。另外，针对我们的消费群，在上海、北京、广州、深圳、浙海以及浙海附近的几个城市的高档写字楼、机关、医院、户外传媒也有投放。平面广告方面，除了将已经预定的 36 家主流报刊头版 1/3 版面提前至明天。我们已经与这 36 家报刊沟通了，由于咱们是他们的大客户，有 33 家已协调好了，12 点之前发过去就行了。另外 3 家由于其他一些原因，头版安排不了，就安排了其他版面的整版广告。另外着重增加了浙海省内的广告投放，浙海省内的二线城市也是按照全国一线城市的标准来投放的。这是平面媒体的广告版本——”Rines 再次敲了一下电脑，投影仪上显示了最新的广告版本，同时，埃米斯拿过来两份平面媒体广告的数码彩样稿，内容一样，只是版面大小不同：一个是 1/3 版，一个是整版。

龚仁贵对工作对生活都是一个比较挑剔的人，他将手中的两个数码彩样稿翻来覆去地看，上面的每个字每个标点都认真揣摩，来去三遍，抬起头：“我这没什么改动，你们再看看，没问题的话，就尽快传给报社和广告代理公司吧。”

埃米斯环视了一下大家，问：“诸位还有什么改动吗？”

大家都摇头，很多人忙了一下午，又加班加点，只担心一向比较挑剔的龚仁贵对策划案给予否定或者提什么修改意见，现在他点头了，大家也都松了口气。

“没改动的话，就请 Rines 尽快安排人发给媒体吧。”埃米斯在记事本上翻了一页，接着看了龚仁贵一眼，说：“亚太区陈总到达北京的时间是下午 2:50，和他一起来的还有他的秘书。我们是这么安排的，首先接他们去酒店，稍微休息一下，大概 4 点半左右来公司，相关工作都安排好了。大老板彼森先生的北京行程没有多大变化，只是有一点还没能确定的是，当天晚上的酒会上，那位在国际影坛有较高人气的女影星张亦菲能否准时出席，因为预先设计好的酒会上的一个抽奖环节是由她开奖的。不过，从韩国和香港过来的影星以及名模都会准时出席。”

埃米斯的最后一句话，多少是有点弥补张亦菲不确定是否出席而做出的补充说明。张亦菲这两年在美国的人气急剧上升，成了西方人眼中“东方美女”的衡量标准。张亦菲的缺席势必会在彼森心中留有遗憾，想到这，龚仁贵问：“张亦菲出了什么变故？”

“她的助手说，当天下午她要去上海参加一个非常重要的活动。”埃米斯说。

“活动什么时间结束？”

“她就是确定不了结束的时间。不过，活动是上午10点开始的。”

“哦，”龚仁贵思考了一下，说，“如果活动不能改变的话，我们就派人专门飞去上海，然后购买当天10点以后任何一个时间段的机票，等她活动一结束，立刻陪她飞回来，我们在机场安排好人接，确保她能准时参加。”

“OK。”埃米斯点点头，迅速地在记事本上记录下来。

外企的会议通常很短，但是效率很高，龚仁贵环顾了一下大家，问：“还有其他的事情吗？”

大家都摇摇头。

龚仁贵站起身：“那就尽快忙完手中的活，早点回去休息。明天将是繁忙的一天。”

一夜难眠，凌晨时分，袁道鸣才在沙发上睡去。醒来的时候，阳光透过玻璃窗打在了沙发上。沙发的表皮有点温热，灼热的一天已经开始了。袁道鸣揉了揉发酸的眼睛，卧室的门已经打开，想起昨晚的事情，袁道鸣慌了神，忙起身查看了房间，妻子和儿子都不在，他们经常换洗的衣服和生活用品也都被拿走了。

袁道鸣虽然平时很少顾家，但在他最失落的时候，妻子和儿子是他的精神寄托。真希望昨晚的事情是一场梦，但望着空空如也的家，袁道鸣知道一切是真的发生了。

袁道鸣掏出手机，拨打顾小南的手机，关机。女人在这个时候，有两个去处，一是找情人，一是回娘家。按理说，顾小南应该不会抱着儿子去找情人，毕竟也是受过高等教育的人，纵然再疯狂也不会做出这么丢脸的事情。然而也说不准，结婚这么长时间，袁道鸣第一次感到妻子的不可琢磨，也感到自己做丈夫的角色很失败。同床共枕了那么久，却没有捕捉到她“异梦”的蛛丝马迹，甚至连妻子情人是谁都不知道，只是记住了那个黑底白字白框的车牌号。袁道鸣只看到了车内人伸出半个手臂，多高、胖瘦却是一点都没看到，唯一可以确定的是车主是外企或者外国驻华机构人士，顾小南在外企工作了那么久，身边有这样的资源。

袁道鸣上学早，同班同学都比他大三四岁，同学谈情说爱的时候，袁道鸣还是孩子般对感情一窍不通，直到出国留学的时候才结识了一个英国女孩，回国后就分手了。创业后的袁道鸣整天和客户打交道，根本没时间谈情说爱，婚姻对于袁道鸣来说，不过是两个人一起携手走路罢了，虽然很淡，但在袁道鸣有限的情感世界里，顾小南仍然占有比较重要的地位。现在，顾小南拐上来了另外一条路，不和他一起走了，他才恍然大悟，在人生路上，妻子才是最大的客户。客户跑了，还带走了他的孩子。孩子是他对下一代的希望。人总是要活着希望中，现在袁道鸣丢了希望，这个打击远大于任何生意上的失意。袁道鸣决定拨打岳父家的电话问问，但刚调出号码，又作罢了。北京到上海有那么远的距离，一时半会儿到不了。这样的事情，还是让顾小南跟她父母说的好。袁道鸣像丢了宝贝一样心里空空的，丢了宝贝还能报案，还能找人唠叨唠叨，如今他只能希望顾小南的手机能够开机。但再次拨打，话筒里传出的依然是客服小姐单调而略显无情的声音：您拨打的电话已关机，请稍后再拨。袁道鸣痛苦地闭上眼睛，第一次体会到了什么叫失魂落魄。

窗外的太阳越来越毒辣了，隔着玻璃窗，袁道鸣就感到了一种闷热。袁道鸣强打精神，简单地洗漱完毕后，匆忙赶往公司。刚到办公室，一身职业装的孔颖便敲门而入了。看得出来，孔颖也没有休息好，俊俏的脸上显现出一丝倦意。孔颖没有像以往一样坐在沙发上，而是径直站到袁道鸣的对面，隔着一个不大的办公桌，孔颖看到了一个满眼血丝的袁道鸣。她本想说些什么紧急的事情，忽然看到对面满脸疲倦的老板，嘴里只蹦出了两个字：“袁总。”

袁道鸣知道孔颖这么着急找自己是为了什么，一个公司里忽然有那么多人集体辞职，不论什么原因，身为人事总监，肯定会在年度工作总结中留下不光彩的一笔。“哦，孔颖，抱歉，你昨晚发我的邮件，我还没来得及看。我正打算找你，当面聊聊这事。”

孔颖犹豫了一下，还是说了出来：“今天早上来了后，又接到了6个人的辞职信。”

“这么多人辞职，对公司失去了信心，是公司没有做好，不怪他们，也不怪你们人事。”

“是我工作没有做好，尤其是对一些人的挽留工作没有做好，从早上到现在，我们已经找了所有辞职的人谈过话，”孔颖有点自责地说，“可惜，效果不大。”

袁道鸣看了看孔颖，孔颖两手空空，没有拿着那些人的辞职信来找自己，便明白了孔颖的意思。那么多人离职，无论对哪个老板来说，都是不想看到的局面，孔颖还在做最后的努力。孔颖口中的“效果不大”，主要原因来自于员工对公司的失望，说白了，公司没有拿出足够的东西来留住他们的心。孔颖是来要资源了，这些东西显然已经超出了人事总监权利的范围，她给不了，也不敢轻易承诺。

袁道鸣也拿不出什么资源了。手中唯一的一张牌，就是期权，但是目前公司的期权对于他们来说，就是一张白纸，上市变现已是虚无缥缈的事情了。

公司留人无非是两种手段，一种是用钱留人，升职加薪加奖金也好，增期权配股份也罢，都是真金白银摆在你面前，够不够？不够，再加。一出手就达到你的期望值。这是最直接也是最有效的办法。但通常情况下，老板不愿意用这种情况留人，就是有足够的钱，也不会直接就给你加钱增薪，怕形成不好的风气，今天你辞职就加薪，明天他辞职也加薪，后天大家一起辞职，影响了整个公司的薪水体系不说，还有完没完？人的欲望是无穷尽的。另外一种，就是用情留人，动之以情、晓之以理，从企业文化到职业生涯，从同事对你的信任到领导对你的期待，话锋一转再从外部的就业压力到在公司内的职业上升空间，从跳槽的成本到新环境的适应，结合本公司的实际情况，展开美好的憧憬，面包会有的，黄油会有的，明天是灿烂的。人，都是奋斗在憧憬之中。

两种手段，现在袁道鸣一种都用不了。没人会相信乞丐的财富承诺。

孔颖见袁道鸣眉头紧锁，没有言语，便接着说：“目前，我们的老对手帕瑞比通过各种渠道在蛊惑人心，在中华英才网和智联招聘以及IT专业人才网上发布大量招聘信息，咱们的底层员工很多都去投简历了。另外，他们还通过猎头在和咱们的中层以及技术人员接触，许以高薪。目前经济危机，很多企业都在裁人，都在节约人力资源成本，谁还会大肆招人？只有那些底层的员工才会相信，他们就是应聘上，估计也过不了试用期就被赶走了。帕瑞比真正的目标盯在了我们公司的中层以及那些研发技术人员。不过，到目前为止还没有收到一封来自研发部的辞职信。”

袁道鸣点点头，心中感到一丝安慰。目前销售部已经七零八落，研发部是他最后的城堡。研发部若是散乱了，锦盛天成是真的要完蛋了。“只要研发部还在，我们的产品优势就还在。产品好，客户就跑不了。有客户，我们就有生意做，锦盛天成就死不了。”袁道鸣像是自言自语道，“研发部的人，是我们一定要留的人。其他部门的人，我们目前也拿不出好的条件，也承诺不了什么，他们执意要走，我们也留不住。”

“我们是留不住，但是公司培养了他们这么多年，也不能就这样轻轻松松放他们去对手那里。”孔颖看了袁道鸣一眼说，“他们进来的时候，都签过保密及竞业禁止协议书。”

保密及竞业禁止协议书里有规定，员工不论因何种原因而离职，离职后三年内不得到与现公司有竞争关系的公司就职或者从事与现公司商业秘密有关产品的生产、开发、经营、销售。作为补偿，公司在竞业限制期限向员工支付不低于员工离职前最后一个年度工资总额的二分之一作为竞业限制补偿费按月平均发放给员工。前些日子，也有不少员工离职，虽然签过保密和竞业禁止协议书，还是阻止不了他们跳槽到竞业对手那里的行为，竟然明目张胆地拿着补偿金去对手那里干活。锦盛天成起诉了一批人，但是结果并不理想，因为这些人换了一个名字，最关键的是竞业对手那里不承认录用这些人，在他们的员工档案处也查不出蛛丝马迹。想到这，袁道鸣无奈地笑笑说："将那些辞职信都送过来吧。"

孔颖推门而出，袁道鸣觉得非常有必要开个全体会，人心散了，但能笼多少就多少吧。袁道鸣刚想拨打阮琦的分机让他通知大家开会，办公室却响起了敲门声，袁道鸣喊了声"请进"，阮琦推开门走了进来。门没关好，阮琦回头把门关严，顺便拉了拉门把，确定关严后，才走到袁道鸣对面，坐在沙发上，面露难色地说："袁总。"

袁道鸣发现了阮琦的细微变化，便问："昨天的那笔款，是不是还没还你？"

"还了，还了。"阮琦连忙说，"昨天下班的时候，刘鼎说账上到了款，就还我了。"

"我就不说谢了。"阮琦跟了袁道鸣六年，袁道鸣和他说话从来不需要拐弯抹角，"怎么了？愁眉苦脸的。"

阮琦似乎下了很大的决心，终于抬起头，望了袁道鸣一眼，说："袁总，我说出来，您别生气，我……我是想跟您告辞的。"

震惊，震惊，袁道鸣不敢相信自己的耳朵，面对一毕业就被自己招进公司、六年来一直陪伴在自己身边、昨天还愿意拿出家产为公司缴纳租金的师弟兼兄弟，怎么说走就走了？酸涩的泪水一下子涌向了袁道鸣的双眼。袁道鸣忙双手捂脸，揉了揉眼睛。

看到袁道鸣痛苦的表情，阮琦忙说："抱歉，我知道这个时候离开公司非常不适宜。我跟了您六年，算是公司里最早的员工之一。六年来，您一直把我当成兄弟来看待，我心中自然有数……"

撞见妻子外遇以及妻子抱着儿子离家出走，袁道鸣都没有掉一滴泪。而此刻，袁道鸣松开手，已有泪水布满指尖上的纹理。袁道鸣迅速迫使自己将泪水退回内心，扬起头，努力堆出微笑："怎么了？怕我这次真的要败了？"

阮琦愧疚地笑笑："怎么会？我跟了您六年，多少大风大浪没有见过？什么样的困难没有遇见过？每一次不都是扛过来了嘛？我是想换个环境。”

“坦白说，公司里几十号人辞职都没有你一个人辞职带给我的失落大，你是我的好兄弟，六年来你为公司付出了很多，公司很需要你，我需要你，公司的困难是暂时的，只要咱们齐心协力，一定能渡过难关！作为一起并肩作战过的朋友，我现在只挽留你一次。这样吧，你再考虑考虑，一周后，你若再说走，我绝不拦你！你看，好吗？”

阮琦犹豫了一下，还是坚持要离开：“袁总，我是下了很大的决心才作出这样的决定的。请原谅。”

袁道鸣感到口干舌燥，下意识地抓起杯子，却发现杯中没有一滴水。袁道鸣右手拇指和中指扣住圆形杯口的两端，杯子在空中来回晃动着。时间仿佛凝固了许久，随着玻璃杯平稳落在桌面上的一声细响，袁道鸣站了起来，走过来，坐在阮琦身边说：“你去哪我也不问了，等你稳定后想给我报个平安就报个平安。咱们在一起六年，你走，我不拦你，你想回来，随时跟我说一下就行，锦盛天成永远是你的家。这里永远都有你的位置。”

阮琦看到了袁道鸣的内心挣扎，以他对袁道鸣的了解，他知道袁道鸣不会不放自己走。但没想到，袁道鸣这么快就调整好情绪。等袁道鸣较为平静地说出这些话的时候，阮琦松了一口气，如愿以偿的同时又有一份失落，更深的还有一种自责，他感到自己就像一个临阵脱逃的将士，在生死攸关的紧要关头，抛弃了战友。好在袁道鸣及时安慰了他：“目前公司遇到困难，大家离开寻找更好的出路也是在情理之中。走之前，你还是我的行政总监。你先去忙吧，通知大家，半个小时后，开个全体会。”

阮琦走后，袁道鸣将自己锁在办公室，仰头躺在办公椅上，双眼盯住天花板，不动不语。半个小时后，袁道鸣推门走了出来。所有员工在办公室的中间围成了一个半圆形，200 多双眼睛不约而同地注视着推门而出的袁道鸣，目光中有冷漠、好奇、观望、期待……

袁道鸣快步走到半圆形的圆心位置，抬头望着圆周线上每张熟悉的脸，平静地说：“和往常一样，今天会议时间为 20 分钟；和往常不同的是，我希望诸位战友每一秒钟都要认真地听。或许会议结束后，有的战友要离开了，但是我要强调的是，每位战友、每个人，只要在锦盛天成一天，只要在岗位上一秒钟，都要发扬锦盛天成的铁军精神！正如大家看到的或者听到的一样，公司遇到了前所未有的困难。首先是大环境问题，不管是外部环境还是内部环境，整个行业都面临着严峻的考验。再者是资金问题，资金问题我不多说了，融资不畅、回款不力，现在大家都捂紧钱袋子。在现金为王的时代，我们却没有将钱袋子鼓起来，责任在我，盲目地将钱撒了出去，由于决策层的失误，我给大家道歉。”说着，袁道鸣深深地鞠了一躬，周围死一般地宁静。

袁道鸣抬起头，接着说：“那么，有人说，既然遇到了这么大的困难，大家要不要坚持？锦盛天成还要不要走下去？答案是肯定的！必须的！我说过，锦盛天成是我要做一辈子的事业，也希望是大家能做一辈子的事业。我相信温总理在抗震救灾中写下的那四个字：多难兴邦！灾难会凝聚一个民族的大气魄，困难会磨炼一个企业的战斗力！毛主席率领共产党为什么能打下天下？除了得民心、善谋略等等之外，更重要的是共产党吃过常人不能吃的苦，受过常人不能受的罪！两万五千里长征不是说过去就过去了，走雪山、过草地，走着走着脚趾头掉一个，就像掉根头发一样正常。心态不好的，意志力不坚强的，身体吃不消的，半路就死掉了，扛下去的、坚持到最后的，都是身体好意志力强天不怕地不怕的，都是神！什么苦都吃过了，什么罪都受过了，还在乎战场上的长枪短炮？杀一个够本，杀两个还赚一个呢！所以说，人的一生，不可战胜的是你的意志力！同样，只要大家对锦盛天成还有信心，对自己还有信心，所有的困难都是暂时的。

“回过头来，说大家的意志力，说信心，说诸位对锦盛天成的信赖和支持。谈到这，就引出了今天会议的主题：感谢。今天我只说感谢。锦盛天成一路走来，得到了很多人的支持，我面前的诸位，和我一起并肩作战了那么久，一起苦过、累过，一起笑过、感动过，尤其是行政总监阮琦，公司成立之初，他就来了，记得当时是5月，他是清华大学的高材生，有大把的好工作在等他，而他却毅然来到了当时还默默无闻的锦盛天成。六年了，他和锦盛天成一起成长，在公司最需要的时候，总是第一个冲在前面。实话说，就在昨天，有些人也看到了，物业封了咱们的大门，是阮琦第一时间将租金交了上去，是用他自己的积蓄交上去的！他拿出自己的钱的时候，并没有想到公司的资金下午会到账，不知道公司什么时间能把钱还他。这是什么精神？这是无私奉献的精神！还有市场公关专员小吴，来公司半年来，有一半的时间是在火车上度过的，吃的是泡面，住的是便宜的招待所，尤其是最近公司遭遇危机的时候，一个城市紧接一个城市地去，一个客户紧接一个客户地去拜访，这是与公司同甘共苦的精神！我们就是要发扬这种精神，华为这一点做得就很好，在战火纷飞的伊拉克，他们的工作人员冒着生命危险，顶着炮火，不屈不挠地去拜访客户争取市场机会！小吴就有这种精神！诸位中有很多人都有这种精神，不管来公司多长时间，六年也好，三个月也罢，只要是为公司做过贡献，不管大家明天去往何处，只要大家一起同事过，一起战斗过，我都要感谢诸位！”

说完，袁道鸣再次深深鞠了一躬。这时，周围的一些人低下头，沉默不语。

“最后，我要感谢研发团队。在公司遭遇困难的时候，其他公司的诱惑也摆在了他们面前，可以骄傲地说，锦盛天成的研发队伍中的每一个战友到其他同类公司中都是技术骨干，都是这个行业的尖兵，这也是为什么那么多对手抛出高薪来挖人的目的，然而，我可以更为骄傲地说，到目前为止，研发部没有一个战友递交辞职信。感谢他们，感谢他们危难时刻不抛弃不放弃，昨天，我还知道他们为了一个新产品的上线，薛刚、志华、玉峰、汝军、小虎、小段等同志还加班至凌晨 1 点，这是一种什么精神？这就是锦盛天成的铁军精神！在此，我要隆重地给研发总监薛刚以及他带领的研发团队深鞠一躬，谢谢——”

一个醉眼迷离的夜晚过后，程军躺在浙海大酒店 12 层豪华套房里的圆形大床上渐渐醒来，右手臂有些微微的痛，睁眼一看，苏小蕾孩子一样依偎在自己身边，双目微闭，睡姿安详。程军再次闭上眼睛，昨晚疯狂而又凌乱的记忆片段浮上脑海，自责和内疚同时涌向心头。

阅尽风月三千次，裤子一脱万事休。逢场作戏是每个中年男人的拿手好戏，程军也不例外。在他 18 年的婚后生活里，曾不止一次地和别的女人上过床，断断续续也曾藕断丝连过几个情人，但从来没有和女下属搞过办公室恋情。在他的潜意识里，国有企业的地盘首先是官场，然后是商场，所以他很忌讳办公室恋情。此外，在他的内心深处，只有那种没有本事的男人才会在自己家门口找情人，兔子还不吃窝边草呢。他这次碰的不仅是窝边草，还是棵嫩草。这棵看似单纯青嫩的草，却不是一般的草，从昨晚的床上表现就看得出来，主动、狂野、尖叫、不顾一切，一个疯狂女人的性格在床上暴露无遗。想想那些搞办公室恋情的官员最后被“窝边草”搞得鸡犬不宁、身败名裂的实例，程军背后就感到一丝凉意。

连睡觉都要枕着程军的胳膊，一只手搭在程军的胸前，一条腿还要压住程军的两条腿，没有哪一个女人能如此“捆绑”着程军睡觉。程军轻轻地给自己“松绑”，好在苏小蕾翻个身继续沉睡。

程军伸出左手摁了摁有点发酸的右臂，又平躺了一会儿，开始蹑手蹑脚地下床、穿衣、打开手机，原以为会有妻子的电话或短信，却没有。看来妻子对他还是坚持贯有的“放养”政策，靠自觉。愧疚再次涌向心头，程军脸都没洗，走到门口，回头看了一眼还在熟睡中的苏小蕾，关上门，迅速离开了“作案现场”。

在一楼大厅结账的时候，服务员问程军发票的台头怎么写。程军挥笔写下了“鑫星集团”，递给服务员的时候，发现服务员正从自己领口处撤离的目光，程军立刻明白了怎么回事，立刻感觉脖子里火辣辣的。程军另外数出 10 张一百的钞票，安排服务员："不要去打扰我房中的客人，等她醒后，麻烦你将这一千元连同住房押金一起交给她。告诉她，这些都是住房押金，我说明白了吗？"

服务员点点头，笑笑说："我明白了。先生，请您稍等，我给你打个收条。"

"不用了。"程军挥挥手，朝一楼的洗手间走去。在洗手间，程军身子前倾，对着镜子，清晰可见到脖子上的牙印。

家是回不了了，程军走在有点清冷的大街上，早起的人们三三两两地在街头公园锻炼身体。程军漫无目的地走着，脑海里挥之不去的依旧是昨晚的迷离，想到苏小蕾，就想到了魏德宁。程军的鼻子中"哼"一声，连苏小蕾都摆不平，他魏德宁将如何摆平客户？谈恋爱和拿单一样，都是一个技术活。以魏德宁的实力和经验，对付女孩子完全绰绰有余，那么为什么连送苏小蕾这么简单的任务都没有做到呢？只有三种可能：第一，魏德宁是动了真心，男人只有对自己心爱的女人才会客客气气、言听计从；第二，魏德宁遇见了高手——苏小蕾也不是一个省油的灯，魏德宁被忽悠了；第三，是上面两种情况皆有之。程军分析了一下，无论是哪种情况，都对他不利，无论哪种情况都会造成魏德宁的不满。程军拿苏小蕾作为棋子的如意算盘算是泡汤了。

办公室自然也是不去了，最近能少遇见苏小蕾就少遇见，至于昨晚的事情，权当成一场酒后的乱性，随时间慢慢淡忘吧。还好，感情这个东西目前看来还在程军的掌控之中，他需要关心的是超出他掌控的事情，也就是上调京城的事情了。程军一拍脑袋，才想起应该去上海看看于喜红，虽然得到了石知宇的支持，但于喜红这边也不能不得到认可，毕竟这个女人目前还是教育 PC 部的头，他上调的事情，还得经过她的同意。想到这，程军立刻感到了一股动力，这才是正事！

昨晚的通话中，程军得知于喜红在上海。浙海到上海，开车也就是二个小时的距离。自己的车在家中，程军下意识地摸摸脖子，不方便回去去取；这种事情，程军不想带司机一起去，况且司机的母亲病重，请假回老家了。思来想去，程军决定还是回公司，开公司的车。

公司里空荡荡的，还没有到上班时间。程军仰头斜靠在宽大的真皮沙发上，为要送于喜红什么礼合适而绞尽脑汁。送礼要看对象，只要是人，活在这个世界上都有需求，只有抓住需求才能搞好关系。于喜红是女人，送名贵香水、高档化妆品等女性化的东西自然不会讨人厌，但是也显不出独特之处来。于喜红不像刚毕业的苏小蕾，于喜红整天国内国外飞来飞去的人，什么东西没见过？况且程军一个大男人送这些东西未免太矫情了。思来想去，程军决定从于喜红背后的男人入手。那个传说中的男人，程军在电视上见过一两次，是陪部里首长下去调研的场面，50多岁的人了，看上去却只有40出头，清瘦，保养得很好，神采奕奕，精神饱满。程军忙打开电脑，百度了一下男人的名字，看完与他有关的文章，半个小时后，程军心中有了主意。

程军决定回家，但这是一个冒险的计划。妻子在一所美术学院任教，不用天天坐班，家中快搞成了她自己的画室。他们有一女儿，在本市一贵族女子学校读高中，一月才能回来一次。家完全成了妻子的天下。程军看了一下时间，早上7:45，妻子要是上午有课，也应该从家中出发了。程军先是拨打了家中的电话，电话执著地响到最后一声，没人接听。程军便拨打妻子的手机，不一会儿便传来妻子的声音："你等一下，我将车靠边。"

妻子刚买了一辆别克，开车异常小心。几秒钟后，妻子的声音传来："我在去学校的路上，什么事？在哪呢？"

程军的心放松了下来，嘴上却表现出很着急的样子，明知故问道："我问你一下，你上次说过得到了一幅陈先生的画，现在还在你手中吗？"陈先生的山水画悬挂在中南海、人民大会堂等重要场所，他还曾受过国家领导人的接见。由于在市场上很难见到陈先生的画，再加上他特殊的地位，一时间他的画成了稀缺资源，很多官员和企业都求之不得。妻子是托了老师的关系，花了八万才搞到一幅真品。程军对画了解有限，看到妻子宝贝似的捧画而归，认为八万有点高。妻子对此很不屑，指着电视说："等一会儿你看看新闻联播，盯住前几分钟看，一准有他的画挂在接见外宾的大厅里。先不说它的艺术价值，单就商业价值，信不信我转手就能卖十万？"

"哦，在家呢。"妻子谨慎地问，"你想干嘛？"

"我想用用。"

电话那边一片沉默，妻子知道程军所谓的"用用"就是拿出去送人。

程军不得不强调："有急用。"

"什么急用？"

"电话里一时说不清楚，回头再给你说。总之是送人的。上次不是跟你说过了嘛，我想动动。"

"哦，"妻子停顿了一下，极不情愿地说，"那你拿着用吧，在我书房里。"

"行，谢谢。"程军关切道，"车要慢点开。"

"知道了。"妻子挂断了电话。

程军开车回家，迅速上楼，做贼一样潜入家中，怕妻子中途回来，找到画后，一刻也不停留，直接驾车朝上海奔去。到达上海的时候，已经是快11点了，程军拨通了于喜红的手机，对方似乎在犹豫着什么，响了好久，才接通，于喜红的声音传来："程总你好。"

"于总，您好，我今天刚好来上海办事，事情也办好了，想起您也在上海，不知道您有空没？想请您一起吃个便饭。"程军说。

"哎呀，"于喜红似乎在犹豫着什么，说，"程总太客气了。真不巧，我这边已经有安排了，下午也要去外地。这样吧，你等我电话，我再安排一下。"

程军的心中充满了失落："那好……我这也没什么特别的事情……您看您方便，别太麻烦就好。"

"放心，咱们是自己人，等我电话吧。"

程军坐在车内静静地看着手机屏幕，外面的骄阳似火，车内的空调冰冷，他分析着于喜红刚才的话，一时捉摸不透她说的真实情况。于喜红是要走了，按理说，腾出来的位置她是想留给迟翔的。虽然昨晚的电话沟通不错，但那些都是面子上的话，谁都会说，况且很大的一部分原因是要顾及石知宇的情面，要知道石知宇是主动给于喜红打过招呼的。今天于喜红非常清楚地知道程军是过来动真格的了，她不得不全盘考虑了。见与不见，主动权在于喜红手中，程军只能等待。

手机震动了一下，程军打开一看，是苏小蕾的短信：你穿多大号的鞋？

这个苏小蕾，程军打算不理她。转念一想，苏小蕾肯定是想买双鞋给他，那么上午肯定是在逛商场，两个人都没上班，程军怕引起别人的误会，便想给魏德宁打个电话。

这时，于喜红的电话打了过来："程总，不好意思，中午的活动推脱不掉。你看这样好不好？我正好也想见见你。我大概下午1:30能结束这边的活动，你在哪？我过去找你，咱们找个地方喝喝茶？"

"好，好。"程军笑着说，"于总在哪？我过去找您，方便，也节省时间。"

"好吧，那就辛苦你过来吧。人民大道旁边有个品生茶馆，咱们下午2点在那见，如何？"

"没问题。下午见。"

程军挂断电话后，盘算了时间，理论上赶到那里的时间为一个小时左右，时间上很宽裕。程军拨通了魏德宁的电话，很快便接通了。不等程军问，魏德宁主动说："程总，我在教育厅呢。"

"好，我这没什么事情，"程军压低声音说，"我正与总部沟通，争取教育PC部尽快派个售前过来支持。你先忙吧。"

挂断电话，程军才想起，该做一个分析报告，将具体情况、思路、需要什么资源等等汇总在一起发给石知宇。

程军想到这，便启动了车，一个小时后，终于在人民大道后相对偏僻的地方找到了品生茶馆。程军看了看时间才 12 点多一些，于是并没有进去，而是开车在附近逛，终于在不远处，找到了一个饭店，进去后随便吃点东西，然后才将车停在了茶馆下面。进去之后，程军才知道于喜红为什么选择这个地方，一是离市委不远，二来是闹中取静。一楼二楼是普通的茶位，程军想要一个包间，在服务员的引领下，绕到另外一个门，坐电梯直达 5 层。包间的隔音效果很好，每个包间都有幽径直达，不同房间里的客人不会直接见面，一看就是专门为官员、商人设计的。服务员将茶具摆好，问是否要茶艺表演，程军谢绝了。服务员轻轻地退了出去。程军坐了下来，打开电脑，做分析报告。在竞争对手这一项，程军犹豫了一下，分别百度了两个关键词：帕瑞比和锦盛天成。锦盛天成看样子是衰下去了，网页上显示的最新消息全都是负面的，资金断流、员工离职等等，而帕瑞比的消息却让程军为之一震：死敌谭村晋升为帕瑞比中国区的销售总监！而更大的动作是铺天盖地的帕瑞比广告，程军打开新浪、搜狐两大门户网站，视频弹窗出来的都是帕瑞比的新广告。想到这个强大的对手，程军发个短信给魏德宁：谭村刚刚晋升为帕瑞比中国销售总监，详细盯住他们的情况。魏德宁很快回了短信：难怪呢，我在教育厅遇见了他们的销售代表吴彪，看样子他们也是冲这个单来的，我已请单博费心留意了。

一个报告花费了程军一个半小时的时间，他写写停停、反复修改了几遍才感到满意，在发石知宇的邮箱前，程军又有一种担心：石知宇平时很忙，很少上网，各省市分公司的报告文件一般是由秘书打印出来，或者直接发传真过去，然后请秘书送达。而这次，程军不想经过秘书这一关，但又担心石知宇不能及时看到，最后，程军还是直接发到了石知宇的邮箱里，等和于喜红谈罢，再一起给石知宇汇报。

于喜红在服务员的引领下出现在程军面前。于喜红身材不高，穿着一身蓝色正装，举手投足间流露出一股干练、乖巧，她抱歉地笑笑：“不好意思，久等了。”

“没多久。这里的环境很好，茶也不错。于总喝点什么？”

“都是自己人，不用这么客气，你喝的是碧螺春吧，我也很喜欢的，让服务员续点就可以了。”

程军对服务员说：“麻烦你新泡一壶碧螺春，谢谢。”

于喜红笑笑，看到桌子上面的电脑，说：“难怪有人说程总是工作狂。听说浙海已经提前完成了全年销售额的 80%，在今年能有这样的业绩，不容易啊。”

“呵呵，都是上面的支持。”程军谦逊道。

“话不能这么说。上面支持是一回事，自己用心是另外一回事。程总就是一个用心的人。”于喜红主动抛出了话题，“教育PC部早盼着你这样的实干家过来，就怕是请不动你们这些封疆大吏。没想到，石总把你送了过来，教育PC部是求之不得。”

“于总过奖了。我这人，闲不住，在一个地方待久了，就想动动。况且，教育PC是一个全新的行业，别看我这个岁数了，可我心态不老。我就希望能有机会和那些新行业、新事物接触，第一挑战自我，第二和年轻人在一起，也不容易老去。哈哈。我转了一圈，就数教育PC部有活力，所以就想投奔到您下面做事，还请于总多关照。”

“你来，我求之不得。随时欢迎你过来。”于喜红没有丝毫的犹豫就答应了，然后很随意地将话题引向其他。

不知不觉中，半个小时过去了，于喜红起身告辞，要赶飞机。

程军结账后，和于喜红一起走了出去。

他们的车停靠的距离不远。

看于喜红走到她的车门前，程军说：“于总，您稍等。还有个事，想请您帮个忙。我今天来，偶遇一幅画，我辨别不了真假。您是这方面的专家，请您抽空帮忙鉴别一下。呵呵，画太大，放在车内了。”说完，打开自己的车门，将画拿出来，走到于喜红面前，也不打开看，直接拉开车门，将画放了进去。

于喜红会心一笑，语气平淡地说：“我可不是什么专家。不过，我可以请专家看看。等有结果了，我给你打电话，让你来取。”

“嗨，还取什么啊，那画十有八九是假的。是假的，帮我扔掉就行了。是真的话，也不值几个钱，还不够去取的路费呢。”

“那我先走啦，有事电话联系。”于喜红再次笑笑。

程军看到于喜红的笑，知道这次没白来，那个男人肯定是喜欢画的，在一篇报道中，一个记者去采访他，披露他在繁忙的工作之余正在画山水画。

看着于喜红绝尘而去，程军知道自己上调总部的事情应该没什么问题了，但具体坐什么位置，还要于喜红说话，毕竟她目前是这个部门的一把手。

程军心情大好，刚坐回车内，手机响了，是浙海分公司的电话。程军接了，话筒里传来了苏小蕾的声音……

由新加坡起飞的航班为SQ802的波音777飞机下午2:50准时抵达北京首都国际机场，帕瑞比亚太区总裁陈汉生以及一位身材高挑的女士走了出来。

龚仁贵快步迎上前去，伸出手："您好，陈总。"

小个子陈汉生笑笑，露出那颗出类拔萃的龅牙："你好，来，我介绍一下，这位是我的高级秘书 Lisa，这位是咱们中国区总裁龚仁贵龚总。"

"龚总您好。"Lisa 伸出修长的手，龚仁贵握了一下，惊讶于 Lisa 说出的标准普通话，便细心打量了一番眼前这位拥有模特身材的 Lisa。龚仁贵之前没有见过她，想必是陈汉生新换的秘书。

"欢迎。"龚仁贵见陈汉生拎着一个中号的行李箱，Lisa 挎一个女士包，手中也拎着一个小行李箱，便主动说，"我来拎着吧。"

"不用，很轻的。"两人都谢绝道。

龚仁贵带领他们走到 3 号航站楼口，酒店派来的豪华礼宾服务车迈巴赫早已等候在这里，身着正装的司机训练有素地拉开车门、存放行李。

看到车辆，陈汉生问："明天接彼森先生是否还是用这辆车？"

"当然，"龚仁贵介绍说，"这是酒店给贵宾提供的服务之一。"

"OK，"陈汉生点点头，看样子比较满意，兴致勃勃地说，"仁贵，来，坐我身边。"

车子启动，龚仁贵将打印好的彼森北京之行的行程方案分别递给陈汉生和 Lisa 一份。Lisa 认真地看着，陈汉生快速浏览了一下，问："变化大吗？"

"没有多少变化。"

"北京的变化倒挺大的。"陈汉生显然对车外的风景更感兴趣，"和我去年来时比简直是天壤之别。"

"那是。"龚仁贵原想说都是为了奥运嘛，但感觉这话影响北京形象，便没说，只是顺着陈汉生的话说，"等一会儿，车到了市内，会感觉到变化更大。"

"真好。哦，仁贵，那是咱们的广告吧？"陈汉生指着前方路旁的广告牌问。

龚仁贵来的时候特意留意了一下依路而立的帕瑞比户外广告，都是新换的广告版本，"对，是我们新的广告版本，昨晚才定下来，今天广告商刚刚发布上去的。"

"哦。"陈汉生点点头。

一直低头不语的 Lisa 终于看完了方案，陈汉生将手中的那一份也递给她。Lisa 放进包内，然后问司机："请问从机场到宾馆大概需要多长时间？"

阳光帅气的司机露出标准的职业微笑："大概需要 20 分钟。"

"那是不堵车的情况下吗？"Lisa 接着问。

"是。"

"Lisa 对北京很熟悉？"龚仁贵很随意地问。

“我在北京度过了六年的美好时光，直到去年大学毕业后才回到韩国。北京算是我的第二故乡了。”

“难怪您说一口流利的汉语。呵呵，您是韩国人？”

“是啊，我去年毕业后就和家人一起移民到新加坡了。”

短短的几句话，龚仁贵已经了解到了Lisa的简单情况，看她的年龄也不过是二十四五岁，刚毕业不久就能做帕瑞比亚太区总裁的高级秘书，除了漂亮的脸蛋超强的能力外，还有没有其他的原因？陈汉生看中的是不是她对中国的了解，为即将成立的大中华区做准备？龚仁贵本想了解更多的信息，但顾及到陈汉生在场，忙说：“陈总也是个中国通，对中国传统文化也有很深的造诣哦。”

“造诣谈不上。呵呵，你们业绩做得那么好，中国的市场这么大，我要是不多学习一些汉语，会被市场抛弃的啊。”陈汉生留下一个意味深远的笑。

陈汉生的语气中包含了另外一层意思，身为一个外企高管，连外语都不懂的人势必要被市场淘汰的，要知道业务能力和沟通能力同样重要。龚仁贵想起最近一段自己暗自修炼，甚至可以用英语来回复他的话了。但龚仁贵没有说，他学的英语是要在关键时刻闪亮登场的。

倒是Lisa接过了话头：“汉语是我见过的最博大精深的语言，近两年汉语热，我们国内很多留学生都选择了来中国。”

“是啊，前段时间看了一个报道，仅在北京的韩国人就有10万，大都聚居在望京和五道口。”

“是啊，不过很多人已开始回国了。”Lisa这句话再次在龚仁贵的心中泛起波澜，经济危机已深入到各行各业了。

迈巴赫拐了个弯，驶入北四环，不久就看到了鸟巢和水立方，陈汉生和Lisa都举目观望。陈汉生想起什么似的，问：“仁贵，接待彼森先生的酒店就在附近吧。”

“一会儿就到了，”龚仁贵手指着鸟巢西边一龙形建筑说，“就是那五个楼组成的龙形建筑，叫盘古大观，最高的龙头部分是商业楼，中间三栋则是公寓楼，龙尾则是北京唯一一家的七星级酒店。咱们就住在那龙尾，应该说，接待标准算是最好的了。”

“嗯，”陈汉生点头道，“果然像条龙。”

“那离彼森先生要参加的活动地点大概需要多长时间？”Lisa不忘自己的工作，不断地问时间。龚仁贵知道自己疏忽了，行程方案里没有注明A地到B地的时间，但作为生活在北京六年的Lisa应该知道大致的位置和时间，但看到她一副认真的模样，只得解说到："从这到公司需要 20 分钟时间，到清华大学需要 10 分钟，而去长城也很方便，往前走不远就是八达岭高速。观看奥运会自然不用说，离得这么近。"

说话间，车已经停在了北京盘古七星酒店前，门童很专业地拉开车门，另外一个门童熟练地拿出行李，跟在龚仁贵他们后面，举止高雅的女服务员也立刻迎了上来，引领他们到已预定好的套房。房间设施高档，意大利进口家具加上床前墙上悬挂的具有中国元素的故宫国画，任何一个细节都显得品味超然。打开自动窗帘，陈汉生站在超大尺寸的观景窗前，望着尽收眼底的水立方和鸟巢，深吸了一口气，满意地对龚仁贵点点头："仁贵真会选地方，不错。"

龚仁贵笑笑说："要不要吃点饭？"

"不用了，我们在飞机上已经吃过了。"

"那好，要不您先休息一会儿，然后咱们去给彼森先生预定的总统套房看看。"

服务员已经带 Lisa 去了隔壁的套房。

陈汉生示意龚仁贵坐下来："坐下聊聊。我也不累。等一会儿 Lisa，咱们就按照你们的安排走走看看，你也知道，彼森先生的北京之行容不得半点纰漏。花了那么多钱，别到最后还让他感到不满意。"

这话说的，龚仁贵心里很不舒服，但又不得不点头称是。

陈汉生扬起脸，正视着龚仁贵："彼森先生北京之行的方案我看了，很好，等一会儿咱们再检验一些细节，尤其是那个华裔女星张亦菲的工作还要请人专门做一做。这几天很辛苦吧？不过，我是有个担心，那个被调查的谭村，本身的问题还没有得到总部法务部的调查核实，仅凭他的一面说辞，恐不足为信，如今反而做了帕瑞比中国区的销售总监，多少会让人费解。虽然总部包括亚太区对帕瑞比中国的人事问题不干涉，但也有一定的建议权。话说回来了，你最了解你的团队，你这么安排自然有你的理由。我不问为什么？我信任你。但是我不得不提醒你，谭村的问题，总部若真是派法务官和审计官过来的话，这种不合常理的安排，你要给个合理的解释。"

陈汉生不动声色地表达完他的意思，声音不大，却已有敲山震虎的意思。龚仁贵没有丝毫犹豫地说："陈总请放心，谭村的性格和人品我们都了解，他绝对不会做出这样的事情来。然而在接到总部的邮件后，我们还是在第一时间调查了此事，正如谭村自己解释的那样，事实就是如此。"

"哦，那就好。呵呵，算我多虑了。"陈汉生显然对龚仁贵的解释并不满意，站起身，"走，去看看彼森先生的住处去。"

事已至此，交出谭村就等于交出自己，龚仁贵不再争辩，只好也跟着站起来：“好的。彼森先生的住处离这也不远，咱们去看看。”

推门而出的时候，发现 Lisa 已站在门口的走廊里。龚仁贵、陈汉生、Lisa 在服务员的带领下，参观了彼森的总统套房，那叫一个奢侈和豪华，连经常出入高级会所的陈汉生都不时地赞叹：“真是太棒了。”

接下来是去公司参观，快到公司的时候，龚仁贵抽空给 Jessie 发个短信，让她通知严阵以待的各个部门。这不是陈汉生第一次来帕瑞比北京总部，记得上次来是在去年年会的时候。当时业绩好，帕瑞比中国区所有员工在离公司不远的万豪大酒店把酒言欢、歌舞升平，当时陈汉生是主角，从他手中颁发出去的奖金信封摞起来超过了他的身高。而今天，陈汉生做了“配角”，成了“监工”，站在人民的敌对面，人民小心翼翼而又隆重地迎接着他的到来。

电梯在 28 层停下，龚仁贵陪着陈汉生和 Lisa 一同走了下来，帕瑞比中国所有在京的总监、部门经理身穿统一的帕瑞比员工服夹道欢迎。陈汉生一一和大家握手，谦逊和蔼，或低头询问，或点头微笑。

陈汉生开始视察公司的每一个角落，从 28 层步行下楼梯到 27 层，基层员工有条不紊地忙着自己的工作，一副紧张有序的景象。陈汉生转了一圈，再次回到 28 层，一屁股坐在龚仁贵那间宽大的办公室里。办公室里目前就剩下他们两个人了，陈汉生往沙发上一靠，很随意地问：“我怎么没见到谭总监啊？”

谭村坐在吴彪的身旁，看到吴彪透过车窗将两包软中华压在车辆出入条下面交给门卫。然后车子缓缓开出了浙海教育厅的大门，拐上了文化路。谭村摇下车窗，深深地透了口气。在过去的两个小时里，他一直躲在吴彪的小车内。车子静静地停靠在浙海省教育厅前楼一侧的草坪边。谭村没有和吴彪一起上去拜访客户，他只是想近距离地嗅一嗅前线的火药味。等吴彪将情况逐一汇报后，谭村庆幸昨晚在常森的一再追问下没有吐露半点信息给他，目前看来，知道这个项目的对手并不多，和帕瑞比一起下手的不过就鑫星集团而已。而鑫星集团在这个项目上并没有多少技术优势，他们的电脑还行，但教育 PC 机却和帕瑞比不是一个等级的。抛开技术优势不说，仅内容资源方面，鑫星和帕瑞比差的就不是一点半点，这样的差距让谭村可以放心去想要去的那个地方庆祝一下，一为这个单的抢占先机，二为自己的升迁。想到这，谭村改变了自己的行程，对吴彪说：“小吴，我提前回上海了，浙海这边就全权交给你了。我回上海后，会派一个最好的售前过来，你希望是谁？”

吴彪想了想，说：“老陶吧，他经验比较丰富。我们一起也没少合作。”

“好。”谭村也比较倾向于老陶，“老陶很不错。明天就让他过来。近期我可能去北京勤些，华东区的事务我还兼管，但是不会太长。等咱们打了这个单，你就和我一起去北京吧。”

吴彪明白谭村这句话的意思，但他并没有表现出惊喜，而是喃喃自语道：“这个单，不好打啊。”

车内一片沉默，其实在谭村的心中，对这个单还是比较乐观的。吴彪这么一说，谭村便问：“说说看。”

“从刚才的客户拜访中了解到，为保证招标采购工作的顺利实施，再加上是教育部‘中小学现代远程教育工程’定点试验省份，由于牵涉到中央专项资金以及地方配套资金，可能会成立由浙海省教育厅、发改委、财政厅、监察厅、政府采购办、政府采购中心组成的浙海省中小学现代远程教育工程设备及资源采购工作领导小组。在招标采购前，会专门召开领导小组工作会议，就招标采购的形式、分包方案、技术标准、评标原则、定标原则等关键问题进行讨论。然后根据领导小组工作会议的精神研究制定招标文件和招标技术文件。在招标采购过程中，会邀请省监察厅、省纪委驻教育厅纪检组、省公证处对所有环节进行全程监督。情况异常复杂，最关键的是采购工作领导小组的成员还没有确定。还有一点，咱们有技术、质量、品牌、经验和信誉等优势，但是缺少价格优势。”吴彪说出了自己的担心。

谭村知道吴彪所言非虚，但多年的销售经验告诉他，必须将必胜的决心传递给团队中的每一个人，尤其是冲在第一线的销售人员，他们的心态有时会决定事情的成败。“你说的有道理，但是越复杂越难打越能体现出咱们的价值！你担心的两点，都很正常嘛。项目刚刚开始，谁也不知道领导小组成员会是谁，这就需要我们来判断，退一步说，不管是谁，我们只管盯住使用部门、了解他们的用户需求。至于价格，教育 PC 的利润要比家庭型 PC 利润大，我们还有较大的调整空间。况且咱们的新产品成本更低，技术优势更强，比如节能方面，在目前建设节约型社会的潮流下，政府采购肯定会优先考虑节能产品。这些优势是对手所不具备的。从咱们的对手来看，最有竞争力的两个对手：鑫星集团的摊子虽然铺得很大，但是产品技术上根本没法和咱们比；有产品技术优势的锦盛天成把自己废掉了；其他的都是一些小喽啰，不值一提。纵观天下，谁敢争锋？”

人的情绪是个很奇怪的东西，刚才还忧心忡忡的吴彪在听到谭村一番分析后变得目光坚定：“谭总，我去送您。上海的兄弟都等着您回去庆祝呢，咱们一起热闹热闹。我明天带着老陶一起赶回浙海，行不？”

“好吧。”谭村笑笑，给吴彪解压道，“这就对了嘛，不要考虑那么多，就当成一个普通的单来打，发挥你平时的水平就可以了。”

吴彪显然还沉浸在谭村渲染的激情中，信心满满地说：“在教育厅我见到了鑫星集团浙海分公司销售经理魏德宁，看样子他们的关系做得不错，已经可以很方便地进出基教处副处长阎庆宽的办公室了。不过，说真的，魏德宁我还真没看在眼里，我倒希望在这个单中和锦盛天成的销售代表好好过过招，报上次的失利之仇。”

“那你恐怕没机会了。”谭村不屑道，“呵呵，锦盛天成的销售团队全垮了，要是来打单，恐怕是袁道鸣袁大总裁亲自上阵了。”

用情留人的效果显然没有用钱留人的效果好。

虽然袁道鸣一番真诚的演讲打动了很多员工的心，但是递交辞职报告的人还是选择了离开。这其中就包括行政总监阮琦。

辞职的人分为两种，一种是假辞职，整天嚷嚷着要辞职的人未必真想辞职，无非是想让公司拿出更多的钱和条件来留他罢了；另外就是真辞职，真辞职的表现之一就是事先没有听到一点关于他要辞职的风声，突然一封辞职信就摆在了你的面前，让你猝不及防。后者要么是找到了更好的下家，要么是和某个同事发生了冲突，或者对公司失去了信心。显然绝大多数人的辞职是对公司失去了信心。袁道鸣叹了口气，在一大堆辞职报告上逐一签字。每签一个，袁道鸣的脑海中就浮现了这份辞职报告上姓名栏里相对应员工的音容笑貌，有的模糊，有的清晰，每签一个，袁道鸣的心也随着疼痛一下。当签完 42 封辞职报告后，袁道鸣将最后一份摆在自己面前，凝视良久，终于在阮琦的辞职报告上签下了自己的名字。

有几个总裁一天之内签过 43 封辞职信？想到这，袁道鸣苦笑了一下，内心的挣扎让他疲惫不堪。外边响起了辞职者收拾物品的声音，袁道鸣想出去看看凄凉的景象，却已丧失了最后的勇气，一如他不想面对的婚姻。顾小南的手机依旧是关机，袁道鸣却没有勇气拨打她父母家的电话。生活如此无情，袁道鸣一时无法面对，却不能不面对。

孔颖敲门进来，拿回已经批复的辞职信，看到最上面的阮琦，犹豫了一下问：“阮总监……真的要走了？”

袁道鸣强打精神，无奈地摊开手说：“我已经跟他谈过了。”

“我有一个建议想和您分享一下。”孔颖说话很有技巧。

袁道鸣知道下级所谓的分享也就是说服领导的意思，自己何尝不想留住阮琦呢，于是他身子往前倾了倾：“说说看。”

“我分析了一下，不仅仅是阮琦，很多人的离职并是因为咱们开的条件不好，是因为对手给的诱惑太多，原本咱们还有期权作为让他们留下来的条件，但目前的情况在他们看来似乎很糟糕，对期权已经失去了信心。再加上一些对手在底下煽风点火，拿高薪当诱饵，员工动心是再所难免的。阮琦跟了您这么长时间，既然能提出离职，估计也是经过了深思熟虑，话一出口，也难收回。留不住，就先让他走。低调一些，就不发人事公告了。您看，行吗？”孔颖抬眼看着袁道鸣。

孔颖显然是顾及双方的情面，低调一些，对公司也有好处。上午还拿他当榜样，下午他就辞职，这不是领导自己打自己的脸吗？袁道鸣点点头：“也好，你看着处理吧。”

孔颖点点头，转身要走。袁道鸣喊住了她，说：“你这两天考虑一下新的团队整合方案，根据各人的能力，调整到合适的、需要的岗位上来，能力特别突出的可以越级提拔，重点培养的要加以锻炼。销售团队的人所剩无几，你就安排去外边招人吧。具体招多少人，哪个部门需要配备多少人，咱们回头再议。”

“好的，我会尽快拿出一个方案来。另外，我还有一个想法，说出来，袁总不要怪我。”

袁道鸣一愣，孔颖从来没有这么跟自己说过话，“尽管说。”

“我是这么想的，当然仅仅是一个想法。既然几家对手，尤其是帕瑞比和鑫星，在这个时候还落井下石，用非正常手段来搞垮咱们的人才储备，咱们能不能就此安排两个人过去？以后了解个情况也方便。”

卧底是每个公司都难以防范的商战手段，很多大企业里都有这样的人，知己知彼才能百战不殆嘛。但是卧底是把双刃剑，成本高，风险大不说，搞不好卧底被同化了，成了反卧底那损失就大了。况且商业间谍本身是违背商业道德的，搞砸了会吃官司。袁道鸣本能地想拒绝，但考虑到孔颖的良苦用心，便沉思了一会儿，说：“这个问题，我还真没考虑过，主意是不错，但风险大，人员也不好确定。还是先放一放吧。你说呢？”

“好的。”

“不过，你这么一说倒提醒了我，你招人的时候，也要防止敌人打入咱们内部。”

孔颖退了出去，办公室里一下子静了下来，倦意袭来，袁道鸣一摊泥似的瘫坐在椅子上，痛苦地闭上眼睛。

手机响了，袁道鸣掏出来一看，是江久年：“道鸣，我昨天跟你说的那个民间资本的事情我问了，那边很感兴趣，想约你一起聊聊。你看你什么时间方便？”

最近一段时间，所有的融资渠道都关上了门，现在江久年扔给他一把钥匙，袁道鸣为之一震："对方是什么套路？"

"他们啊，是温州民间资本中的一支，发迹于炒房、期货，目前这些行业都不景气，因其做过贸易融资，手中闲置了大批的钱，最近在倒腾企业资本，当然了也放高利贷，就看你们的合作方式了。"

"哦，"袁道鸣倒吸了一口凉气，温州民间资本是一股很强大的资金力量，炒房、放高利贷发生在他们身上不足为奇，倒腾企业倒鲜为人知。贸易融资是中国比较独特的金融现象，早些年温州以及江浙一带的企业想通过贸易赚钱，但很快发现贸易本身的盈利风险大、速度慢，但他们在贸易过程中发现了一个来钱快风险小的窍门：将贸易变相为一种融资平台，也就演变成了具有中国特色的虚假贸易、真实融资的"贸易融资"。首先利用贸易的名义，大量开设远期（一般都为90天）信用证，从国外进口大宗原材料然后在国内以低于成本的价格进行销售，因为远期信用证目前在国内仅收取开证手续费，除此之外无其他费用，从而以极低的成本套取了90天左右的资金使用期限，到期归还之后再重新开设信用证，循环使用，从而使资金得到了延续使用的可能性。在宏观经济被看好的情况下，国内银行是比较看重国际业务的，所以信用证上的额度也高得离谱，一个注册资本仅为500万的企业，就能拿到3个多亿的信用额度。这样一来，企业就用套取的大额资金形成了民间借贷资金，投入到暴利行业上来，或者直接放月利8分的高利贷。袁道鸣虽然对这种短期暴利的行为极为不屑，但在前一段资金链崩盘的情况下也曾找过高利贷，但人家对高科技行业根本不感兴趣。袁道鸣心中盘算着，别说是月利8分，就是10分，也能接受："我什么时间都有空，看对方的时间吧，时间、地点让他们定。"

"好，我来确定一下时间，五分钟后给你打过去。"江久年在那边说。

"那我等你电话。"

五分钟后，江久年打来电话："对方说今天下午可以吗？"

袁道鸣没想到会这么快，不过快点也是自己所希望的："没问题。"

"但是，"江久年哈哈一乐，"对方是想对你搞突然袭击呢，他们想一会儿就去你公司，怎么样？有问题没？"

袁道鸣下意识地看了看自己狭小的办公室以及外边大批收拾东西即将离开的同事，心想：人家来了看到这幅景象后还会借钱给你吗？转念一想，瞒得了一时瞒不了长久，丑媳妇终究要见公婆，便说："没问题，请他们来吧，你也来公司看看。"

"行，那就下午3点见吧。"

"他们会来几个人？"

"一个是杜威杜总，一个是他们的投资部经理。可能还会有两名保镖。"

合上手机，袁道鸣站起身，推门而出。一些人的位置上已经空了，还有一些人正在履行离职交接手续。办公室内找不到阮琦的身影，袁道鸣亲自走到前台，对徐曼曼说："3点钟要来客人，请你准备五六份公司资料。"

"没问题。"徐曼曼说。

袁道鸣在洗手间洗了把脸，整理了一下服装，努力驱走自己身上的倦意。出来的时候，袁道鸣瞥见了正在抽烟区独自抽烟的阮琦的背影，便走了过去，拍了拍阮琦的肩膀。阮琦回头笑笑，没想到是袁道鸣，他知道袁道鸣从来不抽烟。袁道鸣伸出手："来，给我一支。"阮琦忙掏出烟，递了过来。袁道鸣夹住烟。阮琦拿出打火机，两手捧在一起，打火机在他的手掌里燃动着微红的火。袁道鸣摆摆手，拒绝了，只是将烟放在鼻尖嗅了嗅，然后笑笑说："烟这个东西，我上学的时候抽过一次，呛得难受，一整天都没法吃饭。后来，就产生了条件反射，一抽烟就感到恶心难受。"

"抽烟这个东西，分三分阶段，一开始是闻着香，抽着苦；等过一段后，正好颠倒过来了，闻着苦，抽着香；后来就是闻着香，抽着也香。贵在坚持，苦尽甘来。"阮琦深深地吸了一口。

"那我目前还处于初级阶段，闻着苦，抽起来更苦。"袁道鸣又嗅了嗅烟草的味道，"得了，你在这儿抽吧。你走，我就不送你了。"

3点整，一名彪形大汉站在电梯门口，警惕地看了一下周围的环境，另一人还特意走到锦盛天成的大门口看了一下，然后转身拿出对讲机，说："可以。"

很快，江久年陪着一男一女走下了电梯，来到了袁道鸣那间唯一能招待客人的办公室内。

袁道鸣忙起身相迎。

江久年介绍道："这是锦盛天成的袁道鸣袁总。这位是富威国际的董事长杜威。"

"您好。"袁道鸣握住了对方的手，打量着眼前这个40多岁的男人。杜威个子很低，皮肤很白，脖子里戴着一条有小手指头那么粗的金项链。杜威用力一握，袁道鸣的手背立刻就被硬硬的东西硌疼了，低头一看，杜威的手指上戴着一个大大的戒指。袁道鸣忙松开了手。

不等江久年介绍，杜威身边的漂亮女人就伸出了手，满含笑意地说："袁总，您好，我叫宁璐，是负责投资这一块的，很高兴认识您。"

相互交换名片后，确认了眼前这个看上去只有20多岁的女人就是北京富威国际联合投资顾问有限公司投资部经理，而杜威的名片上有N个头衔，其中排在第一位的便是北京富威国际联合投资顾问有限公司董事长。袁道鸣冲江久年点点头，然后歉意地笑笑：“地方比较小，委屈杜总和各位了。”

“哪里哪里，袁总现在若是财大气粗，就不需要我们坐在这里啦，”杜威很随意地坐在沙发上，“我说话比较直接，咱们就直奔主题。我和江总是多年的老朋友啊，他跟我说了贵公司的项目，坦白说，我对高科技一类的东西之前不懂，这次正好过来学习学习。”

“杜总之前是很少涉足IT，但是宁经理却是非常熟悉，她之前在华尔街做投行，投资过不少IT公司。”江久年补充介绍道。

在此之前，很难相信一个在华尔街做投行的金领投资人会和一个暴发户一样的高利贷老板待在一起，现在却不难解释了。袁道鸣也明白了一个高利贷老板为什么会“屈尊”来到他的公司。望着满面含笑的宁璐，袁道鸣说：“多谢宁经理和杜总对IT行业的关注，目前形式下，国内的民间资金能有这样的眼光和魄力的，不多。”

宁璐放下锦盛天成的宣传册，笑笑说：“坦白说，我们公司有两种合作模式，一种是抵押担保，另外一种就是和我以前做投行的模式差不多，后者也是一种尝试。袁总，不妨简单地介绍一下公司的情况和盈利模式，当然是在不涉及商业机密的情况下。”

徐曼曼进来给每位倒过茶后，退了出去。

袁道鸣心中盘算了宁璐所说的两种模式，前一种肯定是高利贷的形式，但目前锦盛天成根本没什么可以抵押的东西。听宁璐的意思，是比较倾向于后一种合作模式，这应该和她做资本的经历有关。不管哪一种模式，只要能拿到钱就行，想到这，袁道鸣将当初争取风险投资的那些套路拿了出来：“宁经理是行家，我就简单地将公司状况以及商业模式介绍一下……”

短短三分钟，袁道鸣已经将公司的前景以及盈利模式简单地说了出来。江久年和宁璐是听懂了，不时地点头。而杜威还一副云里雾里的模样，最终放弃了对一些专业名词的思考，直接说：“不知道袁总的资金缺口是多大，两千万以下的项目，我们是不做的。”

典型的高利贷语言出来了，还有点盛气凌人，袁道鸣笑了笑说：“目前整个金融环境不好，企业遇到了很大的挑战和考验，谁能坚持到最后，谁就是胜利者。坦白说，两千万只能让我们坚持大半年。”

杜威哈哈一笑：“这样吧，若是资金需求比较大的情况，单纯的抵押贷款也不合适，一来呢，对我们来说，风险太大，二来呢，现在市场上普遍的月利 8—10 分对你们来说压力也比较大。我是这么考虑的，我们可以提供一个双赢的机会。咱们也不妨借鉴一下国外的资本运作手段，合适的话签个对赌协议：我们来提供更多的资金支持，按照您说的你们将在 2010 年登陆纳斯达克，到时若上市了，我们要获取若干股份，上不了市，或者 PE（这里指市盈率，即股权价格）达不到预期，我们就得到企业控股权，或者贵公司必须按照月利 8 分支付给我们。袁总，您考虑一下，行的话咱们就算进入合作程序，我们要调查贵公司的营业业绩、增长潜力以及经营管理等综合实力，从而制订一个相对合理的对赌协议。您看呢？”

当从杜威口中说出“PE”以及“对赌协议”这样的专业名词的时候，袁道鸣知道事先他们一定是做过功课的。对赌一词听起来比较邪乎，实则是国外资本市场的一种融资协议，是投资方与融资方在达成意向时，双方对于未来不确定情况的一种约定。如果约定的条件出现，投资方可以行使一种权利；如果约定的条件不出现，融资方则行使一种权利。说白了，对赌就是期权的另外一种表现形式。正常情况下，对赌协议更多是一种激励机制，它能使企业在短时间内获取大批资金，但一旦对赌失败，企业将会付出高昂代价，甚至会遭受灭顶之灾。国内签对赌协议的企业不多，因对赌协议对融资方很苛刻，签了，有点抬棺决战的味道，成者为王，败者连寇都不如。对赌，赌的不是多少，赌的是生死，是企业的命。而现在摆在袁道鸣面前的不仅仅是一份国外资本运作的对赌协议，更是一个对赌协议和高利贷的结合体。他深知此举意味着什么，但他没有退路，只能殊死一搏……

第五章 掌控的秘密

1981年，有点口吃的杰克·韦尔奇被任命为GE新总裁后并没有立刻大刀阔斧地推行自己的改革，而是跑到洛杉矶附近的一个小城市去拜访当世最伟大的管理学家彼得·德鲁克，他问的第一个问题是："我怎么掌控GE下面的上千家公司？"

这个问题，用清代名臣同时也是中国历史上的权术大师的曾国藩给出的答案就是——"拙诚"。

在帕瑞比的组织框架中，充分放权和建立信任是一大特色。总部放权给各大区的首席代表，首席代表有权利处理自己辖区内的一切事务，总部起监督作用。层层推之，亚太区总裁很少过问下面各区除了总经理、副总经理级别以外的人事任免。所以，当帕瑞比亚太区总裁陈汉生再次询问谭村的时候，龚仁贵的心中难免有点想法，但有想法也只能保留，他没有流露出一丝不快："谭村啊，最近有个单，他亲自在外地盯着呢。"龚仁贵没有说"大单"，而是很随意地说成了"单"。他目前还不想把情况过早地透露给陈汉生，至少要过这几天再说。如果说，学英语是他的秘密武器的话，而这个单则是他权柄的砝码，他想亲自贡献给大老板彼森先生。

“哦，”陈汉生没有追问单子的事情，而是翘起了二郎腿，轻拍了一下沙发说：“你们中国有句古语叫‘新官上任三把火’吧？”

龚仁贵点点头，含笑不语。

“谭村是帕瑞比培养的人才，看了总部发来的关于他的举报，说句实话，我也不相信，感觉他不会做这种事情，换做任何一个人都不会这么做的。不值得。他，年轻，在帕瑞比有大把的前途。”陈汉生再次将这个话题抛了出来，算是给袁道鸣提个醒，随即又圆了过去，“好在这事说清了，仁贵这事做得有魄力！这个时候，我们就是要相信他，用实际情况给他支持。这么着吧，你问问他明天能不能赶回北京，我也跟他聊聊，不要让他有过多的压力。”

“行，没问题。”龚仁贵一边爽快地答应，一边盘算着陈汉生心中打的是什么鬼主意。

“啊，明天要接彼森先生，彼森先生是下午到北京吧？”

“明天下午 3 点。”

“那……这样吧，谭村若是上午能赶回来的话，就回来。赶不回来的话，就等几天再回来。不过，最好能明天上午见到他。”

“好，我这就给他打电话。”龚仁贵当着陈汉生的面，拨通了谭村的手机。手机响了一下，就接通了。

“谭村，在哪儿呢？”

“刚从浙海省教育厅出来，正在回上海的路上。”谭村说，“正想跟您汇报一下这边的情况呢……”

没等谭村汇报，龚仁贵便说：“谭村，我现在刚接到陈总。陈总很关心你，想见见你。你手上若没有重要的事情，立刻飞回北京，如何？”

谭村一愣，一时没明白龚仁贵口中的“陈总”是谁？但是很快就明白了，难道是亚太区陈汉生陈总？谭村的话因激动而略微有点颤抖：“好的，我看一下时间，今晚能买到机票，就今晚回。买不到机票，就明天早上回。”

“买到机票后给我发个信息，”龚仁贵抬眼看了一下陈汉生，陈汉生漫不经心地喝着茶，龚仁贵提高了嗓音说，“买不到机票，就是坐火车也要赶回来！”

谭村有心探询一下这么心急火燎地赶回去到底是什么事情，但在龚仁贵的语气中也听不出什么来。这难道是龚仁贵一贯的雷厉风行的说话语气？早就听说过龚仁贵的脾气，但在他和龚仁贵有限的直接对话中，还真揣摩不透这位新的顶头上司情绪的阴晴圆缺。这么紧急地受陈汉生的召见到底是为了什么？难道还是那笔款的事情？谭村刚有点放松的心，再次揪了起来。挂断龚仁贵的电话，谭村盘算了一下时间，并没有急于回北京，对他来说，眼下最重要的事情，不是去北京见陈汉生，也不是回上海庆祝，是要见一个人——上海达科朱海洋。

“谭总，”朱海洋爽朗的声音传来，他和谭村的关系非同一般，说话也不客气，“你们公司真扯淡，那事都过去那么长时间了。”

“那个，昨天已经打出了。”谭村看了一眼正在开车的吴彪，“你查一下。”

“兄弟，”朱海洋拿出上海人少有的直爽，“外了吧谭总？就那么点钱，查什么查！我做事的风格你也知道，撒出去的票子泼出去的水，我是不会收回的，钱暂时放我这，我先替你保管。”

“别介，你在哪？我找你坐坐。”

“坐什么坐？”朱海洋说，“咱俩用不着这个词。有其他事没？”

谭村没有回复。

“不就是那个事嘛？也别坐了。都这么忙。老哥明白的。放心。”

朱海洋这么一说，再加上之前的接触，谭村也没理由不放心了，“那好，朱总，我就不说谢了。”

“你也不用考虑这么多，那事，没什么的。”朱海洋宽慰道，“兄弟多虑了。等你忙完这一阵子，咱们再好好给你庆祝。”

谭村挂断电话后，无奈地对吴彪说：“上海回不去了，送我去机场吧，今晚要赶回北京。”

在程军的概念中，聪明的女人，在上床前后的表现，反差不能太大，要有一个过渡期，给男人留一段可以回味的时间。而苏小蕾显然超出了他对女人的理解。苏小蕾直接用办公室的电话打给他无疑是一种挑衅了。这妮子胆子也太大了。

“在哪呢？”苏小蕾的声音幽幽地传了过来。

程军感到没必要告知苏小蕾自己的行踪，不冷不热地问：“什么事情？”

“没什么，”苏小蕾压低声音，怕公司里其他人听到似的，“没事就不能给你打电话啊？”

“不是不能打电话，是不能用办公室的电话打。”

“我就是用办公室的电话打，谁让你不回我短信？”

这就有点情人间嬉闹的味道了。绝对不能纵容她这么做，程军淡淡地说：“我不是在忙吗？”

“那你忙吧。”苏小蕾直接挂了电话。

程军听着话筒里传来的“嘟嘟”的声音，心中不悦，深感苏小蕾并不是那么容易掌控的主。刚开始就这么任性，天知道接下去会怎样？真后悔招惹了她。程军叹了口气，调整了一下后视镜，伸出脖子一看，被牙咬过的红印下去了很多，但是仔细看还是能看到的。妻子虽说不是那种挑刺的人，但硬是往她眼中揉沙子，估计她也不会像往常那样睁一只眼闭一只眼的。想到这，程军决定不急于回浙海，至少要等脖子上的吻痕下去之后再回去。程军发动车，打算去上海大商场里逛逛，给妻子买点礼物，也算是对拿走她心爱的那幅画的补偿吧。

这时，来了手机短信，打开一看，是苏小蕾：对不起，是我错了。放心，我给你打电话没人知道的。上午逛商场见到了一件很不错的男士衬衫，悄悄放进你办公室里了。

程军看了短信，思考了良久，终于决定给个回复，却只有两个字：谢谢。

苏小蕾很快给了回复：放心，我会很乖的。

程军嘴角挂起了胜利的微笑，一切还在掌控之中。他没有回短信，驱车来到了上海奢侈品集中地——南京西路上的恒隆大厦，直接来到了LV专柜，挑了两个带有珍贵动物皮和稀有鸟类羽毛的包，一个一万六的提包是送给妻子的，另外一个六千八的挎包是送给苏小蕾的。程军刷卡的时候，又怀疑自己远调京城是否划算。其实在浙海也不错，天高皇帝远，自己当自己的家，只要每年完成自己的销售任务就万事大吉了，要吃有吃，要喝有喝，就眼下刷的2万多元，要个发票回去就报了。去了总部就没这么自由喽，给个正职，能坐上于喜红这个位置自然是个不错的结果，但若给个副职，做事就要看别人脸色了。但事已至此，开弓没有回头箭，只能趁机多行使一些特权吧。想到这，程军便把给妻子买的那个一万六的提包调换成了为《罗马假日》里奥黛莉 · 赫本定做的精品LV，为此多刷了一万七千人民币。

就在程军拎着两个包走出恒隆大厦的时候，石知宇的电话来了。程军匆忙接通，只听石知宇洪亮的声音传来："邮件我看到了，想法不错。刚才我也和于喜红沟通了一下，她也很欢迎你来教育PC事业部。我也希望你能尽快到岗，以便尽快开展工作。鉴于你的情况，结合咱们公司的实际，你现在来，先做于喜红的副手，等过一段合适的话再动。浙海那一摊子，一下子离了你，我也不放心。这样吧，前期你先辛苦点，浙海分公司你先带着。看这边的情况，合适的话，再完全把工作重心转到教育PC事业部。你看这样安排好不好？我想听听你的意见。"

"谢谢石总。谢谢。"这样的安排，程军求之不得，在于喜红不确定什么时间离开的情况下，等于留给了程军两条路，可退可进。

"哈哈。"石知宇话锋一转，"不要先谢我，我要给你压力了，呵呵。舞台交给你了，你要好好地演。今后你身兼二职，在完成浙海省的销售任务的前提下，努力拿下那个单，也算是你进入教育PC部献上的大礼。好好给我打个漂亮仗。这个单，一定不能被帕瑞比拿到。浙海教育厅只是个示范，帕瑞比若是拿到了，对咱们教育PC机的打击是毋庸置疑的。说得严重一点，凭借着帕瑞比的产品优势和良好的售后服务，他们很可能在以后的各个省份的远程教育工程中占据优势，那样的话，咱们的教育PC事业部将处于无单可打的尴尬境地。那你还来干什么？”

“呵呵，石总尽管放心，这次我们一定和帕瑞比较量到底，做不了破局者也要做个搅局者，总之会让帕瑞比出局！”

“哈哈，那就这么定啦。主管人事的徐总会跟你通电话，可能让你明天来趟北京，走一些程序。明天我有事，就没时间见你了。对了，帕瑞比大老板要来北京了，你关注一下他们的动态，有事可以随时跟我联系，电话、短信、邮件都行。”

“好。”挂断电话后，程军心里嘀咕道，难怪帕瑞比这两天在媒体上这么铺张，原来是他们的大老板要来了。势头真是不小。

送走了富威国际联合投资顾问有限公司的杜威和宁璐，袁道鸣特意留下了江久年。

江久年也算是这个行业的风云人物。锦盛天成的不少人通过不同渠道见过江久年本人或者照片。当他踏入锦盛天成的那一刻，各种疑惑的眼神和猜测的语言开始在办公室里流传，电脑上的MSN头像跳动的频率大了些，结伴出去抽烟的同事多了些。再加上看到两个保镖式的人物在办公室门口晃来晃去，以及袁道鸣那只白纱布裹住的手，这些又都为各种猜测增加了一种旁证的神秘色彩。

“你们销售部的一些人看样子不欢迎我啊。”江久年重新坐在了袁道鸣那个狭小的办公室内，开玩笑地说。

“你在帕瑞比的时候，没少抢他们的单子，他们若是欢迎你，就不正常了嘛。”袁道鸣亲自给江久年倒杯水，“不过，他们都要走了。不瞒你说，你刚才见到的那些销售部所剩不多的同事，也都辞职了。呵呵，我这烂摊子，等你过来重新修整呢。”

“既然是烂摊子，谁还敢来修整？”

“你。”袁道鸣含笑盯着江久年。

江久年拍了拍肚皮上的脂肪，眯起眼睛：“哈哈，我？”

“对，你，江久年。”

“我就是敢来修整，也怕自己能力有限，修整不好啊。”

“我说真的，你能修整好。我相信你。”袁道鸣说，“当然了，等拿到资金后再让你修整。你说，这次有几成把握？”

“说不准，做高利贷出身的一般求的都是短期暴利的财路，我和杜总不熟，和宁璐熟，但也说不上很熟。富威国际也是宁璐过去之后，才开始做类似风投这一块业务的。你也看出来了，他们的方案要比高利贷厉害多了，他们的这种玩法在过去是很难行得通的，但是目前特殊时期，现金为王嘛，有钱就是爷。”

“是啊，他们有权利订游戏规则的，我们也只有接受的份，没资格讨价还价。”袁道鸣言语间故意说成了“我们”，将江久年往一条船上拉，“我现在担心的是，就算我全盘接受他们的‘对赌协议’，他们会砸钱过来吗？毕竟我们没有一点可以抵押的东西，而他们和投行又不一样。”

“放心，宁璐懂这一行，他们若不感兴趣，是不会来耽误各自的时间的。等他们的消息吧，只要他们派人过来调查情况，那就有戏。当然了，到那时候也可以跟他们谈谈条件，游戏规则不能光由他们定，要大家一起定。”

袁道鸣点点头：“你这么说，我就放心了。呵呵，不怕他们货比货，就怕不懂货。公司的运作模式刚才也介绍了，实际情况你也了解，公司在未来的·两年内，抓住机遇，就能靠研究开发的高投入获得产品技术和性能价格比的领先优势。你是知道的，锦盛天成的产品和帕瑞比的产品不相上下，在教育PC机上已经超过了帕瑞比，处于行业领军地位。产品优势有了，价格优势也不错，同类产品相比，锦盛天成远比帕瑞比、鑫星要便宜很多。经过这次危机，公司将专心做教育PC机以及教育软件等主营业务。这次危机是考验也是机遇，若挺过去了，等资金一到位，就能立刻展开大规模席卷式的市场营销，不断优化成熟产品，驾驭市场上的价格竞争，扩大和巩固在战略市场上的主导地位，从而完成公司的短期目标，那就是上市。公司的长期目标是通过高科技技术手段，彻底改变全世界教育的现状，这将是一项伟大的革命，试想一下，多少学生会从中受益？教育行业每年会节省多少开支？这不仅是一项学习的革命，也是一次技术的革命。呵呵，听起来有点天方夜谭吧？没有人会相信的。但我们一直在努力。”

“听起来的确让人惊讶。”江久年睁大了眼睛。

“呵呵，听过的人大都认为我是在痴人说梦，但有人相信，我的那些研发团队和我一样对这个项目充满着期待。无所谓成功和失败，路都是走出来的。”袁道鸣再次“煽动”道，“久年，相信我，和我们一起并肩作战，投入到这个伟大的事业当中来吧。”

创业的激情点燃着袁道鸣的每一个细胞，看得出来，他对这个项目既执著又充满着狂想。就在他满是期待地望着江久年的时候，手机的铃声将他拉回了现实。是一个陌生的固定电话，袁道鸣抱歉地对江久年笑笑："不好意思，我接个电话。"他摁了接听键，顾小南的声音传了过来："我手机没电了，你回家吧，咱们谈谈。"

"你在哪？"现实像一瓢凉水刹那间浇灭了袁道鸣的火焰，袁道鸣平静地说："我在忙着呢，回头再说吧。"

"我半个小时后到家。我等你等到5点，你不回来，别后悔。"顾小南无声无息地挂断了电话。

江久年看到袁道鸣的脸色转变，站起身告辞。

袁道鸣整理了一下自己的情绪，问："你回家还是去其他的地方？"

"回家。"

"那我还是乘你的免费车吧。"

一路上，袁道鸣很少言语，江久年知道袁道鸣有心事，也不多话，将车绕了一个弯，飞快地穿行在北四环上，很快停在了袁道鸣家的小区门口。

下车的时候，江久年指了指袁道鸣那只烫伤的手，问："你没事吧？"

"没事。"袁道鸣关上车门，隔着车窗，做了一个再联系的手势。

刚出电梯，袁道鸣就听到儿子的哭声，推门进去，就看见儿子被放在客厅的沙发上。顾小南从卧室里走出来，冷冰冰地看着袁道鸣抱起儿子。儿子看到妈妈，哭得更凶了，伸出小手，挣扎地喊着"妈妈"。顾小南走过来，抱起儿子，儿子渐渐止住了哭泣。顾小南边轻轻地拍打着儿子边说："桌子上有你想要的东西，你看看吧，没问题的话，请在上边签个字。想想你当时还真是有远见，现在连民政局都不用去了。"

袁道鸣这才看到客厅的桌子上摆放着一份离婚协议书。当初他们都忙，结婚证没领就举行了婚礼，这也是顾小南说袁道鸣"有远见"的原因。对于顾小南的指责，袁道鸣没有理会，也没有看那份离婚协议书，而是坐在沙发上，提出了自己的条件："儿子的抚养权归我。其他的都好谈。"

"哼——"顾小南流露出不屑，"你看看协议吧，那上面写得清清楚楚，儿子我可以不要。但我问你，你现在有什么条件来养活他？你连公司里的员工都养活不了，还有什么能力抚养儿子？你平时不是连家都不要了嘛，那还要儿子干嘛？让你的员工为你养老吧！"

"都到这个份上了，说话用得着这么刻薄吗？"袁道鸣拿起协议看了起来。

"我怎么刻薄啦？你也不想想是怎么走到这个份上的？"顾小南情绪激动起来，将婚姻的失败归结到了袁道鸣的不负责任上来，并进一步追究到了情感的根源："你说你爱过这个家吗？爱过我吗？整天不着家，我一个人带着孩子容易吗？"

儿子在顾小南的情绪带领下，再次大哭了起来。

“好了，好了。”袁道鸣摆摆手，瞪大布满血丝的眼睛说：“能不能好聚好散？”

顾小南从来没有见过袁道鸣如此“吓人”的愤怒，她撇撇嘴，眼睛瞟向一边，轻轻拍打着儿子的后背。

怒气让袁道鸣的目光飘了起来，协议书上面的字苍蝇一样飞来飞去。袁道鸣索性扔下协议书，一只手使劲摁住另外一只手的五指，指关节啪啪作响。

“那好，咱们就好聚好散，虽然咱们没有领那个结婚证，但已有事实婚姻，原则上我可以拿到夫妻共同财产的一半。既然你那么想要儿子，儿子就跟你。公司财产和期权我也不要了。我只要这个房子吧。其他的，都归你。当然了，你当初通过抵押房子拿到的贷款，自然由你来还。”

袁道鸣没想到她会这么快就发生了转变，将儿子的抚养权给他。当然更没想到是，顾小南已经打定了房子的主意，还说得那么轻巧，那么冠冕堂皇，坦白说，目前就数这套房子值钱了。而当初买这套房子的时候，顾小南没出一分钱。袁道鸣再次打开协议书，认真翻看着。

顾小南看到袁道鸣一副犹豫不决的样子，便流露出一副可怜的模样，声音有点哽咽地说：“袁道鸣，你真没良心……想想我跟了你这么几年，图个啥，到最后落得个一无所有，我为你、为了这个家牺牲了那么多，到最后工作也丢了，儿子也没了……”

袁道鸣终于签了字。

顾小南愣在那里，喋喋不休的抱怨如同泄气的皮球一样，消失得无影无踪，取而代之则是一阵冷笑：“真可笑……给！你的儿子！”说完，不由分说将儿子放到袁道鸣的怀中，然后扔过来一个包，包中是她早上离开时给儿子收拾好的衣服，“有本事，你现在就给我走！你走！走！”

袁道鸣没说一句话，抱起儿子，走了。

小区里行人很少，儿子在袁道鸣的怀中哭喊着“妈妈”，嗓子几近沙哑。袁道鸣伸手擦了擦儿子的泪水，额头很烫，孩子的脸颊在夕阳的照射下更显得通红。可能是又发烧了，而体温表、奶粉壶还在家中。儿子仍旧在拼命地哭喊着，袁道鸣犹豫了一下，转身而回。顾小南听到了儿子的哭声以及敲门声，却不理不睬。袁道鸣掏出钥匙开门时却发现里面已经反锁了，怕顾小南发生什么意外，袁道鸣再次敲门说：“开开门。”

“凭什么给你开门。”隔着门缝，顾小南冷冰冰地扔出一句话，“咱们已经没关系了。”

袁道鸣只好再次下楼，走到小区口，顾不上那名保安探询的目光，匆忙拦了一辆出租车，再次来到了儿童医院。重新挂号领本，交押金，领取体温表，一测，37.8℃。过了一会儿，喊号喊到了他们。已不是昨天的那名大夫。袁道鸣又将情况简单地说了一遍。大夫宽慰道："不用着急，再输次液就好了。"

办好手续后，袁道鸣再次来到了四楼输液室，扎完针，儿子依旧哇哇大哭，怎么哄也哄不好。正在袁道鸣束手无策的时候，一个有点耳熟的声音传来："孩子可能是饿了。"

袁道鸣抬头便看到了昨天为自己包扎手的那名护士。

"你看他一直在盯着人家的奶壶哭呢！或许是饿了，喂他点奶粉就好了。"

"哦。"袁道鸣面露难色。

"怎么了？"护士关切地问。

"忘了带奶壶和奶粉了。"

"昨天就用矿泉水瓶子喂孩子水，今天又忘记带了。"护士笑笑，责怪道，"还是你一个人带孩子过来的？也真够粗心的。"

袁道鸣尴尬地笑笑："能帮我下去买一个吗？"

"那我可帮不了你，我在值班呢。不过，你等一下啊。"护士说完走了，不一会儿又返了回来，对袁道鸣说："把孩子给我吧，我抱一会儿，你去买吧，要快点。"

袁道鸣道了谢，跑到地下一层，买了奶粉、奶壶。沏好奶喂了，儿子很快停止了哭泣，安静地睡着了。

这时袁道鸣才有空喘口气。

回想起几年的婚姻，犹如做了一场梦。梦醒了，现实摆在了面前，当务之急是给儿子找个归宿。偌大的北京城，唯一的去处就是回去找顾小南。也许顾小南就拿准了这一点，料到儿子没有去处，爷爷奶奶死得早，袁道鸣也不会照顾孩子，再加上袁道鸣小时候就缺少母爱，没有谁比他更能体会失去母爱的滋味，有过切肤之痛的他还会让儿子生活在缺少母爱的环境里吗？她料定袁道鸣带着儿子转一圈，还会回来求她。这也许是她那么快转变态度答应把儿子交给袁道鸣的原因吧。然而袁道鸣的选择却让顾小南失算了。袁道鸣看了看时间，是晚上7点多，便直接拨通了姑妈家的电话。

姑妈是他在老家唯一的亲戚了。电话通了，当姑妈听完袁道鸣的意思后，问："小南呢？"

在老家，离婚可是件大事，袁道鸣不得不找个借口："她出国了。孩子交给人家，我们也不放心，便想请您过来给我们带带。"

“我是想孙子都想疯了，呵呵，你表弟到现在也不着急结婚。带孩子没问题，但是我走不掉，你把孩子给我送回来吧。我在老家给你们带着。你跟小南商量商量，看行不行？”

“行。不用商量了，明天我就给您送回去。”

儿子输完液后，袁道鸣特意找到那名护士，再次表达了谢意，并询问附近有没有火车票代售点。由于担心飞机升降时对婴儿的耳膜不好，他选择连夜坐火车回老家。护士说了一个地点。袁道鸣赶到的时候，直达的火车票已经售完了，他只好买了一张到浙海市的火车票，然后再转乘汽车回离浙海不远的老家。车是晚上 10:30 从北京始发的特快车。离发车时间还有两个小时，袁道鸣抱着熟睡的儿子到超市买了一包“尿不湿”、两件新衣服，还有给姑妈带的北京特产以及给自己的两包方便面。

手机响了，是江久年打来的：“干嘛呢？”

袁道鸣知道江久年是担心自己，不由得心头一热，忙笑笑说：“逛超市呢。”

“行，你忙吧，我没事。”

“那好。”挂断电话后，袁道鸣才看到两条短信，都是阮琦发来的，时间是下午袁道鸣离开公司后不久。第一条是问袁道鸣晚上是否有空，第二条：忙吧？我也没什么事情，那就别回了。

袁道鸣忙拨打了阮琦的电话：“短信我刚看到，孩子生病了，刚给他挂完吊针。”

“孩子好些了吗？严重吗？”

“发烧。已经退了。”袁道鸣知道阮琦肯定是有话要跟自己说，却没主动问。

“袁总，有个事情憋在我的心中很难受，我还是跟您说说吧……我要去的是帕瑞比。”

真是灰暗的一天，突如其来的打击总是接二连三。袁道鸣愣了片刻，说：“你去哪都行，去哪都是我的兄弟。帕瑞比很不错，在那儿好好干。什么时间想回来了，就跟我说一下。还是那句话，只要我在，锦盛天成永远都有你的位置。”

到北京西站的时候，已开始验票了，列车内的空调很冷，袁道鸣将儿子轻轻地放在卧铺上，给他盖好被子。

列车穿行在无边的夜色中，袁道鸣一夜无眠，到浙海的时候，天已大亮。袁道鸣抱着儿子走下了火车，迎接他的，是帕瑞比铺天盖地的广告。

袁道鸣留意了这里显然超出常态的广告投放，想起龚仁贵惯用的手段，他深吸了一口气，嗅出了大单的味道……

龚仁贵成了陈汉生眼中的拦路虎。

陈汉生为单独召见谭村的事情，找了一个无法拒绝的理由，龚仁贵自然是拦不住。但是龚仁贵正在避免陈汉生单独召见其他下属，他知道，陈汉生提前来北京，检验大老板彼森的行程安排是一，还有一点就是提前摸摸中国区的底，在大中华区即将成立的关键时刻，理顺中国区的枝枝叶叶。龚仁贵显然不想给他这样的机会，决定全程陪同陈汉生。中国区的总监、项目经理是直接向龚仁贵汇报的，而陈汉生又找不出合适的单独召见其他人的理由，只好耐住性子听着各个部门总监的工作汇报。

这些汇报自然是和彼森的北京之行有关，有 Lisa 来听来记录就够了。陈汉生关心的是用什么手段来名正言顺地收拾眼前这帮“地头蛇”，他注意到一个细节，每个总监汇报工作的时候，总是自觉不自觉地看一眼龚仁贵后再转向陈汉生。在他们眼中，龚仁贵的地位显然是第一位的。在帕瑞比中国区的那间中型会议室内，在原本属于自己掌控的领土上，陈汉生感觉到了一种无形的力量将他排斥在圈子外，龚仁贵装模作样地做总结汇报，不卑不亢的语气背后是不动声色的周旋，整个行程安排说得滴水不漏。陈汉生不相信中国区真的就像表面看上去那样固若金汤，有职场的地方就有权术，有权术的地方就有纷争，只不过他还没摸清状况罢了。陈汉生后悔当初一心盯着总部的位置——最好能当上彼森的“内阁大臣”，不知什么原因努力了几年也没见动静，从而忽视了中国区的内部关系网，以至于长出了这么多的杂草。

陈汉生需要一把镰刀。他扫视了一圈，终于和一个人的目光碰在了一起。陈汉生抽动了一下绷得发酸的面部肌肉，露出半个龅牙，微微一笑。Bill 忙报以微笑。Bill 是中国区除了龚仁贵以外直接向亚太汇报的人，和陈汉生比较熟悉，并且 Bill 是入了美国籍的华人，他来当中国区副总经理兼帕瑞比中国研究所所长的时候，陈汉生还批了他一笔高昂的海外补贴以及举家搬迁费用。虽然 Bill 是中国区的人，但从目光中可以看出他和龚仁贵这些“土地主”还是有区别的。

恰好，龚仁贵的总结汇报也讲完了，大家的目光也都聚拢在陈汉生身上。

陈汉生清了清嗓子，现阶段还没有到敲山震虎的时候，不如给大家打一个放松的“烟雾弹”，便以诙谐的语气说：“Good，诸位的方案不错。好了，大家一起吃饭吧，I am hungry！ I can eat an elephant！（我饿了！我能吃掉一头大象！）”

会议的气氛一下子缓和了起来，终于没有让陈汉生挑出毛病，否则又要加班了，所有人都松了一口气。龚仁贵也听懂了陈汉生地道的美式英语，佩服自己的英语听力的同时也回应了一句“汉加英”：“我的英语不好，但是我会说：Let's go!”

从来没听过龚仁贵说英语的下属由惊讶到会心一笑，然后收拾东西跟随两位老板走出了电梯。

晚宴安排在了国贸饭店，Jessie 早早过来订好了菜，他们来时美味佳肴已摆满了桌子，很丰盛，陈汉生兴致很高，和每个人都碰了杯。和 Bill 碰杯的时候，陈汉生给了他一个意味深远的笑。

晚宴结束后，陈汉生点名要 Bill 送自己，说顺便谈一下和一高校的技术合作项目。中途路上塞车，陈汉生安排 Lisa 先回酒店，自己和 Bill 先下了车，在路边找了一家茶馆。

舒缓的曲子下，Bill 一本正经向他汇报那个高校合作项目的细节，陈汉生显然对这个免费项目并不感兴趣，他椅子上如同长了钉子一样，不时地晃动着屁股，努力在脸上保持着微笑，还要不时地"哼哈"两句。真是痛苦之极。这样的技术呆子察言观色的能力也太差了，陈汉生怀疑自己是否选对了人。这样的人能和龚仁贵抗衡吗？笑话。20 分钟过去，Bill 依旧在谈论着一些技术上的问题，陈汉生实在忍不住了："Bill，你说的真是太棒了。我也明白了。这个项目，你就放手去做。我相信你。OK，不说这个项目了，聊聊中国吧，这里是你的根，你很了解中国，谈谈局势吧？"

Bill 一愣，从陈汉生的语气中，他知道自己犯了个错误，陈汉生是不太懂技术的人，自己这不是在对牛弹琴吗？当听到陈汉生说出"局势"二字时，他不知道陈汉生是指中国的"局势"，还是帕瑞比中国区的"局势"，只好含糊道："中国的局势啊，目前正在开奥运呢，这是中国的头等大事……"

陈汉生如坐针毡，脸开始阴沉起来。Bill 正兴致勃勃地讲述着 2008 年发生在中国的大事件，一抬头，看到陈汉生的目光飘向了窗外，杯中的茶已经见底了，却并没有续，翘起的二郎腿已经放下，两手放在大腿上，身子前倾，看样子随时有结束这次谈话的可能。Bill 忙站起来，弯腰给陈汉生续上茶，满脸堆笑道："陈总，刚才讲了那么多，主要是想让您了解中国目前整体的商业环境。不容乐观啊。不过，帕瑞比中国区还是比较乐观，虽然 Q1（一季度）、Q2（二季度）的 margin（利润）下滑得很厉害，并且 Q3 的 forecast（预测）数字也比较难看，但这样的 performance（业绩）还是没有让大家失去信心。龚总说了只要大家努力，盯住年底的几个移信的单，Q4 的数字应该能冲上去，年度在 AP（亚太）的排名应该还是 NO.1，我看他们销售部的人还是比较有信心的。"

听到 Bill 总算知趣地将话题抛向了自己关心的事情，陈汉生的目光收了回来，表情渐渐回暖，重新翘起二郎腿，直接问道："说说他们的新任销售总监谭村吧。"

见陈汉生这么直接，Bill 还没想到如何回答这个棘手的问题，他掩饰地端起茶，矜持地笑笑："这个谭村，我接触得少，主要是我这一块业务和他接触得少……"他偷偷地看了一眼陈汉生，见陈汉生正目不转睛地盯着自己，摆出咄咄逼人的姿态。得罪谁也不能得罪老板，并且谁都知道大中华区成立在即，他陈汉生一定想当大中华区总裁作为跳入总部的跳板，虽然他目前是亚太区的总裁，但失去了日本、韩国的亚太，中国、印度也要单独剥离出去，失去了这些主要业务区域的亚太总裁干着还有什么意思？没有连续增长的数据他拿什么进军华盛顿？而自己作为陈汉生单独召见的人，Bill 知道自己必须对未来的大中华区的走向做出判断了。在帕瑞比的组织体系中，能混到高层的人，除了具备超人的能力外，人脉是必不可少的东西。这一点，小个子陈汉生显然占有绝对的优势，再加上中国职业经理人在外企中所遭遇的瓶颈现象，一个地道的中国人在洋人的公司里很难真正占据高位，于是经过快速的权衡利弊后，Bill 终于还是将砝码压在了陈汉生一边，他要用一些东西来表明立场了："坦白说，谭村的业务水平还是不错的，但龚仁贵这么快把他扶起来，未必是件好事。"

"说说看。"陈汉生不动声色地说。

"从谭村本身来看，还是太年轻，中国有句古话叫'年少轻狂'，这样的人不好驾驭，就像撒缰的野马，给了他更大的舞台，他撒野更欢了。有传言说他和前销售总监江久年一直不合，很大程度上就是因为谭村心高气傲，这都源于他在帕瑞比的晋升速度。一个二十多岁的小屁孩就掌管了帕瑞比华东区的大权，不惯坏他才怪呢。有经验的工程师在修路的时候，还会在路口处故意设置一些障碍，迫使车降低速度呢。人晋升得太快了反而不好。"见陈汉生不时地点头，Bill 受到鼓励似的接着说，"那么龚仁贵为什么要这么快在这个时候把谭村推向了销售总监的位置？龚仁贵精着呢。他就是不想让那个位置空着……"

"Oh,why?"陈汉生打断了 Bill 的话，眯起眼睛问。

Bill 知道自己失言了。不能空着？为什么不能空着，不就是担心 AP（亚太）干涉，说白了怕陈汉生把手伸过来嘛。连老板的心思你都猜了出来，老板会容得下身边有如此聪明的人？但话一出口，覆水难收。Bill 快速启动他那比计算机还快的脑细胞程序，哈哈一笑："嗨，您是不了解龚仁贵的性格，他是比较强势的人。位置不能空着，显然是做给前销售总监江久年看的，证明帕瑞比离开你江久年，销售总监的位置照样有人能坐，你前脚走，后脚就有人进来。这就好比是一个刚被婚姻抛弃的女人，第二天就领个男人回家一样。男人是谁不重要，重要的是她要做给那个抛弃她的男人以及周围的人看的。"

“呵呵，明白了。”陈汉生发出会心的笑容，Bill 的这番话说出来，语气中已经带有了强烈的爱恨情感色彩，并传递着一个积极的信号——他和龚仁贵并不是一个船上的人，“你的比喻很形象。”

Bill 更加媚顺地前倾身子，笑笑说：“所以说，谭村当销售总监，未必是件好事。他只不过是龚仁贵手中的一枚棋子。”

“哦，那龚仁贵是个下棋的高手哦。”陈汉生试探道，“我看他手下的那些兵都很敬畏他？”

“敬畏他？呵呵，那些人的内心都很难再和他建立起信任的关系了。他连江久年都下得了手，何况其他的人？”Bill 感觉自己说得太多了，毕竟是在和自己的上司私下说同事的坏话。这样不好。这和他的身份、职位、修养是不对称的。这些话虽然一直憋在他的心内，却从不打算为外人道也，但今天却不知道是怎么了，身不由己地说了出来。

“你说的有道理。”陈汉生见 Bill 闭嘴了，便抛出了更为险恶的话题：“人和人是一样的。他那么做自然有他的道理。不过，我问你，假如让你来做中国区 GM（总经理 General Manager），如何？”

什么？谨小慎微的 Bill 简直不相信自己的耳朵！这实在超出了他的想象范围。帕瑞比中国区总经理的位置他不是没想过，但和龚仁贵来争，他是缺少勇气的。况且，这个时候，由陈汉生提出这个问题，显然是把自己当枪使了？让他温顺地跟随陈汉生，可以。但是若让他卷入到陈汉生和龚仁贵的政治斗争中，那绝对不是他想要的结果。什么中国区 GM，只不过是一个诱饵罢了。想想自己的位置——中国区副总经理，不正是干掉总经理的最佳人选吗？但龚仁贵是那么容易被干掉的人吗？就是被干掉了，以陈汉生这样善变的人，中国区总经理的位置也未必会属于自己。Bill 有心脱身，但想起面对的是陈汉生，自己能摆脱掉这个阴谋家的圈套吗？答应他的要求还好，若是不答应，陈汉生想拿下 Bill 只是分秒的工夫，他可是他的直接上司、亚太区的老大！包括他想拿下龚仁贵，还不是易如反掌，只不过需要合适的借口罢了。

“怎么啦？是不是不相信？”陈汉生见 Bill 沉默不语，便说：“Bill, Trust me（相信我）！我说的不仅仅是一种假设。坦白说，我这次来北京，已经感觉不到帕瑞比固有的企业文化和团队精神了。我很失望。如果是某些人的原因，造成了团队精神的松散，阻碍了帕瑞比的快速发展，势必会被淘汰。你要能力有能力，要才华有才华，最重要的是，你有这么好的英语沟通能力，比他更适合帕瑞比中国。”

“我？”Bill 自嘲地笑笑，“我的专长是技术，现在帕瑞比不再是以前的以技术为中心了，转向了以客户为中心。直接面对客户，龚仁贵还是比我强了不知多少倍。”

Bill的后一句话，着实让陈汉生感到生气，不知道他是故意绕圈子还真是一个扶不起的阿斗。陈汉生强压着心中的不满，鼓励道：“Bill，我相信你！你难道不相信我吗？”

话到这个份上了，Bill已经没有退路。一开始他就没有退路。他只好鼓起勇气往前冲：“怎么会呢？您这么信任我，我怎么能辜负您的期望呢？”

陈汉生笑了，身子往后一仰，很惬意地望着眼前的这位比自己高半头的美籍华裔男人，他喜欢看这种臣服的场面：“呵呵，这就对了嘛？不想当将军的士兵不是好士兵。你能行的。说说看，现有的组织结构中，谁具有更大的培养value（价值）？你若带领这个团队，你会选择谁当你的销售总监？”

既然已经上了陈汉生的船，在这个问题上，Bill知道不能表现出半点的犹豫：“若非要在帕瑞比内部找，我还是比较看好更有经验的华北区销售经理谷枫。”

“靠得住吗？”陈汉生说得已经很直白了。

Bill笑笑，谷枫昨天还找他一起洗脚呢，你说关系怎么样？但他没有将私交拿出来，而是摆出一副惋惜的模样：“谷枫要能力有能力，要阅历有阅历，要不是江久年一直压着他，他早就坐上了销售总监的位置。而龚仁贵却忽然将这个帽子按在了谭村头上，他口上不说，心中能没意见？”

陈汉生点点头，沉吟了一会儿说：“那你这两天安排一下，见个面吧。”

鑫星集团各省分公司的经理助理是个虚职，很少通过招聘进来的，像苏小蕾这样的经过熟人介绍过来的大有人在，所以专业水平不敢恭维，在日常工作中他们多少充当了秘书的角色。在传统的国企文化里秘书多少是个暧昧的词，所以鑫星集团各分公司老总很少有严格意义上的秘书，他们大都是以经理助理的身份出现。程军的助理就有两个，一个专有助理，一个公用助理，专有助理就是程军的专有秘书，公用助理除了为程军服务外，还为分公司下属各部门经理服务，苏小蕾就属于后者。

苏小蕾昨晚的拒绝、甚至可以说有点恼羞成怒，着实让魏德宁猝不及防，幸亏程军走得早，要不然真的会在领导面前丢尽脸面。不就是搂了一下她的腰嘛，至于那样大动干戈地生气离去吗？幸亏是喝了些酒，脸面可以掩盖，但多少也有点下不了台。关键是苏小蕾给他传递了一个明显的信号，别以为她整天嘻嘻哈哈就是一个随便的女孩，她是不会给魏德宁这样轻浮的人机会的。苏小蕾在魏德宁面前用了

"轻浮"这个词，是说魏德宁的。

魏德宁恨得牙根痒痒，却也只能望着苏小蕾扭动屁股拦车而去。魏德宁原本是想追上去的，但他没有动。他要让苏小蕾主动找他、哀求他，报复的心态便从那一刻开始了。当晚，他把所有的怒火都发泄在了一个身材高挑的小姐身上。望着身边那个白花花的肉体上青一块紫一块被自己掐拧的痕迹，听着她专业的呻吟声中夹杂着真实的呼痛声，魏德宁满意地笑了，苏小蕾算什么东西，不就是一个助理吗，和打杂的有什么区别？迟早要把她给办了。

报复是从穿小鞋开始的。

魏德宁到公司的时候已经是快下班的时间了。他特意看了一眼苏小蕾。苏小蕾哼着小曲，心情看上去也不错，甚至还主动给魏德宁打了个招呼，像没发生过那事一般。魏德宁心中有了底，知道她还没将那事公布于众。

过了一会儿，魏德宁也装着没事了一般，走到苏小蕾身边，很着急地说："小蕾，上周我让你整理的上个月的销售数据出来了吗？"

苏小蕾正盯着电脑，不知道想什么心事："啊，数据？什么数据？"

"是上个月的销售数据。"

"哦，不好意思，我忘了。一会儿我发给你。"

"忘了？"魏德宁显然抓住了这个词，声音提高了一倍，"这么重要的事情怎么能忘记呢？每月的10号都要把这些数据存入到总部的数据库里。它牵涉到我们的考核，事关大家的奖金。这都过去几天啦？你怎么能忘了呢？"

周围的同事都望向这边，平时国企里一片祥和，所有的斗争都在暗地里进行，难得有这样的场面，一时大家都有点幸灾乐祸地看着。苏小蕾的脸皮薄，生平第一次被领导训，一时没有反应过来，本能地狡辩："谁都有忘记的时候。我又不是不给你做。这不是忙吗？"

"什么叫给我做？这是你应该完成的工作！"魏德宁从拿工作职责来说事，提高到了工作态度的问题上，"你忙？说说你都是忙什么？"

苏小蕾一时语塞，国企本身就不忙，想不出忙些什么，眼圈不争气地红了起来，只好转而攻击魏德宁的本意："魏德宁，我明白你的意思！"

话说到这，魏德宁只好收敛了一下，声音变得温和了起来，当着大家的面说："小蕾啊，我只是着急了，总部打电话催我呢。这个东西换成其他的，倒也无所谓了，关键是牵涉到大家的奖金，我能不着急吗？"

"哼！"苏小蕾想起背后的程军，不由得天不怕地不怕来，"你别动不动大家大家的，原本是销售部的数据，凭什么要我做？别的分公司的数据都是销售部自己做的。公司里也没规定是要让我来做啊！”

“咳——”风尘仆仆赶回来的程军出现在了办公室门口。

所有人都慌乱地站了起来，纷纷劝说。

苏小蕾一见到程军，就像见到了亲人一样，强忍在眼中的泪水不争气地流了出来，低声地抽泣了起来。

程军没有说一句话，径自走向了自己的办公室。他这个时候来公司，完全是为了将苏小蕾送给自己的那个衬衫取回去，老婆见到了也会以为是和LV包一起买的，不会露出蛛丝马迹，同时顺便将送给苏小蕾的包找个合适的方式交给他。谁曾想一进办公室就遇见了这种事情。程军一屁股坐在了老板椅上，伸脚的时候，发现桌子下面有一个精品盒子，木质的，看上去高贵典雅，打开一看，果然是苏小蕾送给自己的衬衫。程军连什么品牌的都没看，直接放回原处，此刻心乱如麻的他已经失去了进一步打开的兴趣。

不一会儿，魏德宁敲门走了进来。

程军摆摆手，示意他先坐在对面的沙发上，眼睛却不抬一下，继续盯着桌面上的一份文件："等我一会儿。"

其实文件上的字，程军根本没有看进去。他需要时间来考虑如何处理这个事情。两个人的情况都是比较特殊的，一个是正盯着那个大单的销售经理，一个是刚刚和自己上过床的小情人，处理不好，都会惹火烧身。魏德宁进来显然不仅仅是为了讲述事情的来龙去脉，他是来讨结果的。不管是因为什么事情，程军事先都要权衡一下，先给自己定个原则，然后再按照这个原则去进行巧妙的处理。程军经过比较，在心中已经定下了一个原则，一分钟后，程军抬起头，恍然大悟道："啊？德宁，说说吧，怎么回事啊？"

"先别说什么事情吧，我先道个歉，不应该在办公室内这么和她说话，我太冲动了。"魏德宁面露诚恳。

程军呵呵一笑："到底怎么回事啊？"

魏德宁气哄哄地说："上月的销售数据，都过了这么多天了，还没有传到总部，我问了她一下情况，她说她太忙，给忘了——"

"呵，我以为是什么事情呢，这个小蕾啊，太任性了。回头我说说她。"

"算了，您还是别说她了。"魏德宁"大度"地说，"还是个孩子嘛。"

程军假装什么都不知道地问："我还以为你小子昨晚喝多了，惹人家小姑娘生气了呢。"

"哪有的事情？"见程军这么说，魏德宁判断程军并不知道昨晚的事情，于是信誓旦旦地说："天地良心，兔子还不吃窝边草呢。"

程军在内心不自在了一下，心想现在的兔子都懒了。

魏德宁走后，程军担心苏小蕾也会来办公室，便想提前走。转念一想，苏小蕾在自己身边不是长久之计，何不趁机拆除这枚定时炸弹？想到这，程军拨通了苏小蕾的分机。

苏小蕾关上门，坐在程军的对面，眼泪再次涌了出来。

程军不知道如何安慰，若不是在办公室，他定会用宽厚的肩膀让苏小蕾依靠依靠，然而现在却是在办公室，别说拥抱了，就是说安慰的话，也要小心翼翼。

等苏小蕾终于停止了抽泣，龚仁贵才说："情况我也了解到了。"

"他欺人太甚了！"苏小蕾咬住下嘴唇，这一句话像是从她牙缝中一字一句跳出来的，"他是找理由报复我！"

程军笑笑："我知道的。"

"他就看我好欺负！"苏小蕾不依不饶地说，"你要替我做主。"

"放心。"程军安慰道，开始试探着说，"你的英语怎么样？"

苏小蕾不明白程军的意思，愣了一下说："我就英语好。我是我们系为数不多的过六级的人。"

"那我知道了。"程军点点头。

"怎么了？"苏小蕾忐忑不安地问。

"你想不想去外企？"

外企？我？苏小蕾在心中迅速地打起了问号。外企在苏小蕾的印象中是高档写字楼、都市白领、帅哥美女云集的地方，她自然心向往之，但目前的状况给她的第一反应是，程军要赶她走？说什么也不能这个时候离开。那多没面子。

程军见苏小蕾沉默不语，便接着说："外企是个好地方，你年轻，英语也不错，自然能学到很多东西。我只是想征求一下你的建议。你若愿意去，我可以介绍你过去试试。"

"是不是你不想让我在这了？"眼泪再次在苏小蕾的眼眶里打转，她没有想到程军不仅不给她出气，反而要赶她走，"放心，我绝不会再给你添麻烦的，今天这事，不怪我！是魏德宁欺负我。我不想离开你。"

"你想到哪里去了。"程军的声音低了下来，"我想让你换个环境，是为了我们能更好地待在一起。我给你透露一下，就你知道这事就行了——我很快就要调到北京总部了。所以啊，想先把你安排过去。但若直接安排到鑫星，不方便。正好帕瑞比正在大批招人，我之前的一个手下，现在在帕瑞比做行政主管，你若乐意去的话，我让他给推荐一下。当然了，这个念头并不是因为你们两个闹别扭后才有的，是我的本意。你说呢？”

苏小蕾脸色转阴为晴，心中充满了激动和憧憬。他能把上调北京的事情说出来，说明了他对她的信任；他能想到她未来的工作安排，说明了他对她的关心。程军的每一句话在苏小蕾看来，都是为她打算的，他的心中有她，魏德宁带给她的不快立刻就烟消云散了。苏小蕾满是兴奋地说：“真的？那真是太好了。其实在哪工作都无所谓，关键是能和你在一起就行！”

“这个事情，你先不要给任何人讲。毕竟帕瑞比是个大外企，招人也是比较谨慎的。我明天要去总部，正好一起去北京把，我安排你去和那人接触一下，他会告诉你如何准备简历和面试。”

“那我还要和家人商量一下。”这一切都来得太快，苏小蕾一下子接受不了，“我担心我妈不想让我去那么远的地方工作。”

“这样吧，”程军笑眯眯地说，“等你北京那边稳定住了再跟你妈妈说，也不会晚的。在没确定人家录用不录用的时候，千万不要说出去。”

“你介绍的能会没准儿吗？”

“帕瑞比不比鑫星，他们的招聘流程非常复杂，要过很多关。你要做好思想准备，帕瑞比若不行的话，咱们再去其他的公司。若不理想，等我过去后，再想办法把你弄回鑫星。”

“嗯。”苏小蕾完全接受了程军的安排，但又有点担心地问：“那你什么时间能调北京啊？”

“这个嘛——”程军沉吟了一下，“还没有确定具体的时间，这是上面要定的事情。你就安心待那儿吧，北京的圈子大，你一去说不定都把这里给忘了呢。”

“才不会呢。”苏小蕾娇羞道，“忘记谁也不会忘记你。”

程军开怀地笑笑，看了看时间，马上就要下班了，便对苏小蕾说：“你先去忙吧，我还有一个事情要处理。对了，上午去上海，看见一个挎包，感觉挺适合你的，就买了回来，在我车内呢，一会儿下班后等我去取。”

“真的？谢谢。”苏小蕾惊奇地睁大眼睛，脸上泛起一片绯红，双手抱肩：“我等你。”

多年的商战经验告诉袁道鸣，若想带领企业生存发展下去，靠的永远是掌握领先于其他对手的商业信息以及敏锐的商业嗅觉，其次才是勤奋、聪明、坚韧及其他。当他历经周折终于从教育部的一个客户那里了解到了浙海教育厅的那个大单的情况后，他没有为5亿大单而激动，也没有为自己灵敏的商业嗅觉再次得到验证而高兴，反而为这么晚才得到信息而失落。这么大的一个单子，并且是发生在教育系统，在锦盛天成里竟然没有掀起一点风浪，真是一个不可饶恕的失误。销售部和市场部的人在忙着打心中的“小九九”，辞职的辞职，没辞职的还忙着找下家，哪还有心情打单？这样的团队无疑是一个经不起考验的团队。

袁道鸣得知消息后，第一时间拨通了江久年的手机，开门见山地说：“久年，来锦盛天成帮我组建一个打不垮摧不烂的团队吧。现在有一个翻身的机会，一个大单，帕瑞比和鑫星已经相继投入了大量的兵力，你凑不凑热闹？”

“大单？”江久年惊奇地问，“哪里的单子？”

“浙海省教育厅，现代化远程教育工程，初步判断在5个亿左右。”袁道鸣一字一句地说，他知道这些足够唤醒江久年沉睡的斗志。

果然，江久年一声惊叹：“真的？”

“真的！我现在在浙海，我回去后会给你打电话，咱们当面议。”袁道鸣挂断了电话，儿子已经睁开了眼睛，好奇地望着周围的一切，他没有发现妈妈，再次号啕大哭。袁道鸣蹲在地上，一只手拿出保温杯，拧开，将在火车上接的开水倒进奶瓶里，又兑点矿泉水。拿奶粉的时候，哭闹的儿子一伸脚，把奶瓶踢倒了，保温杯也倒了，所有的水都洒了出来。袁道鸣抱起依旧哭闹的儿子，火车站周围渐次热闹起来，偶尔有一两个妈妈模样的女人看看他们。袁道鸣收拾好东西，在一个早餐点要了点开水，终于将奶嘴塞进儿子嘴里后，儿子也终于停止了哭闹，大口大口地吃了起来。

到姑妈家的时候，已是中午时分。姑妈显然没有想到袁道鸣这么快就把孩子给送了过来，高兴地抱着孩子这看看那看看。中午吃饭的时候，袁道鸣还和姑父喝了一点酒。走的时候，姑妈才问袁道鸣是不是出了什么事，袁道鸣怕姑妈担心，只是说公司遇到了一点困难，其他没说什么。

从姑妈家出来，坐汽车赶回浙海的路上，袁道鸣望着窗外燥热的夏天，想起自己的事业和情感，不禁感伤起来……

到达浙海的时候，袁道鸣想去拜访一下客户，想打通一下浙海教育厅的关系，无奈已是下班时刻，袁道鸣只好拨打了越众公司常森的电话。常森虽说是帕瑞比的金牌经销商，但和袁道鸣亦有合作。两人约了一个地点吃饭，见面后，常森夸张地打量着袁道鸣，坏坏地开玩笑道：“你怎么变成这样了？哎呀，昨晚一宿未睡吧？被美女消磨成这样。”

袁道鸣知道常森可能听到了关于锦盛天成动荡的信息，见到常森夸张的表情，心中不悦，转念一想，今天是自己主动邀请常森的，便耸耸肩，无奈地说："常总真会开玩笑。实话说，如今锦盛天成的日子不好过，关键时刻常总要拉兄弟一把啊。"

常森立刻警惕地看看袁道鸣，心想我和你账面上的往来也就是几百万的量，早结算了，今天接到袁道鸣的电话，心中一直在嘀咕，本想找个理由拒绝，但一想他和袁道鸣的关系还扯不到借钱的级别，袁道鸣若张嘴，他也可以有情有理地拒绝。

"呵呵，常总不用担心，我不是来借钱的……"袁道鸣以玩笑的方式打消了常森的顾虑，随即正色道，"我是来拉越众一起求财的。"

"哪里哪里，我就知道袁总是来带领越众脱贫的，什么项目劳您大驾？"从昨天帕瑞比中国区新任销售总监谭村突然出现在浙海的那一刻，他就意识到要有什么大的项目，无奈谭村给他玩起了太极，云里雾里说了大半天，也没有透露出半点有用的价值。袁道鸣这么一说，他更加坚信了自己的判断，浙海肯定是要出大单了。

"您不知道？"袁道鸣流露出一丝惊讶，"以您在浙海的人脉，您会不知道？帕瑞比没有告诉您？"

"别提帕瑞比了。"想起谭村老谋深算的嘴脸，常森懊恼地说，"快告诉我什么项目？"

看样子，常森是真的不知道单子的事情，袁道鸣不急于把谜底揭开，接着刺激常森道："常总是明知故问啊，这么大的单子，帕瑞比会不知道？越众可是帕瑞比的金牌经销商啊。"

"别提了。"常森只能顺着袁道鸣的思路讲下去，为了尽快确认大单，正好将心中的不满发泄出来，"什么金牌不金牌的，那还不是你们这些当领导的一句话！"

知道常森说这些话的背后一定有他的理由，袁道鸣没有言语，望着常森。

常森却及时地打住了，转而问到了他所关心的核心问题："能惊动袁总，难道是教育系统要有大动静？"

袁道鸣笑了："实不相瞒，浙海教育厅有个大项目，帕瑞比不告诉您，我告诉您。"

"那多大的盘子？"

"5 个亿左右。"

"啊，难怪——"常森发出了一声惊叹，5 个亿，这么大的单子，若经他一手，足够他海吃海喝三年的，难怪吴彪这一段一直在浙海，而谭村一上任就往浙海跑，原来是抛开自己在盯这个大单啊。

"难怪什么？"

“啊，”常森知道自己说漏了嘴，忙补救道，“没什么，没什么。”

“常总，不拿我当朋友是吧？”袁道鸣脸色一沉，“这么大的消息，我就毫不保留地拿出来给您分享……”

“袁总，别误会，别误会，其实也没什么不可说的。”常森脸上堆满笑，别看锦盛天成这样，但在教育系统锦盛天成的产品占据着半壁江山，他知道袁道鸣绝不是来告诉他这个消息那么简单，“我说呢，其实帕瑞比新的销售总监谭村……”

话说到一半，袁道鸣已经明白了他的意思。袁道鸣及时地摆摆手：“常总不方便说，我就不为难您了。咱们说咱们的，我过来，专门是和您商量，看看咱们在这个单上如何合作……”

堂堂亚太区总裁陈汉生单独召见中国区新任销售总监谭村的行为在龚仁贵眼中多少有点越级管理的味道，但龚仁贵并没有说什么，把谭村介绍给陈汉生后就找个借口出去了。屋内就剩下了陈汉生和谭村两个人。一条茶几将他们隔离了半米远的距离，谭村第一次近距离地打量着亚太区总裁，甚至能清晰地看见陈汉生薄薄嘴唇没有完全包裹住的那颗龅牙。屋内一时沉默，陈汉生一脸肃静地望着谭村，搞不明白眼前这位貌不惊人的年轻人凭什么创造了帕瑞比的晋升奇迹，直觉告诉他，鬼才相信那笔款是清白的，每一件举报的背后都要比字面上的东西要复杂得多；他现在坦然地坐在对面，不张扬也不臣服，一种复杂的情绪涌向陈汉生的心头，对待这样难以掌控的人，要么杀要么驯服，到底是举起屠刀还是扬起马鞭，必须在今天的谈话中决定。

谭村没有抬头，却感觉到有一道刀子般锐利的目光在打量着自己，陈汉生不说话，也看不出他心中到底装的是什么药，再沉默下去就像一次审判了，那将对他是多么地不利，反正那笔款已经处理得天衣无缝，想起龚仁贵刚才叮嘱他的话，谭村勇敢地抬起头，迎着陈汉生的目光：“陈总，您找我有什么事情？”

陈汉生没想到谭村竟然没有做一点铺垫就直奔主题，下意识地收起目光，笑笑说：“啊，也没什么事情，我跟仁贵也说了，见见你，不要让你有什么顾虑。”

“谢谢陈总。”谭村努力聚焦起自己的目光，以显真诚。

“仁贵说你去盯单了？”

“是。”

陈汉生显然对谭村的言简意赅不太满意，“什么样的一个单了？”

谭村想起龚仁贵的交代，心中揣测到底要不要告诉陈汉生。从一进小会议室的门，谭村的心中一直在盘算，陈汉生若是揪住那笔款不放，谭村就要和他周旋到底，现在陈汉生将那件事一笔带过，谭村反而揣测不出陈汉生召见他的真实意图。难道是试探自己的立场？从龚仁贵看似不经意的交代中，谭村敏锐地判断出了龚仁贵和陈汉生的对立，一个是亚太区总裁，一个是中国区总经理，势必要为马上成立的大中华区进行博弈。谁都知道陈汉生的胜算要大些，但自己是龚仁贵刚刚提拔上来的销售总监，在旁人看来，尤其对不明就里的陈汉生来说，自己是属于龚仁贵的人。只有自己心里清楚，龚仁贵的腿他还没有抱稳，但没有判断出陈汉生的真实意图之前，他只能暂时地抱着龚仁贵，一切只能按照龚仁贵的意思来办，想到这，他说："教育系统的一个单子。"

"哦，"陈汉生不再追问了，他关心的不是单子，一个老板关心的永远是数字，显然他现在更关心的是谭村的态度，并且以他的身份再追问下去也不合适，只好话锋一转，"帕瑞比在过去的几年里快速发展，你们功不可没，尤其是像你这样有才华有抱负的年轻人，是帕瑞比的未来，是公司重点培养的对象……"

陈汉生话说这，停住了，眼睛盯住谭村。谭村不能不表示了，再次迎着陈汉生的目光："多谢公司和陈总的栽培。"

看到谭村流露出谦卑的眼神，陈汉生的内心有种征服者的愉悦，权力是个好东西，多少人臣服于它的面前。陈汉生的目光往下倾斜，嘴角露出蔑视的笑："好好干，帕瑞比会提供很好的舞台给你，不要让我失望啊。"

谭村忽然厌恶起陈汉生高高在上的那副嘴脸，挺直腰板，淡淡地说："Thank you."

陈汉生没有注意到谭村的细微变化，忽然压低了声音说："谭，我知道你的 Performance（业绩）不错，有项目实施和管理经验，GC（大中华区，全称 Greater China）马上就要 Set up（成立）了，那将是一个更大的挑战，你有什么打算？"

这是明显地要谭村选择了。到底是抱哪棵大树，谭村的脑子迅速地旋转，在和陈汉生直面交流的短短几分钟，已经领教了他的盛气凌人，俗话说得罪谁也不能得罪老板，但目前谭村面临两个老板，自己是一枚夹在陈汉生和龚仁贵之间的棋子，选择哪一方都有被干掉的危险。面对这么敏感的话题，谭村不由得倒吸了一口凉气："我？做好眼前的吧，目前压力比较大，把 number（数字）做好了，才能给公司一个交代。"

陈汉生显然对这个毫无意义的回答失去了耐性，对谭村的模棱两可产生了厌倦，冷冰冰地扔下了一句话："谭，你说得对，在帕瑞比，number（数字）决定一切，但 Attitude（态度）能改变一切！"

话说到这个份上，谭村想找个合适的词来挽回自己在陈汉生心中的形象，但又不愿太过低声下气，正要张口，却见陈汉生已经站了起来，表情冷淡地说："谭，我要忙了。回头再聊。"

谭村只好站起身，冲陈汉生尴尬地笑笑："谢谢陈总给了我这次时间。"

出门的瞬间，谭村长出了一口气，同时有点后悔自己今天的表现，原本是一次多么好的向亚太总裁表忠心的机会，就这么被自己毁了，并且一不小心还得罪了陈汉生。转念一想，这样也好，免得日后卷入到他们的政治阴谋中去。谭村很奇怪，人和人的第一印象真的很重要，之前谭村在公司的网站上见过陈，只能看见他冷冰冰的眼神。今天见到他的第一眼，不知为什么，谭村就有一种排斥的心理。今天的不欢而散，不知会给日后的工作带来什么样的麻烦，由他去吧，事实已经把他推向了龚仁贵的一边，他只能抱紧龚仁贵的大腿了。他别无选择，只好朝龚仁贵的办公室走去。

刚要敲门，龚仁贵却拉开了门，看样子是要出去。看到谭村，龚仁贵笑笑说："谈好啦？"

"嗯。"谭村努力将刚才的失落、惆怅，甚至有那么一点点愤怒的表情隐藏起来，龚仁贵没问，又不能主动点破陈汉生的阴谋，只好问："您还有事情没？没事的话，我赶回上海。"

"不着急，既然来了，晚上就一起参加彼森的酒会吧，放松放松。没有给你安排具体的活儿，你趁机去看看眼睛吧，身体重要。浙海省的那个单子也不是一天两天的事，你安排人盯住就行了。"龚仁贵拍拍谭村的肩膀，轻声地说，"怎么样？看你表情怪怪的，他没说你吧？"

"没有。"谭村心中忽然涌起一丝温暖。

"那就好，陈总是个比较严肃的人。就是说你啥，也别往心里去。回头再说，他喊我过去呢。"龚仁贵再次叮嘱道，"别忘了去看眼睛。"

龚仁贵去了陈汉生那里，谭村想去 Jack 的房间坐坐，敲门却没有回答，推门一看，办公室内没人。一早就没有见到 Jack，估计是在忙。很多人都在忙，埃米斯看见谭村，特意远远地走过来打了声招呼，边接电话边摆摆手，走了。整个帕瑞比中国区都在为了大老板的北京之行而忙碌着。谭村忽然想留下来一睹大老板的风采。他看了看时间，才 10 点多，便决定去看看自己的眼睛。他调出龚仁贵发给他的诊所地址，边看边来到电梯旁。

电梯来了，Jack 走了下来，看见谭村，打招呼道："来啦？"

"嗯，"谭村索性等下一班电梯，跟 Jack 说，"刚才还在找你呢。"

“我还打算找你呢，龚总让我抽空跟你商量一下你们部门的配置呢，你们还有一批聘人名额呢。”Jack开玩笑道，“你不用，就给其他部门啦。”

“有几个名额？”谭村问。

Jack心中盘算了一下，已经确认离职的有五名，加上陆峰、鞠莉莉，但后者的离职要等到大老板离开以后，目前还处于“公开”的秘密状态，不方便说，只好含糊道：“大概有七八位吧。我这已经准备了一些人，回头把他们的简历转给你，你看看，然后找个时间，咱们议议这事？”

“好。你定时间吧。”

“今天是不行了。忙死了。回头给你电话。对了，江久年以前的办公室早腾出来了，钥匙在行政部的小刘那里，你在北京的话，先在那儿办公吧。”Jack想起什么似的，笑笑说，“晚上不准走啊，今晚的酒会上可是美女如云啊，你经常挂在嘴边的那个拥有世界上最美的腿的张亦菲，还有那个谁，名模，美女，个个长腿，保你眼福……”

“呵呵，放心。一定去，一定去。”谭村和Jack笑闹一番后分开了，谭村找到小刘，要了办公室的钥匙，打开看看，总感觉有点别扭，倒不是因为有江久年的痕迹，主要是办公桌的摆放有点不合理，办公桌正对着门，背对着透明的玻璃墙。谭村是个很注意细节的人，说出来甚至有点迷信，但他坚信这个，由于玻璃墙是透明的，拉开落地窗帘，窗外是空荡荡的空气，背后没有靠山嘛，位子自然是坐不稳的，所以，江久年才落得这个下场。谭村坚决不能重蹈覆辙，要引以为鉴，所以他决定等忙完了大老板的北京之行，要让行政部的人过来调整一下办公桌的位置。谭村只是站在门口看了一会儿，便锁上门，直接坐电梯下了楼。刚出电梯，他便看见两个熟悉的身影走出大厅。谭村紧走两步，看见了中国区副总经理Bill和华北区销售经理谷枫钻进了同一辆车内……

帕瑞比CEO彼森先生在大家翘首以盼的目光中终于出现在首都国际机场，随行的还有他的太太、两名六岁大的双胞胎孙子、一名秘书、两名私人保镖。从彼森的随行人员名单来看，他北京之行的主要目的是来看奥运，让龚仁贵担心的帕瑞比内部审计官和法务官并没有出现在人群中。他们在机场受到了热烈的欢迎，六名漂亮的礼仪小姐送上鲜花。彼森看上去是个慈善的老头，和蔼地和每一位去迎接的人热情拥抱、握手，全然看不出世界富豪的影子——也许对他这样的人来说，财富不过是一个数字的概念，开心、健康、豁达才更为真实。

陈汉生的龅牙闪现在彼森面前的时候，龚仁贵真替他操了一把心，以他的身份，早应该去做整牙手术，但看上去那颗龅牙并没有影响到彼森的情绪，在陈汉生的笑声中，彼森开心地和他用英语交流了一会儿，随后便朝龚仁贵点点头，用生硬的汉语说："你——好——"

龚仁贵下意识地用汉语说了句"您好"，忽然想起自己苦练的英语，决定派上用场："Nice to meet you（很高兴见到您）！"

"我也一样。"彼森试图用英语发出"龚"，却没有成功，只好哈哈一笑，"我知道你的名字，但是我发不出那个音。"

"没关系的，叫我 David 好了。"

"David，Good！"彼森打量了一下远方，机场周围到处可见"同一个奥运，同一个梦想""北京 2008"的标志。"我为你们北京感到骄傲，我更为帕瑞比中国感到骄傲！"彼森握住龚仁贵的手说。

龚仁贵的眼睛一下子潮湿了，连忙用熟练的英语说："谢谢，谢谢您的评价，您的褒奖将是我们前进的动力！"

正在和彼森夫人密切交谈的陈汉生狐疑地看了看龚仁贵。盘古大酒店提供了两辆迈巴赫，两辆奔驰 S600 豪华车。陈汉生亲自为彼森拉开了车门，并抱起两个小家伙小心翼翼地放进车内。等彼森以及家人坐上车，彼森才回过身，特意对龚仁贵笑笑："走吧，David。"

龚仁贵的脸"唰"的一下就红了，在 8 月太阳的照射下，有点发烫了。

龚仁贵坐在车内，心里忐忑不安，尤其是在彼森夸奖以后，这种不安就更加重了。他真担心北京的道路不争气，怕进入市区以后堵车，从而影响了彼森对北京的看法。

好在交通还算顺利，一路畅通到了酒店。彼森对酒店非常满意。服务员摁了一下按钮，总统套房的自动窗帘徐徐拉开，鸟巢和水立方呈现在他们眼前。彼森的两个孙子挥舞着拳头，兴奋得哇哇大叫。按照事先的安排，接下来的时间是让他们好好休息一下，然后参加晚上 7 点的酒会。

陈汉生和龚仁贵一前一后退了出来。

在安静的走廊里，陈汉生再次捉弄龚仁贵："David，你深藏不露啊，英文说得很好嘛？"

龚仁贵生平第一次被人这么捉弄，若是一般的人，以他的性格早就反击了，但他面对的是他的老板。他告诫自己要忍，小不忍则乱大谋。另一方面，龚仁贵又后悔自己显露得太早了，不知道陈汉生还会不会给他和彼森单独交流的机会了，只好尴尬地笑笑："陈总不要挖苦我了，就我那两下子，上不了台面的。"

“是吗？我听着不错啊，挺纯正的嘛。什么时间学的啊？记得你说过你们上学的时候学的俄语啊。”

陈汉生倒揪住这个话题不放了。龚仁贵正思量如何回答，手机响了。真是救命的电话，龚仁贵忙摁了接听键。埃米斯的声音传了过来，说话一向斯文、缓慢的她竟然一反常态，语速极快地汇报道：“龚总，您好，咱们派过去接张亦菲的 Cindy 打来电话说，张亦菲肯定赶不到北京了。”

“为什么？”龚仁贵急切地问，要知道张亦菲是酒会的主角，深受彼森及其家人喜欢的华裔女星，据说彼森曾建议过选用张亦菲代言帕瑞比产品。而彼森秘书早已经把张亦菲参加酒会的消息传达给了彼森，她若来不了，可想而知，事情将是多么地糟糕……

“她说张亦菲的活动是下午 3 点结束的，本来一切都没问题，但不知道怎么回事，张亦菲忽然改变了主意，说什么都不肯来了。”

“事先不是和她签过协议吗？不是已经支付了她一笔费用了吗？”

“是啊，但是她的助手说，定金可以退回，并愿意支付违约金，反正不能出席了。”

“Why？”龚仁贵脱口而出，他已经感觉到了英文的见解明了，语气中更能表达情绪。

埃米斯已经感到了来自龚仁贵的愤怒：“我也不知道，据 Cindy 说，张的助手在和他们一起去虹桥机场的路上，接了一个短信息，神色开始有点变化，和张嘀咕了几句后，就决定放弃这次活动。她们给出的解释是档期发生了变故，显然只是个托词，Cindy 正和她们在沟通，我先跟您汇报一下情况。我这边也在想办法。”

“要找出客户的真实变故原因。”龚仁贵心中盘算着对策，语言上有点激动：“抓住她们的需求，尽最大努力、最大幅度地答应她们的要求。”

“问题是出在了那个短信上，我刚刚和她们通了电话，她的经纪人接的电话，不肯说出真实的原因。若是档期发生了变化，也应该以和咱们签的协议为准。她的经纪人也是在圈里混得比较久的，这点规矩是懂的。”

“好的，我知道了。”龚仁贵很快让自己镇定下来，安慰埃米斯道：“你先别着急。我现在就赶回去，总会有办法的。”

挂断电话后，陈汉生问什么事情，龚仁贵只是说张亦菲那边出了一点问题，可能不能准时参加晚上的酒会了。

陈汉生的脸色立刻严肃起来：“David，不管你想什么办法，7 点之前，一定要见到张本人！”

“放心，我去想办法。”龚仁贵加快了脚步，边走边拨打手机。

望着龚仁贵匆忙慌乱的步伐，陈汉生得意地笑了，眼前浮现出谷枫高深莫测的样子，不知道他用了什么手段，结果是他做到了。

程军走出鑫星集团人力资源办公室时，他的“官方”身份，除了浙海省分公司经理外，又多了一个称谓：鑫星集团教育PC事业部副总经理。虽然带有一个“副”字，但后面毕竟还有个“总”字，并且“副”字在未来的某天随时有可能被拿掉。称谓的变化，随之带来了权力和心态的变化。算是总部的人了，一切都来得这么快。教育PC事业部位于鑫星集团的顶层，程军没有坐电梯，而是步行上了一层楼，抬眼就看见了挂有“教育PC事业部总经理”门牌的办公室。如果一切顺利的话，在不久的将来，他将是那里的主人，想到这，程军心中涌起一份激动。命运在他不懈的努力下为他呈现了一扇通往成功的门。程军压抑住激动的心，平静了一下心态，敲开了总经理的门。

于喜红正在打电话，见是程军，示意他先坐下，对着电话又说了两句，才收了线，冲程军笑笑：“徐总刚才跟我通了电话，祝贺你。”

从鑫星集团主抓人事的常务副总徐坤那里，程军得知于喜红特意从上海赶了回来，听到于喜红的祝贺，程军忙说：“还要多谢于总。”

“谢什么，以后更是一家人了。不要客气。”于喜红拿起办公桌上乳白色的电话，拨了一个号：“徐总，我们是等你还是……那好，我们现在就过去了，一会儿见。”她放下电话，对程军说：“走吧，正好要开个会，咱们部门自己的会，你过去讲讲，和大家熟悉一下。”

程军知道所谓的“熟悉一下”，就算是正式走马上任了。在楼梯处，徐坤也刚刚上来，冲程军点点头。三人一同走进了大会议室。

大会议室有一百多号人，都聚拢在了会议室内的前几排。主席台上摆放了一排桌子。程军一下子就看到了坐在主席台上的迟翔，迟翔的旁边还坐着一个人——研发主管曹洪涛。

三人落了座，于喜红居中，徐坤次之，程军居边。坐在主席台另一边的曹洪涛冲程军点点头，紧挨于喜红而坐的迟翔没有动。台下所有人的目光都集中到了程军身上。程军抬起头，迎着大家的目光，扫视了一遍下面的人，发现有的面孔熟悉，而绝大部分面孔还是陌生的。

“在开会之前，先请徐总宣读一遍人事任命。”会议主持者迟翔面无表情地说。

徐坤接过话筒，用手敲了敲，证明通话效果正常后，一字一句地宣读一个红头文件："为了更好地优化资源，加强教育PC部的人力资源投入，经集团党委研究决定，特任命程军同志为鑫星集团教育PC事业部副总经理，具体负责鑫星集团教育PC部的销售工作。大家欢迎——"

台下响起一片掌声。程军站了起来，冲大家点点头："我和各位并不陌生，相信很多人也和我打过交道。谢谢集团领导，谢谢徐总，谢谢于总，谢谢各位领导对我的信任，让我有机会参与到这个行业中来。教育PC是一个新兴的行业，我们有幸走在了这个行业的前列，并取得了瞩目的成绩。我相信，在大家的支持下，在集团领导特别是于总的带领下，教育PC事业部一定会取得更大的成就，在以后的工作中，我会为和大家一起并肩作战而骄傲，谢谢！"

于喜红带头鼓了掌，台下再次掌声一片。

会议结束后，于喜红把程军介绍给迟翔后便匆匆坐上在楼下等候的小车，走了。程军原本想找个机会跟她说一下浙海省教育厅那个单子的事情，但转念一想，刚上任就吐露出这个单子，目的性太强，还是缓缓再说。但他又急于想调动兵力，至少想找一个经验丰富的教育PC技术售前过去，配合魏德宁一起打单啊。于喜红急匆匆地走了，程军只能慢慢地了解情况，决定还是先和迟翔搞好关系为上策。程军笑眯眯地走到年轻的迟翔身边。然而迟翔只是象征性地和程军握握手，说有急事，也走了。这时，曹洪涛走了过来，在他的带领下，程军找到了售前主管田翎。当他提出希望找一名比较有经验的售前时，眼前这位高高瘦瘦的女人犹犹豫豫地说："目前公司的售前少，并且手中都有正在跟进的项目。"他和田翎以前见过几次面，却少有交往。田翎的犹豫让程军知道并不是售前少的原因，而是她有为难之处。事实上，据程军的了解，最近半年，很少有项目在做，售前几乎没什么事情可做。望着田翎为难的样子，程军直言道："我若是需要售前，那需要找谁沟通？"

田翎松口气，解脱了般地说："找迟总，他可以调配售前……"

程军走到了自己位于总部的那间小小的办公室内，考虑要不要给迟翔打个电话。按照销售计划，魏德宁在培养内线的同时，也急于带一个售前过去一起拜访客户，毕竟他对教育PC的理解都来源于公司的宣传页，很难理解到客户的技术需求。程军拨通了迟翔的手机，占线。过了两分钟，再打，通了。估计迟翔是看了来电显示，知道是公司的电话，张嘴就问："谁啊？"

"我是程军。说话方便吗？我打扰你几分钟。"

"哦，说吧。"

程军听到迟翔说话的语气，浑身感到不舒服，心想，论年龄，我比你大了不是三岁五岁，论资格，我比你老了不止一年两年。你小子不就是有了特殊的姓，还攀上了于喜红的后台？还有什么？什么都没有！想到这，程军也不冷不热地说："迟总，不知道能否调用一个售前啊？"

"哦，这事啊，田主管刚才跟我说了。"

程军一愣，心想田翎这嘴也忒快了吧，转念一想，迟翔为什么要出卖田翎特意说给自己知道呢？至少传递着两个信息，一来证明那些下属是很听他话的，二来激起程军和田翎的矛盾。程军无奈地笑笑说："是啊，我刚才问她了，她说要请领导批，我就找到你这儿了，怎么样？帮我解决一下？"

"噢，这个我现在还真答复不了你。咱们教育PC部总共才五名售前，目前都在盯具体的单子，回头我问问吧。能调就调出来一个，你那个是什么样的单啊？"

"那好吧，谢谢。"程军知道迟翔迟早会了解到那个单子。这样大的单子就像怀孕的新媳妇，掩盖不住的。况且这么大的单，仅靠一个人的力量是很难拿下的，只能依靠团体的力量、大家的智慧，但在没有告诉于喜红之前，他是不想告诉迟翔的，只好说："正想跟你商量呢。你什么时间有空，咱们好好议议？"

"我正在去机场，要去南京参加个会，三天左右吧，等我回来再议，好吧？"

"那好。"程军知道若等到迟翔给他调配售前，最早也只能等到三天之后了。指望不上。也不能轻易为请求协调这种关系而去敲老板的门，不论于喜红还是石知宇，都会认为你缺少在这个位置该有的团队沟通能力和协调能力。程军只能靠自己了。毕竟他也是负责销售的副总经理，他有权调配销售资源。他再次喊来田翎，开门见山地说："我刚才跟迟总沟通过了。他说能调就调出来一名售前。你是主管，我刚来，不了解情况，就麻烦你帮我调出来一位吧。一会儿给我个结果，好吧？"

田翎站在那里，不知道该怎么回复好。

程军猜测可能是迟翔给她下达过命令，便敲打道："刚才迟总说你跟他打电话沟通过……咱们这有五名售前，是吧？你把他们喊来，我了解一下他们的项目，比较一下，看能否调一下，实在调不了就算了。"

田翎的脸立刻就红了起来，忙说："我尽量去调吧……需要他什么时间到位？"

"今天。"程军呵呵一笑，掩盖住刚才尴尬的气氛，"这个项目很重要，配一个经验丰富的售前。田翎，请你多辛苦。谢谢。"

"您太客气了。程总。我立刻去办。"田翎脸上堆起了笑容，转身离去的时候刻意轻轻带上了门。

很快，田翎就带着一名文质彬彬的男人走了进来，一看就像高级知识分子，聊了几句，说话也很得体。程军记下了他的名字：陈江。

定下了售前，程军给石知宇发了个短信，简单地汇报了一下情况。

石知宇回复：这两天，你和于商议此事，开项目研讨会，我抽空参加。

忙完了这一切，程军才想起一起来北京的苏小蕾，不知道她应聘帕瑞比的情况怎么样了？想起就这样既摆脱了办公室恋情，又能不时地偷腥，程军嘴角挂起了得意的笑；而想起另外一个长久的目的，他就像在敌人阵营里安插了一个不被人注意的间谍一样窃喜不已，虽然苏小蕾有点单纯，但经验证明，越单纯越不被人注意，至于生存技巧和办公室权术，帕瑞比这么大的外企会培养她的。

第六章 用人之道

> 英国著名政治家霍布斯曾经说过一句很著名的话：人和人之间就是狼和狼之间的关系。
>
> 说起“狼性”，不可避免地要提起华为“教父”任正非。多年以前，他在一次名为《华为的红旗到底能打多久》的讲话中提出：“企业要想前进，就是要发展一批狼。狼有三大特性，一是敏锐的嗅觉；二是不屈不挠、奋不顾身的进攻精神；三是群体奋斗。”
>
> 关于团队，中国有句俗语：一个和尚挑水吃，两个和尚抬水吃，三个和尚没水吃；而在英国，也有一句俗语：一个人做生意，两个人开银行，三个人搞殖民地。这就是差距。

就在袁道鸣回到北京的第二天，江久年以执行总裁的身份出现在北五环外锦盛天成破旧的办公室内。虽然很多员工对江久年前天的到访已有了初步的联想和猜测，但当这个大胖子真正成为锦盛天成的二号人物时，所有员工都表露出了惊讶之情，连人事总监孔颖都不明白袁道鸣用什么办法把这位 IT 业的传奇人物挖了过来。要知道，有的公司为了挖他在猎头那里开的好处费就高达百万。

狭小的资料室临时改成了江久年的办公室，从门口到办公桌堆积了一米多高的文件柜，他每次要侧身收腹才能进去。

袁道鸣走了进来，皱了皱眉。阮琦走后，行政部门的很多事，只有前台徐曼曼一人在招呼着。江久年的办公室就是她收拾的，看来还是年轻，缺少经验，不过袁道鸣并没有责怪她，直接找了四名男员工，安排他们将资料柜搬到自己的办公室，以便给江久年腾出些空间。一名员工回来说，文件柜先放在袁道鸣办公室的门口了，因为孔颖正在占用总裁办公室面试人。袁道鸣这才想起来，自己答应过她占用他的办公室来面试一批人。

江久年笑笑说："要不就抬回来吧？没事。"

袁道鸣则摆摆手说："还是先放那里吧，本来这里的空间就有限。"说完对那名员工说，"你们先去忙吧，等孔颖结束后，再帮我抬进去，谢谢。"

关上门，袁道鸣坐到江久年的对面，由于房间确实太小，两人几乎是脸贴着脸说话。

江久年乐呵呵地说："聊聊浙海的那个单子吧。"

"项目背景就是国家教育部推行的九年义务教育重点工作之一——全国中小学现代远程教育工作。浙海省是一个试点，全国大规模地推动远程教育工程在未来的两三年内将会遍地开花。浙海虽然只是个试点，但是你也知道，这个试点将会直接影响到教育PC机商未来在市场上的战略布局，意义重大。而我们之前负责浙海这一块的销售人员都已经走了，当时也只是接触过浙海省下面的两个县市，目前在浙海省的客户关系几乎是空白，对客户内部组织结构、决策链上关键人物的个人背景以及彼此间的关系等等，我们还一无所知。"袁道鸣抱歉地说，"公司以前的销售队伍都散了，老销售几乎都走了，新销售还没有到位。公司目前提供不了更好的人力、物力资源，一切都依靠你来把握。"

江久年咧嘴一笑："公司的情况我已经了解到了，说实在的，这是我销售生涯中最大的考验。我也不能单枪匹马地上，给我两个人。一个销售代表，一个技术人员。销售代表若没有老练的，随便找一个新人也行，但是要勤奋、用心、稳重，技术人员则必须是精通、熟练的老人。时间要快，我明天就带他们去浙海，我和那名销售人员负责客户关系平台的建立和项目协调，技术人员负责技术推广工作。我们先过去做深入的调查研究，随时和你保持联系，需要时，再让你增派人员。"

袁道鸣从江久年的办公室里出来，心中却没有底，负责技术的倒是大有人在，负责销售的却找不到合适的人选。江久年说是随便找一个就行，但是也不能太随便了，这么大的单子，需要的销售不仅要有经验，更要有智慧，一个细节没有做好就可能全盘皆输。现有的人员中是没有合适的人了，袁道鸣寄希望于孔颖，希望孔颖面试的人中能有合适的人选。销售部目前是一盘散沙，虽然江久年来了，并且明确表示想把他在帕瑞比时的手下爱将陆峰和鞠莉莉也带过来，这当然是袁道鸣求之不得的事情，毕竟他们是帕瑞比中国两大区的销售经理，两人加到一起的销售数据占据着帕瑞比销售的半壁江山。但是他们目前还在帕瑞比，锦盛天成能否把他们请过来，关键还是要看他袁道鸣能否找来钱了。

富威国际联合投资顾问公司的杜总和他们的投资部经理宁璐自从上次见了一面后，再也没有消息，前景不容乐观。袁道鸣有心想打个电话问问，但又感到不妥，只好想想其他的办法。上次"割肉"从鑫星集团那里拿到的300万，已经所剩无几，袁道鸣必须尽快找到新的钱，这样才能请来陆峰和鞠莉莉，迅速地把跌到谷底的销售部拉出来，江久年也会心安，公司的运转才会步入良性的轨道。想来想去，也没什么其他的途径和办法能够融到钱，只好寄希望于富威国际了。原打算请江久年作为中间人问问对方的意见，但是江久年却闭口不谈这个事情，他有他的想法，毕竟一下子从一个中间人转变成了融资公司的执行总裁，角色上总是要回避一下的。

袁道鸣走到自己的办公室前，远远地看见那两个文件柜还在自己的办公室门口，孔颖刚好推门出来，看见袁道鸣，便走了过来，轻轻地说："一会儿就好。"

这次是紧急招聘，主要是充实销售力量，圈内的人大都知道锦盛天成的现状，没人愿意来这样发工资都成问题的公司。此次参加面试的人员大都是刚毕业的学生，或者是其他行业人员，工作背景比较杂，需要孔颖亲自把关。

"怎么样？"袁道鸣问。

孔颖欣慰地说："有几个还不错。"

"这样吧，方便的话，一会儿就确定一批人，能立刻投入到工作中的，谈好合同后，下午就请新来的江总给他们培训一下。"

孔颖很是惊讶，这次面试原本就很快了，没想到袁道鸣要求他们能更快投入到工作中，上午面试下午就上班，多少不符合之前公司聘人的严谨程序。看到袁道鸣毋庸置疑的表情，孔颖还是提出了自己的顾虑："这样快啊，会不会有点唐突？"

"哦……"袁道鸣沉吟了一下说，"江总要选一个人，明天就要走。你把所有的销售人员资料送他那里，连同今天定下来的人的资料，一同送过去。"

"好，"孔颖虽然没有得到袁道鸣的具体解释，但还是点点头，"我一会儿就给他送过去。"

办公室被占用了，袁道鸣只好转身朝门外走去，路过员工区的时候，看到那些离职员工走后空荡荡的桌面，袁道鸣心酸不已。那么多的位置空了出来，往日员工们打电话、围在一起讨论的忙碌景象已不见了。袁道鸣的目光扫视了一圈，最后停留在阮琦的位置上。阮琦的位置上干干净净，前天通过电话后，再也没有联系。阮琦离开的场面，袁道鸣并没看到，原本是可以多留他一段时间的，毕竟他是行政总监，公司里很多琐碎的事情都需要和他来交接。但在袁道鸣送孩子回老家的昨天，阮琦迅速地交代好了工作，等袁道鸣今早来时，已经找不到他的行踪了。阮琦将工作安排得妥妥当当，有条不紊，将他离职带来的不便降到了最低。但是影响还是难免的，办公室里有种异样的感觉，甚至人事总监孔颖都刻意避免谈论阮琦的突然离职。袁道鸣无奈地扭回头，想去楼顶透透气，刚走出大门，窝在手中的手机震动起来，袁道鸣打开一看，是自己这两天一直期待的号码。他紧走两步，在安静的楼道口，摁了接听键，富威国际投资部经理宁璐圆润的女中音传了过来。

龚仁贵坐在车上，心急如焚。拿着手机，龚仁贵低头翻看起通讯簿，一个又一个名字滑过，却找不到一个能帮忙说动张亦菲的人。毕竟她是另外一个圈子的人。车子停了下来，龚仁贵抬起头，堵车了。Jessie 无奈地看了看前方大电子屏幕上的交通状况，然后说："唉，又堵车了。"

自从上次让她给埃米斯送过"晾衣白肉"后，Jessie 情绪明显低落了很多，也收敛了很多。她是一个聪明的女人。

龚仁贵的目光瞟向车窗外，刚才还有一点可以拐向辅路的缝隙迅速被其他的车给堵死了。龚仁贵看了一眼时间，手腕上劳力士的时针已逼近下午 4 点，留给自己的时间已经不多了。现在埃米斯若能做通张亦菲的工作，从上海飞到北京正常参加晚会还来得及，再过半个小时还没有做通那边的工作的话，龚仁贵只好做最坏的打算了。不能再有任何的迟疑，龚仁贵拨通了埃米斯的手机。埃米斯在另外一条线上，对龚仁贵说："请稍等。您好龚总，我一会儿给您回过去好吗？"龚仁贵挂了电话。这是他第一次被埃米斯晾在一边，龚仁贵知道另外一条线上谈话的重要性。很快，埃米斯拨了电话过来说："抱歉，龚总。"

"没事。"龚仁贵问："情况怎么样？"

"刚才托人联系到了他们圈内的一个大佬，他答应帮忙问问情况。我在等他的电话。"

"哦，那行，多在那个大佬身上做点功课。"龚仁贵叮嘱道，"若是不行，就做另外的打算。"

"好的，我明白。这边有消息我立即给您汇报。"

车子往前移动了半米，又停下了。通常塞车的情况下，Jessie 会放一些舒缓的曲子来缓解等候的闲寂，但是今天她没有动，龚仁贵一脸严肃的表情让她深感压抑。好在龚仁贵的手机再次响起。龚仁贵连忙接听，是陈汉生的电话。这次陈汉生的语气反而缓和了很多："David，有好消息了吗？"

"Sorry。"龚仁贵说。

"我不是给你压力，David，我希望听到你说'OK'而不是'sorry'。我们要知道，她若不能来，China、AP将会在彼森先生那里留下什么印象。不管用什么办法，我不希望发生意外，一切都要按照交给彼森手中的那个方案为准。加油，我期待着你的好消息。"

挂断电话后，龚仁贵揣摩着陈汉生的话，缓和的语气中似乎流露出一份着急，更将中国区和亚太联系在一起，什么意思呢？是安抚还是迷惑？谁都知道，张亦菲若不来参加，在彼森的心中，肯定是中国区没有办理好这事，方案没有问题，执行出了问题，那肯定是龚仁贵和中国区的问题。当然了，以彼森的身份不会专门为此事追究责任，但难免会在他的心中留下龚仁贵办事不牢靠的印象。令大老板有了不好的印象，龚仁贵知道在大中华区成立在即的时刻意味着什么。而此刻，龚仁贵就像他的小车一样四面被困，动弹不得。唯一的希望就寄托在埃米斯说的那个大佬身上了。

时间一分一秒滑过，龚仁贵像等待一个定时炸弹般焦虑，他希望能尽快得到埃米斯传来的炸弹拆除的消息。

埃米斯的电话终于来了，这个平时处事干练的女人语气中也流露出一丝慌乱："Sorry，那边问出了结果，说是张亦菲和她的助手同时接到了一个短信，说是鸟巢附近将有重大破坏活动之类的。中间人说，张无意散布谣言，但出于安全考虑，请理解。"

"简直是胡扯——"龚仁贵难掩内心的气愤，脱口而出道。Jessie和埃米斯都吓了一跳。龚仁贵忙调整一下自己的状态，缓和了一下说："抱歉，埃米斯，我是说他们，这种谎言他们都相信！怎么可能呢？"

埃米斯说："是啊，这种不攻自破的谎言。然而他们却很谨慎。"

"没有其他的方法吗？短信是谁发的？这个玩笑是开不得的，妖言惑众！"

"她说发信人的号码不是手机号，像是国外的代码，看上去也不是针对她们的。"

怎么会这么巧？龚仁贵心中嘀咕道。

见龚仁贵沉默不语，埃米斯接着说："原想让中间人从中帮忙劝说一下，但他已经发话了，要尊重张亦菲的选择。"

龚仁贵迅速寻找着对策，思考了一下说："告诉张亦菲，这么荒唐的理由我们难以接受，在协议里我们写得清清楚楚，我们会保证他们的人身安全，若出现意外，协议书里都有相关的条款。我们不希望合作不愉快，也不希望这个事情捅出去，她是知名人士，目前全世界都在支持北京奥运，堂堂的中国演艺界的杰出人士会被一条莫名其妙的短信吓倒，传出去会是什么结果，让她们自已掂量吧！"

最后一句话，明显地有威胁的成分了。埃米斯犹豫了一下："龚总，我是担心这样的话会不会让中间人难办，他答应问问情况，她们是看他的面子才说出真实情况的……"

"不用考虑那么多，"龚仁贵打断了埃米斯的话，声音缓慢地说，"埃米斯，你我都明白张亦菲的缺席意味着什么，你再试试，好吧？"

了解龚仁贵的人都知道，他说话的语速越慢，意味着讲的内容越重要，事情越糟糕，埃米斯只好说："好的，我再试试。"

放下电话，龚仁贵所有的思绪都围绕着一个问题，事情真的那么巧？说实在的，龚仁贵也接到过不法分子散布的类似谣言，但怎么就这个时候让张亦菲收到了呢？碰巧张亦菲要来这里出席活动。龚仁贵又暗骂张亦菲的谨小慎微，这样的事情怎么可能会发生？事情真是赶巧了。退一步讲，张亦菲若真来不了，势必会带来一些不良的后果。龚仁贵掂量一下手中能用的砝码，事不宜迟，是该打那张5亿大单的牌了。

想到这，龚仁贵拨通了谭村的手机。谭村排了五个小时的队被老医生用五分钟的时间就打发了出来，抱着一堆中药的他满脸轻松，没等龚仁贵说话，谭村抢先说道："龚总，谢谢您。"

龚仁贵一愣。谭村解释说："我刚从您介绍我过来的老大夫这儿出来，看得真准。"

"啊，"龚仁贵明白了过来，"呵呵，怎么样啊？"

"非常不错，大夫说我的眼不严重，两个疗程下来，就能好了。"

"哦，不错。那就好好看看，抽空好好休息休息。"龚仁贵话锋一转说，"不过，眼下有件事，就是那个浙海教育厅的单子，该报项目意向评估了，让你手下具体负责订单的销售发个项目意向书，你签字后再填项目跟踪说明书，确认客户项目意向，然后将这两份发财务部、市场部、技术部讨论给出项目评审，所有的一切下班之前完成；将来往邮件 Cc(抄送)给我，然后请你汇总一下结果，下班后，最好是晚上7点半，将项目意向报送给我，同时 Cc（抄送）给 AP，做的项目意向评估表用公司总部最新的专用软件。"

谭村之前做华东区销售经理的时候没少做过项目意向评估，只不过相对简单，只是填写项目意向表就可以了；至于项目评估，是销售总监江久年报送财务部、市场部、技术部等讨论后汇总报给龚仁贵，Cc给亚太的；现在他是销售总监，这些自然由他来做。堂堂的中国区总经理来亲自教他流程也不为怪，但是龚仁贵如此精细地控制发送时间倒让人捉摸不透。谭村试探道："龚总，时间来得及吗？我来做的事情，比较容易控制，但财务部、市场部、技术部对项目的评审不知道会用多长时间？"

"你邮件上注明加急，Cc给我，他们一般会在一个小时之内给出评审意见，特别重要的需要开会论证。"龚仁贵忽然感觉到讲得太多了，时间也很宝贵，忙说："你现在就去准备吧，晚上7点半左右，没问题吧？"

"没问题。"挂断电话后，谭村仔细揣摩，当想起龚仁贵叮嘱的使用最新的帕瑞比项目意向评审表后，谭村豁然开朗。最新的帕瑞比项目意向评审表上有规定，只要金额超过1000万美元的项目在报送亚太区8个小时内没有得到回复的话，表格会自动将数据传递到总部数据库从而引起相关部门的注意。而龚仁贵精心安排的时间，下午7点半发送的话，亚太和中国区都已经下班，8个小时内不可能得到亚太处理的话，那些数据会自动传输到老美那里。那样正赶上美国的下午，这样的话，总部就会早于亚太看到项目意向及项目跟踪说明书，这么大的数额，他们不可能置之不理。龚仁贵之所以这么做，肯定是想将这个项目悄悄地又合理合法地绕过亚太，直接捅到老美那里。想到这，谭村出了一身冷汗。事实再次证明了亚太区陈汉生和中国区龚仁贵的明争暗斗，而谭村再次夹在了两人之间。上午就得罪了陈汉生，而这次，谭村只能旗帜鲜明地站在龚仁贵一边了。

当苏小蕾挎着那个LV包出现在全聚德大厅的时候，坐在角落里靠墙沙发座上的程军拨通了苏小蕾的手机："往里走，对，29号，服务员知道。"

程军原本不想来相对招摇的全聚德，虽然远在北京也怕遇见熟人，但电话里苏小蕾说还没吃过全聚德的烤鸭，只好由了她。地点却是他定的，选了一个离鑫星集团相对较远的全聚德亚运村店，七拐八拐到地方后已经是下午2点多了。中午以为会和教育PC事业部的同事一起吃一顿，毕竟是正式上任的第一天。他在浙海有个不成文的规矩，不论是谁，只要是一个部门的，来了新人，走了老员工，迎来送往，都要抽时间让大家聚聚，算是礼节；而总部似乎没有这样的礼节，还不到午餐时间，教育PC事业部办公区里的人员已经走得差不多了，程军有种被孤立的感觉，他要尽快打破这种感觉，但也不能轻易入手。

"想什么呢？"苏小蕾一屁股坐在对面的沙发上，伸手在程军的眼前晃了一下。

"想你今天上午的情景，怎么样？还顺利吧？"

"真是够郁闷的，"苏小蕾从包中翻出几张钉在一起的纸，"这上面总共有500个面试时可能提出的问题，要全部烂熟于心才能去参加面试，想想都后怕，比高考还要难。关键是我没有工作经验，这点是致命的，真是很担心，我真担心给你丢脸。"

这样的结果，程军早有预料，像苏小蕾这样要文凭没文凭要经验没经验的，按照正常招聘流程，第一轮就被淘汰出局了。但既然已经迈出了第一步，就要坚持下去，程军笑笑说："怎么会？你这么聪明，没问题！"

"真的？"苏小蕾下意识地理了一下头发，眼中掠过一丝惊喜，但转瞬即逝，"唉，别逗我开心了。我知道机会不大。你知道吗？上午见的那个人，问了我几个问题，我什么都不懂，彻底把他搞崩溃了，估计他该说你推荐给他的是什么人了！"

看来上午的交流对苏小蕾的打击蛮大的。程军刚想为她找回自信，女服务员已将三个不同的菜单放在他们面前，身子微微前躬："您好，打扰一下，请问二位点些什么？"

"我点一份烤鸭。"苏小蕾抢先说，完全抛弃了失落的情绪，笑着将菜单推给程军，"你想吃什么？"

程军对苏小蕾孩子似的举止开始欣赏起来，直爽、率真，想到这，又对苏小蕾起了恻隐之心，要对她好点，程军将菜单推给苏小蕾："你点吧，喜欢什么就点什么。"

"那我就不客气了。"苏小蕾翻开菜单，又点了三个菜、一个汤，"差不多了吧。"

程军打算再点两个，服务员善意地提醒道："先生，你们已经点了四个菜，一个汤，两位的话应该可以了。"

"那好吧，谢谢。"

"请问是整鸭还是半鸭？"

没等服务员说出"两位的话半只就够了"之类的话，程军说："整鸭。"

服务员退了下去，程军找话说："去他们公司了吗？"

"没有，我们约了一个离他们公司不远的咖啡馆见了面，一聊就聊了两个多小时，然后我就匆匆赶了过来。"

说话间，苏小蕾的手机响了一下，苏小蕾低头看了一下，皱起了眉头。

"怎么了？"

“是魏德宁的短信。”苏小蕾说着将手机递到程军面前，说，“你看看就知道了。”

程军没有看，笑笑说：“你说说就是了。”

苏小蕾只好将手机收回，说：“我念给你听：你在哪？辞职了？若是因为昨天的事情，我给你道歉。”

程军知道魏德宁是对苏小蕾上了心。苏小蕾念完后，将手机收回放在桌子上，看着满脸含笑的程军。

程军避开苏小蕾的目光，漫不经心地问：“怎么不回啊？”

“懒得理他。”

“话不能这么说，魏德宁这人不错。他这是在关心你呢。”

“我怎么给他回？说我和你在一起哟？”苏小蕾坏笑道。

程军却没有生气，拿出刚才夸她的话，平静地说：“呵呵，你那么聪明。”

“是吗？”苏小蕾歪起了头，说，“就拿眼前的事说吧，我说我要辞职来北京，我的家人都说我傻，没一个夸我聪明的。”

这话就值得玩味了。再想到冲锋在第一线的魏德宁，程军忽然有种感觉，虽然将苏小蕾带到了北京，但事情并不会向自己想象的方向发展。想起这几年对魏德宁的了解，程军对他本能地缺少一种信任感。优秀的下属所拥有的“德才兼备”，“德”在前，“才”在后，所谓“德”，就是对上司的忠诚度，缺少忠诚度的员工在领导面前绝对不是一个好员工。按照这个标准，魏德宁恰好缺少的就是“德”，这个单过后，不管成败，程军绝不会将他带到北京。

“我要在最短的时间内，将诸位打造成一匹匹骁勇善战的狼。”在袁道鸣的办公室里，江久年面对五名刚刚入职的新员工，霸气十足地说，“我叫江久年，是匹老狼。下面将和大家一起分享我猎食的经验。我喜欢的风格是一语中的，直接高潮。诸位是不是想当一位超级牛的销售？”

“对。”五名新员工一起回答道。

“那好，做一名超级销售并不难，和很多人的观点不一致，我认为销售中最容易的就是项目销售。你心中该说了，埃及金字塔是你丫建的吧？吹牛！”江久年的目光从每个人的脸上掠过，“我还告诉你，真不是吹牛。你只需记住我下面要说的几点，告诉你小兄弟，你捡大便宜了，注意，以下观点将让你享用一生！让你做销售中的销售，高手中的高手！诸位都知道，全世界的销售人员可分为三种，一是初级销售人员，二是中级销售人员，三是高级销售人员。下面我将从以下几个方面来比较，诸位，请抛开你们上大学时学习的狗屁专业理论，安心听，用心记，我将从几个方面来比较三种销售的技巧。

“首先是项目关注点，初级销售只关心项目本身，中级销售会偏重于对项目过程的控制，高级销售会掌控全局并影响项目的结果；二、从销售的切入点来说，初级销售会以产品以及技术本身作为切入点进行销售，中级销售会研究客户的需求，提出解决方案，高级销售会在中级销售的基础上对客户内部势力进行销售；三、向客户介绍自我优势方面，初级销售侧重介绍产品技术指标，中级销售侧重系统整体方案的说明，高级销售的介绍不仅包括系统方案，还包括对客户个体利益的整体考虑；四、关于报价，初级销售会一味强调报价低，中级销售会站在客户角度适当降低他们的成本，高级销售则思考怎样为客户带来增值，达到双赢甚至多赢；五、内线的身份，这个不说大家都能想象得到，毕竟发展内线本身就是销售能力的最直接体现，初级销售只能接触到项目操作层面的人，中级销售才能接触项目管理层面的人，高级销售接触的是对方的高级决策者；六、对客户信息的捕捉能力，初级销售是有反应，中级销售是积极响应，高级销售则是未雨绸缪；七、对客户心态的洞察能力，初级销售大概能明白客户对自己的态度，中级销售能够灵活应对客户内部的不同声音，高级销售是在听到不同声音之后，善于分析，缔结客户内部的支持力量，形成利益捆绑体；八、后方资源的使用情况，初级销售不是销售不足就是资源过剩，中级销售的资源情况中规中矩、不多也不少，高级销售会对公司的资源进行有效的计划和约定，合理使用公司资源。

“那么回过头来，客户对销售的印象是很重要的，经过上面的观察，他会把初级销售看成什么？产品专家！把中级销售看成什么？潜在的资源！而把高级销售看成了什么？把高级销售看成了可以推心置腹的顾问，一个非常有价值可以接纳的人！诸位，我们要做哪种人？肯定是做客户推心置腹的高级销售！如何成为高级销售？从上面八点对比中，你一定会知道怎么办！”

江久年环视了面前几张激动而微微泛红的脸，接着说：“刚才我说了，我要将诸位训练成一匹匹骁勇善战的狼。如果说高级销售就是一匹狼的话，若想成功还需要团体作战，一匹狼并不可怕，可怕的是一群狼。我们的团队就要成为狼群，充满狼性！说起‘狼性’这个词，不可避免地要提起华为“教父”任正非。多年以前，他在一次名为《华为的红旗到底能打多久》的讲话中提出：‘企业要想前进，就是要发展一批狼。狼有三大特性，一是敏锐的嗅觉；二是不屈不挠、奋不顾身的进攻精神；三是群体奋斗。’这个词，目前来说，虽然有点老套，诸位可能也听说过，但是我还是把它拿出来跟大家分享，为什么？因为它流露出团队建设的真谛！关于团队，中国有句俗语：一个和尚挑水吃，两个和尚抬水吃，三个和尚没水吃；而在英国，也有一句俗语：一个人做生意，两个人开银行，三个人搞殖民地。这就是差距！”

下面的新人大都鼓起掌来，只有一个高瘦的男生低头不停地记录着什么。江久年观察到他从进门的那一刻，就很少抬头，一直在飞快地记录。江久年事先对照了他们各自的简历，心中对每个人已经有了模糊的印象。江久年再次看了一下大家，笑笑说：“我说了这么多，下面将出个题，问一下大家。”

所有人都抬起了头，包括那名高瘦的男生。

“诸位是如何看待对手的？”

有几个主动举起手来，江久年按照从左到右的顺序让他们依次发言。第一个说：“对手是前进路上的绊脚石，我一定要想办法将他们铲平……”

第二位说：“对手是你的成长伙伴，没有对手，我们就失去了很多奋斗的快乐，没有对手，张口就是猎物，那匹狼也会变得懒惰，变得肥胖，失去了奔跑、作战的动力……”

江久年一一点头，最后轮到了那名高瘦的男生。他抬起头，向大家点点头，说：“我很赞同刚才几位所说的，对待对手，我想，就像是在一起打麻将的牌友，缺了他们，这牌打不成，正因为有了他们，牌局才得以进行下去。每局中，你抓到的牌有好有坏，不管是什么牌，抓到一副好牌，你肯定是想自摸，而对手若是手好牌，肯定也是想赢，另外两家是不好的牌，那么另外两家肯定是打顺风牌；所以，对手中有的是直接和你针锋相对PK的，有的是持币观望的搅局者，这就需要我们判断他们的性质而分别对待，摸清真正PK那家的牌路，避免点炮，同时也要诱导搅局者不要点炮给那家，那样的话才能赢得和对手自摸的机会。至于输赢，就看天意了。但麻将桌上有个俗语：前边输的是纸，后边赢的才是钱。还有一句话是说，只要还在麻将桌上，原则上来说，对手的钱都是你的！所以，对手是一起打麻将的朋友。只要还坐在一起，人生就有希望！”

江久年对每一个的发言都是点点头，大家等待他做最后的评述，而他却笑笑说：“诸位说的都不错，今天就到这，大家先去忙吧。刘恒辉你稍等一下。”

那名瘦高的小伙子留了下来，满面笑容地望着江久年。

江久年示意他坐下：“你对锦盛天成了解多少？对产品了解多少？”

“不瞒你说，我对锦盛天成的了解很有限，产品也是我最近几天才开始接触的。”刘恒辉不明白江久年想要做些什么，只好实话实说。

江久年盯住刘恒辉的眼睛：“若是明天有一份大的单子需要你去打，你有什么问题吗？”

刘恒辉不明白江久年到底是什么意思，迎着他的目光：“这是一个考题吗？”

江久年没有笑，极其认真地说：“不是考题，是真的让你打单。”

刘恒辉显然不太相信，愣了一下说：“我此刻感到热血沸腾，又有点忐忑不安。老实说，我没有具体的销售经验，但我渴望在实际战斗中成长。”

“那结果呢？”江久年说，“你对结果有信心吗？”

刘恒辉说：“我并不知道是一个什么样的单子，但是我想，不论是什么样的单子，事先没有一个人能对结果有十足的把握。我对结果没有信心，我对自己有信心！”

“那好，”江久年点点头说，“我比较欣赏你的自信，做销售的，必须要有这个信心。你先出去吧。有事我再喊你。”

等刘恒辉离去后，江久年从桌面上挑出一份简历，径直来到袁道鸣的办公室，将那份简历摆在他的面前，说：“看看这个人怎么样？我明天想带他去浙海。”

袁道鸣心情不错，边拿起简历边说：“富威国际那边给消息了，他们的投资部经理宁璐打来电话，说是明天过来做进一步的接触。”

“好事。”江久年很是高兴，“他们对IT高科技还是比较感兴趣的。”

“嗯。”袁道鸣的目光停留在简历的照片上，随即“哦”了一声。

“怎么了？”江久年敏锐地抓住了袁道鸣的反应。

“呵呵，这个人是不是又高又瘦的？”

“是。”

“这么巧。”袁道鸣合上简历说，“之前我们见过面，小伙子不错，只不过从他的简历上很难看出有什么特别的地方，你怎么看上他了呢？”

江久年明白袁道鸣的担忧，这么大的一个单子，用这么一个年轻、几乎是没有什么相关工作经验的销售代表，无疑是飞蛾扑火，任何一个上司都不会这么做的。江久年笑笑说：“这么短的时间内完全了解他们是比较困难的，但直觉告诉我，他就是我想选的人。虽然他的专业以及经验都不是最好的，但是他细心、肯学就够了。”

“呵呵，你是需要一个替你提包的人？”袁道鸣开了句玩笑。

“提包？”江久年没有否认，“提包也需要水平啊。”

“那好，你们就去吧。你来了，我就省了很多事，浙海的单子全靠你了。我前天在浙海的时候，见到了越众的常森。这个单看样子帕瑞比是有意在避开他，我跟他说的时候，他还不知道浙海有这么一个大单子。你到浙海后，可以和他接触一下。你们也算是老朋友了吧？”

“呵呵，我们之前有过交往，常森是帕瑞比几个金牌经销商中发展最快的一个，按理说，帕瑞比有个风吹草动，他是较早知道的人……”

“我也感到纳闷，帕瑞比为什么要避开常森。常森说帕瑞比的谭村刚升为销售总监的第一站就去了浙海，却没有透露出一点信息。”

江久年拍了一下宽大的额头，说：“我从帕瑞比得到的消息是，其他人根本不知道这个单子的信息，显然他们将这个消息封锁得很死，不想让别人知道。帕瑞比现在处于人事动荡中，尤其是大中华区成立在即，这个单很显然成了某些人争夺权柄的砝码，必要时再拿出来。”

袁道鸣点点头。

江久年接着说：“但是，依照帕瑞比这样的外企管理机制，这个单，他们也捂不了多久。捂不住，就会捅出来。恰当地捅出来后，他们还可能会回来走常森的那一道子。”

袁道鸣明白江久年的意思，常森的价值也就是能够探询一下帕瑞比的动态罢了，至于合作，还要视情况而定了。这时，袁道鸣的手机响了，是顾小南的手机号。袁道鸣直接摁了拒绝键。刚要和江久年说话，手机再次响起，依旧是顾小南，袁道鸣再次摁了拒绝键。

江久年见状，站起身说：“我回去准备准备，这次去浙海估计要待上很长时间。有的忙了。没问题的话，我就带上刘恒辉还有研发部的贾庆权一起去了。”

“好，没问题，咱们保持联系。”袁道鸣笑笑说，“虽然公司的财务情况不太好，但该花的钱一定要花。”

“放心。”

“对了，那个刘恒辉，等一会儿请你安排他过来一下。”

这时办公桌上的电话响了，江久年走了出去，袁道鸣拿起电话，只听徐曼曼说：“袁总，有位自称是您同学的马女士找您，要不要接过来？”

袁道鸣想了一下，大学同学中的确有位姓马的女同学，但已经好几年没有联系了，便对徐曼曼说：“接过来吧。”

很快，顾小南的声音传了过来：“袁道鸣，你不接电话什么意思？”

袁道鸣反问道：“你什么时候姓马了？”

顾小南反倒“扑哧”一声笑了出来，但忽然感到这个时候笑出声来有点不恰当，便理直气壮地说：“下次你要是不接电话，我还姓牛呢！你把儿子弄哪去了？”

“这个和你没关系了吧。”袁道鸣不客气地说。

“我想看看他。”顾小南轻描淡写地说，“就是离婚了，我也有看望孩子的权利吧？”

“他很好。”顾小南的背叛让他对她残留的感情已经荡然无存，而此刻她的轻描淡写彻底让他后悔当初和她的结合，“他现在不方便。”

“那你方便吗？”顾小南降低了声音，“我想和你再谈谈。”

“没什么好谈的。”袁道鸣挂断了电话。

袁道鸣双手捂面，他不知道顾小南到底是想谈些什么，但婚都离了，还有什么好谈的呢。这时门外传来了敲门声，袁道鸣忙整理了一下自己的情绪，说：“请进。”

刘恒辉站在袁道鸣的面前，惊讶地瞪大了眼睛。

袁道鸣站起身，绕开办公桌，伸出手，说：“刘恒辉吧，咱们之前见过面，欢迎你来到锦盛天成。”

“是，是。”刘恒辉倒是很快反应了过来，握紧袁道鸣的手说，“没想到在这里见到您了。江总还说这里有我的熟人，没想到是您。”

“天涯何处不相逢。坐吧。”袁道鸣示意刘恒辉坐在沙发上，自己拉了一把椅子坐在他的对面，笑着说：“你很不错，江总能选你一起去浙海，我为你感到高兴。好好干，听从江总的安排。这是一次学习的好机会，没有几个人一进公司就能被安排进这么大的一个单子，也没有几个人能一进公司就跟这个行业最牛的销售学习。江总是我们这个行业的顶级销售，你要多跟他学习！也不要有压力，多大的单子也是单，也需要销售去打。只要做好准备，尽力做好就可以了。”

刘恒辉点点头：“放心，我明白。谢谢袁总。”

“不要谢我。要谢就谢江总，谢你自己。”

放在办公桌上的手机再次震动，袁道鸣站起身，拿在手中，点开一看，是顾小南的短息：“你们现在若是没地方住，还可以回家来住，孩子我帮你带！别误会，我没别的意思。”

袁道鸣没有回，将手机拿在手中，转身对刘恒辉说：“明天你们就要去浙海了，出差是比较艰苦的事情，你要提前做好准备。准备好样品、目录书等等与公司产品相关的资料，见客户之前先想想开场白、要问的问题、该说以及不该说的话，公司的产品资料，对手产品的资料等等一定要烂熟于心。你是新手，很多东西要熟悉。对了你的名片做了吗？”

“已经请徐曼曼帮我做了一盒，明天上午就能拿到了。”

见刘恒辉在这么短的时间内，就记住了前台的名字，袁道鸣笑笑说：“好，你去准备吧。”

刘恒辉刚走，袁道鸣的手机又震动了一下。袁道鸣以为又是顾小南的短信，打开一看，却是阮琦的短信："袁总，您什么时间方便，我想请您坐坐。"

袁道鸣不假思索地回了："今晚如何？"

车开始在潮热的空气中慢慢移动了，龚仁贵的心却紧紧地揪在了一起。埃米斯的电话迟迟未到，不知道那边沟通的结果是什么，龚仁贵只能往最坏的方向作出打算。下午 4 点半在龚仁贵的焦急等待中一分一秒地滑过。马上就要到公司了，埃米斯的电话打了过来："龚总，我动用了咱们的顾问律师和她们沟通的结果是，她们同意来，只不过会迟到一个小时左右，合同里注明的几项关于她的活动取消了敬酒环节，只答应了抽奖环节。"

龚仁贵暗想，抽奖是最后的环节，时间上不冲突，相对来说，这也是一个不错的结果。他忙问："这个结果确定了吗？"

"确定了。"埃米斯说，"她们在 Cindy 的陪同下，已经快到上海机场了。"

"好，你们保持联系。"龚仁贵想起这个时候，作为酒会的总指挥埃米斯怎么会在公司，忙说："酒会现场怎么样了？"

"我一个小时前从酒会现场赶回来拿资料的时候，看到那家专业的酒会策划公司已经安排妥当，我们的人也都到位了，一会儿我还过去盯着。"

放下电话后，龚仁贵长出了口气，对正要把车往地下停车场开的 Jessie 说："不上去了，去晚会现场看看吧。"

Jessie 忙将车掉头，通过后视镜看了看龚仁贵，没想到正和龚仁贵的目光撞在了一起，她刚要找个话题掩饰自己，却猛然听到"嘀、嘀——"的鸣笛声，紧接着一辆的士紧急打了一个弯飞奔而去。Jessie 惊出一身冷汗，忙回头看龚仁贵，龚仁贵没有说一句话，将头扭向窗外。

龚仁贵赶回酒店的时候，没有见到陈汉生，问了一下事先安排守候在酒店里的一名员工才知道，陈汉生在龚仁贵走后不久，便走进了自己的房间里，一直都没有出来。彼森及其家人还在休息。龚仁贵便拨通陈汉生房间里的分机号，占线，龚仁贵刚放下电话，手机响了，是酒店里的号码，龚仁贵忙接听了起来："您好！"

"情况怎么样了？"陈汉生的声音传了过来。

"问题解决了。"龚仁贵说。

"哦——"陈汉生的声音明显地拉长了一点，随即用中英文肯定了龚仁贵的办事能力和效率，"Good，那就好。"

挂断电话后，龚仁贵和 Jessie 一起来到了酒会现场。酒会现场位于盘古大观的顶层，39 层，参加过无数次商务酒会的龚仁贵第一次被眼前的场景所震撼：高达

7 米的空间犹如置身于古罗马宫殿一般，每场上万美金的场地费用算是物有所值，龚仁贵就像喜欢他那间办公室一样喜欢这里的一切。一切都安排得那么从容有序，负责接待贵宾的 Jack 一身正装地走了过来，和龚仁贵打过招呼后便匆忙走向电梯口。有的贵宾已经抵达了酒店，被安排在各自的房间或者休息室休息。龚仁贵再次在现场转了一圈，询问了相关细节后，独自溜达到隔壁的咖啡厅，找了一个正对着酒会入口的地方坐下，要了一杯咖啡，以一个绝对放松的姿势靠在椭圆形的椅背上，目光飘向窗外，看着那些忙碌的下属以及会务公司人员，专门挑选的年轻貌美的模特组成的礼仪小姐开始花花绿绿地盈动在酒会入口，一场盛装的酒会即将拉开帷幕——

然而，有那么一丝丝不安涌向龚仁贵的心头，具体是什么不安，又捉摸不到，龚仁贵眯起眼，将最近发生的事情理顺了一下，最担心的就是彼森的北京之行不要出现什么意外。他又想起张亦菲收到的那条恐吓短信，不由得环视了一下四周，四周一切正常，说不上五步一岗十步一哨，至少放眼望去，在你的目光所及，总能看到安保或者工作人员。龚仁贵暗自笑了起来，真是荒唐的恐吓，不用理它了。眼前最关键的就是如何找个合适的借口跟大老板彼森沟通，现在他就在脚下的酒店里，并不是哪个总经理都有这样的机会。龚仁贵想到这，猛然站起身，他应该时刻守在彼森的房间外，寻找一切可以单独汇报工作的机会。

这家号称北京唯一七星级的酒店带给龚仁贵的直接便利就是几乎不用花费时间等待电梯，每层都有一部始发电梯，这让他很快就到达了彼森所住房间的楼层。楼层里静悄悄的，龚仁贵问了问守在那里的一名员工，得到的信息是彼森和他的家人们进了各自的房间都没再出来。龚仁贵抬手看了看时间，找了一个离彼森房间不远处的桌位坐下来，在此后的一个多小时里，他要静静地等待着彼森打开他的房门。

龚仁贵坐下后，发现了一个问题，接电话不方便，四周很静，他通电话的声音在那个环境中显得尤为突出，而他电话又多，往往是这个刚挂断，另外一个人又打了过来。这些电话又不能不接。龚仁贵只好将手机呼叫转移到秘书 Jessie 那里，叮嘱她说，除非重要的事情，一般不要打扰他。四周一下子静了下来，与外面的喧闹形成了对比，龚仁贵的目光掠过走廊墙上悬挂的与奥运有关的浮雕后，停留在彼森的房门口。

然而，让龚仁贵失望的是，在比酒会预定的开场时间早 20 分钟左右的时候，陈汉生意气风发地走了下来，龚仁贵忙起身，迎了过来："陈总，时间差不多了，我正想给您打电话呢。"

陈汉生笑笑："你在这多久了？"

“没多久。”

“都准备得怎么样了？”

“还可以。”

龚仁贵原以为陈汉生会再次问及张亦菲的事情，但他没有。陈汉生径直走向彼森的房间，龚仁贵跟在他的后面。彼森的房门像约定好了时间一样打开了，一道光亮通过门缝打在走廊上的地毯上，龚仁贵看到陈汉生的脚一下踩破了它的规则，随即听到了轻轻的敲门声。彼森的声音传了过来，他的声音中一向充满着欢快而又自信的味道。

在龚仁贵和陈汉生的陪伴下，彼森以及夫人盛装出现在酒会中。一对在电视上经常见到的主持人用流利的中英文说，酒会正式开始了。

彼森开始致欢迎词，参加酒会的大都是他的商业伙伴和朋友，他的发言不长，但风趣、幽默，很快就点燃了整个酒会的欢快气氛。龚仁贵的目光所及，觥筹交错，衣鬓流香，灯红酒绿，歌舞升平。龚仁贵、陈汉生一左一右陪伴在彼森及其夫人身边，不停地向贵宾举杯，酒至半酣，彼森的秘书忽然走到龚仁贵身边，满含笑意地提醒道：“张亦菲在哪？我看到一会儿有她和彼森先生一起开奖的环节。”

彼森他们已经去了另外一个地方敬酒，龚仁贵环顾了一下四周，说：“哦，抱歉，我去找找她。”

龚仁贵在酒会入口外找到埃米斯，埃米斯说张 20 分钟前已经下飞机了，正往这里赶，说着便拨通 Cindy 的手机。他们得到的结果是，已经到了酒店，张亦菲要化化妆，10 分钟后会出现在酒会现场。

龚仁贵的心总算放了下来。10 分钟后，入口处终于出现了一身黑色晚装的张亦菲。主持人也极力煽动着现场气氛。所谓的开奖不过是增加现场气氛的一个道具，然而当张亦菲和彼森出现在台上的时候，现场还是爆发出了期待的掌声。张亦菲是龚仁贵之前喜欢的为数不多的演员之一，而此刻，当看到了台上张亦菲脸上的职业微笑，他感到了一种莫名的虚假和厌恶——

二等奖是奥运门票，有六位幸运的朋友获得，一等奖是纯金福娃，不出意外地落在了彼森的那对双胞胎孙子身上。两个小家伙显然对颁奖人张亦菲表现出了浓厚的兴趣，当主持人问他们获奖的感受时，他们用英语说，还想得到一个更大的礼物，那就是张亦菲的签名。说完拿出事先准备好的笔交给张亦菲。张亦菲有点不在状态，但还是接过笔分别给他们签了名。

现场的气氛达到了高潮，抽奖结束后，彼森和张亦菲一起往台下走，彼森很绅士地伸出手臂，请张亦菲先走。张亦菲毫不客气，冲彼森点点头，然后面无表情地走了下来，径直走向出口。原本是想请张亦菲喝一杯的彼森尴尬地笑笑，回到了自己的座位上。

龚仁贵毫不犹豫地向门口走去。埃米斯紧跟着张亦菲及其助手，交谈着什么。等龚仁贵赶到门口的时候，只看见电梯合上的一刹那张亦菲随手戴上大墨镜的动作。

“太不像话了。她怎么能这样？”埃米斯气鼓鼓地抱怨道，张亦菲的行为已经让她失去了职业素养，低声说了一个不专业的词：“烦人！”

龚仁贵听见了，无奈地笑笑，没有安慰埃米斯，也没有发表自己的观点，而是匆忙折回了酒会现场。

一切看上去都按部就班地进行着，彼森正爽朗地和另外一位香港人交流着什么，但愿刚才的一幕不要在他的内心留下什么不好的印象。龚仁贵重新端起酒杯，调整好自己的状态，打算找机会向彼森解释一下，刚好彼森举起了酒杯，那是结束交流的信号。龚仁贵刚要走过去，却看见陈汉生已抢先走到了彼森的面前，低声说着些什么。彼森面露惊讶之色，微微点了点头。

龚仁贵不知道现在是否适合过去，只好站在那里，仰起脖子，将杯中的红色液体倒进口中。这个时候，龚仁贵的衣角被人拉了一下，回头一看，是谭村。

龚仁贵笑笑：“你什么时间过来的？”

“刚过来。”谭村说，“东西发出后就过来了。”

“那我应该收到邮件了啊？”龚仁贵掏出手机，帕瑞比的公司邮件都设定了手机短信提醒功能。龚仁贵打开一看，果然是收到了有关那个单的项目意向说明表。龚仁贵摆摆手，要了一杯红酒，和谭村碰了碰，说：“红酒可以喝一点的，不伤眼睛。”

谭村道了谢，去其他地方举杯了。龚仁贵抬头看，陈汉生陪彼森正和另外一对贵宾把酒言欢。龚仁贵找了一个角落，再次拿出手机，刚才一直乱哄哄的，邮件提醒音一直没有听到，刚才查看谭村邮件的时候，似乎看到也有龙坤的一封邮件。打开一看，果然是五分钟前发来的，龚仁贵推算了一下时间，应该是龙坤上班前发的，用的是他的私人邮箱，内容简洁明了：感谢你的邀请，我也非常希望能来感受一下8月的北京。彼森也该到北京了吧，GC（大中华区）马上也该成立了，祝你好运！

看来GC（大中华区）的成立也就是分分秒秒的事情了。龚仁贵望着眼前的一切，恍然若梦。大中华区就像一朵即将盛开的花，龚仁贵需要的是机会、信心、沟通。死亡最先降临的是那些不擅和阳光沟通的蕊。彼森就是阳光。想到这，龚仁贵喊来一直忙着招呼客人的埃米斯。埃米斯的心情很是低落。龚仁贵安慰了她说：“埃米斯，不用难过，那不怪你。你已经尽力了。好好去喝一杯吧，找个机会敬陈总一杯吧。”

埃米斯是聪明的女人，一下子就明白了龚仁贵的所指，端起酒杯走了过去，趁大老板扭头和另外一位客人打招呼的时候，笑盈盈地拦下陈汉生。

彼森和客人打完招呼后，回头看陈汉生正和一位漂亮的女士交谈，便没有等他，他跟客人都招呼一遍后，正打算回到自己的位置上去。龚仁贵趁机走了过去。

“Oh，David。”彼森露出了笑容，招呼龚仁贵道。

“Sorry，”龚仁贵面露愧色，刚要解释一下，被彼森摆手拦住：“不用说 Sorry，什么事情都有意外。”

意外？这可不是一个什么褒义的词，而在彼森的眼里，张亦菲的行为被定性为了“意外”，真不知道刚才陈汉生跟他说了些什么。既然被彼森下了定义，龚仁贵也不便多说些什么，只好点点头。

“今晚我很高兴，感谢你们做出的努力，走吧，我请你喝一杯。”

龚仁贵简直不敢相信彼森会这么说，并主动发出邀请，忙说：“谢谢。谢谢。”

“没想到一眨眼的功夫十年就过去了。十年前，帕瑞比只是试探性地进入了亚太市场，当时并没有将亚太区作为公司的主营市场，然而亚太区却神奇地创造了一个又一个奇迹，尤其是这几年，在中国这片神秘而古老的土地上，帕瑞比创造了全球屈指可数的高增长。目前，公司希望中国能延续这种高增长，当然了你会看到，在公司的战略部署上，未来会加大对中国市场的投入和监管。公司打算把中国、中国台湾、中国香港从亚太区拆分出来，组成大中华区，直接向总部汇报。”彼森一口气说了这些，喝了杯酒，乐呵呵地说，“中国区的成绩是有目共睹的，无论是市场占有率还是收入，中国都是这个。”彼森翘起大拇指在龚仁贵的面前晃了晃，作为一名成功的管理者，他从来不吝啬对下属的褒奖。

龚仁贵笑着说“谢谢”，然后做出一个倾听者的姿态，他相信彼森一定还有话要说。

果然，彼森说：“在公司的战略部署上，帕瑞比在中国的新投资计划即将推行了，公司会在中国研究所的基础上成立一个面向世界的研究机构，这个机构生产出来的产品不仅服务于中国市场，还要面对全球，满足全世界不同肤色不用客户的需求。这样的话，在全球化竞争愈演愈烈的情况下，传统的价值链必须要做出更新、变革，帕瑞比的产品也要与时俱进，在过去的研、产、销的模式前面必须要多出一个环节，那就是市场调查；也就是以市场部带头，研发部跟进，然后就是生产、销售。换句话说，帕瑞比过去凭借着其产品在市场上的绝对技术优势，我们生产什么客户就购买什么，现在是客户需要什么我们就生产什么，要永远走在竞争的前列，做好产品创新。所以，我们就对中国市场提出了更高的要求。这是一个充满机遇和挑战的战略部署，它需要一个集体智慧，需要一个特种作战部队，需要对现有资源进行一次综合考虑的盘点，然后对这个战略目标进行拆分。目前公司需要一个能很好理解并执行这个战略的团队，这个团队需要将大的战略拆分成许多合理的项目，然后再将每一个项目拆分成许多个精细的动作，最后是执行、落实、监管。这也就是为什么要成立大中华区的原因。当然了，这对中国就提出了更高的要求，除了要面临高销售额的考核，还要着手新的研究机构的组建，David，你有信心吗？”

龚仁贵不知道同样的话彼森有没有问过陈汉生，但自从彼森刚才提出了在中国组建新的研究机构的战略，他就开始恍然大悟了，并为此忧心忡忡。公司之所以让 Bill 来中国成立中国研究所并有权单独汇报给亚太区，目前看来是基于战略考虑的。这一点，龚仁贵是没有想到的。龚仁贵有点懊悔，早知道如此的话，就应该在 Bill 那一块多插插手。他是销售出身的人，对技术只是有基于业务需要的了解，这将是他致命的软肋。面对大老板彼森期待的目光，龚仁贵拿出此前在心中演练多次的关于大中华区的想法，并对刚才接收到的信息进行了快速的判断和回应：“Trust me（相信我）！正如您说的那样，这是一个充满机会和挑战的事情，而我更愿意将它看成是我职业生涯中最为激动人心的挑战！并不是每个人都有机会面临这样的考验。我和我的团队已经做好了准备。在过去的三年里，您可以看到，我们的团队从不缺少市场意识和执行力。这恰恰是对您刚才提到的公司战略的最好理解，当然了，这不是拍拍胸脯就能解决的事情，但是我相信，只要我们认真考察、研究、细分，就一定能圆满完成公司的战略部署，和公司一起成长！”

龚仁贵观察到，彼森两只深蓝色的眼睛在做水平运动，那是左右大脑相互沟通捕捉信息的动作。

袁道鸣赶到七号酒吧的时候，阮琦的面前已经摆了四个空酒瓶子。

“不好意思。来晚了。”袁道鸣坐下来，打量了一下平时那个滴酒不沾的阮琦，两天没见，胡子在他的唇边成了疯长的稻草。

“来，先喝一杯。”阮琦为袁道鸣倒满一杯，说，“袁总，你这么一晚来，我还以为你不想见我了呢。”

阮琦的话夹杂着酒气迅速将袁道鸣包围，袁道鸣并没有生气，喝了一口，问：“怎么会？”

“生我的气也是正常的，没什么。刚才你没来的时候，我还在想可能是你不想见我了。”

袁道鸣为自己倒满酒，将酒瓶放在桌子上，说：“看你，不见你我就不来了。还没喝，就开始说醉话了吧。”

阮琦尴尬地笑笑：“这两天我一直都很难受，想和您说说话。我给您道歉，我不该当个逃兵。不管公司怎么样，我都应该和公司一起的。”

袁道鸣没有说话，而是端起酒杯和阮琦轻轻碰了碰，一仰脖，将啤酒喝完。

阮琦端起酒杯接着说：“袁总，我这两天，内心一直备受煎熬。我还是想跟在您身边，共度难关，和大家一起扛过去。袁总，我想回公司。”

袁道鸣一愣，事先知道阮琦找自己肯定不是喝酒这么简单的事情，但绝对没有想到是这个事情。袁道鸣直直地看着阮琦：“不是在说醉话吧？”

“不是。”阮琦晃动了一下脑袋，“不是，我脑子清醒着呢。袁总，您要是不嫌弃我，大家要是不嫌弃我，我还想回到锦盛天成。”

“太好了。”袁道鸣隔着那张不算太大的圆形酒桌，用力地拍了拍阮琦的肩膀，尔后端起酒杯，说：“来，干了。”

阮琦端起酒杯，二话不说，一仰脖，干了。

“回来就好，”袁道鸣一口气喝完啤酒，说：“回来就好，明天就回公司上班吧，公司里的烂摊子还等着你收拾呢。”

“行。明天我就去。”

“江久年过来了，你知道吗？”

“哪个江久年？”阮琦端起的酒杯停在半空，脸部在灯光的照射下微微发红，眼睛更像一对熟透的桃子，“是帕瑞比的销售总监？”

“是他。他今天来公司上班的，目前做公司的执行总裁。”

“哦，不错，不错，虽然很少和他打交道，业内对他的评价可是很高的。打单很厉害的。”阮琦抿了一口酒，接着说，“他可是个人物。他的到来，能为公司带来不少东西。”

袁道鸣点点头：“公司处在动荡期，江久年这个时候的加盟，的确能带来不少东西。他在外企这么多年，做事风格、思维方式和私企多少有些不同，你这个行政总监要好好配合他。他明天可能直接就去了浙海，等他回来后，你们再沟通。你们是两种不同的企业文化背景，要好好地融合在一起。”阮琦是袁道鸣的心腹，虽然阮琦的辞职风波刚刚平息，但袁道鸣还是比较相信旧部。江久年的到来，势必要带来一批他在帕瑞比的旧部，不是袁道鸣不信任江久年，是他必须要让两种不同企业背景下的人更好地融合在一起。众所周知，一个企业的发展，依靠两个轮子，一个是制度，一个就是企业文化。制度是写在纸上的，必须去执行的，而企业文化则是一种无形的约束，制度是明的，企业文化是暗的，一明一暗，相得益彰，才能有利于企业的发展。一个在制度和企业文化都很成熟的外企待了很久的人，思维多少有点格式化，而私企多的是创造力和创新意识，但创新就意味着面临更多的失败。

江久年的到来，让袁道鸣不得不考虑如何才能将两种不同制度和企业文化更好地结合，从而产生更好的效益。“关于公司的战略，在目前经济危机的情况下，可能对盈利的项目有所偏重，但公司的战略目标不会发生改变，你也考虑一下，目前公司如何朝着健康有序的方向发展的问题。公司这两天一直在想办法找钱，我这两天也在发愁，钱不好找啊。不过，我坚信公司一定会度过这次难关。不管怎么样，我们一定能想到办法。等过了这一关，我们要在企业管理上多下功夫。这方面，你多想想。另外，在目前的经济形式下，我们每一个人都好好考虑一下如何过冬。”

阮琦没有想到袁道鸣现在跟他谈论这些，面对袁道鸣的信任，阮琦沉吟了片刻，说：“谢谢袁总，我会认真想想的。”

“你能回来，是对我的信任。”袁道鸣举起酒杯，说，“相信自己，相信天道酬勤，相信厚德载物，相信咱们清华的校训，相信所有的付出都会有结果，相信所有的困难只是暂时的，只要我们坚持我们的理想，就一定会看到胜利的那一刻。”

“是啊，天道酬勤，厚德载物。袁总，我敬您。”阮琦双手举起了酒杯。

鑫星集团办公室主任亲自打来电话，说由于程军需要浙海和北京两地跑，公司便把程军的住宿安排在了离鑫星集团不远处的部委招待所里。之前来总部开会，程军曾经在里面住过一两次，称谓上是招待所，但里面的装修丝毫不亚于五星级宾馆。这是程军来北京上任半天来，第一次感受到来自组织的关怀。程军道了谢，挂了电话，对苏小蕾说，公司给安排了个住处，部委下面的一个招待所。

“招待所？”苏小蕾似乎不相信自己的耳朵，“你还住招待所啊？”

“对啊。”程军看到苏小蕾惊愕的表情，明白了过来，解释说：“招待所条件不错，里面的条件应该是五星级的。”

“哦，”苏小蕾停下手中的筷子，脱口而出道，“我想明白了，这样的安排，就显示出了国企和外企的区别。就跟鑫星集团和帕瑞比的办公楼一样，鑫星集团的楼不高、破旧，从外面来看谁也想不到会是多有钱的单位；帕瑞比的办公楼就不一样了，高大、气派，远远地就给人以高贵的印象，而实际上，国企更像周杰伦的一个写真集：《低调的华丽》。”

程军听后，觉得苏小蕾说得有些道理，却不想将这个话题延续下去，便亲自给苏小蕾卷好一份烤鸭，递到她的面前，问："你喜欢周杰伦吗？"

"喜欢，我是他的粉丝呢。"

"我发现你们这些小孩子都喜欢他。"

"你女儿也喜欢周杰伦？"

程军一愣，不知道苏小蕾怎么知道的他有一个女儿，他从来不在公司里谈论自己的家人。

"呵呵，想什么呢？"苏小蕾歪起头，得意地笑着说，"我在你办公室里的桌面上，见到过你们在海边的那张全家福。照片上显示的拍照日期是1998年，你女儿看上去有五六岁？看上去很漂亮，长得像她妈。"

苏小蕾在浙海分公司的工作有一项就是早上上班经过传达室时将当天属于程军的报纸和信件取走，然后送到他的办公室里，所以她有他办公室的钥匙，并有机会看到他压在办公桌玻璃下的照片。程军的女儿的确是周杰伦的粉丝，但看到苏小蕾变相地探询他的家庭情况，心中不悦，淡淡地笑笑说："我女儿啊？她啊，她好像不大喜欢周杰伦吧，她爱静，不喜欢'哼哼哈哈'的调子。"

"哦。"苏小蕾低下头，夹一点菜放在自己面前的小碟里。

程军看到苏小蕾的失落，为了调节气氛，问："小蕾，说说看，你们上午都谈论了什么？他让你准备了哪些面试内容？"

苏小蕾抬起头，对这个话题表现出了浓厚的兴趣："真是麻烦，照他说的，里面的名堂大着呢。他说，首先英文要好，因为往来邮件都是用英文，其实就是了解你对这个职位的基本能力，看你是否具有较高的专业素质，然后就是你对行业的认知程度。像我这种刚毕业、没有多少工作经验的，他说，一定要多举些例子，比如你在学校中参加或者举办过什么活动，遇到了什么样的问题，是如何解决的；他还叮嘱我一定要说真实的经历，否则在面试中被问起细节会穿帮的，那样的话，就死定了。他说他们的企业文化里最难容忍的就是不诚实。你能力不够，他可以经过培训来提高你；你经验少，他可以在工作中多给你实战的机会；但是你若不诚恳，他只能开了你。所以在面试中，他说他们会不断地挖掘你所经历事情中的细节，并通过这些细节来判断你是否诚实以及能力大小。我现在最怕这个，我在大学里参加过我们系的英语演讲比赛，还拿了个奖，算是比较闪亮的一笔。对了，大一的时候还被选为我们学校的礼仪队员，我们整个学校就选了20名女生，我是其中之一。每周三晚上被集中在一起，由舞蹈老师、礼仪老师来辅导，但我只参加了两次就不干了，太累了。后来还参加过一次模特走秀，一上台，看到黑压压的人头，我的腿就软了，走了一圈就落荒而逃了……掐指算来，也就是这么几次活动，我能实话实说吗？想到面试我就担心。”

“不用担心，”程军虽然心中也没有多大把握，但为了给苏小蕾鼓劲，还是淡然一笑，“像帕瑞比这样的大型外企，招聘的程序往往都非常严谨，但面试的时候，不要紧张。面试官提出问题的时候，不要急于回答，想一下他问这个问题的目的是什么。他们一般问的每一个问题都是有针对性的。有的面试官上来就跟你说，不要紧张，咱们随便聊聊，你千万不要放松警惕，猎物大都是在放松的情况下被悄悄逼近的猎人给射杀的。多观察，揣摩面试官想知道什么信息，然后一语中的，让他们短时间内对你产生兴趣。”

苏小蕾听得一惊一乍的，叹息道：“真难，比考大学都难。我真怕被淘汰了，给你丢脸。”

“怎么会，你能行的！再说了，他们若知道是我介绍过去的，肯定不敢要。所以……”

“我明白。”苏小蕾笑笑说，“就是录用了，也不会提起你。你是我的秘密。一辈子的秘密。”

“呵呵，”程军笑笑，打开钱包，拿出一张银行卡，放在苏小蕾的面前，“密码是6个0，回头你改一下，这两天抽空租个好一点的房子。以后就在北京工作了，要有个家的样子，老住宾馆，别扭。”

苏小蕾犹豫了一下，还是拿起卡插进自己的钱包里：“等我上班了，就能养活自已了，听说帕瑞比的待遇很高哦。”

程军笑笑，没有说什么。苏小蕾刚毕业，并不了解情况，他也懒得告诉她。相对来说，帕瑞比的工资待遇应该是这个行业最高的了。外企喜欢将工资、奖金、待遇一切都制度化，所有的收入加起来，算是一个比较可观的数字，但和国企尤其是垄断行业的国有大型企业比起来，他们工资外的收入相差甚远。这样算下来，鑫星集团员工的年收入比帕瑞比还要略高一些的。

两人吃过饭，苏小蕾单独去找房子，程军则回到了公司。眼下他要做的，就是尽快融入到新的工作岗位中，说白了，就是要融入到新的人群中去。他是领导，最直接的方法就是找下属分别谈话，在谈话中分辨“敌友”关系，从而做出对策。但是当他坐在办公室里，面对通讯录上面密密麻麻的陌生名字的时候，他却不知道从谁开始。他知道，这薄薄的纸上摆满了一张错综复杂的关系网，这是总部——某部委下属国有大型企业，能进这里的人，哪怕是一个办公室文员，背后依靠的说不定是谁呢。在没摸底之前，程军不敢轻易妄动。但是，又不能不动。不动，就陷入被动。通讯录被他拿起又放下、放下又拿起，就在他重复这一简单的动作时，办公桌上的电话响了。

程军很纳闷，自己刚上班，谁会打他办公室里的电话呢？他拿起话筒，一个声音传来："程总您好，我是陈江。您现在忙吗？我想给您汇报一下我这边的准备情况，看看您还有什么补充没？"

"来吧，我有空。"程军爽朗地答应了。售前的准备情况还用汇报？无非是传递一个积极的信号：陈江同志是一个善于沟通的同志。沟通拉近距离。距离决定位置。那就从陈江入手吧，程军亲自走到门口，拉开了一条缝。

与彼森的近距离接触，龚仁贵才发现自己之前的强势和自大是多么可笑的事情。彼森谈吐风趣幽默而又一丝不苟，眼神凝聚的时候目光似乎能一下子洞穿你的内心。他考究的衣着看不出是什么牌子，只有经过仔细辨认，才能在衬衣袖口上看到同色绣着的他的名字。他似乎有魔法，一个不经意的动作就能左右周围的人。他的笑，总能给人信心，让龚仁贵心甘情愿地说出了心里话。

彼森微笑着站起身的那一刻，幸福就像当晚酒会中香甜的气息一样包围着龚仁贵。和彼森的沟通，是愉悦的、流畅的、成功的，龚仁贵将自己的想法及时有效地传递给了帕瑞比大老板。

在龚仁贵看来，埃米斯出色地完成了任务，在他结束了和彼森的沟通之后，依然看到埃米斯在和陈汉生谈笑风生。多年的职场经验，龚仁贵将自己欣赏的女员工分为三类：第一类是能干的花瓶，不仅长得漂亮，身材一流，嗲味十足，因不够聪明从而不会玩弄权术，然而勤奋好学，关键时刻能轻易摆平客户；第二类是聪慧的漂亮女性，此类大都是受到过西方高等教育，拥有高贵的气质和超凡的思维，聪明，懂规则，关键时刻能为老板分担忧愁；第三类是不张扬的实干家，长相平凡，却能拼命工作，肯动脑子，做事认真，能为公司带来较大的利润和销售额。

埃米斯无疑是第二类，是关键时刻能冲上去的知性美女。

酒会在大家留恋的眼神中结束了。

等龚仁贵安顿好彼森及其他贵宾后，时间已近凌晨了。Jack、埃米斯和谭村仍旧在等他，他们来到一个事先预定的套间里碰了短会，主要是确定了明天行程的安排。彼森明天的主要行程就是观看奥运会比赛，他请来的这帮朋友也要一起观看，龚仁贵是要全程陪同的，埃米斯负责外联以及协调好相关工作，Jack 回公司，谭村说他明天一早就回上海。龚仁贵明白谭村说的回上海，实际上是回浙海，但有埃米斯和 Jack 在，龚仁贵也没说什么。时间太晚了，宾馆里还有两套预留的空房，除了谭村，其他人都决定回家。龚仁贵临走的时候，才回头对谭村说："你啊，明天别急着走，好好休息一下。"

谭村看到龚仁贵的眼神，知道可能有其他的事情安排，便点了点头。

夜色已浓，龚仁贵疲惫地钻进了车内，眼睛飘向车窗外，一排排的路灯次第点燃倦意的夜空以及一个阴晴未卜的黎明。盘点今天，喜忧参半，张亦菲的无礼在彼森眼里肯定会留下不好的印象，但彼森并不像大多数美国人那样直接，依然乐呵呵地听完自己的想法。那个大单的项目意向表不久就会通过帕瑞比的系统软件自动抵达美国总部，几个小时之后，那个具有战略意义的5亿元的项目意向表在2008年收入普遍低迷的帕瑞比将掀起多大的浪龚仁贵不得而知，但他知道要么是三尺大浪要么是一朵浪花，绝不是石沉大海般风平浪静。无论是大浪还是浪花，都会对大中华区的成立起到推波助澜的作用，这也是目前看来，龚仁贵剩下的为数不多的优势之一。

帕瑞比反应机制再一次显示了它成熟敏锐的一面，凌晨4点多钟，一个独特的手机铃声惊醒了沉睡中的龚仁贵，那是手机中设置的收到重要邮件的提醒声音。龚仁贵忙打开一看，睡意全无，是美国总部就浙海5亿大单项目意向表的批复，收件人为亚太区总裁陈汉生、亚太区营销副总裁，抄送中国区总经理龚仁贵、销售总监谭村、销售代表吴彪，龚仁贵的心跳在加快，他已经成功地利用8小时的系统时间差合理地"越级"汇报到了美国总部。龚仁贵打开电脑，详细地看了一遍邮件内容，喜出望外。邮件对这个项目表达了前所未有的关注，"这真是一个让人振奋的消息"，请亚太区、中国区"调动一切资源"，各部门全力协作"尽一切可能"签订合同。很快，彼森先生的行政秘书也专门发来一封邮件，收件人只有陈汉生和龚仁贵，邮件内容只有一句话：鉴于此单的重要性和战略性，彼森先生正在北京，若有需要，他完全可以配合这个项目做些事情，甚至可以抽出时间拜访客户。虽然只有这一句话，但对龚仁贵来说，胜似千言万语。龚仁贵坐不住了，站起来，在书房里来回走动，弯下腰再次盯住电脑屏幕上的那句话，细细品味。

此刻，龚仁贵忽然产生了想找一个人聊天的欲望。这种欲望非常强烈，但想来想去，却找不到一个能说话的朋友，妻子已经熟睡，年龄越大，朋友越少，在职场越久，位置越高，越是没有朋友。龚仁贵深陷"高处不胜寒"的寂寞。越寂寞越睡不着，龚仁贵第一次因兴奋而失眠了。

宁静的房间里再次传来了新邮件的提示声，龚仁贵点开一看，是谭村的邮件，看来此刻谭村也是深夜中被惊醒的人。邮件很短：龚总，总部的邮件我已经看过了，有了公司的支持我会更有信心。另外有消息说江久年去了锦盛天成做执行总裁。

江久年？他去了锦盛天成？怎么可能！不是说锦盛天成马上就要崩盘了吗？那么多好的公司供他选择，怎么会去了锦盛天成？龚仁贵开始怀疑这个消息的真实性。他立刻拨通了谭村的手机，问："听谁说的江久年去了锦盛天成？"

谭村没有惊讶于龚仁贵的凌晨来电："我的一个朋友说，昨天江久年已经去锦盛天成上班了。"

"消息可靠吗？"

"嗯，可靠。"

龚仁贵仿佛自言自语道："他为什么要去锦盛天成？锦盛天成的状况，他也应该了解，怎么就去了那儿呢？"

谭村沉默一会儿，说："难道……是……为了浙海省的这个单子？"

"不排除这个可能。"龚仁贵感到背后似乎有冷风吹过，江久年对帕瑞比太了解了，他若真去了锦盛天成，不会不知道这个单，他若去打，帕瑞比的胜算还有多少？龚仁贵给不出自己答案，只好给谭村施加压力："不怕他去打单，就怕他不去。就目前锦盛天成的情况，能给他多大的支持？他江久年就是有天大的本事，和你还是有差距的，没看到总部的邮件吗？还有一点要告诉你，连彼森都说了，在北京的这几天，若需要他为这个项目做些什么，他会抽出时间全力配合。"

"那太好了。"谭村脱口而出道，要知道，能请动大老板配合具体的单子，那可不是件容易的事情。

"所以啊，我们要好好考虑一下，如何利用这么好的一个机会。"

"那是，那是。"

"你想想吧，时间紧，尽快拿出个方案给我。"

"好的。"谭村的脑海里立刻闪现出了几个方案，但他没有马上说出来，他知道，这种事情，一定要考虑周全，然后再提交给龚仁贵。

挂断电话后，龚仁贵渐渐平静了下来，两个消息，一好一坏，生活总是这样，给你好消息后，坏消息随后也就到了。他叹了口气，轻轻地回到卧室，闭上眼睛，脑海里都是江久年的影子。

天蒙蒙亮，龚仁贵就赶到了酒店，简单吃了点东西，就接到了Lisa的电话，说陈汉生请他过去一趟。龚仁贵的嘴角挂起他那招牌式的笑，这才7点半，陈汉生就心急火燎地让过去，肯定是看到了总部以及彼森的秘书发来的邮件，真想看看他知道后的表情。惊讶、懊恼、后悔等，在飞速上升的电梯间里，陈汉生的这些表情不断闪现在龚仁贵的脑海里。门刚敲了一下，就传来了陈汉生的声音："请进。"

龚仁贵推门而入，却看到房间里除了陈汉生外，还有Bill。龚仁贵很是意外，从他们面前烟灰缸里的六七支烟头来看，Bill来的时间至少在半个小时之上。做技术出身的Bill是个烟鬼，但这么一大早就躲在亚太区总裁陈汉生的房间里肆无忌惮地抽烟，看来他们的关系非同一般。

“David，坐。”陈汉生指了一下对面的沙发，自从昨天从机场回来，陈汉生已经不再亲切地称呼龚仁贵为“仁贵”了。

龚仁贵一屁股坐在了他们的对面。Bill冲他点点头，扔过来一支烟。之前，Bill对龚仁贵还算是客客气气的，递烟也是亲自走到身边递。今天他这看似随意的空抛动作，多少是有点在陈汉生面前表明他和龚仁贵的关系的意思。想到这，龚仁贵将那支中华烟随手丢在茶几上，也不道谢，看都不看Bill一眼，说：“怎么样陈总？昨晚休息的怎么样？”

陈汉生看了有点尴尬的Bill一眼，哈哈一笑说：“不错啊，真是一个美妙的夜晚。可惜的就是，那位张亦菲小姐走得太匆忙了，没有近距离地喝上一杯。遗憾啊，遗憾。”

龚仁贵装出一脸苦闷的样子，拍了一下左膝盖，叹气道：“唉——甭提了，是我的工作没做到家。”

“谁让人家是巨星呢？牌大着呢。”Bill终于找到龚仁贵的工作失误来报复龚仁贵刚才对自己的无礼。

没想到这句话反而帮了倒忙，龚仁贵连忙接着说：“是啊，牌大着呢！做了很多工作才总算是把人给请过来了。”

Bill还想说些什么，却被陈汉生打断了：“David，我要祝贺你啊，搞到这么大的一个动作。”陈汉生对龚仁贵不动声色地将项目意向表捅到美国总部十分不满，他明知龚仁贵有越级汇报的嫌疑，却又抓不住龚仁贵的把柄，只好冷冰冰地等待着龚仁贵的解释。

龚仁贵并不想在这事情上纠缠过多，轻描淡写地说：“没什么可祝贺的，我也是才知道不久。都是谭村的功劳，他比较勤奋，在得到确认后第一时间就发了项目意向表，无奈我昨晚一直在忙酒会的事情，一直也没时间处理邮件。谁想一下子惊动了公司总部。”

龚仁贵一句话就把所有的责任一下子都推到了谭村身上。话说到这，龚仁贵停了下来，眼睛的余光看到陈汉生灼灼逼人的目光。龚仁贵这么轻巧的解释似乎加剧了他心中的怒火，却也找不到释放的理由，只好强忍着愤怒。屋内一下子静了下来，过了几秒钟，陈汉生终于发出了一个“哼哼”的笑声：“惊动了总部是好事，这不连彼森先生都亲自表示支持了。这个谭村，面子够大的啊。”

“是、是。”龚仁贵知道现在还不是和陈汉生撕破脸皮的时候，只好表示认可地点点头。

“目前经济不容乐观的情况下，能有这么一个大单，的确是个不错的机会。不管总部重不重视，我们都要拿下。当然了，有了总部的支持，我们的工作就好做了。刚才你没来之前，我和Bill刚讨论过，觉得彼森先生参加的与某高校的技术合作可以好好地搞一次，规模在原有的基础上再增加两倍，经费由五十万增加到二百万，捐赠的产品由价值三百万增加到五百万，当然了，这一切都不是白白增加的。前提就是由这位高校的校领导搭线，聘请一两位教育部的领导成为帕瑞比的顾问。我也了解到了，之前帕瑞比中国的客户基础在教育系统还是很薄弱的。这一点，我要强调一下，这么重要的客户，客户关系竟然薄弱到连各省教育厅的高层都说不上话，这对以后的合作是非常不利的。我们要趁机做好客户关系，一举拿下这个单子，也为以后的教育系统的单子做准备。”

陈汉生的这番话说得毋庸置疑，他这么一说，就等于把和某高校合作的事情给定了下来，不仅投入成本要增加几倍，还要去请教育部的领导，时间这么紧，资金和预算都要重新考虑，不是一句话两句话就能解决的事情。龚仁贵没有言语，一副认真思考的样子。

见龚仁贵没有表态，陈汉生只好主动出击地问：“负责那个技术合作的对方的校领导是？”

“他们学校的一位副校长。”龚仁贵答道。

“我们不仅希望取得良好的社会效应，还希望能够打下坚实的客户关系，副校长的级别肯定没有正校长高，只要我们能请动教育部的领导参加，这所高校的正校长肯定是要做好陪同的。是吧？David.”

龚仁贵苦笑着点点头，当初谈与某高校的技术合作时，就下了很大的功夫才请到了这所高校的副校长。实际情况是，高校并不缺少你那么一点资金和产品。对方能答应做，很大程度上是因为帕瑞比之前做的不少工作。虽然目前投入的资金和产品比之前都有了很大提高，但时间那么紧，谁能保证就能请到教育部的领导呢？龚仁贵面露难色地说：“这的确是个好办法，但具体操作起来怕是有难度，一是所有的预算都已经分配好了，这个项目增加，势必要削弱其他项目的经费；另外就是时间紧，这么短的时间内接触教育部里的人，怕是人家已经有了安排。”

“那就需要你们做工作了。”陈汉生转眼看了一下Bill，慢悠悠地抛出了一句话：“Bill，David这两天比较忙，和高校的技术合作之前也是你具体负责的，这样吧，这个事情还是由你来做吧，好不好？”

Bill对龚仁贵的“David”似乎已习以为常，对陈汉生的安排也好似没感到什么意外，他看了看龚仁贵，随即将目光转向陈汉生，像是接受一项比较棘手的重大任务似的，坐直身子：“没问题。前期的工作已经做得比较到位。现在又拿出这样的条件，应该是不会有什么问题，但也就是怕出现David说的情况，时间太紧了。等一会儿我先试着去联系联系。”

“我看行，试试吧。”陈汉生望着龚仁贵说，“David呢，有什么建议？”

龚仁贵终于明白了，把自己叫来，只不过是例行一下程序，事先两人估计已经商量好了，由Bill来做好这件事情。做好了是他们的光，做不好也算是合情合理，毕竟你龚仁贵也证实了这件事有那么大的难度。另外，也顺便名正言顺地多要了一百五十万的经费和二百万的产品。龚仁贵也没有理由拒绝，只好顺势说：“那就辛苦Bill了，正好谭村在北京，让他协助你，毕竟他是这个项目具体打单的人，教育系统的人目前是他最需要也是最重要的客户。”

见龚仁贵想安插谭村进来，Bill的目光中有了一丝慌乱，这个问题显然超出了他们事先拟定的范围，他不由微微晃动一下身子，以询问的目光望着陈汉生。陈汉生根本没有看Bill，而是像一个大人面对小孩子的讨价还价似的，努力坐直身子，尽量拔高自己的海拔，头部微微后仰，目光从龚仁贵的下巴部位开始往下移，居高临下地吐出一句话：“那是自然，谭村自然是要参与到项目中来。”

龚仁贵随即笑笑，说：“那我一会儿就去安排谭村，刚好他在北京。”

“那行，那就先到这？”陈汉生站了起来，总结道，“David负责那个单的情况，Bill负责的与高校的技术合作项目，随时可以跟我汇报。”

龚仁贵和Bill一起出来，两人一前一后上了电梯。电梯里就他们两个人，空间一下子小了很多，龚仁贵故意板着脸，一言不发，电梯里气氛一下子凝重了很多。Bill局促了一些，没话找话地说：“唉，这么一搞，就有的忙了。”

Bill的话中似乎对陈汉生的安排有点抱怨，这就有点得了便宜还卖乖的味道，就像一个下属在他的同事面前抱怨他们共同的领导一样，还有一点同处一个战壕的意思。龚仁贵心知肚明，看着Bill稀松的头发，忽然感到了做技术的不易，整天为了一两个编码谨小慎微挠破头皮，还未见得受到领导的重视；毕竟技术是个花钱的部门，不像销售之类的部门能够直接给公司带来Money，即使忽然有了这么一个委以重任的机会，却因多年的工作习惯而畏手畏脚。龚仁贵原本想挖苦一下他，临时却改了口，应声附和着：“是啊，有的忙了。”

媚笑立刻浮现在Bill的脸上，龚仁贵的一句话让他立刻感觉到电梯里的气氛轻松了许多，他想进一步维持这一气氛，便诙谐地说：“谭村这小子，还真不错，一上来就抓住了这么一个大单，真是走了狗屎运！”

龚仁贵笑了，扭转了一下身子，斜靠在电梯上，以一个轻松的姿态望着 Bill，似乎对他的话表示了兴趣。

受到鼓励的 Bill 也扭转了身子，面对面地说：“刚才陈总跟我说这一消息的时候，我真感到高兴，若能拿下这个单，咱们 2008 年前两个季度的被动局面将被改写，中国区在 2008 财年的表现也会大幅提升。我虽然整天做技术，但还是知道目前的生意不太好做，陈总说不仅仅是中国，整个亚太，包括全球的数字都不太理想……这个与高校的技术合作，我全力配合谭村，力争为能够拿下这个单而做些事情。”

“是啊，都有压力，不仅是我们，上头的压力更大。”龚仁贵不经意地探询道，“你看这才几点，陈总就把我们给召唤了过来。”

“是啊，我还在睡觉就被喊了过来。昨晚忙到一两点，今天五六点就起来了。”Bill 忽然感到自己说漏了嘴，急中生智，故意打了一个哈欠，然后话锋一转，“哎，真是有点困，对了，这不是奥运期间嘛，公司不是施行的是弹性上班时间管理嘛？我看效果不错。你也知道，我们这些做技术的，都是夜猫子，看能否申请一下，等奥运过了，我们做技术的还接着‘弹’得了，每天上午晚来一个小时，然后晚一个小时下班，这样咱们的工作效率也高，又避免了交通拥挤，你看呢？”

原以为能够在 Bill 口中继续探得有用的信息，但 Bill 却转移了话题。龚仁贵站直身，心想公司这样管理在实际操作中也不是难事，他点点头就可以了，但一想到 Bill 口口声声说“咱们”，关键时刻却站到了陈汉生的一边，龚仁贵便不想轻轻松松地答应了下来，从而让 Bill 在他们部门员工面前得了民心。龚仁贵“嗯”了一声，不咸不淡地说：“这倒是个好建议，但就怕其他部门的有意见，回头开个会，咱们议议，征求一下大家的意见。”

“那是，那是。”Bill 点头道。电梯开了，龚仁贵率先走了出去。望着昂首挺胸迈着八字步的龚仁贵，Bill 心想，小样儿，看你还能得瑟几天！

没有几家公司会在没有经过培训的情况下就把一个没有项目销售经验的人派上场的，就像一个导演永远不会派一个事先没有经过排练没有看过剧本的人登上舞台一样，而江久年却带着刘恒辉匆忙登场了。

飞机还没有起飞，刘恒辉坐在江久年的身边，手中握住锦盛天成的产品说明书，不时地闭上眼睛，似乎在努力记住那些最基本的产品功能。坐在他身边的锦盛天成售前贾庆权看上去是个表情严肃的人，不苟言笑，只有在刘恒辉请教他的时候，他才会在相关话题上滔滔不绝。不远处的江久年边打电话边观察了他们几眼，这是他挑选出来的兵，通过短暂的接触，他判定贾庆权无论从专业水平还是言谈举止上都是他比较欣赏的角色，而刘恒辉则是他被迫选择的棋子。刘恒辉看上去很是焦虑，从刚进大厅的目光来看，这是他的第一次空中旅行，他甚至不知道如何办理手续，这和江久年之前在帕瑞比严格培训出来的销售人员是难以相比的。

每个进帕瑞比的新员工都要经过非常细密的培训，帕瑞比把对新员工的培训当成了一种投资，仅培训费就比该员工第一年的工资总和还高。尤其是销售市场人员，公司会为其量身制定一整套员工培训，无论是形态仪表，还是销售技巧，甚至连如何在最短的时间内办理登机手续等诸如此类的琐碎事务也非常认真地加以培训，所以某些客户第一眼就能分辨出哪位是外企的销售哪位是民企的销售，靠的就是对两者不同言行举止的判断。

在帕瑞比，上班时间男士必须穿西服、打领带，夏天不管多热，男士都必须穿长袖衬衫，穿黑皮鞋，配的袜子必须是深色的；女士上班期间必须穿套装，上衣必须是带袖子的，不能穿牛仔裤，脚上必须穿袜子，不能穿露脚趾和后脚跟的鞋。目前刘恒辉的衣着，倒也穿着西服，但一看就是次品货，这么热的天倒也打着领带，但领带的颜色和衬衣的颜色极不协调，并且从西服那空荡荡的袖口来看，衬衣必定是短袖的。

这让江久年想起一个客户说过的一个笑话，在夏天要判断那些上门推销的销售是否是外企的，只要看两点就可以了：一是看他们的衬衣是否是长袖的，长袖的十有八九是外企人士；另外一点，就是看他们穿的袜子，外企的人一般穿的袜子的颜色是深色的，而国企和民企的就很少有这么详细的要求，偶尔会有人认为穿白色的袜子显得干净，这样的话就会闹出极不搭配的笑话。而刘恒辉给人的第一感觉就是一个刚刚毕业的一股子冲劲的毛头小子。

江久年有那么一点点后悔了，后悔选择刘恒辉时自己太感性了。这样的事情，也只有在锦盛天成这个特殊时期才做得出来。而在帕瑞比则永远不会有机会让你这么轻率这么冒险。好在刘恒辉只是他带去的一个摆设，真要是见到客户还是要看江久年的。

江久年挂断电话，走了过来，和贾庆权打了个招呼，刘恒辉听到后，抬起头，冲江久年笑笑，然后低头接着背产品说明书。产品介绍是销售人员必须要烂熟于心的，但光靠这还是不行的，刘恒辉现在还差得很多。锦盛天成的产品，江久年之前是非常了解的，但一些技术性的问题，他还是和贾庆权进行了沟通，并且在心里和帕瑞比的产品进行了比较。相对来说，锦盛天成的技术优势并不比帕瑞比差，只不过内容资源上略逊于帕瑞比。袁道鸣给他交了底，锦盛天成的内容资源这一块卖给了鑫星集团使用，这就意味着鑫星集团的内容资源一下子扩充了很多。江久年深知，在客户那里，尤其是教育系统，内容资源是考核的硬性条件，在技术相对持平服务水平相对一致的情况下，客户肯定会选择内容资源丰富的那家。然而，在目前提倡建设节约型社会的大环境下，节能也是客户不得不考虑的问题。这一点，帕瑞比的优势就明显了，它比其他同类产品要节能50%，而锦盛天成的优势是内容资源的细化程度更好，目的性更强，更有利于学生的查找以及老师的教学。经过贾庆权的分析，江久年终于明白了之前帕瑞比为什么有些单输给了锦盛天成，抛开价格优势不说，关键是锦盛天成是真正站在客户的角度来改进技术，每一个细节都做得很完善。

飞机在蓝天白云间穿行，刘恒辉由登机时的异常兴奋变得有点忧心忡忡了，他就像一个没有经过训练就匆忙赶赴战场的士兵，恐慌的心情可想而知。坐在他身边的江久年看到空姐走了过来，便要了三杯矿泉水，递给刘恒辉时说："来杯水。"

"谢谢。"刘恒辉接过来，并没有喝，而是低头接着看资料。

江久年知道一定要缓解刘恒辉的紧张心理，于是自己先喝了一大口水说："飞机在飞行过程中，机舱内非常干燥，身体容易失水，所以要多喝点水，不仅补充水分，还能为身体补氧。"

听到这，刘恒辉便端起水杯，喝了一口，说了声谢谢，便又接着低头看资料。

江久年笑了，真不知道刘恒辉是真心在背资料，还是找了个借口避免和自己说话，或者两者兼而有之。无论是哪种情况，都说明了他内心的紧张，这不是一个好的信号。江久年知道这个时候，一定要鼓励他，一定要让他放松，便主动问："怎么样了？好记吗？"

"还行，但是很多东西我还是理解不了。"刘恒辉终于放下了资料，实话实说道，"我自己就理解不了，怎么能给客户解释清楚呢？怕说错了。"

贾庆权似乎也感觉到了刘恒辉的紧张，安慰道："不用担心，有江总和我在呢。"

"是啊，"江久年说，"我毕业的时候，和你一样，什么都不懂，第一次见客户也担心说错了，但是见了面以后，就知道自己的担心是多余的。客户也是人，是人，都容易沟通。天下的事，只要有沟通，有诚意，有信心，一切都好办多了。把客户当成你多年没见的朋友就好了。咱们做销售的最高技巧，就是没技巧。心诚则灵。心意到了，就可以了。"

刘恒辉点点头，不好意思地说："我到时就听你们的指挥。"

“嗯。”江久年说，“不过该说的话一定要说，该递的名片一定要递。”

“这个我明白。”刘恒辉说。

下飞机后，他们在浙海省教育厅附近找到了一个事先预定好的如家快捷酒店。为了节省开支，只订了两间房，江久年住了一间，刘恒辉和贾庆权合住了一间。这和江久年之前在帕瑞比的情形形成了巨大的反差。帕瑞比的员工出差，会住当地最好的宾馆，每个人手中都有一张入职时公司为其办理的招行双币信用卡，额度由于职位的不同而有所偏差，但最少不低于10万，江久年的额度是100万。出差的费用统一由信用卡支付，月底由公司代为还款，然后再提交相应的票据就可以了。公司在每个大中型城市里都会有几家固定的高档酒店、宾馆供出差的员工食宿，打折后的价格其实也不算贵。

服务员打开江久年的房门，江久年率先走了进去，贾庆权走在后面，看了一眼房间，说：“江总还没住过这小地方吧？”

江久年呵呵一乐，说：“不错啊，这里条件不错。”

贾庆权也笑笑：“公司之前出差都住这样的房间，都习惯了，感觉也不错。”

江久年看了一下时间，将自己的挎包放在桌子上，拿起房卡，说：“你们先休息一下，等我电话。我去见个人。”

江久年刚到楼梯口，便接到了袁道鸣的电话。袁道鸣问：“到了？”

“到了。”江久年说：“我正打算去找一下越众的常总。”

“我刚刚跟他通了个电话，他说正等着你呢，”袁道鸣保持了对江久年说话的一贯轻快明了的风格，隔着那么远的距离，在电话中仍旧可以感觉到他说话时那热诚信任的眼神，“电话中给我的判断是，常森通过这两天的工作，已经对这个项目有了一定的了解，但教育厅的关系还没有开始做。你们聊聊吧，稳住他，拿出昨天咱们碰的那个意思，先了解一下情况，他做他的工作，咱们做咱们的工作，到时候咱们再谈条件。你们多辛苦吧，对了，那个你带过去的新手，什么都不懂，我知道你带他去，自然有你的安排。不过，这下可苦了你了。”

“没事。”

“公司已经安排孔颖去接触陆峰和鞠莉莉了，他们能来，完全是冲着你江久年的。现在我也不说请你来做工作，等到度过了这个时期，再请你出来说话。”

江久年也希望昔日的两个部下能尽快到位，但目前来看，资金链断裂的锦盛天成能否请动他们真是个未知数。这个时候，不是谈交情的时候。

袁道鸣接着说：“今天上午和富威国际的宁璐见了个面，达成了一个初步意向，她带走了相关的资料，项目正在评估中。久年，这个事情，无论结果如何，我都要谢谢你。”

江久年知道像富威国际这样融合中西元素的投资公司做事是很干脆的，看不上的项目，直接拜拜，若是在评估中，就说明了宁璐对这个项目还是比较中意。但最后真正拍板的，还是那个靠高利贷发家的老板杜威。而杜威对IT行业了解甚少，若真是从他手中拿到钱，还有很多的工作要做。这点，聪明过人的袁道鸣自然是明白的。江久年说：“说‘谢’就见外了，咱们现在分工明确，我把单打好，你把钱找好。呵呵，这可是个花钱的单。”

“放心，久年，咱们一起把事情做好。”

第七章 权力背后的陷阱

《韩非子》里讲了一个"昭侯酒醉"的故事：昔者韩昭侯醉而寝，典冠者见君之寒也，故加衣于君之上。觉寝而说，问左右曰："谁加衣者？"左右对曰："典冠。"君因兼罪典衣与典冠。其罪典衣，以为失其事也；其罪典冠，以为越其职也。非不恶寒也，以为侵官之害甚于寒。故明主之畜臣，臣不得越官而有功，不得陈言而不当。越官则死，不当则罪。

"侵官"就是越权，乃职场、官场之大忌也。在帕瑞比，每次组织结构调整，都会对组织结构中的每个人的签字权限给予修正并予以公布，从基层经理到中层经理，从职能经理(总监)到总经理、副总裁、总裁，每个人都清楚自己的签字权限是多少以及签字的顺序。在这看似清晰明了的权利和责任背后，每个人都如履薄冰，生怕一不小心就掉进"越权"的陷阱——

如果说陈汉生安排 Bill 全权负责与某高校的技术合作项目让龚仁贵感到一种失落的话，那么他现在借 Bill 之手在中国区的地盘上开始调兵遣将则彻底让龚仁贵开始感到恐慌了。

龚仁贵明白陈汉生是躲在背后的越权管理者，但是程序上又抓不住把柄，毕竟他所做的一切，都有一个冠冕堂皇的理由——为了协助中国区拿下浙海省教育厅的那个5亿元大单。在帕瑞比，不管你和同事有多大的矛盾，当面对客户时，也要努力配合好，毕竟这是以业绩决定命运的地方。玩政治斗争，也是建立在业绩之上的政治斗争。业绩若是差了，用不着政治斗争，用不着勾心斗角，就直接被淘汰出局了。所以说，当谭村、埃米斯听过龚仁贵的指示后，还是欣然接受了公司的安排。他们两个找到了Bill，商议应对之策。明知道现在去接触教育部的人显然是有点仓促了，龚仁贵还是尽最大的努力来配合Bill的行动，无论怎样，龚仁贵还是希望这次技术合作能够为拿下那个大单起到穿针引线的作用。

Lisa打来电话说，紧急接到彼森秘书的通知，说彼森想在上午10点的时候去公司看看，然后开一个员工沟通会。接到电话的时候，已经是9点了，这一突然变化，让龚仁贵隐隐约约地感觉到了什么，好在公司这一段一直处于高度“戒备”状态，随时做好了迎接大老板的准备，龚仁贵赶紧打电话给Jessie，通知各部门做好准备。挂断电话后，龚仁贵暗想，大老板为什么要将原定于后天的行程提前到今天？有什么变化了吗？龚仁贵立刻找到陈汉生，直言不讳地表达了自己的观点。这一次，两人的观点是一致的，但陈汉生也没明白彼森改变行程的目的。陈汉生这次没有喊“仁贵”也没有喊“David”，直接问道：“Bill那边情况如何？”

龚仁贵暗想，这个问题你应该比我更清楚，Bill是你一手安排的，现在反倒向我问起了情况，但是也不得不说：“目前还没有得到确定的消息，他们正在做工作。”

“哦，”陈汉生说，“希望他们越快越好，只有做通了关系，咱们才能向彼森先生确认好时间，免得他有什么变化。”

龚仁贵点点头，刚要说什么，房间里的电话响了，陈汉生忙去接听，是用英语交流的，龚仁贵明白了，电话可能是彼森的秘书打来的。

果然，陈汉生一放下电话，便对龚仁贵说：“彼森让咱们现在上去呢。”

看到陈汉生凝重的神色，龚仁贵情知不妙，紧跟着陈汉生到了彼森的房间。彼森的面部表情依旧是乐观迷人的笑，他招呼两人坐下：“北京是个美丽的城市，可惜我这次却没有更多的时间来欣赏这里的风景了。我们打算后天返回美国，之前你们做的行程计划，我只能等到下次再享受了。抱歉。不过在走之前，我想，我和我的家人还是很期待和我的朋友们一起现场观看今天下午的奥运会。另外，我想一会儿去公司看看，和我们的员工见个面、交流一下。没问题吧？”

“没问题。”陈汉生抢先说道。

“还有一点，我要特别强调的是，有关浙海省教育厅的那个单，”彼森将目光转向了龚仁贵，肯定地说，“这个单带给了我无尽的惊喜。现在我找你们来，也就是想表达一下自己的意思，我想明天若是方便的话，请安排我去拜访一下这个大客户，行吗？”

龚仁贵没有想到彼森会这么问，大客户？是指浙海省教育厅，还是教育部？教育系统一直是帕瑞比之前客户关系做得比较薄弱的地方，现在连龚仁贵都不知道这个项目的决策者是谁。龚仁贵看了看陈汉生，希望陈汉生能将刚才研究的那个方案说出来。然而陈汉生不仅没提，反而极其认真地盯住龚仁贵说：“David，你来安排一下吧。”

“好。”龚仁贵心想，在这么短的时间内安排彼森和浙海教育厅接触有很大的难度，便擅自将刚才讨论的那个方案拿了出来：“我们正在和教育部的人沟通，想趁明天去和XX高校谈技术项目合作的时候，请教育部的相关人士参加，会议前后会安排一个交流的机会。您看可以吗？”

彼森眉头紧锁，过了一两秒钟后，问：“这样的安排，有我直接去拜访他们显得有诚意吗？”

“这个当然没有直接去显得有诚意。”龚仁贵知道，彼森的思考方式还是美国人的那种直接，“不过，效果可能会更好一些。”

彼森依旧是一副思考的样子，看得出来，他还是没有明白，为什么说这样的效果可能会好一些。陈汉生见状，只好开口说：“David说的有道理，中国人的思维做事习惯比较谨慎，David的意思是……”

没等陈汉生说完，彼森呵呵一笑，一副恍然大悟的样子：“哦，我明白了，我明白了。这样吧，就按照你们的安排来吧。我没有什么意见。走吧，咱们去公司看看去。”

龚仁贵跟在彼森和陈汉生的后面，长出了一口气。关键时候，陈汉生还是帮自己说了句话，为什么呢？想来想去，龚仁贵终于明白，陈汉生还是担心彼森直接去了浙海拜访客户，从而错过了和XX高校的技术合作项目。那么，由Bill负责的技术合作项目有这么重要吗？也不知道那边的情况怎么样，能请动教育部的人吗？

彼森在前呼后拥下来到了帕瑞比中国区的办公地点，所有员工的脸上都堆满了笑容，上下两层的办公区内，都洋溢着紧张而欢快的气氛。彼森是个幽默和蔼的人，在他的身上很难看到一位全球CEO该有的威严，然而他的时间观念非常强。刚走出电梯的时候，他看了一下时间，刚好到了事先约好的员工沟通会的时间，他便告诉秘书，先参加会议，然后再参观公司。这是帕瑞比中国成立以后，彼森首次来到这里。很多员工也只是在公司网站或者报纸电视上见到过他们的大老板，估计他们不止一次地听说过彼森的故事。对他们来说，彼森是个传奇，是偶像。很多员工第一次近距离地面对他们心中的偶像，激动、忐忑的心情溢于言表。所谓的员工沟通会，一般是从大老板的宏观讲话开始，然后是员工的发言，最后是中层的表态。而彼森则不然，抛开了长篇讲话，简单地说了两句后就直接进入了和员工的交流阶段，在彼森的带动下，会议在风趣幽默中结束了。然而在员工离开后，彼森却话锋一转，对那些被留下来的中层管理人员说："借用一下诸位的时间，咱们一起分析一下目前中国区的数字。"

龚仁贵心中一紧，知道彼森这次来北京远不止是为了看一场奥运这么简单。果然，在彼森的背后，一个宽大的屏幕缓缓落下，彼森的秘书打开了投影仪。屏幕的上面出现了一个表格。彼森的秘书拖动手中的鼠标，表格快速地往下滚动，当屏幕上出现 China（中国）字样的时候，表格停住了。

"大家请看，这是公司 CFO 提供的截止到今天有关中国区第二财季的业绩报告，本季度帕瑞比中国营收 3630 万美元，较去年同期倒退 87%，第二季净利同比大幅倒退 89%……这些远低于市场预期的数字带给了我们很多的思考，为什么会出现这么低迷的表现？当然，这不仅是中国区的问题，帕瑞比在全球范围内正面临着前所未有的考验。这个考验或许会让我们的企业举步维艰，但也会让我们的企业在疼痛中成长。这是一个漫长而痛苦的蜕变，据统计，上世纪 70 年代初名列财富杂志'500 强'排行榜的公司，到现在已有三分之一的名字被世人忘记，因为它们已经销声匿迹了。也许就在咱们说话的时刻，世界上有一大批企业正在倒下，或者即将倒下。一场大的经济危机风暴正在向我们走来。我很庆幸，我和大家一起仍旧为世人提供着帕瑞比的服务。有人经过研究得出结论说，全球性大企业的平均寿命是 40 年，几乎才是人类寿命的一半。我依然很庆幸，已经是 42 岁的帕瑞比还依然显示着它特有的企业活力。不过，我可以明确地告诉诸位，现在的帕瑞比离死亡只有一线之隔！看看吧，股民已经不满意我们的表现，我们的财富在大幅度缩水！也许明天起床以后，你就会发现，帕瑞比崩盘了。那真是可怕的事情……我来的时候还是一片祥和，这才两天时间，CFO 告诉我说，华尔街已经掀起金融风暴，在不久的将来，也许就是一夜之间，诸位和我一样，会看到很多大企业轰然倒地！我之所以匆忙结束北京之行，是因为我要尽快回到总部和大家并肩作战，我们只有在市场上赢取更多的数字，才能继续存活下去。这是一个浅显的道理，但我仍旧拿出来和大家一起分享……"彼森说话的语气已经趋于缓慢，但越缓慢越能感觉到话语背后的力量。他的脸上已经少了和蔼可亲的笑，一脸肃静地面对着大家，“为了适应全球一体化的经济格局，也是为了探索经济危机下的企业生存之道，我们要尽快对一些区进行调整，希望大家做好准备，迎接更为严峻的考验！”

龚仁贵一直在认真地听，越听越感到一种无形的压力潮水一样向他扑来，当彼森说完最后一句的时候，他终于明白，中国区将面临着一场残酷的风暴。恰好此时，谭村发来了短信：我和Bill目前没有取得结果，Bill喊来了谷枫，说他有教育系统的关系。龚仁贵迅速地抬起头，看到陈汉生正在分析亚太区的形势。龚仁贵趁机再次低头看了一眼短信，望着手机屏幕上“Bill喊来了谷枫”的那几字，暗想谷枫是北方区销售经理，在北京有较为熟悉的客户资源，喊他过去协助打教育部的关系也不为怪。但是由Bill来调遣谷枫就有点奇怪了，没有龚仁贵的允许，他是没有权力来指挥谷枫的！Bill越权了。这或许也是谭村发短信的目的，告知龚仁贵，Bill正在越权指挥！龚仁贵没有立刻回复谭村，他知道按照Bill一贯胆小慎微的性格，是不会做出这么不专业的行为来的，但是谁给了他这样的勇气？陈汉生依旧在不动声色地展望着Q3、Q4的数字，他是用英语说的，这两天自认为英语听力已经不错的龚仁贵渐渐地有点听不懂了，并且开始感到屁股底下如坐针毡。

“David，你是如何看的？”彼森忽然抛出了一句话，龚仁贵慌张地站起来，他根本没有听到陈汉生最后所讲的是什么，估计和经济危机以及中国区的应对措施有关。他努力让自己平静下来：“我认为……中国区应该在目前的条件下，不断地满足客户需要，努力开拓市场……”

在龚仁贵断断续续地汇报完毕后，彼森面无表情地结束了此次会议。然后是参观公司，当走进龚仁贵那间大得有点空旷的办公室里的时候，彼森的表情就愈加严肃了，甚至用脚尖在深绿色的地毯点了点：“David，在这里挖个洞就可以打高尔夫了。”

了解彼森的人都知道他是打高尔夫的高手。他在美国佛罗里达州东南部的旅游城镇棕榈滩（Palm Beach）拥有全世界最豪华的私家高尔夫球场，那是各地首富聚集地，流动着全球四分之一的财富，每一块草皮的费用都比龚仁贵的办公室要贵。龚仁贵的办公室是大了一点，装修是豪华了些，但这和他为帕瑞比挣到的大把钞票来比还是微不足道的。然而，彼森此刻的脸色却沉了下来，和他这两天来乐呵呵的形象形成了鲜明的对比。

面对彼森灼灼逼人的目光，龚仁贵在自己的办公室里，第一次感到了不自在。偌大的办公室内流动着中央空调吹拂的阵阵凉风，而豆大的汗珠却从龚仁贵的额头滑落到鬓角位置，再顺着他脸上的褶子斜着往下流到了脖子后面。龚仁贵下意识地拍了一下脖子，尴尬地笑了笑，没有说话。

彼森忽然笑了起来，拿出了他贯有的慈祥面孔，目光也柔软了起来：“这次是没有时间了。陈，David，有机会的话，我邀请你们去棕榈滩打几杆。”

陈汉生和龚仁贵受宠若惊，忙道了谢。任何一个帕瑞比员工都知道被大老板邀请去到棕榈滩意味着什么，那是一种崇高的荣誉，是升职涨薪的前奏。当然了，他们也明白，并不是每个人都有这样的机会，任何荣誉的获得都是有条件的。眼下的条件是，他们必须拿下浙海教育厅的这个大单。别无选择。

程军在新办公区的“圈地”运动悄悄地开始了。

在国有企业里面，做关系远比做事情重要得多，也复杂得多。程军深知自己初来乍到，甚至连打扫卫生的那名大妈都不能得罪，天知道她是靠谁进来的。陈江敲门进来后，顺便把门又关严了。程军也从老板椅上站了起来，站在陈江身边。既然是关上门的谈话，程军也不便隔着办公桌说。谈话先是从鑫星集团的产品聊起，经过几次言语的试探，程军才慢慢转向了鑫星集团的一些人事。这是一个比较含蓄而又敏感的话题。从陈江欲言又止吞吞吐吐的神态中，程军已经明白了于喜红以及迟翔在教育PC事业部的根深蒂固。陈江的话说得半明半暗，很有技巧。程军哼哼哈哈地听着，哦哦啊啊地引导着。半个小时后，程军见陈江能说的都说完了，时间也差不多了，便站起身，说：“我看你说的都有道理，尤其是技术层面，你是专家，别人买产品无非是买技术嘛，技术很重要，这个项目，你去了浙海，我就放心了。你收拾一下，明天咱们一起回浙海。那可是咱们的地盘。到时间好好聊。”

“好，反正以后我是要跟着程总去打单，有的是时间。”陈江谦虚地笑笑，退出去的时候轻轻地带上了门。

从陈江的口中得知，鑫星集团从锦盛天成购买过来的300万的内容早已提交过来，遗憾的是，目前为止，还没有进入编码输入程序，又不能完全按照锦盛天成的软件进行安装，必须将鑫星集团原有的内容资源和购买过来的内容资源进行整合，重新开发一个新的软件来输入到鑫星集团的产品里，而完成这些，大概需要半个月以上的时间。而浙海那边已经不容怠慢了。程军有心想调动研发人员对其进行开发，但在没有和于喜红沟通前又担心有越权嫌疑。这里可不讲你是不是为了公司好，是不是为了打单。很多人会关注越权背后的动机，动机是看不见摸不着的，别人想说成圆的就是圆的，想说成方的就是方的。再说，自己本身就是刚刚从“地方”到“中央”，很多双眼睛在盯着你呢，言行举止一定要慎之又慎。程军心中有数，在新的办公室的“圈地”运动是要靠技巧和时间的，首先要分清哪些是“禁区”哪些是“雷区”，然后才能依靠时间的积累一步步地进行“圈地”“圈人”“圈心”。目前对他来说，于喜红是“禁区”，别说是碰，就是念头也趁早打消。迟翔则是“雷区”，可以碰一碰，也只能是碰一碰，划一界线，过去，就是越权，被人抓住把柄，逃都逃不掉。他决定偶尔小心翼翼地在界线边活动一下，摸清情况，不动声色地扫掉一两个“雷”，等时机成熟后，再一举歼灭。

然而，新产品开发不了，或者延误，从而丢了浙海教育厅的那个单，程军也无法兑现给石知宇的承诺，那无疑比什么都糟糕了。他和石知宇的关系还没有近到可以随时关门说话的程度。想到这，程军拿起的电话又放下，原本是想将情况给石知宇汇报一下，但又感到不妥，这点事情还要请示他协调，在领导面前显得自己的能力有限。程军最后决定还是先给于喜红电话汇报一下浙海教育厅的单子，只要于喜红点头同意了，下面的工作就好做多了。然而于喜红的手机打不通，被转到了秘书台，程军留了言，说有时间想给于总汇报工作。挂断电话后不久，于喜红的电话就回了过来，开门见山地问：“程总，有什么事？”

“是这样，”程军显然没有想到于喜红会这么快回来电话，忙调整了一下思绪，“我这边手上有一个单子，是浙海教育厅的，为了落实教育部颁发的《中小学现代远程教育工程》，他们面向全省所有中小学建设和推广应用现代化远程教育工程，其中涉及到咱们这一块的，也是一个不小的数目，初步估算在5亿左右。”

话说到这，程军故意停顿了一下，想听听于喜红的反应。于喜红是多么精明的人，一下子就想到了石知宇这个时候安排程军进来的目的，自己领域的一个大单子竟然被“外部门”的人给盯上了，石知宇没说什么，然而安排程军进来，无疑是一种不满的表现。于喜红没有因此表现出生气，也没有表现出惊奇，淡淡地说：“这是好事情，程总一进来就给咱们部门献上了一份厚礼。”

“哪里哪里，我对教育PC机的一些了解和想法还不够成熟，打这样的单子我还没有足够的经验，想听一听您的指导和其他同志的意见。您看您什么时间有空，咱们一起议议，看怎么来打这个单？”

“那好，应该的。”于喜红沉吟了一下，“程总你看这样好不好？我下周二上午去单位，咱们开个碰头会。”

程军盘算了一下时间，若是等到下周二的话，黄瓜菜都凉了，但又不能拒绝于喜红的安排，只好说：“行。”

于喜红听出了程军的犹豫，说：“这么大的单子，其他家盯得也很紧吧。这样吧，我现在不方便回去，你和迟翔先沟通一下，具体怎么打，你来定，需要什么资源，让他协助你。晚会儿我会跟他通个电话，让他全力配合你。”

没想到于喜红这么爽快地就答应了下来，并给了这么大的支持，程军提出了具体的要求："多谢于总支持！迟副总年轻、头脑活，也有实战经验，我要跟他多学习。争取早日拿下这个单。听石总说，从锦盛天成那里买回来一批产品内容和技术，正好在这个单上能派上大用场，我建议立刻投入到研发阶段，这样的话，咱们在产品上的优势就显现出来了……"

没等程军说完，于喜红便打断了他的话："程总不要有什么顾虑嘛，鑫星集团虽说是个国企，但还是希望有一批敢闯敢干的实干家。石总和我一样，对你都是很期待的。内容资源花钱买回来了，自然是要开发，好钢用在刀刃上。这个事情，你和迟翔沟通一下，尽快落实吧。"

于喜红讲话的语气已经比刚才快了一些，并且拿出了上级对下级的措辞，程军知道是该结束这次通话的时候了，反正该请示的也都请示了。想到这，程军的语气洋溢着笑声："谢谢于总。您把我招过来，是组织对我的信任，我一定会和迟副总一起打好这个单。"

于喜红的语气又恢复了常态，干练而不失文雅地说："那好，先这样，程总，再联系。"

放下电话后，程军坐在沙发上，又将于喜红电话中所讲的话仔仔细细地回味了一遍，刚理出一个头绪，短信来了，打开一看，是苏小蕾：房子已经找好了，方便的话，过来看看。程军没有回复，而是捡起刚才的思路，接着想了想，决定给迟翔通个电话。用办公室里的电话打过去，不在服务区，也是转到了移动秘书那里。程军没有留言，直接挂断了电话。过了一会儿，程军拿起自己的手机，接着打迟翔的手机，依旧是不在服务区，程军这次留了言，对移动秘书说：我是程军，请迟总有空时回电。

放下电话后，程军看了看时间，已经是下午 4 点 10 分了。他跟自己打了一个赌，5 点下班之前，迟翔不会给他回电过来的。若是下班之前接到迟翔的电话，就算自己输，作为惩罚，自己今天晚上不去找苏小蕾，一个人住单位给安排的招待所里。想到这，程军不由自主地摸了摸脖子上被苏小蕾咬过的地方，不由期待时间过得快一些，希望下班之前不要接到迟翔的回电。这样的话，不仅可以像一个古代赌赢别人婆娘的豪客一样可以理所当然地和苏小蕾缠绵一晚，也可以顺水推舟说联系不上迟翔从而避过他而推行自己的方案。

然而，放在桌面上的手机却不合时宜地响了起来，程军极不情愿地打开一看，却是魏德宁。

"程总，您在北京？"魏德宁心急火燎地问。

程军原本不想回答下属的这个问题，但转念一想，在这个单上，魏德宁还是起着比较重要的作用，便轻松地说："我在总部呢。什么事情？"

"刚刚听单博说，阎副处长他们刚刚参加一个会，浙海省教育厅内部已经成立了此次中小学现代远程教育工程设备及资源采购工作领导小组，领导小组名单已经出来了。但是，还处于一级保密状态，单博还没有拿到。"

这的确是让人振奋的消息，程军迫切地问："那阎副处长手中应该有啊？"

"那是。阎副处长的确有，但是他现在守口如瓶，并且通过单博放出话来，项目比较复杂，所有与会人员都必须遵守承诺，没有对外公布之前，任何人都不得泄露名单！"

程军知道魏德宁所言非虚，这么大的一个项目，并且是涉及到九年义务教育工程，任何人都不敢掉以轻心。他思考了一下，问："德宁，你是第一现场人，你有什么建议？"

"这也是我想跟您请示的原因。"魏德宁虽然还算不上程军眼中"德才兼备"的人才，但办起事情来，毫不含糊。此刻面对他职业生涯中最大的一个单，他还是谨慎地分析道："我想啊，现在正好是做工作的时候，这么大的一个单子，阎副处长肯定知道自己的位置。他对咱们来说，不过是一个阶梯罢了。这个名单迟早要公布于众。同样他也知道，这个名单早一分钟被厂商知道就意味着早一天抢占商机。所以，名单对我们来说是个宝贝。而他是个守宝的人。他越是说要守口如瓶，就越希望咱们拿东西撬开他的嘴。所以，事不宜迟，我认为正是咱们做工作的时候。"

"德宁，你和我想的一样。"程军先表扬了一下魏德宁，随即就下了命令，"我认为阎副处长若不是有想法，绝不会和咱们一起吃饭。但是说不准，他和其他家也吃过饭。所以，咱们一定要先下手为强。再说了，拿到名单的又不是他一个人。他的价值越往后推，就越贬值。你去做工作吧，你估摸个数额？"

"具体金额我也说不了多少，先准备 10 万吧。"

"没问题。一定要保证在其他家之前拿到那个名单，最好是明天见到这个东西。另外，我在北京这边一协调好，就立刻赶回去。从总部调过去一个售前，明天就能赶到浙海。全力配合你。你就想办法吧，我只要一个结果，那就是名单尽早拿到手中，找到决策层。"

"放心。程总。对了，您去总部找售前的时候，他们都没问这个单？"魏德宁总是这么好奇，总喜欢打听。程军没有不高兴，看样子魏德宁还不知道自己现在已经是教育 PC 事业部的副总经理，他一边欣赏自己的保密工作一边说："我先告诉你，你先不要跟别人说。今天，刚刚得到调整，让我也分摊了一些教育 PC 事业部的工作。所以，动用一些资源也比较方便。德宁啊，等拿下这个单子后，将你也动动。”

“啊？”魏德宁显然没有想到变化那么快，程军上调到了教育PC部？这么快！事先一点风声都没有，不管怎么说，对自己都没有害处，况且程军不止一次地说过想让自己动动，看来并不是空穴来风。魏德宁忙说：“真的？谢谢程总，也祝贺程总。只要程总不嫌弃，程总走到哪，我愿意跟到哪！”

“哈哈，好，你小子好好干，给我拿下这个单！”程军说，“好了，见面了再聊。你去请款吧，一会儿我跟财务说。该花的钱一定要花！”

按照常理来说，新官上任的程军应该在第一时间找各位下属谈话，但程军却按兵不动，他明白自己的角色，不能大张旗鼓地扩展自己的范围。他只是分管销售的副总经理，和迟翔的权力比较起来，还差那么一大截，研发这一块，还是属于迟翔来管的。程军知道自己目前还不能直接去调动研发的人。但是新产品的研发势在必行。他一直等到下班，迟翔的电话还没有打过来，程军松了一口气。他在给苏小蕾打电话之前，给石知宇写了一封邮件，首先感谢石总的栽培，然后将项目的进程写了一遍：浙海教育厅项目领导小组已经成立了，最后说了自己在教育ＰＣ部得到了于喜红于总以及各位同事的大力支持，并特意点了一下，购买回来的内容资源和相关技术一直闲置一边，自己正想办法联系主管研发的迟副总协商此事，相信很快就会进入研发程序……

程军写完邮件后，特意又斟酌了两遍，直到改得像一封工作汇报信而不是告状信后，才满意地笑了笑，心想，迟副总经理不要怪我，是你不回电话，看不起我在先，我又不能越权来调动研发部，项目催得那么紧，况且于喜红走后，教育ＰＣ事业部总经理的位置就是咱俩在竞争，迟早要成为敌人，现在就别怪我先打你小报告了。当电脑屏幕显示“邮件已发送”的字样后，程军满意地拍拍手，犹如一个武林高手收刀入鞘后洒脱。保洁员新换的花盆静静地躺在宽大的窗台上，窗外的夏天看上去还很炎热，下班了，北京的夜似乎还有点遥远，但程军已经嗅到了一丝迷乱的气息。之前也曾不同程度地感受过北京的夜，但那时是以一个客人的身份，来去匆匆，一夜情般意犹未尽。而现在，程军有的是时间，在今后相当长的日子里，甚至是半辈子，都可能在这个城市停留、扎根。程军关了电脑，用办公室的电话跟妻子通了一个电话，简单地说了一下情况，妻子在惊讶了几秒钟后，语气又恢复到了平日里的不咸不淡。放下电话后，程军站起身，来到窗前，沉思了一会儿，拨通了苏小蕾的手机。

办公室里的钟表响了一下，袁道鸣揉了揉发酸的眼睛，已是凌晨1点了，桌面上还有一堆待要整理的材料。自从和富威国际的宁璐谈好初步的融资意向后，他们就不停地要这资料要那数据，比当初引进风投时还要麻烦。这些东西，有些是下属能够提供的，有些是他们提供不了的，只能靠袁道鸣亲自来做。日子每过去一天，袁道鸣的心就越紧一下，上次从鑫星集团那里找来的三百万已所剩无几，浙海的项目前期肯定需要较大的投入，公司虽然走了一大批人，但剩下的人的工资也不是一个小数目……所有的一切都需要钱，而富威国际那边只是说有合作的可能性，但这个可能性到底有多大？袁道鸣心中一点底都没有。

袁道鸣起身走出了自己的小办公室，来到大办公区里的饮水机旁边，饮水机上面的水桶里空空如也，袁道鸣这才想起，刚才已经来过一次没有接到水了。记性真的不好了。如果说，刚才是因为加班习惯性要喝点什么的话，这次，则真的有点渴了。袁道鸣摁了一下开关，大办公区立刻亮如白昼。他摸了摸裤兜，门卡还在，然后拉开玻璃门，来到洗手间，洗了一把脸，顺便确认了一下水质，不能喝。袁道鸣只好返回办公室，决定再忙一会儿，便回离公司不远的住处。住处是袁道鸣刚刚租下的半地下室，便宜，没有空调也不是太热，就是有点潮，关键是离公司不远，有个落脚的地方罢了。袁道鸣听说自己公司的员工也有在那儿租住的，不过，还没有见到是谁。

手机响了，是江久年的短信：袁总，休息了没？

袁道鸣没想到这么晚了江久年还发短信过来，他直接将电话回了过去。只响了一下，江久年的声音就传了过来："袁总还没休息呢？"

"嗯，在忙些东西。"袁道鸣问，"你那怎么样？"

"我刚刚和常森分开，和咱们预想的一样，他这边这两天下了不少功夫，不过，看得出来，他对咱们还是有所保留的。从下午到现在，我一直和他磨叽在一起，从下午他的一个电话中，我判断浙海教育厅这边已经有了动作，而常森也已经成功安插了内线。但目前来看，常森并没有拿出合作的诚意，看得出来，他还是将更大的砝码压在了帕瑞比。"

常森态度的变化在情理之中，袁道鸣说："理解。"

"我想和你商量的是，若一直这样下去，咱们不如给常森放些'烟幕弹'，前期我们做我们自己的工作……"

袁道鸣思考了一下，说："行，目前的状况也只能这样了。咱们单独做咱们的关系，前期或许比较艰苦，但在常森身上，咱们耽误不起，不过，常森这边，也不能就此放弃，他现在偏重帕瑞比也情有可原。不过，只要咱们获得浙海教育厅的认可的话，常森会乖乖地回来的。”

“那行，那我就按照第二套方案来推进了。有什么进展，我再电话你。”所谓的第二套方案，就是事先袁道鸣和江久年料想的最坏的打算，就是得不到外来因素的帮助，只能单枪匹马地干了。

“好。你们多辛苦。”袁道鸣说，“若是感到人手不够，过两天再过去几个人。或者把那个新手给替换下来。”

“再说吧。反正目前还没派他出场，我看他还是比较勤奋的，刚才还见他在阳台上背产品资料，被我说回去休息了。”

“哦，越这样，公司就越应该给他培训培训。好在，这次是你在后面跟着，不然，说什么我都不敢让一个什么都不懂的人出去呢。得了，不说了，常森这小子比较能喝，估计你也喝得不少，好好休息吧。”

“那好，你也早点休息吧。”

挂断电话后，袁道鸣的心情再次被浙海的单子缠绕，到目前为止，锦盛天成还没有任何进展，关键是也了解不了对手的进展，帕瑞比自然不会落后的，鑫星集团又刚刚买走了自己的内容资源，单就产品而言，锦盛天成已经没有多少优势。唯一值得欣慰的是，是老江湖江久年去盯的单。但这么大的项目已经不是一两个人所能操控的，况且袁道鸣也拿不出更好的资源来支持江久年的工作，想到此，愧疚之情再次涌向袁道鸣的心头。他俯下身子，再次埋头整理堆积如山的资料，天亮之后，他要将整理好的资料交给富威国际的宁璐。

凌晨 4 点多的时候，袁道鸣终于将资料整理完毕，夜空中已经失去了白天的灼热，一丝丝冰凉的空气钻进衣袖。公司不远处的小巷边，几盏灯火照射出热气腾腾的气息，袁道鸣紧走两步，到了近前，果然是大排档，而且竟然还有一两个食客。袁道鸣要了一瓶啤酒，两个小菜，吃得津津有味。老板已经开始收摊了，袁道鸣喝了一杯有点苦涩的劣质啤酒，东边的天空已经有了丝丝的白，马上就要破晓了。

帕瑞比和某高校的技术合作启动仪式终于在请来的全国媒体面前开幕了。作为帕瑞比中国区的总经理，龚仁贵却成了一个局外人。副总经理 Bill 顺理成章地坐在了彼森和陈汉生的身边，他促成了这个技术项目的合作，并请到了教育部的一位副部长。原本一个技术合作项目有了官方色彩，意义不同凡响。大企业和科研教育机构有力的结合本身就是一个有意义的事情，何况通过这打通了教育部高层的关系，为此帕瑞比多花些银子也是在情理之中。但当龚仁贵看到这个项目预算单的时候，还是不由得吃了一惊，比陈汉生调整后的预算还要多近 100 万，这些钱是要算在帕瑞比中国区的支出账上的，中国区的利润率也会因此下降。关键是，龚仁贵觉得这个钱出得有点别扭，等于自己拿着钱为陈汉生铺路，哪有这样的事情！此刻，陈汉生、Bill 都坐在主席台上人模狗样，在彼森面前邀功请赏，甚至还让华北区销售经理谷枫代替了谭村去做高校以及教育部的工作。谁都知道，这是陈汉生的意思。还美其名曰，谷枫的资源多，关系硬。不过，这件事情还真让他们给办成了。

龚仁贵坐在办公室内，回想起昨晚在鸟巢那个大包厢里陈汉生特意带 Bill 一起观看奥运会的场面，心中立刻有一种难以描述的味道。事先，Bill 并没有获得陪同彼森那些朋友一起观看奥运会的资格，然而不知道为什么，彼森的两个朋友因为有事不能一起观看，空出来的位置，彼森的秘书临时邀请了 Bill。虽然只是观看一场比赛，但龚仁贵已经明显地感觉到了异样。

局面超出了龚仁贵的掌控。

龚仁贵拒绝在预算单上签字。谁也不愿意拿自己的钱为别人的脸上贴金。

Bill 终于打来了电话，小心翼翼地说："我在现场呢，这边合作意向已经签字了，咱们那边的预算？"

"哦，这个事啊，"龚仁贵笑笑说，"你稍等一下，我看看，太忙了，我还没来得及看呢，这样吧，五分钟后我打给你。"

五分钟后，Bill 主动打来了电话，龚仁贵说："Bill 啊，预算我看了，原本陈总上次定的是经费由 50 万加到 200 万，捐赠的产品由价值 300 万增加到 500 万，现在表格上显示的是，产品 500 万没变，现金是 296 万，超出了 96 万，这个？"

"这个是突发情况，经过陈总同意了。"Bill 轻巧地说。

"哦，那行，没问题。"龚仁贵爽快地答应了，不过又追问道，"这笔钱是经谁手拿出去的？"

"是多出来的 96 万吗？"Bill 提高了警惕。

"对。"龚仁贵说，"之前咱们做的预算也就是陈总说的那些，现在要紧急调动资金，需要在费用单上做个说明。"

"是这样，所有费用是我们来谈的，谷枫经办的。"Bill 补充道，"谷枫这次出了不少力，他做了不少工作。"

龚仁贵"哼"了一声，见 Bill 将责任推给了谷枫，冷笑一声说："那最好让谷枫来填请款单。"

Bill 巴不得这样，连忙说："没问题，没问题，我一会儿告诉他，让他填。"

"好，"龚仁贵说，"让他尽快填好，我这边立刻就批了。不过也要例行程序，让他事后将费用清单列表，写邮件发你确认，然后再转给我以及相关部门。"

“OK，”Bill 仿佛攻克了一个重大科研难题般长出了一口气，轻松地说，“我们这边一切都很顺利，效果不错。在谷枫的引荐下，谭村和教育部的官员也有了比较密切的接触。”

不说这还好，一说，龚仁贵的气就不打一处来，什么叫“在谷枫的引荐下”，心想你 Bill 目前是在越权管理，谷枫现在是谭村的手下，却被你和陈汉生调来遣去，还故意支开谭村，这是严重的“侵官”行为！但目前来说，还不是撕破脸皮的时候，他要等谷枫的请款单，这个超支的灰色支出是一把双刃剑，随时都可以要了谷枫的命，作为这个项目总负责人的 Bill 越位指挥和审批，自然也逃不了干系。龚仁贵强压心中的怒火，淡淡地说：“那就好，你们多辛苦。”

放下电话，龚仁贵往后一躺，宽大的椅子旋转了九十度，阳光打在玻璃上异常地刺眼。龚仁贵不由得眯起了眼睛，局势越来越朝着不利自己的方向发展。Bill 和谷枫显然是站到陈汉生的身边了，再看看自己身边的人，关键时刻能站出来的有谁？往上看，只有龙坤一个人，但龙坤本身就是一个游离于彼森智囊团外的技术副总，私下交流一些信息还可以，关键时刻还是说不上话；往下看，黑压压一大片喊“龚总”的人，但像 Jack、埃米斯这样在外企浸染多年的老油条，滑得很，龚仁贵还真看不出他们有多忠心，谭村更不用说，刚刚上来，羽翼未丰，帮不了自己什么的，能拿下那个单就万事大吉了。想到这，又不可避免地想到了江久年。真有点后悔将江久年赶走了，目前等于放虎归山，白白地将他送给了竞争对手袁道鸣。也不知道袁道鸣那个穷疯子施加了什么魔力，竟将江久年给忽悠走了，并在这个关键时刻，让江久年去盯浙海教育厅的单。真是糟糕透了！

手机震动了一下，龚仁贵转回身，拿起放在办公桌上的手机看了一眼，立刻回拨了过去：“什么事？”

一个低沉而又冷静的女声传来：“龚总，您好，这几天一直没有见到谭村和吴彪。据说，吴彪一直待在浙海，刚刚老陶也去了浙海，据说是浙海教育厅出了一个大单。”

这个消息对龚仁贵而言，算不上消息。自从谭村“归降”以后，她的工作已经没有多大的意义了，但目前还不能让她感觉到已经失去了这份特殊的工作，毕竟培养一个这样的人才不容易，便以赞赏的口吻说：“你的工作很出色。不知道你是否愿意到谷枫那边？”

对方显然没有想到龚仁贵这样的安排，在电话里沉默了一下，直接问道：“龚总，是不是我在这边的工作没有做好？”

“没有。”龚仁贵明白了过来，说，“你误会了。你在那儿做的的确不错。我是想多给你一些锻炼的机会。”

对方仿佛是松了一口气：“龚总您放心，哪里需要，我就去哪里。关键是我才来上海不久，这么频繁地调岗，会不会？”

“不会的。这些事情我来安排。调岗也是工作需要嘛！”放下电话后，龚仁贵揣摩了一下调动时间，自然是越快越好，明天和Jack说说这个事情吧。想到这，龚仁贵拿起笔，在台历当页左下角的位置写下了极小的一个字：调。然后看了看，觉得不起眼，便围绕“调”字画了一个圈。这是一个新的符号，龚仁贵给它定义为代表慎重而意义深远的事情。

就在程军发出告状信的第二天，迟翔就挎着包心急火燎地赶回了公司，在一楼的大厅里跟正要带领陈江赶赴浙海的程军打了个照面。

程军主动笑了笑说：“迟总回来啦？”

“刚回来。”迟翔满脸堆笑问：“程总要出去啊？”

“是啊。”程军停住脚步说，“去浙海。浙海出了一个单，正想和你沟通一下呢。昨天打你电话没通。刚好，你回来了。”

“哦，昨天我在南京开会，手机关机了。这不，刚刚赶回来拿些东西，晚上还要赶回南京。”迟翔似乎并不关心程军手中是一个什么样的单，看了一眼陈江问，“你们几点的飞机？”

“11点。”陈江忙点头说。

程军猜他肯定是知道了浙海的单，迟翔不接程军的电话，但是不可能不接于喜红和石知宇的电话。想到这，程军向前靠近一步说：“呵呵，我们马上得走了。我将浙海单子的情况跟你商量一下，是浙海教育厅的一个单子。你也知道，前一段，教育部下发一个文件，要求推进中小学远程教育工程，浙海省是试点，要采购大量的教育PC机。项目刚刚开始，就吸引了帕瑞比等大批的厂商进入，咱们进入得也不算晚，这不，我就先带着陈江过去，具体的打单方案还需要跟你商量，你这方面有经验。”

“哪里哪里，程总是专家。”迟翔哈哈一笑，拍了一下程军的手臂说，“这可是一条大鱼啊。咱们是一家人。说！需要我做什么？”

迟翔给程军的第一感觉，就是一个见过世面的人，小伙子长得也是个人物，说话得体，举止优雅。难怪会讨于喜红的喜欢。这样的人，要么是一个精明的帮手，要么是一个棘手的对手。程军伸出左手，做出了一个“请”的手势说：“来，耽误迟总几分钟，时间紧，咱们就在这儿坐一会儿，我给你说一下情况。”

迟翔爽快地答应了。大厅西南角摆放着几组休闲沙发，陈江借口去趟洗手间，给程军和迟翔单独说事的空间。

程军坐下来的时候，迟翔掏出中华烟，熟练地弹出两支，递给程军，自己叼一支。程军没有推辞，接过来叼在嘴上，并迅速地从口袋里掏出打火机，一只手打着，另外一只手护住绿莹莹的火焰，伸开双臂，朝迟翔送去。手在空中刚走到一半，却被迟翔拦了回来："来，程总先。"

"迟总别客气。"程军手腕使劲，硬是推了过来。

迟翔不再推辞，忙半弯起腰，往程军面前凑了凑，双手罩住程军的双手，燃起烟，然后轻轻拍拍程军的手背，说："谢谢。"

程军笑笑，烟雾朦胧中迟翔的形象变得模糊起来。一夜之间，迟翔态度的忽然转变，让程军捉摸不透，但可以肯定的是，这么友好的态度一定不是迟翔的本意。那么究竟是于喜红私下的叮嘱，还是那封告状信让石知宇给他敲了警钟？不管是哪一种情况，程军忽然觉得自己那封越级报告的告状信是有一点莽撞了，邮件发出后就一直没有得到石知宇的回复，之前还以为是石知宇太忙，可能还没来得及看邮件，现在看来，迟翔的态度来了一个一百八十度的大转弯，反而让程军觉得是石知宇给迟翔施加了一定了压力。若真是这样，那石知宇为什么不给程军一个回复呢？此刻程军想立刻打开电脑，看看最新接收的邮件中有没有石知宇的邮件。"说实话，迟总，浙海的这个单，我心中没底。你比我更了解，在教育系统做项目，方方面面要求严格，既要搞好关系，又要做好工程。难啊！我电脑上有做好的项目情况分析，原想等完善一下后再发给你，这不刚好遇见你，你先看看。"程军边说边从包中抽出笔记本电脑，放在桌子上。

"呵，讲讲就行了。教育的单子模式大同小异，都是比较难打的。前期你接触得多，比我了解情况，直接说需要我做什么就可以了。"迟翔谦逊地一笑，娴熟地吐了一口烟，程军奇怪他竟能保持如此洁白的牙齿。电脑打开了，程军把烟叼在嘴上，双手端起电脑放在腿上，稍微调整了一下角度，电脑屏幕已在迟翔的视线之外。程军迅速地输入邮箱名和密码，无线网卡的速度有点慢，趁进入邮箱的时候，程军点开了之前做好的浙海教育厅项目分析文件，然后再点开邮箱，在未读邮件栏里却没有看到石知宇的回复。程军的心凉了半截，忙关闭了邮箱网页，把电脑调转方向，放在桌面上，推向迟翔，接着说："终于找到了，这是有关浙海教育厅那个单的基本情况，目前掌握的资料也就是这些了。你看看。"

迟翔接过电脑，认真地看着文件说："噢，帕瑞比过去了在情理之中，这锦盛天成也过去凑什么热闹？马上就倒闭了，还在这瞎折腾！"

没有得到石知宇的回复，程军也琢磨不透他的态度，眼前的迟翔越是客气，越让程军感到寒气逼人。程军就像很多做了亏心事的人一样，心虚得像个气球，摇摇摆摆漂浮不定，嘴上却主动出击，希望能从迟翔这里探出蛛丝马迹来："折腾就让他折腾吧！听说袁道鸣还把江久年给忽悠过去了，哼，江久年这只老狐狸，怎么就上了袁道鸣的破船！再怎么折腾也只是一个配角！不过，咱们从他们那里买来的内容资源这次是要派上大用场了，哈哈，还是石总有远见啊。"

"那是，那是。石总刚将内容资源拿回来，这边就派上了大用场！"迟翔抬起头，目光从电脑屏幕转向了程军。缭绕的烟雾掩盖了彼此的部分表情，迟翔的言语也开始了躲闪，哈哈一笑："江久年去了锦盛天成？什么时候的事？"

"我也是刚刚知道的，也就是前两天的事吧。在锦盛天成做执行总裁，称谓上是上去喽。"

"呵呵，程总说的有道理，执行总裁也是总裁嘛。然而，他现在登上的可不是什么破船哦，是一个漏洞百出的沉船！"

程军见再这样扯下去，也扯不出什么来，只好单刀直入道："迟总，项目文件你看完了吧？你经常打教育的单，看看怎么打合适？石总和于总特意说要多听听你的建议。"

"得了程总，一家人不说两家话。我虽说一直在做教育系统的单，然而每个单的情况都不一样。相信实际情况要复杂得多，我在不了解实际情况时不能瞎说的。回头我好好研究研究，咱们开会再议。"迟翔身子往前倾了倾，压低声音说："浙海的这个单是个肥肉啊，战略意义也是非常强的，看得出来，教育部之所以拿浙海作为试点，估计事前也是经过一番深思熟虑的，各个省份也是经过一番明争暗斗的。据我所知，目前教育部的张部长就是从浙海上来的，他对浙海还是有很深的感情的。说句实话，咱们鑫星最大的优势不是产品有多么好，也不是咱们的销售队伍有多强，而是鑫星在各系统中的高层关系。"

话说到这，停住了，迟翔前倾的身子往后拉了拉，恢复到了正常的状态。都说迟翔喜欢摆官宦子弟的谱，看来传言并非空穴来风。程军在浙海待了这么多年，也不知道什么张部长是从浙海上去的，人家迟翔却一语中的，上来就点出了部长级别的"家底"。程军一副折服的样子说："迟总说的有道理啊，我在鑫星这么多年，尤其是前几年，像这样的单子还招什么标？直接一个电话过去，就定给咱们鑫星了。唉，现在不同了，求爷爷告奶奶，最后单子也未必是你的。尤其是我们在地方的，建立的关系有限，再说这两年那些老外们也开始精通中国关系学，开始狠抓高层关系，外企的政府关系打点起来也不差。迟总是京城中人，高层关系做得一定不错啦。"

"高层关系谈不上，不过，倒是认识一两个人。"迟翔将手中的小半截烟深吸了一口，然后摁灭在墨绿色的烟灰缸里，吐出一大团的烟雾说，"关键是不知道这个项目的决策权是在部里还是在厅里。目前来说，看上去好像是将决策权下放到了厅里，但这么大的一个项目，部里也不会不闻不问。你说呢？"

程军点点头，没有言语。

迟翔接着说："再退一步来说，决策权真的在厅里，但通过部里也可以施加一定的影响力，这样，我们的优势就显现出来了。要么这样，程总你看合适不合适，我也是刚刚想到的，你在浙海多年，厅里的关系一定不错，你来盯厅里，我呢，去盯部里，咱们双管齐下，力争拿下这个项目！"

程军终于听明白了，迟翔绕了这么大一圈，原来是在不动声色地谈条件！并且提出的条件显然是经过深思熟虑的，讲得头头是道、合情合理。程军暗想，目前的情况下，是绝对不能让迟翔介入进来的，迟翔一进来，单子做成了，是他的功劳，做不成，那就是程军一个人来担当了。为人做嫁衣和代人做替罪羊也要看对象，迟翔算什么，上来就打这么好的主意，哪有这么好的事情！想到这，程军也掐灭了手中的烟说："呵呵，迟总好建议，等摸清了情况后，再劳您去找部里的关系。不是有这么句话吗，说目前经济危机下最贵的是什么？不是人才，是关系。关系就是不动产，是财富，况且迟总的关系都是高层的关系，属于稀缺资源，我们要珍惜着用呢！"

"也好。"迟翔将程军的电脑推了过来，依旧保持着微笑，"我这可不是什么稀缺资源，是公用资源，你什么时间需要，招呼我一下就行。时间也不早了，你们也早点去机场吧。浙海项目的事情，咱们抽空详聊。"

"没问题，我会随时打电话向你请求支援的。"程军关闭了电脑，放进了包内，忽然想起什么似的，说，"对了，迟总，咱们从锦盛天成买回来的那批内容资源这回要派上用场了，不知道新产品研发部门什么时候能开发出来？"

"这个啊，放心，一会儿我上去给研发部门说说，看什么时间能开发出来，当然是越快越好。"迟翔已经站了起来，掏出手机说，"咱们多联系吧。"

程军和迟翔刚刚分开，陈江就不知道从哪个地方冒了出来，快步走到程军面前，主动拎起了程军的电脑包说："走吧，程总，路上塞车的话，咱们就完了。"

程军抬手看了一下时间，快 10 点了，忙和陈江一起走出了大厅，下台阶的时候，程军忽然问："陈江啊，你知道石总都是开什么车？一定是不错的车吧？"

"那是自然，石总经常坐的车有两辆，一辆是红旗，一辆是奔驰。"陈江边介绍边伸长脖子，环视一下台阶两旁，终于手一指，略微兴奋地说，“看见没？那辆黑色的奔驰就是石总的。”

顺着陈江手指的方向，程军看见了一辆尾号为“6666”的奔驰车。

“另外，在那辆奔驰车的左边，那辆尾号‘9168’的红旗也是石总的。”陈江说，“看看车牌号就知道了，一个‘9168’，一个‘6666’，多牛的车牌号啊。”

“嗯，是，是好牌照。”原以为石知宇没有回复是因为外出了，没想到他在公司，程军嘴上敷衍着陈江，心却随着次第向下的台阶渐渐沉了下来。

第八章 惧者生存

孟子早在战国时期就说过：生于忧患，死于安乐；微软公司原总裁比尔·盖茨有句警言：微软离破产永远只有18个月；德国奔驰公司董事长埃沙德·路透在他的办公室中悬挂着一幅巨大的恐龙画，画的下方写着：在地球上消失了的不会适应变化的庞然大物比比皆是。

有人做过调查，80%的世界500强企业掌门人认为企业面临危机就如同人的死亡一样不可避免。也有人做过统计，上世纪70年代的世界500强企业到今天已有三分之一销声匿迹，另有三分之一在垂死挣扎。

如果说死亡不可避免，那么我们唯一能做的就是活得更长久一些。如何活得更长久？用英特尔公司原总裁兼首席执行官安德鲁·葛洛夫的话来说，就是"惧者生存"！人也一样，居安思危、居危思变，冬天枯萎的永远是那些怕冷的花。

锦盛天成的融资计划再次蒙上了阴影。

当袁道鸣将连夜做好的资料打算亲自交给富威国际的宁璐时，却打不通宁璐的手机。一开始袁道鸣还以为宁璐正在开会，或者有其他的事情，然而等到10点半的时候，宁璐的手机依旧是关机状态。袁道鸣便改为拨打固定电话，依旧是无人接听。11点的时候，袁道鸣再次拨打宁璐的电话，依旧无法联系上，又拨打杜威的电话，关机！拨打他们公司的总机，一直占线！

工作时间，公司总机怎么会没人接听呢，莫名的恐慌一下子占据了袁道鸣的心。有心想直接去他们公司，却又感到不妥，袁道鸣放下电话，拿起桌面上为富威国际准备好的资料，随便翻了两页，便无力地放在桌面上。

阮琦敲门走了进来，递过来一份工作报告："目前整个经济大环境不景气，很多公司都开始压缩成本，我这两天结合咱们的实际情况，也整了一个关于节约日常办公成本的办法草案。比如取消每周五下午的茶点供应，节约交通费、话费、餐饮费等日常开支，市内公事外出，能坐公交的就尽量坐公交，打长途电话尽量加拨IP长途号，餐饮费能省则省等等。"这是阮琦重回公司后，第一次递交的工作文件。袁道鸣知道他这是为了公司着想，但说实在的，锦盛天成自从搬离中关村那个豪华的办公地点后，每月的办公经费就压缩了一大半，现在再从办公经费里扣出一些来，也解决不了当下的危机，只好说："咱们目前的办公经费本来就不多，这样的话，会不会让员工感到受了委屈？"

"目前是特殊时期，大家团结一心，共度难关嘛，我想大家能够理解的。况且硬性执行的也就是取消茶点，其他的也就只是提醒大家注意节约。"

"目前的茶点每月支出多少？"袁道鸣问。

"我找刘鼎核算了一下，每月在五千元左右。"

袁道鸣想了一下，说："既然是靠大家自觉，我看啊，茶点还是继续供应吧，其他的就发个邮件，算是提醒大家吧。"

"好的。"阮琦接过文件，说，"我还有一个想法，想跟您商量商量。"

"说说看。"袁道鸣站起来，坐到阮琦的身边。

"我是想咱们公司能不能减薪来渡过难关？"阮琦说。

"减薪？"袁道鸣的确还没有想过这样的事情，锦盛天成无论在多么困难的时候，从来没有拖欠过员工的工资，更别说减薪了。

"对，目前来看，在没有融到钱之前，这是最有效的'过冬'办法了。况且，咱们公司的工资待遇在这个行业里也算是高的，现在在公司遭遇寒冬的时候减薪，我想员工也是能够理解的。"

"那么减多少呢？"袁道鸣问。

"这个需要大家一起来讨论，我的建议是每人减30%。"阮琦补充道，"每人减30%后，员工的工资待遇也是这个行业里的中等水平。"

阮琦说的有道理，袁道鸣沉默了一会儿说："减薪的事情咱们要慎重，我的意见是，就是减薪，也不要减基层员工的钱，他们的基本工资并不高。若是减，先减我们这些管理层的，减我们中的一个，就顶减十个基层员工的，你说呢？"

"袁总说的有道理，我们先带个头，先把眼前的困难渡过去。"阮琦站起身，说，"其他没什么事情，我先出去了。"

袁道鸣也站了起来，叮嘱道："减薪这个事情，先征求一下江久年江总的意见。江总若是同意了，咱们再开会议议。"

阮琦点点头，说："我知道的。"

减薪也不能解决锦盛天成的资金困难，袁道鸣惦记着富威国际的事情，等阮琦一离开办公室，袁道鸣就再次拨打宁璐的电话，依旧是联系不上。想到宁璐是江久年介绍的朋友，江久年应该还有她的其他联系方式，一筹莫展的袁道鸣便拨打了江久年的手机。响了四五声没人接听，可能正在和客户谈事呢，袁道鸣便挂断了电话。

仅仅过了几秒钟，江久年的电话便拨了过来。江久年声音不大地说："我在浙海教育厅。"

袁道鸣忽然觉得不应该告诉江久年这边富威国际的事情，毕竟两人的分工不同，江久年正主攻浙海的单，不能让他分心来操心找钱的事，于是说："那你先忙，我这儿也没什么事情，就是想问问那边的情况。"

"没事，我们刚出来了，说话方便。"江久年停顿了一下说，"今天原本约好的时间，他们都在忙。还好刘恒辉来这里站了一上午，终于敲开基教处的门。然而给我们的时间很少，我只是和他们的阎副处长聊了一会儿，从他的口中了解到，项目领导小组已经成立了。"

"这是一个好消息。"袁道鸣说，"至少说明大家不是白忙活的。"

"是啊，大家心中都有了底。"江久年说，"我今天上午看了，除了帕瑞比和鑫星，还有三五家厂家代表也来了，呵呵，打单的不少，凑热闹的也不少。教育厅这边，当家的都像新媳妇一样躲了起来，现在能见到的也就是那些副手。副手也是手，能见到就不错了。我们还算比较幸运，见到了基教处的阎副处长，给我 10 分钟的交谈时间，效果还行，给了下一次进门时的钥匙。但我感觉到这个阎副处长有其个人的需求。"

袁道鸣一愣，他明白江久年这话的意思，说："不怕他有需求，就怕他没需求。"

"但是我还不敢贸然行动，目前，他能提供的就是那个领导小组名单。"江久年说，"目前我还判断不准他的最大价值，我想等接触接触后再说。我是想直接绕过他，晚上再详细说吧。”

“好，你在第一线，你来定。你说得对，等摸清底牌后再出牌，不用着急。”袁道鸣觉得这个时候是不应该给江久年主动打电话的，有点督促的味道了。江久年的经验，是让人放心的，并且他已经放手让江久年做了，就不应该过问太多的细节，于是说，“你有什么想法，就尽管去做，需要什么，尽管说。咱们现在虽然有困难，但是再难也不难客户，再穷也不穷销售。”

“我明白的，放心，该花钱时我跟你要！呵呵。”江久年笑着挂断了电话。但在江久年略显轻松的笑声中，袁道鸣却已感到一种紧迫感和压力。

这个时候，人事总监孔颖打来电话，说帕瑞比的陆峰和鞠莉莉有了回复，约好下午两点见个面，问袁道鸣到时间有没有空见一下。

没想到孔颖的工作做得这么快，袁道鸣忙问：“约在了哪？”

“地点是让他们定的，离他们公司不远处的一家咖啡馆。”孔颖解释说，“原本是想让他们错开时间，单独见面，没想他们之间并不避讳，约好了一起见。”

“一起见更好。咱们这不是面试，是邀请。”袁道鸣考虑了一下，说：“你一会儿给我准备一份他们的详细资料，下午我和你一起去。”

都是在一个圈子里混的，陆峰和鞠莉莉的情况，袁道鸣还是了解的，都是干将。自从江久年来到锦盛天成之后，袁道鸣每时每刻都希望他们的加盟，但目前锦盛天成囊中羞涩，原想等找到钱以后，有底气地请他们来，然而钱一时也没有找来，只好硬着头皮上了。袁道鸣长叹了一声，揉了揉发酸的眼睛。宁璐的电话却在这个时候打来了，袁道鸣忙摁了接听键。

“抱歉袁总，我们刚才一直在开会。”宁璐的语速比平时快了很多，可能是刚开完会的缘故。

袁道鸣笑笑说：“没事。你们要的资料我整理好了。你看你一会儿方便不？我派人给你送过去。”

“不着急了，袁总。”宁璐放慢了语气，声音也低了下来，“真的很抱歉，我们刚刚开会讨论了最近的项目，其中也包括咱们这个，鉴于目前的形势，公司对IT行业的投资更谨慎了。公司的投资方向做出了调整，目前的经济环境越来越恶劣，公司收缩了大部分投资业务。就是做，也是做老的熟悉的行业，像咱们这样对我们来说比较陌生的领域，公司的态度不乐观，所以最终决定这个项目还是暂时放一放，请您理解。”

融不到钱的结果袁道鸣也想到过，但是让他没有想到的是，富威国际连资料都不看就给否决了。袁道鸣最后一丝的希望也破灭了。他定了定神，说：“没事，来日方长，以后还有合作的机会。谢谢你宁璐。”

宁璐在电话那端沉默了一两秒钟说：“要不这样，袁总，资料您也整理好了，一会儿我过去拿，等有机会我再让公司看看，您看好吗？”

袁道鸣虽然听出了宁璐的无奈，但看到桌面上辛苦整理好的资料，便说：“也好，不过，不用你亲自过来拿，我下午刚好要去国贸附近办事，路过你们公司，我把资料给你带去好了。这次合作不成，也烦请你这个专业人士给我们把把关，提提意见。”

“好的，”宁璐知道这些资料中有些涉及到公司运作的机密文件，没想到袁道鸣还是送过来，“下午大概几点能到？”

袁道鸣算了一下时间，说：“1 点半左右吧。”

挂断电话后，袁道鸣望着桌面上那一摞融资文件，一动不动。楼下的枝丫上有几只知了不知疲倦地鸣叫着，声音此起彼伏地爬升，不打招呼就钻入了锦盛天成的办公区内，听起来有点烦。

龚仁贵的小“调”还没有落实，帕瑞比的大“调”便已拉开帷幕——就在彼森离开北京的第二天，帕瑞比大中华区便成立了。

虽然事先做好了心理准备，并且得到了一些相关信息，但当看到由美国总部发送的告全体亚太人的邮件时，龚仁贵还是无法接受。邮件中说，在全球一体化的今天，为了实施公司的战略目标以及建立更有效的市场反应机制，公司将原中国区、香港区、台湾区合并成立大中华区，大中华区直接向总部汇报，原亚太区总裁陈汉生调整为大中华区总裁，原中国区总经理龚仁贵为大中华区副总裁及中国区总经理，原中国区副总经理 Bill 调整为大中华区副总裁及技术总监……

龚仁贵呆呆地望着邮件，一个一个地看那些名单上的名字，原亚太区各业务总监大都成了大中华区的各 LOB（业务线）的主管，从中国区上去的也就是 Bill 一人。这样一封简短的邮件让他这一段的所有努力都落空了。是什么原因让总部这么快做出了决定？又是什么原因让陈汉生如愿以偿？难道真的是因为没有安排好彼森的北京之行？不会的，这么大的老板，绝不会因为张亦菲的无礼而做出这么大的调整。

龚仁贵想来想去，唯一的解释就是，这个调整方案事先就经过总部高层的反复论证，陈汉生早就打通了关系，彼森来北京不过是顺便考察一下，见没有什么大的变化，也就是说龚仁贵还没有做出足够打动彼森的行动，便按部就班地执行之前的调整方案了。在这个调整方案中，陈汉生从亚太区总裁到大中华区总裁，名义上是降了，实际上是最后的赢家，而龚仁贵名义上升为了大中华区的副总裁，实际上是败了。然而，让龚仁贵失望的不仅是职位上的调整，更痛心的是业务上的调整：调整后的管理机制下，各部门总监已经不再单独给总经理汇报，而是向大中华区LOB（业务线）主管汇报，龚仁贵作为中国区总经理一下子从之前拥有业务决策权到了只有监督否决权。

这已经不是心理落差的事情了。

在外企当管理者，职位并不重要，总经理也好，副总裁也罢，这些都只是一个符号，重要的是你是否拥有业务的决策权以及你所管辖业务量的大小。管1亿美金业务量和管2亿美金业务量的总经理的待遇以及晋升空间不可同日而语。决策权和监督否决权是完全不同的概念，好比之前谭村必须向自己汇报工作，现在就完全越过自己，直接向大中华区销售总监杰姆汇报了。中国区总经理成了一个摆设，最大的作用也只是在自认为不好的项目中投上否决票，但这个项目到底好不好、上不上，已经不是他说了算了。

龚仁贵感到公司对他已经不再重视。他感到自己被公司抛弃了。

情况怎么会这样？龚仁贵像个困兽般把自己关在办公室内，不断地问自己，怎么会这样？

然而，还没等龚仁贵缓过神来，又一封致命的邮件发了过来。邮件是大中华区人力资源总监詹姆森发来的，收件人中包括中国区人事总监Jack、香港区人事总监施伦普、台湾区人事总监马丁，抄送给了大中华区总裁陈汉生、中国区总经理龚仁贵、香港区总经理麦特、台湾区总经理中田寿一。

邮件是全英文写的，龚仁贵已经可以看得懂。他没有想到，那么辛苦地学习英文，到头来竟然是用在看懂这么刺眼的邮件上了：为了适应全球一体化战略的调整，平衡业务增长和未来发展的需要，帕瑞比计划在未来的三个月内全球裁员一万人，大中华区计划裁员500人，中国区裁员400人，香港区裁员50人，台湾区裁员50人；各区裁员名单必须在两个工作日内报送大中华区，并做好相关保密工作。

由于是战略调整造成的裁员，公司为此要支付高额的补偿金并做好被辞员工的安抚工作：首先，公平公正地做好末位淘汰和内部审计工作，对被辞退的员工一定要告知其业绩评估分数，并按照合同法给足补偿金；其次，帮被辞员工联系其他就业机会，并免费请猎头公司或者职业顾问做好就业咨询工作；最后，在被辞通知中写明，该员工享有优先复职权，只要帕瑞比的这个岗位有招聘，一定优先录用被辞退员工。总之一切都是为避免惹上劳务纠纷和官司，龚仁贵明白，作为一家上市公司，帕瑞比的声誉要比那些补偿金重要得多。龚仁贵盯着“中国区裁员400人”中的“400”，心想这个数字肯定是陈汉生做出来的。他是借全球裁员的机会，让龚仁贵举起刀，砍向龚仁贵势力范围的那些枝枝叶叶。

办公桌上的电话响了，在空荡荡的办公室内显得是那么刺耳，龚仁贵拿起话筒，Jack 略显焦急的声音传来：“龚总，邮件您看了吗？”

“什么邮件？”龚仁贵此刻只想一个人静静地待会儿，不想让 Jack 现在就闯进来。

“是 GC（大中华区）HR 发来的关于裁员的事。”Jack 还是迫不及待地说了出来。

“哦，”龚仁贵强装淡定地说，“那我等会儿抽空看看后再找你。”

“好的。”Jack 挂断了电话，龚仁贵斜靠在椅子上，双眼微闭，半晌，忽然想起什么似的，拉开抽屉，从里面找出了一包烟。点燃后，深深吸了一口，龚仁贵第一次发现这烟真是个不错的东西，明明灭灭中令人进入了另外一个境地。人在痛苦的时候，往往会把精神寄托在虚无缥缈的东西上，望着袅袅上升的白色烟雾，一切似乎都风轻云淡了。然而，也就是几根烟的功夫，龚仁贵的嘴角就起了一个水泡。龚仁贵用手轻轻地触摸了一下，钻心般地疼，他不相信水泡是刚刚起来的，不可能，不可能是因为眼前的邮件而起的，一定是因为这几天忙于接待彼森，没有休息好造成的。龚仁贵在心中安慰着自己，手上掐灭烟，一狠心，揪掉了水泡上面的一层皮，疼得龚仁贵下意识地“啊”了一声，黄水和着丝丝血迹流了出来。疼痛让龚仁贵回到了现实，他忙抽出纸巾，捂住了嘴角。满脑子却都是小个子陈汉生的影子。浙海的那个单子还没能帮他完成心愿，忙活了这么久，却落得这样一个结果！失去权柄的中国区总经理做着还有什么意思？还有必要为帕瑞比举起裁员的屠刀吗？辞职算了！然而自己辞职了，不就正中陈汉生的下怀吗？不能辞，一定要和陈汉生较量到底！

人生只要还在麻将桌上，就有扳回来的希望。想到这，龚仁贵强忍疼痛，轻轻地擦净嘴角，拨通了 Jack 的分机。

程军一出机场，魏德宁就远远地迎了过来。8 月的浙海酷热无比，细细的汗珠闪亮在魏德宁锃亮的脑门上。程军心中一热，原本是不需要魏德宁来接的，虽然自己的司机请假了，但打个车其实也一样。程军接过魏德宁递过来的两瓶矿泉水，递给陈江一瓶，说：“我介绍一下，这是我专门给你请回来的售前专家陈江。”

“你好，幸会。”魏德宁向前一步握住陈江的手，说：“我是程总手下的兵，魏德宁。”

“你好，德宁。”陈江的手被魏德宁握住有节奏地晃动着，肩上的挎包往下滑了一下，陈江只好抽回手，扶了扶挎包，说，“程总一路上没少提起你。你是程总的老兵，我是程总的新兵，以后要向你多学习。”

“陈江就别客气了。”程军用手一指不远处的车，说，“坐上车再说，外边太热了！德宁，这么热的天你还过来接，其实我们打个车就回去了。”

“呵呵，这不是知道陈江要来嘛。”魏德宁讨巧地说。

陈江听后，想说一句“受宠若惊”，话到了嘴边，却改成了：“谢谢。”

三人钻进车内，一股凉意立刻包围住他们。魏德宁边启动汽车，边问：“陈江以前常来浙海吧？”

“记得2005年的时候来过一次，那时候浙海就已经很漂亮了。”陈江眼睛眯成了一条缝，说：“不对，应该说浙海在几年前就很漂亮了，‘上有天堂，下有苏杭’嘛。德宁，程总把我带过来，除了打单还有一个任务呢，让你好好带着我逛逛。”

“放心吧，我们这儿还盛产美女呢，小心累坏你的腰。呵呵，先填饱肚子再说，你们还没吃午饭吧？咱们一会儿去吃浙菜吧，尝尝我们这正宗的‘西湖醋鱼’和‘龙井虾仁’。”

陈江连忙推辞道：“谢谢，以后再去吧，反正以后有的是机会。我们在飞机上吃过了。”

“嗬，飞机上的那还叫饭。走吧，今天让程总请客，这边的兄弟们还等着喝他的喜酒呢。”

“对，对。”程军笑笑说，“应该的，但今天不行了，现在都已经两点多了，回头找个时间我请大家好好大餐一顿。今天中午主要是让陈江好好尝尝浙菜，我们的‘东坡肉’也是很地道的。”

听程军这么一说，陈江也不再坚持，说：“是啊，‘东坡肉’我在北京吃过，那肯定没有这边地道了。当时服务员还介绍说，这个菜是北宋大诗人苏东坡被贬黄州后，生活困苦，当时的猪肉很便宜，便天天变着法子做猪肉吃，经过百般‘临床试验’，终于研制出了香酥绵糯的‘东坡肉’。”

魏德宁显然知道这个菜的来历，但对其中的细节提出了质疑，脱口而出道：“当时的猪肉便宜？”

“应该不贵吧，”陈江说，“至少不会像现在这样，不是有人说过：21世纪最缺什么？人才和猪肉。”

“呵呵，”程军说，“不过，那个服务员说的还是有道理的，苏东坡还专门写过一首诗叫《猪肉颂》，其中有一句是‘黄州好猪肉，价贱如泥土’。”

“真的？”陈江惊奇地说，“我还是第一次听说，大诗人竟然还写过《猪肉颂》，程总大学时学的是中文吧？”

“你怎么知道？”程军笑着问。

在得知新来领导的姓名后，陈江早已经在网上搜索过了程军的资料，知道程军毕业于南方某名牌大学的中文系，然而嘴上却说：“我瞎猜的。我高中时学的是理科，上大学后就后悔，身边的美女都被中文系的才子给泡走了。呵呵，印象中只有中文系的才会这么博学多才、信手拈来。”

魏德宁对这种拐弯抹角的马屁嗤之以鼻，在心中已给陈江打了分。程军却很享用，喝了一口水，接着说：“你说的是我们那个年代的事，那时候一个诗人屁股后面能跟着两个班花。现在不行了，现在是你们理科学生吃香了。一毕业就是IT高科技人才。现在女孩子务实着呢。不过，说起我们的浙菜，每个后面都有一个故事，德宁刚才说的那个‘西湖醋鱼’背后是一个叔嫂恋的故事。”

“吃了这么多年的‘西湖醋鱼’，我倒从不知道这个。”魏德宁也表现出了兴趣，“这个，程总一定要讲讲。”

“古时西湖边住着两个打鱼为生的宋氏兄弟。哥哥娶了一个老婆，美若天仙，被当地的一大恶棍看上，杀了哥哥，嫁祸于弟弟。弟弟外逃的晚上，嫂嫂烧了一碗鱼，加糖加醋，烧法奇特。弟问嫂：今天鱼怎么烧得这个样子？嫂嫂说：鱼有甜有酸，我是想让你这次外出，千万不要忘记你哥哥是怎么死的，你的生活若甜，不要忘记你嫂嫂饮恨的辛酸。数年后，弟弟取得了功名，办了恶霸，却寻嫂无果，整日郁郁寡欢。一次偶然的宴会，餐桌上上了一个糖醋烧鱼，仅吃了一口，弟弟连忙让人喊来做菜者，果然是隐姓埋名的嫂嫂。后人就把这个鱼称为‘西湖醋鱼’，并写诗‘亏君有此调和手，识得当年宋嫂无’来称赞这对恋人。”

“后来呢？”陈江耸耸肩，笑了一下说，“古代还提倡叔嫂恋啊。”

程军说：“后来小叔子就辞官和嫂子过上了幸福的叔嫂恋生活。”

“也是，古代人勾搭工具稀少，没有手机，也不能上网，”魏德宁说，“只能‘兔子吃窝边草’了。”

魏德宁无意中说的这句话，让程军立刻想起了苏小蕾，心头像有蚂蚁爬过一般不自在，脸也微微发烫。听着魏德宁和陈江讨论着不着边际的话，程军在内心鄙视了一下自己，紧接着又宽慰了一下自己，古人都能吃窝边草了，何况21世纪的自己。想到这，程军咳嗽了一声，恢复了常态：“都别扯了，说正事，德宁，工作做了？”

魏德宁立刻收起了笑脸，神态严肃地说：“做了。”

“满意吗？”

“应该还可以。约好晚上等他电话。”魏德宁通过后视镜瞟了一眼陈江，陈江正手握矿泉水往嘴边送。他犹豫了一下，接着说："工作是上午做的，在他的办公室。"

在办公室做这样的工作多有不便，程军心说，但又转念一想，和阎庆宽的关系还没有到位到可以直接去他家里，便点了点头，"嗯"了一声。

魏德宁接着说："从他办公室出来的时候，你猜我见到了谁？见到了江久年！"

"江久年那个老狐狸？"程军倒吸了一口凉气。

"是啊，他身边还跟着一个毛头小子，一看就知道是个愣头青，啥都不懂，咱们这次正好陪他好好玩玩。这是咱们的地盘嘛，由不得他来撒野！"一辆小奥拓从旁超了过去，魏德宁笑骂了一句，加大油门，很快便重新超越了奥拓，看样子他的心情不错。程军稍微宽了心，从北京回来的一路上，程军一直在琢磨石知宇为什么不见他，越想越感觉里面有名堂。他是把石知宇当成了靠山，什么话都跟他讲了，然而石知宇把他调到北京后就不怎么回应他了。程军觉得自己在北京的根太浅，除了石知宇，其他的高层都没有深交过，自己一来到总部是不应该莽撞，应该低调一些，再低调一些。这两天应该抽空再回一趟北京，想办法感谢一下石知宇。然而，看得出来，石知宇是个比较务实的人，不然也不会把程军调过去，至于拿什么来感谢他，也需要再细细去打探、揣摩，眼下能拿下浙海的这个单无疑会是一个不错的礼物，一个光明正大的、能拿得出手的礼物。

有了江久年的关系，袁道鸣和陆峰、鞠莉莉的交谈异常顺利，原定为一个小时的见面时间被一再拖延下去，等他们挥手告别的时候，身后的咖啡馆已经淹没在夜幕中了。

孔颖很高兴，这是她做人事总监以来最轻松的一次面试了，自始至终她都没说上几句话，因为他们交流的大都是对这个行业的认识和发展。她知道锦盛天成已经没有什么可以拿出来吸引陆峰和鞠莉莉，袁道鸣只能来讲故事，用梦想来打动人家了。袁道鸣的故事讲得不错，效果也不错，陆峰和鞠莉莉在远低于原来薪水的情况下也确定了加盟时间。孔颖也终于明白了江久年为什么会来锦盛天成。很多时候，人需要的不是钱，是激情。

袁道鸣看上去却异常疲惫，坐在孔颖的车上竟然睡着了。正说着话的孔颖见后面没有了反应，扭头看见袁道鸣紧闭着双眼却依然还保持着端正的坐姿，心头不由得一酸，伸手将车内的空调调小了一些。车子走走停停，孔颖也有机会断断续续地将目光飘向后面，这么勤奋的人本不应该受这么多的磨难，看得出来，岁月的痕迹已停留在了他那张棱角分明的脸上，刀刻般沧桑。

车子到了金鑫花园，袁道鸣还没有醒来，孔颖不忍心将他喊醒，将车停在了离袁道鸣家不远的一个地方，悄悄地把车熄火。她之前和同事一起去过袁道鸣的家，还见过袁道鸣的妻子顾小南，也知道袁道鸣有个幸福的家庭。孔颖坐在车内，望了望袁道鸣的家，没有亮灯。身后的袁道鸣依旧在沉睡着，甚至能听到他轻轻的呼吸声，时间在一分一秒地溜走，孔颖就这么静静地听着，不知什么时候袁道鸣家的灯亮了。孔颖看了看时间，已经是深夜 11 点半了。袁道鸣坐在车内已经熟睡了三个多小时，却依然保持着端正的姿态，只不过头部稍稍靠在了座背上。正当孔颖犹豫着该不该叫醒他的时候，袁道鸣的手机响了。孔颖打开了车灯，柔和的灯光打在他们的身上，袁道鸣下意识地拿起手机，睁开眼，看了看号码，立刻接听道："久年。"

"陆峰和鞠莉莉跟我通了电话，说你们聊得不错。"

"啊，对，"袁道鸣的思绪还没完全清醒，"我们刚刚分开，聊得不错。"

电话那端的江久年听出了异样，说："你休息了吗？"

"刚才迷糊了一会儿。"袁道鸣揉了一把脸，目光落在了孔颖身上，脑子立刻清醒了过来，说，"现在醒来了，你讲。"

"今天下午成功绕过了他们的阎副处长。在他们那里磨的时候，刚好撞见了浙海省教育厅副厅长丁震远，他给了我们三分钟的时间，只讲了一个问题：这次采购首先对供应商的资质提出了较高要求，供应商必须在教育部取得相应入围资格后才有进一步的可能性，说白了，这个单教育部还是要把关的。那么咱们的工作就要分两边来，一边盯教育部基础教育司，一边盯浙海教育厅。"

"你有什么建议？"袁道鸣问，"你看谁合适？"

"浙海这边，我来盯。"江久年说，"你手上有没有合适的人盯教育部？"

袁道鸣考虑了一下说："教育部我可以盯，但前期还需要一个助手。"

"陆峰和鞠莉莉中你选一个吧，剩下一个给我派过来。"

"他们还需要有两周的工作交接期，然后才能来上班。"袁道鸣说。

"我刚才跟他们说过了，让他们尽快去报道，帕瑞比大中华区刚刚成立，目前组织结构正在调整中，他们的离职应该比较顺利。快的话，这两天就能上班。"

"哦，帕瑞比大中华区成立了？什么时间的事啊？"袁道鸣自责道，"我还不知道呢。"

江久年解释道："鞠莉莉和陆峰他们也是回去后看到邮件才知道的。早就说帕瑞比大中华区要成立，没想到会选在这个时候。"

"呵呵，龚仁贵如愿了没？"

“唉，”江久年叹了口气，平静地说，“他还是中国区总经理，只不过头衔上多了一个大中华区副总裁。原亚太区总裁陈汉生调过来做了大中华区总裁。”

“那大中华区直接向老美们汇报了吧？”

“是。”江久年说，“终于熬到了这一天，但在这个时候，说不准这是好事还是坏事。日子也不好过啊。”

听得出来江久年对帕瑞比还是有感情的，袁道鸣不愿再勾起他的伤心往事，便岔开了话题说：“陆峰和鞠莉莉你了解他们，你来定吧。”

“两人都是不错的，鞠莉莉的公关能力较强一些，让她前期配合你盯教育部吧。”江久年说，“陆峰你若没有更紧要的安排，就给我派过来吧。”

“好，没问题。”袁道鸣满口答应了，想起江久年带过去的那个刘恒辉，问，“怎么样？生手不如老手用着方便吧？”

江久年笑笑说：“那是自然，不过，这个新手表现也不错，很用心，今天下午撞见丁副厅长的事情，就是他设计的。他竟然打通了一名教育厅最不起眼的清洁员，从他口中得知了丁副厅长正在哪个会议室开会，我们就这样等他们会议结束时堵住了他。”

袁道鸣没有过多考虑刘恒辉的表现，抓住了一个细节问：“丁副厅长应该是项目负责人吧？”

“据我的判断，应该是，至少是领导小组主要成员之一。”

“那好，你们就多费心吧。”

“另外，针对产品这一块，这两天我认真地了解咱们的产品，并和帕瑞比做了比较，刚写了一封邮件给你，回头你看看。教育PC机首先还是硬件的比拼，可靠性、稳定性自不必说，环保、节能性能也是重中之重，然后是软件和服务。咱们的产品内容资源我认为虽然在数量上不是最多的，但在质量上却是最优秀的，细节上很到位，这是咱们的优势。但在稳定性上，帕瑞比的教育PC拥有近5万小时MTBF（平均无故障时间）的超强稳定性，他们也率先通过了国家节能认证，据我所知，他们目前新研发的教育PC机在节能方面做得更好。我的建议是，内容上咱们不输给任何一家，那么就在服务上下功夫，针对浙海不同地区的运行环境情况，量身定做一些特殊服务项目。这些，咱们回头好好研究研究。”

“我也考虑过这个问题，想过咱们要不要在浙海各个地区建立完善的专业的教育PC机的维修和服务网点。我们去年在河北拿一个小单的时候，派专人对当地老师进行过培训，效果不错。这次可以借鉴一下。”袁道鸣说，“等陆峰到位后，你就可以抽空回北京咱们好好商议一下。”

“行。”江久年说，“对了，阮琦发我一个关于减薪的方案，我完全支持的，并把它转发给你了。”

“现在是特殊时期，唉，委屈大家了。”袁道鸣犹豫了一下，还是说了出来，“富威国际那边的希望也渺茫了，今天我得到回复，他们说目前经济危机，投资方向发生了转变，对咱们的项目缺少信心。”

江久年对这个结果似乎并不意外：“回头我问问宁璐，虽然目前都不好找钱，但我相信总会有办法的。大家一起共度难关吧。”

挂断电话的时候，袁道鸣顺便看了一眼手机上的时间，又看了看孔颖，恍然大悟道：“我竟然睡了这么久，真是抱歉。”

“没关系。”孔颖问，“快上去吧，嫂子在上面呢，你家的灯还亮着呢。”

袁道鸣看了看四周，才明白孔颖已将自己送回了金鑫花园。离婚的事情，袁道鸣没有告诉公司里的任何人，难怪孔颖会将自己送到这里。“好，谢谢，你也快回去吧。”袁道鸣下了车，冲孔颖摆了摆手。

站在熟悉的小区楼下，袁道鸣思绪万千。顾小南曾打过几次电话，都被袁道鸣摁了拒绝键。她就不停地发短信说想儿子了。袁道鸣能理解她对儿子的想念，再不合格的母亲也是母亲。他想，等过了这一段，再让她见孩子吧。

抬头看，家里的灯光已经灭了。袁道鸣迈开步伐，朝小区门口走去……

“大规模裁员的秘诀就是一个字，”龚仁贵一旦作出重大决定，说话的时候往往不看对方的眼睛，而是像蹲在夕阳下的老人一样微眯起双眼，望着远方，以一种平静的语气一字一顿地说，“那就是：快！”

熟悉龚仁贵的Jack自然知道，这个时候的龚仁贵，越平静代表着越愤怒。从Jack迈进这个办公室的一刻起，压抑的气氛就扑面向他砸来。虽然在帕瑞比的历史上曾发生过一次规模庞大的集体裁员事件，但在Jack的职业生涯中，还是第一次面对这么庞大的裁员计划，400名员工，涉及市场、销售、研发、财务、人事等众多部门，搞不好就是一场惹火上身的地震。然而，身为人事总监，他不得不来面对这个棘手的问题。龚仁贵说得有道理，公司大规模裁员动作一定要快，不能婆婆妈妈、拖泥带水。因为不论以什么样的理由辞退员工，在他们内心一定会有种被伤害的感觉，这种感觉会波及到未被裁减的员工身上，焦虑、猜测、不满等情绪若是在办公室里蔓延开来，工作效率低下不说，员工结成同盟对外说点什么或做点什么的话，后果就不堪设想了。

“是，只要名单定下来后，我这边操作起来一定会很快。”Jack点了点头，说，

“在最短的时间内，做好离职沟通、员工补偿以及就业咨询等善后工作。”

“唉，经济低迷了，正好借组织框架调整之际，让咱们来买单。”龚仁贵的目光从远处往近处飘，软棉花一样落在了 Jack 的头部。Jack 之前油光铮亮的头上已经长出了几毫米长的头发，光泽由此黯淡了很多。

Jack 明白龚仁贵这句看似漫不经心自言自语的抱怨，实则是对大中华区组织结构变化的一种不满。这种不满引起了 Jack 的共鸣：“就是嘛，经济危机了，裁人也是自然不过的事情，却偏偏要打上战略调整需要的标签。经济性裁员变成了结构性裁员，员工离职时非要给他们找一个末位淘汰的理由，这工作就难做多了。”

龚仁贵立刻有种被理解的感觉，原本要顺着 Jack 的话说下去，转念间却想起了自己的位置，只好苦笑了一下说：“通用公司 CEO 杰夫 · 伊梅尔特曾说过，一个领导如果很乐意裁员，那么他没有资格做领导，然而如果他不敢裁员，那么他是一个不合格的领导。你我都是中国人，员工跟着你那么久，免不了产生感情，然而，职业规范都要求我们做一名合格的领导。唉，人啊，总是在两难选择中度过一生。”

Jack 从来没有见过龚仁贵像此时这样长吁短叹感慨人生。有人说过，当你的口中经常出现人生感悟的字眼时，那说明你这个人的心态已经老了或者正在老去。Jack 偷偷地打量了一下龚仁贵，看上去的确有点老了，人也憔悴了很多。“放心，”Jack 有点不忍心让龚仁贵失望，耸了耸肩，以轻松的语气说，“不就是一次裁员嘛？只要把名单确定了，剩下的工作就交给我好了。我保证以迅雷不及早泄之势将事情做好。”

龚仁贵咧嘴想笑，刚凝结不久的水泡嫩膜因面部肌肉的拉伸而再次裂开，他倒吸了一口凉气，抽出纸巾，轻轻蘸着涌出来的脓水。Jack 见状，忙问：“怎么了？龚总这一段没休息好吧？”

龚仁贵点点头，以一个朋友的语气说：“Jack 啊，干咱们这一行的，就这个命，外人以为咱们外企的人多风光，其实吃的苦受的累谁能知道？唉，我这身体就这样搞垮了，腰肌劳损的毛病又犯了，动动就疼，估计真要休息一段时间了！”

忽然之间，Jack 仿佛明白了龚仁贵的意思，但又确定不了，只好试探地说：“龚总累计有两年的年假没有休了。”

龚仁贵再次苦笑了一下，无比真诚地说：“以前哪有时间休年假？一大摊子事呢。现在，他们一来，就用不着咱操心了。正好去看看病，休息一段时间。”

不幸的消息真的来了，这个时候龚仁贵躲了起来，那么所有不利的因素都会压到 Jack 的身上，首当其冲的就是裁员这样的大事。面对这样的局面，Jack 立刻稳了一下自己的情绪，掩饰着内心的不安说：“龚总尽管好好休息，公司的事情您放心，我知道该怎么做，有什么重大决定我做不了主的，会及时跟您请示。”

Jack 表了态，龚仁贵稍微放了心。相信在大中华区高层的眼里，身为人事总监的 Jack 毫无疑问是龚仁贵的人。他们是一个船上的人，目标一致，现在虽然不能说一定要到达彼岸，但至少不能让船沉没。目前遭遇到了大风浪，身为船长的龚仁贵自然要给船员以信心。他身子往前倾，拉近与 Jack 的空间距离，说：“裁员名单你就定吧，要配合大中华区做好工作，但原则性的东西一定要坚持自己的立场，多站在员工的立场上考虑问题。”

“明白。”Jack 明白在龚仁贵的内心肯定会有一盘棋，哪些是要弃要保的棋子，哪些是要走要留的人，平日里揣摩已久的 Jack 自然了解到了七七八八，但唯一没有搞清楚的就是谭村的背后到底是不是姓龚。这一点他需要搞明白，因为上次的被举报事件以及随后的升迁事件显然已将谭村推向了风口浪尖，目前风云突变，任何一朵浪花都有可能将他吞没。虽然他对龚仁贵这种退居幕后，让自己充当杀手或者炮灰的做法感到有点愤怒，但他已经别无选择。当了这个地步，Jack 说话也不能再遮遮掩掩了：“龚总，这次裁员，您看哪个部门要有所侧重？”

“自然是要拿业绩说话了，在追求利润的今天，哪个部门挣钱多，自然是少裁点，哪个部门花钱多却挣钱少，那就多裁点，帕瑞比没钱养这些闲人了。”龚仁贵想起彼森曾经跟他说过要在中国区建立一个面向世界的研究机构，而这次组织结构调整中并没有提到这一点，只是把 Bill 提升为大中华区副总裁及技术总监。一言九鼎的彼森自然不会随便说谎，那么这个研究机构在不久的将来迟早是要启动的，现在想动 Bill 是动不得了，但是现在若不动他，以后等研究机构成立后再动他就更是不可能的事情了。Bill 对龚仁贵的威胁目前看来还不明显，但是等一段时间后，陈汉生随便找个理由就有可能将龚仁贵踢出麻将桌，代替他位置的最好人选显然就是言听计从的 Bill 了。那样的话，龚仁贵连摸牌的机会都没有了，更别提翻盘了。想到这，龚仁贵说：“任何一个以市场为导向的企业，在遭遇经济危机的时候，节约成本的办法就是减少非赢利性部门的开支，帕瑞比中国区研发部门人员所占的比例远远高于同行业。”

Jack 明白这是要拿研发部门说事了，这可是棘手的问题。虽然说研发部门的人事、行政问题一直属于中国区的管辖，但他们的部门领导 Bill 目前的职位已经是大中华区副总裁，可不是 Jack 随便能动的角色。龚仁贵看出了 Jack 的疑虑，没等 Jack 表态便接着说：“裁员涉及到公司的任何部门，谁也没有权利搞小团体主义。让他们的领导协同你们做好员工的业绩评估，然后末位淘汰，谁也说不了什么。研发部门人头目前有218个，让他们贡献100个，然后从其他部门中贡献出来300个……”

Jack终于插了句话，说出了自己的担心：“研发部门裁了近50%，而其他部门不足5%，这样的方案报上去的话，大中华区会不会直接否定呢？”

龚仁贵不假思索地说：“放心吧，应该不会的。你想一想，他们分给咱们400个裁员名额占整个大中华区所有裁员名额的多少？80%！有这么做的吗？虽然中国区比起香港、台湾要大得多，但这个比例符合常理吗？”

Jack点了点头，附和着说：“也是。减少一些研发开支，短期内并不影响业务的开展和利润的增长。不过，咱们的销售队伍目前不用裁员已经走掉了不少，陆峰和鞠莉莉今天也办理了离职手续，也带走了几个人。”

“他们走就走吧，”龚仁贵叹口气说，“销售队伍要重新调整。目前看来，要重新进人是不太可能的了。我还是希望能给咱们自己培养的员工多一些机会。你跟谭村商量一下，他是销售总监，更了解谁的能力强，你们定吧，多提拔一些业务能力和管理能力都不错的销售精英。”

听了这句话，Jack不仅明白了龚仁贵对谭村的态度，还明白了一个更深层次的意思，销售部门作为帕瑞比的喉舌，陈汉生肯定会从亚太区带来一部分人安插进去的。目前除了华北区销售经理的位置由谷枫占着外，华南区、华东区、华中区各大区销售经理的位置都空着。空着就会被人盯着，那就看谁下手快了。想到这，Jack说：“我一会儿就找谭村商量此事，他正好还在北京呢。”

“那好，”龚仁贵想起什么似的，说：“你现在就去找他吧，半个小时内把人员定下来让我看看，然后填写人事调动流程单，所有日期签成两天前，然后送给我。我在这儿等着。”

Jack的身上开始冒冷汗，龚仁贵之所以要求把日期写成两天前，是想造成这次人事调整发生在大中华区成立前的假象，那样的话，就不用报送大中华区HR批准，少了很多麻烦，也就很顺利地将各大区销售经理的帽子戴在了自己人的头上。这种“合理地打时间差”的手法多少让Jack心中发毛，犹犹豫豫地提出了自己的担心：“龚总，咱们之前所有的人事调动，都是有来往邮件的，我是担心大中华区问及这次人事调动，索要来往邮件怎么办？邮件上的时间都是由电脑系统生成的哦。”

龚仁贵显然是料到了这个问题，目光又飘向Jack身后，漫不经心地说：“电脑是人发明的，系统也是人编写的嘛。你跟谭村说一下，他有办法解决这个问题。”

“好。”Jack站起身，“我立刻去办。”

龚仁贵也站起身，亲自拉开了门，在Jack即将出门的一刹那，用手轻轻拍了拍他的肩膀。Jack点点头，走了出去。关上门，龚仁贵打量了一下宽大的办公室，想到要暂别一段时间，不知道回来后是否还能安心踏进这里，不由百感交集。公司邮件中提到，刚成立的大中华区将办公地点定在北京，陈汉生很快就会带领大中华区管理层进驻这里，届时自己这间无比宽大的办公室肯定是要动一动的。想到这，眼前空旷的办公室竟然感觉有点压抑了。龚仁贵不得不将目光再次抛向窗外，窗外灰蒙蒙的，天边有低垂的乌云飘来，一场暴风雨即将来临。

很快，乌云压顶，黑暗降临了，豆大的雨点开始袭来，一开始还是一两滴，在风的吹动下像啄木鸟一样有节奏地啄着玻璃窗，而后就变成了无数支暗箭密密麻麻地射来。北京夏天的雨就像这次经济风暴一样来势汹涌，防不胜防。办公室的电话响起，龚仁贵走到办公桌前，抓起电话说："你好，我是龚仁贵。"

谭村的声音传了过来："龚总，我是谭村。您现在方便吗？"

"电话里说吧。"龚仁贵以为谭村现在和Jack在一起。一道闪电划过黑暗的天空，随后雷声大震，龚仁贵犹豫了一下，决定还是当面说一下，"要不，你过来吧。"

"我现在在回公司的路上，"谭村说，"浙海教育厅的那个项目领导小组已经成立了，我急着回去，走到机场半路，接到Jack的电话，现在正往公司赶，一会儿就到楼下了。"

"那你上来再说吧。"龚仁贵收了线，他知道谭村急忙回浙海除了单子的原因还有另外一个原因，听行政说，谭村想改变一下他在北京的办公室的格局，但这两天一直忙于彼森的接待，没来得及调整，谭村就没使用那个办公室。龚仁贵想到这，就有点生气了，心说你还挑挑拣拣了，现在能不能顺利搬进去都是问题了。

不一会儿，谭村就风尘仆仆地敲开了龚仁贵的门。他坐下来，抿了一下被雨淋湿的头发，说："没有想到，这么快！"

龚仁贵绕过宽大的办公桌，坐在谭村的身边，叹口气："是啊，Jack都给你说了吧？"

"说了。"谭村说，"我口头给您汇报一下，我这两天也看了销售部每个人这两年内的销售业绩，有几个人给我印象深刻，像华中区的张寿亭、华南区的刘瑞华、华东区的吴彪等都是拿过季度销售之星的，大都还做过行政管理，我感觉他们在这次提拔时可以多关注。不知道龚总认为他们是否有机会？"

论业绩提拔三人都没问题，若是论经验，张寿亭和刘瑞华应该说是比较合适的人选，吴彪的管理经验是最少的，也很年轻；然而吴彪目前是谭村手下的得力干将，张寿亭、刘瑞华也和谭村共过事，应该说都"根红苗正"。龚仁贵点点头，说：

“还有其他的吗？”

谭村不明白龚仁贵的意思，空出来的大区经理位置有3个，谭村从接到Jack的电话后，立刻就开始想合适的人选，这个事情远比浙海的单要紧急得多，他挖空心思找出来三个，难道是有不合适的？见谭村有点迟疑，龚仁贵笑笑说：“张寿亭负责华中区，刘瑞华负责华南区，吴彪负责华东区，那么华北区呢？”

谭村内心极为震撼，华北区现在不是由谷枫负责吗？难道是要动他？虽然老奸巨猾的谷枫这两天抢了不少谭村的风头，但也确实建立了在教育系统中的高层关系，这在拿浙海的单子中肯定会起到作用。想到这，谭村问：“谷经理是要离开？他现在离开的话，会不会对拿单不利？”

龚仁贵收住了笑，暗想谭村是真不明白还是装着不明白，只好说：“谷枫感觉自己在这个位置上有点屈才了，他这一段和Bill、陈汉生走得这么近，是想往上走啊，呵呵，现在区区一个大区经理他是看不上喽，他看的是全国市场啊。”

这句话利剑一样击中了谭村内心深处那根敏感的神经。谭村再次震撼了，虽然这方面之前他也有所考虑，但经龚仁贵这么一说，那感觉就不是轻描淡写，而是电闪雷鸣了，仿佛是刚刚到手的全国市场马上就要拱手相让。见龚仁贵说得再明白不过了，谭村也不再遮遮掩掩：“人选倒是有，帕瑞比的人才这么多。华东区的露菲之前也在华北区待了两年，业务能力不错，来帕瑞比之前还在一个德国公司里做过三年的销售经理，是见过世面的人。但是，谷枫就是走，也不会这么快就能走得了，毕竟他在华北区这么多年。”

龚仁贵不假思索地说：“一个人在一个地方待久了，难免会有惰性，华北区今年的销售数据你也看了吧？帕瑞比是拿数据说话的公司，末位淘汰制度对任何人来说都是公平的，无论他在公司多少年，不论他为公司做过多大贡献，只要业绩评估表上显示的是不合格，甭废话，你就另请高明吧。露菲不错，可以给她更大的平台。”

听了这句话，谭村心中有了底，领导不仅给了他方向，也给了他办法。谭村松了口气，站起身，又深吸了口气，说：“好，若没其他的事，我就去忙了。”

“行，”龚仁贵也站起身，漫不经心地问，“对了，刚才你说浙海的那个单子项目领导小组名单出来了？”

“出来了。”谭村说，“吴彪正在做工作。”

“这两天都在忙，我也没问具体的情况，上次和高校的技术合作项目效果到底怎么样啊？”

谭村面露难色，说：“唉，效果还行吧，都是谷枫做的工作。”

“效果不错是应该的。光捐赠的产品价值500万不说，活动经费由开始的50万增加到后来的200万，最后又超支了96万，大投资自然是大回报嘛。”龚仁贵漫不经心地说，数字却是那么的精准。

“有这么多？”谭村停下脚步，满脸疑惑地看着龚仁贵，他需要确认一下这个数字。

然而，龚仁贵却没有重复刚才的话，同样疑惑地问：“你不知道？哦，对了，这事谷枫是经过Bill的批准后办的，200万走正规的流程，超支的96万是谷枫填的申请，可能会走销售部的账，他还没找你签字吗？”

“没有。”谭村很惊愕的表情。

“哦，”龚仁贵说，“那他可能是让Bill批了，不过我倒还没有接到这个申请单。”

谷枫怎么会这么不职业？真是鬼迷心窍，表现过度。谭村心中盘算着，不管是不是经过Bill批的，若追究起来，那超支的96万肯定是大有文章可做的。显然，龚仁贵已经不动声色地给了他一个有力的拿下谷枫的借口。当然，谭村心中也明白，这是一个最好慎用的招，还是先按照正规渠道来“末位淘汰”他，他若不服的话，再拿出这招不迟。目前要尽快将证据收集起来，至于到时用不用得上，就要看谷枫是不是一只聪明的“替死鬼”了。

程军的如意算盘落空了。

当他拿出辛辛苦苦从阎庆宽那里得到的浙海省教育厅远程教育设备采购领导小组名单时，于喜红在总经理办公会上的一句话，就让迟翔名正言顺地参与进来了。早知道这样，程军当初就应该答应迟翔的建议，至少还能当个好人，现在于喜红让他进来，甚至还是按照迟翔的意见给他们分了工：程军主攻浙海，迟翔主攻北京，于喜红负责总调度。指挥棒一下子被交了上去，程军的心情难免失落。会议开完后，程军立刻离开了公司，他搞不明白这样的安排到底有没经过石知宇的同意，若这是石知宇的意思，程军就更感觉失望了。

虽然只是来过一次，程军还是轻车熟路地来到了苏小蕾在双井桥附近新租的两居室。苏小蕾不在家，程军打开房门后，看到房间里多了很多女性化的装饰品，显然是苏小蕾悉心挑选的，每一样都迎合着程军的胃口。然而，此刻他却没有心情来欣赏这些。他把自己撂在床上，也懒得给苏小蕾打电话，回想起刚才总经理办公会议上的一幕幕，程军重重地拍了一下床垫。就在这时，程军的手机响了，打开一看，是迟翔。

程军把手机摔在床上，仰面朝天，手机依旧执著地响着。程军无奈坐起来，摁了接听键："你好，迟总。"

"程总，打扰你一下。"迟翔在电话中幽幽地说，"你在公司吗？我找你商量一下新产品研发的事。"

其实在会议之前，新产品的研发已经进入了准备阶段。程军怀疑那天迟翔风尘仆仆地从外地赶回来，其中一项重要任务就是部署新产品的研发。程军站起来，打开窗，窗外有些许的噪音传来，他调整了一下自己的状态，哈哈一笑说："迟总，我在外面呢。呵呵，新产品的研发你是专家。一切都听你的。"

迟翔仿佛对程军的话没有反应出一丝热情，依旧公事公办地说："研发我们说了不算，是要听客户的意见，他们有什么特殊需要，我们就按照这样的标准来研发。不知道浙海教育厅对产品的客户需求是什么？"

程军并没有因为迟翔的不冷不热而降低自己言语的热度："通过这一段的接触，硬件上他们肯定是希望稳定性越强越好，另外他们在节能方面要求比较严格，内容资源上希望越多越好，越专业越好，当然了进一步的需求还在了解中。"

迟翔心想程军这等于白说，提供的有价值的信息很少，便说："那好，那咱们就按照需求进行软件开发和内容建设，你们是在第一线，抓准他们的真正需求，就等于成功了一半。"

程军暗想我打第一个单时，你还是娃娃呢，用得着你在这里指手画脚的吗？他刚要打断迟翔的话，迟翔却主动收了线："程总先忙。咱们保持联系。"

程军关上窗，房间里一下子安静了很多。他打开冰箱，给自己拿了一听可乐，喝了一大口，冰凉的感觉让他渐渐地冷静了下来。想了一会儿，觉得这事一定要知道石知宇的态度，毕竟他进来是经过石知宇点头的。想到这，程军决定立刻联系石知宇。他这次没有选择发邮件，也没有直接打手机，更没有回公司当面汇报，他毕竟还没有达到直接向石知宇汇报工作的级别。想来想去，程军还是决定发条短信，短信上的每一个字都是经过深思熟虑的。刚要摁发送键，陈江的电话来了，说，事已经办好了。电话来得真是时候，程军松了一口气，暂时已经没有给石总发短信的必要了。早上陈江和程军一起从浙海赶了回来。程军的任务是开会，陈江的任务是替程军办事，所谓的办事就是给石知宇带回来一批浙海的特产，都是精心挑选出来的，以陈江的身份出面给石知宇的两个司机每人一份，并由他们带给石知宇两份。

收了线，程军再次看看未发出的短信，保存了起来，心情也好转了不少。想起苏小蕾，便打了一个电话，苏小蕾正在逛西单呢。程军说我在你这儿呢，苏小蕾纠正了一下说不是你这儿，是咱们这儿。程军笑笑，打量了一下房间，便有了男主人的感觉。苏小蕾压低声音乐着说正给你挑选内裤呢，一会儿回家。苏小蕾已经有几天没回浙海上班了，她倒也能守口如瓶，按照程军的意思说是请了一个月的假。想起苏小蕾工作的事情，程军便拨通了那个朋友的电话。电话响了一会儿才接通，没等程军说话，对方压低声音说：“程总，我正想给你打电话呢。”

“怎么了？”一个不祥的预感出现在程军的脑海里。

果然，对方带来一个不好的消息：“公司目前暂停了所有的招聘。”

“为什么？”程军问。

对方犹豫了一下，声音更低地说：“公司目前正在调整结构，帕瑞比大中华区成立了，现在正是过渡阶段。等过了这一段时间，再让她过来试试吧。不过，从我刚刚得到的信息来看，新的招聘制度要复杂很多，招个人需要层层审批，人事部门作为服务部门不能决定录用谁，只能有否定权，必须先有用人部门提出招人申请，经过批准后，人事部门才能按照他们的职位描述去招人。最明显的一点就是增加了笔试考核这一项。面试的时候也增加了面试官的人数，之前只要是用人部门领导以及人事部门打分就可以了，现在还增加了用人部门业务相关部门的部门领导的打分。程总，还是再等等吧。我怀疑这边还要裁员呢。”

“好，那是应该的。”程军很惊讶，没有想到帕瑞比的动作这么快，相对苏小蕾的工作问题，他更关心帕瑞比大中华区的结构调整情况，“这么一来，貌似更科学了啊。大中华区姓啥？”

“姓陈。龚还是原地踏步，名义上高了一点。”对方说，“帕瑞比中国官方网站上刚刚发了公告。”

“那好，你先忙吧，谢谢。”挂断电话后，程军第一反应就是上网看帕瑞比中国的官方网站。他环顾一下房间，在写字台上看见了一台13英寸的银白色苹果笔记本，程军也没多想，走过去，翻开，发现没有关机，程军退出休眠状态，发现QQ还在上面挂着。他打开帕瑞比中国的官方网页，终于在首页的右下角位置看到了一则公告：帕瑞比加大投资，在京成立大中华区。程军刚要点击链接，屏幕上弹出一个对话框，是一个自称“寂寞战狼”发来的视频请求。程军虽然身在IT业，却很少用QQ，只知道这是小青年们打发时间的工具，看看对方的名字就知道不是什么好鸟，便没有理他。刚要关闭，对方发来了一句话：要我如何做才能得到你的原谅？我知道你是在躲避我，你走后我也没心情上班了，我现在在家里想你。我错了，再也不敢了。我发誓！

程军一时被这灼热的语言击中了，这语气完全像吵架后的小情侣啊，之前并没有听说苏小蕾有男朋友啊，难道是网恋？好奇心促使程军对着聊天框点了一下，不知道点击了哪个地方，程军忽然就看到了对话框的右边出现了两个头像，一个是自己，另外一个竟然是再熟悉不过的魏德宁！程军的脑袋“嗡”的一声，手忙脚乱中不知道如何关闭视频，只好直接关闭了电源！

程军坐在椅子上，呆呆地望着桌面上的电脑屏幕，他后悔刚才自己的慌乱，后悔没有看清魏德宁的面部表情就关了机，更是后悔不该图一时之快招惹苏小蕾。

女人是祸水，千古真理。这事真要被魏德宁说出去的话，那他这个国企老总的下场可不仅仅是作风问题了。况且魏德宁还去过程军的家，事情捅到程军妻子那里应该也不费吹灰之力。程军觉得应该和魏德宁谈谈，敲打敲打他，事情真要是到了捂不住的程度，不妨就跟他捅出来，不遮掩了，他要加职加薪都可以，只要是在程军的权力范围之内，都可以。魏德宁是个聪明人。然而程军担心的有两点：一是怕魏德宁对苏小蕾动了真情，感情的事较起真来会出人命的，那些监狱里因情杀进去的都是对感情较真的主。二是担心魏德宁会对妻子说，虽然妻子习惯睁一只眼闭一只眼，但非要往她眼里揉沙子，后果也不可预测。程军不怕他狮子大开口，就怕他不开口。程军决定给魏德宁主动打个电话，借了解项目进展的机会探探魏德宁的口风，想到这，程军拿起手机，刚要拨号，门口传来了欢快的门铃声……

锦盛天成的减薪方案开始施行了。

“我很遗憾地告诉大家，公司正面临着严峻的考验。我不想把目前的困境归结为受全球金融风暴的影响，是我们自己做得不够好、不够努力，是我们在好的时期里没有居安思危，没有抓住机会强壮自己，怪不得别人，也怪不得外部的环境。正因为我们在舒服的环境中沉睡太久，没有准备好过冬的衣服，以至于我们在冬天来临的时候还穿着夏天的单衣。冬天真的来了，冷吗？冷！有什么办法吗？坐过水牢的人都知道，在寒冷的冬夜里他们不能睡觉，他们衣服比我们更单薄，仅有的一些衣服也被监狱里的老大拿走取暖了，甚至包括鞋。他们要么做老大，要么就光着脚丫子在零下十来度的冰面上不停地奔跑，只有这样，他们才能生存下去。”

袁道鸣环顾了一下四周，抑扬顿挫地说，“我们也一样。我们只有不停地奔跑，才能甩掉躲藏在身上的寒冷。现在公司面临着一个坎，上次大家也都看到了，公司面临着前所未有的考验，我们的资金暂时出现了一点问题。为了解决问题，度过这个坎，下面我宣布一个我做管理以来最不愿意宣布的决定，经过董事会讨论，也征求了部分战友的意见，公司经过认真的考虑后决定，所有部门经理及以上级别的领导，从下月开始，进行减薪，以帮助公司度过未来艰苦的岁月。基层员工的待遇本来就不高，每月要靠它生活，就不列入本次的减薪方案中。所有部门经理及以上级别的领导每人减薪 40%，等公司状况有所好转后，会第一时间考虑在现有的基础上加薪或者增加福利待遇。”

减薪的事情，由于事先找当事人谈过，所以大家也就很平静地接受了。减薪总比裁员好。

会议结束后，刘鼎单独找了袁道鸣，说：“袁总，不是说好的减薪 50% 吗？怎么临时改成了 40%？”

“我算了一下，账面上的钱，减 40% 也能熬过一个月的时间，减 50% 的话，节省出来的钱也帮不了我们度过下一个月。抱歉，我临时就做了这个决定。”袁道鸣歉疚地说，“所以减薪只能起缓解作用，解决不了咱们的根本问题。对了，咱们还有多少回款没有要回了来？”

刘鼎苦笑了一下，锦盛天成有钱的时候，花钱如流水，尤其是在互联网这一块，几乎是还处于砸钱阶段；公司的其他业务，为了让财务报表做得好看一些，只看中营业额，利润被放在了第二位，这直接导致了很多业务是在微利或者无利的情况下进行的，这就要求对方的回款周期缩短，所以，能回的款都已经回来了。“目前来看，只有去年的一笔款算是比较大的了，有 5 万，北京捷通科技的，拖了近一年了，一直没有要回来。他们相关人员的电话都关机了，咱们负责这个业务的人也离职了。”

“还有其他的吗？”袁道鸣问。

刘鼎犹豫了一下说：“还有其他的都是几千的。”

“把他们的资料给我，我去要。”

刘鼎没有想到袁道鸣居然连这点钱都看在眼里了，况且大都是一些坏账旧账，相关业务员也都离开了。看来袁道鸣真是急了。

一会儿，刘鼎便将欠款资料打印出来，交给了袁道鸣。袁道鸣看了一眼，又问了一些情况后，便起身去了北京捷通科技公司。

半个小时后，袁道鸣出现在位于苏州街某写字楼的第 12 层，面前一则封条宣告了袁道鸣是白来了一趟。玻璃门紧锁，办公区内人去楼空，封条上已经落下了些许灰尘，袁道鸣看了看日期，已经是一个月之前的了。拨打了物业的电话后才知道，北京捷通科技公司已破产，至今还拖欠着三个月的物业费。袁道鸣感觉到情景如此熟悉，触景生情，挂断电话后，长叹了一口气。

袁道鸣看了一眼资料，还有一个欠 8 千元的公司在财智国际大厦，离这不远，便马不停蹄地赶了过去，等到了地方后，看到的情况是一样的，人去楼空。袁道鸣徒劳地站在走廊里，四周静悄悄的，失去了往日的忙碌景象。让袁道鸣庆幸的是，自己的公司虽然举步维艰，但至少还在活着，还在挣扎着。

袁道鸣茫然地走在大街上，周围没有一丝风，太阳烤在他黑色的西服上有微微的烫，汗水浸透了白色衬衫黏糊得有点难受。他脱下西装，松了松领带，往前走去，财智国际大厦的后面不远就是清华大学，袁道鸣不知不觉已经走进了清华校内。很多熟悉的场景浮现在眼前，大学时候的袁道鸣异常忙碌，要听的课总是一场紧接一场，要办的活动总是一个接着一个，大学四年，他几乎没有时间静下来好好享受水木清华的风光，甚至没有完完整整地将大学校园走个遍。对他来说，最熟悉的就是“三点一线”沿途的风景，以及那条从宿舍到门口外出家教的路，闭上眼睛也能估摸出什么时间要拐弯。时光蹉跎，一晃这么多年过去了。此刻，袁道鸣决定忘记一切不愉快的事情，好好感受一下清华的风景。他找了一个僻静的地方，坐下来，远远地看着校园里来回走动的人们，一切都是那么安然、祥和。

一个小时后，袁道鸣饥肠辘辘，他拿出手机拨了一个电话，一个熟悉的声音传来：“道鸣啊，在哪呢？”

“李老师，我在你家附近呢。”

“那过来吧。”李茂松笑着说，“我猜你就在附近呢，呵呵，快点吧。”

不一会儿，袁道鸣便到了李茂松家的门前。他敲了敲门，屋内传来了一句话：“门没锁，进来吧。”

袁道鸣走进来的时候，才发现李茂松在系领带，客厅里放着一个行李箱，保姆正帮他整理衣物。袁道鸣随手将衣服挂在门口的衣服架上，问：“您要出差啊？”

“院里组织一个国际交流会，我要出去几天。”李茂松说，“你来得正好，一会儿帮我把行李箱拿下去。”

“去哪啊？”袁道鸣打开冰箱，拿了一罐啤酒，拉开喝了起来。

“没吃饭吧？”李茂松笑着对保姆说，“我来整理吧。你给他整点吃的去。”

保姆应了一声，便去厨房了。李茂松看了一眼袁道鸣说：“给我说说你们最近的情况。”

“我们？”袁道鸣望着李茂松说。

“江久年不是去你那里了吗？你不告诉我，江久年却早告诉我了。”李茂松笑笑，“说说，你们俩一起折腾，感觉如何？”

“还行。”袁道鸣把啤酒放在桌子上，帮李茂松将行李箱拉好。

突然袁道鸣的手机响了，是富威国际的宁璐。

“您好，袁总。”宁璐客气地说，“讲话方便吗？”

“方便。请讲。”

“是这样的，我们认真看了您送来的资料，又开会重新评估了一下咱们的项目，觉得还是有一定的可操作性。我的老板提出了一点建议，让我跟您沟通一下。”宁璐停顿了一下，接着说，“您那边若是能找到一个担保机构的话，应该没什么问题。”

“担保？”袁道鸣暗想这个时候能找谁担保？谁又愿意给你担保？但是事情毕竟出现了转机，他不由得接着问：“对担保机构有什么要求？”

“最好是一个企事业单位，信誉良好。”

“那行。我考虑一下，什么时间回复你？”

“下周一之前都行。”宁璐换了一个语气说，“不过目前的经济形式一天比一天紧张，我们这边的投资也在一步步紧缩，咱们自然是越快越好。”

袁道鸣不知道江久年私下是否和宁璐说了些什么，但是他能感觉到宁璐在双方合作的过程中，的确为锦盛天成做了些工作。虽然富威国际提出的合作条件几近苛刻，但是在这个时候，并不是哪个公司都有机会拿到投资的。

“怎么了？”李茂松关切地问，“是不是资金困难了？”

袁道鸣犹豫了一下，点了点头。

“说说看，”李茂松停止了手中的活儿，坐在沙发上，同时用手指了指对面的沙发，“来，坐下来，给我说说情况，看看老师能否帮你？”

袁道鸣知道以李茂松的威望，帮助自己找个担保机构应该不是问题，但他不想动用老师的资源，便笑笑说：“也不是什么大问题，有大问题了我再请您出面。”

李茂松狐疑地看着袁道鸣：“我知道你不想麻烦我，一些困难也不愿跟我说，上次久年也是，打电话只是告诉我去你那里了，我问公司情况怎么样，他也不跟我说，我就感觉到你们可能遇到了麻烦。得了，你们不跟我说，就去折腾吧，我也不问了。但我刚才听你说了担保的事情，你不是 TEEC（清华企业家协会）的会员吗？你若不方便说，我帮你打声招呼。”

袁道鸣无奈地笑了笑，有可能借到钱的朋友，他早就联系过了，包括 TEEC 里认识的朋友，然而目前经济不景气，大家都把钱袋子捂得紧紧的，“我先想想办法，实在不行，再找您老帮我。”

“那好吧，”李茂松站了起来说，“我要走了。”

袁道鸣拎起皮箱说：“我一会儿也没事，送您到机场吧。”

“帮我提到楼下就可以了。”李茂松说，“饭马上就做好了。”

“没事，回来再吃也不晚。”袁道鸣说，“正好路上跟您说说话。”

“那好吧。”李茂松转身让保姆给袁道鸣留着饭。两人便下了楼。

到了楼下，袁道鸣扫了一眼停车位，看见李茂松的尼桑轿车，提着行李箱便走了过去。李茂松环顾了一下四周，问：“道鸣，怎么没见到你的车？”

"啊，"袁道鸣尴尬地笑了笑，"银行替我保管着呢。"

李茂松随即就明白了，掏出自己的车钥匙扔给袁道鸣，笑着说："就你那破车，银行还稀罕？"

袁道鸣打开后备箱，将行李箱放进去。李茂松已经坐在了副驾驶的位置上，看到袁道鸣拉开车门进来，想起什么似的说："你刚才喝了啤酒，还是我来开吧。"

"通常情况下，喝一纸杯的啤酒，100毫升血液中酒精含量达到20毫克，那正好是酒后驾车的处罚标准。我只是喝了几口，呵呵，含量不会超过15毫克，算不上酒后驾车，没问题。"袁道鸣说着发动了汽车。

李茂松笑着摇摇头，"跟我说说你最近的情况吧。"他调整了一下座椅，把头靠在椅背上，并不看袁道鸣，慢悠悠地说，"就从担保的事情说起。"

龚仁贵的休假在惶惶不安中开始了。

他哪也没去，坐在家中，眼睛盯着电脑屏幕，公司邮件页面一直开着，手机放在伸手就能拿到的桌子上，严阵以待，遥控指挥。

关于几个大区销售经理的人事任命进行得比较顺利。新任命的华东区销售经理吴彪、华南区销售经理刘瑞华、华中区销售经理张寿亭已经走马上任了。龚仁贵再次点开谭村发来的关于任命他们三个的申请邮件以及自己简单回复的"Approved(批准)"邮件，看了看上面的日期，已经神奇地显示为三天之前了。不知道谭村是怎么做到的。

帕瑞比中国区的裁员名单已经初步敲定了。龚仁贵只关心两个人。在长达8页的400人名单中，他在第一页就看到了谷枫的名字，然后逐一往下看，在华东区那一块并没有看到那个女性化的名字，也就放了心。Jack打来电话请示，还有问题吗？龚仁贵说没问题，可以发正式的邮件报送大中华区了。

邮件发出后，一直没有得到大中华区的回复。下班后，Jack和谭村被龚仁贵请到了他家附近的一个东坡酒楼。严峻的形势已经将他们紧密地绑在了一起，说起话来也直奔主题，龚仁贵明知故问道："大中华区还没有回复吧？"

"还没有。"Jack说，"明天若没有得到他们的回复的话，我就打电话过去问问情况。"

龚仁贵摆摆手，说："他们不急，咱们急什么。"

"我是考虑夜长梦多。Bill对研发部裁那么多人，很不满意，我请他交他们部门的员工业绩评估表，他一拖再拖。"

"最终不是交上来了吗？"龚仁贵问。

“我听他的语气，很是生气，以为他不会顺利地按时交上来。”Jack 端起一杯柠檬水，喝了一口说，“没想到后来，他倒是第一个把名单报上来的。”

“我这儿也有个比较特别的现象。”一直沉默着的谭村，忽然插话道。

龚仁贵将目光转向谭村，谭村的眼睛看上去好了不少，但仍有不少的血丝。龚仁贵伸出手掌，摊向谭村，示意他说下去。

谭村笑笑说：“关于谷枫的，我让他做华北区员工的业绩评估时，他很爽快地做了出来。然后，他个人的业绩评估不是需要我来做吗，我就做了一份，但是找他签字的时候，人已经走了。电话中说是拜访客户，我看就是有意躲着呢。”

帕瑞比的业绩评估报告是员工升职加薪的凭证，一般是由业务直管领导评估、填写，然后需要员工本人的认可签字，这份业绩评估报告交到人力资源部门存档生效。员工若认为你写的并不客观，就会拒绝在上面签字，这种情况下，如果员工和业务直管领导双方沟通不畅，那么此员工就有权向业务直管领导的直管领导反应此事，然后领导的领导会让与此员工业务有关联的其他部门领导以及人事部门和审计部门介入，一起评定此份业绩评估报告。所以，这种相互关联相互制约的业绩评估报告在一般情况下，都是会拿数字说话的，谭村给谷枫做的业绩评估报告也不例外。坦白说谷枫领导的华北区，销售额并不是最差的，最差的是华中区，华北区是倒数第二；但是比较起前两年华北区的高销售额，它的跌幅却是最大的。这就看如何考核了。谭村刚上来，还是按照以前江久年在的时候定的目标以及考核办法来做的，也就是综合考评，不仅要看销售额和利润率，还要看完成销售计划的百分比。谷枫明知自己凶多吉少，索性躲了起来，就是不在业绩评估报告上签字。没有员工签字的业绩评估报告，等同于一张白纸。

“那就让他躲着吧。”龚仁贵说，“躲得过初一，还能躲得过十五？”

“关键是，就在谷枫躲起来不久，大中华区销售总监杰姆便给我发来了一封邮件，说老的考核标准已经不能适应新的市场变化，要立即实施一套新的考核标准，主要是以销售额和利润为考核指标，其中销售额占 80 ，利润占 20 ，这样算的话，谷枫就上岸了。”

龚仁贵的眉头紧皱，手指敲打着桌面问：“具体什么时间发你的？”

“也就是下午 4 点多。”谭村说。

Jack 补充道：“那个时候，名单已经提交上去了。”

“新的考核标准也不是说没有道理。”谭村说，“关键是这个时候颁布，是不是太巧了？”

“你是说？”龚仁贵望着谭村问。

谭村犹豫了一下，不知道龚仁贵之前交代给他的关于拿下谷枫的事情 Jack 是否知道，但既然坐在了一起，应该就是自己人。况且以 Jack 的洞察力，从刚才的说话中也能猜出七七八八来。谭村因此也不再遮遮掩掩了，直言道："是的，我就是担心这一点。他若是和亚太串通一气的话，那就比较麻烦了。业绩评估报告，他若是执意不签字并且向我的业务直接领导也就是大中华区销售总监杰姆提起'上诉'的话，那就比较复杂了。"

龚仁贵听着也觉得事情复杂起来，想就此收手，先放谷枫一马，但是名单已经发出，开弓没有回头箭。只能往前冲了。想到这，龚仁贵"哼"了一声，说："由他折腾吧。再狡猾的狐狸，只要抓紧它的尾巴，就别想逃掉！"

谭村明白龚仁贵说的"狐狸尾巴"指的是什么，不由得笑笑，转而又想起自己的尾巴也在龚仁贵的手中握着，笑便变得有点僵了。好在其他二人并没有注意到他面部表情的变化。

Jack 有点忧虑地说："还是说说名单的事情，大中华区若不尽快给回复的话，我还真担心走漏了风声。"

龚仁贵点点头，说："放心，他们不会拖太长时间的。"话说到一半，龚仁贵才明白了 Jack 所指，怕有人故意走漏了风声，中国区势必会乱成一锅粥，而身为中国区总经理的自己却在休假，多少会令别人有一些看法。想到这，龚仁贵话锋一转，说："不过，你的担心是有道理的。这样吧，就按你说的办，明天上午还没有收到他们回复的话，就想办法问问。"

Jack 点点头，这个事情必须引起龚仁贵的足够重视，只有这样，他的工作才能较为顺利地进行。这两天所做的一切已经超出了他的职业道德，但是，他已经迈出了第一步，必须要有保障地走下去。

菜已经陆陆续续地上了，龚仁贵问谭村："浙海的单子目前进展如何？"

"目前是吴彪在和客户接触，效果还不错。"其实，谭村了解到的和龚仁贵了解到的情况差不多，这两天哪有时间来考虑单子的事情，毕竟位子比单子重要。

龚仁贵也一样，既然这个单子并没有给他争夺位子的时候增加砝码，那也只能先想法保住位子了。没有了位子，那要单子还有什么意义？他此刻对单子的关注是源于对江久年的关注。自从知道江久年代表锦盛天成去打浙海单子的时候，龚仁贵就有很多问题想问，若是平时他会毫不犹豫地直接提起江久年这三个字，然而现在他若想知道江久年的一些近况，必须拐弯抹角地提出来。不仅两人已"瑜是瑜，亮是亮"了，还有更重要的是，随着自己位子周边环境的恶劣加剧，就会不由自主常常想起江久年。

见谭村并没有提起江久年，并且对面的二位都一副心事重重的样子，龚仁贵知道自己休假后，他们的压力不是一般的大。于是只好自己强颜欢笑，扯些无关的话题来帮他们放松一下。一餐饭的时光就在这样各怀心事的凝重气氛中过去了。

进门后，苏小蕾将买回的几件衣服放在柜子上，便扑在了程军的怀里，贴着程军的胸膛诉苦道："我一个人睡在这里，真是害怕，昨晚楼上的人在深夜十一二点唱歌，毛骨悚然地吼，我以为是神经病呢，吓得我半夜睡不着。当时就想给你打电话，你若是在身边就好了。今天上午刚好遇到对面住的一对小夫妻，跟他们提起这事，你说奇怪不奇怪，他们压根就没听到！真是吓死我了。还好，你来了。"

说了这么多，苏小蕾见程军没有反应，感觉不对，便抬起头，望着程军问："你怎么了？脸色这么难看？"

程军苦笑了一下，拍了拍苏小蕾的后背，将她揽在怀里，说："没什么。"

苏小蕾挣扎着站直身子，盯着程军的眼睛："不对，到底怎么了？"

程军松开苏小蕾，坐在沙发上，说："刚才我用了你的电脑。"

"用就用呗。"苏小蕾说。

"是这样的，"程军问，"你的那个QQ上显示两个人的视频头像，是不是意味着对方也能看见你？"

苏小蕾似乎一下子没明白程军的意思，睁大眼睛看着程军。

程军只好再次问："你电脑上不是有个QQ吗？我不知道点到什么了，电脑上出现了两个头像，这种情况下，对方是不是也能看见我？"

苏小蕾点了点头，说："你要是能看见对方，对方也一定能看到你。怎么了？你看见谁了？"

程军觉得这事情到了这个地步是不能瞒苏小蕾的，只好说："是个叫'寂寞战狼'的人。"

苏小蕾的脸刷地一下就变了："魏德宁？"

"是的。"

"真的？"苏小蕾站起身，来到电脑旁边，边启动边说，"那可糟糕了。"

程军也站起身，来到苏小蕾身边，从背后搂住她，柔声细语地说："小蕾，抱歉，我不应该碰你电脑的。我当时是想紧急查一个网页。抱歉。"

"看你，说这些干嘛？"苏小蕾牵起程军的手，说，"让他看见了正好，免得以后骚扰我。"

程军不知道苏小蕾说的是否真心话，但从她不假思索的说话速度中，真令人怀疑这就是她真实的想法。若是那样的话，真是糟糕透了。他连忙否定了她的想法，叹了口气说："你还小，怕他到处乱说，影响了你的名声。"

"哼，我才不怕呢。就他那小样，借他个胆，不想混了。他不怕我，还会不怕你？"苏小蕾满脸骄傲地说，"再说啦，就是让他说出来，又如何？我就是要做你的小老婆，我甘心情愿！关他屁事！"

苏小蕾虽然把问题想象得过于简单了，但听起来还是那么个理，程军心中舒服多了。苏小蕾已经登陆了QQ，"寂寞战狼"的头像已经灰暗了。她点开对话框，程军便看到了之前魏德宁的留言，密密麻麻的一大堆，程军说："看得出来，这个魏德宁对你还是动真心了。"

"去，他什么人你不知道啊！"苏小蕾说，"况且就他那德性，也不照照镜子。"

程军感觉苏小蕾还没有意识到问题的严重性，便松开苏小蕾，来到窗前，无限惆怅地叹了口气。

"看你，发什么愁啊。"苏小蕾关闭了QQ，站起身，"老公，高兴点，没什么大不了的，来，试试衣服，我给咱们两个买了一套情侣装，休闲的，来试试嘛！"

程军被苏小蕾拉到客厅，刚套上一件上衣，手机响了。程军看了来电，不由得心中一惊，还没有等程军摊牌，魏德宁就主动打来了电话。他拿着手机在苏小蕾的面前晃了晃。"你接吧。"苏小蕾从容地说，然后示意程军解下皮带，让他坐在沙发上。在这个问题上，女人往往比男人表现得镇静。

程军摁了接听键，并没有主动说话。

"程总，方便吗？给您汇报一下这边的进展。"魏德宁的声音中听不出什么两样，语气依然是那么诚恳，态度依然是那么谦逊。

程军知道魏德宁是给自己表忠心来了，也装着什么事情都没有发生似的，说："哦，方便，你说。"

"我这边约到了浙海省教育厅丁震远丁副厅长，明天上午10点去他办公室拜访他。不知道程总明天在不在浙海？"

浙海教育厅远程教育项目领导小组的名单从基础教育处副处长阎庆宽的手中已经拿到，阎庆宽并没有直接给名单，只是在吃饭的时候点了几个人的名字，重点点了丁震远，项目决策人，领导小组组长。饭后，程军第一时间调查了丁震远的资料，官方和非官方的信息来源显示，这位52岁已满头白发的瘦高老头有着一股傲人的倔强，不抽烟不喝酒不好红尘，是实力派干将；今年3月份刚从文化厅副厅长的位置上调来教育厅，刚来不久就主抓了这么大的一个工程，可见其手腕以及背后的支持力量。程军自然知道丁震远的份量，然而并没有想到丁震远会这么快就答应给见面的机会。若是平时，程军会毫不犹豫地答应下来，然而想起这边乱糟糟的摊子，程军说：“我确定不了明天有没有时间。这样吧，你直接去就行了。”

“我？”魏德宁惊讶地说，“我哪行啊？我级别上也不行啊。程总去的话，也显得咱们重视嘛。”

魏德宁说的有道理，但这个时候从他口中说出级别的话题，便有了提要求的嫌疑。程军反而松了一口气，压抑在他心头的石头轻了很多：“我看你行。你就放心大胆地去吧，我不在，你就是最能代表鑫星的人。级别嘛，回头我在北京帮你问问，浙海分公司这一块，看能不能让你负责。也只有交给你，我才放心。”

电话中的魏德宁似乎并没有太大的兴奋，语气平缓地说：“谢谢程总。”

程军一愣，心中快速地盘算着，说：“你先让小张帮你印盒新名片，改成鑫星集团浙海分公司副总经理，明天我和总部人事沟通一下，尽快下达这个任命。”

魏德宁的语气立刻变得生动起来：“谢谢程总，名片这都是小事，明天我就代表您去拜访他。”

程军心想这个魏德宁也忒精了，名片若是真印出来就好办了，那样的话，程军也就抓住了魏德宁的把柄，在国企里，谁敢没有得到正式任命前就私自给自己乱加头衔的？程军的承诺，也就是在电话中说说而已，空口无凭，真印出来了，而程军没有及时兑现承诺，那他魏德宁的麻烦就大了。

“那行，”程军看了看苏小蕾，苏小蕾正单膝跪在地板上脱程军的鞋，想到这次通话已经达到了想要的效果，便说，“有什么建议和想法，咱们保持沟通。”

挂断电话后，程军的心情大好，用手拍了拍苏小蕾裸露的肩膀，说：“我来吧。”

“你别动，抬脚，抬脚。”苏小蕾给程军套上新买的裤子，抬起头，媚笑道，“好了，站起来，臣妾为君更衣！”

程军笑笑，顺从地站了起来，看到忙碌的苏小蕾，忽然有点愧疚，真不忍心告诉她：她进帕瑞比的希望要落空了，甚至连面试的机会都不会有了。

太阳挂在楼顶，日子在煎熬中前行。

虽然在李茂松的介绍下，国内一家顶尖公司愿意站出来为锦盛天成提供担保，但是当袁道鸣将所有的手续和资料交给宁璐后，富威国际那边却一直也没给消息。

袁道鸣坐在办公室内，翻看着锦盛天成的财务表，在所有中高层领导大幅度减薪后，员工工资才得以如期发放。值得欣慰的是，锦盛天成的各项工作正有条不紊地进行着，新产品的研发已经进入了攻坚阶段。然而，此时锦盛天成的账面上仅剩下可怜的三千多元。屋漏偏逢连夜雨，浙海那边的单子正是花钱的时候，江久年虽然没提钱的事情，袁道鸣还是感到了前所未有的压力。

当手机来电显示的是富威国际老总杜威的号码时，袁道鸣几乎能听到自己心跳的声音。他特意平静了一下自己的心情后才接通电话说：“杜总好。”

“老弟，”杜威的大嗓门震得话筒有点走音，“啥时间有空？咱哥俩喝一杯。”

袁道鸣知道杜威是一个江湖气息非常浓厚的人。锦盛天成和富威国际的合作中，袁道鸣更多的是和他的手下宁璐在打交道。袁道鸣知道此次杜威能主动打来电话，融资的事情十有八九是定下来了。对待这样的人，袁道鸣自然拿出粗放的套路说：“我什么时候都有空，别说是喝一杯，就是十瓶八瓶的，兄弟也奉陪到底！”

“哈哈，好，择日不如撞日，今晚如何？”

“没问题。”袁道鸣甚至故意模仿了一句台词，“那是必须的！”

杜威终于说到了正事，声音也低了下来：“呵呵，咱们的事也扯了不少时间，我们这边也没少折腾你，没办法啊，经济低迷啊。”袁道鸣的心中一沉，屏住呼吸倾听对方极不标准的普通话。“不过，好事多磨。今天终于有了一个结果，咱兄弟俩也终于有机会合作。一切都按照咱们对赌协议里的条款执行，放心，一周内，我们会打出第一笔 2000 万。”

困扰锦盛天成的资金问题就这样解决了，苦等了那么久，幸福真正降临的时候，常会因期盼已久而显得不太真实，袁道鸣的大脑由于过度兴奋而“短路”了一秒半，随后便趋于平静：“谢谢，谢谢杜总。”

“哈哈，是我要谢谢你们，我之前都是在低级别游戏中玩，现在袁总将我带到了一个高度。我是粗人，但是我现在也知道嘛是对赌啦。得了，不说了，见面后我们好好喝一杯。”

挂断电话后，袁道鸣第一时间给宁璐发了一条短信：我代表锦盛天成所有员工对你表示感谢！

宁璐很快回了短信：袁总是让人敬佩的合作伙伴，在您身上我们相信“百二秦关终属楚，三千越甲可吞吴”！

望着宁璐的短信，袁道鸣忽然有种想哭的冲动，他双手捂脸，斜躺在椅子上，自己的坎坷经历以及锦盛天成走过的弯路在脑海中一一闪回。

过了良久，他坐直身子，拨打了江久年的手机。奇怪的是，手机竟然是关机！对江久年这么职业的人来说，关机是极不正常的情况！袁道鸣连忙拨打贾庆权的手机。贾庆权说：“江总一早就去了教育厅。”

“他一个人去的吗？”

“是，他约好了今天上午拜访浙海省教育厅丁副厅长，就没有带我和刘恒辉，早早地就过去了。”

袁道鸣暗想江久年可能在和丁副厅长的交谈中关了机，便稍稍放了心。他站起身，刚要出去安排人开个短会，手机响了，看了看号码，是陆峰打来的。陆峰和鞠莉莉目前还没有来锦盛天成上班，这个时候打电话会有什么事情？难道是和江久年有关？

袁道鸣忙摁了接听键，话筒里传来了陆峰急切的声音：“袁总，我刚得到消息，江久年在浙海教育厅被警方带走了。”

“什么？”袁道鸣惊呆了，“怎么回事？”

“可能跟协助调查帕瑞比现任销售总监谭村的涉嫌受贿案件有关。这个事情之前就有人举报，当时中国区给出的调查结果辩称那笔款算不上受贿，是谭村当时急借的，并得到了时任帕瑞比销售总监的江久年的同意。”

“你联系上久年了吗？”袁道鸣目前最希望能联系上江久年，“我刚才打他手机，没有打通。”

“没有，我也联系不上他。”陆峰说，“江久年应该没事，他是一个原则性非常强的职业人士，以我对他的了解以及对这个事情的判断，我感觉他是被陷害了。”

袁道鸣也有听说，帕瑞比大中华区成立后，以陈汉生为首的大中华区和以龚仁贵为首的中国区进行了一番政治较量。他不知道这几天帕瑞比中国发生了怎么样的血雨腥风，但有一点可以肯定，发生这事绝非偶然。帕瑞比大中华区不仅可以就此拿下谭村牵制龚仁贵，还能借协助调查的名义调离江久年，从而搬开了拿单过程中一大绊脚石。不管调查的结果如何，对帕瑞比大中华区来说都是一举两得：调查结果证明谭村所言属实的话，那么江久年就属于违纪；调查结果证明江久年是清白的话，那么谭村就属于违法。看来，大中华区的陈汉生的确要比龚仁贵高明一筹。

“久年真是在浙海教育厅被带走的？”袁道鸣问。

“是的。”陆峰确切地说。

袁道鸣不知道江久年被带走时的情景，但是他知道，江久年在不明就里的客户那里一定留下了不好的印象。锦盛天成必须尽快挽回形象，袁道鸣能做的就是第一时间出现在客户面前，一分钟也不能耽误，必须立刻赶往浙海。想到这，他匆忙挂断了电话，下楼拦了一辆的士，奔驰向通往机场的路上……

第九章 “潜”下去

“潜谋”一词来源于古代奇书《鬼谷子》中的精髓之句：“潜谋于无形，常胜于不争不费”，意思是说只要暗中把谋划建立在改变对方心理活动、思维形态上，不用争斗，不用破费钱财，就能达到你要的目的。同样，《孙子兵法》中一个非常重要的思想就是：“上兵伐谋、攻心为上”，意思也是说最高层次的谋略是挫败敌人的意图，从心理上威慑住对方，从而“不战而屈人之兵”。

龚仁贵事先已经想到自己“以退为进”的休假会给大中华区总裁陈汉生带来可乘之机，然而让他没有想到的是陈汉生这么快就举起了屠刀。

坏消息一个紧接一个地传来，先是大中华区 HR 没有批准中国区裁员计划名单，并派遣大中华区 HR 以及内部审计官直接进驻中国区总部，名义上是为了体现帕瑞比公平公正的企业文化，实则是给某些人以“拨乱反正”的机会；紧接着是陈汉生名正言顺地写了一封邮件，称在龚仁贵休假期间，帕瑞比中国区的日常事务由帕瑞比大中华区副总裁 Bill 处理，随之而来的是谣言四起，很多人都认为 Bill 即将取代龚仁贵成为中国区的掌舵者；随后，大中华区主管行政的副总裁来到位于国贸的中国区总部转了一圈，一声不响地走了，回头就发了一个新的办公区规划方案，其中最重要的一点，就是将龚仁贵那间篮球场那么大的办公室分成四个独立的办公隔间，名义上是为了节省办公开支，实则是传递一种对龚仁贵极不满意的信号……

这些心知肚明的把戏，每个更朝换代的时刻都会发生，龚仁贵坐在自己的家中静静地观察着中国区的一举一动，他知道他和大中华区之间的这盘棋，一开始他就处于被动，他要保持清醒的头脑，不能轻举妄动。他料到大中华区会在裁员名单上说事，但龚仁贵已经给 Jack 交了底，在谷枫的问题上一定坚持原则。作为谷枫的现任直管领导，谭村已经在业绩考核表上打了分，做了评价，谷枫就是不服气，最多也只能向谭村的直管领导投诉。虽然现在谭村的业务直管领导是大中华区主管销售的副总裁查尔斯，但行政上还是要归龚仁贵领导，并且由于做的是 2008 年前两个季度的业绩评估，龚仁贵还是有话语权的，拿下谷枫应该问题不大。

在人事问题上，龚仁贵有两点是不能让步的，一是谷枫的出局，另外就是他新任命的各大区销售经理，其实这两点也是围绕一个问题，那就是必须牢牢控制住中国区的销售部门。只要还控制着中国区的核心部门，就等于控制着财务报表上的那些数字，至于 Bill 在龚仁贵休假期间代龚仁贵处理帕瑞比的日常工作，就让他们折腾去吧，毕竟只是代管，这正好是龚仁贵想要的结果，这个期间最能看清哪个部下经得起考验。

龚仁贵告诫自己一定要沉住气，小不忍则乱大谋。然而，当 Jack 心急火燎地打来电话告知谭村被警方审查的时候，龚仁贵坐不住了。他没想到，陈汉生会下手这么狠，一下子就掐住了谭村的脖子。他制服了谭村，也就等于制服了帕瑞比中国区销售部门，拿下谭村后势必会让他的人坐帕瑞比销售总监的位置，然后再慢慢收拾龚仁贵的各大区销售经理。他是没有动龚仁贵费尽心机安排的各大区销售经理，但是他一动，就动了销售总监。龚仁贵一边痛恨着谭村的不争气，一边想着对策。这个事情他必须要反击，谭村若是被灭的话，也就等于将销售部门拱手相让了，那他龚仁贵真就成了光杆司令了。

龚仁贵皱着眉头，在书房里来回踱着。过了一会儿，他拨打了谭村的手机，不出意外地传来关机的提示音。妻子去上班了，偌大的房间静得只能听到他走路的声音。龚仁贵忽然感觉自己被这个世界孤立了起来。他走到窗前，打开窗户，一股燥热的空气涌了进来。窗外也是可怕的静，龚仁贵所住的是西四环有名的高档别墅区，幽静的环境反而让龚仁贵有种莫名的恐慌，感觉有很多美好的事情正一步步离他而去，他伸手去抓，什么都没有抓到。龚仁贵想起一个个老的部下，不知道他们此刻到底在想些什么，他在他们心中的地位是否还像大中华区成立之前那么牢固？

龚仁贵说不清楚是对下属们失去了信心还是对自己失去了信心，反正他感觉他们正在渐渐远离。龚仁贵想听听他们的声音，想知道他们的状态，更想了解他们内心的一些信息。他首先拨通了埃米斯的电话，埃米斯依旧是第一时间接听了龚仁贵的电话："龚总。"

龚仁贵"嗯"了一声，这几天埃米斯倒也给龚仁贵打过几次电话，每次都是自己的手机打的，看得出来，埃米斯已经开始回避在办公室内给龚仁贵打电话了。这个精明的香港女人，虽然谈不上是"墙头草"，但也是一个会见风使舵的主，别看平日里对龚仁贵忠心耿耿，但真正到了抉择的时候，她还是很会权衡利弊的。在电话中，龚仁贵不仅仔细听着埃米斯说的每一句话，还要在"不经意间"传递给她某些信息，让她相信他的权力，相信未来，相信最后的砝码还在他的手中。龚仁贵找了一个由头说："埃米斯，你昨天报的方案我看过了，很不错。"

埃米斯没有想到龚仁贵会打电话专门夸她。龚仁贵一般情况下很少夸人，反而会在批评你的时候先来夸你一两句做铺垫，然后再"但是"，埃米斯等了一下，没有听到"但是"，这才松了口气说："谢谢龚总。"

龚仁贵注意到埃米斯发他的方案邮件中，收件人已不是自己，而是大中华区人力资源总监詹姆森，龚仁贵只是在抄送人的行列里。在帕瑞比这个规范的外企里面，邮件是政治的一个道具，也是一种武器，收件人、抄送人、密送人的不同显现出各人职位的不同。埃米斯的邮件显示出了龚仁贵的位置变化，大中华区下手很快，埃米斯已经开始向大中华区人力资源总监詹姆森直接汇报了。想到这，龚仁贵说："方案真的不错，詹姆森怎么说？"

埃米斯叹了口气，直言不讳道："詹姆森现在还没有给我回复。"

"哦？"龚仁贵说，"不会吧，大中华区办事效率还是很高的嘛。"

"唉，我前两天报的方案到现在还没批呢。"埃米斯的语气中明显地有了抱怨。

"刚开始，什么都需要磨合。"龚仁贵在电话中笑了笑，安慰埃米斯说，"等过一段时间就好了。"

"龚总说的是。"埃米斯语气忽然缓慢了下来，以一种轻松的语调说，"龚总什么时间回来啊，不会抛下我们不管了吧？"

在龚仁贵的眼中，香港人是很少开玩笑的，而埃米斯也一向是一个非常专业的人，现在忽然这么说话，肯定是要表明自己的立场：她是拿龚仁贵当靠山的。龚仁贵呵呵一笑，也以调侃的语气说："怎么会？只不过是让你们多受点苦，多一点磨炼，呵呵，这对我们的队伍建设是有好处的。"

埃米斯笑了："我就不信您老人家看到我们受苦受难，就不心疼？呵呵，对了，我刚刚听说，谭总监被调查了？”

龚仁贵“嗯”了一声，没有说话，心想真是“好事不出门，坏事传千里”。

埃米斯声音低了下来：“您知道啦？您知道了，我就不说了。”

龚仁贵知道埃米斯只是想将这个信息传达过来，但他还是想听听她的看法：“我也是刚刚知道的。你说说看？”

“具体情况我也不清楚。我只是听说谭总监被警方带走了，其他的情况我就不得而知了。”埃米斯明白，大中华区刚刚成立，一上来就调查龚仁贵新提拔的销售总监，背后的事情远不是想象的那么简单。

见埃米斯这么说，龚仁贵知道也问不出所以然来，况且埃米斯知道的并不是太多：“埃米斯，先这样，保持联系。有事情可以随时给我打电话。”

“好的，龚总，您好好休息。”

埃米斯的电话让龚仁贵烦乱的心渐渐地轻松了一点，但一想起谭村的事情，不由得又心慌起来。埃米斯虽然对谭村的事情一笔带过，但龚仁贵可以想象得到，这件事情会迅速地在帕瑞比中国区的办公室里蔓延，在每个人的心中扔下一颗不小的石头。在这个人心浮动的时候，既然现在是 Bill 来代理行使中国区总经理的职权，并且大中华区否定了他们的裁员方案，那逼急了就把裁员的事情捅出去，让 Bill 忙乎去吧。龚仁贵的脑海里忽然产生这个疯狂的念头。他为这样的念头感到可怕，但首先从操作上分析了一下，感觉可行性很强，又从利弊关系上盘算了一下，这个时候出来搅局，利肯定大于弊。同时也意识到这是一步险棋，搞好了，轻易就让 Bill 出局，搞不好自己就搭进去了。然后，又从职业道德上狠狠地鄙视了自己一把，若把裁员的事情悄悄捅出去，肯定会搞得帕瑞比中国区人心涣散，谣言四起。但事情到了这一步，龚仁贵也顾不了那么多了，他需要这样的一个搅局，来分散大中华区在谭村事件上的精力。掩盖一个丑闻的最好方法就是产生另外一个更大的丑闻。想到这，他拨通了 Jack 的电话。电话响了很久 Jack 才接通。

Jack 的语气似乎有点沉重：“龚总，我正打算打电话过去给您汇报呢。这边刚刚开完一个短会，大中华区法务部经理玛丽主持的，会议是针对谭村的事情开的。大中华区销售总监杰姆、Bill、中国区法务部经理萧万，还有我一共五个人，我们从玛丽那里得到的消息是谭村现在警方手里，江久年在浙海也被问话，上海达科的朱海洋也被扯了进去。开会的结果是，首先由玛丽、我、萧万代表公司去警方那里了解情况，对待谭村的态度一切以事实为准，尊重法律法规，是行贿就是行贿，是索要回扣就是索要回扣，警方该怎么定就怎么定。”

龚仁贵皱起了眉头，事情变得越来越复杂了。虽然目前还不知道是谁举报的，但能这么详细地了解内情，并且在这个时候把事情捅出来，龚仁贵判断，举报人肯定和当事人或者大中华区有着千丝万缕的联系。对于事情的真相，龚仁贵心中也有谱，苍蝇不叮无缝的蛋，从之前和谭村的谈话中，龚仁贵就知道那20万美元的事肯定存在，至于最后谭村怎么周转，那就不得而知了。这种事情，可大可小。大了，属于贪污受贿，判个三五年不是问题；小了，也就是公司间的正常资金周转，内部处理就可以了。关于此事性质发展的走向，取决于两个人，一个是上海达科的朱海洋，一个就是大中华区总裁陈汉生。两个人都不是龚仁贵所能左右的，但是又不能眼睁睁地看着谭村就这样往深渊里沉。“达科的朱总，你们通过电话了吗？”龚仁贵问。

“一直没有联系上他。”Jack说，“谭村出事后我一直在联系他，但他手机关机，可能他和谭村，还有江久年应该是同时被带走的。”

“哦，”龚仁贵沉吟了一下，“谭村毕竟是帕瑞比培养出来的人，家丑不可外扬，况且这事传播出去，对帕瑞比的名声也不好，我想这都不是咱们愿意看到的情况。能低调处理就低调处理。谭村没事的话更好，真查出个一二三来，哼，别说中国区的日子不好过，整个帕瑞比也将蒙上一层灰。”

Jack明白龚仁贵的意思，但又为龚仁贵的这种遥控指挥感到一丝不满，还为自己上错了船而感到一种恐慌，胳膊拧不过大腿，谭村就是一个例子。转念一想，既然已经迈出了这一步，就已经没有了退路，就是被当成炮灰，也只能往前冲了：“谭村应该不会有事的，前段咱们不是已经处理了谭村的那个事情了吗，以谭村的手段，就是有事，也该摆平了。只要上海达科朱总的环节上不出问题，就没问题。”

“嗯，不过，我现在担心的就是朱总。”龚仁贵幽幽地说，“你不觉得这事一开始就很蹊跷吗？这种事情，知道底细的也就是当事人啦。”

朱总？朱海洋？没道理啊。朱海洋和谭村的关系应该是不错的啊，并且朱海洋是靠谭村吃饭的啊，犯不着这么往死里整谭村啊。忽然，Jack想起了一个细节：“龚总，经你这么一说，我倒想起来一件事情。今年3月份的时候，我听说石家庄有个叫新昌的经销商仿佛一夜之间就起来了，产品走得不错，价格也低，老板叫朱娟，是个刚大学毕业的新手，还是个女孩子，所以对新昌的崛起，石家庄的一些经销商都愤愤不平。新昌不是咱们的一级经销商，更不是金牌经销商，却能拿到比当地一级经销商还便宜的产品，你说怪不怪？石家庄的那个一级经销商就让我们过去查，我和谷枫过去后，也没查出什么来，货的批号是正常的批号，也不存在串货的问题，价格人家也调了过来，说是他们刚开业，为了走量才把价格压低的。产品也不是水货。但是那家一级经销商说，他们的货肯定是从别的地方倒腾过来的，说不定也是从金牌经销商那里倒腾过来的，不然不会有那么低的价格。谁会亏本做买卖？并且说那个姓朱的女孩子背后的高人就是我们的某位姓朱的金牌经销商。呵呵，仅凭同姓就断定有关系未免牵强，我们当时也没法核实朱娟和朱海洋的关系，后来这事就不了了之。事后不久，谷枫就批准了新昌公司的一级经销商申请。”

帕瑞比在中国一直以来都会严格按照行业和地域来划分不同的销售区域，以便执行相应的价格策略，并会针对一些代理商的销售考评来确定其代理资格，不同代理资格的代理商的折扣是不一样的，金牌代理商的折扣和一级代理商的折扣差的不是一个两个点。如果一个销售为了完成任务，利用折扣差别，将自己的货卖到其他的销售地盘上去，我们称之为“飞单”；如果一个代理商利用代理级别的不同，将低折扣进来的货卖到别的代理商地盘上去，我们称之为“串货”。不管“飞单”，还是“串货”，在帕瑞比中国，都是“斩立决”的罪名。龚仁贵不清楚朱娟和朱海洋到底是什么关系，若真是有关系并且串货的话，那这样的把柄握在了老油条谷枫手中，那他朱海洋还不是要像孙子一样乖乖听话！若真是这样的话，谭村被举报就不难理解了。不管事实真相是什么，但凭直觉龚仁贵认为这是个非常重要的线索：“你刚才说的非常有价值，请尽快想办法查一下朱娟和朱海洋的关系！”

“好。”Jack 在脑海里再次理顺了朱海洋、朱娟、谷枫之间的关系，不管是不是真的，这个念头本身就是一个足够刺激的想法。

“对了，”龚仁贵问，“你们不是三个人去吗？玛丽、你、萧万是吗？”

“是，他们准备资料去了，约定的是半个小时后出发。”

“哦，玛丽这人怎么样？”龚仁贵问。玛丽是大中华区法务部经理，龚仁贵之前见过一面，一个 30 多岁的白皮肤美国女人。像她这个年龄，一般很少有美国女人在异国他乡奔波，而玛丽却在亚洲一待就是很多年，练就一口流利的日语、韩语，当然还有汉语。在帕瑞比不乏各种各样的天才，龚仁贵之前就听说过，玛丽就是一个拥有超凡记忆力的天才，熟悉各国法律如同熟悉自己的衣裳一样。

Jack 犹豫了一下说：“她啊，典型的美国人，说话直来直去。听说记性不错。”

龚仁贵原本是想通过 Jack 看能否影响一下玛丽，但转念一想，抛开玛丽头上的大中华区标签不说，仅就她的性格来说，也不是 Jack 随便能左右的：“直来直去的好啊。那行，你们去吧。有消息随时给我汇报。”

“还有一个事情。”Jack 说，“刚才吴彪打电话问我谭村的近况，心急火燎的，说他手上的一个重要项目要请示谭村。目前谭村不能正常开展工作，那他的工作？”

吴彪目前刚刚晋升为华东区销售经理，他心急火燎地找谭村，十有八九是为了浙海的那个单子，然而眼下，浙海的那个单子已经不是龚仁贵最为关心的事情了，他“嗯”了一声，淡淡地说：“这个事情，可以先问问 Bill，看看他怎么说。”

“好。”Jack 满口答应了下来，心中却盘算着：自己总是这么冲在前面，迟早会成炮灰的！

激情退去，房间显得异常冰冷。苏小蕾猫一样蜷缩在程军的怀中，似乎睡着了一样，房间里静得能听到空调“嗡嗡”的声音。程军抽动了一下有点发麻的胳膊，苏小蕾醒了，闭上眼亲了一下程军的胸口，然后睁开眼，看见程军肩膀上被她刚刚咬过的地方，忙用手轻轻地抚摸着说：“疼吗？”

“你说呢？”程军狠狠地拧了一把苏小蕾弹性十足的肥臀。

“哎哟，”苏小蕾夸张地尖叫了起来，轻轻地捶打了一下程军的胸，说，“疼死我啦。”

“哈哈。”程军得意地笑了笑，侧过身子，一把搂住苏小蕾，吻了一下她的额头说，“小蕾啊，帕瑞比目前正在调整，你去那里的事情可能要往后推推了。”

“哦，”苏小蕾愣了一下，随即抱紧程军说，“没事，推就推吧，只要能和你在一起就行。”

程军笑笑：“这不是全球经济危机来了嘛？帕瑞比虽然是大企业，但越是大企业受影响越大。他们目前正在调整阶段，大中华区又刚刚成立，各种势力走向也不太明朗，现在进去，不是个好时机。再说了，我也不舍得让你现在进去受罪呢。”

苏小蕾亲了一下程军说：“还是我老公心疼我。”

程军显然对“老公”这个称谓有点不太适应，这个词立刻提醒了自己的角色——一个有妇之夫。他随即想到了自己的家庭和妻子。真不知道妻子对自己是太过信任还是彻底不在乎，每次出差，都是程军做完“亏心事”之后主动给她打电话，事先“编好”的理由也派不上用场，妻子只是简单地问他在哪然后话题就转移到了孩子身上，千篇一律的话说来说去也说不出什么味道了，然后就是悄无声息地挂了电话。妻子从来不像别的女人一样，对待出差的丈夫就像对待犯人，审这审那地问个不停。拿妻子的话来说，对待程军的方法是“放养”，是自信的女人对待丈夫的一种手段。后来，程军的负罪感也慢慢地少了。直到遇见苏小蕾，走失已久的负罪感一下子回归到了他的内心。说不清为什么，每次看到苏小蕾特乖巧地偎依在自己怀中，他就有一种莫名的恐慌。有时候程军也想，可能是他和她没有感情基础才造成他现在的心态。他对她的依恋无非是她年轻的身体罢了，若说感情投入多深？没有。程军想找句话警告一下苏小蕾慎用这个词，以便提醒她她所处的位置，但话到嘴边又咽了回去。

苏小蕾又将话题绕了回来：“那我怎么办？我可不想再回浙海上班了，看见那个魏德宁我就烦！”

程军笑了笑：“呵呵，那就先待在北京。”

“我可不希望你这么养着我。”

“怎么能这么说呢！”程军动了动身子，想坐起来，却被苏小蕾用力地抱住了。

“本来就是嘛。”苏小蕾撒娇道，“我有胳膊有腿，怎么能让你一个人上班受累呢。”

“我是男人嘛。应该的。”

“谁说就应该男人养家了？现在是什么年代了？”苏小蕾撇撇嘴，批判程军道，“大男子主义！”

程军笑了一下，没有说话，他不想就这个话题和苏小蕾探讨下去。

苏小蕾却有点不依不饶了，再次将话题拉到了工作问题上：“我想好了，我要上班攒点钱，万一以后有一天你不要我了，我得有能力养活自己和孩子吧。”

这话就值得品味了，程军看了一眼苏小蕾，由于两人的距离太近，他只看到了苏小蕾眼部以上的部位。苏小蕾的脑袋不大，眉宇间还流露出一丝秀气。程军不相信这句话是心直口快的苏小蕾脱口而出的，一定是有过这样的念头，才会这么“漫不经意”地说了出来。这可是一个糟糕的念头。程军不由得睁大了眼睛。

“看什么看？我说的是真的。”苏小蕾竖起手指，在程军的腹部画了一个圈，仰起头，满含笑意地望着程军说，“我要给你生个大胖小子！”

程军笑了，意味深长地说：“那好啊。到时候咱们剖腹产，那样对身材的影响会小些？”

“能顺产就顺产，顺产对孩子的身体好。”苏小蕾迎着程军的目光，倔强地说，“为了孩子，我的身材都无所谓了。”

“那我怎么会舍得？”程军收回目光，揽住苏小蕾的腰，“但是生孩子真的对身材的损害很大的。”

“咯咯。”苏小蕾扭过脸，背对着程军说，“放心吧，跟你说着玩呢。要不要，什么时间要，那还不是听你的，还不是要经过你的批准？”

程军知道苏小蕾绝对不是说着玩的那么简单，鬼才相信她会给自己生个孩子。面对苏小蕾的脊梁，程军决定不能惯坏了她，但是又不能让她感觉到自己太过冷漠，便停顿了几秒钟后，才贴近苏小蕾的后背说：“呵呵，生孩子还要我批准？没道理。”

苏小蕾知趣地扭过身子："我只是顺便说说，放心吧，我不会给你添麻烦的。"

"别这么说，"程军见苏小蕾软了下来，知道自己的目的也达到了，便柔声说，"你这么说，我会难受的，是我不好。"

"别想那么多了。只要我们在一起开开心心地生活就好。"苏小蕾说。

程军"嗯"一声，算是回答。

"帕瑞比若是去不了，那你就想办法把我弄到总部吧。"苏小蕾亲了一下程军，忐忑地等待着程军的答复。

程军有点生气也有点庆幸，生气的是苏小蕾绕来绕去还是有目的的——无非是为了找个体面的工作，庆幸的是苏小蕾的目的是如此简单。"那是自然。"程军毫不犹豫地说，"只要你想来总部，我就会想办法的。不过，要等等，你现在的工作关系还在浙海，当初给你找个学习的由头，就是给你留了个退路。你这两天去网上看看有没有感兴趣的班，当然是要和你工作挂钩的，你报一个，费用公司出。等你学习结束了，我再想办法把你的关系调到总部。"

"跟你说着玩呢。"苏小蕾满意地笑了，扬起眉毛说，"就是想待在你的身边，但是又怕在办公室里见到你，情不自禁地流露出什么来，被别人看见，那就不好了。我倒不怕什么，对你的影响就不好了，是不是？我可不想拖你的后腿！"

程军被搞糊涂了。他忽然搞不明白苏小蕾到底想要什么，同时又后悔自己和这样一个八零后的女下属勾搭在一起，年龄上的差距姑且不说，单就是位置上的差距就很难让他们的关系得到强有力的保障，很难让他们在同一个平台上展开对话。程军心想苏小蕾后面的话倒是提醒了自己：一个堂堂的国企老总怎么能发生办公室恋情？岂不是引火上身？不管苏小蕾心中是怎么想的，自己决不能让这种事情给自己的仕途带来任何麻烦。想到这，程军拧了一把苏小蕾的脸蛋说："怎么会拖我后腿？是我拖了你的后腿。他们知道了，对我来说没什么大不了的，倒是你，你这么年轻，人又漂亮，传出去岂不是把美好的未来给毁了？"

"哼，"苏小蕾说，"什么意思嘛？"

"没什么意思。"

"没什么意思是什么意思？"苏小蕾显然是生气了，再次扭过身子背对着程军说，"放心吧，我不会说出去的！"

程军懒得去哄苏小蕾了。该说的不该说的，他都说了。公司的事情已经够让他烦心的了，在这里却也得不到体贴的安慰，他还有许多事情要做。他要离开这里。他没有考虑苏小蕾的感受，毅然决然地坐了起来，刚要起身去穿衣服，却被苏小蕾紧紧地抱住了。

飞机在夜空中穿行，袁道鸣的心一直在万米高空中悬而未决。

一直没有江久年的消息，他不仅为浙海教育厅的那个大单而忧虑，更主要的是为江久年的现状而担心。坦白说，江久年的倾力加盟，危机关头介绍资金拉了自己一把，虽然只是发生在短短的一个月内的事情，但这些情谊一直温暖着袁道鸣的心。袁道鸣闭上眼睛，满脑子都是江久年的身影。这么长时间了，直到今天，他才有时间坐下来好好回忆一下过去的这几个月，没钱的日子总算是熬过去了。熬过去了，才有机会抚摸那层褪下的皮，体会每一次被剥离时的切肤之痛。

目前，钱是找到了，但是怎么花也是一个非常棘手的问题。对企业来说，花钱是一种生存，比挣钱重要。袁道鸣睁开眼睛，江久年的事情再次摆在了眼前，当务之急就是尽快找到他了解情况，以便采取应对之策。浙海省教育 PC 项目是个大项目，关系到锦盛天成未来的走势，袁道鸣清楚地知道，目前的经济环境低迷，锦盛天成若不能尽快找到盈利的业务，仅靠“高利贷 + 对赌”找来的那些钱，是很难发展壮大的。况且经过这一段的资金链断裂，锦盛天成元气大伤，之前在教育 PC 业务上积累的优势也不复存在，不要说和帕瑞比和鑫星来比，就是和远城、TEL 等二线厂家来比，锦盛天成也已经失去了之前的优势。浙海这个项目若是败了，以后就很难有翻身的机会了。

袁道鸣抬手看了看表，根据时间来判断，飞机已经穿行在浙海的上空，老家的那个小城在脚下一晃而过，不知道儿子是睡了还是在闹人？袁道鸣决定等这次忙完了，抽空去看看儿子。小家伙刚送过去的时候，感冒还没有完全康复，一直哭哭闹闹，在加上忽然找不到了妈妈，在电话中袁道鸣就能听到儿子撕心裂肺的哭声。每次挂完电话，袁道鸣都会内疚很长一阵子，以至于后来他都不敢再打电话了。值得欣慰的是，姑妈是个细心的人，在她的悉心照料下，小家伙的感冒是好了，然而毕竟太小，还是经常闹人。袁道鸣担心会影响姑妈的睡眠，便想实在不行，自己就在北京租个好一点的房子，给儿子请个可靠的保姆，让儿子待在自己身边。

飞机降落在浙海机场的时候，夜已经深了。袁道鸣打开手机，江久年的短信就到了：已经没事了。袁道鸣边走边拨打江久年的手机，手机通了，却没人接听。正当袁道鸣纳闷江久年为什么不接电话的时候，一个熟悉的声音在他身旁响起：“道鸣，别打了，我在这呢。”

袁道鸣扭头便看见了正朝自己招手的江久年。

江久年依旧是一身西装革履，完全看不出是刚刚被“问过话”的人。他紧走几步来到袁道鸣身前，将银黑色的 iPhone 手机放入口袋，乐呵呵地说：“还真等到你了。”

袁道鸣伸手拍了一下江久年说：“这么快就‘出来’了，没事了吧你？”

“能有什么事情，都是瞎折腾！”江久年说，“走，一会儿跟你好好说说。”

“嗯。”袁道鸣问，“你怎么知道我来浙海了？”

“我被问完话后，天就黑了，打不通你的手机，便找到前台的手机，打过去问了一下，她说你急匆匆地来浙海了。我就知道你是来救我啦。”

两人来到车前，袁道鸣打量了一下，车是一辆银灰色的2008年最新款奔驰300加长版商务轿车，挂着浙海市的车牌号。江久年钻进驾驶室，对袁道鸣说：“这是常森的车，上次见他后，知道我要在浙海常驻，就借给我这个代步工具。”

“车不错。”袁道鸣说。

“车是不错。”江久年已经发动了车，打方向盘拐上主路，“但人还是有点摇摆不定。常森的态度一直没有明朗化。”

“不能操之过急。”袁道鸣往后将身子贴在真皮座椅上，以一种放松的姿态说，“慢慢来。我先跟你说个好消息吧。”

车已经奔驰在宽广的马路上，江久年望着前方，笑笑说：“让我猜猜吧。是不是钱找到了？”

袁道鸣由衷地笑了：“应该找个地方喝一杯了。”

“那是自然。”江久年显得也很兴奋，“是应该好好喝一杯。”

“这要谢谢富威国际的宁经理，她没少做工作，看样子她和你关系不错，回头找个时间咱们一起约她坐坐。”

“行，没问题。”江久年说，“宁璐是个非常有想法的人，抛开工作不说，在生活方面也是一个韧性十足的人。在读大学的时候，她攀登过珠峰，在6500米的地方才停了下来。”

登山本身就是强有力的考验人的体力和意志力的事情，更何况是攀登珠穆朗玛峰，袁道鸣没有想到文文静静的宁璐竟然会有这么强的身心素质。袁道鸣看了一眼江久年说：“哦，还真没看出来宁璐竟有这么好的身体，能登到6500米并非是一般女人能做到的。”

江久年呵呵一笑：“前天我和她通电话的时候，关于咱们找钱的事情，她对我只字未提，我还以为没指望了呢。”

“我一度也有这个感觉，现在的钱太难找了。今天下午我刚知道消息的时候，就想第一时间和你分享一下，但一直联系不上你。”袁道鸣将话题扯到了他所关心的事情上，“帕瑞比到底想干什么？”

“嗨，说来话长了。我先把经过跟你说一下吧。”江久年说，“这几天好不容易约到丁副厅长，定好今天去拜访他，谁知道刚进教育厅的大门，就被警方带走了。这是帕瑞比下好的一个套。我是在众目睽睽之下被带走的。”

袁道鸣打断了江久年的话：“那丁副厅长肯定是知道了？”

“他没有在现场。但这种事情，肯定会很快就传到他那里。我被问完话后已经是下班时间，我立刻打电话到他办公室，电话没人接听。给他发了两条短信，也没见到回复。这是他第一次同意会见咱们，没想到就出了这个意外。”说话间，江久年的眉头已经皱了起来，话题变得凝重。

袁道鸣知道此刻江久年的压力很大，但此刻说什么宽慰的话都没有用，江久年行走江湖这么多年，肯定知道刚刚建立起来的客户关系脆弱得像一张蜘蛛网，是经不起暴风雨的摧残的。教育系统也不像一般的中小企业，他们作为一个政府机关单位，更注重商家代表的人品，客户对厂商的了解首先是通过对销售代表的了解开始的，谁愿意和一个被“抓”起来的商家代表合作？袁道鸣思考了一会儿问：“丁副厅长在这个项目上……”

“客户内部关系目前还不是太明朗，但是可以肯定的是丁是这个项目的负责人。浙海教育厅目前有一正四副五位厅长，正厅长杨建国已经到了退休年龄，丁震远虽然在四位副厅中排在第三的位置，但他前面的两个副厅也都到了退休的年龄，在即将进行的换届工作中丁是有年龄优势的，今年才 52 岁。还有一点不能忽视的是，浙海教育厅现任厅长杨建国是在前任厅长张鸿上调教育部后从浙海大学党委书记的位置上调任过来的，杨和张同是浙大的校友，据说私交也不错，杨调到教育厅得了不少张的力。当时随着杨来教育厅的时候还从浙海大学带过来一个处长，那就是丁震远。咱们都知道能被领导相中的，除了‘思想’上高度忠诚一致，业务上还是要有所作为的。丁是一个很低调也很务实的人，踏踏实实做了不少事，深得领导同事的认可，不出意外的话，丁会在即将举行的换届工作中被扶正。”

江久年一口气将这几天做工作挖掘出来的深层次的客户内部关系说了出来。无论是做什么业务、打什么样的单子，说一千道一万，归根结底是做关系，做什么关系？客户内部人际关系是必须要挖掘透彻的。“另外，丁是一个非常精瘦和智慧的人，他在深化教育改革和提高教育质量方面下了不少工夫，深得杨的信任。杨马上就要退了，很多事情都交给了丁来主持工作。就拿这个项目来说，教育部之所以能让浙海成为一个试点，除了浙海本身是一个教育强省外，浙海教育厅是做了不少工作的，而很多工作都是杨让丁出面做的。我得到的是信息是，丁为了争取到教育部这次试点机会，带领工作小组在北京一住就是半个月。这从另外一个方面也说明了丁对这个项目的重视。”

身为浙海人的袁道鸣听到这，不由得插了一句：“领导重视是件好事。不仅对那些学生有好处，对咱们这些商家来说，也是个机会。”

“是啊，不管哪个商家中标，最终享受实惠的是你们老家的这些孩子们。”江久年说，“呵呵，想想这些孩子啊，比咱们上学时的条件好多了。”

“呵呵，那是。”袁道鸣又将话题扯了回来，“之前也有听说过，丁是个实干派人物。这样的人做项目决策人，是咱们商家的福音。给大家一个平等拿单的机会嘛。”

“是啊。”江久年叹了口气，说，“可惜出了今天下午的事情……唉！”

袁道鸣听到江久年有点自责的叹气，笑了：“这可不是你江久年的风格，我可没见过你唉声叹气啊。呵呵，这仗才刚刚开始，什么都可以补救的。等一会儿咱们找个地方，边喝边策划一下如何补救，明天我和你一起去跟客户解释。”

江久年没有想到袁道鸣会和自己一起去跟客户道歉，他不是不想让袁道鸣去，而是担心发生这件后，对方或许不给见面解释的机会：“我一个人去得了，就是吃了闭门羹，我还有台阶下。你是老大，总不能和我一起去吃闭门羹吧？”

“呵呵，丁若是人物，不会连个解释的机会都不给。”袁道鸣说。

说句实话，锦盛天成派江久年过来盯单，级别上已经是不小的了，执行总裁嘛，只有他们自己知道这是无奈之举，外人看来，却显出锦盛天成对这个单子的重视程度；现在袁道鸣出场来为江久年的事情向客户道歉，更显出其诚意。江久年笑笑说：“那行，咱们一起去，我先约他，打出你的名义喽，呵呵。”

袁道鸣看了看时间，说：“今天太晚了，你不是已经给他发过短信了嘛，等他消息吧，明天上午若还没见他回复，我再约他。你看如何？”

江久年点点头：“越早解释清楚越好。这个事情，名义上看，在客户的办公室里被警方调查，对咱们非常不利，是帕瑞比设好的套。但是，只要把事情说清楚，咱们正好借此机会，还他们以颜色，也给他们也挖口井！”

袁道鸣知道江久年肯定是想好了应对方案，但具体什么方案他还不清楚：“那好啊，我就知道你不会就这么吃个哑巴亏的，不知道如何给他们挖一口井？”

“这就只好从他们下的套来说了，整个事情的前因后果，我思考了那么久，终于是搞明白了。”车已经到了市区，江久年将车停在了路边的一个昼夜营业的餐馆前面，“走吧，上去再说。”

餐厅很大，深夜了依稀还有五六桌食客。两人找了个偏远的角落，江久年点了四个菜，四瓶啤酒。啤酒很快就上来了，但两人都失去了喝酒的兴趣。江久年抿了一小口，说：“以我的判断，这是帕瑞比大中华区总裁陈汉生设下的套。”

头顶上的小吊灯显得光线很柔和。袁道鸣握住酒杯，却没有喝下去的意思：“说说看。”

江久年再次抿了一小口啤酒，尽量用一种客观平静的语气将自己的分析陈述了一遍，关于谭村索要回扣、龚仁贵的包庇和花招，以及自己如何被蒙在鼓里当了替罪羊，末了说：“但是，奇怪的是，警方好像并不为难我，做做笔录就把我放了。”

“那你的判断是？”袁道鸣知道江久年并不想过多地提起往事，但在他简短的描述中，再加上袁道鸣自己对帕瑞比的了解，对这个事情已经理清了大致的来龙去脉，“警方针对的是谭村？”

江久年点点头：“谭村这次是凶多吉少了。他一登台就注定要成为陈汉生和龚仁贵之间政治较量的牺牲品。他试图想改变，却发现局面是他无法掌控的，只好将宝押在了推他上台的龚仁贵身上。但是从目前的较量来看，龚仁贵已经处于明显的劣势。胳膊怎么能拧得过大腿？拿下谭村，只是陈汉生向龚仁贵开的第一刀。这一刀，见了红，给了龚仁贵一个下马威，也顺便将血洒在了咱们身上。”

“这和我的判断是一样的。”菜上来了，袁道鸣虽然饥肠辘辘，但望着晶莹剔透的菜，却失去了食欲，他的思绪完全被江久年的分析所吸引，“这个陈汉生看来可是个下棋的高手啊。”

“龚仁贵也不笨，以他的性格，是不会这么甘拜下风的。”江久年掏出一包中华，递给袁道鸣一支。袁道鸣摆了摆手。江久年收回手，将烟叼在嘴边，点上，深深吸了一口，指了指桌子上的菜说，“你不抽烟，就吃饭吧。”

袁道鸣拿起筷子，夹了一块青笋，放在自己这边的小碟上，抬起头说：“龚仁贵这么强势的人，其实是不适合在外企里混下去的。”

“是啊，他是注定要被淘汰的人。”江久年仿佛牙疼似的深吸了一口气说，“他啊，人是不错，但就是太会算计。唉，到最后，反而被人算计了。得了，不说他这个人了，目前看来，陈汉生是比较强劲的对手。他拿下谭村，势必要安排一个信得过的人来做帕瑞比的销售总监。那么，负责盯浙海这个项目的人还会是吴彪吗？对咱们来说，这可是有利的地方。另外，我要给客户解释清楚，让他们明白我被调查，是因为帕瑞比出了问题，而不是锦盛天成出了问题。他们若是拿下谭村，恰好印证了我的说法。是非曲直，客户心中自然有数。”

袁道鸣点点头，说：“让他们内部去折腾吧。咱们扎实地做好自己的工作吧。来，喝一杯，不为庆祝找到了钱，只为开始一个新的征程。”

江久年刚举起酒杯，手机响了。江久年掏出来看了看号码，对袁道鸣说：“干了！”说完仰起脖子，一饮而尽。江久年喝得很快，以至于袁道鸣刚喝到一半，就听到江久年对着手机讲了起来，等到袁道鸣将杯中的啤酒喝完的时候，江久年已经挂断了电话。袁道鸣看了看江久年，一个简短的电话让江久年严肃了很多，深夜11点半打来电话，袁道鸣刚要问什么事情，江久年开了口："谭村被放了出来。"

"啊，这么快啊？"袁道鸣也深感意外。

江久年又点燃了一支烟，思考了一会儿说："谭村的命运已经不在他自己手中了，事情既然已经到了这个地步，也超出了龚仁贵的掌控范围，唯一能让谭村这么快被放出来，取决于帕瑞比官方的态度。毕竟这事，公司法务部若有证据证明谭村的20万美元是公司之间正常的业务往来，谭村就不会有事。我不清楚谭村被放出来的具体细节，但有一点可以肯定，是帕瑞比大中华区法务部出面把他给弄出来的。大中华区法务部事先肯定要听陈汉生的意见。这么一来，就让人琢磨不透了。陈汉生下了这么大的功夫，把谭村推向了断头台，临时却无罪赦免了。想不通，想不通。这个陈汉生玩的是什么套路？"

什么对手最可怕？让人琢磨不透的对手最可怕。"知己知彼，百战不殆"，只有把握住对手的心理、意图才能百战百胜。古代奇书《鬼谷子》中的精髓之句："潜谋于无形，常胜于不争不费"，意思是只要暗中把谋划建立在改变对方心理活动、思维形态上，不用争斗，不用破费钱财，就能达到你要的目的。袁道鸣之前和陈汉生素未谋面，但知道这个小个子新加坡男人对中华文化达到了痴迷的程度："听说陈能一字不差地背诵古代奇书《鬼谷子》？"

江久年一愣，随即笑了笑："呵呵，那是前年的年度销售大会，当时中国区的业绩非常棒，都给亚太贡献着不错的数字。那次会议，中国区所有的销售精英都被拉到新加坡开的，在会上，陈汉生豪气冲天地引用了'会当凌绝顶，一览众山小'，随后针对《鬼谷子》中的十三篇文结合销售工作做了实战姓很强的培训。后来，关于他能背诵《鬼谷子》的事情就流传了出来，被传得神乎其神的。还有人整理了他的讲话，也就是坊间流传的'鬼谷子销售战略战术'，被一些刚入行的销售奉为商战宝典。不过，这哥们儿对咱们中国古代文化深有研究倒是毋庸置疑的。"

袁道鸣又将各自的酒杯倒满，喝了一口，说："其实，《鬼谷子》更多的是讲如何治人的，陈汉生是个整人高手。他对你以及谭村的'一抓一放'，鬼把戏可不少啊。看上去也合情合理，这个度拿捏得也很到位。不过是例行一次调查，没查出问题，也就放了。真查出来问题，谭村势必会'破罐破摔'，把所有的事情都抖搂出去，这对一家上市公司来说，尤其是在中国的外企来说，带来的可不仅仅是舆论的压力，更会引起股市的动荡。这可不是陈汉生愿意看到的。"

“这就是他的软肋！”江久年笑着吐了一口烟。

袁道鸣笑了：“原本这事，是属于他们帕瑞比内部的事情，但是陈汉生在收拾谭村的时候，顺便把咱们也捎带了。咱们也应该回敬他一下。但是也不能太声张。冷不防地捅他一下软骨，他把事情捅得还不够大，咱们暗中帮他捅大。让他们忙活去吧。”

江久年是多么聪明的人，一下子就明白了袁道鸣的意思。他在袁道鸣平静的叙述中看到了一种张力。两人相处这么多天来，袁道鸣给人的印象除了勤奋外，并没有展现出什么江湖传言中的过人之处，甚至看上去有点悲情，有点窝囊。现在看来，其实不然，他沉着、敏思，善潜谋，勤攻略，下手狠，防守稳。江久年主动端起酒杯，和袁道鸣碰了碰，哈哈一笑：“估计谭村在帕瑞比的日子也到了头。咱们捅，不如让谭村捅。谭村不捅，咱们就匿名捅，别人也以为是谭村捅的。”

袁道鸣点了点头：“他们想利用这事来牵制咱们，咱们反过来用谭村牵制帕瑞比，让龚仁贵和陈汉生的矛盾激化，浙海的项目他们势必要分心，这也给咱们争得了宝贵的时间优势。咱们目前也只能争取到这样的一个优势了。”

“是啊，咱们的产品优势已不明显，通过这两天的走访，我初步了解到的客户需求是，浙海本来是个教育强省，这次产品采购等于是将未来五年内的需要一步到位，甚至是更长时间。况且是教育部试点工程，对产品的要求更高，除了稳定性和安全性要好外，更注重了‘节能环保、以人为本’的理念。帕瑞比的产品在节能方面走在了前列，咱们的产品只能多在‘以人为本’上下功夫，比如可以选择低辐射的液晶显示器，能最大限度地保护学生的视力。另外，在维护上也可以想想，能否增加一个微尘过滤系统，降低空气中的粉尘影响，从而降低系统维护成本；还有其他的一些东西……诸如此类的产品改造和升级。我相信这样的话，将会大大加强咱们的产品竞争力。”

袁道鸣沉思了一会儿说：“你说的这几个点，都可以尝试。你稍等一下，我给研发部门打个电话，让他们考虑一下。”袁道鸣边说边掏出手机，拨打了研发总监薛刚的手机，将事情一一交待完毕后，又叮嘱说：“估算一下成本，尽快给江总汇报一下进程……对了，还有一个事情，浙海这个项目打算让整个市场部都过来，你们研发部也抽调几个人吧，和他们一起分别去浙海各个地区的学校跑跑，多了解一下客户需求……”

挂断电话后，袁道鸣冲江久年笑笑说：“我这次越权指挥，你别介意哦。下次你有什么想法，直接和他们说就行了。他们是你的兵，该用时一定要用。我这人没多少优点，但是遇到好的点子就兴奋，呵呵，脑子不好用了，只好立刻说给下面的人喽。薛刚他们都习惯了我半夜骚扰他们，不差你一个。”

江久年知道袁道鸣当着自己的面来打这个电话，是给下面的人强调一下他江久年的位置，毕竟江久年是从外面空降过来的，短时间内难免和袁道鸣的旧部在沟通时会有所隔膜。袁道鸣这一个电话，等于把这种无形的阻碍给打破了。面对袁道鸣的良苦用心，江久年举起了酒杯：“放心。”

“陆峰和鞠莉莉下周一就到位了。他们一到位，你我都可以省下心多考虑考虑其他方面的事情了。公司目前虽然找到了钱，但还面临着很多困难。金融危机这个大漩涡，谁也不知道什么时候是个底。公司在战略上、业务模式上是不是要发生一些改变、如何改变，这些都是我们要考虑的问题。”

江久年知道这是袁道鸣的真心话，在金融形势日益严峻的情况下，任何一个企业领导人都会有迷茫，谁都不知道未来会发生怎样的变化。江久年也清醒地知道自己的位置变化，在民企里面当高管和外企里是完全不同的思维模式和处事办法，在外企里面只要做好岗位职责内的事情就可以了，做得好的话，未来会是一个什么样子，是心中有数的。私企里就不一样了，江久年现在是执行总裁，是全面掌管公司发展方向和未来趋势的人，考虑问题也不是简单地做好业绩这么简单，他是要通盘考虑、全面部署。

江久年叹口气说：“最近，每隔一两天就会听到谁谁谁、某某企业倒闭的消息，咱们也曾命悬一线，但是一想到这些钱的来历，压力也就来了，对赌加高利贷，咱们是拎着脑袋和他们玩啊。有人说，现在哪家企业的老板日子过得最潇洒？反而是那些已经倒闭的企业老板。猛一听，这不是胡说八道嘛！但仔细一想，也是有道理。那些没有倒闭的企业，经营好的，诚惶诚恐地握住袋中的钱，生怕一不小心给金融风暴卷跑了；经营不好的，每天看着钱‘哗哗’地往外流，那可是割自己身上的肉，能不心疼嘛？那些倒闭的企业老板，反而解脱了。”

袁道鸣见江久年将话题绕了一大圈，也没有说出对公司调整的建议和意见，便知道江久年刻意在躲避这个问题。毕竟他刚来不久，况且一来就立刻被派到浙海负责这个项目了，没有时间深入公司内部来发现问题。想到这，袁道鸣笑了笑说：“那些解脱的人未必是真的解脱了。呵呵，咱们‘对赌＋高利贷’找的钱，也是钱。有了这些钱，咱们还可以接着玩下去。你刚来公司，用新的眼光反而更容易发现问题……”

“放心。”江久年举起酒杯，一饮而尽。

袁道鸣也一饮而尽，看了看时间说：“快零点了，咱们回去休息吧，明天还要早点去教育厅呢。”

江久年看了看桌子上的菜，问：“你不吃了？”

“不吃了，不饿。”袁道鸣回答。

“那可惜了，打包吧，给刘恒辉带回去，他肯定还没休息呢。”江久年招手喊来了服务员，说：“请帮我把这几个菜打包。”

“怎么样？”袁道鸣说，“那个小刘用着怎么样？实在不顺手，就让他回去吧，北京现在又招聘了几名老手，资料你也看了，有没有看上的？”

“哦，他啊，还可以啊。上次跟你说过，巧遇丁副厅长就是他处理的。虽然是毛头小子，但无知者无畏嘛。”江久年说，“况且，浙海这边，不需要太多销售，有一两个盯着就可以了，其他的可以和市场部、研发部人员一起派到浙海下面各个市县里收集需求。”

“我是担心，像刘恒辉这样的新手，一上来就担当重任，不利于他的成长。也担心和他一同进来的员工心态会起变化。”

“哦，我们不能拔苗助长啊。”江久年没想到袁道鸣在这么底层的员工的身上也会考虑这么多细节，但江久年转念一想，在这个到处充满冒险的年代，机会不单留给那些有准备的人，更多的是留给那些敢于冒险的人。在用刘恒辉方面，江久年还是有自己的打算的，刘恒辉在这个项目上只不过是一个幌子而已。幌子是有时效性的，如今这个幌子的作用已经过去了，江久年完全可以将他打发回北京参加新员工培训，但是江久年没有这么做，刘恒辉身上表现出来的求知欲和聪慧让江久年感动，无形中就增加了对他的好感。“不过，我是这么想的，既然前期就已经让他介入过来，现在忽然让他回去，对他的自尊心打击会不会太大。”

“若真想培养一个人，就应该让他多磨炼磨炼。不过，你用着顺手就行。”

其实，无所谓顺手不顺手，江久年就是想带他见见世面。“让他待在浙海吧，等陆峰到位后，就派他去浙海下面的学校收集需求吧。”

“也行。大部队很快就开过来了。咱们在浙海市设个专门的指挥部，将所有人都‘铺’到浙海省下面各个县区教育系统里，争取用三至五天的时间走遍浙海108个县级教育系统。这是个大行动，这次下去不是做面子工程，是实实在在地收集学校的真实需求。”

江久年点点头，两人之前在电话中聊过这个话题，没想到袁道鸣这么快就付诸行动了。这是对他最大的支持。

没等江久年说话，袁道鸣又特意叮嘱道：“这次行动，先不要跟浙海教育厅说，等咱们把工作做好了，他们心中自然有数。”

这很符合袁道鸣的做事风格，务实、低调。在这一刻，江久年忽然感觉自从加入锦盛天成后一直困扰他的问题迎刃而解了，江久年自感自己粗放的性格刚好和袁道鸣的内敛互补，当然了，他也找到了彼此更多的共同点，其中最重要的一点就是执著。江久年点点头，刚要说什么，手机震动了起来，这种“嗡嗡——”的声音让凌晨的大街显得空旷而宁静起来。江久年看了看号码，摁了接听键，说：“宁璐你好……没事了。谢谢。你怎么知道的？……哦，是吗？我去看看，哪个论坛？……好的，谢谢。”

袁道鸣也停下了脚步，扭过头，看着江久年。江久年挂断了电话，低头在手机屏幕上输入论坛网址，说：“宁璐在网上看到了一个帖子，有人已经把今天的事情捅了出去，我上网看看。”

袁道鸣一愣：“这么快啊，有人动作比咱们还快？”

江久年打开网页看后，将手机递给了袁道鸣。袁道鸣接过来看了看，是一个圈内人常去的论坛，发布的字数不多，行文属于八卦风格：今天帕瑞比中国区两任销售总监涉嫌行贿受贿被捕，消息绝对可靠！袁道鸣留意了一下发帖时间，23:41，短短的时间内已经有十几个人跟帖。而发布者则是一个刚注册的ID。江久年说：“这种事是捂不住的。其他人知道消息后，发出来也属于正常。”

“谁会无聊到在深夜来发一个和他无关的帖子？”袁道鸣自言自语道。

“难道是鑫星的人？毕竟这事捅出来，他们是最大的受益者。”江久年说完随即便否决了自己，“也不会啊，若真是鑫星的人，帖子里应该提到我现在的职务啊，他们巴不得帕瑞比和锦盛天成都出问题呢。现在帖子里只是把我说成了帕瑞比前任销售总监，矛头只是对准帕瑞比？奇了怪了。”

“这个帖子……”袁道鸣沉思了一下，冲江久年笑笑说：“还有一种可能，那就是谭村自己使用的‘苦肉计’！”

谭村将头斜靠在北京西三环一家茶楼的沙发上，双腿伸直，双目微眯，以一种放松或者说疲倦的姿态望着包间里那个古色古香的老式挂钟。时针在他进屋后已经摆了30°的角度。一个小时过去了，龚仁贵还没有露面。期间，龚仁贵倒打来过一次电话，说在路上呢，塞车。谭村盘算了一下距离，从龚仁贵家到这家茶楼就是步行也该到了，谭村有种被冷落的感觉。

这种感觉从他“出来”后就有了，很多人见了他就像见了瘟疫，就连Jack和他说话时也要先扭头看看周围的环境了。职场真是一个势利场。只有龚仁贵还打电话问了问情况，谭村却没有感觉到来自领导的温暖。谭村知道，龚仁贵做这一切都是为了他自己。

在经历过今天警方特殊的谈话后，谭村对公司感到无比的失望。他的脑海里不断出现着那不堪回首的一幕：在公司被两名警方人员一左一右架着走路的样子，这一幕将是他职场生涯中不可磨灭的污点。警方人员出现在公司的时候，他已经很意外了。当他们说要调查他涉嫌受贿的事情时，他的眼前一片漆黑，他下意识地揉揉眼睛，还以为自己的眼睛从此就瞎掉了。但是很快，他便看到了两名警察来架他。谭村努力让自己冷静下来，甚至还朝他们笑了笑，当着公司那么多同事的面说：“这是污蔑嘛！我配合你们的调查。”但他们还是把他架了起来，谭村挣扎了一下，没用，越挣扎动静越大。谭村被他们架到电梯间，就被松开了。谭村当时满脑子希望公司方面的人能出来制止或者说交涉一下，但是没有。此刻想来，谭村责备自己当时的想法真是过于简单，一个圈套套住了他，他当时竟然没有反应过来，真是蠢到家了。

人在江湖漂，哪有不挨刀？谭村抚摸伤口，知道这一刀，差不多就断送了他的职业生涯。一天的经历就像做了一场噩梦。不出意外，还是上海达科的那笔款，时间、地点、人物，金额，警方毫无差错地罗列在谭村面前的时候，谭村知道法律上给涉嫌受贿人员判不判刑、判几年徒刑的依据，除了金额的大小外，更重要的是对这笔钱的定性。谭村咬定那是公司行为。

上海达科的朱海洋这个时候和他是一根绳子上的蚂蚱，他虽然已经开始怀疑是朱海洋无意中泄露出了他们之间的交易，但对他还是比较放心。他不放心的就是警方找江久年对证，当然了，最不放心的是公司的态度。他知道，公司若认定是他个人的事情，那他麻烦就大了，20 万美金的数额足够让他在未来的十来年里跟自由道了别。

不料这个事情在今天审问后，稀里糊涂地就被认定为公司内部的事，那笔款的往来也被认定为帕瑞比和上海达科之间的正常业务往来。

至于江久年说些什么，谭村就不得而知了，但据他对江久年的了解，自己所说的那笔款是经过江久年的批准这一点，江久年肯定是不认的。虽然在法律上已经离开帕瑞比的江久年的话没有当事人朱海洋以及帕瑞比法务代表的话有说服力，但是谭村说经过江久年的批准是一个“口供”上既定的事实，江久年否认，那么谭村就是说了慌。让谭村比较庆幸的是，这点并没有被深究下去。

事情发生得很突然，“摆平”得很蹊跷，谁都明白，帕瑞比的态度起了主导作用。所以，当 Jack 带着大中华区法务部经理玛丽以及中国区法务部经理萧万出现在他面前时，那一刻谭村感受到一种被关怀的温暖，然而当玛丽小心地提出要求，让谭村出来后必须立刻辞去帕瑞比销售总监的职位后，谭村立刻感觉到这是一个圈套。

但是他已经没有权利想那么多了，他几乎没有考虑就答应了下来。帕瑞比销售总监的位置就是再炙手可热，和自由比起来，还是微不足道的。

谭村深吸了一口气，拿起手机，想拨打龚仁贵的电话。是龚仁贵约他到这里来的，但是龚仁贵却迟迟没到，他不想再等下去了。手机通了，谭村还是客客气气地问："龚总，到哪了？"

龚仁贵一愣，谭村从来没有主动打电话催过他，这是第一次。龚仁贵本想发怒，转念一想谭村的心态，到了口中的话便变了语气："不好意思，快了。"

见龚仁贵说得模棱两可，谭村追问道："大概还需要多长时间？"

"怎么了？"龚仁贵加重了语气，"你有事？"

"没，没什么急事。"谭村忙解释道，"我是想说，你那儿还是一直堵着过不来的话，就在附近找个地方得了，我打个车过去。"

听谭村这么一说，龚仁贵的语气立刻软了下来，说："别麻烦你了，你在那儿好好休息休息，喝杯茶的功夫就到了。"

挂断电话后，谭村为自己刚才没有坚持原则而懊悔，马上就是要离开的人了，还怕他干嘛？但是一想到当初龚仁贵提拔自己坐上销售总监的位置，并且亲自给自己介绍眼科大夫的事，谭村还是充满了感激。同时，又责备自己刚才说话太莽撞了。现如今，自己这个下场，是怪不得人家龚仁贵的。谭村已经不想深究是谁举报了他，这一刻，他有种万念俱灰的感觉。具体是谁，他不知道。但他知道，是大中华区的人。事后，他通过 Jack 了解到，朱海洋和江久年也接受了调查，他甚至没有跟他们打个电话。他的脑海里失去了向前看的憧憬，满脑子里都是对今天事件的回放，他已经懒得去想其他的事情。手机响了，谭村瞥了眼来电号码，是吴彪。谭村懒洋洋地摁了接听键，慢慢地放在耳边。吴彪咋咋呼呼的声音传来，谭村立刻像被蜇了一样，将手机和耳朵拉开了一段距离，皱了皱眉头说："我听着呢。"

"谭总。你没事吧？"

"我啊，"谭村仰起头，哈哈一笑，说，"我能有什么事啊。"

"我、我听说了，就打你电话，一直联系不上你，兄弟真是担心死了。"吴彪自从一下子当上了华东区销售经理后，私下和谭村说话的时候已开始称兄道弟了。"现在打通了电话，知道你没事就好了。到底怎么回事啊？"

谭村忽然厌恶起身边的每一个人来，觉得吴彪说的每一句话都无比虚伪，什么"担心死了"，无非是担心自己倒了，影响到他华东区销售经理的位置，谁不知道他是自己的人？都是虚伪的人！

见谭村这边没有声响，吴彪急切道："谭总，在哪呢？信号这么不好？"

“哦，”谭村淡淡地说，“听到了。你慢慢说。”

吴彪也感觉到自己有点失态，忙调整了一下语气说：“你在哪呢？到底是怎么回事？”

“唉，事情都过去了。不说了。”

“那好吧。回头再说吧。”吴彪说，“我相信你是被小人算计了。多保重。”

谭村心头一热，站起身，颇带悲壮地说：“得了，你心中知道就行了。不说这些了。吴彪啊，我不打算再为帕瑞比干下去了，没意思。唉。先给你说一下，让你心中有个谱。”

“啊？真的？你真的要走？”吴彪表现出很意外的样子，“你走了，兄弟们怎么办？我还指望跟着你打浙海的那个大单呢！”

谭村暗笑，都什么时候了，还想着单子的事情？他的脑海里已经不把浙海的单子当成一回事了。打再大的单子又有什么用？他谭村在帕瑞比这几年，拿到的大单还少吗？他为帕瑞比拼命的付出还少嘛？到了最后，还不是被人算计成这样？大单有什么用？关键时候，拼的还是高层关系。这些话，谭村已经懒得去说了。他叹了口气，说：“不走不行啊，有人嫌我在这里碍事，没办法啊。不过，浙海的那个单子，你好好表现，的确是个好机会。”

这时候，包房的门被推开了，龚仁贵和 Jack 一前一后走了进来，看到谭村在接听电话，龚仁贵示意他接着说，然后坐了下来。谭村连忙挂了电话，坐在龚仁贵对面的沙发上。龚仁贵亲自拿起茶壶，往谭村的杯子里续满茶，推到谭村面前说：“今天受苦了，喝杯茶，压压惊。”

“谢谢。”谭村忙俯下身，打算端起茶杯给龚仁贵也满上，却被 Jack 抢了先，谭村伸出去的手，只好端起自己的茶杯，喝了一口，说：“谢谢龚总，谢谢 Jack，我知道今天这事，你们没少下工夫。”

龚仁贵摆摆手，说：“不说这些了。刚才我也跟 Jack 说了，哪有这么办的啊？杀人不过头点地，他们这么做，不是针对你，是针对我们，是针对我们中国区。”

谭村把茶杯放回桌上，他这才把注意力拉了回来，揣测着龚仁贵的意思，肯定不是为他压压惊这么简单。谭村身子往后一躺，说：“是啊，太小人了。”

龚仁贵看到谭村以这个姿态跟自己说话，猜想谭村是彻底地被打垮了，什么都无所谓了。要知道，之前在龚仁贵面前，谭村都是需要坐直了将双手放在膝盖上才会开口说话的。而现在，这个姿态让龚仁贵知道谭村是想撂挑子一走了之了。这可不是他想看到的结果，想到这，龚仁贵反而前倾了一下自己的身子，缓慢而又低沉地说：“我们已经查明了这个小人是谁了。”

谭村本不想知道，但经龚仁贵这么一说，反而提起了兴趣："谁？"

龚仁贵身子往后一躺，哈哈一笑："说出来就没意思了。你应该可以想到啊。"

谭村不由得坐直了身子，竖起食指，往上指了指，说："我知道肯定是上面的人，但具体是谁，我就不知道了。"

"你啊，"龚仁贵说，"真是待人太厚道了。石家庄有个叫新昌的经销商你可能不知道，公司老板叫朱娟，是上海达科朱海洋朱总的侄女。新昌最近发展迅猛，你想想，石家庄是谁的地盘？"

谭村一下子就明白了过来，下意识地握紧了拳头，喃喃地说："怪不得，难怪啊，唉！"

"知道就可以了。"龚仁贵说，"以后有的是机会。"

还有什么机会？龚仁贵的话又给了他一丝希望，他望着龚仁贵，不解地问："机会？我都答应他们了。"

"Jack 跟我说了，答应了就答应了，明天你也按照他们说的，递交辞职报告。"

谭村原以为龚仁贵会有什么好主意，听他说让自己递交辞职报告，便泄了气："唉，都不在一个麻将桌上玩了，哪还有机会扳回来嘛。"

"不要这么悲观嘛。"久未说话的 Jack 终于开了口，"就是全世界都背叛了你，也不要放弃！"

谭村听后"扑哧"一声笑了，是那种带有爆破音的笑，气流像一不小心走火射出的子弹射穿了谭村紧绷的唇："你拽吧。拽文吧，老宋。"

Jack 也笑了，空气相对轻松了很多："来的时候，谭总还让我多劝劝你。就你这状态，还需要劝吗？得了，说正事吧。递交了辞职报告，未必就说明会放你走。听龚总好好分析一下。"

谭村被搞糊涂了，知道龚仁贵和 Jack 事先肯定是商量过了，Jack 的话中，事情似乎会有转机，他忙收起笑容，一本正经地望着龚仁贵，双手放在膝盖上，坐直身子说："龚总，您请讲。"

龚仁贵被谭村刚才有点莫名其妙的笑搞坏了心情，端起茶杯，喝了口茶，看了看恢复到常态的谭村说："啊，是这样的，事情既然捂不住，不如就捅出来！"

"捅出来？"谭村睁大了眼睛。

"对，捅出来。往大里捅。"龚仁贵说。

谭村沉默不语，他一时还没明白龚仁贵要下一个什么样的棋。

"往大里捅，有人会更担心。"Jack 说。

谭村一下子就明白了过来。明白过来后，他对龚仁贵的看法有了更深一步的注释：一个狠角色，真是为了自己的位置什么都做得出来的主。这是一步惊险无比的棋子，也属于那种野路子的招数。谭村明知故问道：“捅出来？怎么捅？”

Jack 抢先一步说：“将这个事情，放在舆论中去，圈外人关注的肯定是帕瑞比中国违规操作的问题。当然了，捅出去的时候，需要技巧。”

谭村看着桌上的茶壶，一动不动，似乎想让目光融进茶中。

“上面肯定不希望这事扩大化，为了表明帕瑞比的清白，对外肯定会宣布这事只是个误会，留给他们选择的只有这条路。”Jack 压低声音说，“当然了，这也是你留在帕瑞比的最好办法。捅出来后，你将辞职报告提交上去，他们敢批吗？批了，就等于宣布了外面传言的真实性。”

谭村相信，Jack 说的这些肯定是刚才他们在一起议后得出的结果，并且很大程度是龚仁贵的意思，自己毕竟还算是他手中的一颗重要棋子，他还不舍得失去。Jack 说的有道理，捅出来的话，上面会考虑到影响，继续让他待在这个位置上，但是具体能待多久，那就是一个没谱的事了。只能指望，龚仁贵能将陈汉生扳下去。但是，有可能吗？谭村不由地看了一眼龚仁贵，龚仁贵正在津津有味地品茶，一副胜券在握的样子。谭村笑了笑：“这个时候谁愿意走？但是把柄握在人家手中，就是躲过初一也躲不过十五啊。”

龚仁贵见谭村心中顾虑重重，便开了口：“呵呵，不能这么认为。坚持几天，过了这道坎，就什么事情都没有了。”

谭村心动了，这个时候，他当然是希望能够化险为夷，龚仁贵的话无疑给他打了一针强心剂。他一扫刚才的失落，捋了一把头发，试探道：“就怕这几天，他们也不让我过啊。”

龚仁贵知道谭村这是要个承诺，说实在的，这步棋，他也考虑了很久，具体把握有多大，他心中也没谱。但是，这是他眼下唯一能走的棋了。但是他只能在谭村面前表现出胜算很大的样子，只有这样才能让他义无反顾地往前冲。龚仁贵鼻子里“哼”了一下，嘴角露出蔑视的笑：“你只管匿名把事情捅出来，记住是匿名。然后明天把辞职报告一交就行了。其他的工作我来做。你就等消息吧。会有媒体采访你。你只说那笔款是公司之间正常的来往就可以了。反而会证明你的‘清白’，是不是？”

谭村点点头，心想这步棋，对自己来说，终究不是件坏事。最坏的打算，大不了会有更多的人知道自己的事情。就是不捅出来，就能保准别人会不知道？这样的事情，在圈内肯定顷刻就传遍了。想到这，谭村已无所畏惧：“行。我亲自负责捅出去。”

见谭村上了“道”，龚仁贵反而退了出来：“唉，事情都是被他们逼出来的。不到万不得已，咱们也不会走这步棋。没办法啊，这是咱们最后一招了。尽力而为吧。就是最后，成不了，你也别怪我。我的本事就那么大，唉，现在就看你的意思了。你说捅出去，就捅出去。你若想就这样走，我也尊重你的意见。刚才说的话，你就权当没听见。”

谭村没想到龚仁贵会这么说，明明是他龚仁贵想将事情搞大，现在却成了谭村自己想捅出来了，然而转念一想，也就释然了。他龚仁贵是领导，是帕瑞比中国区的最高行政官，以他的身份，可以指使下属将帕瑞比中国区的“丑闻”捅出去吗？绝对不可以的。很多东西，是不能摆到桌面上来的。现在，他龚仁贵既然将东西摆到了桌面上，不是说他毫无顾忌了，只能说他将桌子旁的人当成了自己的人。他摆了上来，大家看后，是需要一个人悄悄地收回去的，并且抹平上面的痕迹。这些心照不宣的东西，谭村自然是明白的。想到这，谭村在心中强烈地鄙视了一下所谓的一个战壕里出生入死的情意。

见谭村没有说话，Jack 说：“是啊，捅不捅要听你的意见。原本这个事情，我和你商量就可以了。但龚总说，他想跟你亲自谈，对你没什么要避讳的。你考虑一下，捅还是不捅？”

“这有什么好考虑的，捅！肯定是捅！”谭村没有想到 Jack 现在这么为龚仁贵说话，以他和 Jack 之前的交情，Jack 是不至于这么明显地为龚仁贵说话的。Jack 之所以会这么做，肯定是拿龚仁贵当救命的稻草。谁都知道，天下之企业，无论大小，无论内企外企，管人事的必须是老板自己的人。如果龚仁贵倒了，那么他 Jack 留在帕瑞比的日子还会长吗？

龚仁贵笑了，是那种由衷的笑，头微抬，眼睛微眯，牙齿微启，一小股气流不急不慢从口腔部位晃悠而出：“那好，事不宜迟，开始行动吧。你负责捅，我们负责‘收’。”

谭村本想了解一下他们如何“收”，但看龚仁贵已经站了起来，便知道问也是白问，只好也跟着起身，内心涌起一股随时牺牲自己的悲壮情愫：“我想好了，既然是捅，就在大家经常去的那个论坛里捅，上次那个‘东门子公司受贿门’事件最初就是在那里被捅出来的。”

已经走到门口的龚仁贵转身回头，看了谭村一眼，惋惜道：“唉，死马当活马医吧。”

自始至终，龚仁贵都没有追问事情的真实情况，也没有根据法律或者公司规章制度来给此事下个定论，更没有由此来怪罪于他。其实谭村知道，早在自己晋升帕瑞比销售总监前的那次谈话中，有关事情的真相在龚仁贵眼中就成了秃子头上的虱子。龚仁贵之所以没有捅破这层纸，是给了谭村足够的面子。一旦龚仁贵捅破了这层纸，也就等于撕破了他们之间的关系。谭村从进入这家茶馆时的无所谓到走出这家茶馆时的忐忑不安，心理上的变化让他对明天又充满着期待……

除了那些万念俱灰自寻短见的人，每一个活着的人，都活在对明天的期待中。程军自然也不例外，他所做的一切都是为了给自己的明天争取有利的位置。现在他如愿以偿地迈出了第一步，虽然迟翔入了局，但依然还是程军的庄，并且他已经成功地执了一把“2+3”，二者之和为五就意味着还要从他这里抓牌。现在他需要执第二把骰子。他巧妙地将两个骰子上的五点均朝下扣在他的拇指上，轻轻地一扔，力道把握得恰到好处，骰子在麻将桌上有规律地滚动了几下停了下来，迎面朝上的果然是两个五点。程军心中一阵窃喜，顺手抓了自己码好的两墩牌。“程总不会摆的是一个暗扛吧”，一只手伸过来，将那两墩牌亮了出来，四张红中历历在目，程军抬眼便看见了魏德宁那张狞笑的脸……

程军睁开眼睛，清晨的阳光已经将窗帘染成了红灯笼。真是日有所思夜有所梦，程军翻了身，感觉贴住枕头的脸部潮潮的，他站起身，看到枕头已经被汗水浸湿了一大块。程军摸了一下脑袋，仍有细细的汗水在上面逗留。苏小蕾已经起了床，想起昨晚的疯狂和刚才的那个梦，程军叹了口气，他不知道出了这么多汗，到底是因为自己的年龄大了经不起如此折腾，还是因为那个噩梦？或者是兼而有之吧。这个时候，卧室的门被轻轻地推开了，一身清爽的苏小蕾走了进来，看到程军坐了起来，柔声地说：“怎么不多睡一会儿？现在还不到 7 点呢。”

“哦，”程军笑了笑，“也该起床了。”

苏小蕾走到靠窗的衣柜旁，拉开柜子，蹲下身子，将已经找好的衣服拿了出来，来到程军身前：“喏，从里到外，在北京要穿上我买的衣服。”

那是一身布料考究的西服以及价格不菲的内衣裤，就是自己的老婆也没舍得给他买过这么昂贵的服装。程军由衷地笑笑：“不用给我买这么贵的衣服。”

“穿在你身上就不显得贵了。”苏小蕾说，“这可是用我自己的钱买的哦。你一定要穿上的。”

程军估摸了一下，这身衣服应该抵上苏小蕾一年的工资了。“那是必须的，你买的我一定穿上。”程军边说边将内衣裤拿在手中，“我去洗个澡。”

等程军洗漱完毕后，苏小蕾已经做好了早餐。汉堡牛奶鸡蛋，是苏小蕾从超市里买回来放在微波炉里加热的，早餐虽然简单，却充满生活的气息。吃饭的时候，苏小蕾说，她在网上查到了一个名牌大学的高级MBA研修班，只要交钱都可以去学习，想征求一下程军的意见。程军之前参加过诸如此类的高级研修班，深知不过是某些人敛财的道具罢了，便说："现在高级MBA研修班比比皆是，MBA毕业的人一抓一大把，你报这样的班，还不如报一些专业性、实用性比较强的班好呢。"

"那具体报什么样的班？"苏小蕾问。

"那就看你的爱好了。当然还是和工作有关的培训班。最好能考个专业资格证什么的。这个比什么都重要。"程军说了个大概方向。

苏小蕾点点头："那行，我这两天再找找。"

程军心中装着事，吃饭时就感觉不到香味了。他简简单单地吃了一点，便来到了公司。时间还早，不到8点，离上班的时间还有一个多小时。鑫星集团大院里冷冷清清，远远地看见两个清洁工在修葺草坪。程军忍不住深深地吸了一口气，空气中飘荡着青草的气息，这个院子里的早晨少了北京忙碌的上班情景，显得清爽而平静。一辆车停在了不远处，程军看了一眼，他没想到会有这么好的机会，立刻停下自己的脚步，转身面朝车的方向，果然石知宇夹着一个公文包从车上下来，两人之间只有十来米的距离，程军调动面部所有的肌肉，满脸堆笑紧走几步来到石知宇跟前："石总，这么早啊？"

石知宇微笑道："早。"

石知宇的司机这个时候也下了车，看见程军，点点头。程军笑着，招招手，然后跟在石知宇的后面，朝办公楼的正门走去。

"怎么样？"石知宇问。

程军不知道石知宇是问到总部上班的感觉怎么样还是问浙海的那个单子进程怎么样，只好含糊地回答道："还不错。"

两人已经来到了电梯口，石知宇问："忙不？"没等程军回答，便接着说："不忙的话，先到我办公室里喝杯茶吧。"

面对这样的邀请，程军自然是求之不得，忙说："不忙，不忙。"

两人走到石知宇的办公室门口，发现门已经开了，一位干净利落的女孩拎着一个小洒水壶走了出来，看见他们两人，便点头道："石总早，程总早。"

程军定睛一看，是赵方媛，只不过发型变了，长长的卷发不见了，取而代之的是拉直后的齐肩发，和以前的青春靓丽比起来，多了一些知性之美。"这是方媛吗？我都认不出来了，越来越漂亮了。"

赵方媛笑笑，连忙道了谢，转身要走，被石知宇喊住了："小赵啊，给我们泡壶茶，前天带回来的普洱。"

程军跟着石知宇走进了办公室里，偌大的办公室已经被赵方媛擦拭得一尘不染。石知宇没有坐在老板椅上，而是坐在沙发上，指了指对面的沙发说：“坐。”

程军想在石知宇面前表现得从容随便一些，坐下去的时候，屁股占据了沙发上很大的位置，但抬眼看到石知宇坐得直直的，便身不由已地抬动自己的屁股，往外挪挪，又往外挪挪，感觉有二分之一的部位处于悬空状态的时候才停下来，一只胳膊搭在沙发的扶手上，使自己看起来不那么拘束。程军刚调整好这个坐姿，石知宇便开了口：“浙海教育厅的项目有什么新进展吗？”

“浙海教育厅成立了项目领导小组，组长由浙海教育厅副厅长丁震远担当，客户关系已逐渐明朗化。”

“丁震远？”石知宇口中念叨了一下，又扔出了那句模棱两可的话，“怎么样？”

程军再次疑惑石知宇究竟想知道什么，是问丁震远的人怎么样，还是问和丁震远的客户关系做得怎么样了？他迅速考虑了一下说：“咱们浙海分公司的销售经理魏德宁已经约好了今天上午去拜访他。”

“魏德宁去？”石知宇毫不遮拦地说出了自己的忧虑，“他是第一次去拜访丁副厅长吧？”

“嗯。”程军点点头，看得出来，石知宇是担心魏德宁的级别太低。

“这会不会显得我们不够重视？”

程军正不知道如何回答这个问题的时候，赵方媛敲了敲门，端着一个托盘走了进来。程军忙放松了一下自己的身体，腰稍微弯了一下，再次调整了自己的坐姿，使屁股和沙发的接触面积稍微大了一点，朝赵方媛点点头。赵方媛微微一笑，托盘上放着一壶茶和两只茶杯，她轻轻地将两个茶杯放在程军眼前的长形红木茶几上，然后端起茶壶将两个杯子倒上茶，说：“这是石总前天刚带回来的，还没拆封呢。”

程军微笑着端起茶杯，放在唇边，并没有喝，而是深深地吸了一口气说：“不是一般地香。是龙井那种特有的纯正的香。”

“这是你的家乡茶，不香也不敢给程总摆上来哟。”赵方媛捋了一下自己的头发，莞尔一笑。

“对。”石知宇笑笑，“小赵说得对，在行家面前班门弄斧，‘搬’的可不是一般的斧，是‘金刚钻’斧。哈哈，咱们在客户那里也要‘搬’这种斧，咱们的员工上去就要能震得住、拿得稳、干得漂亮！”

程军知道石知宇话中有话。这个时候，赵方媛说了句“慢用”便退了出去。走到门口的时候，赵方媛特意看了一眼程军，见程军已双手扶膝，即将汇报工作的样子，便轻轻地带上了门。程军正想趁机点一下魏德宁，探探石知宇的意思，便说：

“这个魏德宁还是压得住‘场子’的，浙海教育厅的这个单就是他一开始介入的，能力、经验都没得说。不过您担心得有道理，魏德宁去拜访丁副厅长，级别有点低。唉，也是没办法吧，前期都是他来盯的，教育厅有熟人，现在项目刚刚开始，让他先去探探路也好，过后我再去拜访，等我们谈得差不多了，再请您过去。我是这么想的。”

石知宇想了想，问：“魏德宁在你手下做多长时间了？”

“六年。”程军笑笑说，“一毕业就来鑫星了。”

“做销售经理也有两年了吧？”石知宇问。

“是，2006 年 10 月份，打下浙海电信的那个大单后提拔他为销售经理的，可不是刚好两年了嘛。石总的记性很好。”程军怀疑石知宇将所有分公司经理级别的任职时间都牢记于心了。

石知宇哈哈一笑：“当时提拔他的时候，你们浙海是开了个好头，此后，咱们集团各地分公司纷纷启用有能力有业绩的年轻人做销售经理。事实证明，这些年轻人为当时即将老化的鑫星集团注入了活力。你说，我能记不住嘛。”

程军点点头，笑笑，没有说话，他相信石知宇还有话没有说完。

果然，石知宇接着说：“咱们虽然是国企，但是个走市场的国企。市场需要什么？市场需要不断地为之注入新的鲜活的元素。人才也一样，有德才兼备的人才，一定要给他施展的空间。咱们在机制上不如外企、私企灵活，在人才上，咱们就不能再保守了！”

程军暗想，国有企业最保守的就是人才了，有能力的未必能够得到重用，提拔干部的标准首先考虑的是此人的上层关系，根越深爬得越快坐得越稳；同等条件下，比的不是功，而是过，不管你有没有耀眼的成绩，只要在这个位置上安安稳稳没有犯错，上面的人一关照，那还不是“蹭蹭”地往上窜？然而，程军一直没有听说石知宇拉拔过哪位亲信。比如提拔自己，说句实在话，他和石知宇的关系一般，既非乡党也非同学，更谈不上亲信，石知宇之所以能提拔他，看上的还是他程军的能力。而刚才石知宇的话，就再次证明了程军的判断：石知宇是个拿业绩说话的领导，这对没有上层关系的程军来说，很重要。“石总说得对，咱们鑫星的用人机制在国有企业里是走在前列的。”程军说。

石知宇端起茶杯，吹了吹，轻轻抿了一口，又将茶放在桌面上，说：“金融危机来了，咱们鑫星面临着巨大的考验，9 月份的数字出来了，唉，各方面又都下滑得厉害，并且这种情况还可能会持续。当然了，也不是咱们鑫星一家出现低迷，我前天看了一份内部资料，143 家央企中绝大多数企业的利润开始下滑，而且下滑得也很厉害。这几天上面一直在开会，国资委正酝酿一场史无前例的央企大救援方案，针对这次危机做出应对措施，请一些高级智囊团天天开会，确保将金融危机的影响降到最低。据我了解，国资委已经酝酿一年多的国有资产运营公司也会借机登场，这个有‘央企大管家’味道的国有资产运营公司无疑会是央企大救援的重要平台，各个央企的重组兼并也势在必行。在随后的一段时间内，你将会看到，央企的队伍会精编，143 家央企中可能会有一些变得更大，一些会被兼并，到 2010 年的时候，还能打着央企旗号的企业可能只剩下 80 ~ 100 家。在下周，国资委派遣的调研组会深入到各个央企里面，做仔细调研，认真分析，以便对症下药。”

程军倒吸了一口凉气，明知故问道：“那咱们鑫星也会进行重组兼并？”

“鑫星是央企，自然也入了‘保增长’的名单，也会进行资源整合、重组兼并。不过，从目前的情况来看，进行整合重组的央企主要还是主营业务相同的企业。这一点对咱们鑫星可以说是个利好消息，只有那些行业中不占据领先地位、经营规模小、经济效益不高、主业不清晰的央企会被兼并、重组、盘活。不过，这几次会议中，再次重申了国资委对部分央企盲目扩张的警告，强调要严格控制企业非主营业务的扩张行为。这点，对咱们鑫星，尤其是对教育 PC 部来说，是个需要着重考虑的问题。”石知宇停顿了一下，紧接着说，“教育 PC 这一块虽然增长速度很快，但毕竟不是鑫星的主营业务，我担心上面会加大对非主营业务资产的调整或退出的力度，或许很快，我们会通过产权交易市场等平台，将非主营业务剥离出去。”

石知宇的话句句像石头一样砸在了程军的心坎上。程军知道，这些来自上层的消息，会左右一个业务线的生死存亡，假如教育 PC 部被剥离出去的话，那他还有什么盼头？想再回浙海，原则上是回得去的，但是面子算是被丢在这儿，永远回不去了。想到这，程军说：“教育 PC 这一块，石总尽管放心，上面应该不会将这么好的项目当成非主营业务给分离出去的。”

石知宇哈哈一笑，说：“你这么有把握？”

“把握谈不上，主要是根据政策来判断的。”程军伸出三个手指，说，“国资委 7 月份发出的那次警告，我认真学习过。关于严格控制重组并购行为，上面提了三点，也就是所说的‘三条红线’，其中第一点就是不符合主业投资方向的坚决不能搞，从这点来看，教育 PC 是主营业务 PC 的一部分，算不上非主业投资方向；其二，超出自身投资能力的坚决不许搞，这点，教育 PC 部也不在框框之内；其三，就是投资回报率太低的坚决不能搞，而教育 PC 是这两年以来投资回报率最大的业务。所以，我感觉他们是不会将教育 PC 部拿出去的。”

“我也这么想过。”石知宇再次端起茶杯，示意程军也喝杯茶。程军端起茶，匆匆抿了一口就放下了，满是期待地望着石知宇。茶的味道程军已经品不出来了。他更关心石知宇下面的话。石知宇将茶杯放在桌子上，身子往前微微倾斜了一下，声调明显比刚才低了很多：“关键问题是，现在不是特殊时期嘛，金融危机来了，考虑问题处理问题也经常不按常理出牌。拿不拿，还是靠数字说话的，偏偏教育PC这两个月的数字起伏太大，非常时期什么事情都有可能啊。”

石知宇说的没错，非常时期什么事情都有可能发生。程军看了看石知宇，石知宇接着说：“你我都是了解鑫星的人，也都是对鑫星有深厚感情的人，你会割舍出一部分？我相信每一个鑫星人都不会这么做的。但是，目前的情况，外人不知道，咱们自己还不知道？鑫星集团可能会是这次危机中受影响最大的企业，刚刚过去的8、9月份的数字摆在那呢，压力可想而知啊。虽然说国家对咱们也不会不管不问，但有些问题最好还是咱们自己解决的好。对不对？”

金融危机的影响，程军是深有体会的，浙海分部的收入也是下滑得厉害，之前每次销售额都排在全国各省公司前三，9月份已经下滑到了十四名，程军自然面上无光。石知宇这么一说，程军感到自己的脸微微地发烫：“对，还是要自我解决。”

“你刚来教育PC事业部，工作也刚刚开展，9月份的考核指标，教育PC这一块你就不用背了。”石知宇慢悠悠地说。

程军一愣，他不明白不让他背考核到底是出于什么目的。不管是什么目的，不在教育PC事业部背考核，那肯定还是要背浙海那一摊子的考核指标。程军本来就有这方面的打算，按照常理也应该是这样，但此刻经过石知宇的口中一说，就有了强调的味道了。什么事情经过领导一强调，就很容易让下属产生其他方面的想象，程军说：“石总这是照顾我，我刚来，一个单子都没有，考核的话，肯定会是一个很低的分。不知道从什么时候开始进入考核？”

“呵呵。”石知宇再次坐直了身子，依旧保持着军人的挺拔身姿，“就是跟你商量这个事情呢。本来是让你两边挑，但会牵涉你很大的精力。再加上现在的严峻形势，教育PC部这两个月必须要拿出像样的数字来，才能确保这个部门的安然无恙。你那浙海的单子若拿下来的话，上面定会很满意，教育PC部不仅不会被整合兼并，说不定还可能借机扩军，成为主营业务、主力业务。到时候，你的一些想法，不都是可以施展了吗？”

程军终于明白了石知宇的意思，这是让他表个态，之前说的两边挑，现在看来是行不通了。当初两边挑，是可以给自己一个后路的。现在形势发生了变化，他必须做出选择，要么来北京，一心扑在教育PC上；要么就回浙海，专心把浙海分公司的工作做好。这对于程军来说，真是一个两难的选择。想当初，是他主动要求来教育PC事业部，现在教育PC有了被整合兼并的危险，他想撂挑子走，于情于理都不合适啊；况且，已经迈出了这一步，再退回去，虽然现在是有退路，那还能退吗？然而，真要彻底来到教育PC部，现在位置是副手，于喜红什么时间走也是个未知数，再加上那个精明圆滑的迟翔，他这个教育PC事业部副总哪有浙海分公司总经理的位置坐起来舒坦？若是能把那个‘副’字拿去，程军会毫不犹豫地选择来教育PC事业部：“石总，就像我当初要求来教育PC部一样，不管上面对咱们这个业务线有什么不同的意见，我依然坚信教育PC这一块是个非常大的市场。我同样相信在您的带领下，在咱们共同的努力下，教育PC不仅会是鑫星增长最快的业务，在未来的几年里也会成为贡献利润最大的部门。”

石知宇点点头：“很好，有信心就好。那你就放手来做教育PC吧。”

程军知道已经到了抉择的时刻，有些问题必须要提出来了：“程总，您也知道，我这光有信心是不够的，还要有科学的决策、强有力的执行，以及多部门的配合合作。教育PC这一块，在于总和迟副总的带领下，已经做得非常棒了，我若是有一些不成熟的想法拿出来，怕上不了台面。”

石知宇的脸色变得有点严肃了，他紧绷着脸说：“没有什么上不了台面的！你有什么想法，总经理办公会上可以说，私下也可以跟于总说，可以跟我说。创新就是改革，改革就是革命，革命连流血牺牲都不怕，还怕一些错误失败？更何况只是一些想法？有什么想法就尽管说。”

程军连忙笑了笑说：“你要说有没有想法，我自然有。只是……唉，我上面不是还有于总、迟副总嘛？”

石知宇缓和了一下面部表情：“迟副总是迟副总，你是你，你们分工不同，专长不同。干事业就不要顾虑太多。”

程军知道在石知宇面前再藏着掖着已经没什么必要了，况且他心中的算盘劈啪响，老谋深算的石知宇会不知道？程军决定冒一次险，斗胆敲击一下石知宇心中的算盘，看看于喜红在石知宇心中到底处于一个什么样的位置：“石总说得对，是我想太多了。不管怎么样，我对教育PC这一块是充满着信心，看得见摸得着的单子就有几个，就像您说的，浙海的单子打下来后，足够弥补这几个月的数字。这一点，于总在开会时也说过，只不过，她是有点担心浙海这个单子的胜算。她对这个单子是很关心的。”

说到这，程军故意停顿了一下，端起茶喝了一口，眼睛的余光偷偷地观察着石知宇的表情。让他失望的是，石知宇只是面无表情地点点头，没有说话。程军放下茶杯，心一横说：“外面有传言说于总最近就要走了，这些传言对我们的工作很不利。时间长了，怕是一些同事的心也飘了起来。”

石知宇微微一笑：“传言毕竟是传言嘛，不必太在意。不过，你要做好准备。”

程军心中一阵窃喜，石知宇刚才的话中传递的信息已经足够了，他坐直了身子说：“请石总放心。我早已下定了决心，会和大家一起将这个事当成事业做。”

石知宇点点头，随即又摇了摇头：“你在浙海磨炼多年，我想你的眼光，不仅仅局限于一个部门，你有大局观，要通盘考虑。”

程军一愣，他目前盯的就是教育PC事业部总经理的位置，按照石知宇的意思，他哪是在表扬自己，分明是说自己少了大局观嘛。程军忐忑地看了一眼石知宇，石知宇叹了口气，接着说：“国企改革一直被视为中国整体经济改革的重中之重，也是最复杂最难操作的改革，牵扯的事情太多。早就说改，只不过‘久闻楼梯响，不见人下来’。现如今‘人下来’了，楼梯也要改造改造了。这一段一直开会，每次开会都开到晚上十一二点，上面也发愁，担心精心架构的方案流于形式，担心狙击不了全球经济低迷对咱们的冲击。家家有本难念的经，那么多国企，每个企业的情况都不一样。改革的过程，说白了，就是一个平衡各方利益的过程。你说，哪方利益不得照顾？针对一家企业，从经验层面上来讲，企业内部改革的关键就是，如何在相关利益者之间分配控制权，进而形成有效的权力制约关系和利益分配关系。摆在桌面上来，就是董事会成员构成，你也知道，咱们鑫星的董事会人员构建完全是按照2006年1月1日起实施的新《公司法》进行的。上面在这次资源整合兼并的过程中，有意要优化董事会构成，使之更符合科学发展观的需要。”

程军惊呆了，一方面惊讶于这么重要的事情，自己竟然一点都没有知觉，政治觉悟太差了；另外一方面惊叹于石知宇为什么会将这么重大机密的事情在这个时候透漏给他，意向何指？联想他刚才让自己有大局观，难道是让自己进入鑫星集团董事会？这可是程军连做梦都不敢想的事。然而很快，程军就否定了这一想法，看看现有的董事会成员就知道自己是痴心妄想了。鑫星集团董事会有九位董事组成，其中包括四位执行董事和五位非执行董事。执行董事分别是董事长鲁宏，党委书记郭长江，总经理石知宇，职工主席刘锦国。五位非执行董事均为其他大企业或者金融机构的知名人士，任何一人的声誉都是程军可望不可即的。

那么，石知宇现在提起这么重大的事情，难道仅仅是为了拉拢自己？没必要。级别做到他这一步，想拉拢下级会有更好的方法。那究竟是为什么呢？董事长鲁宏和党委书记郭长江都是要退的人了，并且还兼任着某部委的要职，职工主席刘锦国能进董事会完全是得益于新《公司法》。新《公司法》规定，国有独资公司董事会成员中应有公司职工代表，该董事须由职工代表大会选举产生，其他董事则由国有资产监督管理部门委派。实际上，职工主席刘锦国不过是一个摆设。那么四位执行董事里只有总经理石知宇掌管权柄。董事长鲁宏一退，石知宇名正言顺成为鑫星集团的一把手。另外，也会空出来一个董事的位置。鑫星集团执行董事的位置可是比金子还金贵，但就目前的形式来看怎么轮也轮不到程军，毕竟级别上差得不是一两个台阶。程军加速度旋转起自己的大脑，也找不出石知宇的意之所指，他不敢贸然说话，只好点点头说：“每一次金融危机都会推动一次新的变革，不管是产品上，还是体制上，像咱们鑫星这样的国企也到了改的时候了，唉，方方面面都要照顾得到，可不是件容易的事。”

石知宇微微一笑：“是啊，有人想走，有人想留，本来没想法的人忽然也有了想法。不说这些了，瞅机会和人事打个招呼，把你的关系都转过来吧。安安心心、踏踏实实地将浙海的这个单子拿下来，这个单拿下来，以后什么事，不都好说了嘛。”

话说到这，程军知道，今天的这个茶也只能喝到这了。但是，仔细揣摩了一遍石知宇刚才说的话，程军觉得话中有话，忽然一个念头就闪现出来，难道石知宇所说的“有人想走，有人想留，本来没想法的人忽然也就有了想法”指的是于喜红？再一联想到刚才的话，程军猛然有了一个大胆的设想：难道是于喜红盯上了鑫星集团的董事位置，不走了？想到这，程军斗胆再次试探说：“石总说得对，浙海这个单意义重大，谢谢石总给我这次显脸的机会，我一定尽全力来抓住它。浙海那边一有情况，我立刻给您汇报。”

对于这个“涉嫌”越级汇报的话，石知宇笑笑，心想像程军这么职业的人，不会不知道越级汇报的严重性，石知宇不想这么被下属试探来试探去，不管是出于什么目的。他用锐利的眼光看了看程军，将程军“汇报”的问题抛开，哈哈一笑说：“以后显脸的机会多着呢。”

袁道鸣和江久年的道歉一大早就在浙海省教育厅大门口吃了个闭门羹。门卫看见江久年，很是惊奇，在他的心里估计没有想到昨天被警方带走的江久年会这么快就被“放”了出来。保安收起之前见江久年时的友善，一本正经地说，自从出了昨天的事后，领导就下了命令，社会闲杂人员和没有出入证的访客是不允许进入浙海教育厅的。江久年冲袁道鸣笑笑，这是他们预料之中的事。江久年知道为难这名保安并不能解决问题，便指了指教育厅的办公大楼：“我又不是第一次来，也不是社会闲杂人员。我是过来谈事的。”

“对不起，必须要出示出入证。”保安丝毫没有打开自动伸缩门的意思，这时候后面传来了喇叭声，一辆车在催促。保安走前两步，俯下身子，对江久年笑笑，说："抱歉，请您让一让。要不，您等会让里面的熟人给你送个出入证过来？"

也只能这样做了，江久年刚要倒车，后面车的喇叭又响了，江久年有点烦，摇下车窗，朝后看了看。这时后面的车往后退了退，江久年只好打方向盘，腾出一个车位。后面的车这次不急了，缓缓地开了过来，摇下车窗，对江久年说："原来是江总啊，不好意思，刚才没有看到。"

江久年看了看，原来是鑫星集团浙海分公司的销售经理魏德宁，两人之前并不熟悉，若不是浙海这个单，魏德宁是和江久年说不上话的。江久年心知肚明地问："魏经理也来办事啊。"

"嗯。"魏德宁说，"昨天没事吧？"

江久年冷冷地说："托你的福，没事。"

"没事就好，我说你江总也不会有事。"魏德宁笑笑，"我先进去了。"

两个人的话是隔着车窗说的，坐在车后面的袁道鸣听得真真切切，看到魏德宁连登记都没有就直接进去后，袁道鸣问："这个是谁啊？"

江久年关上车窗，说："鑫星集团浙海分公司的销售经理魏德宁，是鑫星集团盯这个单子的一线销售。"

"哦。"袁道鸣没有抬头，继续盯着笔记本电脑，边回复一封邮件，边留下一个意味深长的叹息，"鑫星集团这次买走了咱们的内容资源，寓意在此啊。看来，他们的石总，早就对这个单上心了。有一点我有点奇怪，前一段就发现了这个问题，但是一直忙于找钱，也没来得及跟你说，鑫星集团不是有专门的教育PC事业部吗？像浙海教育厅这样的单子，理应由教育PC部门来操作啊，现在怎么会由浙海分公司来做这个项目？"

"人家是国企，养的人多嘛。"江久年的话有点讽刺的味道，"像这种部门重合，业务不清的事情之前也有发生。去年华北的一个单，也出现这样的一个情况。鑫星那边的情况复杂，各部门之间明争暗抢的事常有发生。浙海教育厅的这个单，估计也是他们内部博弈的结果。他们教育PC事业部的总经理于喜红靠上了一个老爷子，凭借老爷子的关系，于喜红在鑫星大肆树立自己的威信，在某些事情上连石知宇都要让她三分。前些日子，老爷子调走了，传言说于喜红也要跟着走，但是迟迟没见动静。石知宇给外界的印象是个做事业的人，你说他会安心让一个不拉屎的人占着茅坑？换作是我，我也不会。但是，人家于喜红就是不走。这个时候，浙海教育厅的这个单出现了，程军出现了。石知宇给程军一个教育PC部副总经理的头衔便成了顺理成章的事，不仅给了程军一次显脸的机会，也借此牵制住于喜红，让教育PC部留在他的掌控范围内。有传言说，于喜红要走，很多人都认为是因为老爷子走了，当然了，这只是一方面，还有一个大家并不了解的方面，那就是于喜红在去年的时候，专门打报告，想让教育PC部门单独划出去，挂靠在老爷子所在的那个部委，成立一个专门的公司，这个报告最后没有通过。老爷子也没有打招呼，更由于来自石知宇那边的反对声音占了上风，这事就作罢了。所以，于喜红就来了这么一手，名义上在鑫星挂着自己的名，暗地里经营着自己的公司。”

袁道鸣点了点头，江久年掌握的信息远比自己要多很多，这些高层的东西，甚至在鑫星集团内部都鲜为人知。袁道鸣由衷地说：“对手的资料，你掌握得比我详细，其实，打仗就是看谁在战前收集的情报更多更准确，‘知己知彼，百战不殆’嘛。”

江久年笑笑，欣然接受了袁道鸣对他的褒奖。

“对方内部的权利之争或多或少地帮了咱们的忙，不管是鑫星，还是帕瑞比。这对咱们是一个利好，一定要抓住它，做咱们该做的事情。”袁道鸣说。

“让他们斗吧。”江久年叹了口气，“中国企业很难成为百年老店，不成功的原因之一，就是将过多的精力消耗在了公司内部政治斗争上。”

袁道鸣若有所思地说：“咱们锦盛天成一定要避免这样的内耗。”

“有职场的地方就有争斗，人之本性，咱们用一些制度和企业文化来规范这些，尽量避免吧。”江久年边说边缓缓地将车停在浙海教育厅大门左侧不远处的一家茶馆前，掏出手机，开始拨打他在浙海教育厅发展培养的“内线”的电话。内线的培养是需要时间的，一上来就给你掏心窝子的人是绝对不能当内线的，有城府的人耐力强，他内心的需求不会轻易流露出来，是需要花费时间揣摩的。江久年所谓的“内线”还没有成为真正的内线，只不过是江久年经常去拜访的某科室的主任以及其周围的人，是可以一起聊聊天、吃吃饭、抽抽烟的人。江久年从低级别的员工开始打电话，然而没有一个接他的电话的。江久年猜测是对方看到是他的手机号，便像躲瘟疫一样躲他。江久年有心换个电话打，转念一想，既然对方不想见他，就是换个电话打通了，对方也会找其他的理由拒绝。他再次拨打了浙海教育厅办公室主任余哲的座机，依旧是无人接听。袁道鸣抬起头，看了一眼江久年，说：“对方是不是在躲着你啊？”

江久年苦笑了一下，手机里能供他打的电话号码已经不多了，除了浙海省基础教育处副处长阎庆宽，还剩下一个就是副厅长丁震远了。发给丁震远的短信一直没有得到回复。而自从上次没有响应阎庆宽的暗示后，阎庆宽对江久年就摆出了一副爱理不理的样子。明知道阎庆宽会拒绝自己，江久年还是义无反顾地拨通了阎庆宽办公室的电话，电话响了五六声后，终于有人接听了，是阎庆宽。阎庆宽的声音听起来有点急切也饱含关切：“江总啊，我正想给你打电话呢，没事了吧？”

江久年报以爽朗的笑声：“托阎处的福，没事了。”

“没事了就好，我也是今天上班后，刚刚听说你的事情，正打算打电话过去问候问候。”阎庆宽的话语中显现出前所未有的热情，江久年听起来有点不习惯。对于这个反常的情况，江久年迅速地做出了分析。眼下的形式，只有一种情况才会使阎庆宽在电话中这么热情，那就是魏德宁正坐在他办公室里，他的热情是表现给魏德宁看的，江久年释然地笑笑，不得不调高自己说话的温度：“谢谢，多谢阎处的关心。我这不是一出来就过来拜访您嘛？可是你们的门卫不让我进，还真把我当成嫌疑犯了。哈哈。”

“有这种事？”阎庆宽说。

“可不是嘛。”

“哦，等会我问问。我现在身边还有位客人。”

江久年知道“等会”可能就不仅是一时半会儿的时间，忙说：“阎处啊，我这老是在外边也不是个事情吧？您看，我一会儿能不能让保安给您打个电话，证明一下我是来拜访客户的？”

阎庆宽迟疑了一下，说：“那是自然的，总不能让江总在外面啊。你让保安给我打个电话。”

挂断电话后，江久年拉开车门，对后面的袁道鸣说：“我先去看看。”

袁道鸣点点头，问：“丁副厅长那边有消息了没？”

“还没有。”江久年说，“我打算进去后再给他打电话。”

“嗯。”袁道鸣说，“你去吧。”

江久年下车后，远远地看见那名站姿松松垮垮的保安。江久年走过去，递上一支中华烟，保安摆摆手表示拒绝。江久年将烟装回烟盒内，随手把还有半包的中华烟扔在保安面前用来登记的桌子上，说：“你给基教处的阎副处长打个电话，看我是不是来拜访的？”

保安笑笑：“说句实话，是必须有出入证的。要不，你打电话让他给你送个出入证下来？”

江久年脸一沉：“那我要是拜访你们的丁厅长，是不是也需要让他亲自下来送出入证啊？”

保安尴尬地笑笑。

江久年马上缓和了一下气氛，说：“我说兄弟，你打个电话证实一下不就得了。

一会儿，我还要找丁厅长谈事，你说，你把我堵在了外面，因为这点小事，我再打电话让领导下来，你说，合适吗？”

保安的脸上堆起了笑，递过来一支笔，说：“你先登记一下。我给阎副处长打个电话。”

江久年接过笔，在来客登记表上写下自己的名字。保安对照了一下贴在桌面上的一个通讯录，查找到了阎庆宽这一栏，按照上面的分机号拨打了过去。保安的眉头皱了起来，江久年也听到了“嘟嘟”的声音。等江久年登记完后，保安也没有拨通阎庆宽的电话。江久年试着用自己的手机拨打，果不其然是占线。江久年只好又拨打他的手机，竟然不在服务区。江久年知道阎庆宽可能是有意躲了。挂断电话后，江久年说：“阎副处长在忙，你看这样好不好，我先过去，等会将出入证给你补过来。”

保安坚定地摇了摇头。

江久年转过身，拿出手机，调出短信息，重新看了一遍所有发给丁震远的短信，然后，走到大门外相对安静的地方，正要给丁震远打电话，听到身后一个声音喊他：“您好，江总。”

江久年回头一看，一辆车停在自己身边，帕瑞比华东区销售经理吴彪推开车门站在江久年的身边。江久年在帕瑞比的时候，吴彪还是一名华东区的销售代表，而现在已经是华东区的销售经理了。江久年收回手机，笑笑说：“是你啊。几天不见，听说你高升了啊。”

“呵呵，少不了江总栽培。”吴彪掏出烟，动作娴熟地给江久年燃上一支，自己也点燃一支，叼在嘴上，“江总亲自来盯这个单？”

“是啊。”江久年一笑，“你们后生可畏啊，不好盯啊。”

“我是在瞎折腾。”吴彪也笑了笑：“主要这是块肥肉，也是块难啃的骨头。”

江久年挥挥手，说：“你先进去吧。”

“不慌。不慌。整天忙死忙活的，还不是为了给那些老美们打工。江总是活明白了，跳出来了，留下我们这帮小兄弟在里面瞎折腾。走，坐车里聊聊。”

“你一个人？”

“是啊。”吴彪拉开了车门，“还能有谁？”

江久年犹豫了一下，坐进了车内，漫不经心地说：“之前帕瑞比拜访客户，可是动不动就要整个售前和秘书一起来啊？”

吴彪笑笑，并没有发动汽车的样子，车窗也被摇上了。江久年看了看，知道吴彪心中一定有事，便开玩笑地说：“咱俩坐在一个车内，并且坐在同一个客户的门口，这样不好吧？”

吴彪将烟掐灭，惊讶地说：“是啊，我怎么没想到这一点啊，我还一直把你当成我的领导呢。”

“呵呵，好了，好了。”江久年也将烟掐灭，“既然上了车，就说点正事。说吧，什么事情？”

“我能有什么事情？”吴彪说，“就是想和老领导聊聊。”

“真的？”江久年拉开车门，作势欲走，“那就改天再聊。”

“别，江总，”吴彪挥挥手，示意江久年将门带上，“还真有事要请教您。”

江久年带上车门，哈哈一笑：“就知道你有事。”

吴彪尴尬地捋了捋头发，说：“江总还是之前那样火眼金睛，什么事情都瞒不住你。”

“说吧。”江久年说，“什么事情？”

这次，吴彪倒也干脆了很多，单刀直入道：“听说锦盛天成融到了一笔钱？”

虽然锦盛天成融资的事情在行业内一直备受关注，但吴彪这么快就知道了，倒出乎江久年的意料。锦盛天成成功融资，也就是昨天刚发生的事情，没想到这么快就传到了吴彪的耳朵里。江久年看着吴彪的眼睛，吴彪的眼睛眯成了一条缝。江久年惊诧地问：“谁说的？”

“什么谁说的？”吴彪说，“圈子就这么大，谁家有个啥动静，谁会不知道？”

“哼，你说得倒轻巧。”江久年问，“你刚才说谁融到钱了？”

吴彪撇撇嘴，说：“江总，这可不是你的作风啊，锦盛天成融到钱了，你会不知道？”

江久年摇摇头，说：“我真不知道，你说，我若是知道了，隐瞒你干嘛？是什么时候的事情啊？”

吴彪睁大了眼睛：“那就奇怪了，难道是传言？不会啊。”

“我不知道很正常，我不知道不代表没有融到钱。”江久年说。

吴彪坏坏地笑了：“怎么这么说？看来，他们的袁总，对咱们这样过去的人还是不完全信任。”

江久年无奈地摊开手，随即绷起脸说：“这可不能胡说。”

吴彪意味深长地笑笑，说：“管他信任不信任，只要拿到该拿到的东西就行。是不是？”

江久年笑笑，没有肯定，也没有否定。他还没有完全判断出吴彪问这些的目的，在没有掌握对方的意图的时候，最好的方法就是按兵不动。

见江久年没有否定，吴彪便进一步说：“现在大家都想过江总这样的日子，先是在外企磨炼几年，混个一官半职，然后再去民企里镀金，趁年轻抓一些养老金，多好啊！”

“人生还真是一个围城，里面的人想出去，外面的人想进来。”江久年终于判断出吴彪的大概目的了，便试探道，“外边的人都说，从咱们那儿跳到私企，是去养老去了，是啊，钱是不少，但是，你不知道要比待在外企里多操多少心？要不，你来试试？”

吴彪连忙摆手道：“我可不敢，去的都是像您这样身怀绝技的人，我这平庸之辈，想去也没人要。”

“看你这话说的，有几个像你这么年轻就当上了一个大区的销售经理？人才啊，大家都抢着要。说真的，什么时间想来，跟我说一下就行了。”

“谢谢。”吴彪说。

“说实在的，兄弟，要给自己留条后路了。我虽然离开了帕瑞比，但是对帕瑞比如今的形势还是了解一些的。昨天的事情，那不是明摆着的嘛，他们对谭村失去了信任。兄弟，你心中要有个数。呵呵，谁都知道，你是谭村一手带出来的人啊。”江久年看着吴彪说。

“谢谢江总提醒。”吴彪发动了汽车，立刻转移了话题，“一起进去吧？”

“好啊，一起进去。”江久年笑笑，“我还是第一次坐竞争对手的车进入客户的大门呢。”

吴彪笑笑，没有说话，他的心中正盘算着未来的命运，明知道靠山即将倒下，他要尽快给自己找到一个避难所。门卫拦住了他的车，吴彪亮出一个出入证，门卫又盯住坐在副驾驶上的江久年。江久年笑笑，冲保安点点头，然后关上了车窗，掂量起那张出入证，说：“这玩意儿在哪弄的？”

“找他们的办公室主任要的。”吴彪说。车开了进去，停车位已经满了，只好开车往后走，在主楼拐角的位置，江久年说：“你先把我扔下来吧。”

吴彪停下车，江久年走了下来，来到主楼的下面，看见大门右侧第一个停车位上静静地趴着丁副厅长的那辆黑色奥迪。江久年的心中有了谱，下面的任务就是想办法敲开丁震远办公室的门了。江久年走进主楼的大门，找个安静的地方拨通了袁道鸣的电话：“道鸣，我进来了，等约好丁副厅长后，我再通知你上来。”

袁道鸣沉思了一下，说：“我和你一起去约他吧。”

“还是等我约好了，你再上来吧。”江久年说。

“你不用怕我和你一起碰钉子。”袁道鸣说，“咱们今天过来，就是碰钉子的。”

“帕瑞比和鑫星等厂商代表也都在，你一个总裁跑来跑去的，是不是有点……”

“这个没关系，我和你一起去约，有诚意。你想办法，将我弄进去。”袁道鸣说，“刚才接到财务部的邮件，富威国际首笔 2000 万已经到账了。”

“到了就好。”江久年欣慰地说，他总觉得富威国际的路子野，虽然有宁璐在，但她的老板总不那么让人放心。现在钱到了账，一块石头也算是落地了。“你再等一会儿，我去找他们要个出入证。”

江久年挂断电话后，考虑要不要去阎庆宽那里看看，毕竟去浙海教育厅办公室主任余哲的办公室的路上会路过阎庆宽的办公室，但考虑到袁道鸣在外面等着，江久年并不想和阎庆宽浪费太多的时间，便绕道来到了余哲的办公室。余哲不在，江久年便到隔壁负责技术的小张那里闲聊了一会儿。小张是个刚毕业的大学生，说话有点局促，但一聊起网游的话题就滔滔不绝了。江久年和他不是太熟悉，也没有多少时间跟他聊网游，但是他又实在没地方可去，这样总比站在门口傻等强吧。小张在聊完当下比较盛行的几款网游的优缺点后，话锋一转，说：“我也玩过锦盛天成之前开发的游戏，很不错，可惜后期的宣传推广跟不上，在线的人少。不知道最近还有没有新游戏上市？”

江久年笑了，锦盛天成的游戏也曾辉煌过，现如今，网游这一块已经被砍掉了，很多机会就这样失去了，想必袁道鸣对此会有更大的感慨。“我们目前专注于教育 PC 事业，网游这一块暂时还没有新产品上市。”

“哦，”小张露出失望的表情，惋惜地说，“网游是个大市场，但真正好玩的网游就那么几款，也都老了，你们有机会多开发些出来，期待哦。”

江久年不想把网游业务被砍的事情说出来，递给小张一支烟，说：“有机会一定会的。”

“余主任不在？”小张问。

“不在。”

“他走不远，我刚才还见他拿着文件上去了。估计一会儿就下来了。”

“嗯。”江久年说着，眼睛瞟向门口。一个身影匆忙过去，是余哲。江久年站起身，向小张告别后，紧走两步，喊了声“余主任”。

白净而文质彬彬的余哲已经不是第一次和江久年见面，他重新带上即将开启的门，看样子并没有让江久年进屋的打算，脸上却露出了办公室主任惯有的热情：“是江总啊，您好。”

江久年走到余哲身边，握紧余哲的手说：“余主任，正找您呢。”

余哲只好打开了门：“来，进屋说。”

江久年也不客气，走进房间里，一屁股坐在余哲的对面，叹了口气说：“唉，昨天的事情想必余主任也知道了。”

“到底怎么回事啊？”余哲笑着说。

“唉，一点小事。我之前不是在为帕瑞比做事嘛，有人举报说我在职的时候，我下面的一个同事涉嫌经济问题，让我协助调查呢。”

余哲“哦”了一声，惜字如金道：“协助调查很简单的。”

“是很简单，就是过去问问事情的经过。”江久年说，“不简单，我也不会出来这么早啊。这不，一出来，我就过来给大伙见见面。免得误会啊。”

“应该的。”余哲说。

“我的老板袁道鸣听说了这件事，昨晚也专门从北京飞了回来，想约您以及丁厅长聊聊，请余主任给个机会。”

“袁总也来了？”余哲说。

“嗯。”

余哲皱起了眉头，面露难色：“我这随时都欢迎袁总，可是丁厅长的时间都安排满了。”

江久年已经料到余哲会这么推辞，不紧不慢地说：“没事，咱们先见面，袁总也是咱们浙海培养出来的高考状元，正好可以给他一次表示感谢的机会。”

“是吗？”余哲说，“袁总是浙海的高考状元？还真不知道呢。”

“他考上清华的时候，才16岁，浙海的教育水平真是很牛。”

“哦，我有印象了，是他啊，16岁以理科状元的身份考上清华，当时轰动全国啊。”余哲说，“你说这锦盛天成是他的企业啊？了不起，了不起。”

见余哲迟迟没有讲会面的事情，江久年只好说：“他现在就在外面呢，等待着余主任的接见呢。”

“那快请进来。”余哲说。

“谢谢，”江久年站起身，说，“还要跟余主任讨要一个出入证。”

“没问题。”余哲站起身，拉开身后的立柜，抽出一张出入证，放在桌上，从笔筒中抽出一支毛笔，在砚台沾点墨水，“车牌号是多少？”

江久年报出了车牌号，余哲在出入证上认真地写着，江久年想起吴彪的出入证上也是工工整整的小楷，便说：“余主任真是雅兴。”

“呵呵，”余哲写完后，拿起出入证，放在嘴边吹了吹。

“这个‘浙’字很见功力，有风骨。”江久年说，“能写成这样，余主任可非一日之功啊。”

“爱好而已。”余哲见字迹已干，将出入证平放在桌子上，从抽屉里拿出一个章，盖在出入证上，递给江久年。

江久年拿在手中，再次看了看那上面的字，说实在的，余哲的字真是不错：“谢谢余主任。我一朋友是搞书画的，正打算在北京搞一个义卖活动，主要是为四川的孩子们建几所学校，朋友正四处求字呢，拍得善款，会以作者的名义全额捐助给贫困山区。余主任若是不介意的话，回头写几幅字，我带过去拍卖。”

余哲笑了：“呵呵，我写的是不登大雅之堂的。”

“余主任谦虚了。”江久年说，“这是爱心义卖活动，贵在参与。就这么定了，我下周一来取。说好了，卖出个好价钱了，余主任要请客哦。”

“能卖出去就行，呵呵。”余哲看了一下时间，说：“对了，丁厅长10点钟有个会，我刚才看见阎副处长陪着鑫星的代表刚刚从他办公室里出来。您和袁总先直接去他办公室吧，说不定会有个十来分钟的时间。我这边就不通知丁厅长了。”

江久年知道，余哲若是提前通知了丁震远，丁震远可能就拒绝了。江久年心存感激地说：“谢谢。完事后，我和袁总再下来拜访您。”

“你们忙吧，我一会儿还要出去。咱们以后有的是机会。请转告我对袁总的谢意，改天我好好跟我们的状元聊聊。”余哲笑笑。

余哲是个绝顶聪明的办公室主任，是以后可以好好培养的“内线”，江久年笑笑：“那行，我代袁总谢谢您。”

江久年走出余哲的办公室后，立刻掏出手机，告知袁道鸣：“道鸣，你开车往大门走。”

听江久年的语气，袁道鸣知道情况比较紧急，立刻坐到驾驶座上，车到大门口的时候，远远已看见江久年晃动着肥胖的身子向自己走来。这个时候，门卫也走了进来。江久年晃了晃手中的出入证，说：“小兄弟，你这让我忙了一大圈子。”

保安不好意思地笑笑，没有说话，打开了伸缩门。江久年钻进车内，说：“将车停在这边吧，丁厅长10点钟有个会议。”

“他跟你联系了？”袁道鸣问。

“没有。”江久年抱歉地说，“这是我第一次在没有约到客户的情况下，就把老板也搬了出来。见丁厅长，看运气了。”

“别这么说。”袁道鸣停好车，拎起包，江久年走在前面，袁道鸣紧随其后，两人一起来到了丁震远的办公室。江久年看了看时间，已经是9：52了，不知道丁震远在不在办公室，江久年刚要敲门，被袁道鸣拦住了。袁道鸣说：“久年，要不要先打个电话？”

江久年知道袁道鸣担心什么，坦白说，这也是他第一次没有约时间就来拜访客户。他对这次拜访完全没底，不知道对方会不会当面拒绝，但事已至此，没有其他的办法了。而就在这时，门突然被拉开了，丁震远站在了他们的面前。江久年连忙说："丁厅长，您好。"

丁震远有点惊讶，不过，很快就恢复了平静，主动伸出手，说："您好，江总。"

江久年握住丁震远的手："真不好意思，昨天约好了时间，我没有来上，今天没有约时间，我就来了。抱歉。我来介绍一下，这位是我的老板，袁总。"

高瘦的丁震远给袁道鸣留下了不错的第一印象。袁道鸣和丁震远握了握手，然后掏出名片，双手递给丁震远说："锦盛天成袁道鸣，请丁厅长多指教。"

丁震远接过名片，看了看，说："袁总，幸会。"

"冒昧打扰您了，一路上我们都诚惶诚恐，事先没有跟您约好时间，冒昧了。"袁道鸣说，"我们知道丁厅长非常忙，今天只占用丁厅长三五分钟的时间，您看可以吗？"

"没什么不可以的。"丁震远拉开了房门，说："两位请进。"

袁道鸣和江久年一前一后进了屋，袁道鸣迅速地打量着丁震远的办公室，办公室不大，一对沙发占据了很大空间，余下的位置被一张办公桌霸占着，办公桌上摆放着一摞文件，文件的前方，比较显著的位置躺着一个通体透明的烟灰缸，烟灰缸里有七支烟蒂。袁道鸣估算了一下，烟灰缸每天早晨都会被清洁工整理干净的，那么从上班到现在不到一个小时的时间，丁震远已经抽了七支烟。照这么来看，丁震远算得上是一个资深烟鬼了。果然，丁震远伸出左手示意他们坐下来的时候，袁道鸣看到他左手中指和食指已经被烟熏黄了。隔着那张不算太大的办公桌，袁道鸣和江久年坐了下来。

"昨天的事情，真是抱歉。"江久年说。

"咳，江总是做大事的人，我们不要拘于小节。"丁震远不动声色地说。

袁道鸣说："丁厅长，今天我们来有两件事情，第一件是拜访，第二就是道歉。浙海的教育水平在全国各省每年的排名中都是名列前茅，我记得前段时间，张鸿张部长在全国教育工作者会议中特意点了浙海的名，说浙海的教育模式可以借鉴，浙海的教育理念非常超前。可以骄傲地给丁厅长汇报一下，全国有23个省的教育系统使用过或者正在使用锦盛天成的产品。这也让我有机会和他们的教育厅有过沟通，他们都非常羡慕咱们浙海。大家提起杨厅长和丁厅长无不竖起大拇指。就拿这次的教育PC项目来说，教育部之所以能够拿咱们浙海作为试点，主要看中的也是浙海的优质资源和超前的教育理念，当然了也看中的是您和杨厅长的教育改革能力。”

“主要是杨厅长下了不少功夫。”丁厅长说。

“杨厅长也是我们敬仰的人。我们敬仰实实在在做事的人。”江久年说，“我们袁总敬仰丁厅长已久，无奈之前没机会拜访您。前几天，袁总还说，要好好借这次机会跟丁厅长处处，学习学习。”

“不要客气，彼此学习。”丁厅长说，“对了，你昨天的事，怎么回事？”

“唉，我之前服务于帕瑞比。”江久年笑笑，轻松自然地说，“在那里做销售总监。现在有人举报我当时的一名手下涉嫌拿了高额回扣，被警方调查了，我作为当时的领导也要被问问话。”

丁厅长点了点头，问：“那没事吧？”

“结果我还不知道，我被问完话就回去了，还不了解情况的进展，不过，举报属实的话，我之前的那个部下可能就凶多吉少了。”江久年说，“说出来，我的那个部下，丁厅长也可能认识。”

“哦，谁啊？”丁厅长问。

“帕瑞比现任销售总监谭村，一个非常有才华的人。”

“哦，是他啊，很年轻嘛。”

“丁厅长见过？”袁道鸣问。

“只是听说，未曾谋面。”丁厅长说，“可惜了。”

袁道鸣和江久年的心中有了谱，知道帕瑞比的工作只是进行到了华东区销售经理吴彪这个层面，这对锦盛天成来说，是一个有利的消息。袁道鸣说：“今天拜访匆忙，丁厅长的时间也有限。关于咱们浙海教育 PC 项目，我们知道是教育部的重点项目，也是试点项目。不瞒您说，浙海是我的家乡，我在浙海生活了 16 年，求学了 10 年，对浙海的教育有着深厚的感情，但抛开个人的情感不说，我们锦盛天成做的项目，是经得起时间的检验的。大家所熟悉的国家重点扶持项目，面向全球推广中国传统文化的‘孔子书院’，非常庆幸是由我们公司承建的；去年北京地区、河北地区的数字图书馆项目也是我们公司中的标。我们有成熟的教育 PC 系统和优质资源，能为客户提供优秀的教育系统解决方案，非常期望能有机会和咱们浙海开展合作。”

“那是自然，我们也希望有机会和锦盛天成合作。”丁厅长站起身，绕过办公桌，坐在了袁道鸣和江久年对面的沙发上，“‘孔子书院’可是个大项目啊，你们公司了不起。”

“我们也非常庆幸，能承建‘孔子书院’这么有历史意义的事情。”袁道鸣说。

“项目目前进展得怎么样了？”

“短短一年的时间，已经在美国、英国、澳大利亚、新加坡、日本五个国家建立了 12 所‘孔子书院’，得到了文化部和教育部的嘉奖。”袁道鸣说，“不过，这离在世界上任何一个地方都能看见‘孔子书院’的目标还很远，我们仍旧在为此努力。”

“国家重点扶持的项目一定有它特殊的意义，能将这样的项目交给你们来承建，说明了国家对你们的信任，也说明了锦盛天成是一个有社会责任感的企业。”丁震远说。

“丁厅长过奖了。”袁道鸣笑笑，说：“锦盛天成是一个认真做事的企业，这和咱们教育厅的务实风格是一致的。我们要么不做，要么就把事情做到最好。”

这个时候，办公桌上的电话响了，丁震远站起身，拿起电话，说：“我知道了。这样吧，请卢处长先主持。我这来了两位客人，你们先开吧。”

袁道鸣和江久年知道丁震远开会的时间到了，等丁震远挂了电话，他们便站起身，说：“我们就不打扰了。”

丁震远摆了摆手，说：“不急，咱们聊聊。”

“谢谢丁厅长。”袁道鸣说，“下次拜访一定会提前约好时间。这次打乱了丁厅长的工作安排了。”

“和你们聊聊，也是我的工作嘛。”丁震远顺手从办公桌上拿起一包烟，烟是苏烟。丁震远抽出两支，分别递给江久年和袁道鸣，然后自己叼了一支。江久年忙掏出打火机，给丁震远点上，转过身想给袁道鸣点烟的时候，袁道鸣已经掏出了自己的打火机。三人抽着烟重新坐在了沙发上。丁震远单刀直入道：“关于我们浙海的这个项目，现在正在听取各方面专家的意见，当然也包括你们这些厂家的意见。说说看，你们有什么好的建议和意见？”

“意见和建议谈不上，只是有些想法可以和丁厅长交流交流。”袁道鸣说，“不知道这次采购是‘一刀切’还是‘更细化’？”

“这个还在研究之中。”丁震远守口如瓶。

“浙海是个教育大省，也是个地域大省，地形上有平原，有丘陵，也有盆地。各个地区的教育环境也不相同，这样他们对产品的需求也可能会有差别。比如像偏远的经常停电的山区，他们对产品的防潮性、稳定性可能会有特殊的要求，等等。我们要真正做到满足不同地区的不同教育需求。国家对基础教育投入这么大，教育部对浙海的支持也非常大，对这个项目寄予厚望，作为厂家，我们会尽最大努力来落实并且支持基础教育改革，而做好一切工作的前提就是准确地抓住用户的需求，所以我们近期会派我们的市场研究人员、产品研发人员，深入到浙海省各个地区的不同学校进行调研，科学分析他们到底需要什么样的产品，并针对他们的需求来改进我们的产品设计以及软件内容研发……”袁道鸣说。

这个时候，门被敲开了，一个20多岁的小伙子端着一壶茶走了进来。江久年冲他微微点点头。小伙子笑笑，默不作声地将三个杯子分别放在他们面前，轻轻地倒满茶，退了出去。

丁震远吐出一口烟，说：“那袁总的建议，就是‘更细化’了？”

袁道鸣笑笑：“无论是‘一刀切’还是‘更细化’，我们锦盛天成都做好了充分的准备，等待着您们的检阅。”

“呵呵，袁总真是心细。”丁震远说，“如此大规模的招标，对我们浙海教育厅来说，也是第一次。您刚才说得对，这是一个试点，上面给了我们充分的信任和支持，也是事关浙海1万5千所中小学教育的大问题，马虎不得啊。所以啊，前期的准备工作对招标的顺利进行会起到至关重要的作用，不管是‘一刀切’还是‘更细化’，那些都是内容层面的东西，我们现在要考虑的是程序方面的问题。要把这么大的标搞好，在程序上一定要规范，只有程序上规范了，才能确保内容层面的科学性。”

袁道鸣知道，作为教育厅的领导兼这个项目的负责人，丁震远关注的是程序方面不要有漏洞，其次才是内容层面的东西。“丁厅长说得对，程序上的疏忽可能会导致整个招标活动的混乱，正像您刚才所言，没有一个系统的招标程序，一切都无从下手。”

“我们的立场不同，你们更关注内容层面的东西是应该的。”丁震远将烟头摁灭在了烟灰缸内，一支烟在短短的几句话间就被他消灭掉了。江久年看见茶几上也放着一个烟灰缸，里面散乱躺着六个烟蒂，烟蒂上印着苏烟和中华两种不同的标签，江久年判断这应该是丁震远和严庆宽以及鑫星的代表留下的；从烟蒂数量来看，他们在一起谈话的时间不长，应该不会超过半个小时。江久年的话不多，有一把手在，他知道自己今天是配角。他在认真地观察丁震远说话时的细微表情，然而，看得出来丁震远是个异常严肃的人，他的面部表情非常单一，但是说话的时候总有一双锐利的眼睛在盯着你。江久年掏出自己的中华烟，递给丁厅长一支，然后将烟放在他面前的茶几上。江久年刚要给丁震远点烟，丁震远摆摆手，自己掏出打火机，点上。

“那这次招标，程序上一定是准备好了吧？”袁道鸣问。

“整体的套路是准备好了，但是一些细节还需要研究和探讨。”丁震远依旧是不吐露任何信息。

袁道鸣本来很少吸烟，他将剩下有三分之一的烟摁灭在烟灰缸里，笑着说：“丁厅长，关于程序外界有个传言，我在这里就斗胆给您说一下，请您莫怪啊。因为这次走的是政府采购，省教育厅的声音在这次采购中会被削弱，那么真如传言中所说，谁都想来插一脚的话，太多的声音反而会影响到采购的效果。我们也打过很多教育的单，以我们的经验来看，我们认为，无论是哪种形式，哪种程序，使用单位也就是咱们教育厅的声音应该是占主导地位的。因为，只有自己才了解自己的需求嘛。”

“那是绝对的。”丁震远说，“此次采购也受到了省委省政府的重视，专门成立了由省教育厅、发改委、财政厅、监察厅、政府采购中心组成的中小学现代远程教育工程设备及资源采购工作领导小组，虽然介入的单位多，但这是个好事，避免我们浙海教育厅犯错误，也起到了监督的作用。不过，您说，谁家买东西，谁家说了不算？”

“有您这么一句话，我们就放心了。”袁道鸣笑笑，“作为采购工作领导小组组长，相信丁厅长没少在这个项目上费心。我们知道这么大的项目，一定吸引了国内外很多优秀的厂家竞相角逐。我们作为其中的一家，一定会安心做好准备，利用自身的技术实力、人才优势，给丁厅长交出一份满意的答卷。”

“我们有各种不同的答卷。对你们各个厂家来说，这会是一次公平、公开、公正的考试。”丁震远说话的时候不紧不慢，声音有点低沉，却很有穿透力。“对我们浙海教育厅来说，这也是一次严格的考试。”

“呵呵，那我们是什么时间招标考试呢？”袁道鸣提出了他最为关心的问题。

“还有一段时间。”丁震远含糊地答道。

“大概时间呢？”江久年乐呵呵地插了一句，“知道了大概时间，我们考生心中也有个底。”

“元旦前后。”丁震远说，“好好准备吧。”

“那行。”袁道鸣站起身，说：“丁厅长还有会议。我们就不打扰了。改天再过来拜访。”

丁震远也站起身，主动伸出了手：“今天就到这。我不送两位了。以后有空，欢迎你们常来。”

袁道鸣握住丁震远的手，说：“一定，一定。”

江久年说：“再次为昨天的事情，说声抱歉。”

“呵呵。”丁震远终于露出了难得一见的笑容，“江总太客气了。以后有事情，可以直接打我电话。”

这让江久年想起丁震远没有回复的短信，心中不禁有点感慨，事情往往就是这样，做了那么多年销售，客户不回你短信是正常的，你没有经过允许就直接打电话给客户就显得不礼貌了。江久年握紧丁震远的手说：“谢谢，那我以后可就要麻烦丁厅长了。”

两人从丁震远的办公室出来后，心情格外轻松。尤其是江久年，压在他心中的大石头被搬开了。这是他职业生涯中最没有把握的一次拜访，首先没有得到客户的允许就直接来了个“霸王访”，并且还带着自己的上司，最重要的是昨天还刚刚在这个地方被警方带走。走到大厅的时候，江久年特意指了指入口，对袁道鸣说：“我昨天就是在这个地方被带走的。”

“呵呵。”袁道鸣说，“没有心理障碍吧？”

“怎么会？”江久年说。

“有个人在后面看你。”袁道鸣小心提醒道。

江久年回头，便看见了吴彪。吴彪忙走几步，来到他们面前，对着江久年说：“这是袁总吧？”

“嗯，您好。”袁道鸣主动伸出了手，他以为是江久年的朋友。

江久年忙引荐道：“这位是我以前的同事，帕瑞比华东区的销售经理吴彪。”

袁道鸣立刻明白了彼此的关系，笑着说：“吴经理，年轻有为啊。”

吴彪抽出一张名片，双手奉上，说：“请袁总多指教。”

“哪里，哪里。”袁道鸣也掏出自己的名片，递给吴彪，“以后多交流。”

“谢谢。”吴彪很仔细地将名片放进自己的包中，说，“你们是前辈，有机会跟你们多学习。”

吴彪的举动再次印证了江久年的判断，他知道吴彪是想趁机认识一下袁道鸣，为自己以后的职业生涯留条退路。但是在这个场所，未免有点不太合适啊。不过转念一想，像吴彪这样年轻的销售，为了达到自己的目的，管你什么场合，只要有机会他都会把握住。是个狠角色。不过，吴彪这样的迫不及待，也说明了另外一个问题，那就是吴彪已经深感自己在帕瑞比的末日快要到来了。

第十章 温水煮青蛙

吃掉对手无外乎两种办法：一种是吞食，一下子吃掉对手，当然遭到的反抗最激烈，风险较大；另外一种是蚕食，温水煮青蛙，一点点侵蚀，不知不觉中吃掉对手。“物速成而疾亡，晚就而善终”，面对陈汉生咄咄逼人的攻势，龚仁贵知道自己决不能争一时之高下，应避其锐气，以退为进——

末日，顾名思义，最后一天。这是字面的意思。抛开字面上的意思来说，在帕瑞比这个的外企里，末日包含了极为丰富的意义。在熬过漫长的一夜之后，双眼朦胧并且有点疼痛的谭村来到了国贸大厦帕瑞比的总部。坐在自己那间还未来得及装修的办公室内，虽然想起龚仁贵坚定的语气，虽然使出了“自残”式的反击，不惜曝光自己的“丑闻”来赢取最后的筹码，然而，此刻，阳光照进他的办公室内显得格外亮堂，一觉醒来后头脑开始慢慢清醒过来，他已经开始为昨晚的事情感到后悔——就是通过这种手段给自己赢取了继续待在帕瑞比的机会，那又能怎样？躲过了初一，还能躲得过十五？老板的老板想拿你，老板是保不住你的！这个简单的道理，谭村竟然给忘记了，他忘记了陈汉生是龚仁贵的老板。和老板较量，会有好果子吃吗？

谭村已经开始为以后的日子做打算了。职位做到了知名外企中国区的销售总监，供他选择的机会还是很多的。然而，在他的心中，对这些公司还是有一丝不屑的，帕瑞比算得上这个行业里最好的公司，再找出比帕瑞比更好的外企，还真没有。除非跳出这个行业，但是跳出这个行业，自己的优势还有吗？没有了优势，谈何高职高薪？难道像江久年那样，去锦盛天成？那肯定是不行的，除非江久年离开。虽然在之前的同事生涯中，有点傲慢的谭村并没有得罪江久年，但是在这件事情上嫁祸于江久年，即使江久年并不说什么，但爱面子的谭村怎么好意思再和江久年共事？别说共事了，见了面也只能躲着走了。谭村捂住自己发酸的眼睛，心想，今天若是在帕瑞比最后一天的话，那么明天他就安心地去看自己的眼睛。在龚仁贵介绍的那名大夫的治疗下，谭村的眼睛明显地出现了好转，但是经过昨天的折腾，他的眼睛一下子又回到了治疗前的状态，似乎比那时更酸更痛，猛然站起的时候会有片刻的黑暗袭来，对照大夫的嘱咐，谭村知道这是病情加重的信号，搞不好就会终生失明。

在这个有点惆怅的上午，谭村第一次在办公室内无比心痛起自己的身体来。电脑桌面上还有他没有写完的辞职报告，按照昨晚的约定，这份辞职报告在一上班后就要提交上去的，谭村一来到办公室就开始写。

外企里面的辞职信一般都是辞职人最后一次光明正大地使用内部邮件的机会了，虽然平日里对用来办公的公司内部邮件系统深恶痛绝，但每人对这次机会都不由倍加珍惜，一般惯有的套路是从自己入职的那一刻说起，不管你对公司有多大的怨气，不管你对领导有多么地憎恨，在辞职信的前半部分，都会言不由衷地将公司夸上一番，将领导对自己的栽培、同事对自己的帮助感谢一番；等所有的这些铺垫够了，话锋一转，到了抒发个人怨恨的时候了，当然了语言还是很婉转，谩骂还是很有技巧，含沙射影、指桑骂槐，等等，几乎算得上是辞职人一生当中写过的最得意的文章，有的深感英文单词表达感情时的苍白单一，便在某些关键的词语上使用了中华五千年的文化结晶，寓意深刻，足够那些留下来的同事把玩一番，猜测一阵。所以，在那些漂亮的写字楼里，看辞职信成了白领乐此不疲的游戏，有经验的同事看辞职信往往是“掐头去尾”，不看开头，不看结尾，先看中间部分。开头是感谢，结尾是留恋，唯有中间部分才夹杂着离职的真正原因以及离职人受到的不公平待遇等等。

谭村原本也想照这个套路写下去，但是一想起自己的职业道路，一毕业就来到了帕瑞比，短短几年内，脚蹬风火轮，平步青云，而现在的境地，唉，真是自作孽啊。谭村索性关闭了没有写完的辞职信，打开网页，关于帕瑞比前后两任销售总监涉嫌受贿被警方带走的帖子被转发得到处都是，更被一些财经网站放在了首页显著位置，并开辟了专门的讨论版块。谭村没想到自己一下子成了媒体关注的焦点，这么一来，够公司法务部和媒体关系部忙活的了。这个由龚仁贵策划的反击，似乎在顺利朝着预先设计的轨道行进。谭村却没有为此而高兴，当他看到网友的评论时，他的心在痛。与此同时，谭村的手机开始不停地响，有圈内外朋友的问候，有亲人同学的核实，当然了，也有媒体要求采访的。谭村索性关了手机。

然而，刚关了手机，办公室的电话却响了起来，谭村极其无奈地拿起话筒："喂。"

"你的手机怎么关机了？"龚仁贵在电话里问。

"有很多人在网上看到了消息，都打手机问。"谭村想起自己的处境，感到满腹的憋屈，说起话来也夹杂起个人情绪来，"我都烦死了。"

"呵呵，"龚仁贵说，"你的心情可以理解，但是你一定要专业一些。"

一句话提醒了谭村，龚仁贵目前来说，是他唯一能够指望上的人了，虽然谭村的内心深处对龚仁贵充满了厌恶，但面对这样的局势，谭村只能抛开个人的情感喜好，调整了一下自己的心态说："龚总，找我有什么指示？"

龚仁贵放缓了语气，说："我的邮箱里还没有收到你的辞职信。"

"哦，我还没写完呢。"谭村为自己辩解道，"从上班到现在，手机一直响，也没时间写。刚才关了机，就是安心写这个呢。"

"一个辞职信，没必要写那么长时间，随便写写就可以了。"龚仁贵说，"走走过场而已。"

"明白。"

"快点写吧。"龚仁贵特意叮嘱道，"一会儿直接发我，抄送给陈汉生、大中华区人力资源总监詹姆森、大中华区主管销售的副总裁查尔斯、Jack，还有Bill。"

"嗯，好。"谭村想起什么似的，确认道，"直接发给您？"

"对。我已经提前结束了休假，现在公司呢。"

"嗯——"谭村明白了，龚仁贵若还是在休假的话，那么代龚仁贵行使中国区总经理职责的Bill见到谭村的辞职报告会毫不犹豫地批准了。而只有直接发给龚仁贵，并且龚仁贵已经回到公司的前提下，谭村的辞职信才有可能被龚仁贵从中拦下。不管龚仁贵这么帮谭村究竟是为了谁，谭村的内心还是由衷地感到一种温暖。他一扫刚才的失落，声音坚定地说："谢谢龚总。我一会儿就发过去。"

"你若是离开办公室，手机就保持开机状态。"龚仁贵叮嘱道。

“好的。请放心。”放下电话后，谭村立刻关闭了网页，重新打开内部邮箱，既然是走过场的辞职信，谭村决定能简就简，想说的不该说的统统不说，可说可不说的统统不说，也就是三五分钟的时间，一份简单的辞职信写好了。整个辞职信算下来，不超过十句话，当然了全都是表示感谢和留恋的英文句子，关于辞职信中不得缺少的元素——辞职原因，更是一笔带过——由于身体不适。谭村看了看，对这封没有任何个人色彩的辞职信表示满意，他打开发件人一栏，按照龚仁贵的要求发了出去，然后，就像一个押了所有积蓄的赌徒一样，等待着开盘的结果。

龚仁贵原来那间有篮球场那么大的办公室已经被几块透明的玻璃划成了四个小隔间，那张宽大的办公桌则被保留了下来，放在靠窗户的那间隔间内，龚仁贵坐在里面，视野已经小了很多，脚下的阿克斯敏斯特地毯也被分割成几块，像个体无完肤的少女，狭小的办公室在宽大办公桌的对比下显得更加拥挤了。龚仁贵从进来的那一刻开始，就有一种强烈的被压迫的感觉。然而，让他难受的，不仅是这些环境的改变，更是那些昔日部下内心的微妙变化。虽然，那些人见到他表面上还客客气气，但龚仁贵知道，在他们的内心不一定会怎么想。当领导的，最担心的就是这点，最难掌控的也就是下属的心。看到谭村发来的辞职信，龚仁贵觉得应该找陈汉生谈谈了。他拨通了 Jessie 的分机，问：“陈总来公司了吗？”

龚仁贵不在的时候，Jessie 被安排配合行政主管做一些打杂的工作，不明就里的她以为龚仁贵对她失去了信任，又有传言说，公司将有大规模的裁员行动，龚仁贵也可能会离开，Jessie 从此就生活在恐慌之中。每天她来上班后总会找个借口来龚仁贵的办公室看看，看看龚仁贵有没有上班。直到今天她才远远地看见龚仁贵坐在那个狭小的办公室里，就连忙行使起自己的秘书职责来，先是倒了一杯咖啡，龚仁贵抬眼看了看她，说了声“谢谢”就低下头看电脑了。Jessie 不甘心，再次敲门进去后，汇报了这一段来的事情，这些她之前其实在电话中已汇报过了，龚仁贵有一搭没一搭地听着。汇报完工作后，Jessie 又补充说，龚仁贵的那些文件她都整理好了，什么放在了什么位置。这个时候龚仁贵下意识地看了看办公桌上的台历，台历依旧还在原来的位置，龚仁贵松了一口气说，没事了吧？Jessie 点点头，知道这是龚仁贵让她出去的信号，她回到自己的座位上，心中明显地感觉到了龚仁贵的冷落，越是这么想，就越忐忑不安。就在她希望龚仁贵能够像往常一样使唤她的时候，龚仁贵的电话来了，她按捺住内心的激动，说：“我刚才见到他了。”

“那他的秘书 Lisa 的分机号是多少？”

“806。”Jessie 不假思索地说，龚仁贵经常用到的或者可能用到的电话号码，Jessie 都熟记于心，这是她的必修课。

挂断电话后，龚仁贵刚要拨打 Lisa 的分机，忽然想起什么似的，忙挂断了电话。他思索了一会儿，拨通了首席媒体官 Rines 的分机，是占线。龚仁贵只好拨打 Rines 的手机，响了几声，Rines 接听了："龚总，您好。"

"嗯。"龚仁贵说，"你在办公室呢？"

"是。"

"那请你过来一下。"龚仁贵说，"我在办公室。"

"好的，我马上过去。"

挂断电话后，龚仁贵立刻打开电脑，打开股市走势图，看了一眼帕瑞比的股票，惊出一身冷汗，今天的帕瑞比股票开盘后一路狂跌，直到跌停。几天没有关注股市，帕瑞比的股票竟然跌破了历史最低点，原本是想拿股票做点文章的龚仁贵不由得倒吸一口冷气。

门轻轻地响了两下，隔着透明的玻璃门，龚仁贵看见 Rines 抱着笔记本站在门口。这个 Rines，整天一副即将上战场的样子，不管是什么会议，只要是领导找他，总能见到西装革履的他抱着笔记本规规矩矩的模样。"请进。"龚仁贵真担心自己的声音会影响到坐在隔壁办公室内的人，不隔音的办公室让龚仁贵失去了安全感，好在隔壁的三个办公室内还没有人入驻。

Rines 推门进来后，龚仁贵指了指对面的沙发，Rines 坐下来，将电脑轻轻地放在茶几上。龚仁贵说："怎么样？还好吧。"

"还好。"Rines 立刻汇报起自己的工作，说，"这一段，几乎所有的媒体都在关注着经济危机，风平浪静。《京北青年报》等十几家媒体联合共青团打算搞一个毕业大学生的创业大赛，咱们是承办方，具体流程和事宜刚刚敲定……"

龚仁贵打断了 Rines 的话，问出了他所关心的问题："这两天网上出现的关于帕瑞比销售总监的……那个事情，媒体什么反应？"

"从上班到现在不到一个小时的时间里，我们已经接到了近 20 家媒体采访的要求。我刚刚跟大中华区媒体官沟通了此事。"

龚仁贵知道组织结构调整后，Rines 的业务上司是大中华区的媒体官，"大中华区怎么说？"

"他们要求暂时拒绝一切采访，对这件事情不做任何表态。"Rines 说。

"简直是胡闹。"龚仁贵说，"这帮人还是不了解中国国情。你说，这事，是能拖下去的事情吗？"

龚仁贵的发火，好像在 Rines 的意料之中。他无奈地伸开双手："越往后拖，媒体的质疑声会越大。越不好处理。"

“你将这些道理跟他们讲讲。”龚仁贵气愤地说，“他们根本不了解咱们中国的国情，你跟他们沟通沟通。”

“我已经跟他们讲过两次了。”

“接着讲！”龚仁贵提高了说话的语调，“这样下去会毁掉帕瑞比的。你说，话语权在媒体手中，他们万一做了负面报道，谁负责任？你？你负得了这个责任吗？别说是你，就是大中华区也负不起这个责任！不过，真要是出了问题，追究起责任来，恐怕首先就是你这个首席媒体官没有做好沟通吧。你没看看今天帕瑞比的股票吗？跌停了！”

Rines吓得浑身一哆嗦，早就听说龚仁贵发起脾气来像一头发疯的狮子，今天算是领教了。他看势头不对，这样下去，龚仁贵说不定会发多大的脾气，忙站起身：“那我现在就去跟他们讲！”

“一定要将道理讲明白。一定要认清问题的严重性！”龚仁贵缓和了一下自己的语气，喊出了Rines的中文名字：“张立，别怪我说话严厉了，我是着急了。你想想这么大的问题，你不好好做好媒体的工作，真是出问题了，你吃不了兜着走，知道吗？”

Rines弯腰合上自己的电脑，红着脸退出了龚仁贵的办公室。

龚仁贵算了一下时间，感觉Rines跟大中华区媒体官汇报后，大中华区媒体官再跟陈汉生汇报后，他才拨通了Lisa的分机：“Lisa，你好，我是龚仁贵。”

“您好，龚总。”Lisa客气地说。

“请问陈总什么时间有空，我想过去给他汇报一下工作。”

Lisa脱口而出：“我看一下他的时间安排，过两分钟给您打过去，您看可以吗？”

“当然。”龚仁贵知道Lisa是个非常专业的人，她争取两分钟的时间，是为了事先跟陈汉生请示一下。果然，两分钟后，Lisa的电话来了：“龚总您好，陈总现在就有空，您方便的话，他请您去他办公室。”

“好的，谢谢Lisa。”龚仁贵放下电话，走出办公室后才发现自己连陈汉生的办公室在哪都还不清楚，于是又折了回来，拨打了Jessie的分机：“Jessie，你过来一下。”

Jessie无比惊喜地感觉到自己再次受到了重用，她迈着轻盈的步伐很快就来到了龚仁贵的办公室。

龚仁贵已经站在门口，低声地问：“陈总现在搬哪个办公室了？”

Jessie一愣，随即便明白了过来，大中华区在龚仁贵休假期间已经搬进了国贸大厦办公，龚仁贵不知道陈汉生的办公室在情理之中。Jessie 说："以前的一号会议室被改造成陈总的办公室了。"

"哦，那行。你去忙吧。"龚仁贵强压住自己的愤怒，他没想到自己的办公室被一分为四，而陈汉生的办公室竟然征用了一个会议室。虽然一号会议室是个小会议室，但会议室再小，当办公室用，也小不到哪里。当龚仁贵敲开陈汉生的办公室后，他更加气愤了，这间屋子的装修绝不亚于之前自己的那间，虽然没有自己的那间大，但装修的材料绝对都是顶尖货。龚仁贵的目光还没来得及细细打量，就被陈汉生笑眯眯的脸给吸引住了。陈汉生今天的笑有点特别，有点不自然，但比平时好看多了，龚仁贵这才发现，陈汉生嘴上那颗招牌式的龅牙没有了，取而代之是一颗金灿灿的假牙。龚仁贵关上门调笑道："陈总原来是镶金牙喽，我说今天看上去怎么这么帅。"

陈汉生没有生气，反而笑得更开心了。"仁贵啊，"陈汉生说，"休养得怎么样？"

"还行。"龚仁贵坐在了陈汉生的对面。

"我看你脸色不错。"陈汉生说，"你的假期还差几天呢，怎么不一起休够呢？"

"唉，工作惯了，真闲下来，也很无聊。"龚仁贵笑笑，"就像一台上足马力的机器，忽然让他停下来，时间长了会闲出病的。"

"我看你是担心啊。"陈汉生慢慢收敛了笑，"你是不放心手上的工作。"

"有您和 Bill 在，我有什么不放心的？"龚仁贵说。

"说真的，中国区还真离不开你。"陈汉生说，"这不，谭村刚刚惹上了麻烦。唉，这个月的销售数字更是少得可怜。发愁啊。你回来得正好。你带领中国区，我才放心。"

龚仁贵心想这个陈汉生不愧被称为"笑面虎"，还真能装。装，也是一门艺术、一门权术。纵观中国古代的政治家、权谋家，哪个不能装？龚仁贵也只好跟着装："多谢陈总的信任。我也是刚了解到谭村的事情，正想给您汇报这个事情呢。"

"说说你的看法。"陈汉生说。

"我刚才收到了谭村的辞职信，也听到了外面的舆论压力。"龚仁贵停顿了一下说，"我是这么想的，谭村主动提出辞职，咱们还真不能现在就批。最主要的原因有两点，首先是，会强化来自舆论方面的压力，谭村在这个时候离职，不明就里的人一定认为他谭村真的像外界说的那样，私拿回扣，这对帕瑞比在中国苦心营造的良好企业形象是个毁灭性的破坏。我看到今天帕瑞比的股票已经跌停了。我不敢说是受谭村事件的影响，但可以肯定的是，若真批准了谭村的离职，对广大的中国股民来说，信心会受到更大伤害。第二，不管谭村到底有没有受贿，谭村目前还负责着一个极大的单子，也就是浙海教育系统的那个大项目。若真批准了谭村的辞职，就等于向外界承认了谭村的受贿事实，若传到浙海教育厅，您说，哪家客户还敢和咱们合作？再说了，谭村盯的这个单子刚刚有了眉目，这个时候换 sales，是一大忌啊。”

龚仁贵一口气说了这么多，陈汉生一直在认真听着，等龚仁贵说完，陈汉生几乎不假思索地说：“仁贵，你分析得有道理。等会儿咱们会开个会，把这个事情议议。”

龚仁贵愣住了，关于谭村的事情，陈汉生等于没有表态，而自己却将想法暴露出来了。暴露得太早了，等于给了陈汉生足够的应对时间。龚仁贵有种被掏空的感觉，对于这样的结果，他唯一期盼的就是一会儿开会的时候来全力相争了：“对，我就是先给您汇报一下，一会儿让大家在会上议议。”

“另外，一会儿开会，还有一个重要的议题，就是上次说的裁员，一直拖到现在。上次报上去的裁员名单也通过了，总部要求两个工作日内，”陈汉生伸出了两个手指，强调了一下，“两个工作日内，完成全部的裁员计划。”

裁员名单？龚仁贵再次困惑了，中国区报的裁员名单报送给大中华区不是被否定了？新的名单还没有提交，怎么就通过了呢？龚仁贵走出陈汉生办公室后的第一件事情，就是找人事总监 Jack。他径直走向 Jack 的办公室，顾不得那么多，直接推开了虚掩的门。Jack 正对着电脑忙活着什么，抬头看见神情肃然的龚仁贵后，立刻站了起来。龚仁贵很少来 Jack 的办公室，就是来，一般情况下，也会敲门，但是这次直接推门进来，一定是出了什么紧急的事情。龚仁贵关了门，问：“新的裁员名单你报上去了吗？”

“没有啊。”Jack 一脸错愕，“怎么了？”

龚仁贵的大脑迅速地旋转，那陈汉生说的那份裁员名单是从哪里来的呢？帕瑞比对每一次裁员每一个员工的离职都会有严格的程序，任何一个员工的离职都会被记录到帕瑞比全球人才资料库。战略意义上的裁员，一般是上面定人数，下面报名单。上面对名单有否决权，被否决后，上面会派出内部审计官和 HR 来到下面，对他们认为有问题的员工进行调查审计，并作出评估，然后由下面的负责人对被审计员工重新作出业绩评估表，征得员工的认可后生效。当然了，上面的 HR 以及内部审计官在行使这个权力的时候也会受到一定的限制，那就是重新审计人员名单人数不得超过下面 HR 所报名单人数的 10%，裁员名单不足 100 人的，按 100 人计算。通常情况下，上面很少主动来重新审计下面的裁员名单，只有当被裁的员工提起“上诉”，认为对自己的业绩评估不合理，上面 HR 才会派人过来重新审计。这是一个相当复杂的过程，龚仁贵终于理清了一个头绪，他忙问："大中华区没有督促你交新的裁员名单吗？"

"没有。"

"那就对了。"龚仁贵无比愤恨地说，"他们在裁员名单上做了手脚。"

Jack 睁大了眼睛："做手脚？"

"大中华区 HR 和内部审计官这几天不是已经到了吗？他们名义上是审查谭村的事情，实际上还从咱们提交的裁员名单入手，对那些他们认为不合理的裁员人员进行了重新评估、审计，重新审计的名单只要不超过大名单的 10%，他们就有权力直接越过你们，等重新审计后，让替代我行使总经理职责的 Bill 签字！就这样不露一点痕迹地偷梁换柱……"

龚仁贵还没有说完，Jack 额头上已经冒出了豆大的汗珠。龚仁贵说得没错，身为 HR 的 Jack 自然了解这个没有启用过的程序，但是他疏忽了这一点。果真如龚仁贵分析的那样，那么 400 名的 10%，也就是 40 名的浮动人员足够让他们精心研究的裁员名单功亏一篑。不等龚仁贵说完，Jack 就不由得插话道："真的？"

"有可能。"龚仁贵有力地点了点头。

"那被重新评估的人员为什么没有一点反应呢？"

"他们重新评估的大都是他们想留的人，人家会有反应吗？"

"那被空出来的人数呢？"Jack 还是有点不解。

"空出来的就有可能是中层人员填补了，他们的直接领导是大中华区各业务线的人，即便是没有调整前，他们的业绩评估表上也是由总经理签字，而恰好是有 Bill 在，一切都很顺利了。"龚仁贵分析到这，不由得也倒吸了一口冷气，那样陈汉生就很有可能将龚仁贵之前的所有中层管理人员一举换完，当然也包括眼前的 Jack。

"那岂不是死定了吗？"Jack 说话的时候已经开始有点像喃喃自语。这是脑子一片空白的表现。

"不会的，想想办法。一定会有办法的。"

这个时候，Jack 办公桌上电话响了。Jack 仿佛从梦游中惊醒，擦了擦额头上的汗珠，稳定了一下情绪，拿起话筒："您好……我知道了，谢谢，我现在就过去。"

放下电话后，Jack 说："通知我去开会。"

龚仁贵一直眉头紧锁，仿佛没有听见 Jack 说的话。Jack 去也不是，不去也不是，只好尴尬地站在那里，他的脑子里依旧是一片空白，他知道陈汉生若真的搞了一个名单的话，自己也极有可能是其中的一员。这个时候，龚仁贵的手机也响了，龚仁贵没有动，任由手机在裤兜里震动。手机执著地震动着，龚仁贵掏出来看了看，是公司的号码，不用接，就知道是通知他开会的。龚仁贵随手将手机扔在Jack的办公桌上，此刻比谭村的事情还更重要几百倍的事情出现了，陈汉生若真的在会上布置了裁员行动，对龚仁贵来说，这无疑是致命的打击。龚仁贵终于明白方才陈汉生为什么笑得那么开心了，因为他知道龚仁贵的末日就要到了。

眼看着已经到了开会时间，Jack 提醒道："龚总，陈总让去开会。"

"你去吧。"龚仁贵摆摆手，"别说见到了我。我就不去参加了。"

Jack 不知道龚仁贵的真实想法，也不敢轻举妄动，呆呆地说："那我等等你。"

"等我干什么！"龚仁贵怒气冲顶，说，"你去吧，现在就去。"

Jack 知道龚仁贵几近崩溃，劝也劝不住，其实自己的内心何尝不凄凉，自己辛辛苦苦爬到帕瑞比中国区人事总监的位置，容易吗？现在就因为跟错了人，才落得今天的下场。Jack 一咬牙，捧起办公桌上面的笔记本，朝门口走去。

Jack 刚要拉门出去，身后传来了龚仁贵亢奋的声音："等等，你过来。有办法了。"

Jack 忙转回身，走到龚仁贵身边，轻声地问："什么办法？"

"我想起来了。"龚仁贵长出了一口气说，"北京市劳动社会保障部门不是刚出台了一个文件吗？对企业的裁员不是有所限制吗？裁员的人数只要超过一定的比例，必须报送劳动行政部门备案？"

"对。"Jack 随即拍了一下自己的脑袋，说，"是有这么一个文件，裁员只要超过 50 人或者达到企业总人数的 5%，都必须向人力资源社会保障行政部门报告裁员方案。况且，我听说国务院还有一个征求的意见，还没有颁布，对企业裁员限制得更厉害，只要是超过 20 人的裁员计划，都必须向企业所在地的劳动行政部门报送。"

"有没有文件？"龚仁贵仿佛落水后抓住了一根稻草，迫切地问。

Jack 摇摇头说："这些都是刚出台的，还没有收到正式的文件，不过在专业的网站上能够找到。"

"你找找看。"龚仁贵说。

Jack 忙回到办公桌前，将笔记本打开，迅速地输入网址，很快，文件就找到了。站在 Jack 身边的龚仁贵，俯下身，看了看说："这就好办了。你将这两个文件保存下来，一会儿开会的时候，先让他们公布裁员名单，若和上次咱们报的裁员名单差别太大，你就拿出这两个文件来。这么短的时间，这个裁员计划不可能通过了劳动行政部门这一关，那么，裁员计划必须要暂缓一段时间，到时间咱们再想办法。”

Jack 郑重地点了点头。

两人来到会议室的时候，陈汉生已经坐在了椭圆形会议桌的中间位置。看到龚仁贵和 Jack 一前一后地走了进来，陈汉生紧绷着脸，说：“Jack，以后开会要准时，大家为了你已经浪费了五分钟的时间了。”

龚仁贵的脸立刻火辣辣的，这样比直接说自己还要难受。他刚想为 Jack 申辩一下，Jack 却已说了话：“对不起，下次我一定会准时。对不起。”

陈汉生的脸依旧绷得紧紧的，他看都不看一眼坐在身边的龚仁贵，说：“都到齐了，咱们紧急开个会。”

龚仁贵打量了一下与会人员，大中华区人力资源总监詹姆森、大中华区法务部经理玛丽、大中华区媒体官朴京爱、Bill 坐在了陈汉生的左侧，而自己、中国区人事总监 Jack、中国区法务经理萧万、中国区首席媒体官 Rines 则坐在了陈汉生的右侧，形成了两个职位清晰的对比阵容。

“今天开会主要有两个问题。”陈汉生讲话的声音不高，却有力、条理清晰，“第一，想必大家都听说了，是中国区销售总监谭村的问题；第二，就是公司的裁员计划。首先请法务部经理玛丽介绍一下谭村事件的情况。”

“我简短地给大家描述一下事情的经过。是这样的，”这个漂亮的白皮肤美国女人用地道的普通话说，“昨天上午，北京警方在公司突然带走了销售总监谭村，带走的理由是有举报称谭村于 2007 年 11 月份向上海达科科技有限公司索要了 20 万美金的回扣。谭村被带走后，由于龚总在休假，Bill 就紧急向陈总做了汇报，陈总指示我们法务部和人力资源部门紧急和警方沟通。后经调查，谭村的确以公司的名义向上海达科科技有限公司的总经理朱海洋借用了 20 万美元的资金，经核实，这笔款于 2007 年 12 月份归还给上海达科。”

龚仁贵一听就知道这是公司在巧妙为谭村开脱，这样的话，谭村就可以免于刑事责任。果然，玛丽说：“最后由公司确认了这笔款属于公司间正常业务往来，警方经过调查认为属实，便释放了谭村。这便是事情的经过。”

陈汉生点点头，转向了朴京爱。朴京爱心领神会：“然而，事情并没有就此结束。此事被传播到了网上，很多媒体都对此表示了极大的关注，到目前为止，已经有 36 家中外媒体，提出了采访要求。由丁帕瑞比之前和大部分媒体保持着良好的合作关系，经过我们的耐心沟通，我们会在 11∶30 给各家媒体发一个正式的统一的新闻稿。目前新闻稿的草稿已经出来了，请各位讨论一下。”说完，朴京爱打开文件夹，抽出已经打印好的新闻稿，发给了大家。

龚仁贵接过来一看，新闻稿简短得只是占了一张A4纸三分之一的篇幅，不过三四百字而已。一分钟就看完了，新闻稿的内容和他想象的差不多，主要是说经过警方的调查，证明了谭村的“清白”，顺便也证明了江久年在职时的“清白”，只是在后面附上了一句话，江久年离职后的一切行为都和帕瑞比没有任何关系。其他的文字都是表达了“感谢大家对帕瑞比的关注”之类的内容。

“大家都看了吧？”陈汉生环顾了一下四周，说，“有问题没？”

办公室里鸦雀无声，大家都面面相觑，说实在的，龚仁贵对这个声明没有太大的歧义。就当大家认为这个声明会一致通过的时候，中国区首席媒体官Rines勇敢地站了起来：“这个声明，我是很赞同的。但凭我对中国媒体以及受众的了解，我感到仅发表一个声明是不足服众的。声明往往是公司行为，说服力会打折扣的。”

朴京爱对Rines的发言似乎不太满意，从Rines站起来的那一刻，朴京爱都不拿正眼看他。等他刚刚说完，朴京爱冷冷地说：“你有什么好的建议？”

“我是想说，若是可以的话，我们搞个新闻发布会，或许效果会更好一点。”Rines说。

陈汉生摆了摆手，示意他坐下来：“以后开会，大家都不要拘于形式啊，没必要站起来，这不是汇报工作，是讨论。坐下来讨论。”

Rines的脸立刻红了起来，他坐下来后，便盯着自己的电脑，不再说话。

“Rines说的有道理。”陈汉生看了一眼Rines说，“你还有什么想法吗？”

“没有了。”Rines摇摇头，有点生硬地说。

“龚总有什么意见吗？”陈汉生这次没有喊“仁贵”或者“David”，而是直接称呼龚仁贵为“龚总”，这让龚仁贵有点不习惯。龚仁贵忙说：“没有，没有。”

“那就这样吧。”陈汉生说，“这份声明先发给各家媒体，也算是咱们帕瑞比的正面回应以及官方表态，所有人的发言都必须和声明上的事实保持一致，没有经过公司同意，任何人都不能面对媒体，说出不利于公司的言行。至于Rines说的新闻发布会，我们回头再考虑。关于谭村的个人情况，龚总你给大家讲讲。”

真是个老狐狸，龚仁贵心想，这个事情还要让自己来说。他清了清嗓子说：“今天我来公司后，就接到了谭村个人的离职要求。至于离职原因不言而喻。请大家说说谭村适合不适合在这个敏感的时候离职？”

“什么是‘不言而喻’？”大中华区法务部经理玛丽问。

龚仁贵不知道精通多国语言的玛丽是真不知道“不言而喻”的含义还是在装糊涂，只好说：“就是众所周知的意思。”

“什么是‘众所周知’？”玛丽睁大了眼睛，露出无辜的表情，说，“抱歉，我不明白。”

龚仁贵立刻对这个做事认真的美国女人失去了好感，有心亮起自己的“豪华”英语，但转念一想，身边的都是英语专家，自己万一说得不对，岂不是丢大人了，但看着玛丽咄咄逼人的眼神，龚仁贵心一横，用英语说：“It is known to everyone.”

说完后，龚仁贵特意留意了一下大家的反应，一切都还很平静。玛丽作恍然大悟状，问：“哦——您是说，他是因为昨天的事情才提出离职的？”

面对如此简单的问题，龚仁贵笑了笑，没有回答。

“在谭村的离职信中说的理由是因为身体不适。”大中华区人力资源总监詹姆森说，“并不是因为昨天的事情。”

说了那么多，谁都没有提出到底要不要批准谭村的离职，大家都知道，谭村目前业务上的直接领导是大中华区主管销售的副总裁查尔斯，行政上的直接领导是龚仁贵，只有这两个人才能在谭村的辞职信上率先签字，然后才是人力资源部门，最后才是大中华区总裁陈汉生。程序上的先后顺序注定了龚仁贵在谭村辞职问题上掌握着优先权，查尔斯不在，看来只能由龚仁贵来挑明谭村到底怎么“处决”的问题了。龚仁贵笑笑说：“谭村的眼睛不好，是众所周知的。”

玛丽这次用力地点点头，以证明她听懂了“众所周知”这个词语的含义。龚仁贵眼睛平视，看了一眼对面而坐的大中华区阵营，将话挑明道：“在这个敏感的时期，谭村的离职会对我们公司产生很大的负面影响，我认为现在还不是批准他离职的最佳时期。当然了，这只是我个人的看法。各位说说自己的看法。”

龚仁贵说完，看了看陈汉生。陈汉生迎着龚仁贵的目光，说：“龚总的想法自然有他的道理。你将理由给他们讲讲。”

“主要是时间问题。”龚仁贵说，“第一，谭村昨天的事情已经传得满城风雨，他昨天出的事，今天就批准了他的辞职，会增加大家过多的猜测。虽然咱们一会儿会发表一个声明，但Rines说得对，仅凭一份官方的声明，不足以使人信服。现在如果批准了谭村的离职，无疑会证实大家的猜测，他们也许会想：早不辞职晚不辞职，偏偏这个时候辞职，若是没有问题，为什么要辞职呢？身体不好，恐怕只是一个借口而已。若是这样的话，将会给帕瑞比的声誉带来消极的影响；第二，在座的有些同事可能知道，谭村目前在盯 个数字非常巨大的项目，前期的工作已经做得不错，现在正是攻坚的紧要时刻，临阵换帅可是兵家大忌啊。他的离开，对这个项目、对客户来说，都将是一个非常大的遗憾。再说了，谭村是帕瑞比一手培养出来的人才，是我们的一笔财富，怎么能这样把他送给别人呢？谭村现在提出了离职，自然有他自己的想法，咱们关起门来说，肯定是受了昨天的事情的影响。我想，在他的内心还是对帕瑞比充满着感情的。如果不批准他的离职，我愿意去做他的工作，让他留下来！”

“谭村的辞职报告现在批准，是有点不合适。”玛丽说，“不过，现在若不批准谭村的辞职，会更麻烦？”

“Why？”

“我是一名法律工作者，从我的职业角度来看这件事情，谭村是应该立刻离职的。”玛丽说，“因为他的存在，会引起更多人的猜疑，影响到正常的工作，更重要的还会影响到以后员工对法律的敬畏。”

“这是什么意思？”龚仁贵说，“你不是说，调查的结果证明那笔款是正常的业务往来吗？”

“是不是正常的业务往来，你不知道吗？”玛丽反问道。

龚仁贵更加不喜欢玛丽说话的方式了，自己毕竟也是中国区总经理，也挂着一个大中华区副总裁的头衔，行政级别上比玛丽要高出一级呢，怎能让玛丽这样咋咋呼呼地问来问去呢。不过，转念一想，玛丽之所以敢如此放肆，背后肯定是有人给撑了腰。龚仁贵将目光转向陈汉生，陈汉生眼盯着电脑，一副若有所思的样子。龚仁贵绷起了那张比陈汉生有威严的脸，目光瞥向那个直肠子的美国女人：“我怎么会知道呢？”

“你是谭村的领导，20万美金的一个业务往来，你应该知道啊。”玛丽毫不畏惧地迎着龚仁贵的目光，像很多美国人一样，在说到“美金”这个字眼的时候，面部微微抬起，眼睛往下斜，以居高临下的姿态望着对面的中国男人。

看着玛丽得意的目光，龚仁贵反而失去跟她置气的动力，他想他应该留下足够的能量来对付陈汉生那只老狐狸，艰苦的较量还在后面，不应该在这个女人身上下那么大的功夫。玛丽已经将话挑得够明白的了，在座的每个人几乎都能从玛丽刚才的话中听出谭村是真有问题的，女人还是城府不够啊。想到这，龚仁贵再次将了玛丽一军：“你说得对，别说是20万美金的业务往来，只要是经我手的，就是10万美金的往来，我都记得清清楚楚。遗憾的是，当时我们对谭村也进行了调查，可当时谭村说那笔款是经过江久年批的。调查的结果是这样吗？”

玛丽刚要说话，却被陈汉生抢了先：“玛丽，我知道你们工作的性质，但是说话要有证据，尤其对咱们自己的员工。”

这个时候，Jack说了话：“是啊，我们之前对谭村关于这件事情也做了调查，结果和刚才玛丽说的一致，只不过，谭村说当时借这笔钱的时候，是经过江久年的同意的。不知道到底是不是有这么回事。”

玛丽不再言语，大中华区人力资源总监詹姆森接过来说：“我们调查的结果也是这样的，只不过已经离职的江久年不予承认。这就是问题的分歧点。”

“既然有歧义，就说明有争议。”玛丽抬起头说，“有争议也就意味着有异议，我们不能留这样的人在帕瑞比，况且谭村所处的位置也是一个比较显眼的位置，他若真的再出什么问题，后果会不堪设想。”

“请不要对个人有偏见。”龚仁贵说，“我说的留下谭村，是从大局出发，考虑到他对公司的重要性，考虑到他在盯的单子。”

“我也是从大局出发才说的。一个单子的输赢是小事，一个企业的形象是大事。我们重用一个有争议的人，会给其他同事带来不平衡不平等的感觉，这也违背了帕瑞比几十年积累的企业文化。你们中国不是有句俗语叫‘一只老鼠坏一锅汤’吗？当然了，谭村可能不是只老鼠，但他目前起到的作用比老鼠还要大。”

“请不要进行人身攻击，玛丽小姐。”龚仁贵加重了说话的语气。

“这不是人身攻击。这是事实。请您认清目前的形势。”

“我看啊……”大中华区人力资源总监詹姆森的话在很大程度上将会决定谭村的命运。改组后的帕瑞比人力资源部门，虽然只是个服务部门，在“要不要用谁”的问题上没有话语权，但在“要不要不用谁”的问题却有很大的权力。詹姆森稳操胜券，他摊开双手，以一种开放的姿态说，“谭村在这个敏感的时候回避一下，也未尝不是件好事，包括对他本人来说，也是一种保护。您说呢，龚总？”

“我不这么认为。”龚仁贵说，“谭村为帕瑞比工作了这么多年，我们不能因为一个猜疑就让一个劳苦功高的人离开。这会打击员工的工作积极性。”

“不是我们让他离开，是他自己想离开的。”詹姆森说，“正如您说的，谭村的眼病是众所周知的事情，从帕瑞比的企业文化来看，是不会让一个员工带病工作的。”

“那可以让他休息啊。”龚仁贵说，“他的眼病，是在工作期间患上的。帕瑞比的企业文化中，对这种情况，绝对不会让这样的优秀员工离开。”

“现在是他主动辞职的。”詹姆森说，“你如果坚信您的观点，可以在他的辞职信上签上不同意，好吧？”

话说到这个地步，会议室里就弥漫着硝烟的味道了。龚仁贵知道，自己作为谭村的行政领导，若是在谭村的辞职信上不签字或者签上不同意，那么就有两种情况，一是谭村的业务领导签字同意了，那么人力资源部门可以直接行使手中的否定权来批准谭村的离职；另外一种情况，就是谭村的业务领导和龚仁贵一样，不签字或者不同意谭村的辞职，那么人力资源部门会行使自己的职责，想尽办法做辞职本人的工作，劝其留下来。若辞职员工执意要走，那么人力资源部门最后还是要放人，只不过他们会在业绩考核时成绩因此受到影响。所以，在员工的辞职问题上，直管领导有优先权，人力资源部门有否决权，而到底能不能走成，关键还是要看辞职者本人的意愿。优先权自然不如否决权嘛，龚仁贵清晰地认识到这点，当他看到詹姆森语气生硬地将问题抛向了程序制度的层面上来，知道不能硬碰硬，只好迂回地说："我也不是不同意谭村的辞职，我只是为咱们的人才流失感到痛心！另外一点，也是非常重要的一点，就是辞职的时机不好，我不认为现在是他离职的好时机。"

詹姆森说："抱歉，您说的理由无法说服我。很遗憾，请您尽快在谭村的辞职邮件上签字。查尔斯已经签过字了。我们会在中午12点之前和谭村进行离职沟通，处理好这个事情。"

"查尔斯签过字了？"龚仁贵问。

"是的，他现在在新加坡，刚刚回复了邮件。"Jack将自己的电脑推向龚仁贵，龚仁贵在内部的邮件中，看到了詹姆森的回复，只有冷冰冰的一个词：Approved(批准)。这是一个阴谋，龚仁贵相信这是他们串通好的，所有的圈套已经打开，再挣扎已经没有什么用了，看来谭村是保不住了，中国区销售总监的位置是要被大中华区的人接管了。两军对垒时，他已经丧失了一员大将！龚仁贵特意看了陈汉生一眼，所有的设计都是他策划的，此刻陈汉生像一个稳坐钓鱼台的人，嘴角挂着一丝得意的笑。龚仁贵感觉他没有龅牙时的笑比有龅牙时还要恶心。"难道真要让外界误认为帕瑞比销售总监身陷受贿丑闻吗？"龚仁贵大声地质问。

"不是你想象的那样。"陈汉生终于开了口，"David，帕瑞比没有丑闻！"

"现在批准了谭村的辞职，就等于向外界证实了'此地无银三百两'，媒体会怎么说，外界会怎么说，那么多股民会怎么说？"龚仁贵说。

玛丽张了张嘴，刚想问"此地无银三百两"是什么意思，但看到龚仁贵铁青的脸，到了嘴边的话又收了回去。

这个时候，一直没有说话的Bill说："若是继续留着这样有嫌疑的人在公司，那才是最大的丑闻！谭村若真查出有什么问题，恐怕你这个当领导的，也要负一些责任吧？"

"什么？"龚仁贵不敢相信自己的耳朵，他没想到在这个时候，Bill能说出这样的话来，并且非常阴险地将责任往龚仁贵的头上扣。龚仁贵的坏脾气一下子就被激将了出来："你胡说什么啊！"

"龚总啊，"陈汉生笑笑，再次将龚仁贵称呼为龚总，"你这样不是在帮他，而是在害他。一个犯错误的人，自然是要受到应有的惩罚。龚总难道不觉得这是最轻的惩罚吗？帕瑞比既然有办法将他弄出来，就有办法将他送进去！"

话说到这个地步就没意思了。龚仁贵也只好说："陈总既然这么说，我再争执下去就显得不懂规矩了。谭村的事情，我保留意见。说下一个议题吧。"

陈汉生看了看朴京爱，说："你和 Rines 先去忙你们的事情吧，尽快将声明发给那些媒体。好吧？"

"是。"朴京爱站起身，和 Rines 一起走了出去。

陈汉生说："好了，咱们谈论第二个议题，那就是裁员。詹姆森，你介绍一下情况。"

詹姆森打开投影仪，按动鼠标，说："这是北京时间今天早上召开的全球裁员电视电话会议的视频资料，大家先看看吧。等会儿我会传到大家的邮箱中。"

屏幕上出现了一段讲话，首先是帕瑞比全球 CEO 兼首席执行官彼森的讲话，詹姆森拖动了视频的快进键，拉到了一个位置后停了下来，视频里出现的人物已经换成了帕瑞比全球副总裁兼人力资源总裁韦德。韦德神情严峻地说："帕瑞比全球在未来的两个工作日内将会度过极不平常的两天……各个大区的裁员名单已经通过，请各地的人力资源部门以及相关部门做好裁员和善后工作，确保这次大规模的裁员活动能够顺利有序地进行。"

詹姆森关闭了视频，说："咱们大中华区的裁员名单也通过了，中国区上次报的名单在经过内部审计官的重新调查审计后，也通过了。400 人的名单，等会儿我也会发到诸位的邮箱中。我们大中华区人力资源部已经派相关的人员飞赴香港和台湾，他们现在在路上。我们初步定的裁员时间是北京时间今天下午两点钟，中国区、香港区、台湾区同时进行，所以，等一会儿我将名单传给 Jack，请 Jack 安排相关的人员在北京、上海、成都等城市同时展开裁员行动。为了确保行动的保密性和公正性，我会在北京时间 13 点的时候，将裁员名单发给诸位以及香港、台湾的人事部门。"

龚仁贵的鼻子都气歪了，果然是他们重新整了一份名单！龚仁贵看了 Jack 一眼。Jack 心领神会。他扶了一下眼镜，问："新的裁员名单，我怎么不知道？"

詹姆森说："是这样的，新的裁员名单是在你提交的那份裁员名单的基础上，由内部审计官重新审计出来的，改动得不是太多。这也是正常的工作流程，所以就没有通知中国区人事部门，不过很快，你就会看到那份名单。"

“为什么现在不能看看呢？”Jack说，“我是中国区人事总监，我连要裁掉的是谁都不知道，怎么去安排合适的人选去裁人呢？”

“每一个HR工作者都应该具备临时裁人的素质和能力吧？”詹姆森冷冰冰地说。

面对自己业务直管领导如此生硬的回答，Jack不知道要不要将话题延续下去。詹姆森说得对，对每一个HR来说，临时裁人都是常有的事情。然而，此刻，他们越是不愿意提前将名单给他，他就越怀疑名单上会有自己的名字。他甚至连自己的中文名“宋杰”将会出现在裁员名单的第几行都已经想好了。Jack的心中越来越不安，大脑一片空白，面对詹姆森的质问，Jack竟然没有反应过来如何回答。

詹姆森冷笑了一下：“放心好了，大中华区会派人协助你做好裁员工作的。”

龚仁贵这个时候忽然就有了另外一个念头，说：“詹姆森，是不是连我都无权提前看看这份名单？”

“这个——”詹姆森犹豫了一下，眼睛不由自主地瞥了一眼陈汉生，见陈汉生默不作声，詹姆森摇摇头说，“抱歉。这份名单在下午1点之前谁都不能看。”

“开什么玩笑！”龚仁贵拍了一下桌子，所有人都震惊了，龚仁贵铁青着脸说，“你裁我的人，却连是谁都不让我知道！有这么做事的吗？”

陈汉生也没有想到龚仁贵会在他面前拍桌子！他错愕之余，迅速地调整一下自己的心态，笑着说：“仁贵，别着急。慢慢说，大家都是为了工作嘛，不要这么冲动。”

龚仁贵原本不想给陈汉生面子，但又感觉自己刚才在陈汉生面前拍桌子的确有点过了，便降低了说话的声调：“您想想，能不冲动吗？”

“龚总，我告诉您，我可不怕您。”詹姆森这个美国中年男人在这个时候并没有表现出太多的情绪，他甚至用生硬的汉语开起了玩笑，“您拍坏了桌子，您是要赔的。您拍坏了自己的手，算不上工伤！”

Bill带头笑了几下，其他人也跟着笑了起来。龚仁贵也干笑了几下，作出无可奈何的表情：“我非常遗憾并且无奈，我不知道这个裁员名单是怎么搞出来的，按照帕瑞比的裁员流程来说，帕瑞比的裁员名单包括后面的重新审计都应该是由我签字的；可是我怎么什么都不知道呢？谁能给我解释一下这个问题？”

Bill说：“你前几天不是在休息吗？期间，你的工作是由我来代理的，大中华区的内部审计官来了后，我就配合他们，完成了重新审计的裁员名单。”

“哦。”果然不出所料，龚仁贵长出了一口气，作出恍然大悟的样子，“原来是这样啊，早说啊，呵呵。”

龚仁贵说话语气的转变，让Jack暗自吃惊。龚仁贵的话中，明显地有了妥协的味道，那么他 Jack 还要不要坚持？这个时候，龚仁贵对詹姆森说："算了，既然是 Bill 看过了，我就不看了。但是今天的裁员工作还是请 Bill 主持吧。"

所有人都一愣，没想到龚仁贵会这么说，让 Bill 来主持岂不是更方便了大中华区做手脚？Bill 微微一笑："龚总回来了，我也该交班了。这就像是打麻将，一直是你在打，你有事出去了一下，我就替你摸了几把，现在你回来了，我也该交给你来玩了。"

"说得好。"龚仁贵说，"打麻将这个比喻很形象，也很能说明问题。我刚刚回来，你现在手上的牌还没打完，等你玩了这一盘，我才能接手啊。呵呵，还是你来主持吧。况且你对那些调整后的裁员名单熟悉，我就不参与了。"

"这多不好。"Bill 转头望着陈汉生，希望陈汉生能给他点指示。

陈汉生笑着说："既然龚总这么说，Bill 你就站好最后一班岗，打好最后一圈牌。"

听陈汉生这么一说，搞科研出身的 Bill 立刻就表了态："那我就恭敬不如从命了。"

Jack 越听越糊涂了，他不知道龚仁贵葫芦里卖的到底是什么药，心灰意冷？撒手不管？那自己可就惨了。事实证明，大中华区关于裁员名单的操作和龚仁贵会前的分析是一致的，既然是一致的，那么新的裁员名单也没有多大的悬念——反正不会是个好结果，对龚仁贵来说，看不看都是一样的了。但是对 Jack 来说，这很重要。从他知道大中华区手中有一个新的裁员名单后，他的心就像被猫抓了一样，非常迫切地想看看名单上有没有一个叫"宋杰"的名字。原以为，龚仁贵会据理力争，提前拿到那份裁员名单，但是龚仁贵随后的表现却让他大失所望。他内心的堡垒在慢慢地倒塌，那感觉比"轰然倒塌"还要煎熬和折磨。他不知道要不要拿出、什么时候拿出最后的"砝码"。他甚至悄悄地在电脑桌面上打开了那个关于企业裁员超过 50 人都必须向当地劳动保障部门上报备案的文件。他相信这次裁员根本没有上报，一是没有时间上报备案，第二就是这个文件是刚刚下发的，很多企业都还没有收到纸质的文件。

会议马上就要结束了，Jack 看了看龚仁贵，见龚仁贵正低下头回复手机短信，根本没有让他亮出文件的意思，Jack 急了，这是唯一能阻止裁员的砝码了。陈汉生正在做最后的总结发言，Jack 坐直了身子，打算等陈汉生的发言结束后，抓住最后的机会，亮出这个砝码。这个时候，Jack 感觉放在裤兜里面的手机震动了一下，他悄悄拿出来，放在桌面以下的位置，打开一看，是龚仁贵的短信：不要让他们知道那个文件！

Jack悄悄地用眼睛的余光看了看身边的龚仁贵，龚仁贵泰然自若地把玩着手机。Jack的内心充满着太多的疑惑，他不明白龚仁贵为什么不让他亮出最后的砝码，并对龚仁贵产生了怀疑——龚仁贵所做的一切都不过是为了他自己罢了，到了现在这个时刻，都什么时候了，还摆出一副稳如泰山的样子。但是他又不得不听信龚仁贵的，因为他非常清楚地知道，只有听龚仁贵的，才会有一丝希望。陈汉生环顾了一下大家，问："大家看看，还有其他的事情吗？"

大家都摇了摇头。

"那行，没什么事情，大家都着手准备吧，确保这次的裁员行动顺利进行。"陈汉生说。

"对了，陈总。"龚仁贵拿起手机说，"刚才我的医生给我发来了短信，让我下午去他那一趟。那我……"

陈汉生看了龚仁贵一眼，说："还没好啊？"

"好是好了，但是职业病嘛，还需要一段时间调养。"龚仁贵摸了摸自己的颈椎。

"那行，你就去吧。反正现在还是你的休假期。"陈汉生说。

"谢谢。"龚仁贵站起身，跟在陈汉生的后面，走出了会议室。这个时候，身材高大的詹姆森走过来，主动递上一支雪茄，说："这是从我的老家——拉斯维加斯带过来的雪茄。"

龚仁贵接过来，端详了一下，说："那可要好好品尝品尝了。"

"你可别相信詹姆森的话。这是在美国任何一个地方都可以买到的烟。"玛丽也凑了过来说，"他见任何一个人都说，这是从我老家——拉斯维加斯带过来的。"

龚仁贵对刚才和他斗得最凶的两个人笑了笑："回头再讨论这个话题，我要出去一下了。"

龚仁贵没有回办公室，而是直接下了楼，他选择了公司附近一家过去很少来过的咖啡馆，找了一个安静的包间，然后拨通了Jack的电话。

正在焦急等待的Jack立刻说："龚总。"

"你身边没其他人吧？"龚仁贵问。

"没有。"

"那好，公司附近有一家叫清风阁的咖啡馆，你知道吗？"

"不太清楚。"

"你出来后问问保安就知道了。找不到再打我电话，我在二楼的16房间。等会儿你过来吧。"

"要不要喊上谭村？"Jack说。

“你先跟他说一下刚才开会时的情况。他一会儿可能就要被大中华区找去谈话了。没有时间，就不喊他了。”放下电话后，龚仁贵叹了口气，在他的内心不是不想让谭村过来一起商量事情，人在失落的时候往往更需要集体的力量，哪怕只是一个形式也好。然而，现在谭村已经是个被淘汰的人了。在龚仁贵的心中，谭村已经失去了进入下一轮博弈的资格，自然也就失去坐在一起商量事情的资格了。这就是规则。

龚仁贵坐下来，想起刚才的一幕幕，在他的地盘上，一群“外来户”在肆意撒野！这是他绝对不能容忍的。他要了一壶茶，面朝国贸，眯起眼睛，想起即将进行的裁员，他知道成败在此一举，下一轮的博弈即将到来，现在是风暴来临前的宁静。他必须让自己静下心来，分析一下局势：谭村的出局不是他计划的一部分，而即将到来的裁员更是残酷无比，他提拔上来的中层人员势必会被逐一拿下，一种穷途末路的感觉涌向他的心头。他喝了一口茶，再过两三个小时就是决战的时刻了。他只能殊死一搏，而在这个关键的时候，他才发现手中能用的棋子，只剩下 Jack 了。

就在这个时候龚仁贵的手机响了，他看了看来电，显示的是谭村的号码。龚仁贵有心不接，任由手机不停地在响。半分钟后，房间内恢复了平静。龚仁贵认为谭村会再次打过来，再打过来他就决定接听了，可是没有，谭村对他可能已彻底地失去了信心。想到这，龚仁贵的内心有了些许不安，他觉得这个时候的谭村指不定会做出什么出格的事情来，于是拿起手机拨通了谭村的电话，仅响了一声就接通了。谭村的话语中充满着慌乱，说话的语气急促而不安：“龚总，您在哪？”

“我刚才在车上，没有听到你的电话。”龚仁贵说，“我正想给你打电话呢。唉——刚才开会和他们吵得很凶。”

“我都知道了。”谭村说，“刚才 Jack 跟我说了。谢谢您，龚总。”

“别灰心，谭村，我现在为你争取不到什么。但以后还是会有机会的。”

谭村已经心灰意冷：“谢谢龚总，他们跟我约好了时间，估计是谈离职的事情。走就走吧，对我来说，也没有太多的损失。最大的遗憾就是没能将他们的阴谋揭穿。”

“算了，让他们折腾去吧。”龚仁贵说，“他们现在是一群疯子。他们连媒体都不怕，还怕什么？”

“我就不信他们不怕，我也想好了，反正我是要离开的人了，我怕什么？我就不相信‘小个子’他不怕将事情捅大，虽然他上边有人！他就这样让我出局，我也不会让他这么好受，等着看吧，事情将会越捅越大，光脚的不怕穿鞋的！”

龚仁贵心中一喜，他没有想到谭村还有这么大的功能，是的，光脚的不怕穿鞋的，一个离开的员工还有什么好怕的？他巴不得谭村将事情搞大，大到陈汉生无法收拾的地步，但是嘴上却说："谭村你可不要胡来啊，'小个子'刚才开会的时候说了，他既然有办法将你弄出来，也有办法将你送进去！他们这招真够阴的，我就是听到后，感到不寒而栗，不敢再为你争取下去了。听我的，还是算了吧。咱们忍了。"

"忍？"话筒里传来了谭村的冷笑，"放心吧，我会将事情做得滴水不漏的。"

"你可要想好了。"龚仁贵说，"千万要慎重！"

"放心，我不会做违法乱纪的事情，只不过是将事情的真相悄悄发布出去罢了。"

这正是龚仁贵想要的结果，既然谭村想把事情搞大，不如将更多的内幕透露给他，借他的手，一起将那些丑陋的事情捅出去："其实，到这一刻，我都相信我们还有翻盘的机会，我一直都没有拿你当要离开的人。你知道，有些事情不是我们能掌控的，但我们还有机会！"

谭村虽然对龚仁贵失望透顶，但相对陈汉生来说，他还是毫不犹豫地将情感的天平偏向了龚仁贵这边，因为他相信他和龚仁贵同样都是受害者，陈汉生拿下自己的目的是为了架空龚仁贵，为以后拿下龚仁贵做铺垫。他是那枚"舍车保帅"的"车"；临死前也要盘活一下棋局。他之所以打这个电话，就是让龚仁贵知道这一点，记住这一点——他不是窝囊而死的"车"，而是壮烈牺牲的"车"；并且在这个牺牲的过程中，让龚仁贵知道，他还是有作用的，脏活累活他来干，黑锅灰锅他来背，为的就是日后"还有机会"。虽然眼前他还没看到机会，但还是忍不住在电话中说："我相信。"

"唉，"龚仁贵叹了口气说，"你就是不辞职，他们也会想办法趁机裁掉你的。"

"嗯。"谭村知道龚仁贵说的有道理。

"刚才开会，还有一个事情，Jack 可能还没来得及跟你说。"龚仁贵停顿了一下，见谭村没有什么反应，便接着说，"下午就要进行大规模的裁员行动了，咱们上次提交的 400 人名单没有通过，他们自己重新搞了一份裁员名单，没有通过 Jack，直接由 Bill 协助搞的。名单不让我们看，等到裁员前一个小时才发我们邮箱，呵呵，有这么搞的吗？这不是完全对咱们失去了信任吗？我看啊，不仅仅是信任的问题，还有就是名单上的内容，为什么不让咱们看，上面或许就有吴彪、刘瑞华、张寿亭的名字。你做好心理准备，给你的这些部下提前打个招呼吧，但愿裁员名单上没有他们的名字，若是有，你就让他们做个准备。到时你们多联系，和 Jack 多沟通，他毕竟是做人事的，这方面懂得比较多。”

谭村再一次震惊了，这次裁员他有想过大中华区会拿中国区龚仁贵的旧部开刀，但没想到会这么快，这么彻底。想起那些他刚刚提拔上来的销售经理，板凳还没暖热，就被打了下来，真是残忍：“我们总不能就这么任他们摆布吧？”

“那还有什么好办法？主动权在人家手中嘛！让他们折腾去吧。”龚仁贵暗中提示道，“你刚才说得对，让他们往大里折腾，他不是帕瑞比的老大，他上面还有人，事情做得太绝了，上面总会有人看不惯的。咱们就不相信他的能耐再大，能大得过舆论？”

“对，对。”谭村说。

“下午1点钟，裁员名单会发到Jack手上，你找机会跟他要一下。”龚仁贵安排道，“记住别用公司的内部邮箱。”

“好。估计他们跟我谈过话，就会立刻让我办理交接了。公司内部邮箱账号也该被取消了。”谭村说，“不说了，我给吴彪他们打个电话，让他们心中有个谱。”

“就说是你猜测的。”龚仁贵说，“真有他们的话，包括他们下面的业绩好的员工，无论如何，不要在离职协议上签字。可以启动公司内部申诉程序，或者通过当地劳动保障部门来解决问题，只要不签字，什么都好说。签过字，一切都完了。”

“明白。”谭村说，“本来就不合理的裁员，谁会签？”

“得了。你忙吧。”龚仁贵说，“有事给我打电话。”

挂断电话后，龚仁贵却失去了在电话中那种指挥若定的神情。他使劲蹬了蹬腿，使自己的身体最大限度地深陷于软绵绵的沙发中，这样他才会有一点安全感。对于未来的胜算，他心中没谱，但是在下属面前他必须让他们感觉到它有谱，不然谁还会为他拼命？只有他自己知道，一切都还是个未知数。他忽然就想起了浙海的那个项目，在这个时候，一个项目的大小，已经无关紧要，但是能不能在这个项目上做些文章呢？谭村离职后势必会有另外一个人来负责这个项目了，会是谁呢？

这个时候，外面传来了敲门声，龚仁贵喊了一声：“请进！”

风尘仆仆的Jack在服务员的带领下，走了进来。龚仁贵挥了挥手，示意服务员将门带好。等Jack坐下后，龚仁贵坐直了身子，亲自给Jack倒了杯茶，直奔主题：“这次的裁员计划报送给劳动管理部门了吗？”

Jack肯定地说：“没有，我在来的路上特意问过劳动局一个熟悉的朋友，他们没有收到咱们关于裁员的任何计划。并且我从他那儿得到的信息是，目前正是风声正紧的时候，要“稳定劳动关系，创造和谐环境，共度经济难关”，严厉打击企业为了逃避社会责任而造成的大规模裁员行为。”

“那就好。”龚仁贵长出了一口气，说，“只要有政策在，看他们能掀起多大的浪。”

“那我们是现在阻止这个裁员行动？还是？”Jack一直在琢磨龚仁贵为什么不要他拿出文件阻止裁员行动，就在这一刻，他似乎明白了龚仁贵的意图。

龚仁贵喝了口茶，一直没有等到Jack的下半句话，也就明白了Jack的意思：“你不觉得这是个好机会吗？”

Jack点点头：“机会是个好机会，是个绝地反击的好机会。但是，我有一个担心，那就是裁员一旦生米做成了熟饭，还有机会扳回来吗？”

龚仁贵明白Jack心中的“小九九”，Jack是担心他自己的位置，假若他的名字在那个裁员名单上，那么这两天就会被裁掉了，被裁掉后再把文件拿出来还能有什么意义？龚仁贵安慰道：“生米做成了熟饭，我们就把做饭的人给煮了。呵呵，他们现在不会拿你开刀，还指望着你配合他们的裁员呢。”

Jack还是有点担心，这个时候他已经对龚仁贵的领导力产生了怀疑，从这几天的事情来看，尤其是谭村的出局，让Jack觉得龚仁贵已经不是之前那个“无所不能”的领导了。他必须为自己的职业做好打算。只有自己能为自己的未来负责，也只有自己才会真正为自己的未来着想。每个人都是这样。Jack说：“咱们事先阻止他们，然后想办法让那些即将被裁的人提起申述，重新给他们做业绩评估，也是个不错的办法啊。”

“你以为拿出这份文件来就能阻止住他们的行动了吗？”龚仁贵说，“你把他们想象得太简单了。我可以跟你打个赌，就是现在让他知道了有这么一个政策，也阻止不了他们的步伐。为什么？你没看到总部老美们的讲话吗？两个工作日内，必须完成所有的裁员计划。你以为陈汉生会在这个问题上拖上很长的时间吗？换作是你，你来做大中华区的一把手，你会怎么样？肯定是在规定时间内完成老美们交代的问题。这个时候拿出文件，无疑只会让他们早点想出规避的办法罢了。他们若想出应对的办法，你我都不会有任何的机会了。”

“那怎么办？”人在身临绝境的时候，往往不会顾及那么多了，即便是在龚仁贵面前，Jack也是毫不犹豫地站在自己的角度说出了他的担心，“假如是裁员后被举报，那么事先没有拿出相应的文件，因为是发生在中国区，失职的罪名第一个就会扣在我的头上，到时候，还不是一样要去死？”

龚仁贵哈哈一笑，都说“人不为己，天诛地灭”，人只有在这个生死关头，才能清晰明了地体现这句话。“Jack你放心，我都为你考虑好了，不会让你担上失职的罪名的。你可以在拿到裁员名单后，在即将实施裁员行动之前，也就是在下午2点的前几分钟，将这个文件以邮件的形式发给詹姆森、Bill、陈汉生和我，并强烈要求暂停这次裁员行动。这样的话，你的职责也算是尽到了，也会搞得他们措手不及。”

Jack 不得不佩服龚仁贵的老谋深算，这招棋的确是够阴的。

“同时，在拿到裁员名单后，我们也可以做出相应的对策，让那些业绩好的，以政治迫害的名义直接提起‘上诉’，说有人借裁员之际大搞政治迫害，并抄送给美国总部，当然也可以让他们同时寻求劳动保障部门的保护；最好是联合在一起起诉，我就不信一两个引不起美国总部的注意，所有人集体起诉还会掀不起一点波澜？若是捅到媒体那里，他陈汉生能撑得住？”

如果说刚才 Jack 从龚仁贵那里感受到的是权谋的话，那么现在他感受到的则是阴谋了。不过，转念一想，对龚仁贵来说，两者并无区别。而且不管怎样，对身处绝境的 Jack 来说，龚仁贵无疑给他指出了一条绝处逢生的路。经过这次较量，Jack 越来越清晰地悟出了一个道理：职场是一把刀，你要么砍人，要么被砍，没有第三种生存法则。事已至此，别无选择，共同的敌人让他和龚仁贵之间更加亲近。在龚仁贵面前，Jack 一改之前的局促不安，他很自然地在龚仁贵面前伸了伸弓起的大拇指，露出意味深长的笑：“这步棋走得高！”

“还不能过于乐观。”龚仁贵笑笑，“我们还要做通很多工作。”

Jack 立刻表现出洗耳恭听的样子。

“首先，让谭村的事情继续在媒体上放大，这件事情，谭村自己也有意这么做。但是谭村自己出面不合适。毕竟，他还有把柄在人家手中，他也不会幼稚到自己出面的地方，他可能会匿名或者找替身将他想说的东西说出去。我们能做的就是暗中配合他的言论，私下可以持续地将一些料爆给媒体，继续让这把火烧着。

“紧接着，第二步，也就是非常关键的一步，詹姆森不是说下午 1 点钟会发裁员名单吗，我们只要一拿到名单，就立刻发给谭村一份，注意：不要用公司的电脑发。比如上面有吴彪的话，可以告诉给谭村，让谭村来传递这个信息。当然了，不仅仅是销售部门的，涉及到其他部门的，比如市场部门的，也可以传给谭村，让谭村跟埃米斯说。谭村是个已经离职的人，他去透露消息，会减少很多的麻烦；也可以给谭村一个人情，他正想着在临走的时候搅一下局。当然了，他还要给那些人传递出另外一个信息，就是不要在离职协议上签字。这点我已经和他做了沟通。你发他的时候，再重复一下。这个非常关键。

“还有另一个非常关键的一步，就是务必告诉那些被裁的人，一定提前将申述的邮件写好，因为在被谈过话后，IT 支持部门可能会强制封锁他们的内部邮箱。他们要在谈完话后立刻将已经写好的申述邮件发出，当然一定要密送或者抄送到美国总部。当然了，400人也不能都发，人太多了，显得就是个有组织的活动了，也不能太少了，太少了引不起总部的注意，找出一百来个业绩相对好的，列举出他们的业绩表现，以政治迫害的名义发出去。”

龚仁贵忽然想起什么似的，问：“对了，400人的裁员行动今天一下午能进行完吗？”

Jack说：“原计划留的时间是今天下午和明天上午。但是詹姆森从大中华区人力资源部调出了绝大多数的人员，协助中国区做好裁员工作，并且有的已经到了上海、重庆、武汉等，可见他们在开会前已经行动了。大中华区HR投入的人员甚至比咱们中国区HR还多，并且已经征用了全部的会议室，从这个架势来看，詹姆森是希望今天下午就结束这次的裁员。”

“但是大家若不在离职协议上签字的话，会浪费很多的时间吧？”龚仁贵问。

“这是肯定的。”Jack说，“每个人都不签字的话，也不现实，会引起他们的警觉，并且也很难让裁员进行下去。”

龚仁贵点了点头：“你说的有道理，要么这样吧，你从名单中选择一部分人，只是这一部分拒签，其他人都正常进行。他们的新名单，也是在咱们的名单上修改的，况且他们能改的也就是40人，我们要保护的就是这40名新添上去的人员。我还有一个原则，那就是重点保护浙海项目的人员，也就是说，只要是参与到浙海项目中的人员，他们一个也不能动。”

“龚总您放心。”Jack说，“我一会儿也把这个意思跟谭村说说。”

“嗯。”龚仁贵眼望着前方，思考了一会儿说，“他们安排猎头和职业咨询公司进驻公司了吗？”

“目前还没有。”Jack说，“不知道下午会不会来。”

龚仁贵“哼”一声说：“在咱的地盘上，做什么事情都不让咱们知道了。”

Jack无奈地笑笑：“这些事情他们都是背着咱们和Bill直接沟通的。”

龚仁贵说：“他们还沟通了什么？”

“他们的口风紧得很，谁知道他们整天嘀咕什么。”Jack说，“对了，Bill给大中华区写了一份报告，想再配一名秘书。”

“人家现在好歹也是大中华区副总裁，也够得上配两名秘书的级别了。”龚仁贵问，“上面给他配了没？”

“这不是赶上了裁员吗？大中华区没有松口，便把他的邮件转给了我，希望这个人头由咱们来出。”

“你给他出了吗？”

“还没呢。”Jack 说，“您龚总都没有提配两名秘书的要求，凭什么给他多配一个。”

“嗳——话不能这么说。满足他的要求，给他配一个。”龚仁贵说，“不过也别着急，等他找你的时候，你再给他安排。”

“好。”Jack 顺水推舟道，“龚总有什么合适的人选吗？”

“这点事情，你来安排吧。”龚仁贵说，“上海的范萌萌可以考虑一下。”

Jack 立刻明白了龚仁贵的意思：“对，范萌萌在之前的公司也做过行政秘书，有工作经验。是个不错的人选，回头我征求一下她的意愿。”

“劳动局那边你多留点心，让你朋友多关照一下。”龚仁贵说，“另外，不管裁员在今晚有没有进行完，今天下班之前一定要将举报材料传到相关的劳动保障部门。而发给美国的申述邮件一定要把握住中国和美国的时间差，不能太早也不能太晚，要确保老美们上班后第一时间能看到铺天盖地的申诉信。”

这些时间上的奥妙，Jack 是知道的，但是没想到龚仁贵会想这么细，Jack 用力地点了点头。

“我这两天就不去公司了。”龚仁贵说。

“有什么事情我立刻跟您汇报。”Jack 说。

“也可以和谭村多沟通。”龚仁贵说，“不多说了，你回去吧，他们肯定该找你了。”

Jack 站起身走了。房间里立刻冷清了很多，龚仁贵望着 Jack 位置前那杯已经冷却的茶，开始发呆。不知过了多久，龚仁贵的手机响了，是谭村，开门见山地问：“龚总，在哪？”

“我在外面呢，”龚仁贵知道这个时候的谭村是很想见自己的，但是此刻他想一个人待着，“说。”

“我已经完成了交接，现在出来了。”谭村说，“事情我都安排好了。”

“这么快啊。”龚仁贵说，“那你和 Jack 保持沟通。”

谭村在下楼等电梯的时候，刚好遇见了刚刚上来的 Jack，当时还有其他的同事在等电梯，他们也只是打了声招呼。原本他的工作交接应该是由 Jack 来做的，但 Jack 不在，就由其他人代劳了。他从 Jack 匆忙的脚步中猜测他刚才肯定是和龚仁贵在一起，并且龚仁贵可能就在附近，原以为能和龚仁贵见见面，没想到龚仁贵根本没有那个意思，谭村就更加失落了。他愣了一会儿才说：“那好吧……”

龚仁贵似乎感觉到谭村的失落，便说：“我忙完了手中的事情，还要回公司一趟。刚才走得匆忙，笔记本落在办公室了。你要是没事的话，在附近找个餐馆，中午一起吃吧。”

“好。”谭村立即说，“我找到后，给你打电话。”

挂断电话后，龚仁贵看了看时间，已经11点半了。他站起身刚要离开，忽然想起什么似的，连忙拨打了一个号码，通了一声就挂断了。很快，那个号码就回拨了过来。龚仁贵重新坐在沙发上，说：“在上海若有人跟你谈离职的事情，你不要同意，更不要签字。”

对方显然有点意外：“要裁我？”

“不是要裁你。”龚仁贵说，“是要大规模地裁员。”

“哦。”对方更加感到奇怪了，“那要不要裁我，你不知道？”

龚仁贵不想跟她解释太多，但又不得不解释：“裁员名单我也不知道。就先给你提醒一下。另外，若有人事部门跟你谈话，让你做Bill的秘书，你就答应下来。”

这回对方没有丝毫犹豫地说：“我明白。”

“那行，我挂了。”

对方连忙问：“你还在休假吗？身体好些了吗？”

龚仁贵听后，没有说话，无声无息地挂了电话。

饭局之所以称之为饭局，重点不在饭，而在局。人一日三餐，一人吃，为饭；多人吃，为局。而在国贸附近的一家西餐厅，谭村是抱着饭局的心态来等待龚仁贵的，虽然只有他们两个人，但刚刚被淘汰出局的谭村急需这样一个饭局来寻找精神和政治上的双重安慰。

而龚仁贵显然是了解谭村的这个需求的，一坐下来就为谭村报了不平：“真他妈的扯谈！”

就这么一句甚至有点粗鲁的话，却让谭村感到无比的欣慰。看着龚仁贵气愤的样子，谭村有了种同病相怜的感觉，他忘记了内心的痛，反而安慰起龚仁贵来：“留得青山在，不怕没柴烧！”

“太过分了！”龚仁贵依旧是一副咬牙切齿的神态。

“得了，得了。”谭村举起杯中的干红，“来，龚总，喝一杯，消消气。”

龚仁贵端起杯子，对谭村说：“不是我生气，是没有这么办事的！不说了，喝酒。”

谭村为自己能够和龚仁贵这么推心置腹地聊天感到幸运，要知道之前龚仁贵老是紧绷着一张脸，在谭村面前很少有个人化的情绪流露。一个在下属面前发牢骚的领导，要么是脑子进水，要么就是把这个下属当成了心腹。显而易见，身为帕瑞比亚太区副总裁兼中国区总经理的龚仁贵脑子进水的几率几乎为零，那么就是另外一种情况了。谭村内心刚刚高兴了一下，忽然想起了自己的处境，心情立刻就黯淡了很多，纯正的法国干红刚喝了一点就感到苦涩无比，不由得皱了皱眉头。

龚仁贵说："葡萄酒也是酒，喝多了对眼睛不好。我看你这两天的眼睛又肿了起来，还是要多注意调养。"

"龚总说得对。"谭村说，"我反正现在有大把的时间，先把自己的病看好再说。"

"身体重要。"龚仁贵特意强调了一下，说，"身体比什么都重要。"

谭村点了点头，觉得要提一提工作的事情了。他用刀切开一块牛排，叉起来放在自己的盘子里，尽量以一种平静的语气说："他们出手也太狠了。"

"你没看看是谁下的手？官大一级压死人啊。"龚仁贵说，"我知道你以这种方式出局，内心会很不平静，换作是我，我也会很憋屈！但是要相信一句话，就是你刚才说过的：留得青山在，不怕没柴烧！"

"所以呢，"龚仁贵举起酒杯说，"一般同事离开时，坐在一起吃的饭，是送别。今天不是，不是送别，是继续战斗的酒。"

"谢谢。"谭村举起杯说，"我相信，我还有为龚总效劳的机会！"

"一定会的！"龚仁贵说，"我相信咱们重新共事的时间并不会等太久！"

谭村这个时候有点感动，虽然龚仁贵最近一段给他的承诺统统以失败而告终，但是他相信这些结果并不是龚仁贵的初衷。"还需要我做什么？"谭村问。

"除了今天上午说好的事情，还真有件事情需要你亲自办。"

"什么事情？尽管说。"

"那就是浙海项目的事。"龚仁贵说，"浙海项目对咱们的意义有多重要，我不用多说，以后我们就是重新杀了回来，若是没有业绩的话，估计那些老美们还是不答应的，你也知道这几个月，帕瑞比才成了几个单！所以，咱们必须拿下浙海的项目。"

"这我懂。"

"可是，说句实话，具体盯这个单子的华东区销售经理吴彪是你一手带出来的人，你这一走，他的心不会发毛？况且，今天下午的裁员名单上若有他的名字，你让人家怎么还能安心地盯这个项目？所以啊，这事还需要你出面，让他撑住！一不能在离职协议上签字，二不能灰心。必要时，你可以告诉他咱们的真实想法。你说呢？"

"这个没问题。"谭村说，"吴彪这边没问题。"

"吴彪还是太年轻，你有空要多教教他。"龚仁贵说，"目前的局势，你已经不方便出面和客户见面，但是背后可以多指点一下。我相信，用不了多久，你就可以再次名正言顺地以帕瑞比中国区销售总监的身份去拜访客户。”

“那还仰仗龚总多关照。”饭吃到这份儿上，谭村已经感觉到打算自掏腰包近三千元的这顿饭，超值了。

“不多聊了。”龚仁贵对眼前花花绿绿的菜根本提不起兴趣，有心想走，但是才刚坐下来，未免太不给对方面子，只好喝了口干红，说，“一会儿还有重要的事情要做，咱们快点吃。”

“您也吃啊。”谭村说。

“我不是太饿。”

谭村明白龚仁贵心中挂念着下午的裁员行动，于是放下手中的刀叉，冲龚仁贵说：“咱们走吧，我也吃饱了。”

“不着急，现在才12点半，有的是时间。”

“走吧，我去找个能上网的咖啡馆。”

“在这里也能上网。也很安静。”龚仁贵说，“你在这慢慢吃吧。我先走了。”

谭村猜想龚仁贵可能是担心两人一起出去会遇见熟人，毕竟现在是特殊时期，便点了点头说：“那行，有事电话联系。”

龚仁贵冲服务员挥了挥手，说：“买单。”

服务员拿着账单和刷卡机走了过来，谭村忙抽出自己的私人信用卡，说：“我来付。”

“我来吧，你的企业信用卡已经被注销了吧？用我的卡吧。”龚仁贵说完，递过自己的企业信用至尊金卡，以毋庸置疑的语气说，“小姐，刷这张卡。”

谭村终于不再争，笑笑说：“帕瑞比这点比较好，走到哪都不用担心现金不够，月末报账的时候，也不用找这发票那发票。”

龚仁贵笑了，签过字，站起身，拎起自己的电脑包说：“我先走了。手机开机！”

谭村站起身，目送龚仁贵走出餐厅的旋转门。

龚仁贵重新来到上午的那家咖啡馆，还是那个包间，要了和上午同样的茶，打开电脑，登陆到公司的内部邮箱。邮件里已经有了36封未读邮件，他浏览了一下这些未读邮件的标题，都是些日常工作小事，龚仁贵没有回复，他现在只关心一件事情，那就是詹姆森发来的裁员名单。离下午1点还有6分钟，还有收到。但美国人一向准时，果然在13:02的时候，龚仁贵收到了詹姆森的邮件，标题是帕瑞比中国区第一批裁员名单。怎么会是第一批裁员名单？难道还有第二批第三批？为什么上午开会的时候没有听到詹姆森说？搞什么鬼？！龚仁贵急忙打开邮件，仔细一看，果然是在搞鬼！詹姆森发来的第一批裁员名单只有300人，邮件中称，为了便于裁员工作的顺利进行，帕瑞比中国区的裁员计划将分两个阶段进行，第一批名单300人，裁员时间定在14:00—16:00进行。第二批裁员100人名单会在16:00发出，裁员随即进行，务必在下班前结束全部的裁员工作！

Jack的电话随即打了过来，Jack声音很小却又很急切地说："龚总，看到了没？"

"看到了。"龚仁贵沉住气说。

"怎么办？"

"一切按照原计划进行。"龚仁贵说。

"这300人基本上和咱们上次提交的名单相吻合。"Jack说，"猫腻估计都在剩下的100人名单上。我现在要不要和他们交涉一下？争取提前拿到剩下的名单？"

"不用了。"龚仁贵说，"既然他们做，肯定是商量好的，早就找到了托词，你去要，也未必能要回来的。"

"哪有这么办事的？"Jack愤愤地说，"根本没有这个先例！这不是明显地防着咱们吗？"

"不仅是防着你。"龚仁贵说，"还有，他们先利用你的手将这300人除掉，然后再把你除掉！真是高明！"

"那就这样等他们将第二批名单放出来后，咱们再行动？"Jack问。

"对，你将名单传给谭村，转告大家一定要沉住气！不能流露出半点异常！"龚仁贵说，"反正这300人并不是咱们计划中的一部分，并不影响咱们计划的顺利进行！"

"那劳动部门的那份文件什么时间发出呢？"

龚仁贵思考了一下，问："你分析一下，这个詹姆森将名单分成两批，是他们之前计划好的，还是咱们这儿走漏了什么风声，让他有了警觉，临时应变的呢？"

"这个我不敢肯定。"Jack说，"有一点可以肯定的是我们这边不会走漏什么风声的。"

不知道为什么，龚仁贵忽然就想起了市场总监埃米斯和陈汉生在酒会上谈笑风生的场面，龚仁贵问："埃米斯知道这件事情吗？"

"不知道。"Jack说，"我和谭村都没有通知她。"

"那好，"龚仁贵说，"那就按照原计划进行。你在开过会后，2点之前将那个文件发出去就可以了。"

"嗯，我明白了。"Jack说，"刚才接到詹姆森的电话，让1:20去开个HR的会议，可能是做裁员前的准备工作。有事情发短信吧。"

挂断电话后，龚仁贵的目光在密密麻麻的裁员名单上逐一掠过，目光没做停留，Jack说得不错，这300人和他们上次提交的名单几乎没什么异样。大中华区所有的猫腻都在剩下的100人名单中。

时间一点点靠近下午2点，1:55分的时候，龚仁贵收到了Jack抄送给他的邮件，他看见了收件人为詹姆森和Bill，抄送至陈汉生、龚仁贵。龚仁贵看了看标题，是关于"帕瑞比中国区第一批裁员名单"的回复，看得出来，这是Jack的用心所在。

为了便于及时地处理公司事务，帕瑞比每个员工的手机都是和邮箱绑定的，员工可以根据邮件的等级——特急、紧急、普通来设定手机提示的方式。而提示的时候，一般只会显示邮件的标题，而Jack直接将文件以及提示的话语以回复的方式发送出去，要比"关于中国区裁员与当地政策法规相冲突的警示"要低调得多，要是他们看到那样的标题，会立刻打开邮件，看后若是重视的话，立刻停止这次裁员计划也是有可能的。那么他们的计划将会泡汤了。

龚仁贵决定这个时候是不能对这封邮件进行回复的，一是这个时候他应该在休假，等晚上裁员工作结束后再回复也算不上失职；另外这个时候回复势必会引起他们的注意。同时，龚仁贵甚至还希望詹姆森、陈汉生、Bill不会注意到这封邮件，不要重视这个事情。

在邮件发出后的五分钟里，龚仁贵真是体验到了什么叫度日如年，五分钟就像五个小时一样漫长。到2点了，Jack那边没有什么信息，难道是他们看到了邮件，紧急取消了裁员行动？应该不会的，这么大的行动怎么会说变就变！龚仁贵默默地安慰自己道。然而，很快，另外一个念头再次占据了上风，都过了2点了，还没有得到裁员的信息，难道真的停止了行动？又不能打电话主动了解情况，所有的人仿佛消失了一般，他一直紧盯着放在桌面上的手机，却都没有什么动静。龚仁贵再次拨打了上海的那个电话，很快，收到了一条短信：我在办公室里，说话不方便，什么事？

龚仁贵立刻回复短信：裁员开始了吗？

很快，那边回复道：应该是开始了，我们都被要求下午不准离开办公室，有一批人已经被喊走谈话了。会有我吗？

龚仁贵稍微松口了气，一批人被喊走谈话，很可能就是谈裁员的事情呢。他回复道：第一批名单上没有你。

这个时候，谭村的短信息也来了：裁员正在进行。

龚仁贵算是彻底地放了心。他站起身，去了趟洗手间。

下午3点51分的时候，谭村再次发来了一个短信：第一轮裁员工作终于结束了！在等待第二轮的名单。

龚仁贵的心中也默念着第二轮的名单不要再出现什么变故。下午4点整，邮件里准时出现了詹姆森发来的邮件，不过，不是什么裁员名单，而是对Jack反映的问题的回复，邮件中只是简单的一句话，请中国区和Jack保持和地方劳动保障部门的良好沟通。

这么说，等于是一句空话，也是一句逃避责任的话。龚仁贵发出一句冷笑，詹姆森可能还没有意识到这份文件的重要性，或者说木已成舟他也只能这么一说了。然而，第二批裁员名单迟迟没有发出。难道是在商量对策？

就在龚仁贵给Jack编写短信息让他去催催詹姆森的时候，詹姆森发出的第二批裁员计划名单发了过来。龚仁贵连忙点开一看，裁员名单中，吴彪、刘瑞华、张寿亭不出所料地出现在上面，包括财务总监迪温斯·高，首席媒体官Rinas，甚至连龚仁贵的秘书Jessie都在上面，最后一位是中国区人事总监Jack。

真够狠的，龚仁贵顾不得多想，立刻看了一眼邮件上的收件人，没有Jack的名字，也就是说Jack并没有收到这封邮件，那么这就意味着，这轮裁员直接由大中华区HR来办，不让中国区插手了。照常理来说，现在已经是下午的4:05，Jack若是没有收到邮件，会打电话或者发短信来问情况，可是没有。那Jack很有可能已被大中华区HR“请走”直接谈话了。想到这，龚仁贵立刻拨打了谭村的手机。

谭村也在焦急地等待名单，龚仁贵说：“先不要和Jack联系了，他可能正在被劝退呢。告诉我你的私人邮箱，我将名单传给你，和咱们预料的差不多。”

“我想也是差不多。”谭村报出了一个邮箱地址。

龚仁贵将名单下载到桌面上，然后打开自己的私人邮箱，将名单传了过去。“收到了吧？”龚仁贵问。

“收到了。”

“那好，可以通知他们按照计划行动了。”龚仁贵说，“另外，Jack目前不方便，你负责将事情捅给劳动保障部门吧。告诉大家，坚持两个原则，一是不签字，二是下班之前提起申述，并密送到美国总部！”

“放心，没问题。”

挂断电话后，龚仁贵站起身，相距不远的国贸大厦被眼前的另外一幢楼遮住了，他看不见公司现在发生着什么，但是他知道即将发生什么。

程军在鑫星集团里的“圈地”运动刚刚有了一些起色，久未露面的于喜红则一反常态，开始每天朝九晚五地上下班了。一开始很多人以为，于喜红是过来交接工作的，但是到了后来，人们才发现，于喜红不仅没有要走的迹象，反而一心一意地扑在工作上了。最明显的例子就是，几乎每天都要开一个总经理办公会，在会上提到最多的就是浙海教育厅的那个项目，并且亲自上阵，当上了项目的总指挥。这让程军郁闷不已，他郁闷的不仅是在浙海项目上话语权的丧失，更是于喜红压倒一切的做事风格以及说一不二的权威。很快，那些被他苦心“圈”进来的人，那些都以为程军会接替于喜红成为教育PC事业部新总经理的人，一看风向不对，立刻站在了于喜红和迟翔的那边，将程军孤立在一边。

自从上次和石知宇的谈话后，程军就一直在琢磨石知宇话中的意思。于喜红的高调回归，再次印证了程军的猜测——于喜红是冲着鑫星集团董事会董事回来的，或者有其他更大的目的，或许这个女人会借国资委对央企的重组之际将教育PC事业部剥离出去，成立一个新的公司。这都有可能。总之不管怎么样，鑫星集团教育PC部的权杖似乎离程军越来越远了。

而此刻，程军即将再次踏上浙海那块最熟悉的土地时，竟然是为了告别——在鑫星集团主抓人事的常务副总徐坤的陪同下宣布自己的离职，同时宣布浙海分公司新的总经理的上任。程军感到无比的失落，同时也埋怨自己放着好好的“封疆大吏”不当，反而去做了一个没有实权的“二把手”，真是自讨苦吃。

说实在的，上次石知宇让程军作出选择的时候，程军并没有想到于喜红真会待多久，在他的心中当时的两道选择题，一个是浙海分公司的总经理，一个是教育PC部的总经理，他当然要选择后者。然而现在情况出现了变化，于喜红的存在，使选择题发生了改变，程军再想改答案已经来不及了，因为在他做出选择后没几天，浙海分公司总经理的人选上边已经定了下来，竟然是迟翔。

这个结果让程军大吃一惊，他不知道这样的决定究竟是谁的主意。程军心想，身为于喜红亲信的迟翔做了一个大省的“封疆大吏”，对于喜红来说自然是面子上有光彩，但转念一想，谁愿意让身边的一个得力干将去了一个遥远的不易掌控的地方？那这就是石知宇的主意了？石知宇让程军和迟翔的对换，难道是借机削弱于喜红在教育PC事业部的权力？同时也为自己日后在于喜红离开后名正言顺地登上教育PC事业部总经理的位子铲除了一个最有力的竞争对手？有可能。想到这，程军的心中有了一丝安慰。石知宇若真是有这个想法，那么他和石知宇的目标便是一致的了，自己能不能当上以及何时能够当上教育PC事业部的总经理，那就要看石知宇和于喜红之间的博弈结果了。

在飞机上闭目养神的程军的耳朵并没有闲着，他调动全部的听力都集中在坐在后排的迟翔和徐坤的对话上。他们几乎畅谈了一路，飞机起飞后，迟翔的嘴就没有停下来，总是没话找话地和徐坤攀谈。看来迟翔对这次调动还是比较满意的，他由此成为了鑫星集团分公司总经理中最年轻的一位，况且一上来就当上了浙海这样一个大省的分公司老总，起点高，以后的前途无量。当然了，他这次来浙海，还有一个目的，那就是冲在浙海教育厅那个项目的第一线。于喜红对程军的销售团队并没有太大的信心，她需要安排自己的人过去亲自盯着。程军也很纳闷，为什么于喜红会忽然就一心一意地扑在工作上，甚至还在意起一个单子的得失来？经过他的留心观察和探寻，他才知道浙海的这个单对于喜红来说是多么地至关重要，当然了，对自己来说，也是至关重要！

下飞机的时候，魏德宁已经在外边恭候了，一起等候的还有浙海分公司办公室主任王志泉。这是程军从上次在网上被魏德宁抓到把柄后两人的第一次会面，程军特意看了看满脸堆笑的魏德宁，魏德宁伸开双手弯下腰紧紧地和徐坤握手，而和迟翔握手的时候，则站直了身子。然后他亲自拉开了车门，请徐坤和迟翔一同坐进了王志泉开来的奥迪车内，程军则坐上了魏德宁的车走在前面带路。魏德宁开车，程军没有像往常一样坐在副驾驶的位置，而是坐在了后面，一是避免尴尬，二是便于观察魏德宁的变化。

魏德宁并没有表现出异样，而是像往常一样谈笑风生。车上了高速路，魏德宁扭回头说：“程总，什么时间回北京？”

“过两天吧。”程军说，“今天完成交接工作，明天不是还要约一下教育厅的客户嘛，顺便引荐一下迟总。”

“那这两天抽空咱们一起坐坐，让我单独感谢感谢您。”

程军知道魏德宁指的是什么事情，便笑笑说：“有你这句话，就行了。”

“那怎么成？一定要给我个感谢的机会。”魏德宁说，“现在不比以前了，你去了北京，见面的机会就少了。”

程军轻叹了一声说：“在浙海分公司总经理的人选上，我在石总面前推荐了你，石总也表示应给年轻人更大的空间。但是在开会的时候，有人不赞同将这么重的担子压在太过年轻的同志肩上，并推荐了后面车内的那位。他虽然只比你大几岁，业务能力未必有你强，但是有管理经验，上面有人，自然就把你给顶了。唉，先干着吧，弄个副总也不错，全鑫星集团还能找出第二个像你这么年轻的副总吗？”

“是啊，能当上副总我已经很知足了。”魏德宁说，“您帮我少走了不少弯路，我都记着呢。”

程军目前有点把握不住魏德宁心里到底是怎么想的，说实在的，若没有在魏德宁面前暴露他和苏小蕾之前的事，程军一定会拿出全力来收拢住魏德宁。然而，现在出了那事，分公司所有的人都知道魏德宁喜欢苏小蕾，纵然魏德宁也是花花草草里出来的人，但越是这样的人，一旦遇到喜欢的女人，可能就会更在乎。程军再次后悔自己贪恋一时之欢，而给别人留下了把柄。

魏德宁对这个事情越是闭口不谈，程军的心中越是没底。如今虽然说是拉了魏德宁一把，但是随着自己的调离，魏德宁也越来越偏离了他的掌控范围。这是非常可怕的。当下属对你没有什么需求的时候，对你也就失去了敬畏。失去了敬畏，那这个把柄也就变成了一枚埋在地下的雷，随时都有爆炸的可能。

在来之前的会议上，于喜红明确地指示，迟翔走马上任后的第一件事情，就是要去拜访大客户——浙海教育厅。程军也担心，随着时间的推移，迟翔逐渐熟悉浙海后，自己在这个项目上的优势也会荡然无存了。在这个项目上失去了优势，他还能在总部站稳脚吗？在北京总部，于喜红的势力绝对要比他大很多，此刻他若不再牢牢地掌控浙海的话，那么扣在他头上的将永远是一个“副”字。

然而，若要掌控浙海，必须要竖起一个可以和迟翔相抗衡的人物来，而这个人物是谁呢？程军在心中盘算了一圈，最后还是回到了眼前的魏德宁。想到这，程军说：“副总只是第一步，不要满足于现状嘛。石总说了，以后的鑫星集团会给像你这样的年轻人更大的平台，只要你努力。远的不说，只要拿下教育厅这个项目，什么都会有的。”

“程总说得对。”魏德宁说，“这两天我和陈江天天泡在浙海教育厅那里，进展还算顺利。不过，竞争对手也做了很多的工作，听说锦盛天成连他们的老大袁道鸣都亲自上阵了。”

“哦，”程军说，“那我们也要抓紧一些，必要的话，可以请石总过来。石总说过，只要是咱们的事情，就一定会支持！但是前期的工作一定要做仔细。”

“有了阎庆宽阎副处长的关照，很多工作进行得相当顺利，陈江这两天正在和他们的技术专家沟通，我和项目领导小组组长丁厅长也有了正面的接触。”魏德宁笑笑说，“只是您这个时候离开，怕会给客户带来一定影响。”

“影响？能有什么影响？”

“您在浙海这么多年，人脉广，威望高，客户无形之中就会多给些面子。每次我去浙海教育厅对此都有深刻的体会。”

程军知道魏德宁说的有些夸大，也知道魏德宁是在主动试探自己和迟翔的关系。他摇了摇头，笑而不语。

“您也别不信，我亲眼见的，江久年被堵在浙海教育厅的大门外，而我则开着车，大摇大摆地进去了。”魏德宁说，“这叫啥？这叫主场优势，这叫面子！”

“听说江久年和谭村一起被抓了起来？”程军问，“这可是对咱们最有利的事情了，一个代表锦盛天成，一个代表帕瑞比，这次他们两家可要在客户那里露大脸了。”

“抓是抓了，但是放了。”魏德宁说，“但是坏名声是出去了，您这两天没看网上的报道？”

程军摇了摇头。

“都快疯了！”魏德宁说，“太疯狂了。帕瑞比中国区的丑闻一个接一个地被捅出来了。”

“都是什么丑闻？”

“先是对帕瑞比针对谭村事件发表的官方声明表示质疑，他们在声明中称谭村事件经调查是个误会，这不是明显地看低了广大人民的智商吗！这样的事情，就是秃子头上的虱子——明摆着，而谭村在这时忽然离职，您说，巧不巧？”

谭村离职的事情程军是知道的，但是为了提高魏德宁的积极性，程军还是假装什么都不知道地说：“那岂不是自找苦吃吗？”

“还有更麻烦的事呢。”魏德宁笑笑，“今天刚刚爆出帕瑞比在中国深陷裁员风波，在网上被大家称为‘帕瑞比中国区裁员门事件’——帕瑞比中国要裁的400人名单不仅没有提前上报给劳动保障部门，还被内部员工指责有人借此机会搞政治斗争。这个丑闻刚刚捅出来，就形成了一个巨大的话题漩涡，在经济不景气的情况下，很多员工正想找发泄的地方呢，刚好出现了帕瑞比这样的事情，那还不被推上风口浪尖？”

“真的？”关于帕瑞比深陷“裁员门”事件，程军还真是刚刚听说，“是今天的事情？”

“是。”魏德宁说，“网上都炒疯了，枪头都对准了新成立的帕瑞比大中华区，我还在上面骂了两句呢，。”

“骂人家干嘛？”程军说，“人家自己的事情，越是折腾，对咱们越有利。”

“对，对。”魏德宁说，“使劲折腾去吧。这下有好戏看了。”

“对了，人们为什么要把枪头对准大中华区？应该是对准中国区啊。”程军不解地问。

“这不正好说明了中国区和大中华区的矛盾吗？大中华区入驻中国后，他们的中国区总经理龚仁贵以身体不好为由隐退了，将所有的事情都推给了大中华区，据说裁员名单就是大中华区暗中做出来的。”

程军忽然问：“这么多内幕的东西被曝光，正常吗？”

“当然不正常了。”魏德宁说。

“关键是这么多内幕的东西，帕瑞比自己不说，其他人会知道吗？”

魏德宁思考了一下说：“这是狗咬狗的结果了。”

“用高雅一点的词来说，是博弈，是大中华区总裁陈汉生和中国区总经理龚仁贵较量的结果。”程军说。

“看来，还是龚仁贵更鬼了。”

“谭村离职后，咱们的直接对手，也就是帕瑞比浙海项目的负责人换了吗？”

“帕瑞比中国新的销售总监还没有确定，负责浙海项目前线销售的华东区销售经理吴彪是谭村的人，谭村一走，他还能待多久吗？况且，他有没有上这次被裁的人员名单，咱们还不清楚。据说，中国区绝大部分中层管理人员都在名单上，您说，他还有心情一心扑在浙海的项目上吗？”

程军点点头：“这正是我们的好时机。我们的两个主要竞争对手，一个是没钱，一个是内乱。现在离元旦的招标时间已经越来越近了，等他们清醒过来，一切都晚了。”

魏德宁犹豫了一下说：“听说锦盛天成已经找到钱了。”

“找到钱了？”程军感觉有点不可思议，“这个时候，钱还是放在自己口袋里比较放心，哪个傻瓜还会拿钱给锦盛天成花？”

“我也不相信。”魏德宁说，“可能只是传言。”

“也可能是锦盛天成为了取得浙海教育厅的信任而放的烟幕弹。”程军分析道，“谁愿意和一个陷入财务危机的企业合作？”

“对，程总说得对。”魏德宁附和着说。

“不过，你还是要打探一下，看看他们到底有没有融到钱，融到了多少钱。”程军说。

魏德宁说：“这消息我是昨天听到的，然后就撒出人去核实，不过到现在也没得到确切的答复。”

“锦盛天成的路子比较野，做事也比较低调。”程军说，“我估计锦盛天成下面的很多员工也未必知道融资的事情。你去问，是不好问出来的。”

“那怎么办？”魏德宁说。

“你可以留意观察一下他们的活动，如果融到了钱，他们在浙海项目上一定会有动作。”程军说，“你多留意一下，有什么消息通知我。”

“放心。”魏德宁说，“虽然程总去了北京，但有什么情况我一定会给您汇报的。再说了，您还是这个项目的负责人，我给您汇报也是应该的。”

程军觉得是时候了，他笑笑说：“德宁啊，私下跟你说，时间长了，你要是跟我汇报得多了，有人会生气的。”

“管他呢。”魏德宁说，“都是为了工作嘛。”

“话是这么说，但是，毕竟我已经不是你现在的直接上级。”程军话锋一转说，“鑫星集团之前的干部配置，都是一老带一小，比如像我这么大年纪的，带一个你这么年轻的，这样有稳有锐，科学合理。而这次，把你们两个年轻的放在一起，唉！不过，迟总是上面的红人，是有意栽培的干部，别看迟总年纪轻轻，比你大不了几岁，可是前途无量啊。”

这话让心高气傲的魏德宁听起来多少有点不爽，他明白程军的意思，连忙说：“迟总是迟总，您是您，我这些年的成长不都是您关照的吗？我还妄想着您老人家把我带到京城呢！”

“有机会的。”程军说，“到北京了，还是想用熟人，我也想把你一起调过去。说句实话，像你这么能干的人过去，我要给你找到一个好位置啊，但是现在……唉，等时机成熟了，咱们再想办法。他这次来浙海，是要扎根锻炼的，没有个三五年，是不会走的。你也不能总盯住一个位置，视野要开阔，这里不行，就再换一个地方。”

魏德宁知道程军说这么多“掏心窝子”的话是为了什么，苏小蕾的事情曾让他万分恼怒。他把苏小蕾之所以一味地拒绝自己的原因归结到了程军的头上。他不知道他们什么时间搞到一块的，没想到平日里道貌岸然的程军会做出这么低级下流的勾当。他固执地认为，涉世未深的苏小蕾是受到了程军的引诱才投入他的怀抱的。想想自己还傻不啦唧地去追一个任由老板玩弄的小秘，真是白痴到了极点。然而，随即理智告诉他一定要忘记这一切，所有的屈辱会换来意想不到的回报。事实证明，他的做法是完全正确的。他也知道，只要这个把柄还在自己手中，那程军的利用价值还是比较大的。但是一定要巧妙地合理地利用。此刻经程军这么一说，魏德宁也觉得有道理，并且认为只要时机成熟，上调京城也算是他为程军保守这个见不得人的秘密而应该得到的回报。为了得到这个回报，一定要讲技巧，一定要摆正自己的心态：“谢谢程总，您说得对。我一定会牢记在心。”

车停在了鑫星集团浙海分公司的楼下，程军和魏德宁走了下来。徐坤和迟翔在王志泉的陪同下，也下了车。他们一同来到了大会议室。鑫星集团浙海分公司的各部门负责人都规规矩矩地坐在会议室内恭候多时了，魏德宁早早地都安排好了，他俨然已经是这里的主人。

程军走在前面，陪同着徐坤和迟翔一同走了进来。

魏德宁做了一个动作，会议室里响起了“哗哗”的鼓掌声。

会议开始了，徐坤说：“今天很高兴再次来到浙海，也很高兴能够在这里见到大家，在座的一些同志，是我的老朋友，问大家好。”

这次，是程军带头鼓起了掌。

掌声过后，徐坤说：“都是老朋友了，我就开门见山地说了，这个来浙海呢，主要是代表鑫星集团人力资源部来‘一请一送一表彰’。‘一请’呢就是指过来请咱们的程总到北京赴任。大家也都知道程总最近一段时间北京和浙海两地跑，比较辛苦，也身兼两职，不仅是咱们鑫星集团浙海分公司总经理。还兼任着教育PC事业部副总经理。这两个位置都是比较辛苦的位置，鉴于此，根据鑫星集团业务发展的需要，经鑫星集团党委和董事会研究，一致通过了程军同志不再担任鑫星集团浙海分公司总经理的请求。程军同志在担任浙海分公司总经理期间，带领在座的诸位以及广大的浙海鑫星人创造了一个又一个辉煌，使浙海分公司连续三年在各省分公司的年度评比中稳居前三甲。现在，集团需要程军同志承担更大的责任，即日起，程军同志不再担任鑫星集团浙海分公司总经理一职，调任至鑫星集团教育PC事业部任副总经理。”

说到这，徐坤故意停了一下。会议室里响起了雷鸣般的掌声，程军微笑着朝大家点点头。

徐坤接着说：“这‘一送’呢，就是给咱们浙海送来了一个新的领导，他就是坐在我身边的年轻有为的迟翔迟总，即日起他是咱们鑫星集团浙海分公司新一任的总经理。”

迟翔这个时候站起身，朝大家鞠了一躬。会议室里再次响起了雷鸣般的掌声。

徐坤说：“还有‘一表彰’，表彰谁呢？自然是咱们这儿更加年轻有为的魏德宁同志，魏德宁同志在鑫星集团浙海分公司销售经理的职位上恪尽职守、锐意进取、肯吃苦、肯钻研，协助程军同志超额完成了销售任务，为鑫星集团赢取了一个又一个大单。为此，鑫星集团特提拔魏德宁同志为浙海分公司副总经理，同时兼任浙海分公司销售经理。”

掌声再次响起，幸福来得如此之快，魏德宁极力克制住自己的笑容，他有点僵硬地站起身，深深地朝大家鞠了一躬。

鑫星集团不像帕瑞比和锦盛天成，一封邮件就宣布了谁谁谁被任命为啥啥啥，鑫星集团的干部任命都要经过一次相对正式的会议和文件来完成。由于提前做好了沟通，即便被调动的人员内心有多不高兴，等到开会宣布的时候，心态上已经平静了很多，所以，鑫星集团的干部任命往往是在一片掌声中开始了真正意义上的走马上任。

同样，在一片掌声中，程军即将完成他在这个会议室里的最后一次演出，他环顾了一下大家，勉强挤出笑容："看到在座的一个个熟悉的脸庞，都太熟了，感谢的话就不说了。但是心内一些真实的感受又不能不说，感谢在座的每位同志给过我的支持和帮助。我虽然离开了浙海，但我们还同在鑫星这个大家庭里，希望大家以后像老朋友一样多联系。希望大家以后在迟总的带领下，取得更好的成绩。再次谢谢大家。"

会议室里响起了掌声。

迟翔站起身，这个33岁的北京男人一开口，先是用浙海方言给大家打了声招呼，引得大家再次鼓起了掌。然后，迟翔操起地道的普通话说："感谢徐总，感谢集团对我的信任。感谢程总，留给我一支如此优秀的团队。感谢魏总，希望以后多多给我支持。感谢大家，希望大家帮我尽快地融入到这个团队，希望大家齐心协力、并肩作战，共同取得较好的成绩。谢谢。"

虽然都是套话、空话，但经迟翔说出来，就不一样了。在他棱角分明的脸上，每一个眼神、每一个笑容、每一个细胞似乎都流露出真诚，让你听后感觉这些话并不是字面上那么空洞。程军在一旁暗想，这个迟翔就单凭这张脸，估计他在浙海分公司的"圈地"运动要比自己在教育PC事业部顺利得多。

而魏德宁更是感受了一种前所未有的压力。迟翔的名气，想必每一个鑫星人都知道，他英俊、有才气，有手段，他打过鑫星集团迄今为止单个业务金额最大的单子，最重要的是，传说中关于他的出身更给人无限的想象空间。魏德宁在得知取代自己成为总经理的人是迟翔的时候，便把这个男人当成了自己职业生涯中最大的对手。现在，想想自己将要给如此"面善"如此有背景的人打下手，那将是多么费心机的工作。面对这样的领导，魏德宁决定还是用"少说话多办事"的原则来对待，并且尽量和领导保持步调一致。

以至于轮到魏德宁发言时，他极其诚恳地将自己的就职演说缩短成了一句话，基本上也是沿用了迟翔的套路和措辞："感谢徐总，感谢集团对我的信任。感谢程总对我的栽培。感谢迟总给了我这次学习的机会。感谢大家，我一定会兢兢业业做好自己的工作，不辜负大家对我的期望。谢谢。"

同样的话从魏德宁的口中说出时，就失去了迟翔的真诚，好在大家对这些话已经习以为常，便也礼节性地鼓了鼓掌。

徐坤说："今天我很高兴，也很荣幸。为什么呢？因为在这一刻，咱们浙海分公司创造了两个记录，一个记录是，在我们浙海有全集团最年轻的省分公司总经理；另外一个记录是，我们这里诞生了全集团最年轻的省分公司副总经理。这两个记录，都和年轻有关，这也是我刚才为什么要把'一请一送一表彰'的'一表彰'放在了后面来说。为什么呢？临来之时，石总嘱咐我一句话，也让我务必将这句话送给所有的鑫星人，那就是——我们鑫星决定要培养一批年轻有为的干部。我们虽然是国企，但是在用人上要灵活，要打破条条框框对人才的约束。今天我们打破了两个记录，希望在不久的将来，会有更年轻有为的人来打破你们的记录。我们鑫星用人，不分年龄、不看资格，只看业绩，只看利润，只看你对集团的贡献。以后，我们会相续选拔一批业绩突出的、有能力的人才放在适合他们的位置上，给他们更大的空间。"

一夜之间，锦盛天成浙海项目组所有工作人员全部到位，共有 52 人，几乎占据了全部员工的半壁江山。

"这是锦盛天成有史以来投入规模最大、兵力最多的一次战斗！"袁道鸣在浙海市郊区一家名叫卧龙潭宾馆的五层会议室内开门见山地说，他的声音平静，却掷地有声，"在未来的一个多月内，在座的诸位将会在江总的带领下在这里发起一场生死攸关的战役。在开会之前，请允许我隆重地介绍一位战友，他就是我们锦盛天成新的销售总监陆峰先生。我们缺销售总监已经很久了，感谢陆峰陆总加入到咱们的团队里。"

坐在袁道鸣右侧的一个骨瘦如柴的中年男人站了起来，扫视了一下台下的众人，鞠了一个九十度的躬。

台下响起了雷鸣般的掌声。

"对于陆总，想必台下的很多战友并不陌生，是的，他就是传说中的那个陆峰陆大侠。"袁道鸣说，"他做成的项目比他头上的白发还要多。"

"袁总过奖了。"陆峰说，"其实我头上的白发是染出来的。为什么要染成白色的呢？大家都看到了我的皮肤并不白，为了让自己看上去白一些精神一些，就染成白发。当然了，这是其中的一个原因。其实我只是希望特别一些而已，特别、出众也是我带队时对队员的要求。谢谢。"

这是袁道鸣和陆峰第二次近距离接触，从陆峰的讲话来看，袁道鸣还是比较满意的。鞠莉莉也到位了，只不过目前在北京，以锦盛天成客户部总经理的身份做教育部的沟通工作。袁道鸣看了看下面精挑细选出来的优秀员工，知道剩下的时间该交给江久年了："我刚才说了这是一场生死攸关的战役，在此我再强调一下，这是关乎到锦盛天成能不能摆脱危机的项目，也是关乎到在座的诸位前途命运的战役，任何一个人都不能松懈怠慢，到了生死存亡的时候，也就到了亮剑的时候。好了，多余的话我也不说了，下面有请江总安排这次项目的具体分工以及人员配置。"

江久年收起了他平时笑眯眯的弥勒佛形象，一字一句地说："刚才袁总也强调了，这是公司有史以来投入兵力最多、规模最大的单个项目，从公司各个部门抽调过来的52名纯爷们儿——我刚才看了看，非常巧合的是今天来的都是纯爷们儿，既然是纯爷们儿，就要干出纯爷们儿的精神和斗志。在座的能够被抽调到浙海项目组，说明你之前做的已经非常优秀。但是所有的成绩和荣誉都只是代表过去，未来还靠我们这群纯爷们儿去拼去闯，我相信只要坚持我们共同的梦想，只要发挥锦盛天成的铁军精神，就一定会取得这次战役的胜利！"

会议室的气氛一下子被江久年的话语感染，掌声一片。

"在分工之前，我要强调一下纪律。"江久年说，"现在已经是金秋季节，浙海的风景宜人，大街上的美女如云，但是诸位不是来赏景选美来了，也不是来度假享受来了，要时刻牢记自己的使命！这一个多月内我们将会采取军事化管理，任何人不得有脱离组织单独行动的行为。等会儿我将会按照浙海的12个地区分成12个小组，每个工作小组由一个组长负责，我们将会在事后对每个小组完成的工作情况进行打分，这个打分会写进各位的年度考核里面。当然了，对于优秀的团队，我们会给予嘉奖。具体的组织纪律和管理规则我已经发到了各位的邮箱。我会时不时地抽查，发现有问题者，一律严惩。若有谁认为这个有困难，想退出，现在还来得及，现在退出，可以回总部好好工作，有没有？"

会议室内鸦雀无声，江久年说："既然没有，那么中途若是有人退出，那么你所在的小组将会和你一起退出，并且在退出后，不用回总部了，可以直接回老家了。各位战友，明白了我的意思没？"

"明白了。"大家异口同声地说。

"那好，下面我来讲小组的划分和各自的分工。"江久年说，"我们将会分出12个小组，每四个人一组，每组由一名市场人员、一名技术人员、两名销售人员构成，两名销售人员中有一名是老销售带一名新销售。下面的公布小组名单，第一组赵东东、王玉峰、刘恒辉、王建坤；第二组杨百顺、刘传磊、黄占坤、张海华……以上12组将会分布到浙海下面12个地市区，每组深入到各个地区管辖市县内的各个学校，要确保你们的足迹在每个县市至少要走完三类学校：一是当地县市内的实验中小学，二是乡镇的中小学，三是农村里的中小学，也就是说每个县要至少走访六个学校，这是一个硬指标。

“你们的任务是：一、了解用户的需求，另外要摸清不同学校的特别需求，并根据这些要求形成一份报告，每天将报告汇总到你们的小组组长那里，再由你们的组长发到浙海指挥部。另外，每个战友要每三天将业务报告发送给各自的业务领导，市场人员要将工作报告及市场分析报告发送给市场总监马啄印，技术人员要将工作报告及产品分析报告发送到研发总监薛刚那里，销售人员将工作报告和销售分析报告发送到陆峰陆总那里。我和马总、薛总、陆总在负责浙海省教育厅攻坚工作的同时，会认真地看各位发来的每一份调研报告。二、在各地区建立一个完善的售后服务系统，虽然我们没有把握说一定拿到浙海的这个项目，但是诸位要提前做好各方面的准备工作。目前咱们在浙海的销售网路和售后服务还很薄弱，当然了，不仅我们薄弱，我们的竞争对手——鑫星和帕瑞比也不强，这个时候，谁先完善了销售网络和售后服务网络，谁就抢占了先机。所以，我们要先下手为强。第三个任务，也是比较关键的，难度比较大，那就是要求你们在此期间，摸清各地教委教育局，尤其是12个地级教委一把手二把手在浙海教育厅内的人脉关系。各位都记下来了吗？”

“记下了。”众人齐声说。

“下面，会给大家十分钟的时间，由你们自己选出各自的组长，并由你们自己挑选各自熟悉的地区。一会儿上报给我。”

大家迅速地找到自己的组员，经过一番紧张热烈的沟通、讨论，十分钟后，江久年拿到了他想要的结果：“好，中午聚餐后，大家就可以出发了，此次行动，请大家做好保密工作。路上注意安全，拜访时注意礼节，任何人都不能做出有损公司形象的事情，如有发生，一律严惩！”

“这是一次艰苦的磨炼，也是对我们锦盛天成铁军精神的检阅！”袁道鸣补充说，“希望在座的每一个人都要抓住这次机会，打一次漂亮的胜仗！临行之前，公司为大家准备了壮行酒，我们一起畅饮，希望一个月以后，大家凯旋而归！”

中午的会餐从11:30就开始了，一直持续到了14:00才结束，袁道鸣和江久年一样，被员工灌了不少。袁道鸣的身子有点发飘，他望着一些新招进来的并不太熟悉的面孔，感到一种莫名的兴奋。随着人员的全部到位，一个非常清晰的浙海项目“人海战术”攻坚图就形成了，他和鞠莉莉在北京攻坚教育部，江久年、陆峰、马啄印、薛刚在浙海攻坚浙海教育厅，项目组其他人员携带产品下去了解客户需求，然后将收集上来的需求提供给浙海指挥部，经过反复论证，结合从浙海教育厅技术负责人那里获取的需求，最后让薛刚带领研发部门对产品做出进一步的优化和改进。虽然一切都这么清晰，但关于能否中标，袁道鸣的心中还是没有把握。他和江久年也讨论过如此大规模的“人海战术”，是不是有点冒险？但是，最终还是决定这么做。锦盛天成在浙海项目上的优势并不明显，只能寄希望于依靠优质的产品性能和完善的售后服务来在技术标上搏个好的分数。

这时江久年走了过来，问：“你今天下午也回去？”

袁道鸣说：“晚上 8:15 的航班，明天和鞠总约好了一起去趟教育部。”

“对了，有个事跟你商量一下。”江久年说，“昨天咱们去浙海教育厅的时候，我见到了他们的办公室主任余哲，聊得不错。他是一个书法爱好者，我一拍卖公司的朋友刚好在搞一次书画义卖活动，余主任的书法写得还真不错，我打算跟他讨两副字，送到北京参加义卖。到时咱们安排个懂行的人过去，他的字若真卖不出去或者价格太低的话，咱们就买下来或者提提价。”

袁道鸣点点头。

江久年说：“届时我也会尽量请朋友安排一些书法名家和他的交流。我找你，是想和你商量一下，我想借机让他参观一下咱们公司，你看可行不？”

“这是个好机会。”袁道鸣想到锦盛天成位于北五环的办公地点，“只不过咱们的办公地点看上去寒酸了一些。不过，这倒不是问题，外界还盛传咱们公司倒闭了呢，呵呵，经过这次危机，我感到咱们也没必要非待在那么漂亮的写字楼了。咱们就踏踏实实地做事就可以了。另外，时间充足的话，咱们也请他到正在使用咱们产品的北京教育系统里看看。你说呢？”

“这个当然更好。”江久年说，“只不过这次去北京属于私人活动，他应该希望不那么大张旗鼓。”

“那就按你说的办。”袁道鸣说，“你们约好时间了吗？”

“还没有。”江久年说，“书画义卖活动会于下周六在北京王府井进行，我争取这几天做通他的工作。到时再跟你电话联系。”

这时袁道鸣的手机响了，是人事总监孔颖。

袁道鸣问：“什么事情？”

“有猎头推荐了帕瑞比的销售总监谭村，他刚刚离职，猎头问咱们有没有兴趣？”孔颖说。

袁道鸣心中一愣，他是知道谭村辞职的事情，因为早已传得沸沸扬扬，但他没想到这么快谭村就出来找工作了：“这是猎头的意思，还是他本人的意思？”

“这肯定是猎头的意思。”孔颖说。

说句实话，袁道鸣对谭村的业务能力还是比较认可的，然而此刻袁道鸣犹豫了，他清楚地知道江久年和谭村之间的恩怨，况且就是让谭村来，也没有合适的位置给他。想到这，袁道鸣说："既然是猎头的意思，我们就不掺和了。"

挂断电话后，袁道鸣笑笑说："谭村辞职了，有猎头想把他推荐过来。"

"如今失业率这么高，猎头的工作也不好做了，一边忽悠着高管离职，一边忽悠着好企业来抢，真是想钱想昏了头。"江久年说。

见江久年并没有直接对谭村的辞职表态，袁道鸣只好附和着点了点头。

江久年忽然想到什么似的，说："谭村的辞职说不定是龚仁贵的障眼法，正好借机以退为进呢，你看看媒体的评论，包括所有的内幕，矛头全部指向了大中华区，照这样下去，大中华区总裁陈汉生撑不了多久了。"

"你的意思是说，谭村有可能会重回帕瑞比？"

"有这种可能。"江久年说，"关键是龚仁贵得在他们内部的较量中占据上风。说句实话，我不担心陈汉生，虽然陈汉生有过人的政治手腕，我是担心龚仁贵亲自上阵来打浙海的这个单。龚仁贵可是个绝顶聪明的老销售，并且有着极强的人脉关系。"

袁道鸣点点头，他对龚仁贵并不陌生，算得上是老对手了。

江久年的手机响了，江久年看了看号码，然后接听了电话："你好，美女……那好啊，待会儿见。"

挂断电话后，江久年冲袁道鸣说："富威国际的宁经理，来浙海考察项目，要不要一起见见？"

袁道鸣之所以订的是晚上最晚一班飞机回京，就是想抽出一下午的时间去看看儿子。但宁璐在锦盛天成的融资上算是帮了大忙，不见也说不过去，袁道鸣问："你们约好的几点见面？"

"约好的是下午 4 点左右。"江久年说。

"不是公事吧？"

"是公事的话，她就直接找你了。呵呵。"

"你们朋友间见面，我就不去了。回北京了我再约她。我想一会儿回一趟老家。"

"老家离这有多远？"江久年问。

"有两三小时的车程。"袁道鸣说。

已经有很多员工晕晕乎乎地出发了。袁道鸣在汽车站就见到了几位正在等车的员工。他在车上先往姑妈家打个电话，没人接听。车进入了老家的县城后袁道鸣迅速地打辆车，在车上再次拨打姑妈家的电话，依旧是无人接听。到了姑妈家，一看，果然是大门紧锁。袁道鸣只好在附近走走，希望能够遇见他们。

路过一家超市，袁道鸣买了一大堆水果，以及婴儿用品，还在超市边的银行里取了一万元钱，重新来到了姑妈家。让他失望的是，姑妈家的大门依旧紧闭。眼看着时间一分一秒地过去，已经是下午 5 点了，袁道鸣决定再等十分钟，十分钟后再等不到的话，就回去了。

十分钟一晃而过，依旧是没有等到。袁道鸣犹豫了一下，暗想要不要推迟行程，但一想到已经和鞠莉莉约好了明天上午 9 点去教育部拜访客户，只好放弃了这个念头，决定再等最后的五分钟。最后的五分钟，也没有等到姑妈，袁道鸣只好敲隔壁家的门，然而隔壁家也大门紧锁。

没办法，袁道鸣只好拎着东西来到那家超市，说明了自己的意思，希望将东西寄存在那里。超市工作人员一开始有些犹豫，后来看到袁道鸣办理了一张设有密码的购物卡，并往里面存入了 5000 元，便毫不犹豫地答应了袁道鸣的要求，将东西和购物卡放好。

袁道鸣办理完这一切，便匆匆离开了熟悉的小城，马不停蹄奔赴浙海。

一个小时后，袁道鸣的手机响了，打开一看，是姑妈家的电话，袁道鸣连忙接通了。

姑妈有点急切地问："道鸣啊，我刚回来，看到家里的电话上显示你打来了好几个电话，什么事？"

"姑妈，我刚才去您那儿了。"袁道鸣说，"家中没人，我等了一会儿就走了。"

"去哪儿了？"

"我在回北京的路上。这两天来浙海办点事，顺便回来看看。"

"怎么这么着急走啊。"姑妈说。

这个时候话筒里传来了儿子的哭闹声，姑妈说："今天给宝宝打预防针去了，他一直在哭。你听听——哎哟，还真有劲，呵呵，挂了，我去哄哄他。"

没等袁道鸣说话，姑妈就挂断了电话，袁道鸣的眼前立刻浮现出了儿子苦恼时的表情。袁道鸣心怀愧疚。大约又过了半个小时，袁道鸣才将电话又打了过去，这次是姑父接的，姑父和他唠了一会儿，姑妈接过来电话说："宝宝刚刚睡着了。"

"姑妈，我今天买了一些东西，放在你们家右侧不远处的那家万果园超市了，您们有空了去取回来吧，还有一张购物卡。密码是你们家电话的后六位，您以后买东西就刷卡吧，方便。"

"好的，我一会儿就去。"姑妈再次抱怨道，"你看看，你回来一趟不容易，早知道今天就不去给宝宝打预防针了。”

“我们在浙海有个项目，以后回去的次数就多了，到时间我提前告诉您。”

“小家伙会叫奶奶了。”姑妈有点兴奋地说。

袁道鸣的心头一热。两人又说了一会儿小家伙这两天的表现，便挂了电话。袁道鸣感觉心中畅快了很多。

等袁道鸣赶到机场时，姑妈的电话再次打了过来，张口就说：“道鸣，你这个孩子，怎么存了那么多钱？”

已经开始登机了，袁道鸣边走边说：“每次去买东西的时候，不就方便了吗？”

“5000元，我两年也花不完的。”姑妈说，“现在经济不景气，你们在外边挣钱也不容易，一定要注意节约。”

“我知道了，姑妈，不说了，你们多注意身体。”袁道鸣是最后一个登机的人，他匆忙找到了自己的位置，坐了下来。

飞机冲向夜空，袁道鸣的思绪再次被拉回到了公司上面。第一笔资金已经到账，袁道鸣稍稍松口气，压得他透不过气的资金危机算是暂时告一段落，但随之而来的问题更为棘手，尤其是和富威国际签订的对赌协议。按照协议规定，如果在2009年前两个财季，锦盛天成的营业收入和利润若达不到协议上提到的那些数字，锦盛天成将会面临严重的惩罚，甚至是灭顶之灾。

2009年前两个财季，眨眨眼就到了。而协议上的那些数字对于目前的锦盛天成来说无疑是天文数字。更让人揪心的是，目前的经济危机才刚刚探出个头，就对公司的打击这么大，随着危机的日益加重和逐步渗透，袁道鸣不敢想象未来的日子会是怎样？但是，对赌协议已经签了，袁道鸣只能想办法克服种种困难。

在这种情况下，浙海教育厅的那个5亿元的大单尤其显得重要。若是拿下，会很大程度上缓解他们的困境。但这只是一个短期的行为，对于企业来说，不能将关乎企业生死存亡的东西寄托在某一个竞争激烈的单子上。人无远虑必有近忧，如何解决锦盛天成没有一个长远的稳定的盈利模式的问题已成了袁道鸣的心头大患，教育PC虽然是块大蛋糕，盈利模式也非常清晰，也已被当作锦盛天成的主营业务，富威国际也是看上这一点才“开仓放粮”，然而还有没有更好的盈利模式？

袁道鸣冥思苦想了很久，也没有想出来。过了一会儿，才忽然感到自己差点又犯了上次的错误：有了点钱就想多元化。袁道鸣连忙收回了思路，一定要专注于教育这个行业，一定要持之以恒，坐上这个行业里的头把金交椅！经过这次危机，袁道鸣已经非常清晰地看见了锦盛天成的优势和劣势，现在有了钱，是该动一次大手术的时候了。

袁道鸣给自己定了这一段工作的重点，第一是盯紧浙海教育厅的项目，第二就是酝酿一次大的调整，包括董事会方面、期权方面、人事方面。尤其是人事方面，现在江久年带过来的人都位居高位，他的许多旧部虽然嘴上不说，但内心也会暗自嘀咕的，况且经过这次考验，应该可以调整一两名旧部委以重任的。

不知不觉中，飞机降落在首都机场。走出大厅的袁道鸣，忽然被人喊住了。袁道鸣回头看见朝自己走来一位身穿米黄色紧身衣、戴大号墨镜的高挑女士，袁道鸣并不认识，以为是自己听错了，扭过头接着往前走。

“袁总。”袁道鸣的耳边再次响起了那个声音，这次听起来有点耳熟。

袁道鸣再次回头，看见那个女士已经摘下了墨镜，他定睛一看，是宁璐。宁璐笑盈盈地紧走几步，来到袁道鸣身边。

“宁经理啊，没见过你穿便装，惊艳得我都不敢认了。”袁道鸣说。宁璐的这身装扮的确和平日里穿职业装的模样截然相反，一个惊艳，一个文静。

“谢谢夸奖。”宁璐大方地伸出了手，和袁道鸣握了握说，“没想到你也是坐这次航班啊？”

“是啊，你也是？怎么在飞机上没见到你？”

宁璐点点头，说：“这么巧。早知道你在上面，就找你聊天了。”

两人肩并肩往前走，袁道鸣猜测江久年可能没有告诉她自己的行程，便笑笑问：“你也去浙海了？”

“去看个项目。”宁璐说，“今天上午来的。对了，下午还找你们的江总聊了。”

“哦。”袁道鸣说，“那应该让江总对你好好表示感谢。我们锦盛天成的所有人都应该感谢你。”

“呵呵，”宁璐笑笑，调皮地睁大眼睛，说：“你呢？”

“我当然更应该表示感谢。”袁道鸣说，“你是我们的恩人啊。”

“那你今天下午怎么不出现啊。我到了浙海，这可是你的老家啊，原本以为你会尽‘地主’之情，我也准备好好‘宰’你一顿呢。没想到，你却跑了！袁总，可不够意思喔。”宁璐换了衣服，不仅形象大变，说话也调皮了很多。

“看来江总把我出卖了。”袁道鸣笑笑说。

“江总说你有特别紧急的事情。”宁璐说。

“下次补回来。”说着两人已经走到了航站楼外，袁道鸣问：“有人接？”

宁璐摇摇头。

“这么晚了，我去送你吧？”袁道鸣摆了摆手，一辆出租车开了过来。

“你在哪儿住？”宁璐说，“顺路的话就送送我。”

袁道鸣笑笑，亲自拉开了车后门，说："快上来吧。"

宁璐轻轻地说了声"谢谢"，顺从地上了车。待到宁璐坐好后，袁道鸣才钻进车内，坐在宁璐的身边。

司机问："去哪？"

袁道鸣微笑着看了看宁璐，宁璐说："光华桥。"

"光华桥哪个地方？"司机问。

"把我扔到光华桥附近就可以了，然后你再送他。"宁璐转过头问袁道鸣，"你住哪？"

"我先把你送回去，然后再回公司。"袁道鸣说，"你跟师傅说说你具体的位置，太晚了，把你送到家。"

"那就把我送到'阳光城'东门吧。"

司机应了一声，便朝"阳光城"那座高档公寓奔去。

"看看你最近什么时间有空，帮我约一下你们的杜总，咱们一起坐坐。"袁道鸣说。

"没问题。"宁璐说，"听说浙海出了个大项目？"

袁道鸣一愣，"宁经理的消息很灵通啊？"

宁璐笑笑："这可不是江总透露给我的啊，这么大的一个项目，早就不是什么秘密了。"

"也是。"袁道鸣说，"我们正在全力争取这个项目。"

"需要我们做什么，到时尽管说。"

"咱们的这次合作就是对我们公司最大的支持。"袁道鸣想起那天晚上宁璐在第一时间将"帕瑞比两任销售总监被警方调查"的帖子告诉了江久年，便说，"宁经理对我们这个行业还是很关心的嘛。"

"呵呵。"宁璐一笑，"做我们这样工作的，对每个行业都要了解一些，学习一些。"

大街上车辆很少，一盏盏昏黄的路灯飞快地消失在他们身后。车内没有开灯，借助外面的灯光，他们说话时，会断断续续地看清对方的脸。好久没有如此近距离地和一个女人聊天了，嗅着宁璐身上发出的淡淡香味，一种异样的感觉涌向了袁道鸣的心头。不过很快，他便认清了两人的关系，她是他的客户，并且是和江久年关系较好的女性朋友，江久年还没有结婚，是个钻石王老五，他女朋友是谁袁道鸣并不知道，当然也不能排除是宁璐。想到这，袁道鸣立刻转移了注意力："听说，你攀登过珠峰？"

宁璐露出灿烂的笑："这你都知道？"

"江总没少夸你。"袁道鸣开始了试探，身不由已地想搞清楚她和江久年的关系。这真是个不好的信号。袁道鸣意识到这一点，便稍微摇下了一点车窗，风一下子钻了进来，袁道鸣的脑子立刻清醒了很多。

"呵呵，"宁璐毫不犹豫地说，"江总最喜欢夸人的。"

"不过，还真是羡慕你，也很佩服你。"

"可惜我没有登到峰顶。"宁璐不无遗憾地说。

"6500 米已经是一个很难逾越的高度了。"

"等我身体和精力都做好准备的时候，我还会去的。"宁璐说，"到时间，袁总有空的话，一起去。"

"我也想啊，可是我有高原反应，估计到不了 2000 米就坚持不下来了。"袁道鸣笑笑说。

出租车在阳光城宽大威武的东大门口停了下来，宁璐下了车，朝袁道鸣挥了挥手告别。

第十一章 浑水摸大鱼

乘势，就是乘着一定的势头，《北史·于仲文传》：“乘势击之，所以制胜”。徽商代表人物胡雪岩非常赞同“与其待时，不如乘势”，他认为造势不如乘势，借势而起，借力而发。当帕瑞比深陷“回扣门”和“裁员门”时，龚仁贵不仅懂得如何造势，更懂得如何乘势——

精通中国古代权术的帕瑞比大中华区总裁陈汉生虽然成功地拿下了谭村，“逼退”了龚仁贵，但他还是小看了中国舆论的影响力。

短短两天里，舆论的压力铺天盖地，矛头从帕瑞比中国区转向了大中华区，“噩耗”一波未平一波又起，首先是谭村的离职再次增加了人们对帕瑞比中国区两任销售总监“回扣门”的猜测，紧接着便是“裁员门”了。

如果说“回扣门”事件让中国区面临被动的话，那么“裁员门”事件则彻底地把所有的舆论压力推向了大中华区，并有可能升级至帕瑞比美国总部。然而，大中华区承受的不仅仅是舆论的压力，在任何重大事件中，舆论只起到了推波助澜的作用，真正带给陈汉生巨大压力的有三点：一、没有在指定的时间内完成裁员任务。帕瑞比全球裁员1万人，其他地区虽然也遇到了种种困难，但都在2个工作日内完成了裁员计划，唯独大中华区没有完成。不仅没有完成，还引火烧身，很多优秀的员工拒绝在离职协议上签字，并且将事情举报到北京劳动保障部门。北京劳动保障部门直接发来一个函，希望帕瑞比中国在经济危机中要表现出积极的态度，主动承担社会责任，保障员工的合法权益，处理好当前劳动关系。这个函很快就被美国总部知道了，帕瑞比主管人力资源的全球副总裁韦德立刻下令帕瑞比大中华区暂停任何形式的裁员行动，要求大中华区和当地劳动保障部门保持良好的沟通，并按照当地劳动保障部门的要求程序重新进行裁员计划。二、由谭村辞职引起的帕瑞比销售总监"回扣门"事件，总部法务部已经开始过问，并让大中华区认真做好和媒体的沟通工作。三、让他没有想到的是，在第二批裁员工作进行的时候会遇到那么大的难度，会有那么多人拒绝在离职协议上签字。第二批裁员行动完全是由大中华区HR来进行的，但是那些被裁的人仿佛约定好似的，不仅不签字，还提起了申述，甚至还有人将之冠以政治迫害的名义投诉到了美国总部。

陈汉生相信这一切是一个有预谋的活动，听詹姆森说，和Jack谈的时候，Jack好像一点也不感到意外，你说这正常吗？前一分钟还在帮公司裁其他同事，后一分钟被通知要被裁掉，这种事情，换作是谁都会感到震惊和愤恨，但是Jack没有，仿佛预料到这一点似的。和很多人一样，Jack也拒绝签字。陈汉生更加相信这是一个预谋了。

总部法务部没有和陈汉生打招呼就专门安排两个人飞到中国，也没有惊动大中华区法务部，直接就找那些举报者了解情况，这已经是对大中华区表现出了极大的不信任。总部法务部的人到底都找过谁，聊了些什么，这些陈汉生都一无所知。据说，总部法务部的人先是飞到了上海，在上海待了两天，两天后才到北京，找大中华区法务部核实了情况后，就飞回了美国。陈汉生立刻托"朝中"好友打探消息，消息很快传来，总部对这次中国区的裁员事件非常不满，包括"回扣门"事件，让帕瑞比在中国的业务开展非常被动，"朝中"好友并没有打探出陈汉生被举报借裁员之际搞"政治迫害"。不过，"朝中"好友劝道："还是多想想解决的办法，不到万不得已就不要离开大中华区，目前全球的经济都不景气，唯有中国一枝独秀，大老板对中国市场寄予厚望。"

什么一枝独秀？金融危机早已波及到了中国市场，只不过中国市场是大家比较看好的会较早复苏的地方。总部对大中华区不满意，就是对他陈汉生不满意，陈汉生惶惶然。几乎所有的媒体都在显著的位置讨论帕瑞比中国区的违规裁员计划，许多和帕瑞比中国区保持良好关系的媒体似乎也一夜之间都参与进来，帕瑞比中国一下子拥有了史无前例的曝光率。

他知道所有的事情是龚仁贵给他下的套，不仅将中国区搅成了一锅粥，还把大中华区搞得鸡犬不宁，然而陈汉生似乎又没有什么好的应对办法，他找到的替罪羊——Bill 似乎是个脑子进水的家伙，他很难想象，若是将 Bill 推给了上边或者媒体，会出现什么样的情况？Bill 会不会在人家的试探下，将他交代的事情和盘托出？极有可能！搞技术出身的 Bill 或许只有面对程序时才能巧妙地表达他的才华，然而面对媒体，他似乎还缺少些什么。

就在陈汉生惶惶不安的时候，一个更大的噩耗传来，正在休假的龚仁贵被紧急召集到了华盛顿。美国总部绕开陈汉生单独召见龚仁贵，意味着什么，陈汉生是一清二楚的。政治上的信任危机一步步向他走来，然而他却束手无策。他这个时候是多么希望有一次和大老板单独会面的机会，然而当他打电话给彼森秘书试探的时候，却被彼森的秘书找个理由回绝了。既然见不成大老板，那见见二老板以及主管人力资源的全球副总裁韦德总是可以的吧，这个时候，陈汉生强大的人脉关系开始发挥了作用。有人为他将话传了上去，并很快得到了回复，主管人力资源的全球副总裁韦德答应本周五可以跟他在华盛顿见面。然而，今天才是周三，不知道龚仁贵在华盛顿会待几天？

龚仁贵来华盛顿已经一天了。他的心情大好，从接到韦德通知的那一刻，龚仁贵就知道机会来了。是真的来了。他坐最早的航班飞到华盛顿，来不及倒时差便给韦德的秘书打了电话，告诉她自己已经到了。很快，韦德的电话便打到了宾馆的座机上，请他立刻到公司找他。

“我对中国区目前的情况感到很遗憾。”在帕瑞比总部一间小会议室内，韦德上来就给龚仁贵一个下马威，“我知道你在休假，但毕竟你是中国区的总经理。”

龚仁贵知道领导一上来就说好话，那么接下来未必是好事，领导一上来就说坏话，那么接下来的未必就是坏事。“非常抱歉，”龚仁贵笑笑，使自己表现得谦逊一些，“出现这样的事情，也出乎我的意料。作为中国区的总经理，我对中国区出现的糟糕情况表示遗憾。”

“遗憾解决不了问题。”韦德说，“我想了解一下你对这些问题的看法。”

韦德说的话模棱两可，态度也不太明朗，龚仁贵不敢轻易妄动，只好问：“请问你是指哪方面？”

“所有的方面。”韦德冷峻的脸上，射出两道锐利的目光。这种目光似乎可以一下子洞穿你的内心。他语速极快地说，“比如说沸沸扬扬的谭村事件、裁员事件等，这么多事，问题都出在哪儿？”

这是龚仁贵第一次如此近距离地面对韦德，身材高大的韦德即便是坐在沙发上也像是一座山。由于一直担心自己的英文，怕和韦德的沟通出现障碍，龚仁贵在来的路上还一直在学习一些新的商务用语，虽然有临时抱佛脚的味道，但这个时候却派上了用场。龚仁贵迅速地调动自己的英语词汇，说：“信任和沟通。我认为所有的问题都和这两个词有关。我们没有做好沟通，没有和媒体做好沟通，没有和内部员工做好沟通。没有沟通，就很难取得信任。没有信任就很容易造成这样的局面。”

“你是说大中华区和中国区之间没有信任？可以这么理解吗？”韦德直直地望着龚仁贵。

“No，no。”龚仁贵连忙否认，“我主要是说我们和媒体沟通得不够，裁员也一样，被裁的员工对公司失去了信任，一些能力好的自然会闹一些情绪。”

“不管怎么样，”韦德说，“我希望尽快结束目前混乱的局面，中国区是帕瑞比目前非常重要的市场，彼森先生也希望中国区能尽快提高财务数字，和媒体打交道不是我们工作的重点，帕瑞比没有政治，也不允许出现政治！不管是谁，只要是阻碍了帕瑞比业务的顺利开展，都将会被淘汰。我很欣慰在你的带领下，帕瑞比在中国区取得了不错的成绩，当然也希望以后会继续保持这个良好的局面。”

“谢谢。”龚仁贵说。

“我现在想知道的是，如果你重新来主持这次裁员，你需要多长时间？”韦德说。

龚仁贵说：“这合适吗？”

“有什么不合适的？我只是希望一切都要快，尽快落实这次的全球裁员计划！”

“这次一直是 Bill 以及大中华区 HR 来做这件事情，中国区人事总监在裁员行动中找到了相关文件提醒了大中华区，我在下午的时候也做了提示，但也没有阻止这次裁员，因为我的职责是有限的。况且，如果我来裁员的话，要裁的人肯定会和这次的裁员名单不尽一致。中国区的这次裁员名单事后我也见到了，一些要能力有能力要业绩有业绩的人都要被裁掉，我很不理解。”

“你说什么？”韦德说，“裁员名单你事先不知道？”

龚仁贵连忙说：“不，裁员名单一开始我是知道，但报上去没有通过，后来他们就重新审计出来一份名单，也就是最终的裁员名单，这个直到裁员开始的时候才发我的。”

“他们是指？”

龚仁贵心想韦德这不是明知故问嘛，他会不知道其中的事情？他可能是希望从龚仁贵的口中确认此事，想到这，龚仁贵说："大中华区 HR 以及 Bill。"

"天啊。"韦德流露出惊讶的表情，说，"怎么能这样？"

龚仁贵沉默，没有"添油加醋"般的附和。

"抛开这些因素，你考虑一下让中国区不受媒体的困扰，平稳地进行完裁员计划，需要多长时间？"韦德问。

龚仁贵知道这个时候该是他表现了，再犹豫下去可能就将这次的华盛顿之行变得毫无意义："最慢一周时间。如果给我充分的信任，或许更快。"

"哦，我相信你能做得更好。"韦德说，"你对台湾和香港市场有什么看法？"

期盼已久的时候终于到了，龚仁贵压抑住内心的激动，侃侃而谈说出了自己默念多少遍的对台湾和香港的认识和看法："香港和台湾的市场相对来说，已经非常成熟，帕瑞比产品的市场占有率已经获得绝对的份额。大中华区的利润增长还是要看中国区，虽然目前中国也遭遇了全球金融危机的影响，但中国政府提出了'扩内需、保增长'的对策，这对我们来说，也是一个非常大的机遇。"

看得出来韦德对这个回答比较满意，他笑了笑说："这些业务上的东西，一会儿会由迈克跟您来聊。"

"谢谢。"迈克是全球营销高级副总裁，龚仁贵没有想到会这么快见到他。他知道，如此的安排，就是要考察他的业务能力了。

"十分钟后，迈克将会来和您聊聊。"韦德站起身和龚仁贵握了握手，说，"您还有十分钟的时间，好好准备一下，祝您好运。"

"谢谢。"龚仁贵站起身送韦德到门口，然后带上门，强抑住激动的心情，盘算着迈克会问什么问题，他该如何回答。这个时候，龚仁贵才感觉到自己的功课没有做好，他竟然对帕瑞比主管销售的一把手知之甚少。他只知道迈克是去年刚从世界软件巨头英软公司副总裁的位置上过来的，对迈克其他的了解也都局限于网络上的公共资料。这次华盛顿之行超过了他的预期，他压根就没有想到这么快就能见到迈克了。迈克和陈汉生的关系如何？他会和他聊些什么呢？想到这，龚仁贵立刻拨打了他唯一的"朝中"好友龙坤的电话。

"是不是已经谈完了？"龙坤在电话里问，他知道龚仁贵的行程，"我等着你来我的庄园里喝酒呢。"

"还没有呢，"龚仁贵说，"五分钟后还要见一下迈克先生。"

"哦，"龙坤显然也感到很意外，"你很幸运！"

"可是，我有点紧张。"龚仁贵说，"我没想到能见他，没有做准备呢。"

龙坤立刻就明白了龚仁贵的意思。他说："他是一个非常和善的家伙，也是一个非常能干的家伙，但有时候也很强硬，是靠业务说话的人！有什么想法尽管跟他说，没事的。"

"谢谢。"龚仁贵的心中有了底，"我这边谈完后再给您电话。"

"OK，祝你好运，"龙坤不忘给龚仁贵鼓劲，"你现在的英语棒极了，加油！"

挂了电话不久，门外响起了敲门声。龚仁贵连忙站起身，亲自拉开了门。一个身材比韦德还要高大的五十来岁的白种男人走了进来，龚仁贵目测了一下他的身高，至少在2米之上。迈克同样微笑着打量了一下龚仁贵，用力和眼前的中国男人握了握手，说："David，您好，很高兴见到您。您是来自姚明的故乡吗？"

"您好，迈克先生。"龚仁贵想主动营造一种轻松的氛围，说，"您这身高可以去打NBA了。"

"呵呵，见过我的人都这么说，说我不应该在写字楼里，而是应该出现在篮球场上。"迈克摇摇头说，"不过，我知道自己的身高和姚明还有一定的差距。"

两人坐了下来，迈克说："您的资料和您的业绩我都了解，您在帕瑞比做得不错。韦德让我和您聊聊，那么我们就聊聊吧。顺便聊。"

龚仁贵还没有明白迈克说这话的意思，刚要试探一下，迈克却紧接着说："那就聊聊中国区的销售业绩为什么连续三个季度以惊人的速度下滑？"

这可是棘手的问题，龚仁贵说："除了受经济危机的影响，我想还是我们自身发展过快、对手的竞争加剧造成的。"

迈克乐呵呵地问："那么有什么办法可以解决这个问题吗？"

"加快新产品的研发和推广，让对手无法超越……"龚仁贵客观地分析了帕瑞比的优势和不足，迈克频频点头。

"David，我知道您之前也是一名非常棒的销售，我想听听您对销售的看法，您认为作为一名销售最重要的是什么？"

"销售是一项伟大的工作，是一个充满智慧碰撞和人性较量的工作。"龚仁贵说，"作为一名销售最重要的不是去抓客户的需求，而是抓人性的弱点。"

迈克点点头，站起身说："今天就聊到这儿，或许咱们以后还会有更多的机会聊天。"

鑫星集团浙海分公司所有中层以上的领导全聚在了公司附近一家最豪华的酒店。迎来送往算得上是鑫星集团浙海分公司颇具人情味的礼节了，一个人走了，调动了，叙叙，欢送一下；一个人来了，升了，聚聚，欢迎一下。这是程军定下来的规矩。他在位时，不仅是迎来送往，还有员工过生日、谁谁生病了，他都要秘书帮他记得清清楚楚；有老员工退休的，他会买把上好的鱼竿送给喜欢钓鱼的，也会弄到一套精致的茶具送给喜欢喝茶的，甚至会在每年新茶下来的时候弄些新茶送去……这就是程军的为官哲学，从细节入手，要照顾到周围的人，不管是上级还是下级。此刻，大家在用他定下来的优良方式来为他告别。而他已经不再是这里的主人，也不是今天的主角。在新领导面前，大家还是很忌讳和老领导表现出很亲密的样子，很多人都是趁迟翔不注意的时候，才迅速地朝程军举起杯。

酒足饭饱之后，依旧是程军、迟翔、魏德宁以及那名办公室主任将徐坤送到了机场。从机场回来，程军没有回公司，而是直接回了家。

妻子不在家，程军想喝杯茶，饮水机里却没有水，暖瓶也冷冰冰的。程军有点烦，想起了苏小蕾的知冷知热，感觉妻子对自己对这个家好像并不在乎，所有的心思都在她的画展上了，搞得现在不食人间烟火了一般。程军带着气躺在床上睡着了。不知道什么时候，程军感觉屋内有动静，睁开眼一看，是妻子回来了。

妻子正在欣赏一幅不知从哪里搞来的山水画，刚装裱出来，打算挂在卧室的墙上。看见程军醒来，妻子说："回来了？"

"嗯。"程军说。

"来，起来帮帮忙。"妻子说，"帮我把这画挂上。"

程军懒洋洋地站起身，来到妻子的身边。

"喝这么多酒！满屋子里都是酒味。"妻子说。

程军依旧是一副没精打采的样子："我辞去了浙海这边总经理的位置。调到总部当教育 PC 部的副总。"

"什么？"妻子一反常态，她之前对程军的工作向来都是不管不问。

程军诧异于妻子的反应："怎么了？"

"什么怎么了？"妻子在得知程军丢了鑫星集团浙海分公司总经理的位置而去总部谋了个教育 PC 事业部副总经理的位置后的第一反应是，程军这官当得越来越糊涂了。随后的反应是程军怎么不跟她打个招呼就将这么重大的事情决定了？"你怎么不跟我商量一下就做出这样的决定？"

看到妻子的表情，程军也有点生气："这是我的事情，工作上的事情！"

妻子拿出知识分子女性生气时惯用的伎俩，不吵不闹，放下画，来到客厅，双手抱肩坐在沙发上不动不语。程军知道妻子这次是真的生气了，忙从卧室走了出来，看到妻子一副倔强的表情，心想不能纵容她的这种态度，于是决定以硬治硬："你懂什么？"

妻子还是一言不发，目光直愣愣地盯着茶几的某个位置，似乎努力想把这个位置下面的什么东西给看透。

“这是往上走，是好事！”程军说给妻子听的同时，也在给自己寻找平衡，“副总怎么了？那里的一个副总也是需要正处级别的！什么叫过渡你知道吗？我在浙海干了这么多年，不也只是个副处？副总是为了解决我的级别问题。级别问题解决了，才有其他的机会。”

妻子还是一言不发，不过目光似乎有所缓和。

程军接着说：“你以为一个分公司总经理就了不起啊！你知道吗？出去了屁都不是，全国分公司总经理有多少？26位！谁不想着往总部调？就你这思想，也只能在学院里待着！”

妻子这次不干了：“学院怎么了？我怎么了？天下的事情，都是一道一道的。别跟我说你的大道理。”

程军走到妻子身边坐下来，一手揽住妻子的肩膀。妻子挣脱了一下，没有挣脱开，便放弃了挣脱，只是将目光看向了一边。

程军笑着说：“对，你说得对，天下的事情，都是一道一道的。既然你都明白，那又何必生这么大的气呢！”

“我是生气，这么大的事情你也不跟我商量商量！”

“之前不是跟你说过吗，要你的那幅画，不就是为了这事嘛！”

妻子没有沿着程军的思路走下去，而是跳出来，说：“你倒好，一个人跑到北京逍遥快乐去了？让我一个人照顾好女儿，你怎么想得这么周到啊！”

程军一激灵，心想难道他和苏小蕾的事情给暴露了？应该不会啊，他看了看妻子的表情，估计是随口说说，于是便理直气壮地反驳道：“你这说得是什么话！我怎么会是去逍遥快活去了？我是去工作！你说这话是不是太伤人了？”

“哼，你要真是去逍遥快活了，后果自负！我可不会像一些女人那样！”

妻子这是怎么了？程军感觉不对，“你怎么变得这么敏感！”

“什么是敏感？”妻子转过身，盯着程军说，“说，有没有做亏心事？”

程军知道自己刚才用错了词，手立刻从妻子的肩上移开，摆出一副万分生气的样子，说：“我做什么亏心事了！”

妻子毕竟不是这方面的高手，迅速地败下阵来，嘴角挂起了笑：“我这是给你打预防针！看到赵玉的遭遇，我就发现我对你太放松了！”

赵玉是妻子的同事，程军立刻转移了话题：“赵玉怎么了？”

“唉，”妻子说，“她也是今天跟我说的，她已经离婚了。”

“离婚了？”

“他老公不是一名律师嘛，之前在浙海邦兴律师事务所，去年去了北京发展。赵玉和我一样，对老公采取的都是放养的态度，从来不过问老公的事情，谁知道她老公去了不到半年，就认识了一个狐狸精，狐狸精还怀上了她老公的孩子，一检查是个男孩，她老公正想要个儿子呢，便和赵玉提出了离婚。赵玉说，他老公真是狠心，因为是名律师，什么都懂，离婚前将银行里的钱都转移走了，只留下了浙海的一套房子，算是留给赵玉和他们的女儿的。想想，多可怜啊！”

程军终于松了口气，原来症结在这啊。程军也痛惜地摇摇头，说：“她老公也真是的，给老婆孩子多留点钱嘛，真不是男人！”

妻子反问道：“多留点钱就是个男人啊！什么逻辑！”

程军重新揽住了妻子的肩，说：“我不是这个意思。”

“这不是钱多少的问题，是道德问题！”妻子说，“唉，赵玉说了，像你们这样有钱有地位的男人，小姑娘们挖空心思往身上贴！这社会价值观真是堕落了！”

“她说的只是片面现象！”程军对赵玉有了意见，没事给妻子说这些干嘛，搞得妻子疑心重重的，“她老公是这样，就以为全天下的男人都是这样！拿你刚才的话说，这是什么逻辑！”

“她说得不准，你急什么啊？”

“无理取闹！”程军说，“我们都一起生活了这么多年了，你还不知道我是什么样的人吗？”

“谁知道呢，之前是我太信任你，对你不加管理！我正打算对你加以管教的时候，你要去北京了，你说，这天高皇帝远的，我怎么来监督你？”

程军说：“这个东西不是靠监督，靠自觉！”

“知道就好。”妻子缓和了一下自己的语气说，“以后是不是都要常住北京了？”

“嗯。”

“那你住哪儿啊？”

程军立刻想起了苏小蕾租赁的那套房子：“先住集团里的招待所，等过几天去租个公寓住下来。”

“那我们怎么办？”

“现在交通这么方便，我两三天就能回来一趟。”程军说。

“你别这么来回跑了。”妻子说，“既然你已经定下来在北京发展了，咱们就在北京买套房子吧。”

“行啊。”程军说。

“现在房子也便宜了吧？”

“这两天你有空就去北京挑一套吧。”程军说，“如果女儿愿意的话，可以考虑为她转个好一些的学校，在学校附近买一套。”

这个时候，程军的手机响了，是魏德宁。程军看了一下时间，已经是晚上 7 点多了，心想魏德宁这个时候肯定在为迟翔重新举办一次欢迎酒会啊。

“程总。”魏德宁在电话里说，“我在你们楼下呢，想上去坐坐，不知道方便不？”

他这个时候来，是为了什么呢？程军说：“方便方便，快上来吧。”

挂断电话后，妻子问：“谁啊？”

“魏德宁。”程军想起家里面没有开水，对妻子说：“烧壶开水吧。”

妻子站起身，去厨房忙活了。

不一会儿，门铃响了。程军站起身，亲自打开了门。魏德宁抱着一个一米多长的长方形木盒走了进来，轻轻地将它放在茶几上。这个时候，程军妻子走了出来：“德宁来了。”

“嫂子在家啊？”魏德宁笑笑。

“是啊。”妻子看见了放在了茶几上的东西，似乎明白了几分，“你们聊，我出去买菜，德宁今天在这儿吃饭。”

“别，嫂子，我一会儿还有事，说两句话就走。”魏德宁说。“都是自己人，别客气。这不是我大哥要去北京了嘛，我过来说说话。”

“哦。那行，你们说话。”妻子又重新回到了厨房，“我给你们沏壶茶。”

“坐。”程军手指沙发。

魏德宁坐下来，指了指放在茶几上的长形木盒，说：“之前都是程总给我们准备东西，现在您去北京了，我也没什么好送您的。这是我收藏的一把剑，找西藏的高僧开过光，有些灵气，请程总带到北京，大展宏图。”

“谢谢。”程军看了一眼长形木盒，从魏德宁进屋的那一刻，程军就在猜测里面会是一个什么样的宝贝。单从那个木盒来说，也算得上是有年代的东西，古色古香，木盒上雕刻着两只飞腾的巨龙。他很快将目光移开，也转移了话题，说：“晚上没有活动？”

魏德宁知道程军是在问自己怎么没和迟翔在一起，大家都知道上午主要的任务是把徐坤陪好喝好，徐坤一走，晚上才是真正意义上迟翔的专场。“他上午喝多了，现在还在宾馆里睡觉呢。”魏德宁说，“不过，集体活动取消了，个人活动还要进行啊。”

程军一愣，以为魏德宁所说的“个人活动”就是到这里“坐坐”，心想魏德宁说这话，也太直白了吧。魏德宁也意识到了这一点，紧接着说："我晚上8点约了一个姑娘，您猜是谁？"

魏德宁跟程军一提起这事，程军心中就有了一种做了亏心事的感觉。妻子这个时候已经将泡好的茶放在茶几上，她弯腰给他们倒茶的时候，说："德宁看上哪家姑娘了？还跟你大哥卖关子？肯定是你们都认识的。"

魏德宁笑笑："嫂子说得对，我正追的这位，我大哥肯定认识。是上次一起吃过饭的邝玫。"

"哪个？"程军一时对不上号。

"就是教育厅基教处的那个女孩，上次咱们和单博、阎副处长一起吃饭时认识的。"

"哦。是她啊。"程军的眼前立刻想了起来，"你这挺快的啊，这么快就打入到敌人内部了。"

"不仅仅是为了工作。"魏德宁说，"我这次是为了以后的终身大事。"

"是啊，德宁身边也该有个贤内助了。"程军的妻子说。

"德宁的眼光不错。"程军笑笑说，"那可是个非常不错的女孩，长得漂亮，也很贤惠体贴。要好好把握。"

"才刚刚开始，还处于保密阶段。她考虑问题比我周全，怕传出去，影响咱们打单。"

"也是。"程军笑笑说，"有这么个强有力的内线，这个单咱们又多了一层胜算。好好把握，不管是工作，还是感情。"

"那行。"魏德宁站起身说，"我就不打扰你们了，她们这一段天天加班。我去接她去。"

"那行，我去送送德宁。"程军也站起身，对妻子说。

在楼下，魏德宁临上车时说："她们这几天整天加班，在反复论证一些招标的细节。听他们的意思，咱们在技术标上要多下一些功夫。你在北京多想一些办法，有些事情我还不想跟迟总说，遇见困难了，我还需要多求助您。"

程军没有说话，在魏德宁的肩头拍了拍。

如果对客户的院落轻车熟路，心理上的优势自然会好一些。袁道鸣每次来教育部的时候，都会有种亲切的感觉。锦盛天成第一桶金就是在教育部挖到的，随后的几年时间，锦盛天成业务快速发展，自然也少不了教育系统的贡献。然而，随着锦盛天成的摊子越铺越大，网站、游戏、电子阅读等业务的开展让锦盛天成逐渐偏离了教育系统，袁道鸣来教育部的机会就少了。

他将车停在了教育部的楼下，跟鞠莉莉一起下了车。鞠莉莉是个干练的女人，开着一辆非常粗放的越野车。来的时候，他们考虑到开着越野车来拜访客户，多少会有点不合适。但袁道鸣转念一想，自己是教育部的老客户，他之前就经常开着他那辆破桑塔纳进出这里。这么一想，便坦然了。鞠莉莉是个非常职业的人，来之前也做了不少功课，和鞠莉莉一起拜访客户，袁道鸣知道是不需要交代太多的，以鞠莉莉的阅历和经验，完全可以应付这样的场面。

事实证明，鞠莉莉完全超出了袁道鸣的预期，在袁道鸣带她“拜码头”的时候，她总能迅速而又得体地和不同的司长、副司长建立信任。他们在教育部待了近三个小时，除了部级、副部级领导没有约到外，其他和锦盛天成有过业务往来的比较熟悉的领导，袁道鸣都一一去做了拜访，并介绍给鞠莉莉认识。袁道鸣的内心清楚地认识到，相对帕瑞比和鑫星来说，这些教育部的客户关系，是锦盛天成为数不多的优势之一。然而，当袁道鸣跟一位相熟的领导刚一提起浙海的项目，就被他摆摆手说：“这个项目是试点项目，也是我们一直在探索的模式，自主权完全下放给地方。我们不插手，也不方便插手。”

袁道鸣知道这不是说辞，这次试点，教育部充分下放自主权，但并不代表教育部说不上话，袁道鸣不急，一上午便都不再提浙海的那个项目。他今天的拜访，主要目的就是把鞠莉莉推到前台。鞠莉莉和教育部接触后，很多事情就让她来办了。下面的人容易开口，也容易把握个度，客户也容易“酌情”按章办事，不伤及上面的关系。

他们从教育部出来后，袁道鸣说：“这一段要辛苦你了，多过来跑几趟。”

“这没问题。”鞠莉莉这次没让袁道鸣开车，她虽然和袁道鸣认识不久，但如果说她转投锦盛天成很大程度上是跟随江久年的话，其余的原因则是看中了锦盛天成的平台以及掌舵人的品格，她知道私有企业能走多远能做多大和老总有着直接的关系。

“等时机差不多了，再以考察‘孔子书院’的名义，请部长到咱们公司考察考察，可以让媒体多宣传一下。”袁道鸣说。

“我明白。”鞠莉莉知道“孔子书院”当时招标时，没有几家企业愿意投入到这个花大钱却得不到市场回报的项目，它是国家重点项目，意在向全世界推广中国文化，也是一个非赢利性的项目，而锦盛天成却下功夫中了标。当时有很多人说锦盛天成花的钱不值。今天看来，袁道鸣的算盘打得还是相当有远见的。“我前期在教育部的介入，还是会打着‘孔子书院’的旗号，关于浙海的项目先不提。您看这样行吗？”

袁道鸣点点头："一切听你的安排。这主意不错。"

这时候手机响了，袁道鸣看了看来电，摁了接听键说："宁经理，您好。"

"袁总，讲话方便吗？"宁璐说话中已经少了那种非常职业的语气。

"方便，请讲。"袁道鸣说。

"我们老板得知您回到北京后，也想和您见见。不知道您什么时间方便？"

"帮我约好杜总了？谢谢。"袁道鸣说，"我随时都有时间。"

"那今天下午3:00，您看好不好？"

"别下午3:00了，晚上吧，我好好感谢一下你们。晚上咱们找个地方，边吃边聊。你看好不好？"

"我问一下。"宁璐说。

"行，就在你们公司附近吧。"

"好的，等一会儿我再打给您。"

"这样吧，我亲自打给杜总。"袁道鸣说，"一会儿咱们再联系。"

"也好。"宁璐提醒道，"他现在应该在办公室里。"

挂断电话后，袁道鸣拨打了富威国际老总杜威的办公室电话，很快就接通了。杜威爽朗地说："老弟，我正想你呢。"

袁道鸣已经习惯了"江湖人物"杜威的说话方式，也随着调高自己的音调："我这不是等着您的召唤吗？怎么样？今天晚上有空没？给兄弟一次机会，咱们好好坐坐。"

"咱们已经是一家人了，自然要聚聚。"杜威说。

"那好，我带着这边的团队过去，有新加盟的同志，请杜总检阅一下！"袁道鸣说，"晚上7点，万豪如何？"

"没问题。"杜威说，"那咱们晚上见。"

挂断电话后，袁道鸣给宁璐发个短信：已经约好了杜总，晚上7点，万豪见。

宁璐很快就回复了短信：不见不散。

袁道鸣看着短信，忽然就想起他和顾小南的第一次约会，当时顾小南给他回复的小纸条上，写的也是这四个字。这一段时间也没了顾小南的消息，为了躲避顾小南的纠缠，袁道鸣换了手机号。往事不堪回首，袁道鸣迫使自己的思绪重新回到公司的事情上。他对鞠莉莉说："咱们刚和一家公司达成了一个8000万人民币的对赌协议，第一笔2000万的款已经到账。刚才就是和这家公司的老总约了晚上一起吃个饭，你若有空的话，就一起去见见。"

"行，没问题。"鞠莉莉之前曾了解到了一些关于锦盛天成的融资情况，具体的细节还不清楚，此刻面对袁道鸣，她并没有多问。

“对方叫富威国际，是一家在业内并不是太有名气的公司。”袁道鸣主动介绍道，“他们的老总叫杜威，投资部经理叫宁璐，是个女孩子。在今天晚上的餐桌上，他们二位应该会出席。”

“富威国际？”鞠莉莉说，“是国内的公司？”

“嗯。”袁道鸣说，“是国内的公司。”

鞠莉莉不由得担心起来：“对赌？”

袁道鸣叹了口气，说：“是借鉴国外的对赌模式。当时找不到钱，也找了很多国外的投资公司来谈，但由于受到金融危机的影响，都没谈成。”

“对赌的风险很大，压力也很大。”鞠莉莉直言不讳道，“小心协议里有陷阱。”

袁道鸣暗想岂止是对赌，是“高利贷＋对赌”的形式，比对赌的风险还要大。然而这些他并不想让太多的人知道，他只是无奈地笑笑：“你说得对，在对赌协议里面处处布满陷阱，咱们的一个对赌协议，就有109页。你第一次看，肯定看到不少对公司有利的一面，因为他们都将这些写在了显著的位置，然而，多看几遍就会发现，在这些‘有利’的背后，暗藏玄机。”

鞠莉莉点了点头，问：“中午吃点什么？”

袁道鸣没有一点食欲，他看了看时间，已经12点多了，便说：“随便找个地方吧。”

两人在路旁找了一家贵州菜馆，点了四个菜，袁道鸣简单地吃了一点，便买了单，对鞠莉莉说：“你慢慢吃，我去办点事。”

“您不回公司了？”鞠莉莉说。

“办完事就回。”

“那要不要去送送您？”鞠莉莉说，“或者将车交给您？”

“不用了。”袁道鸣说，“我就是要去提自己的车呢。”

等袁道鸣开着自己的破桑塔纳回到公司时，已经是下午2∶55了。原定为下午3点的一个关于“经济危机下锦盛天成逆风飞扬招聘会”活动的讨论会即将开始了，袁道鸣急忙将车停在地下二层的停车场，刚关上车门，“噌”地从身后蹿出一个人，袁道鸣回头一看，是前妻顾小南。

几天不见，顾小南看上去清瘦了很多。袁道鸣没有说话，他不明白顾小南出现在这里是什么目的？

“袁道鸣！”顾小南声音不大，却在空旷的地下停车场内听得清清楚楚，“我的儿子呢！”

袁道鸣想起顾小南给孩子吃安眠药气就不打一处来，他冷冰冰地说：“这和你有关系吗？”

“妈妈和儿子，你说有没有关系？”顾小南扬起倔强的脖子，迎着袁道鸣愤怒的目光，毫不示弱地说。

“这个问题我们已经协议过了。”袁道鸣说，“我还有个会议，没有时间也没有必要来跟你继续讨论这个问题。”

顾小南紧走几步，抓住袁道鸣，近乎哀求地说：“我想见见儿子。”

袁道鸣看见顾小南的目光，心软了下来，说：“儿子很好，有人照料。等到合适的时候，我让你见见他。”

“我想现在就见到他！”顾小南一直抓住袁道鸣的衣袖，生怕他挣脱了一般。

“不可能！”

“怎么不可能！我是他妈妈，为什么不让我见他！”

“你是他妈妈，但是你尽到一个母亲的责任了吗？”袁道鸣气愤地说，“为了自己约会方便，竟然给儿子吃安眠药！”

“我不是故意的，那药是给我自己吃的，是我搞错了。”顾小南说，“算了，说了你也不会相信，我现在只是想见见我的儿子，这个要求过分吗？”

“到了合适的时间，我会让你见见的。”袁道鸣说，“请放手，我要上去开会呢！”

“就是不放手！”顾小南反而抓得更紧了，“你手机号也换了，打你办公室电话也不接，分明是想躲着我！今天你不让我见见儿子，你走到哪，我跟到哪！你不是说要开会吗？我上去在一旁旁听，等你会开完了，带我去看看儿子好不好？”

这个时候，袁道鸣的手机响了。袁道鸣看了一眼顾小南，说：“我接个电话。”

“接吧。”顾小南说。

“你让我怎么接？”袁道鸣说，“手机在衣服兜里呢。”

顾小南这才看见自己的手抓住了袁道鸣的口袋处，便松开了手说：“哼，不让我见儿子，你走哪我跟到哪，让你什么事情都做不成！”

袁道鸣没有理她，拿出手机，一看是孔颖，便知道是要问开会的事情。果然，孔颖在电话那头问：“袁总在哪？”

“我在楼下呢。”袁道鸣说，“招聘方案你们先讨论着，我一会儿就上去了。”

袁道鸣挂断电话后，对顾小南说：“小南，我真的很忙。儿子你放心，我照顾得好好的，回头我让你见见他。”

“你很忙？你们公司还没倒闭呢？”顾小南反而绕开了话题。

“我真的要上去了，要开会了。”袁道鸣说完就走。

顾小南立刻想起此行的目的，忙跟在袁道鸣的后面，说：“我上去等你，你开你的会，我不影响你，等你开完会后，带我去见见儿子就可以了。放心，我不会打扰你现在的生活！”

袁道鸣无奈地双手一摊，说：“儿子不在我身边。”

“不在你身边？”顾小南睁大了眼睛，“那在哪？”

“过两天我带你去看看，好不好？”袁道鸣已经摁了电梯开关。

“骗我的吧？”电梯开了，里面没有一个人，袁道鸣站上去，顾小南立刻跟了上去。袁道鸣不想把个人生活带进公司，在电梯门即将关上的一刹那又下来，顾小南跟着也下来。

“小南，我们既然已不是夫妻，至少还是朋友，不至于这样吧？”袁道鸣说。

“是你不讲理在先！”顾小南说，“我只是想看看儿子，这么小的一个要求你就不能答应？”

“不是我不答应，是儿子真的不在我身边。”

“那在哪？”

袁道鸣犹豫了一下说：“被我送回浙海老家了。”

“送回老家了？”顾小南睁大了眼睛，显然是有点生气了，“儿子这么小，你怎么忍心！你在老家还有哪个亲人啊？谁会安心照顾他！”

“改天我带你去看看。”袁道鸣说，“儿子好着呢，放心。”

“我怎么能放心！”顾小南想起什么似的，说：“是不是放在你那个姑妈家了？”

袁道鸣点点头。

“那把他们家的电话给我！”顾小南说。

“干嘛？”袁道鸣问。

“你说干嘛！给不给？”顾小南问，“你不给，我也能找到他们家。”

袁道鸣后悔自己刚才说出了姑妈家，事情到了这个地步，袁道鸣说：“你记一下吧。”

顾小南忙拿出自己的手机。

袁道鸣说：“我没有告诉他们咱们离婚的事情，只是说你出国了。”

顾小南的嘴角微微一笑，不过，很快就板起脸：“我知道了，你快说号码吧。”

袁道鸣说出了姑妈家的电话，顾小南立刻拨打了过去。电话通了，顾小南稳定了一下自己的情绪，自报家门道：“是姑妈吗？我是小南，宝宝在您那儿？……给您添麻烦了……对对，刚回国……我去看看你们，估计今晚能到吧……对，我一个人，道鸣他很忙。”

挂断电话后，顾小南对袁道鸣说：“你去开会吧，不耽误你时间了。”

“说好了，只是去看看。”袁道鸣有点不放心。

“放心吧，我现在有的是时间照顾儿子。”顾小南洋洋得意地说。

“不行。你不能把儿子带走！”袁道鸣语气强硬。

看到袁道鸣的模样，顾小南说：“我不带走儿子，只是去看看。”

袁道鸣知道顾小南说出的话不太可信，便警告道：“你若是把儿子带走，我就起诉你！”

“放心。”顾小南扬手摁动了车的电子锁，“我去你姑妈家，你有其他的事情没？”

“你去吧，”袁道鸣说，“希望你能遵守承诺。”

顾小南头也不回地走了。

龚仁贵在帕瑞比中国区和亚太区的权力之争中笑到了最后，就在龚仁贵从华盛顿回来后不久，陈汉生也飞往华盛顿和帕瑞比全球副总裁兼人力资源总裁韦德见了面。就在他们见面后的第二天，一封邮件公告显示陈汉生突然就被调回到美国总部，给了一个帕瑞比全球副总裁兼市场分析研究部副总裁的虚职。随后，另外一封邮件则名正言顺地将龚仁贵推向了大中华区的权杖之颠——龚仁贵在经过一番“艰苦卓绝”的政治斗争后，终于坐上了全球副总裁兼大中华区总裁的宝座。

龚仁贵也立刻结束了自己的休假，重新回到了公司。再度出山的龚仁贵低调了很多，他没有坐到陈汉生腾出来的那间宽大的办公室，建议将那间屋子重新改回原来的公议室，自己则坐在了那间新隔开的办公室内。

Jessie 将龚仁贵的办公室擦洗得一尘不染，并且亲自买了两株仙人球放在龚仁贵的电脑旁。她对龚仁贵充满了感激。自从她知道了自己也是在上次的裁员名单上后，寝食难安，下班后一直待在招聘网站上，看看有没有合适的工作。虽然她拒绝在离职单上签字，但她知道一旦下达了离职单，被裁就是板上钉钉的事，只不过早一天晚一天而已。现在龚仁贵回来了，并且以帕瑞比大中华区总裁的身份回来的，Jessie 的心里立刻溢满了兴奋、喜悦。她将龚仁贵需要的文件双手递过去，没有离开，毕恭毕敬地站着。

龚仁贵抬眼看了看她，问：“还有什么事情？”

“谢谢您。”Jessie 说。

“怎么这么说？”

“总之是要谢谢您。”

龚仁贵笑笑：“是什么事情要谢我？”

“工作。谢谢您给了我重新工作的机会。”Jessie 红着脸说。

“哦，是这个事啊。呵呵，不说了，以后好好工作吧。”

“是。”Jessie 点头道。

“对了，这隔壁几个办公室都还没有人用吗？”

“没有。”Jessie 说。

“帮我订个小会议室，并约一下 Bill，9 点半我找他议个事情。”龚仁贵说。

“没问题。”

Jessie 退了出去，大门也被带上了。龚仁贵站起身，打量了一下他的地盘，之前办公室的痕迹随处可见，不一会儿，Jessie 就打来电话说，“约好了，在二号会议室，Bill 已经在那里等候了。”

龚仁贵看了一下时间，已经是 9:27 分了。他重新看了看新拟定的裁员名单，其实改动的也不过是二十几个人。他要重新规划他的大中华组织结构图，在最显著的位置也就是中国区总经理的位置上，他思索了一会儿，决定还是打一个他酝酿已久的电话。他调出储存在手机里面的通过其他渠道得到的江久年新的手机号码，用自己的手机拨打了过去，电话通了，江久年熟悉的声音响起：“龚总，您好！”

“你好，久年。”龚仁贵说出这句话的时候，不知道为什么，声音竟然有点颤，“忙不？”

江久年陪浙海省教育厅办公室主任余哲坐早晨第一班飞机从北京刚回浙海。余哲对这次的北京之行相当满意，他的两幅书法分别拍卖出了 1 万 2 和 1 万 5 的价格，虽然这个价在参加拍卖的其他书法家作品中只算是中等，余哲还是非常高兴。在江久年的努力下，他不仅和一些著名的书法家建立了联系，还被批准加入了中国书法协会。原本定为一天的行程也被他主动延迟了一天回来，这足以说明了他对江久年工作的满意度。

江久年没有想到龚仁贵会打电话给他，而他此刻刚好在开车从机场送余哲到教育厅，他哈哈一笑，说：“我整天瞎忙。这样，龚总，我正开车，五分钟后给您打过去，好吧？”

“行。”龚仁贵挂断了电话。他知道此刻江久年正在浙海盯教育厅那个大项目。

江久年将车停靠在离教育厅不远处的一个背街路口，说：“余主任，我就送您到这儿，您走两步就到了。”

余哲是聪明人，他知道江久年这是不想让人看见他们俩在一起。余哲手拿着从其他书法家那里要来的书法作品，刚要下车，被江久年拦住了：“余主任，东西先放我这儿吧，您拿着它去上班，不方便。我找人裱裱后送您家去。”

余哲一愣，随即笑笑说：“不用了，我自己裱。”

“都是朋友了，别这么客气。”江久年以毋庸置疑的语气说。

“那好吧，辛苦江总了。”余哲将那些书法作品重新放在车内的后座上，说，“谢谢，这次去北京算是开眼了。”

“呵呵，您这是平时公务繁忙，没时间去。其实，艺术是需要交流的。交流的艺术才是活的艺术。”

“我这谈不上艺术。”余哲已经拉开了车门，漫不经心地说，“呵呵，我们丁厅长的书法才叫艺术。”

江久年心中一动，知道这是余哲故意透露给自己的信息。这个信息够对得起江久年这两天来的辛苦奔波了。江久年心存感激，却没有明说，也不能不对此作出回应，他只好淡淡地“哦”了一下，对余哲挥挥手，说：“余主任，慢点。”

余哲下了车，头也不回地走了。

江久年立刻拨通了朋友的电话：“帮我找两幅最好的作品，古代大书法家的真迹，你们行业内公认的最有艺术性和收藏潜力的，价格高一些也可以考虑。你先帮我留意着，我随时用得着。”

挂断电话后，江久年才想起龚仁贵，他搞不明白龚仁贵此刻打电话有什么目的。帕瑞比的事情，江久年了如指掌，龚仁贵逼走陈汉生当上大中华区总裁的事情他也第一时间知道了。他现在找自己是什么事情呢？江久年拨通了龚仁贵的手机，说：“不好意思，龚总，让您久等了。”

龚仁贵一直在等江久年的电话，跟Bill约好的9∶30已经过去十分钟了，他毅然决然地继续在等江久年的电话。江久年的语气让他有种恍然如梦的感觉，他以为江久年会不冷不热地和自己说话，但是江久年没有，他依然能想起江久年说话时面带笑容的模样，这增加了他的信心。龚仁贵决定单刀直入：“久年，想必你也知道了，陈汉生走了，大中华区我来负责了。”

“哦。”江久年却故意惊讶地说，“真的？恭喜。我还真不知道呢。”

龚仁贵有点狐疑地说：“你会不知道？”

“真不知道。”

“哦，那我告诉你吧。”龚仁贵说，“现在帕瑞比变动很大，之前的事情，我也很遗憾，上边给的压力太大了，而我说了也不算。”

“过去的事情就让他过去了。”江久年说，“龚总对我不错，久年心里明白。”

“那就让之前的不愉快都过去吧。”龚仁贵说，“现在听说你在为锦盛天成做事。我不能说锦盛天成多么不好，也不能说帕瑞比中国区总经理的位置更适合你。你可以考虑一下，现在我说了算。帕瑞比中国区总经理的位置为你留着。你若能考虑，我非常乐意等你的回复，你认为合适时，我可以找你面谈。关于其他要求，我满足不了的，可以向总部争取。”

江久年没有想到会是这件事情，他几乎不假思索地就拒绝了：“我现在的状态让我非常满意。谢谢，以后有机会再合作。”

被拒绝在龚仁贵的意料之中，他又做了最后的努力：“久年，你在帕瑞比做了这么多年，已经得心应手了，帕瑞比可以拿出比锦盛天成更大的空间和更好的待遇。还是希望你能考虑一下。我可以拿出一周的时间等你消息。”

“谢谢龚总能想起我。”江久年毫不犹豫地说，“我在锦盛天成挺好的，一切都刚刚开始，没有考虑离开。龚总还是不用等了。”

“那好吧。”龚仁贵无奈地说，“那你多保重。”

“谢谢。”

挂断电话后，龚仁贵看了看时间，已经是9：45了。江久年的态度在他的意料之中，但从江久年口中真正说出拒绝的话时，龚仁贵的心口还是感到了一种微微的难受。他调整了一下自己的情绪，端起茶杯，来到了二号会议室。

Bill已经在那里等候多时了，龚仁贵推门进来的时候，他直挺挺地坐着，双手放在膝盖上。

龚仁贵将茶杯放在会议室内的桌面上，说：“Bill，不好意思，让你久等了。”

从看到陈汉生和龚仁贵的人事调整邮件后，Bill的心就悬了起来。这一段，他的所作所为，足够让龚仁贵一上台就找理由辞退他。果然，龚仁贵上班第一天，就让Jessie通知他谈话。Bill一开始是抱着视死如归的念头走进这间小会议室的，既然横竖都是一个死，还不如让自己死得好看一些壮烈一些。他甚至幻想着龚仁贵若是怒气冲冲的话，他也会拍桌子踢板凳，也做一次堂堂正正的站着撒尿的人。然而，随着时间的推移，他内心的堡垒开始瓦解。他想到了他的妻子孩子，想起了帕瑞比优厚的福利待遇，想起了别人羡慕的眼光，他不能失去这一切！何必因为一时之气，而失去了这一切呢？若是在平时也可以去试试，然而现在是经济危机的时候，找工作都困难，更别说找一个比目前还要好的工作了。他越想，心里越是发毛，龚仁贵越是没来，他心中越是没底！直到龚仁贵推门的一刹那，他下定了决心，那就是“大丈夫能屈能伸”——只要龚仁贵不赶他走，就是给他穿小鞋，他也认了。然而，此刻龚仁贵和颜悦色地坐在对面，并且客客气气地和他说话。他反倒一时不知道如何应答，只是下意识地说：“没事。”

“咱们这一段人员变动得比较大，我呢，以后工作的重心就放在了大中华区。中国区的事情，可能就需要一个人专门来做了。”龚仁贵看了一眼Bill，Bill由于紧张脸部微微地有点发红，龚仁贵接着说，“我在休假这段时间，你也负责了中国区的日常工作。属于帕瑞比的老员工了。最重要的是，之前咱们合作得比较愉快，所以，帕瑞比中国区总经理的人选，我觉得还是你比较适合。”

Bill 恨不能立刻感恩戴德起来，然而技术出身的他缺少语言表达天分。他没有想到龚仁贵不仅没有辞退他反而给了他一个做梦时才能坐一坐的位置，一开始的紧张立刻变成了激动，豆大的汗珠像泄了闸的水从脑袋上滑落，一时不知道说什么好，只是一味地点头说：“谢谢龚总，谢谢龚总！”

看到 Bill 的模样，龚仁贵暗笑，真是一副奴才嘴脸！龚仁贵之所以能暂时不计前嫌，把 Bill 推向了前台，也是看中了他这一点，奴性和憨厚。这样的人容易掌控，也肯卖命。另外一点，也是最主要的原因，就是启用 Bill，会打乱陈汉生安插在中国区的整个网络。他能用这种办法将陈汉生整走，陈汉生难道会就此罢手，就不会用同样的办法来对付龚仁贵？现在收买住了 Bill，就等于断了陈汉生在中国区的精心布局。况且，目前这个时刻，安定大于一切，帕瑞比中国区再这样动荡下去，他龚仁贵的屁股能把大中华区总裁的位置捂热？只要位置捂热了，还怕收拾不了一个毫无城府的 Bill？

龚仁贵喝了一口茶，看着 Bill 近乎小丑一样的表演。Bill 短路的大脑似乎一下子通了电，他终于找到了其他的词语，拍起自己的胸脯说：“谢谢龚总对我的信任，我一定不辜负您的期望。之前，Bill 有做得不对的地方，还请您多包涵！”

“别这么说，”龚仁贵大度地一挥手，“我知道，有些事情你也是迫不得已。好在那个人已经走了。唉，咱们中国人就是太实在了，人家把咱给卖了，咱们还帮人家数钱！”

Bill 睁大眼睛，点点头说：“就是，就是。”

“你知道总部是怎么问我的吗？”龚仁贵说。

“怎么问？”

“嗨，不说了。”龚仁贵摇摇头说，“反正都是过去的事情了。”

“龚总，您不说，我也知道。”Bill 说，“他走之前，把所有的责任都推到了我一个人的身上。”

龚仁贵点了点头，随即俯下身子说：“可不能瞎说，自己知道就行了。”

“您放心。我没有其他的优点，就是嘴特严！”

龚仁贵一笑，心想，给你一块糖就张开了，还嘴严呢！“不过，既然人家已经将责任都算在了你头上，对他的话，上面还是比较信任的，所以，你做过的事情，还是要有你来负责，也是上面借此对你的考验。”龚仁贵说。

Bill 一愣，随即点头道："这是应该的。应该的。"

"也不能都让你承担责任，我也有，责任咱们一起来担！"

"是我的过错，是我的责任，我愿意全部承担！"

"不能这么说，也说不上责任，就是咱们尽快把过错给弥补过去！"龚仁贵说，"谭村事件以及裁员的事情闹得沸沸扬扬，对此，上面很有意见。限令咱们一周内解决好这些问题。我是这么想，裁员的事情我来负责，具体调整后的裁员名单以及裁员流程、方法，你和 Jack 来定。Jack 这方面比较有经验，也熟悉国家政策，你可以多听听他的想法。你说呢？"

"对，对，Jack 有经验，是专业人士。" Bill 说。

"另外，关于媒体这一块，我是这么想的，事情闹到了这一步，想一下子缓解媒体以及大众的信任危机也不太现实。但媒体对一个事件的关注周期是有限的，我相信高峰期已经过去，他们现在还持续地关注，主要是希望得到一个说法，对不对？他们要说法，我们可以给。我们坐下来，和媒体进行一次真诚的沟通，你作为中国区的总经理表表态，拿出一个合适的解释，我想这件事情就会过去了。你还有什么好的建议？"

"还是龚总考虑得周到！" Bill 立刻拍起了马屁，"我认为合适的话，可以拿出一些公关费用。"

"嗯，同样一件事情，可以是好事，也可以是坏事，就看人家怎么写了。公关费用你和市场部沟通，你们定吧。其他也不多说了，我去把你的事情尽快落实了，你也去忙吧。"

"其他也。"

"好的，好的。" Bill 站起身，亲自将门拉开，自己站在门后，让龚仁贵先走。

龚仁贵回到自己的办公室后，拨打了 Jack 的分机。Jack 很快就来到了龚仁贵的办公室，敲门后进来，表情一如往常，仿佛他和龚仁贵根本没有一起经历过和陈汉生较量的事情，他仍旧像以前一样毕恭毕敬地说："龚总，您找我？"

这就是 Jack 的高明之处，摆了一个姿态，迅速端正了自己的位置。他知道老板的事情太多了。这样不好，古时和"老板"一起打天下的人，成功后，有几个能够一起安享天下？就是心腹，也要隔着一段心和腹的距离。就看你如何把握了。龚仁贵暗自佩服 Jack 的定力，他亲自站起身，拉了一把椅子，说："坐下来，陪我说说话。"

Jack 坐下来，终于露出开心的笑容："裁员的事情，没问题。已经和劳动保障部门的朋友沟通过了，只要咱们把裁员方案和名单报送上去，不违反劳动合同法，一两个工作日内就可以过。等名单敲定后，我立刻送过去备案！”

“好。好。”龚仁贵连说了两个“好”，“这次你可是立了大功！”

“还是龚总料事如神！”Jack 伸出了大拇指。

龚仁贵站起身，从办公桌上的一叠文件中抽出两张纸：“这是刚改后的名单，你看看，还有什么改动的没？”

Jack 接过来，逐一看了看，基本上是按照龚仁贵和他之前商量的意思来定的，那些拒绝签字的人也就是他们提前打过招呼的全都留了下来，只不过龚仁贵一直想拿下去的谷枫并没有出现在裁员名单上，而谷枫的几名“亲信”全部出现在裁员名单上，Bill 的人也增加了一些，但不是太多。这份新的裁员名单，看上去均衡了很多，不会落人口舌。Jack 原想问一下谷枫的事情，转念一想，龚仁贵这么安排肯定有他自己的想法。“这份名单比较公平公正，拿出去，谁也没话说！”

龚仁贵笑了：“你就不问问我谷枫的事情？”

“您这么安排，自然有您的想法。”

“安定大于一切。”龚仁贵说，“现在的帕瑞比中国是经不起折腾了。”

Jack 点点头，说：“龚总说得对。”

“不仅谷枫暂时不会动，连 Bill 现在也不能动。上面有人给 Bill 说话，想让他来做帕瑞比中国区的总经理。一切以安定团结为重，大中华区我刚去，也不能随便动，怕引起更大的动荡……唉，你先配合他做一段时间。等过了这段时间，有的是机会，好好干。”

“龚总，只要有您在，我还怕没有机会？”Jack 态度极其真诚地说。

“对，你是和我一起扛过来的人，我不用你用谁？用人家，我还不放心呢。”

这个时候，龚仁贵放在办公桌上的手机响了，龚仁贵一看，是谭村的电话。龚仁贵犹豫了一下，摁了拒绝键，回过头说：“对了，给 Bill 配秘书的事情，怎么样了？”

“我征求了一下范萌萌的意见，她本人是非常乐意来总部工作的。只不过，不知道现在还给 Bill 配不配？”

“配。”龚仁贵说。

龚仁贵的手机再次响起，Jack 站起身，说：“那没什么事情，我先出去了。”

“行。”龚仁贵看了看手机，是条短信息，谭村发来的。他没有看内容，而是对走到门口的 Jack 说，“我印象中，你好久没有加薪了吧？该加一次了。”

帕瑞比的薪酬制度都有严格的规定，每年会根据员工的考核成绩调动一次，浮动一般是 10%，特别优秀的员工会达到 20 ~ 30%，平日只有获得总裁特别贡献奖的员工才有机会获得加薪，并且总裁特别奖的加薪幅度最高可以达到 40%。身为人事总监的 Jack 自然明白这一点，他刚刚在去年的考核中加过一次 10%，于是笑笑说："这个时候加薪，不适合，大家都在裁员呢。谢谢龚总，以后吧。"

"没有什么不合适的，等这次裁员工作结束后，我就以顺利完成复杂的裁员工作为由，跟 Bill 说一下，给你和你们部门申请一次总裁特别奖。"

"谢谢龚总。"

等 Jack 退出去后，龚仁贵才打开谭村的短信，短信上只有四个字：恭喜龚总!

龚仁贵知道，讨债的人来了。

然而，现在也不是还账的时候。谭村是个特殊人物，把柄还握在人家手中，现在给他安排位置，不是等于引火上身吗？但又不能冷落了谭村，这样的人，报复心极重，得罪了他，发生什么样的事情都有可能。龚仁贵想了想，拨通了谭村的电话："不好意思，刚才在开会。"

"恭喜龚总，您替我们出了口恶气。"谭村说。

"呵呵，多亏了你。"龚仁贵哈哈一笑，说，"怎么样？现在在哪？"

"我现在刚出诊所，刚看完眼睛。回来上网才知道这个消息，恭喜恭喜。"

"眼睛怎么样？好好休息休息。"

"大夫说，只要平时注意饮食和睡眠，就不影响工作。"

"还是身体重要。"龚仁贵说，"等你休息好了，什么时候想回来，跟我说一下就行了。"

"我现在就想回去工作，我还等着为您打单呢。"谭村说，"浙海的那个单，我不放心啊。"

龚仁贵最讨厌这种立功之后想立刻请赏的下属，他强忍着自己的怒火，尽量以一种无奈的语气说："嗯，我也想让你立刻回来，但是现在是特殊时期，风声正紧，那些人都盯着你呢，他们握着你的把柄，就等着你犯错误呢。听我的，先养好身体，等过一段时间再过来，到时直接来大中华区，来我身边做事。你说呢？"

谭村有点犹豫了，他之所以这么快想回帕瑞比，就是担心龚仁贵卸磨杀驴、过河拆桥，但龚仁贵说的也有道理，很多人现在都盯着他呢，最后听到龚仁贵的承诺，谭村只好说："我明白。不过，浙海的单，可要多上心了，现在锦盛天成的大部队都开到浙海了，他们投入的兵力可比咱们多得多!"

龚仁贵知道谭村这么说，无非是想表明他的重要性。龚仁贵顺着他的意思说："哦？他们投入这么大啊，你可要多帮帮吴彪了。"

"放心，我会的。"谭村说，"那我就先不找工作了，随时等着龚总的召唤!"

这句话就有点逼迫的意思了，龚仁贵听起来不舒服，不过他还是肯定地说：

“没问题，先看好眼睛再说。”

挂断电话后，龚仁贵诅咒起谭村的眼睛。不过，想起浙海的那个单，他还是希望谭村能够参与进来。毕竟谭村在华东混迹多年，天时地利人和都占上一层。不过，这个单寄希望于一个离职的销售总监身上，显然不靠谱。短时间内找到一个适合的销售总监也不现实，眼下看来，龚仁贵只好亲自披挂上阵了！

如果说程军丢掉鑫星集团浙海分公司总经理的位置是他失落的第一步的话，那么他在教育PC事业部被边缘化则让他感觉自己逐步远离了鑫星集团的仕途舞台。于喜红的重返舞台，让程军只能当一个配角，后来，连配角都当不上了，成了一个摆设、一个道具。甚至连开会都很少通知程军去参加了。程军的内心灰暗之极，他一直想等机会和石知宇说说。然而，最近半个多月来，石知宇忙得很，连个人影都难看到，程军私下打探了一下，石知宇几乎天天到国资委开会，周六日都没有休息。

程军知道自己只能等，他把所有的希望都寄托在石知宇身上，希望鑫星集团的国企改制重组方案能够尽快进行。程军坐在自己的办公室里，无所事事地翻看着报纸，有关浙海教育厅那个项目的消息，他现在只能断断续续地听到了。魏德宁的电话一开始比较勤，后来就慢慢地少了。听魏德宁说，迟翔的进展非常快，这个人使用的销售套路完全属于天马行空的政治炮弹轰炸，上来先包装自己。不知道从哪搞来的关系，他第一次拜访客户就把浙海教育厅厅长杨建国请了出来吃饭，到了饭桌上才知道，于喜红已经等候多时。看得出来，于喜红和杨建国并不是第一次见面。于喜红在介绍迟翔时，除了说是鑫星集团浙海分公司总经理外，还重点突出了鑫星集团最年轻的总经理，还意味深远地将他称为迟大公子。饭桌上有浙海国资委主任韩大雷作陪，期间在隔壁吃饭的省政府的张副省长也过来敬了两杯酒。从魏德宁的口中，程军听得最多的就是，场面，那场面真是太大了。迟翔也放出话来，还竞什么标啊，这个项目就是鑫星的，早就定下来了！程军知道这是迟翔放的烟幕弹，但是这让远在北京的程军心里很不是滋味！

后来，魏德宁主动打来的电话越来越少，而程军在北京很难知道项目的最新进展，于喜红等于无形之中将他排挤出浙海项目组了。程军正逐渐失去手中的砝码，这么下去等于坐以待毙。今天，对，就是今天，程军下定了决心，不能再等下去了，一定要找石知宇谈谈，他若不在公司，就是打电话也要把情况和自己的想法说一下。

就在这时，程军办公桌上的电话响了，自从程军来到这个办公室后，电话就很少响过，偶尔响一两次，也是打错了的电话。程军狐疑地拿起电话，漫不经心地说，“你好。”

“程总您好，我是石总的秘书赵方媛。”对方说，“石总想请您现在去他办公室一下。”

程军没想到，石知宇会主动召见他，他有些激动地说：“行，我这就过去。谢谢方媛。”

挂断电话后，程军没有一刻停留，立刻就关上门来到了石知宇的办公室。

“程军啊，坐，我10点钟还要去开会。”石知宇说，“咱们就简单地聊聊。”

赵方媛敲门送来一杯茶，程军冲她点点头，说了声“谢谢”。

“今天找你来，是想跟你说一下，马上不是要评职称了吗？你目前还是副处吧？”石知宇问。

“嗯。”

“你的条件不错，也早该晋级了，教育PC事业部今年有两个正处级的指标，你争取一下，找一些材料，写个申请。”石知宇说。

“谢谢，谢谢。”程军没想到石知宇会主动说这个事情，心头不由得一热，心想有了石知宇这句话，这一段受的委屈也算不了什么。

石知宇说：“咱们鑫星提交的改组方案昨天已经通过了，这两天正在讨论鑫星董事会的调整方案，这些你自己知道就可以了。目前看来，教育PC这一块既不会被砍掉，也不会壮大，会继续作为鑫星集团的一个事业部经营下去，只不过营收会比之前大，压力也会增多。你心中做好准备，要拿出一套整体的对教育PC部未来五年的发展规划以及切合实际的任务指标。国资委对一些重组后的企业负责人采取竞聘上岗，咱们鑫星内部各部门也会采取这种方式，你做好准备。硬性指标，比如正处，这些都好解决，关键是你要拿出一套让大家信服的东西来。”

“我明白，我准备。”

“行了，我找你来，要说的就是这些。”石知宇说，“你那边有什么事情没？”

“我正想给您汇报呢，”程军说，“浙海项目，现在我基本上插不上手。于总全权负责，有什么指示她直接传达给了迟总，业务会也很少让我参加。我整天干着急，也没什么用。”

石知宇沉默了一下，说：“对你说的情况，我并不感到惊讶。相信这种情况很快就会解决的。好好准备你的东西吧。”

“那好。”程军放下手中的茶杯，欲言又止。

石知宇说：“有什么事情尽管说。”

“是这样的，我还是对浙海的项目有点担心。倒不是担心他们做得不好，只是担心自己前期做的准备一下子都付诸东流了。我还是希望能够参与到浙海的项目中来。”

“等一等吧。等过了这几天。”

“再过几天就是元旦了，浙海教育厅的那个项目过了元旦就开始进入招标程序，到时间再做工作恐怕就晚了。”

“你放心，别说是元旦，就是等春节过后，他们的项目也未必能够顺利招标！”石知宇胸有成竹地说。

“什么？”程军惊诧万分，他上次亲耳从客户那里听到，元旦后开始招标，从其他几家竞争对手来看，也是根据这个时间来安排工作的，怎么可能要往后推呢？“我上次就是从浙海教育厅那里得到的消息，对方确切地告诉我，元旦后招标。咱们的竞争对手锦盛天成的大队人马都撒出去了，全部根据元旦这个点来安排时间的。难道有了变化？”

石知宇说：“别说你们不知道，估计很多咱们的竞争对手也不知道，甚至连浙海教育厅现在也未必知道！昨天开会时，刚刚得到的消息，国家为了应对经济危机，正在搞一个大的2009年‘扩内需、保增长’一揽子计划，中央财政将会拿出数万亿的资金，促进农村、教育、医改、社保、文化体育等全面发展。为了配合这个一揽子计划，很多未来几年内计划要实施的项目要在2009年提前实施，当然了在2008年年底计划落实的项目也被统一规划到这个一揽子计划里面。我打探了一下，浙海教育厅的那个项目也在一揽子计划里面，所以，这个项目势必要往后推了。另外，还有一个更好的消息，在浙海的这个试点项目结束后，教育部会将计划在2010年、2011年、2012年这三年内完成的中小学现代化远程教育工程提前到2009年下半年开始，算下来，几百亿的工程啊，到时你程军能给我拿下多少亿？”

程军瞪大了眼睛，听石知宇这么一说，他知道自己看得太短了。对这么好的消息，程军似乎还没有反应过来。

“所以啊，‘沉住气不少打粮食’，要用长远的、发展的眼光看问题。”石知宇的语气不大，句句都像大金砖，砸在程军空荡荡的心里。

程军终于反应了过来，竖起自己的大拇指：“还是石总高瞻远瞩，远远地将我辈抛在了后面，您说，谁会想到会是这么一个形势呢？高！的确是高！”

石知宇淡然一笑：“这件事，你自己知道就行了，让他们忙活去吧！”

程军不知道石知宇口中的“他们”是指于喜红、迟翔他们，还是指帕瑞比、锦盛天成他们，或者二者兼有。不管是指谁，今天这次谈话，对他来说，无疑是一次大的收获，他像怀揣着一个捡来的怕被别人看见的金子一样，略显兴奋声音微颤地说：“石总您放心……”

第十二章 **耻辱的力量**

熟悉德甲的球迷或许都知道马加特这个人，他分别在2004—2005赛季和2005—2006赛季作为主教练带领拜仁慕尼黑获得德甲联赛和德国杯比赛的双冠王，成为德国足坛蝉联联赛和杯赛冠军的第一人。然而，在2007年的一天，在开车去俱乐部的路上，他从广播中听到自己忽然被俱乐部解雇的消息。这种没有经过事先沟通就直接解雇的做法让任何一个教练都无法接受，然而他并没有去争辩，而是默默地来到了一个名不见经传的球队沃尔夫斯堡执教。谁也不会想到，在沉寂一年后，马加特竟然让这个没有一名大牌球星的球队迅速崛起，在2009年5月23日为沃尔夫斯堡捧起了俱乐部的第一座联赛冠军，并在联赛中以5：1的大比分羞辱了卫冕冠军拜仁慕尼黑足球队。事后有记者问：这是复仇吗？马加特笑笑说：不，这是证明！

锦盛大成历时近一个月拉网式调研活动终于结束了，袁道鸣在元旦前一天的下午飞到了浙海。

晚上7点，卧龙潭宾馆的二楼餐厅，灯火辉煌，暗香浮动，桌子上美酒佳肴，桌子旁52名“纯爷们儿”个个摩拳擦掌，一场盛大的晚宴即将开始了。

坐在最里面一张桌子上的江久年站起身，说：“我很高兴，看到大家都活着回来了！经过一个月的磨炼，事实证明，我们的队伍是一支打不垮、压不烂的铁军之师！在举杯之前，请袁总讲话！”

餐厅里掌声一片，袁道鸣脱下上身的外套，端起高脚杯站了起来，修长的身材在灯光的照耀下显得更加儒雅，他举杯的样子更显出一股男人的洒脱：“各位战友、各位兄弟，说话之前，我先敬大家一杯！诸位辛苦了！我先干为敬！”

餐厅里立刻丁当作响，人多场合上的碰杯，大都是通过碰桌子的形式完成的。

袁道鸣给自己的杯中倒上酒，扫视着面前每一张熟悉或者陌生的脸，说：“我看到有的人变瘦了，有的人晒黑了。不管是变瘦了，还是晒黑了，我相信刚刚过去的一个月，是大家度过的非常难忘的一个月！一个月的时间，我们锦盛天成的足迹踏遍了浙海所有的县市，完成了三千多份调查报告，深入彻底地了解了客户的真实需求，我可以欣慰地告诉大家，所有人的努力都没有白费！我们的这次活动引起了客户的高度重视，我们从这些调查报告中提炼出来的一些观点得到了客户的高度认可！当初，我们做这个活动时，有竞争对手在客户那里说锦盛天成是作秀！客户里面也有人不理解，但当我们将这些调研报告提交给项目领导工作小组的时候，他们的总工程师对此深表谢意！我们提供了一件他们最需要的东西！这些都是你们的功劳！我敬大家第二杯！”

袁道鸣一仰脖，喝完杯中的酒。餐厅里再次丁当作响！

袁道鸣再次给自己倒上酒，接着说：“还有一点，我们在短短一个月内，就全面建立起了覆盖浙海各个地区的售后维修网点，这为我们锦盛天成的长久发展奠定了基础，为我们建立完善的覆盖全国的售后服务积累了经验！经过这一个月的练兵，正像刚才江总说的，事实证明，我们锦盛天成是一支打不垮、压不烂的铁军之师！我知道在这一个月内，很多人都没有休息过一天，周一到周五在下面调研，周六日还要回到这里做总结。明天就是元旦了，一些战友可以安心地休息几天，而我知道从研发部抽调过来的战友明天还要赶回北京赶回公司，根据咱们的调研成果，做相应的技术改造和产品升级！对他们来说，艰苦的工作才刚刚开始！在这里，我特别向研发部的战友、向所有的为锦盛天成作出贡献的战友表示感谢！谢谢大家！”

四周再次响起了雷鸣般的掌声。

袁道鸣举起了酒杯，高声说：“一个月前，我在这里为大家送行；一个月后的今天，还是在这里，我为大家接风。看到眼前的场景，我就不多说了，各位兄弟一起开怀畅饮吧！”

酒是一个好东西，它能迅速点燃周围的气氛，餐厅里立刻热闹起来。袁道鸣看见晒得黑黝黝的刘恒辉迅速和周围的人打成了一片，江久年说他这一个月突飞猛进，不仅顺利完成了调研任务，还和当地的教育局领导取得了较好的联系和信任，袁道鸣知道这个肯吃苦勤学习的小伙子正在迅速成长为一名优秀的销售。陆峰带领几名销售过来敬酒，袁道鸣的手机响了。袁道鸣将杯中的酒喝完，才拿出手机，一看，是越众的老总常森。袁道鸣知道这一段时间，常森没少找江久年商量一起做单的事情，这个老狐狸作为浙海省首屈一指的金牌经销商，从一开始不愿意和锦盛天成合作到现在求着和锦盛天成合作，主要是看到了锦盛天成的日益强大，以及锦盛天成在浙海这个项目上的布局！

袁道鸣来到了一个相对安静的走廊里，接通了常森的电话。常森在电话里急切地说：“袁总您好，刚才我打江总的手机，没人接，才给您打个电话。”

“什么事情？”袁道鸣知道这一段时间是江久年负责和常森联系的，一般情况下，常森是不会主动打袁道鸣电话的。

“听说了吗？”常森稳定了一下自己的情绪问。

“听说什么？”

“浙海教育厅的那个项目。”

一种不祥的预感涌向了袁道鸣的心头，他连忙问：“怎么了？”

“浙海的项目可能要往后推了。”

“往后推？”袁道鸣不敢相信自己的耳朵，辛苦了这么长时间，怎么会是这样的一个结果，“为什么要往后推？”

“我也不清楚，我也是刚刚听说的，然后就给你打电话，你不知道？”

“不知道。上次丁厅长还说可能就是元旦前后的事情。”袁道鸣说，“你从哪儿得到的消息？”

“唉，是我下面的人说的。”常森没有说出具体的名字，“我下面的一个业务员说的，可信度不大，所以我就跟您老人家求证啊。”

袁道鸣说：“帕瑞比和鑫星怎么说？”

“袁总，看您这话问的！我一得到消息就立刻给您汇报了，况且我就是把宝押在您这边了，他们啊，现在都躲着我呢，我去问，不是自找苦吃嘛！”

袁道鸣根本不会相信这些“有奶便是娘”的经销商，什么事一旦到了经销商那里，就等于在公开发表了。袁道鸣敢打保票，常森挂断他们的通话后会立刻拨通帕瑞比的电话。袁道鸣哈哈一笑：“谁不知道越众是大众情人，我还不是担心您偷偷地和别人好上了？”

“袁总这句话可冤枉我喽！偷人也不敢在袁总面前偷啊。呵呵。”

袁道鸣已经没有心思开玩笑，但是在经销商面前又不能表现出惊慌的情绪，说实在的，常森是浙海屈指可数的大经销商，袁道鸣还是要给他信心：“往后推就让他往后推吧，我们不怕！”

常森哈哈一笑：“袁总说得对，兵来将挡，水来土掩。管他呢。不过，我不是担心这个单会被其他家抢了去，我是担心夜长梦多，往后推着推着，项目取消了，咱们不是白忙活了吗？！”

这一下子捅到了袁道鸣的要害，项目取消了怎么办？客户就是再认可你，你前期做的工作就是再优秀，但是项目被取消了，说什么都完了。“应该不会的，常总尽管放心，这是教育部重点工程，怎么能说取消就取消呢！”袁道鸣安慰常森说，不过这话听起来更像是在安慰自己。

“但愿如此吧。”常森说，“在哪儿呢？什么时间来我这儿视察视察啊？”

袁道鸣不想让他知道自己身在浙海，便含糊地说：“岂敢去视察？去取取经还差不多！”

“呵呵，不说了，袁总神通广大，浙海这边有什么变化了，跟我说一下，让我也有所准备！”

“放心。”挂断电话后，袁道鸣没有回餐厅，而是立刻拨通了江久年的手机。江久年的手机响了几下，无人接听。看来，里面太乱了，江久年应该没有听到。想到这，袁道鸣只好返回餐厅，看见江久年正被一圈人包围着，举杯相庆呢。袁道鸣走了过去，很多人看见袁道鸣，举起杯，就要“围攻”过来，袁道鸣忙摆了摆手，满含笑意地说：“等一会儿再喝，我找江总有点事情。”

江久年忙放下手中的酒杯，跟着袁道鸣走到了外面的走廊里，袁道鸣说：“刚才常森联系不上你，将电话打到我这边了。”

江久年掏出自己的手机。

袁道鸣接着说：“常森说，浙海的这个项目可能往后推了！”

江久年还没顾得上看手机上的未接电话号码，立刻放下手机，睁大眼睛说：“什么？”

“他说这个项目要往后推了，具体什么时间招标，不知道。况且，不知道这个项目是否被取消！”袁道鸣看着江久年，他相信对于这个变化，江久年一点心理准备都没有。

“为什么呢？”江久年满脸不解。

袁道鸣摇摇头。

“我问问。”江久年看了看时间，才晚上 7 点多。江久年拨打了余哲的电话，通过这一段时间的交往，两人的关系已经到了随时可以拨打对方手机的地步。电话通了，但很快被余哲拒绝了。

江久年看了看袁道鸣说：“之前没有听到一点风声，也没看到一点迹象啊。”

“唉，这样的项目，出现这样的情况，可以理解。”袁道鸣说。

“是啊，不像那些企业用户，老总可以拍板。”

这个时候，江久年的手机震动了一下。他打开一看，是余哲的短信：在开会！等会儿我打给你！

江久年刚要放下手机，紧接着第二条短信来了，依旧是余哲发来的：项目往后推了，正在讨论这个事情。

江久年有点沮丧地说：“他们正在开会讨论这个事情，项目往后推了！”

“这么说，常森说的没错。”袁道鸣说。

“他是怎么知道的？”江久年问，“这个事情刚刚开会在讨论呢，也就是说余主任也是刚刚知道的。余主任要是早知道的话，肯定会提前告诉我的。余主任没说，就说明他们内部的人也是刚刚知道的，看来常森的消息够灵的啊。”

“常森说，他也刚刚从他手下的一名业务员那里知道的！”袁道鸣说，“得了，既然是真的，你喊一下陆峰、马啄印、薛刚，咱们紧急开个会，商量一下对策！我回我的房间等你们！”

“行。”江久年说。

他们很快就来到了袁道鸣的房间，袁道鸣将情况跟大家说了一下，房间里一下子沉默了下来，他们那么辛苦地忙一个月，不就是为了抓紧时间抢占先机嘛！袁道鸣说：“我知道出现这样的情况，大家会很难过，但是记住一句话，所有的努力都不会白费，所有的付出都会有回报！只要是这个项目不被取消，我们一定会拿下这个单！我想，项目是不会被取消的，可能是眼下的经济危机，当然这只是我的猜想，具体因为什么，还要等一会儿让久年了解一下情况。在来之前，也就是昨天，我和鞠莉莉还去了教育部，也没有听到这方面的风声。现在就是跟大家说一下，情况发生了变化，我们也要做出相应的调整，具体如何调整，还要从实际情况出发，看看到底是什么原因造成的延迟、能延迟到什么时候。久年，你给余哲回复了吗？”

江久年说：“我正打算给他回复呢，我想等他开会结束后，约他见个面！”

袁道鸣点点头说：“你了解一下事情的真实情况，然后我们做出相应的对策。

我的建议是只要项目不取消，往后推推，对我们来说，也未必是件坏事，这个就留给了我们相对宽裕的时间来搞好产品研发，薛刚，你们研发部还是要很辛苦的。”

薛刚说：“放心。”

江久年已经发过去了短信。过了一会儿，余哲的电话打了过来。

“余主任，会开完了？”江久年说。

“刚开完。”余哲的声音中有些疲惫，但仍然简洁有力地说，“一会儿还有一个活动，今天咱们见不了，有事在电话里说吧。”

“那好，那我就快点说。”房间里很静，大家都屏住呼吸在听，江久年说，“怎么往后推了？”

“我们也很不乐意，招标的准备工作都做好了，就等着元旦后开始招标呢。”余哲有些无奈地说，“刚才开会时才知道是上边的意思，为了应对金融危机，中央财政搞了一个‘一揽子’计划，这个项目也被纳入到‘一揽子’计划里面了，所以要往后推了。”

“能推到什么时候呢？”江久年问。

“这个还不太清楚，等上面的通知。”余哲说，“我们也想尽快和上面沟通，争取早点把这个项目做好。你们该做好准备，还是要做好准备。”

“那是，那是。只要项目不会因此而取消，我们锦盛天成随时都在做准备！”

“这个不会。”余哲坚定地说，“中小学现代远程教育工程是国家发展教育的重中之重，这么大的一个项目是几年前就开始调研、讨论制定的，事关下一代的教育问题。我们国家对教育是非常重视的，这个项目不可能因为经济危机的到来而取消，往后推推，对项目本身来说，没有什么坏处。上边做这样的决定，也是为了更合理更科学地统一部署吧。”

“余主任这么一说，我算是放了心。”江久年哈哈一笑，“听说城东一家新开业的馆子，从北海道空运过来一批日本海鲜，还没开封呢，个个粉嫩，这两天咱们去尝个鲜？”

余哲“扑哧”一笑：“得了，不说笑了。”

“行，您先忙吧。”挂断电话后，江久年长出了一口气说，“还好，只是往后推推。”

大家刚才已经在电话中听得仔细，都不约而同地望着袁道鸣。

袁道鸣不知道这个决定是教育部临时做出的还是前一段就做了这个打算，而他和鞠莉莉作为负责盯教育部的人，却没有得到一点信息。他内心充满了愧疚：“抱歉，这个消息原本是应该由我从教育部那里得到的，是我的工作没有做到位！搞得大家措手不及！”

“这怪不得你，这事是意外。”江久年说。

“不说这些了。”袁道鸣说，“事情既然出来了，咱们就想办法一起面对吧。”

“其实，我感觉，这不会对咱们的计划产生太大的影响。”江久年说。

薛刚说：“往后推推，未必是件坏事，我们会有更充足的时间搞好产品的改进和升级。”

大家点点头。

“既然是这样，我是这么考虑的，咱们还是按照以前的计划进行。江久年和陆峰带领之前定下来的人员接着留守浙海，不管推到什么时候，都容不得咱们有一丁点的怠慢和马虎；其他人员按照计划都回公司上班吧。薛刚安排好工作后，让研发团队按照既定的计划进行工作，你往浙海多跑跑，亲自盯技术方面的工作。招标往后推，咱们之前积累的优势会慢慢削弱，而一直忙于内战的竞争对手也会缓过神来，以后的工作会更加艰难。这就给我们提出了更高的要求。之前，我们寄希望对手犯错误。而招标往后推，对手即便是犯错误了，也有时间来改正了。我们只能寄希望自己不犯错误，努力努力再努力，一定先做好自己的工作，才有可能和他们展开较量！”

江久年说：“袁总说得对。前一段时间，我们主要的两个竞争对手，帕瑞比忙于‘内战’，鑫星也在调整，如今，他们腾出手来，势必会拿出更多的人员和精力！不过，我相信我们这一个月来做的努力至少会在我们的技术标上得到回报！大家一起加油，让对手放马过来吧！”

江久年不会想到，就在他说完这句话后不久，余哲所说的活动便开始了：浙海省教育厅厅长杨建国在他的一个老同学——某银行行长关剑的介绍下，和帕瑞比大中华区总裁龚仁贵的手紧紧地握在了一起……

“今天不谈工作，只叙旧！”关剑一落座便给今晚的晚宴定了基调，“呵呵，一个是我的老同学、老大哥，一个是我同事、老部下，咱们三个能聚在一起也是有缘。来，先干一杯！”

杨建国、余哲坐在关剑的左侧，龚仁贵、吴彪坐在关剑的右侧。偌大的包间显得有点空旷，大家一仰脖把杯中的酒干了。龚仁贵堆起脸上的笑容，起身亲自给杨建国满上，说：“杨厅长好酒量！”

杨建国微微一笑说：“让龚总见笑了，我今天这是高兴，才能喝的。”

“确实，我就很难见杨厅长喝酒的。”余哲证实道。

“那我今天是有面子了，呵呵，谢谢厅长。”龚仁贵站起身，双手端起自己的酒杯，说：“来，我敬厅长！有关剑在，咱俩早些年就应该认识，您说，这一耽误，得少喝多少酒？”

“是啊。”杨建国站起身，一饮而尽，说：“帕瑞比是大企业啊。”

“谢谢。”龚仁贵说，“企业再大，也是人家老美的。”

“正因为是在老美的企业里，咱们中国人能做到龚总这么高的位置，那才是本事！”关剑在一旁附和着说。

“对，老关说得对。”杨建国说，“在老美那里，可真是凭能力上去的！”

龚仁贵笑笑：“都是有像老关、杨厅长这样的朋友在后面帮我，才有我的今天。不说了，来，干了！”

“龚总和老关是同事，那龚总之前也是玩金融的？”杨建国问。

“我毕业后不是在经贸委待了十几年吗？当时，仁贵也在那里，后来我来到咱们浙海，仁贵也下了海。仁贵当时已经混到了正处，若一直干下去，现在说不定就是龚厅长龚部长了。”关剑保养得不错，看起来刚刚四十出头的样子，他说起话来，声音洪亮，思维敏捷。

等他们寒暄了一遍，吴彪也举起杯，一一敬酒，边敬边表达着他对各位的仰慕之情，气氛逐渐热烈起来。

期间，杨建国去了趟洗手间，其实包间里有洗手间，但杨建国还是去了包间外的洗手间，过了两分钟，龚仁贵也走了出去，刚好在走廊里遇见杨建国。龚仁贵递给杨建国一支烟，两人在会客厅的宽大沙发上坐下来，周围并没有太多的人，龚仁贵说：“以后还请杨厅长多关照。”

杨建国吐了一口烟，烟圈在昏黄的会客厅里缓缓蔓延，在飘荡的烟圈下面，杨建国慢悠悠地扔出一句话：“那是自然，就怕我心有余而力不足啊。”

龚仁贵忙说：“哪里，哪里，杨厅长是一厅之长，我们现在正好有个项目在你的辖区里面……”

“你是说中小学远程教育项目吧？”杨建国很干脆地说。

龚仁贵再次悄悄打量了一下杨建国，不胖不瘦，不高不低，说话时面部微微前倾，有点驼背，皱纹在脸部迅速蔓延，显老，和关剑形成了鲜明的对比，不知道的怎么也不相信他们是同窗同学。“对，对，听说元旦后就开始招标了，还请杨厅长多关照啊。”

“这个项目啊，是我们的一个副厅长来做总负责的。”杨建国说。

“是丁副厅长吧？”龚仁贵早已经摸清了杨建国和丁震远的关系，说，“我们帕瑞比也和丁副厅长有接触，丁副厅长真是一个干事业的人，让人佩服！”

杨建国点点头说：“所以，这个项目全权交给了他。”

“唉，”龚仁贵轻叹了一口气，“我们帕瑞比前期的工作没有做好，实不相瞒，前段由于内部调整，我们在这个单上的准备还不够充分啊，没想到这么快就开始了。”

“这个龚总不必担心。”杨建国说，“招标工作往后推了，有的是时间，你们好好准备吧。”

“哦，往后推了？”

“嗯，往后推了。”

“推到什么时候？”

“具体时间没定下来。”

“不会有什么变化吧？”

杨建国知道龚仁贵是担心项目会被取消掉，他心中也没底，虽然项目被取消掉的可能性非常小，但他不想在厂商面前做出承诺，只好含糊其辞地说：“这个，不好说啊，主要是看上面的安排。”

这真是一个让他喜忧参半的消息，可喜的是时间往后推了，担忧的是不知道项目会不会无限期地拖下去。龚仁贵刚要接着探询一些问题，见杨建国将刚抽到一半的烟掐灭了。龚仁贵知道这次谈话只能到这了，虽然杨建国给他的交流时间如他抽掉的烟一样短，但第一次见面，人家放着房间里面的洗手间不用而跑到外面，已经够给面子的了。

元旦后上班第一天，鑫星集团公布了改组方案以及新一届董事会名单，某部委副部长鲁宏辞去了鑫星集团董事长一职，发改委的一位领导当选为鑫星集团董事长，石知宇为鑫星集团副董事长兼总经理。程军特意再次看了看文件，确认于喜红没有出现在鑫星集团新一届的董事会成员名单上后，他终于松了口气。程军站起身，来到窗前，打开窗户，往下看了看，属于于喜红的那个停车位空着。程军看了看时间，往日这个时间段，应该是于喜红组织大家一起开会的时间。

程军回到办公桌前，拨通了研发主管曹洪涛的电话。曹洪涛是于喜红的旧部，这一段日子，程军也从主管主抓销售业务变成了主抓研发业务，而对研发这一块，程军是一个门外汉，很多事情还是曹洪涛说了算。电话通了，程军说：“曹主任，你上次说的一个新产品升级的方案发我了吗？”

新产品升级方案已经做了有一段时日了，曹洪涛没有想到程军会忽然提起这个事情，他态度极其诚恳地说：“对不起程总，还有一点刚刚完善好。我这就给您送过去！”

程军笑笑说：“不着急，你弄好后再给我送来。”

“已经弄好了，我现在就给您送去！”曹洪涛说。

不一会儿，曹洪涛敲门进来了，将一摞打印好的文件摆在了程军的办公桌上面，足足有五六十页的样子。程军用手摸了摸，手感凉凉的，纸张并没有刚打印出来的那么热。“这么快啊。”程军看了一眼曹洪涛。

曹洪涛的表情有点不自然，他尴尬地笑笑：“程总吩咐的事情，当然要快了。”

“来，坐下说。”程军随手翻了翻文件，“怎么样？”

曹洪涛不明白程军指的是什么，也用了比较含糊的词语：“还行！”

“那我怎么没有得到新产品上线的消息？”程军板起了脸，用手指了指桌面上的另外一个文件，说：“上次定的时间表，不是说今天推出改进后的新产品吗？”

曹洪涛不知道该说什么好，他沉默了一下说：“程总，您手上的那个时间表已经改过几次了……”

“改过几次了？”程军气愤地摔了一下文件，“我怎么不知道！”

曹洪涛立刻窘起来，努力笑了笑，想借此缓和一下现场的气氛，但是他的笑刚走到半截，就被程军冷冰冰的眼神挡了回来，这让他更加地不知所措。当初，他看到于喜红在开会的时候几乎不拿程军当一回事儿，后来甚至都不让程军参加他们的会议，曹洪涛为了在于喜红面前站好队，没少冷落程军，而程军对此从来都是熟视无睹。他不清楚程军今天是怎么了，怎么会如此地大发脾气！面对程军的问题，他的脑子一片空白。

程军见曹洪涛像个犯错的孩子一样手足无措，知道点到为止就可以了。他缓和了一下语气，说：“曹主任啊，不是我生气，你想想，这么重要的事情，你怎么也不通知我一下呢？你知道，这个事情关系到我们在浙海的一个大项目，我们研发跟不上的话，那损失可就大了！啊，那新修改的时间表，将新产品的上线推到了什么时候？”

曹洪涛抬起头，努力调动面部的肌肉，挤出一丝微笑：“调整为一周后，这是和浙海方面紧急沟通后做出的决定。听前方的技术项目组说，浙海项目的招标工作往后推了，为了更好地配合前方，研发部也将新产品的上线往后推一周时间。”

程军不得不佩服起石知宇的深谋远虑，浙海教育厅的项目果然是往后推了。今天真是一个好天气，压抑在他心头多日的阴云一扫而光，他没有继续为难曹洪涛：“往后推，就往后推吧，咱们要配合好前线的工作，以后有什么变动，请给我汇报一下！”

“是，一定！”曹洪涛擦了擦额头上的汗珠。

“对了，于总来了吗？”程军问。

曹洪涛立刻讨好般详细地说：“放假前，于总原定为今天和我们一起飞到浙海拜访客户。但是，刚才接到通知，行程取消了。于总也有其他的事情，今天不过来了。”

程军望着曹洪涛，心中暗想，不出意外的话，你的大靠山——于喜红同志不仅今天不过来了，恐怕今后也不会过来了！

果然，在曹洪涛走后不久，程军就被鑫星集团主管人事的常务副总徐坤给找了过去。一进屋，徐坤就满带笑意地给程军倒了杯水，说：“程总啊，有个事，要征求一下你的意见。”

“有什么指示，尽管说。”程军猜测徐坤在这个时候找他，十有八九是好事！

徐坤说：“于总调走了，教育 PC 部的担子一下子就落在了你头上，集团想请你担任教育 PC 事业部总经理，不知道你这边……”

幸福来得是如此之快，他想到了于喜红会离开，但是没想到这么快就离开了。还是上边有人了好办事，在这里待得不如意了，想换个地方立刻就能换个地方。面对徐坤，程军回避了最关键的问题，只是有点惊讶地说：“于总走了？这么快！去哪了？”

“去了地方，到江南省挂职。”徐坤说，“我也是刚刚知道的。事发突然，集团希望你能临危受命，从集团的大局出发，担当此任。”

这是程军做梦都想要的结果，然而面对徐坤，他谦逊地笑笑：“我？我行吗？”

“你行，你肯定行。”徐坤说，“集团当初把你调过来，就是看到了你的业务水平和管理能力。听我的，老程，把担子接过来，咱好好干，我不说你也知道，教育 PC 事业部的平台是很大的。”

“谢谢徐总，既然集团对我这么信任，那我就好好干！”程军表态道。

“这就对了。”徐坤说，“不过，该说的，我要提前说好。这次改组文件，你也看了，那就是以后集团对各部门领导进行竞聘上岗，一年竞聘一次。到时你们的业绩不好，我也会把你送上‘PK’台的！”

“这个你放心，我只要接过这个摊子，就一定会把它做得更好。”

“我相信。”徐坤说，“那就这么定了，我一会儿报送上去，今天下午开会的时候任命就可以下发了。你准备个就职演讲。”

“行，谢谢。”程军不知道是如何走出徐坤的办公室的，一直到了自己的办公室，他还不相信眼前的一切是真的。他想找人分享一下自己内心的喜悦，但拿起话筒，想来想去，只能将电话打给妻子。妻子昨天刚从北京回浙海，他们在北三环附近买了一套别墅，元旦期间刚刚装修完毕。程军将电话拨打了过去，妻子没有接，估计正在给学生上课。程军想起苏小蕾，这几天一直没有去陪她，苏小蕾知道他妻子来北京后倒也很“懂事”，除非程军主动打电话给她，她从不主动打电话或者发短信。程军知道此刻她正在一个会计速成班里学习，却明知故问地发了个短信：干嘛呢?

然后忽然想起了石知宇，他连忙给石知宇发了一条短信：刚才徐总找我谈了话，谢谢石总，我一定不会辜负您对我的栽培和期望!

苏小蕾的短信很快就到了：我在上课，你呢？你在公司吧？方便吗？我想和你说说话。

程军刚要给苏小蕾回复短信，石知宇的电话就打了过来，程军连忙摁了接听键。

电话里传来了石知宇爽朗的笑声：“短消息我看到了，你好好干，替我分担些任务和压力。”

“谢谢石总，我一定会尽自己最大的努力来将事情做好。”

“2009 年的预算正在做，你要盯紧些，教育 PC 和其他部门一样，2009 年都不容乐观啊，不过，就像我上次跟你说的那样，教育 PC 这一块可是大有作为的！除了浙海的这个项目外，2009 年年底的时候，类似的项目在全国会陆续展开，你心中要有个数。现在浙海的单就不说了，以后每个单都会由你们教育 PC 部专门来打，人员不够的话，可以去招聘，你要做好各方面的准备！”

“放心，我正在做 2009 年全年规划以及教育 PC 这一块未来五年的发展规划书，过两天会拿出来请您和大家检阅。在您的指导下，我会将教育 PC 部做成一个年收益 10 亿的超级盈利部门。”

“我相信您能做得更好！”石知宇说，“浙海的那个项目非常重要，于总走后，你就全权接手吧。迟翔是个聪明人，你们多沟通。我看他这一段在浙海和客户进展得还不错的。”

石知宇这么一说，程军便明白了他的意思，迟翔是不能动的。其实作为国有企业的领导，是非常希望看到两个下属相互制约相互争斗的场面，这一方面有利于他的领导，另一方面也少了下属合谋计算上级的忧虑。他当初让自己进教育 PC 事业部，何尝不是为了制约于喜红，现在于喜红走了，他肯定是希望用迟翔来制约程军。但是表面上来看，石知宇这么说似乎只是为了让他们和和气气，让程军不要因为之前的小过节而给对方穿小鞋。“放心吧石总，我会一切以公司大局为重，完全配合好迟总的工作！”

“不是你配合他，是他要配合你。”石知宇说。

挂断石知宇的电话，妻子的电话便回了过来：“什么事？我才下课。”

程军看了看自己的办公室，确认办公室的门关好后，压低声音说：“好事！”

“什么好事？”

程军忽然感觉到这事不应该在办公室里告诉妻子的，原本是应该在床头说的话放在了办公室内说，多少会感觉自己缺少政治家的那种城府。他立刻在内心做出了检讨，并发誓不能说出来：“算了，回头再给你说吧。”

“到底什么事啊？搞得神神秘秘的！”

“回头再说，回头再说，我要开会了，晚上打给你。”

“那好吧，不管是什么事情，只要是好事就行。”妻子这一段忽然开始关心起程军来，“你还是先在你们招待所将就几天吧，咱们的房子刚装修好，你先别住过去！”

“知道了。”程军说，“你最近怎么变得婆婆妈妈的？”

“那还不是怕你被小姑娘给勾走了！”

“放心吧，要开会了，挂了。”挂了电话的程军，想给苏小蕾回个短信，又嫌回短信太慢，索性打了过去。只是响了一下，苏小蕾就接了。

“你不是在上课吗？”程军问。

“我溜出来了。”苏小蕾说，“为了方便接你的电话，我坐在了最后一排靠走廊的位置，溜出来方便，呵呵，我就猜今天上午你该给我打电话了。”

程军的心中涌起一种暖暖的感觉：“你怎么猜出来的？”

“今天不是该上班了嘛，她也该回去了吧？”

程军不希望在苏小蕾面前提起自己的妻子，忙转移了话题：“你不是说元旦的时候去故宫吗？去了吗？”

“哪有？我一个人怎么去？你又不来陪我！”苏小蕾说。

程军尴尬地笑了笑，没有说话。

苏小蕾问：“今天晚上过来吗？”

“嗯。”程军说。

“那好，我等你！”挂完电话后的苏小蕾没有返回教室，而是义无反顾地去了商城。她作出了对于她一生来说至关重要的决定，她在一家小店里买了一包针，她决定用其中的一根针在他们晚上用的安全套上悄悄扎上几个洞！当然了，这只是她计划中的一部分，也将是她一生都会守口如瓶的秘密！

经过半个月的调研、讨论，以及聘请了全球著名的咨询公司进行咨询，锦盛天成的战略调整方案也出台了，大业务线分为四大块：教育PC事业部、3G无线阅读事业部、无线互联网事业部、海外“孔子书院”事业部。

这四大业务线中教育PC事业部就不说了，是锦盛天成的主营业务。3G无线阅读事业部是依靠于3G网络而进行的手机阅读，是新成立的事业部。这一业务线是锦盛天成今后发展的重中之重，保守估计的市场份额是每年100个亿。锦盛天成为此准备了3年时间，相关技术都已经非常成熟，和中国移动等电信运营商也有过良好的合作。在3G牌照下发后，3G无线阅读立刻从无线互联网事业部中拿出来，单独成立了一个事业部。

无线互联网事业部是袁道鸣之前连续两次失败的绊脚石，在还要不要接着运营无线互联网事业部的问题上，大家产生了较大的分歧。袁道鸣及他的旧部——经历过互联网败笔的员工反对涉足无线互联网，而以江久年为首的新员工，包括咨询公司的意见比较倾向于有一个互联网作为一个载体。

最后，袁道鸣做出了妥协，答应重启无线互联网事业部，只不过给它以清晰的定位——做成国内最大的原创阅读网站，完全为3G无线阅读业务服务。海外“孔子书院”事业部则是一个非盈利业务，但是一定会坚持下去，这不仅事关弘扬中国传统文化的大事，还是一种荣誉，他相信未来五年内可能不盈利，但以后肯定会有盈利点。

业务线的调整势必会带动人事的调整，孔颖前段策划的“经济危机下锦盛天成逆风飞扬招聘会”受到了社会各界的好评，还得到了北京市政府某领导的点名表扬，随后一系列的优惠措施也降临到锦盛天成的身上，包括税务方面的减免等。中关村科技园管委会以较低的租金和其他优惠条件邀请锦盛天成重返中关村，却被袁道鸣婉拒了，他们优惠后的租金比现在的租金还高，经历过财务危机的锦盛天成更知道自己需要什么。他们用省下来的钱招聘了一批各领域非常拔尖的优秀人才。在董事会调整上，袁道鸣的旧部如阮琦、孔颖、薛刚，江久年带来的陆峰、鞠莉莉，则成了新的董事会成员。

等忙完这一切，春节马上就要来了，中国的传统，只有农历新年一过，新的一年才算开始。而锦盛天成的财务报表则显示，2009年已经开始了。袁道鸣看了看财务报表上的那些数字，可怜的数字让他再也坐不住了。而被他寄予厚望的浙海项目，则一下子沉静下来，从对手来看，大举进攻的场景并没看到，却暗流涌动。帕瑞比大中华区总裁龚仁贵去浙海走了一趟后便悄无声息地回去了。此后不久，帕瑞此专门包机请浙海教育厅厅长杨建国以及项目领导工作小组相关技术人员飞到海南参加他们的新产品发布会，一周后才回来，在如今政府严厉打击公务员公费旅游的大环境下，选择包机去海南，帕瑞比的动机不言而喻。而鑫星集团在浙海本来就有分公司，近水楼台先得月，刚上任不久的迟翔风头正劲，他们在浙海举办的中小学远程教育高峰论坛，在客户那里也赢取了不少的支持！

阴历二十七，完全根据客户需求来设计的锦盛天成升级版教育 PC 机完成了所有的测试上线了，袁道鸣立刻带着样机来到了浙海。浙海教育厅虽然还没有放假，但是很多人都已经提前回家过春节了。袁道鸣和江久年以及浙海项目组只是搞了一个小小的产品发布会，发布会很低调，被安排在阴历二十八的上午。江久年的工作不错，项目总工程师以及相关技术人员都被邀请参加了发布会，看得出来，在随后的测试环节中，他们对锦盛天成的产品表现出极大的兴趣。发布会结束后，浙海飘起了近些年难得一见的鹅毛大雪，锦盛天成项目组的所有员工将每一个与会的客户都送回了家，并顺便赠送了价值不菲的过节礼品。

袁道鸣和江久年也没有闲着，袁道鸣当晚飞回了北京，和鞠莉莉一起去教育部的客户那里坐坐聊聊，自然也准备了不少的年货；江久年则怀揣着两幅画以及一些年货敲开了丁震远家的门。丁震远对江久年的造访感到很意外，他没问江久年是如何找到他家的，他对江久年的印象很是不错，将他让进了客厅："我虽然没去，但总工跟我说了，你们的产品还是相当用心的。"

"这都得益于教育厅的支持，给了我们一次深入到学校调研的机会，让我们有机会了解到他们的真实需求。"江久年说。

"你们好好准备吧，过了年，就快了。"丁震远说。

"嗯。"江久年打量了一下丁震远的客厅，墙上并没有如他想象中挂满名人书画。

"江总春节在哪过？"丁震远问。

"还不一定，可能在浙海，也可能回北京。"

"这过年啊，咱们中国人，还是希望团团圆圆的。"

江久年很奇怪这么大的房子，怎么没见到丁震远的家人，刚要问，丁震远的手机响了。江久年听出来丁震远是要去参加一个饭局。等丁震远挂了电话，江久年站起身，说："丁厅长，我就不打扰了。该过年了，提前给您拜个年。"

"过来坐坐就行了，将这些东西拎回去吧。"丁震远说。

"也不是什么贵重的东西，过节了，一点小心意。"江久年笑笑，然后就往门口走。

"你等一下。"丁震远立刻喊住了江久年，当着江久年的面，将那两幅字打开，丁震远仅仅看了一眼，又放好，看了江久年一眼，说："字是好字，现在能搞到这两幅真迹，不容易。这东西我很喜欢，但是我不能收。心意我领了，东西你一定要带走！"

"两张纸而已……"江久年刚要辩解一下，却被丁震远大手一挥打断了："江总，你我都是明白人，别让我多说了，你的心意我领了。项目的事情该怎么走就怎么走，我不会偏袒你们，自然也不会偏袒他们，我当时就说过了，给大家一个公平公正的机会。江总，别让我为难。"

江久年来的时候已经做好了被拒绝的准备，说实话，这两幅价值近百万的字，丁震远若是真收下了，江久年反而轻松不起来。倒不是因为心疼钱，攻坚阶段能把钱送出去才是高手，主要是因为在江久年的印象中，丁震远不是那种人。他若是收你的，肯定对其他人送上门的也会来者不拒。若是比送礼的本钱，鑫星他不了解，帕瑞比他是知道的，舍得大投入，锦盛天成是没法比的。被拒后的江久年反而欣慰了不少，他深表敬意地说："丁厅长既然这么说，这个东西我就带回去。另外那些是北京的土特产，您就体谅体谅我，那么沉，您就别让我再搬回去了。"

丁震远看了看那些年货，然后转身来到柜子前，拿出一个包装精致的手提袋，来到江久年身边说："这个不沉，江总带回去泡茶喝。也是我的一点心意。"

江久年知道里面装的是茶叶，忙接过来说："谢谢。"

丁震远亲自拉开了门，说："我就不下去送了。"

江久年回到宾馆的时候，大部分员工都收拾好行李，打算连夜回家过年了。然而由于大雪，相继传来了飞机停飞、高速封路的消息，他们又没有提前买到火车票，所以大家都只好滞留浙海了。江久年统计了一下人数，连上他，总共有十六个人不能回家。

第二天就是除夕夜了，江久年打算和大家一起过。初一一过，他还要带领这些人去各个关口——与项目有关的各级部门，诸如财政厅、监察厅、发改委、政府采购办等，各路神仙都要拜拜，一个都不能少！

常森打来电话，要请大家一起喝酒，被江久年拒绝了。团员的日子就不折腾人家了。雪花依旧在窗外飞舞，鞭炮声远远地传来，很多员工为了打发时间排解寂寞，围坐在一起打麻将、斗地主，江久年坐下来两三个小时只赢了两把，还是别人点的炮。这一圈的牌不错，抓上来就天听，清一色一手萬，俩一萬、俩二萬、俩三萬、俩四萬、俩六萬、俩八萬、一个五萬，清一色翻 2 倍，断两门翻 2 倍，捉五奎翻 4 倍，素七对翻 8 倍，$2\times2\times4\times8=128$ 倍，如果自摸的话，再翻 2 倍，就是 256 倍，底 50，每人 12800 元，三人就是 38400 元，那一下午输的钱不仅可以捞回来，还可以发笔小财呢。然而，牌刚走了一圈，上来就点了一炮，陆峰打了一张五萬。

江久年做了一个推牌的动作：“胆子不小，敢打五萬！不怕我捉你的五奎？”

“吓唬谁呢！你起来上一张牌就随手打下去了，我就不相信你天听！”陆峰笑笑说，“你推给我看看！”

“呵呵，吓唬你呢。”江久年摆摆手，说，“接着走。”

“江总真不赢啊？”坐在陆峰下手的贾庆权已经摸上了牌，说，“不赢，我也跟着打一张！”

江久年看到贾庆权也扔出一张五萬，想赢也赢不了，只好试探地说：“还有没有五萬啊，接着打！”

没想到陆峰说：“我手中还有一个呢，不打了，留着用呢！”

“亮出来看看！”江久年激将他，陆峰若真是有一张五萬的话，那对他的打击是很严重的，至少自摸是不可能的了。

“这个不能亮！”陆峰说。

“呵呵，我知道了。”江久年说，“你在忽悠我呢。”

陆峰露出高深莫测的笑说：“走着瞧！”

江久年手中新抓了一个东风，牌面上已经下去了一个东风，若是留东风的话，那点炮的几率就比五　的几率大出 25%，但是只能按照素七对翻 8 倍来算了，那样的话，就是赢，也对不起手中抓到的这副好牌啊。江久年把东风打了出去，然而，紧接着几圈，也没见到五萬露头，江久年有心换牌，也担心别人捉他的五奎，牌越往后走，江久年感觉自己赢的机会就越少，眼看着除了底牌只剩下最后一墩牌了，谁都没赢。其他三家抓上来都打了熟张，只剩下最后一张了，所有人都认为要黄庄了，江久年手一捋，先摸到是“萬”字，手指头往上走，感觉是“五”字，江久年立刻感觉血往脑袋上涌，他再次用手捋了一遍，随即摔在桌面上，没错！黑五红萬，五萬！江久年将牌一摊，情不自禁地笑了出来：“哈哈，清一色断两门，外加捉五奎素七对，每人一万两千八，兄弟们，看好了，陆峰同志，你的那张五萬呢？”

“噢，袁总来了？”陆峰说。

江久年以为陆峰想耍赖，没想到身后还真传来了袁道鸣的声音：“打牌呢？”

江久年忙回过头一看，袁道鸣和孔颖正拍着身上的雪花，江久年惊喜万分：“你们怎么来了？飞机不是停飞了吗？”

“孔颖搞到了两张火车票，我们过来和大家一起过年。”袁道鸣说。

孔颖走到麻将桌前说："怎么样？战果如何？谁赢了？"

很多人都指向了江久年，江久年说："不说我倒忘了，你们还没上钱呢？"

"得了，不玩了。最后一把谁还上钱啊。"陆峰坏笑道。

江久年笑骂了声"赖皮"，便站起身，看了看时间，说："时间到点了，走，吃年夜饭去。"

"先等一下。"孔颖打开挎包，掏出一摞红包来，说，"过年了，我今天来这里的任务就是给大家送红包来了，每人一份，上边有大家的名字。钱都一样，就是里面的话不一样，那是袁总在火车上写给大家的祝福，每句祝福都不同啊，等会儿吃饭的时候，要念给大家听。"

大家立刻将孔颖包围了起来。这个时候，袁道鸣的手机响了，是顾小南打来的。袁道鸣走出房间，接听了电话，顾小南说："猜猜我在哪？"

自从顾小南知道了儿子的"藏身之处"后，几乎每半个月都要去姑妈家看看儿子，她倒也遵守承诺，没有将儿子抱走，也没有说出他们离婚的事情。有时还会当着姑妈的面，打电话关心一下袁道鸣。袁道鸣说："你不会是在姑妈家吧？"

"让你猜对了。"顾小南说，"跟你打个招呼，我原本是想把儿子接走去上海我爸妈那里过年，但是飞机停飞，只好坐火车到浙海，在浙海找了一个朋友的车，我现在在去你姑妈家的路上。估计到地方后，就是半夜了。唉，要在你姑妈家过年了！不过，明天天一亮，我就带着儿子回上海了。过一段再给你们送回来，怎么样？"

"不行！"袁道鸣严词拒绝了顾小南。

"为什么不行？"顾小南问，"过几天，我一定还给你们！"

"你一个人带着孩子，你怎么开车？"

"我自然有办法。"顾小南说，"我挂了，给你打过招呼了。"

"等等……"袁道鸣还要说些什么，顾小南已经挂了电话。袁道鸣刚想拨打过去，心想以她的性格，只要是她做出的决定，是很难改变的，不由停在那里犯起踌躇来。这个时候已经有人拉开了房门，拿着红包三三两两地走出来。江久年也招呼袁道鸣道："宾馆里专门留下了一名大厨，还留下了一间特大号包间。一起下去吧。"

袁道鸣收回自己的思绪，和大家一起来到了包间，富有特色的年夜饭已经摆满了两大桌子，大家也都围坐在一起，包间的电视机里已经拉开了春节晚会的序幕。窗外的雪静静地落下，袁道鸣举起了酒杯："多灾多难的2008年即将过去，为迎接新的一年，请各位一起举杯，希望我们能够扭转乾坤、牛气冲天！"

春节过后，帕瑞比大中华区总裁龚仁贵带领中国区新上任的销售总监帕德——一个从巨软公司挖来的年轻美国人，在吴彪的陪同下，在浙海安营扎寨；鑫星集团教育 PC 事业部总经理程军也再次回到了浙海，迎接他的是浙海分公司总经理迟翔以及副总经理魏德宁；锦盛天成执行总裁江久年带领他的团队一直严阵以待；谭村以一家名不见经传的小公司的销售总监的头衔也出现在了浙海。几乎所有大大小小的厂商、经销商都汇集到了这里，这座城市的空气中仿佛突然充满着兵临城下的味道……

然而，浙海教育厅中小学现代化远程教育项目并没有像大家期盼的那样顺利招标。就在大家等得几乎绝望的时候，3 月 1 日，招标工作终于开始了。所有厂商也开始了紧张的标书制作阶段，这个时候锦盛天成在前期做的工作就显现出了它的成效，在相关的技术要求方面，可以看出教育厅方面正是参考了锦盛天成提交的调查分析报告。袁道鸣知道在技术标上锦盛天成会占据一些优势，然而在接下来的商务标上，锦盛天成却没有多大的胜算。

开标前一天，江久年忽然接到了谭村的电话，几个月不见，谭村的声音似乎都变了，低沉中略带一丝沙哑：“江总，有没有兴趣合作？”

江久年知道谭村被帕瑞比彻底抛弃后，闪电入驻一家小企业，这次来浙海，肯定是一个搅局的人。江久年警惕地问：“怎么合作？”

“这次政府采购，走的是一次报价，我可以掌握其他家的商务报价，这是我的价值。”谭村慢悠悠地说，“我们可以做个价值交换。我赌锦盛天成赢，如果我提供的数字准确无误，希望锦盛天成能将中标总金额的 5%，作为信息咨询费打到一个账号。”

江久年没有想到几个月不见，谭村竟会厚颜无耻到这个地步，敢赤裸裸地进行非法交换。他相信谭村有办法搞到帕瑞比的商务报价，这个商务报价对锦盛天成来说，的确是非常急需的情报，若是拿到了帕瑞比的商务报价，那么帕瑞比就死定了。这么大的事情，江久年做不了主，他需要和袁道鸣商议。这次的商务标采取的是一次报价，就像一副牌，庄家从中间抽出一张牌，然后大家每人抽出一张牌，谁的牌最接近庄家的牌，就算谁赢。不再像之前那样有两次三次商务报价的机会，这次是一锤定音。这就要求厂家对商务报价做出更准确的判断。这对锦盛天成是非常不利的，因为不管你的技术标有多好，在商务报价环节中若是出现失误，就等于直接被踢出局了。

“5%？忒贵了吧？”江久年稳住谭村，谈价还价道，“低一些，或许我会考虑的！”

“至少4%，这是最低的，也是看在江总的面子上开出的最低价。”谭村依旧像个重病患者一样一字一顿地说，“我随便找一家，至少就能开出5%。”

“那行，我考虑考虑。”

“要快啊，我做事也是非常规矩，一女不嫁二夫。我只等你一个小时，一个小时后没有得到你的回复的话，我就和其他家合作了。”

“行。”江久年挂断谭村的电话后，立刻拨通了袁道鸣的手机。

袁道鸣此刻刚刚走出教育部的大门，他相信教育部基础教育司应该知道“庄家”抽出的那张牌，但是任凭他怎么做工作，都没有得到相关的“暗示”。袁道鸣知道远在现场的江久年更是着急万分，虽然他们心中有一个判断，但是毕竟商务标中不可控制的因素太多。他毫不犹豫地接听了江久年的电话：“和我们预料的一样，教育部的人坚称所有权力都下放到了浙海教育厅，这边没有探询出底牌。”

江久年说：“谭村说他可以搞到其他家的商务报价。”

袁道鸣立刻明白了谭村的意思，但他又担心谭村会搞一些虚假的情报来迷惑他们，对于谭村的为人，袁道鸣还是略知一二，他问：“这人靠谱吗？”

江久年说：“人不怎么样，但是手段还是有的，我感觉他能搞到帕瑞比的报价。”

袁道鸣思考了一下说：“算了，这样的人，咱们还是少来往。不过，咱们商定的那个价格，我想了一天了，那个价格虽然低，但我感觉还可以再降200元。”

“降200？”江久年立刻提出了质疑，“那我们的价格会不会变成最低的呢？”

“刚才教育部的朋友虽然没说具体的价格，但是和他的沟通中，我估算出一个大概的预算数字，总的预算应该在5.6亿到5.8亿之间。根据这个总预算，还要抛出来一部分钱，他们不可能将这笔钱用完，肯定会节约至少8000万的费用，我查了一下教育部所有项目的节约率，最高的一次是13%，浙海省这次搞的是示范，面里面外的活肯定都要，我想这次的节约率不会低于14%，我们就按照这个算一下，结果就出来了，价格下调200元，更能接近他们的底牌。”

江久年觉得袁道鸣分析得有道理，但是他担心这个数字会直接爆掉：“但是降200，会不会……”

袁道鸣明白江久年的意思，他说：“我感觉咱们爆掉的可能性不大，会有人出一个比这更低的价格的！比如鑫星。我的判断是，鑫星会出一个极低的价格，他就是不出，也会让一家小厂商出的。这是他们之前常常使用的伎俩。”

“那行。”江久年说，“咱们再降200元。对了，你明天过来不？”

“有你在，我就不过去了。”随着3G牌照的下发，最近一段时间，袁道鸣将大部分的精力都投入到中国移动无线阅读内容提供商的争夺战中，但浙海的项目依旧是他最为关心的。

第二天，也就是2009年3月26日，浙海省中小学现代远程教育工程设备采购招标开标仪式在浙海省经贸宾馆举行，江久年和其他厂商代表早早地来到了现场，并对号入座。江久年在现场并没有见到谭村的身影，帕瑞比新任销售总监帕德和华东区销售经理吴彪以及他们的团队准时出现在开标会上，鑫星集团教育PC部总经理程军和浙海分公司总经理迟翔以及他们的团队也面带笑容地坐在了标有他们名字的座位上。江久年特意打量了一下吴彪，吴彪远远地给江久年留下一个意味深远的笑。开标会马上就要开始了，这个时候会议室门口出现了一个面容姣好身穿孕妇装的女士，她目光无比坚定地迎着大家的目光扫视了一下会场，嘴角甚至挂起了得意的笑。鑫星集团教育PC事业部总经理程军神情慌乱地走了出去，并且一直没再回来。

上午9点整，浙海省教育厅副厅长丁震远、纪检书记王大雷、省财政厅副厅长杨德学、省发改委主任郭宇、省检察厅副厅长魏志刚、省政府采购中心主任马明等一行坐在了主席台上，开标仪式开始了。丁震远来到主讲台前，朝台下鞠了一躬说：“首先感谢各位领导、各位朋友、各位厂商代表来参加今天的开标仪式，感谢大家对浙海省中小学现代远程教育工程的支持，对浙海教育事业的支持！此次中小学现代远程教育工程，投资大、涉及面广、关注的人多，各方面期望之高在我省教育设备采购中是前所未有的，这就对我们的采购工作提出了更高的要求。我们要在招标、评标、系统集成、售后服务过程中严守法规，严格程序，严把监理、验收、评估关，坚持双赢原则，全力做好各项工作，确保公平、公正、公开，使此次的采购工作圆满完成！谢谢。”

随后，省教育厅纪检书记王大雷宣读了《2009年浙海省中小学现代远程教育工程设备采购招标工作人员纪律》《评标委员会成员纪律》及《投标人纪律》。这些套路上的东西，江久年不知道听了多少遍，每次都大同小异。江久年满脑子都在考虑着商务标的报价，虽然袁道鸣分析得有道理，但是江久年的心中还是没底。这些文件宣读了近20分钟，最后，王大雷说：“此次招标金额大，数量多，涉及面广，投标单位多，产生的影响大，我们项目领导小组高度重视，各个环节都要按法律、法规和有关政策办事，纪检部门、政府采购监督部门和公证部门的同志要做好全程监督，确保招标工作的顺利进行！”

各位领导的讲话完毕后，招标工作人员和公证人员当场示封、启封、唱标，当江久年将标书提交上去后，心里忽然就空空如也。他们采取的是低价策略，但是价格又不能太低，以他的判断，这个价格应该会比帕瑞比低很多，但是鑫星集团的报价他就把握不准了。鑫星集团是不按常理出牌的，江久年和袁道鸣研究了鑫星集团近三年来的投标记录，发现几乎没有规律可循，时高时低，高的时候非常高，低的时候非常低。天知道他们这次会报一个什么价格上去？搅局者谭村则很有可能报一个最高的价格或者一个最低的价格。昨天江久年没有回电话给他，他也没有再打电话过来。谭村到现在没有露面，他所服务的那家小厂商只有两名代表出席。谭村难道真的把信息卖给了其他家？在江久年的猜测中，开标结束了，命运就交到了别人手中。江久年知道，开标结束后，项目领导小组会在评标专家库中随机抽取专家，进行封闭式评标，他们的关系还没有做到打入到各个评标专家内部，只能是等待、祈祷了。

当然了，投标产品演示会也非常重要。第二天下午，在浙海省科研大厦，全体评标专家分组观看了投标产品及其系统运行情况的演示。锦盛天成为此做了充分细致的准备，产品演示非常顺利，然而那些评标专家却面无表情地看了看就走了。

之后就是煎熬的等待了，这中间还不时传出这样那样的传闻，有人说帕瑞比中标了，也有说鑫星中标了。江久年之前打过那么多单，从来没有感觉到像这次有如此大的压力。远在北京的袁道鸣也心神不宁，自从浙海项目开标以后，他的心就悬了起来。三天以后，他接到了江久年的电话，江久年的声音有点颤动，听得出来他在极力克制住内心的激动：“袁总，我们中标了！”

2009 年 4 月 15 日，浙海省中小学现代化远程教育工程设备采购合同签字仪式在浙海省政府采购中心会议室举行，此次设备招标采购预算金额为 5.6 亿元，实际采购金额为 4.75 亿元，节约经费 8500 万元，节约率为 15.2%。合同签署后，丁震远私下握住了袁道鸣的手说：“这个项目，部长省长都打过招呼，但是我们还是顶住了方方面面的压力。事后我才敢说，袁总是我们的高考状元，我早就认得您。当然了，这和你们的中标没有一点关系，锦盛天成中标是实至名归，你们在技术标上打分不仅是第一名，在商务报价中，和我们的底牌竟然惊人地一致！恭喜袁总，恭喜锦盛天成！”

“谢谢。”袁道鸣由衷地说，“能遇到这样的招标工作领导小组，是我们的福气！”

“中小学现代化远程教育工程是个大工程，也是中央财政‘4 万亿’计划的一部分，估计再过几个月，陆续会有其他省份的中小学现代化远程教育工程上马，袁总有的忙了。”丁震远说。

“我们会做好准备的。”袁道鸣说，“丁厅长为我们开了一个好头，谢谢。”

压在袁道鸣心中的大石头终于挪开了，这个项目的胜利不仅为锦盛天成积累了更多的粮草，还严重挫败了对手的士气。然而，就在袁道鸣跟大家举杯相庆的时候，他接到了宁璐的电话，宁璐非常急迫地要求和袁道鸣见面。袁道鸣立刻飞回了北京，晚上 10 点半，两人在一家咖啡馆见了面。宁璐张口的第一句就是："我今天下午发现了一个阴谋。"

袁道鸣睁大了眼睛，安慰宁璐道："不着急，慢慢说。"

"今天我们杜总让我把咱们签署的对赌协议交给法务部，从法务部反馈的信息中，我感觉有点不对，就再次拿出那份对赌协议看了看。原来咱们最后一次签署的合同有了稍微的改动，当时你我都没有看出来。现在仔细一看，才发现不管锦盛天成有没有完成对赌协议上的财务数字，都将落入富威国际的对赌陷阱。而富威国际在拿到锦盛天成的绝对控股权后，会将其转卖给另外一家公司。"

"转卖给哪家？"袁道鸣迫不及待地问。

"具体是哪家我也不清楚，但有一点可以肯定，对方是你们的竞争对手。"

袁道鸣立刻感觉到天旋地转手脚冰凉，这肯定是一个事先设好的局。不管是哪家竞争对手，帕瑞比也好，鑫星也罢，他们都可能非常划算非常轻巧地将锦盛天成收入囊中。这对刚刚有点起色的锦盛天成来说，无疑是灭顶之灾！

怎么会这样？！袁道鸣望了望窗外，午夜来临前的北京依旧一片灯火辉煌！

第一部完

图书在版编目（CIP）数据

完美对手/刘山峰著．—长春：时代文艺出版社，2009.10

ISBN 978-7-5387-2819-4

Ⅰ.完…　Ⅱ.刘…　Ⅲ.长篇小说—中国—当代　Ⅳ.I247.5

中国版本图书馆CIP数据核字（2009）第189379号

出 品 人　张四季
策 划 人　博集天卷·张应娜　耿金丽
责任编辑　苗欣宇　付　娜
装帧设计　尚书堂　李　洁

完美对手

刘山峰　著

出版发行/时代文艺出版社
地址/长春市泰来街1825号　时代文艺出版社　邮编/130062
总编办/0431-86012927　发行科/0431-86012939
网址/www.shidaichina.com
印刷/北京天竺颖华印刷厂
开本/787×1092毫米　1/16　字数/440千字　印张/24
版次/2009年12月第1版　印次/2009年12月第1次印刷　定价/36.00元

图书如有印装错误　请寄回印厂调换